HERCVLES & THE NYMPHS

BELLEROPHON AT THE FOVNTAIN

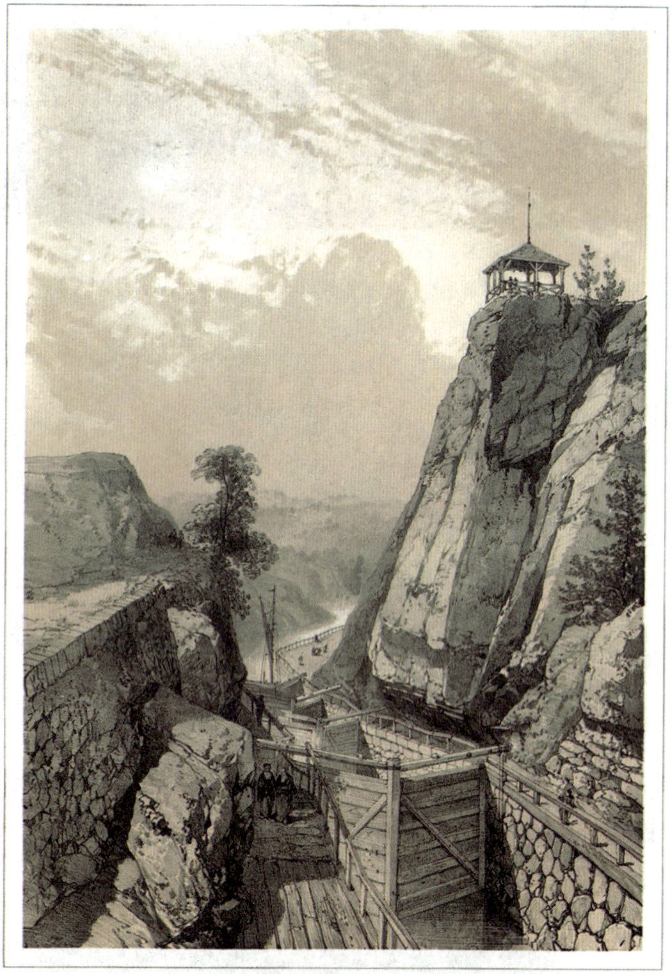

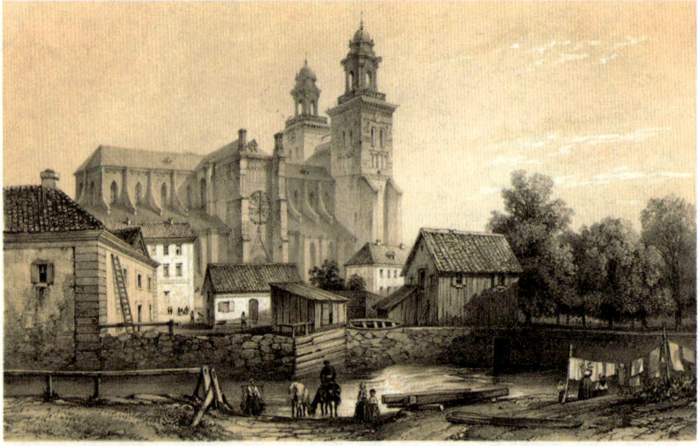
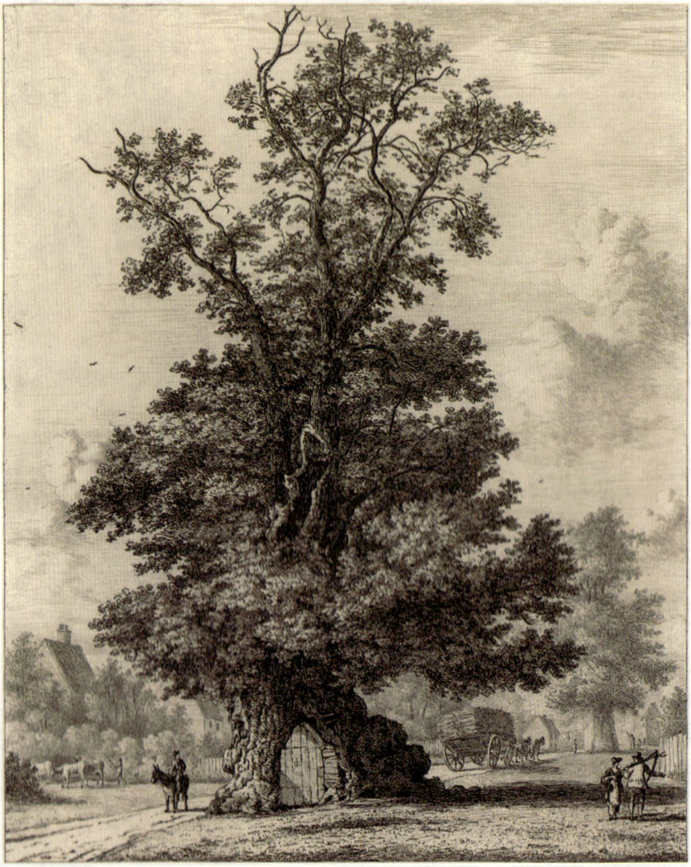

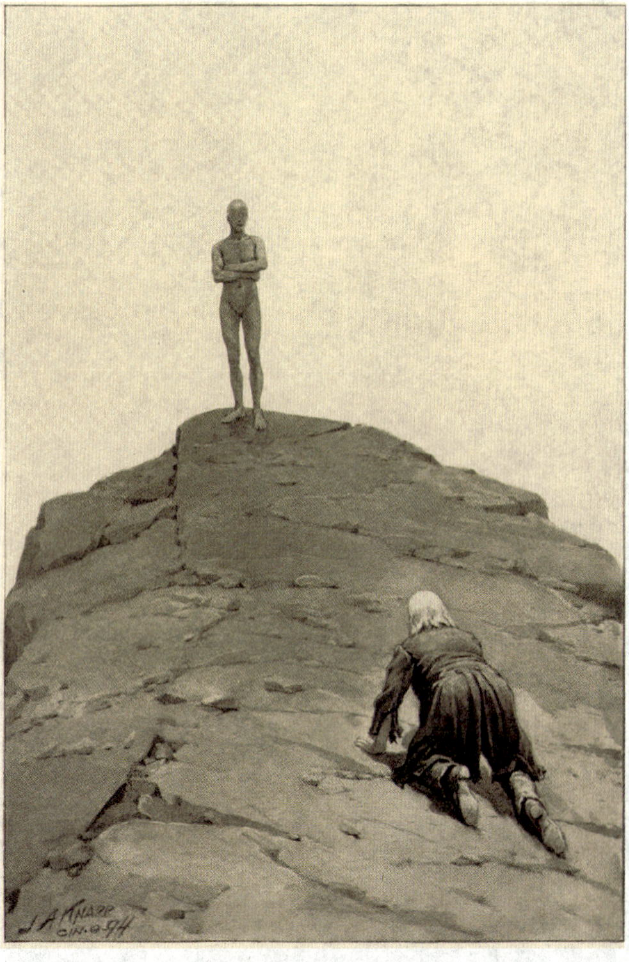
J.A. KNAPP
CIN.O 94

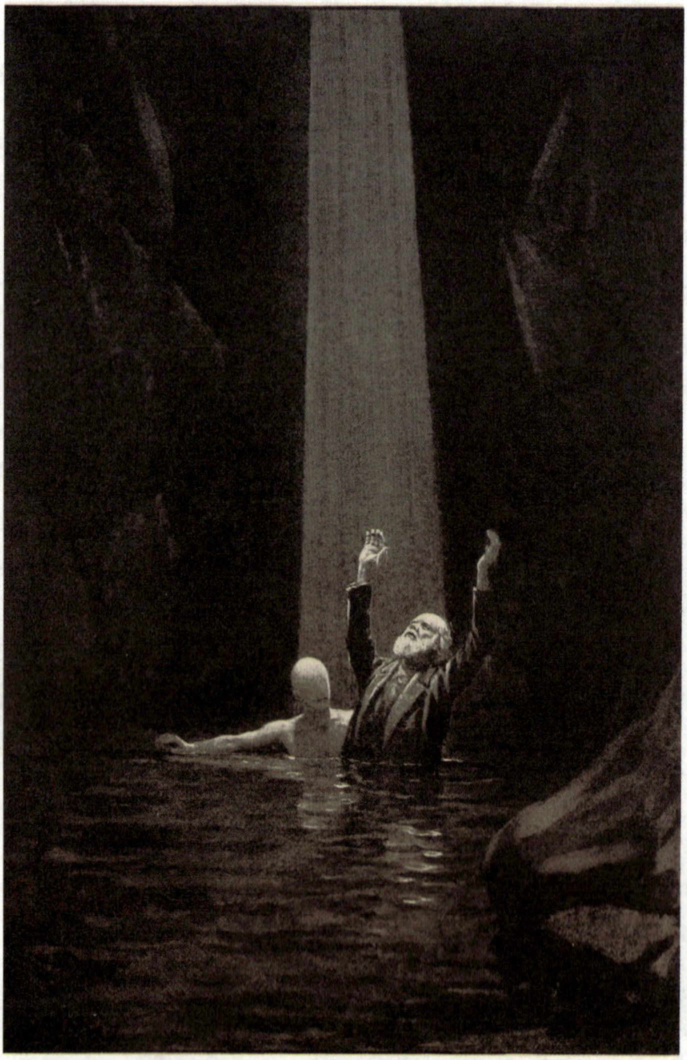

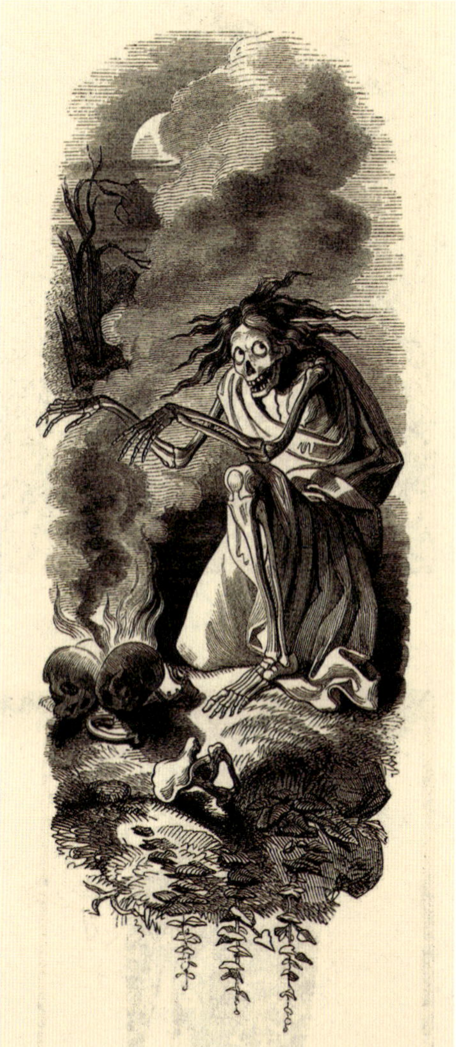

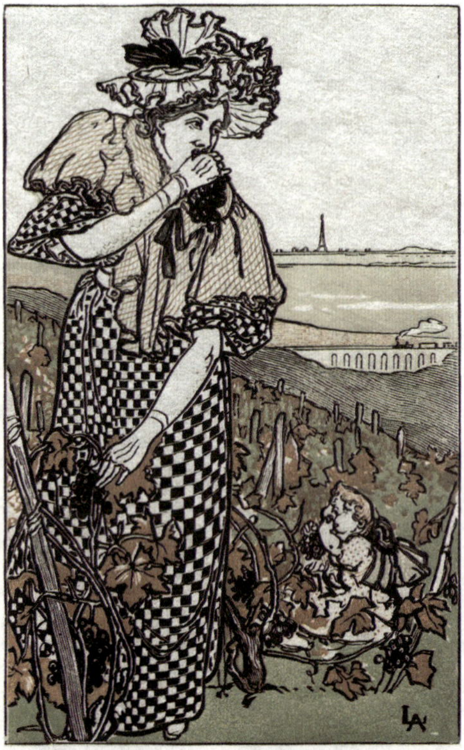

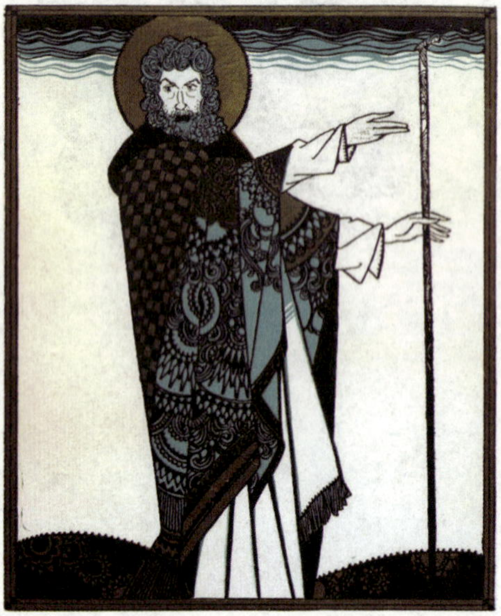

THE LAST MAN

MARY SHELLEY

最后一个人

［英］玛丽·雪莱／著
蒙彦辰／译

中国画报出版社·北京

图书在版编目（CIP）数据

最后一个人 /(英)玛丽·雪莱著；蒙彦辰译.
北京：中国画报出版社，2025.7. -- ISBN 978-7-5146-
2319-2

Ⅰ.I561.45

中国国家版本馆CIP数据核字第2025R6N844号

最后一个人

[英] 玛丽·雪莱 著　蒙彦辰 译

出 版 人：方允仲
策　　划：许晓善
责任编辑：程新蕾
内文排版：郭廷欢
责任印制：焦　洋

出版发行　中国画报出版社
地　　址　中国北京市海淀区车公庄西路33号　邮编：100048
发 行 部　010-88417418　010-68414683（传真）
总编室兼传真：010-88417359　版权部：010-88417359

开　本：16开（710mm×1000mm）
印　张：24
字　数：367千字
版　次：2025年7月第1版　2025年7月第1次印刷
印　刷：三河市金兆印刷装订有限公司
书　号：ISBN 978-7-5146-2319-2
定　价：68.00元

目 录

第一卷

002 序言

006 第一章 引言

014 第二章

026 第三章

035 第四章

047 第五章

060 第六章

070 第七章

082 第八章

092 第九章

107 第十章

121 第十一章

第二卷

第一章 132
第二章 144
第三章 159
第四章 172
第五章 181
第六章 189
第七章 203
第八章 211
第九章 233

第三卷

第一章 250
第二章 258
第三章 272
第四章 287
第五章 303
第六章 311
第七章 322
第八章 334
第九章 345
第十章 356

第一卷

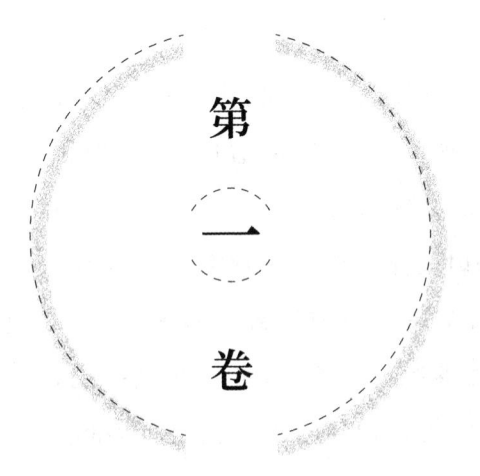

序言

一八一八年十二月八日，我和我的同伴在那不勒斯游玩。我们穿过海湾，参观了散落在巴亚海岸的古迹。平静的海面上，晶莹剔透的海水没过古罗马时期别墅的残垣；这些别墅被海草交织缠绕着，在阳光的照耀下呈现出钻石般的色彩；蓝色和透明的元素就像伽拉忒亚的贝壳船掠过的那样；或许比起尼罗河，埃及艳后更应该选择这里作为她的魔法之船的行经线路。虽然是冬天，但这里的气候却似乎更像是初春。它的温暖能够激发那些令人愉悦的宁静感受，这是每个旅行者在逗留时都会感受到的，这也使得他们不愿离开巴亚的宁静海湾和明媚海角。

我们参观了所谓的极乐世界和阿弗纳斯湖，并在各种被毁坏的庙宇和浴场遗址及经典景点中徘徊漫游；最后我们进入了阴暗的库迈亚女巫洞穴。我们的同伴拉泽罗尼手持火把，火把在昏暗的地下通道中发出几近暗淡的红光，黑暗从四面八方袭来，似乎要吞噬这点儿光亮。我们经过了一座通向第二个走廊的天然拱门，并询问导游是否可以进入。导游指着火把在水面上的倒影，让我们自己看一看再决定。但他们也说，最好不要进去，因为那里通往库迈亚女巫的洞穴。这句话激发了我们的好奇心和想要继续探索的热情，我们坚持要走这个通道。通常在这类冒险活动中，随着调查的深入，困难会减少。我们发现，在湿润的路径的两侧，"脚踩的地方"却是干燥的。

最终，我们来到了一个巨大、荒凉、黑暗的洞穴，拉泽罗尼向我们保证这就是库迈亚女巫的洞穴。我们相当失望，但还是仔细观察，好像透过它那空白的岩壁仍然能够看到天外来客的痕迹。洞穴的一侧有一个小开口。我们问道:"这通向哪里?我们能进去吗?"持着火把的那个看上去很野蛮的人看着我们说:"当然不能!你们只能往前走一小段路,但不可以进去参观。"

"不管怎样,我还是要试一试,"我的同伴说,"它可能通向真正的库迈亚女巫洞穴。我一个人去,还是你陪我去?"

我表示准备好陪着他继续前进,但我们的导游极力反对。他们用我们听不太懂的那不勒斯方言,喋喋不休地告诉我们,那里面有幽灵,屋顶会塌下来,而且里面的空间太窄以至于我们无法进入。他们还说那里面有一个蓄满了水的深坑,我们可能会被淹死。我的朋友打断了他们的喋喋不休,从他手里接过火把,我们就这样独自前行。

刚开始,我们能够勉强通过通道,但越往里,通道就变得越来越狭窄、低矮。我们几乎要弯腰走路,但仍然坚持着继续前进。最后,我们进入了一个更宽敞的空间,顶部也变高了。但就在我们为这个变化而庆幸时,火把被一股气流吹灭了,我们陷入了漆黑一片的境地。导游们都带着可以重新点燃火把的材料,但我们却没有任何东西可以使用,唯一的办法就是原路返回。我们在宽阔的空间周围摸索着寻找入口,过了一段时间后,我们以为找到了入口。但这其实是第二个向上走的通道。这个通道像之前的那个通道一样并不畅通,虽然有一丝微弱的光线,但我们无法确定光线的来源。渐渐地,我们的眼睛适应了这种昏暗的环境,我们意识到没有直接的通道可以继续前进,但可以沿着洞穴的一侧攀爬到顶部的一个低拱门,那里有一条更容易走的路,而且我们发现光线是从那里射进来的。我们费了好大的劲才爬上去,然后到达了另一条光线更明亮的通道,于是继续向上爬。

我们凭借极大的决心克服了一连串的困难之后,来到了一个宽阔的带有拱形穹顶的洞穴。洞穴中间有一个孔洞透出天光,但是这里长满了荆棘和灌木丛,像一层面纱,遮挡了阳光,给整个洞穴蒙上了一层庄严的宗教色彩。洞穴很宽敞,近似圆形,一端有一个石制的凸起座位,大小与希腊式沙发相似。这里曾有过生命的唯一迹象是一具完美的雪白山羊骨架,它可能是在山上吃草时没有察觉到洞口,然后不幸掉了下来。自这场灾难发生以来，也许已经过去了很长时间；而山羊给穹顶造成的破坏已经在数百个夏天里被植物的生长所修复。

洞穴里还有堆积的树叶、树皮碎片和一种白色的薄膜状物质，类似包裹着未成熟的印第安玉米粒的绿色罩子的内部。我们费了九牛二虎之力才走到这里，疲惫不堪地坐在石榻上，耳边传来"叮叮当当"的羊铃声和牧童的叫喊声。

突然，我的朋友捡起一些散落在地上的树叶，惊呼道："这就是库迈亚女巫的洞穴；这些是女巫的树叶手札。"我们仔细查看，发现所有的树叶、树皮和其他东西上都刻有文字。更让我们惊讶的是，这些文字用多种语言书写：有些文字我的同伴也不认识，如古代的迦勒底语，还有和金字塔一样古老的埃及象形文字。更奇怪的是，有些文字用的是现代方言，如英语和意大利语。在昏暗的光线下，我们只能勉强看清那些卷轴，它们似乎包含着预言，详细叙述了刚刚发生的事件；其中有些名字现在已经广为人知，但那是现代人的名字。这些薄薄的书页上写满了或喜悦或悲哀、或胜利或失败的感叹。这肯定是库迈亚女巫的洞穴！虽然看上去与维吉尔描述的不完全相同，但这块土地曾遭受地震和火山的肆虐，所以出现变化并不奇怪，尽管毁坏的痕迹已被时间抹去。这些树叶得以保存下来，可能要归功于那个意外封闭了洞穴入口的事故，以及生长迅速的植被，使其唯一的开口不受风暴的侵袭。我们匆匆挑选了一些至少我们其中的一个人能看得懂上面字迹的树叶；然后，满载着宝藏，告别了那昏暗的洞穴，历尽周折才成功地与我们的导游会合。

在那不勒斯逗留期间，我们经常掠过阳光照射的海面回到这个洞穴，有时我会独自一人来这，每次都会带点儿东西回去。从那时起，只要不是世事逼迫我离开，或者我的心境阻碍了我的研究，我就一直致力于破译这些神圣的遗迹。它们的意义奇妙而具有说服力，常常回报我的辛劳，抚慰我的悲伤，激发我的想象力，让我大胆地飞翔，并激发我对自然和人类思维广阔无垠的想象力。有一段时间，我并不是一个人工作，但那段时光已逝，与我一同探索的无与伦比的伙伴，以及随之而来的最珍贵的回报，也已离我而去。这些志同道合的伙伴和我一道长途跋涉，把他们最宝贵的时间和经历都给了我。

Di mie tenere frondi altro lavoro

Credea mostrarte; e qual fero pianeta

Ne' nvidio insieme, o mio nobil tesoro?

  本人谨向公众呈现最新发现，载于此简要而富有启示性的篇章之路。由于这些篇章零散而又互不关联，我不得不在其中添加一些链接，并将作品塑造成一种连贯的形式。但主要内容还是基于这些诗歌狂想曲中蕴含的真理，以及库迈亚从天堂获得的神圣直觉。

  我常常对她诗歌的主题和拉丁诗人的英国服饰感到惊奇。有时我在想，这些诗句虽然晦涩难懂、杂乱无章，但它们现在的样子都是我这个破译者的功劳。就像我们把拉斐尔在圣彼得大教堂绘制的《基督显圣》马赛克摹本的彩绘碎片交给另一位艺术家一样，他会把它们拼凑成一种形式，而这种形式将由他独特的思想和才能来塑造。毋庸置疑，在我的手中，库迈亚女巫的树叶手札已经不复以往形态，其趣味性和优美性也大打折扣。我这样改造它们的唯一理由是，它们在原始状态下无法被常人所理解。

  我的工作使我度过了漫长的孤寂时光，并把我带离一个对我不再友善的世界，进入了一个充满想象力和力量的世界。我的读者会问我，如何从痛苦和悲惨变化的叙述中找到慰藉？这是我们天性的奥秘之一，它完全左右着我，我无法摆脱它的影响。我承认，我并非没有被故事的发展所打动；在我忠实抄录的材料中，有些部分让我感到沮丧，甚至痛苦。然而，人的本性就是如此。心灵的激动是我所珍视的，而想象力，就像是描绘暴风雨和地震的画家，或者更糟地作为描绘人类面临的"狂风暴雨"和破坏性情感的画家，通过给这些虚构的悲伤和无尽的遗憾披上理想化的外衣并且消除痛苦带来的致命刺痛，我减轻了自己真实的悲伤和无尽的遗憾。

  我已投入全部的精力并运用我并不完善的能力尽力改编和翻译，为库迈亚女巫脆弱的树叶手札赋予了新的形式和内涵。如若有人觉得不尽完美，我须为此道歉。

第一章　引言

我，生于一个四面环海的僻静之所，长在一片云霄笼罩的苍茫大地。苍穹之下，辽阔无际的大洋和四散分布的大陆，于我而言，不过是滚滚洪流中的一叶扁舟；然而，在精神层面，却远远超过了其他幅员辽阔、人口众多的国家。的确，只有人的思想才是一切伟大事物的创造者，而大自然只是第一任牧师。英国，坐落在浓雾环绕的海域北部，此刻像一艘装备精良的巨轮一样，驾着雄风，来到我的梦里，肆意地在滚滚巨浪中穿行。对幼时的我来说，英国，就是我的整个宇宙。驻足于群山之巅，看着平原和山脉点缀着同胞的住所，驻足的土地因他们的劳动变得肥沃，最后逐渐延伸出视线。对我而言，地球中心就在脚下。其他地方就像寓言一样，既不用凭空想象，也不必费心了解。

从一开始，我的命运就是一个例证——命运是多变的，人在不同阶段会有不同的经历。我的命运，几乎和父亲一脉相传。大自然赋予了他令人羡慕的智慧和想象力，但却没有赠予他掌舵人的理智及舵手的决断。他的生命之舟注定只能任风吹打，在海中飘摇。他的出身不为人知，但命运之手早早地将他推到了公众的视线中，他穿梭在物欲横流的世界里，微薄家产很快被挥霍一空。年少轻狂的岁月里，他受到了上流社会纨绔子弟的崇拜，尤其是年轻的君主。他逃离了党派的阴谋诡计以及王室事务的繁重职责，去追寻精神上的愉悦，探寻永不消逝的快乐。父亲无法抑制自己的冲动，不断陷入困境，只有聪明才智能让他脱离出来。债台高筑，但他仍轻松自在地活着，毫无节制地享乐，繁重债务并未将他压垮。富人的聚会上，他的陪伴至关重要，偶有疏忽也无人问责，同时他也陶醉在别人对他的奉承中。

人人奉承的感觉，转瞬即逝：和救赎自己的方式比起来，随之而来的困难惊人地增加了，他必须克服。在这种时候，国王对他的热度尚未消减，必定会来安慰他，然后善意地责备他。我父亲承诺要改过自新，但他的社交天性，对他人给予自己的爱慕之情的渴望，尤其是对赌博的痴迷，让他的承诺化为泡影。出于天生的敏锐嗅觉，他发觉自己在这个富贵圈层里越发没有地位。国王结婚了，迎娶了高傲的奥地利公主。这位一国之母，一丝不苟地打量他的破绽，对国王和他的感情不屑一顾。父亲觉得自己快要倒下了，然而，他非但没有利用这场风暴来临前最后的自救，反而试图通过向那个掌控他命运的虚幻而无情的快乐之神做出更大的牺牲来逃避即将到来的灾难。

国王性情温良，但很容易受人摆布，现在已经甘愿拜倒在他那专横妻子的裙下。最终，他对我父亲的轻率和愚蠢表示了极度的厌恶。的确，父亲的出现驱散了乌云，他的热情坦率、聪明言辞和独特举止很难令人抗拒。但他的荒唐之事不断传到他那位高贵朋友的耳朵里，他最终失去了影响力。王后运筹帷幄，阻止他出现在国王的视线中，与此同时还在收集他的罪证。最后，国王看到了他躁动的根源，试图用冗长乏味的说教和痛苦的表述来弥补与之交往的短暂快乐，而这些都是他无法反驳的事实。结果，国王再次试图感化他，将他拯救回来。倘若失败，从此便与他一刀两断。

这样的场景一定是惊天地、泣鬼神的。有权有势的国王，一向以善良著称，温恭谦让。现在以君主的身份告诫他，时而恳求，时而责备，希望他关切自身利益，戒掉正在消耗其魅力的嗜好，把精力花在有价值的领域。倘真如此，国王便是他的精神支柱，他的主心骨，他的先锋。他感受到了国王的好意。一时间，雄心勃勃的梦想在他眼前浮现，恍惚间他觉得目前的追求在高尚的职责面前不值一提。他真诚许诺：作为继续受宠的保证，他从国王那得到一笔钱，用来偿还债务，确保他有个良好开端，重新开始新事业。当晚，怀着对主人慷慨相助的感激以及大干一番的决心，他又踏入了赌场，结果这笔钱在赌桌上输光了，且数额翻了一番。为了挽回最初的损失，他冒着重大风险放手一搏，却欠下了一笔根本无力偿还的债务。他羞于再向国王开口，于是转身离开了伦敦，远离伦敦城里虚假的快乐和纠缠的痛苦。他一贫如洗，隐居在坎伯兰的群山湖泊中。他的机智聪敏，他的锦言妙句，他迷人的举止和社交才能，为大家口口相传。如果你问，这个时髦的宠儿，这位贵族的座上宾，这个在宫廷宴会上大放异彩的红人，现在到哪里去了呢？听说他失宠了，大家认为他的往昔付出配不上此刻的欢愉，长期展现的智慧也不值得在退休时得到津贴。国王哀叹他的陨落；国王喜欢引用他的话，讲述他们的冒险之旅，颂扬他的才能——但有关他的回忆就此中断了。

　　与此同时，我那被遗忘的父亲，始终无法忘记往日的辉煌。失去快乐的刺激、贵族的崇拜、大人物的奢靡生活，他悔恨不已。对他而言，这些东西远比空气和食物更为重要。重击之下，他染上了伤寒，养病期间，暂住在一户穷苦人家中，由这家的女儿照顾。女孩儿平日温柔可人，对他尤为细致周到。在出身卑贱的乡下姑娘看来，眼前这位出身高贵的男子，纵然一时落魄，但举手投足间都散发着浑然天成的气质——高贵优雅，一见忘俗。日后，二人互生情愫，不幸的婚姻就此开始。而我，就是他们爱情的结晶。尽管母亲温柔体贴，但父亲仍为自己的堕落而感到悲哀。由于常年不劳作，他不知道该以什么方式养家糊口。他不是没有想过向国王开口，但之前的羞愧，加上骨子里的骄傲不允许他这么做。最为艰难的日子还未到来，他还没来得及为窘迫生活做出些努力，就撒手人寰了。在这场灾难发生之前的短暂时光里，他痛苦地设想着自己死后妻儿所处的凄凉境遇。弥留之际，他所做的最后努力就是给国王写信，信中言辞动人，将他与生俱来的聪明才智展露无疑。他把妻儿都托付给了这位皇室朋友，他的离去换来了一家人的荣华富贵，对此他满意地闭上了眼睛。这封信是交给一位贵族朋友保管的，父亲确信他会将信交到国王手中。

　　他负债累累，死后所剩微薄钱财即刻被债主收回。我母亲带着两个孩子，身无分文，焦灼地等待着回信，日复一日，却始终没有音信。她这一生都没有踏出过乡间小屋半步，在她的认知里，庄园主的府邸已经是世间最宏伟的建筑了。父亲在世时，她对皇宫贵族之事也略知一二。但是，这些事情和她相隔甚远，根本无法触及，只不过是一个模糊而又虚幻的景象罢了。其实在大多数情况下，她都有勇气向丈夫提到的贵族求助，但一想到丈夫都吃了闭门羹，就打消了念头。因此，她看不到出头之日；对丈夫，她一直怀着强烈的爱慕之情。她日夜照顾染病的丈夫，却遭受丈夫去世的打击，先天身体欠佳，再加上终日劳作，最后也离开了人世。

孤儿永远逃不脱孤苦凄惨的处境。父亲来自异乡，英年早逝，没有亲戚可以帮衬。他们是被抛弃的人，是穷光蛋，是没有朋友帮助的人。他们被当作农民的孩子对待，但却比最穷的人还要低一等，死后只能把遗产留给当地的慈善机构。

身为家中长子，母亲去世时我只有五岁。我想起了父母的话语，以及母亲努力给我复述的关于父亲朋友们的谈话，她希望有一天我能从这些话语中受益，而这一切就像一个模糊的梦一样在我的脑海里飘荡。我坚信自己生而不凡，比同龄人更优越，但我并不知道这番优越感从何而来。和王公贵族的名字联系在一起，让我有种失落感，但我无法从这种感觉中得到启发，作为今后的人生指南。我第一次真正认识自己时，还是一个手无寸铁的孤儿，当时正在坎伯兰的山中为一个农民干活。我手里拿着皮鞭，身旁跟着小狗，在附近的高地养了一群羊。我不能说这样的生活有多好，因为其中的痛苦远远超出了乐趣。其中既包含着与自然为伴的自由感，也充斥着孤独感。然而，这些富有浪漫色彩的体验并不符合年轻人特有的对形动的热爱和对人际交往的渴望。无论是对羊群的照管，还是季节的更替，都不足以驯服我躁动的心灵；长期在户外游荡，没有一份正经工作，让我从小就自由散漫、无法无天。我张罗了一群和我一样没朋友的人，组建了小团体，我成了他们的小队长。所有的牧童都一样，当羊群分散在牧场上时，我们策划并实施了许多恶作剧，引起了乡下人的愤怒和报复。我是大家的领导者，也是大家的保护盾，当我在团体中变得有名望时，他们的恶作剧通常会算到我头上。但是，当我以英雄的精神忍受惩罚和痛苦为他们辩护时，我要求他们以赞扬和服从作为对我的奖励。

在这样的环境里，我的性格变得粗犷而坚毅。我的自控力及对赞美的渴望，和父亲如出一辙，加上逆境的磨炼，我变得胆大妄为，不计后果。我和周遭的环境一样粗野荒蛮，和照管的动物一样无知浅薄。我经常拿自己和他们作比较，发现我的主要优势在于权力,于是我很快说服自己,只有在权力上,我不如地球上最强大的当权者。我没有接受过高深哲学的洗礼,在社会上游荡始终有一种不安的堕落感;漫步在苏格兰群山中,就像古罗马第一个养狼的人一样粗野。我只认定一条法则——最大的美德就是永不屈服。

不过,请允许我暂时收回这句话。母亲临终前,除了告诫我被遗忘和误用的教训外,还郑重地将另一个孩子托付给了我,我将倾尽所能保护她。妹妹比我小三岁;我从她婴儿时期就照顾着她,因为男女有别,我们踏上了不同的道路,这很大程度上把我们分开了,但她仍是我细心呵护的对象。孤儿,从最完整的意义上说,在底层人中也是最穷的、最不招人待见的。如果说我的勇气和胆识招来了厌恶,那么她的青春和性别不仅没有激发出她的温柔,反而证明了她的脆弱,为她带来了许多烦恼;她的性格并没有削弱出身低贱所带来的不良影响。

她和我一样,都继承了父亲的古怪性格。她的心情全部写在脸上;她的眼眸不是十分幽黑,却深邃难测;在她那充满智慧的目光中,你仿佛能发现层层递进的空间,感受到那支配着这双眼睛的灵魂,其洞察力所能理解的思想境界浩如宇宙。她皮肤白皙,面无血色,金色的头发披散在两鬓,饱和的色调与脚下的大理石形成了鲜明对比。她那粗俗不堪的农装,显然与脸上流露的文雅格格不入,但违和中又透着协调。她就像圭多笔下的一位圣徒,眼里心中皆是天堂。所以当你看向她的时候,只会感受到她的内心世界。比起神情中流露的想法,容貌装束都是次要的。

我那死去的双亲给她取名珀迪塔,听起来可爱中透着圣洁,但她的性格并非如此。她的态度冷淡,令人生厌。如果她是在呵护中长大的话,可能是另一种性格;但因从小得不到关注,感受不到爱意,所以面对善意才以沉默回应。她对权威人士百依百顺,但她的额头上永远笼罩着阴郁的乌云;她认为每个靠近她的人都不怀好意,在情感的支配下,她的行为都带着防御性。她能支配的所有时间都在孤独中度过。她会到人迹罕至的地方散步,爬上危险的高地,在无人踏足之地,将自己包裹在孤独之中。她常常在树林的小径走上好几个小时;有时她把鲜花和常春藤编成花环,看着摇曳的阴影和闪光的树叶;有时她坐在小溪旁沉思,思绪中断时,就把花扔进水里，看其漂流，把石头扔进水里，看其沉没；有时她会用树皮或树叶做船，用羽毛做帆，专注地看着自己的杰作在急流和浅滩中航行。与此同时，她活跃的幻想编织了一千种梦境；她梦想着"洪水和田野间动人的奇事"——她沉浸在自我创造的幻想中，最后不情愿地回到日常生活的琐碎之中。贫穷犹如乌云般，遮盖住了她的闪光点，她身上的一切美好似乎都将因为缺少情感的滋养而消失。回忆起父母时，她没有我这么多记忆；作为她的哥哥，她唯一的朋友，她只能紧紧抓住我。别人对她深表厌恶，每一个细微的错误都被放大成犯罪事件。如果在适合她微妙心灵的环境中长大，她几乎会成为被崇拜的对象，因为她的美德和缺点一样突出。她的血管中流淌着和父亲一样的高贵血液；宽厚待人的因子在她血管里流淌；诡计、嫉妒或卑鄙，都与她毫无瓜葛；她眼睛明亮，看起来无所畏惧，和蔼可亲的面容，仿佛一个国家的女王。

境遇所迫，我们兄妹俩几乎与正常的社会范式脱节。但因为性格迥异，我们俩形成了鲜明的对比。我天生需要陪伴，享受掌声。珀迪塔则喜欢独处，一个人也能发掘内心的富足。虽然平日里我不喜约束，但我还是喜欢与人交际，而她像隐士一样喜欢独处。虽说我自由散漫惯了，但我还是很合群的，而她的性格则比较孤僻。我的一生都是在现实中度过的，看得见摸得着，而她的一生则是一个虚幻的梦。我甚至可以说是爱我的敌人的，因为他们的刺激也能带给我幸福；珀迪塔几乎不喜欢她的朋友，因为他们无法走进她那虚幻的精神世界。如果无人分享，那么我的所有情感，甚至是喜悦和胜利，都将转化为痛苦；而珀迪塔即使在欢乐中，也难逃孤独，日复一日，既不表达感情，也不在同伴那里寻找共鸣和慰藉。不，她可以温柔地爱着她的朋友，沉溺于她们的容貌和声音，但她的举止却表现出极度冷酷的矜持。她的感觉变成了感情，只有对外在事物的感知和心灵产生了契合，她才会开口说话。她就像一块肥沃的土壤，吸收了天地间的空气和雨露，然后开花结果，予以回馈；但她也像土壤一样，黑暗崎岖，种子播下去都不见踪影。

她住在一间农舍里，屋前草地修剪整齐，一直延伸到乌尔斯沃特湖；一片山毛榉林延伸到后面的小山，从斜坡缓缓流淌下来的潺潺小溪，穿过白杨树掩映的河岸，注入湖中。我和一个农民同住，他的房子建在更高的山上：一块黑色峭壁隐于山后，面朝北方，夏日来临，山的缝隙里满是未消融的雪。天还没亮，我就把羊赶到牧场，开启了一天的生活。这样的生活异常艰苦，雨水和寒冷比阳光来得更频繁，但对这般险境予以藐视的，是我的骄傲。有时我去找小伙伴，实施我们的计划。这时，我的小狗就派上了用场，它忠实可靠，替我看守着羊群。中午，我们碰面了，找了个稳妥之地，点燃了欢呼的火焰，轻蔑地丢掉了农家带来的吃食，踌躇满志，打算烹煮从附近保护区偷来的猎物。接着便是惊险的逃跑，与狗搏斗，埋伏再逃跑，最后就像吉卜赛人一样把锅围起来。寻找丢失的羔羊，想方设法逃避惩罚，就这样一下午过去了；到了晚上，羊群入圈，我就去找妹妹了。

老实说，我们很少能逃脱责罚，用老话来说，就是"免除纳税，逍遥法外"。享受完美味佳肴，不免会换来殴打和监禁。我十三岁的时候，还被送到郡里的监狱待了一个月。出狱后，我的道德认知还停留在原地，但对压迫者的仇恨则增加了十倍。面包和水并不能驯服我不屈的血液，孤独的监禁也不能激发我温柔的思想。我痛苦不堪，暴跳如雷，很难平心静气，唯一的快乐时光便是制订复仇的计划；计划在我身不由己的时光里一步步趋于完善。九月初，我刑满释放，恢复了自由身。所以在接下来的整个季节里，我总是为自己和伙伴们提供丰盛优质的食物。这是一个美好的冬天。严霜暴雪不仅把动物困在洞里，也把绅士们困在炉边；打来的猎物绰绰有余，足够挺过严冬，忠实的小狗在一旁啃食着残渣，吃得满嘴流油。

时光匆匆，对自由的憧憬，对温驯万物的蔑视只增不减。十六岁时，我已长大成人，身材高大，体格健壮；我锻炼了自己的体魄，也习惯了恶劣的环境。我的皮肤被太阳晒得黝黑，脚步越发坚定从容。对人，我无一畏惧，也无一喜爱。在以后的生活中，我反思当时的行为：如果我继续无法无天下去，我就会变得一无是处。我的生活习惯就像动物一样，思想处在退化的危险边缘。在此之前，我的野蛮习惯并没有给我造成严重伤害，我的体格在野蛮的环境中健壮起来，思想也经历着同样的淬炼，充满了顽强的意志。但现在，我自诩的独立每天都在煽动我实施暴政，自由也变得放肆无界。我即将成年，激情像森林里的树木一样在心中扎根，枝叶肆意蔓生，遮蔽了我的人生道路。

我渴望超越自己年少时期的功绩，为未来构造了一个混乱的梦想。我避开了老朋友，然后很快就失去了他们。他们去做这个年龄该做的事；而我，一个被抛弃的人，没有被人引导、驱使着前进，只能在原地驻足。老人开始拿我举例，年轻人觉得我和他们格格不入；起初我恨他们，最后发展到恨自己。一方面，我始终保持原来的荒蛮习惯；另一方面，对自己的行为嗤之以鼻。我继续与文明展开对抗，但心底却开始向文明倾斜。

我一遍又一遍地回想母亲口中父亲的生前事迹。我凝视着他为数不多的几件遗物，比在山间小屋中所能找到的物件精致得多；但没有什么能引导我走向另一条充满希望的阳光大道。我父亲以前和贵族交往甚密，但据我所知他们的关系后来也疏远了。父亲临终前，念着国王的名字，向他祈祷，国王却野蛮地轻视他，这只与不友善、不公正和随之而来的怨恨有关。我生而伟大，且一直向伟大进发；但是，至少在我扭曲的认知里，伟大和善良并无必然联系。当我疯狂的想法在卓越的梦想中蠢蠢欲动时，便不再受道德的制约。就这样，我站在高处，邪恶的海洋在我脚下翻腾；我正要纵身跃下，像激流一样冲过所有障碍，实现我的愿望——冥冥之中，一股陌生的力量拉扯着我的命运，改变了原来的喧嚣路线，缓缓流向环绕着草地的小溪。

第二章

　　我住在远离人烟的地方，战争或政治变革的传闻也鲜少会传到我们的山间居所。在我幼年时期，英格兰一直是重大斗争的舞台。二〇七三年，英国最后一位国王，也就是我父亲的老朋友，在臣民的强烈抗议下退位，共和制度由此建立。被废黜的君主及其家族获得了大量的财产。他被授予温莎伯爵的称号，温莎城堡以及其他广阔的领地成为他财富的一部分。不久之后，他去世了，留下了两个孩子，一个儿子和一个女儿。

　　前王后是奥地利王室的公主，长期以来，她敦促自己的丈夫顶住时代的压力。她傲慢无畏，她珍爱权力，并对这个抛弃了自己王国的人充满了鄙视。仅因孩子们的缘故，她同意被剥夺王权身份，成为英格兰共和国的一员。成为寡妇后，她把所有的心思都放在了教育儿子阿德里安（温莎伯爵二世）身上，以实现她的野心。在母亲的乳汁哺育下，他茁壮成长，立志重新夺回失去的王位。阿德里安已经十五岁了。他沉迷于学习，有着超乎年龄的学识和才华：据说他已经开始反对他母亲的观点，并开始接受共和党的思想。无论如何，傲慢的伯爵夫人都没有将她的家训秘密托付给任何人。阿德里安是在孤独中长大的，他与同龄人和同辈人都保持着距离。现在，一些不为人知的情况促使他的母亲将他从她的直接监护下送走；我们听说他即将访问坎伯兰。关于温莎伯爵夫人的行为，流传着千百种说法，可能没有一个是真的。但每天都有更多的人确信，我们中将出现英格兰晚期王室的高贵后裔。

　　在乌尔斯沃特有一座大庄园，庄园里有一座宅邸，属于这个家族。它的附属建筑之一是一个大公园,公园布置得很有品位,里面有很多野生动物。我经常在这里捕猎。而这座年久失修的庄园也很容易进入。当年轻的温莎伯爵决定访问坎伯兰时,工人们就来把房子和院子整理得井井有条,以便接待他。居室被恢复到原始的辉煌状态,而公园也经过修整,所有破损的地方都得到了精心修复。

这个消息让我感到无比不安。它唤起了我所有沉睡的回忆,唤起了我悬而未决的受伤情绪,并引发了新的复仇情绪。我再也无法专心于我的工作,所有的计划和策略都被抛诸脑后。我似乎要重新开始生活,而且是在不太顺利的情况下。我想,拉锯战现在即将开始。他将凯旋,来到我父母伤心欲绝之下逃往的地方;他将发现我这个命运多舛的后代,被寄予他父王徒有虚名的信任,成为可怜的乞丐。他会知道我们的存在,并以他父亲在远方和离开时的那种蔑视态度对待近在咫尺的我们,这在我看来是之前一切的必然结果。就这样,我见到了这个有爵位的年轻人——我父亲朋友的儿子。他将被仆人们簇拥,贵族子弟是他的伙伴,整个英格兰都传颂着他的名字。他的到来就像一场雷暴,远远就能听到。而我,不学无术,不拘小节,如果我和他接触,根据他的宫廷追随者们的判断,我本人就会证明我的忘恩负义的名声是恰当的,正是这种忘恩负义让我成了现在这个堕落的人。

我脑海中充斥着这些想法,仿佛陷入了某种深思,总是不停地回荡在年轻伯爵注定要居住的地方。我观察着改建工程的进展,站在卸货的马车旁,看着从伦敦运来的各种奢侈品被搬进宅邸。这是前王后计划中的一部分,目的是让她的儿子拥有王室般的住所。我看到了华丽的地毯和丝绸帷幔、黄金装饰品、镶嵌着金属的家具,以及所有高贵之人的附属之物,这些都是为了让王室后裔的眼睛只看到华丽的东西。我看了看这些东西,又把目光转向了我自己的寒酸打扮。这种差别从何而来?因为忘恩负义,因为弄虚作假,因为王子的父亲丧失了所有高尚的同情心和慷慨的感情。毫无疑问,他的血液里也混杂着他骄傲的母亲的血统——他拥有王国的财富和贵族的血统,他被教导着以鄙夷的口吻重复我父亲的名字,嘲笑我希望得到保护的正当要求。

我竭力地去想,所有这些壮丽的场面不过是更加昭然若揭的耻辱,他把自己织金的旗帜插在我那早已破烂不堪的旗帜旁边，宣示的不是他的优越，而是他的堕落。然而，我却羡慕他。他那一匹匹漂亮的马，他那一件件做工考究的武器，他所受到的赞美和崇拜、随处可见的仆人、崇高的地位和敬意——我认为这些都是从我身边被强行夺走的，我怀着新奇而又痛苦的心情嫉妒着这一切。

让我的精神更加痛苦的是，当她告诉我温莎伯爵即将到来时，珀迪塔，我那个充满幻想的妹妹，似乎清醒过来，回到了现实生活中。

"这就让你如此高兴吗？"我生气地问道。

"确实如此，莱昂内尔，"她回答道，"我非常想见他。他是我们国王的后裔，是这片土地上的第一贵族。每个人都敬佩他、爱戴他，他们说他的地位是他最不值一提的优点：他慷慨、勇敢、和蔼可亲。"

"你已经上了很好的一课，珀迪塔，"我说道，"你重复得如此直白，以至于你忘记了我们对伯爵品德的证明。他对我们的慷慨表现在我们的富足上，他的勇敢表现在他保护我们的行动中，他的和蔼可亲表现在他对我们的关心上。你说他的身份是他最不起眼的优点？事实上，他所有的美德都仅来自他的身份地位。因为他富有，所以他慷慨；因为他有权势，所以他勇敢；因为他得到良好的服务，所以他和蔼可亲。让他们这样称呼他，让全英格兰都相信他是这样的人吧！但我们知道他，他是我们的敌人——我们吝啬、懦弱、傲慢的敌人。如果他有一丁点儿你所说的美德，他就会公正地对待我们，哪怕只是为了展示给别人看。如果他必须出手，他也不会攻击一个倒下的敌人。他的父亲伤害了我的父亲——他的父亲，坐在他的王座上，高高在上，当他屈尊与那个不知对王室感恩的人交往时，他所做的只是蔑视那个俯首称臣、卑躬屈膝的人。我们是他们两人各自的后代，也不可避免地成为敌人。他将发现我能感受到我所受到的伤害；他将学会害怕我的报复！"

他抵达几天后，哪怕居住在最破旧的茅屋里的生活困苦的居民都涌向迎接他的人流。就连珀迪塔，也不顾我的讥讽，蹑手蹑脚地走近公路，去看这位所有人心中的偶像。我看到一队又一队身着节日盛装的乡下人从山上下来时，简直要疯了，我逃到了云雾缭绕的山顶，望着周围毫无生机的岩石，感叹道："他们没有哭泣，伯爵万岁!"夜幕降临,伴随着淅淅沥沥的小雨,即便感到寒冷,我也不愿回家。因为我知道,每间茅屋里都响起了对阿德里安的赞美声。当我感到四肢越来越麻木、越来越冷时,我的痛苦加剧了我对他的极度厌恶。不,我几乎在痛苦中获得了胜利,因为这似乎为我憎恨那个从未理会过我的敌人提供了借口。

我将一切都归咎于他,因为我完全混淆了父亲和儿子的概念,以至于忘记了阿德里安可能完全没有意识到他的父母对我们的忽视。我头痛不已,一边用手敲着头一边喊道:"他必须知道这件事!我要报复!我不会像一只西班牙猎犬那样忍受伤害!他应该知道,虽然我是个乞丐又无朋友,我也不会听之任之!"每一天、每一小时,这些夸大的冤屈都在累加。他获得的赞美之词就像是刺入我脆弱胸膛的毒蛇之牙。如果我在远处看到他骑着一匹漂亮的马,愤怒就会让我热血沸腾。空气似乎都被他的存在毒化了,我的母语英语也变成了恶毒的行话,因为我听到的每个词组都与他的名字和荣誉联系在一起。我渴望通过一些错误的行为来缓解这种痛苦的内心焦灼,从而让他感受到我的反感。他让我产生了如此难以忍受的感觉,却不屑于做出任何表示,他甚至没有表现出知道我活着且在感受这些痛苦的任何迹象。

很快就有人知道,阿德里安非常喜欢他的公园和保护区。他从不狩猎,而是花几个小时观察公园里那些可爱的、几乎被驯服的动物,他还下令让仆从们比以往更加细心地照顾这些动物。这为我的进攻计划提供了一个机会,我利用了这一机会,使出了我活跃的生活方式所带来的所有野性。我向我仅剩的几个意志坚定、无法无天的同伴提议在他的领地上偷猎,但他们都不敢冒这个险,所以我只能自己去复仇。起初,我的行动无人察觉;后来,我的胆子越来越大;露水未干的草地上的脚步声、被扯断的树枝和屠杀的痕迹,最终让猎场看守人发现了我在偷猎。他们加强了监视,我被抓进了监狱。我在胜利的狂喜中走进了阴暗的高墙。"他现在感受到我了,"我喊道,"而且会一次又一次感受到我的存在!"我只被关了一天;傍晚,我被释放了,据说是伯爵亲自下的命令。这个消息给了我当头一击。我想,他瞧不起我;但他会知道我也瞧不起他,对他的惩罚和仁慈同样不屑一顾。获释后的第二天晚上,我又被猎场看守人抓走了——又被关进了监狱,又被放了出来;由于我的顽固不化,第四天晚上我又被关进了禁园。看守人对我的顽固态度比他们的主人更加愤怒。他们接到命令，如果我再被抓到，就直接带到伯爵面前；而伯爵的宽宏大量会让我得到一个与我的罪行不相称的判罚。他们中的一个人从一开始就是抓我的人中的头领，他决心在把我交给上级之前先泄愤。

由于月亮落山较晚，加上这是我的第三次探险，我不得不格外小心，这耗费了我太多的时间，以至于当我看到黑夜变成黎明时，内心产生了一种类似恐惧的感觉。我匍匐在蕨丛上，手脚并用，寻找林下阴暗的隐蔽处，鸟儿在树上不甘寂寞地歌唱，清爽的晨风在枝丫间穿梭，让我怀疑每转一个弯都有脚步声。接近栅栏时，我的心跳加快。我的手搭在其中一个栅栏上，一跃就能跳到另一边。这时，两个看守人从埋伏的地方向我窜来，其中一个把我击倒，然后开始用马鞭狠狠地抽我。我猛地站起身来，手中拿着一把刀。我猛地向他举起的右臂刺去，在他的手上造成了一道又深又宽的伤口。受伤男子的愤怒咆哮，他同伴的咒骂声，我同样愤怒和狂怒的回应，一起回荡在山谷中。晨光越来越亮，它的天籁之美与我们野蛮喧闹的较量格格不入。我和敌人还在搏斗，受伤的人喊道："伯爵！"我气喘吁吁地从看守人的禁锢中挣脱出来，怒视着击倒我的人，背靠着一棵树，决心为自己抗争到底。我的衣服被撕破了，衣服上和手上都沾满了被我打伤之人的鲜血；我的一只手抓着死鸟，那是我来之不易的猎物，另一只手拿着刀。我的头发蓬乱，我的脸上沾满了罪证，我紧握的滴血的工具上也有罪证。我整个人看起来憔悴不堪。虽然我身材高大而健壮，但我现在看起来肯定像是地球上最无耻的恶棍。

伯爵的名字把我吓了一跳，一股热血涌上了脸颊。我从来没有见过他。我猜想他是一个傲慢、自以为是的年轻人。如果他屈尊跟我说话，那一定会带着高高在上的傲慢来责备我。我已经在心里打好了腹稿如何回应，我认为这个责备一定会刺痛他的心。这时，他走了过来，用温柔的气息吹散了我阴云密布的愤怒。一个高大、苗条、白皙的男孩站在我面前，他的相貌表现出过度的感性和高雅；清晨的阳光给他的发丝染上了金色，在他满面春风的脸上洒下了光辉和荣耀。他喊道："这是怎么回事？"男人们急切地开始辩解。他把他们赶到一边，说："你们两个人同时欺负一个小伙子？太丢人了！"他走到我面前。"维尔尼，"他声音高亢，"莱昂内尔·维尔尼，我们是第一次见面吗？我们生来就是朋友。虽然不幸的命运将我们分开，但你不能否认世代相传的友谊纽带！"

他说话时会用一双恳切的眼睛盯着我，似乎能读懂我的灵魂。我的心，我那颗野蛮的复仇之心，感受到了甜美的善意。而他那激动人心的声音，就像最甜美的旋律，唤醒了我内心深处喑哑的回声，激荡着我体内涌动的生命之血。我想回答他，认可他的善意，接受他释放的友谊。但是作为一个粗犷的山地人，我找不到合适的词语。我本想伸出我的手，但我满手血污让我停在半途。阿德里安怜悯我手足无措的样子："跟我来，我有很多话要对你说！跟我回家吧，你知道我是谁，对吗？"

我脱口而出："是的，我相信我现在认识你了，你会原谅我的错误，我的罪行。"

阿德里安温和地笑了笑，在向猎场看守人下达命令后，他走到我身边，挽着我的胳膊，我们一起向宅邸走去。

尽管我已经说了这么多，但并不是因为他高高在上的地位。肯定不会有人怀疑是阿德里安的地位从一开始就征服了我的心，让我的整个精神屈服于他。也不只是我一个人如此深切地感受到他的完美。他的感性和礼貌令每个人着迷。他的活泼、聪慧和善行精神彻头彻尾地征服了我。即使在这个年纪，他就已经饱读诗书，并被崇高的哲学精神所熏陶。这种精神使他在与人交往时具有一种不可抗拒的说服力，因此，他看起来就像一位灵感迸发的音乐家，以准确无误的技巧敲响了"心灵之琴"，并由此产生了神圣的和谐之音。从外表上看，他几乎不像是这个世界上的人。他纤弱的身躯被内心驻守的灵魂充实，他的内心极其强大。一个人只要轻轻触碰他的胸膛，就能击败他的身体；但他微笑的威力足以驯服一头饥饿的狮子，或让一支武装部队放下武器跪地投降。

我和他在一起度过了一整天。起初，他并没有谈及过去，也没有谈及任何个人经历。他可能希望给我以信心，让我有时间整理一下散乱的思绪。他谈了一些一般性的话题，给了我之前从未想过的观点。我们坐在他的书房里，他谈到了古希腊的圣贤，谈到了他们仅凭爱和智慧的力量就能影响人的思想。房间里摆放着许多圣贤的半身像，他向我描述了他们的性格。在他说话的时候，我感觉自己完全被他吸引。我所有自诩的骄傲和力量都被这个蓝眼睛男孩温柔的口吻所征服。当我身处野外丛林中时，我从未想过有一天能进入这个修剪整齐、用栅栏围着的文明庄园，但他打开大门，我走了进去，一进门就觉得踏上了故乡的土地。

夜幕降临，他开始诉说过去。他说："我要讲一个故事，也有很多关于过去的事情要解释，也许你能帮我精简一下。你还记得你的父亲吗？我从未见过他，但他的名字却是我最早的记忆之一。他是我心目中英勇、和蔼、迷人的典范。他那颗满溢善良的心比他的机智更令人印象深刻，他把这颗善良的心全部倾注在了他的朋友身上，留给自己的却很少，唉！"

受到这番赞誉的鼓舞，我在回答他的询问时，讲述了我所记得的关于我父母的事情。他也讲述了导致我父亲遗书被忽视的原因。在我父亲离开以后的岁月里，阿德里安的父亲，当时的英格兰国王，感到自己的处境越来越危险，行为越来越窘迫，就一再希望他早年的朋友能成为他和议会之间的调解人，以平息王后的暴怒。自从他在赌桌上惨败，然后在那个致命夜晚离开伦敦后，国王就再也没有收到过关于他的任何消息。国王比以往任何时候都更加怀念他，并嘱咐自己的儿子，如果有一天见到了这位重要的朋友，一定要以国王的名义给予他一切帮助，并向他保证，即使在分离和沉默中，国王对这位朋友的情感仍然存在。

在阿德里安访问坎伯兰前不久，那位我父亲在弥留之际求助的贵族的继承人把这封没有拆封的信交到了这位年轻的伯爵手中。这封信是和一大堆陈年旧纸一起被丢弃在一旁的，一次偶然的机会才让它重见天日。阿德里安饶有兴趣地读了起来，他在信中发现了他经常听到的对天才和智慧的赞美。他发现了我父亲退隐和逝世之地，他知道了我父亲的遗孤们。在他到达乌尔斯沃特后，他一直忙于打听我们的情况，为我和我妹妹的利益做出各种安排，为的是让我们注意到他，直到我与他在公园相遇。

他谈到我父亲的方式让我的虚荣心得到了满足。他向我表明他只是在恪尽职守地完成他父王最后的旨意，他所做的一切不是出于他的怜悯。这一切都维护了我脆弱的自尊心。他那和蔼可亲的态度和慷慨热情的表达方式还唤起了我的另外一些不那么模糊的感情，比如以前从未有过的尊敬、钦佩和爱慕。他用他的魔力撼动了我坚如磐石的心灵，让我内心的情感如溪流般喷涌而出，不朽而纯洁。傍晚时分，我们彼此道别。他拍了拍我的手说："我们会再见面的，明天来找我吧！"我紧紧握住这只亲切的手，我想回答他，但粗俗的我只能热切地说："上帝保佑你！"然后，我被新的情感压抑着，飞快地离开了他的庄园。

我无法停下。我不停地找寻山丘；西风掠过山丘，头顶星光闪烁。我继续向前奔跑，全然不顾外在的事物，只想通过身体的疲劳来控制内心的挣扎。我想："这就是力量！不是要四肢发达，心肠冷酷，凶残大胆；而要仁慈怜悯，心地善良。"我停住脚步，紧握双手，以皈依者的狂热喊道："不要怀疑我，阿德里安，我也会变得聪明善良！"然后，我情不自禁地失声痛哭。

当这股激情从我身上褪去，我感到愈加平静。我躺在地上，将激情转化为思绪，在脑海中回想着我以前的生活，开始一折一折地解开心中的许多疙瘩，然后我发现自己迄今为止是多么的野蛮、粗暴和毫无价值。然而，当时我并不感到懊悔，因为我仿佛获得了新生。我的灵魂摆脱了过去罪恶的重负，开始了纯真和爱的新生涯。没有任何残酷或粗暴的东西能够触动当时所激发的柔软情感；我就像一个孩子，跟在母亲后面诵读着虔诚的经文，我可塑的灵魂被一个圣贤重塑，我既不想也无法抗拒这个人。

这是我与阿德里安友谊的开端，我必须把这一天作为我一生中最幸运的日子来纪念。从那天开始，我真正成为"人"了。我被接纳进入那神圣的界限，它将人的智力和道德本性与动物的特性区分开来。我最美好的情感被激发出来，对我这位新朋友的慷慨、智慧和友善做出了恰当的回应。他以自己的高尚品德，把自己的心智和财富慷慨地赠予了他父王的朋友长期被忽视的儿子——这位天才的后代，他从襁褓中就听说了这位天才的卓越和才华。

逊位后，前国王退出了政治舞台，但他的家庭生活却没有给他带来多少满足感。前王后没有一点儿家庭生活的美德，她曾经拥有的美德——勇气和胆识，也因为丈夫的退位而变得荡然无存。她瞧不起丈夫，也不愿意掩饰自己的情绪。国王顺从她的要求，抛弃了他的老朋友，但在她的引导下，他没能获得新的友谊。在缺乏理解的状态下，他只好向他年幼的儿子寻求安慰，而阿德里安的早慧和感性使他成为父亲的最佳寄托。他总是不厌其烦地听前国王讲述我父亲曾在其中扮演过重要角色的往事。父亲对我说过的那些睿智的话，我都记得清清楚楚。他的机智、他的魅力、他的缺点都因感情的遗憾而变得神圣；人们对他的离去而感到由衷的惋惜。王后对这位宠臣的厌恶无法抑制她儿子对他的钦佩之情。王后的评判尖刻、讽刺、蔑视，无论是对他的优点还是错误，对他的忠诚友谊和不当的爱情，对他的无私和挥霍，对他迷人的举止和对诱惑的容易屈从，王后的双重攻击都显得过重，未达到预期效果。王后的愤怒厌恶也没有阻止阿德里安把我父亲描绘成一个英勇、和蔼、迷人的人。因此，当他听说这位名人有后代时，他计划把他的地位所能提供的一切好处都给予他们，这并不奇怪。当阿德里安发现我是一个流浪的牧羊人、一个偷猎者、一个不学无术的野蛮人时，他的善意并没有消失。他认为他父亲对我们的疏忽在一定程度上是造成这一切的源头，他必须尽一切可能给予补偿。除此之外，他还高兴地说他觉得在我的粗犷外表下闪烁着一种高尚的精神，这种精神完全不同于匹夫，而且我继承了父亲的容貌，这证明他的所有美德和才能并没有随他而去。我高贵的年轻朋友说，无论我从父亲那里继承了什么，都不应该因为缺乏文化而失去。

在我们后来的交往中，他始终坚持这个想法，引导我参与他的智力培养。我活跃的思维一旦捕捉到这一新的想法，就会异常狂热地投入其中。起初，我非常渴望能够与父亲的才能相媲美，并使自己配得上阿德里安的友谊。但我的好奇心很快就觉醒了，对知识的渴望使我没日没夜地读书学习。我对大自然的全景、四季的变化和天地间的各种景象早已了如指掌。然而，当知识世界的帷幕被拉开时，我的视野骤然开阔，我一下子惊呆了，陶醉了，我看到了宇宙，不仅是外在感官所看到的宇宙，而且是智者所看到的宇宙。诗歌及其创作、哲学及其研究和分类，都唤醒了我头脑中沉睡的思想，并让我产生了新的思考。

我觉得自己就像那个站在桅杆顶端首次发现美洲海岸的水手一样，急忙向同伴们讲述我在未知领域的发现。但是，我无法激起他们中任何一个人的求知欲。就连珀迪塔也无法理解我。我一直生活在人们通常所说的现实世界中，而当我来到一个新的国度时，才发现除了我的眼睛向我传达的信息之外，我所看到的一切还有更深层次的含义。充满想象力的珀迪塔在这一切中看到的只是对旧读物的新诠释，而她自己的读物则是取之不尽、用之不竭的。她听我讲述我的冒险经历，有时也对这种信息感兴趣；但她不像我那样，把这种信息看作生命中不可分割的一部分。而我既然得到了它们，就不能只满足于感官之所得。

我们都喜欢阿德里安。尽管珀迪塔还没有摆脱童年的阴影，不能像我一样欣赏他的优点，也不能像我一样理解他的追求和观点。我要永远和他在一起。他的性格中充满了感性和可爱，使我们的谈话充满了温柔和超凡脱俗的情调。他快乐得像百灵鸟在高楼上欢唱，思想像雄鹰一样翱翔，天真得像目光温和的鸽子。他能让珀迪塔不再严肃，也能消除我天性中折磨人的刺痛。我回首自己躁动不安的欲望和与同伴的痛苦挣扎，就像回首一个纷乱的梦境，感到自己发生了巨大的变化，就像自己蜕变成了另一个人。他崭新的感官和神经机制改变了表面宇宙在心灵之镜中的映像。但事实并非如此，我的力量、对认可的渴求、对积极努力的渴望都没有改变。我的男子气概并没有抛弃我，因为女巫乌拉尼亚在桑普森躺在她脚下时，解开了他的枷锁；但一切都变得柔和和人性化了。阿德里安也没有只教我冰冷的历史和哲学真理。当他用这些方法教我克制自己的鲁莽和蒙昧时，他还向我打开了他心灵的活页，让我感受和理解其奇妙的特性。

这位前英国王后在她的儿子还是个襁褓中的婴儿时，就努力向他灌输大胆而又雄心勃勃的想法。她看到他天赋异禀，才华横溢；她培养他的这些天赋，是为了日后利用它们来推进自己的观点。她鼓励他对知识的渴求和冲动的勇气；她甚至容忍他对自由毫无节制的热爱，并希望这种热爱激发出他对指挥的热情。她竭力培养他对那些促成他父亲退位的人的怨恨和报复欲望。但她并没有成功。她向他讲述了一个伟大而又英明的国家如何维护自己的统治权，尽管这些讲述是歪曲事实的，但却令他钦佩不已：他很早就从原则上成为一名共和主义者。但他的母亲并没有绝望。

除了对统治的热爱和出身的傲慢，她还有坚定的志向、耐心和自制力。她潜心研究儿子的性情。她通过表扬、批评和劝诫，试图寻找和敲打出合适的和弦。尽管她弹奏出的旋律似乎并不和谐，但她把希望寄托在儿子的才能上，并确信最终会赢得儿子的支持。他现在所经历的这种放逐是由其他原因造成的。

前王后还有一个女儿，现在已经十二岁了，阿德里安习惯称她为仙女妹妹；她是一个可爱、活泼的小女孩，充满了感性和真诚。这位高贵的寡妇带着这两个孩子，一直住在温莎。除了她自己的党羽、从家乡德国来的旅行者和一些外国公使，她不接待任何访客。在这些人中，希腊自由邦驻英国大使扎伊米亲王深受她的赏识；他的女儿、年轻的伊瓦德涅公主也经常在温莎城堡逗留。与这位活泼机灵的希腊女孩在一起时，伯爵夫人会从平常紧绷的状态中放松下来。她对自己孩子的看法使她对孩子们的一言一行都有所克制，但伊瓦德涅是一个她丝毫不害怕的玩物，她的才智和活泼也丝毫不能缓解伯爵夫人千篇一律的生活。

伊瓦德涅当时十八岁。虽然他们在温莎相处了很长时间，但阿德里安那时候年少，没人会觉得他们两人是在恋爱。但他的热情和温柔超出了常人的天性，他已经学会了爱，而美丽的希腊人则对男孩露出了善意的微笑。我虽然比阿德里安年长，却从未爱过。目睹我的朋友为爱奉献一切，我感到很奇怪。他的情感中既没有嫉妒、不安，也没有不信任，有的只是奉献和信仰。他的生命被爱人的存在所吞没；他的心只随着她的心脏跳动而跳动。这就是他生命的秘密法则——他爱她，也被她所爱。对他来说，宇宙从来不是一个社会体系，也不是事件的串联，这些都不会影响他的幸福或痛苦。尽管生活和社会的运作系统仿佛一片荒原，犹如虎踞龙盘的丛林，但错综复杂的深处，有一条花团锦簇的路径，他们能够安全愉悦地走过。他们的足迹好比红海之道，即使两旁是毁灭的墙壁，他们仍能畅通无阻地穿越红海。

唉！我为何要详尽记录下这无与伦比的人性样本所展示的绝望幻想呢？在我们的天性中，是什么在不断地驱使我们走向痛苦和灾难？我们不是为享乐而生的，无论我们多么善于接受快乐的情感，失望都是我们生命之舟永不停歇的领航员，无情地把我们带向浅滩。有谁能比这位天赋异禀的青年更懂得爱与被爱，更懂得从无愧于心的激情中收获不可剥夺的快乐？如果他的心再多沉睡几年，或许他会得到救赎。但是，它在襁褓中苏醒，它有力量，却没有知识。然后，它被毁了，就像过早绽放的花蕾被残酷的寒霜掐灭一样。

我并没有指责伊瓦德涅虚伪或想欺骗她的爱人，但当我看到她的第一封信时，就确信她并不爱他。信写得很优雅，即便作为一个外国人，她也非常擅长运用英语。她的字迹也非常漂亮；就连我这个不爱好这些也不懂这些的人在信纸和信折的细节中也能看出她的品位。信中表达了很多善意、感激和温柔，但没有爱。伊瓦德涅比阿德里安大两岁，谁会在十八岁时爱上比自己小这么多的人？我把她语气平和的书信和阿德里安言辞炽热的书信作了比较。他的灵魂似乎都蒸馏进了他的字里行间；它们在纸上呼吸，带着爱的生命的一部分，这就是他的生命。写作常常让他精疲力竭；他会为这些文字流泪，仅仅是因为它们在他心中唤起了过多的情感。

你可以轻易地透过阿德里安的脸看到他的心中所想，隐瞒和欺骗与他天性中的坦率是背道而驰的。伊瓦德涅恳切地请求不要把他们的爱情故事透露给他的母亲。在争论了一会儿之后，他向她让步了，但这只是一个徒劳的让步。他的举止很快就在前王后的火眼金睛下暴露了他的秘密。她以一贯的谨慎小心，隐瞒了这一发现，但却急忙让儿子离开这个迷人的希腊女子。他被送往坎伯兰，但伊瓦德涅安排的这对恋人之间的通信计划却全然不为她所知。因此，阿德里安的离去，使他们之间的联系比以往任何时候都更加紧密。他不停地向我谈起他心爱的伊瓦德涅。她的国家，她的古老历史，她那令人难忘的斗争，无一不体现着她的光荣和卓越。他屈从于离开她，因为她要求他屈从；如果不是因为她的影响，他会在全英格兰面前宣布他对她的爱恋，并毫不动摇地反抗他的母亲。伊瓦德涅的女性的审慎让她意识到，在岁月没有给他的力量增添分量之前，他的任何决断都是无用的。也许还有一种潜意识里的不情愿——不情愿在世人面前把自己和一个她不爱的人捆绑在一起，至少，她的心告诉她，有一天她可能会对另一个男人产生热烈的爱。他听从了她的劝告，在坎伯兰被放逐一年。

第三章

那年的那段岁月的每时每刻都极为快乐。友情,与钦佩、温柔和尊敬携手,在我的心中筑起了一座快乐的花房,那里曾经像美国未开化的荒野,像无家可归的风,像无草的海。对知识的无限渴求和对阿德里安的无限眷恋使我的内心变得充沛、理解力得到充实,我因此而感到幸福。有什么幸福能像年轻人脸上洋溢着的喜悦和无比的健谈一样如此真实而又清晰呢?在我们的船上,在我故乡的湖上,在溪流旁,在白杨树旁,在山谷里,在山丘上,我把我的曲柄杖扔在一边,照看着比愚蠢的绵羊更贵重的羊群。我也在接受一些新的思想,我阅读书籍或聆听阿德里安说话。他的谈话,无论是关于他的爱情,还是他关于人类进步的理论,都让我着迷。有时,我又会变得无法无天,喜欢冒险,抵制权威;但这是在他不在的时候。在他温柔的目光下,我就像一个五岁的孩子一样听话、乖巧,听从"母亲"的吩咐。

在乌尔斯沃特住了大约一年后,阿德里安去了趟伦敦,回来后满脑子都是为我们着想的安排。他对我说:"你必须开始新的生活。你已经十七岁了,再拖下去,必要的学徒期会越来越难熬。"他预见到,他自己的一生将是奋斗的一生,而我必须和他一起分担他的职责。为了让我更好地适应这项任务,我们现在必须分开。他发现我的名字是一个很好的晋升通行证,他为我争取到了驻维也纳大使私人秘书的职位,我将在那里以最好的条件开始我的职业生涯。两年后,我将带着一个众所周知的名字和已经建立起来的声誉回到祖国。

珀迪塔呢?她将成为伊瓦德涅的学生、朋友和妹妹。阿德里安一如既往地体贴入微，提供条件让珀迪塔能够独立。我不想拒绝这位慷慨的朋友的好意，但我在心底发誓，我将把生命、知识和力量全部奉献给他，只要这些东西对他有价值，都将奉献给他，我所有的能力和希望，我都将奉献给他。

就这样，我对自己许下诺言，怀着激动和热切的期待，向目的地进发，期待着实现我们在童年时对自己许下的所有诺言，期待着成熟时所拥有的力量和对世界的享受。我想，现在时机已到，我应该放下幼稚的职业，投入到新生活中去。即使是在极乐世界，维吉尔描述那些幸福的灵魂也渴望饮下能使其重返尘世的甘泉。年轻人很少到过极乐世界，因为他们的欲望超越了可能性，使他们像无钱的债主一样贫穷。最睿智的哲学家告诉我们世界的危险、人类的欺骗和我们自己内心的叛逆，但每个人都毫不畏惧地从港口驶出他那脆弱的舢板，张开风帆，奋力划桨，奔向滔滔的生命之海。有多少人在青春年少时把船停泊在"金色的沙滩"上，捡拾散落在沙滩上的彩贝。但所有人都得在天色将晚的时候，带着裂开的木板和破损的帆布向海岸驶去，要么在到达海岸之前就已沉没，要么寻觅到海浪不断拍打的避风港，或是一些荒凉的沙滩，然后投身其中，死而无憾。

与哲学休战！生命就在我面前，我却只能短暂拥有。希望、荣耀、爱和无愧的抱负引导着我，我的灵魂无所畏惧。过去虽然甜蜜，但已一去不复返。现在之所以美好，只是因为它即将改变，而未来是属于我的。我的心在悸动，高远的志向让我热血沸腾。我的目光似乎能穿透时间的黑暗，在深处看到我所有的愿望都得以实现。

在我的旅途中，我可能会梦想着插上有力的翅膀，登上人生的顶峰。现在，我已经到达了山脚，我的羽翼已经卷起，巨大的阶梯就在我面前，我必须一步一步登上这奇妙的阶梯。

说！什么门被打开了？

请看我的新身份。一位外交官，一位欢乐城市中追求享乐的社交圈中的一员，一位前途无量的年轻人，大使的宠儿。对于坎伯兰的牧羊人来说，这一切都既陌生又令人羡慕。我屏住呼吸，惊奇地进入了这个欢乐的场景。

百合花像所罗门一样光彩夺目，她们不劳作，也不旋转。

我迅速地陷入了眩晕的旋涡，忘记了我的学习时间，忘记了阿德里安的陪伴。我仍然热衷于共鸣，热衷于追求我所希望的目标。美丽的景象让我着迷，男人或女人迷人的举止赢得了我的全部信任。当一个微笑让我怦然心动时，我称之为狂喜。当我走近心之神往的偶像时，我感到生命的血液在身体里沸腾。单是动物精神的流动就如同天堂，夜幕降临时，我只想再来一次令人陶醉的幻觉。装饰房间的耀眼灯光、身着华丽服饰的可爱身影、舞蹈的动作、美妙音乐的动人音调，让我的感官沉浸在愉悦的梦境中。

这难道不是幸福吗？我向道德家和圣贤呼吁。我想知道，在他们平静的遐想中，在他们深沉的沉思中，他们是否能感受到快乐学校里一位年轻学徒的狂喜？他们追寻天堂的平静目光是否能与蒙蔽他的激情交织的闪光相媲美，或者冷酷哲学的影响是否能使他们的灵魂沉浸在与他一样的快乐之中，从事这种青春狂欢的可爱工作。

然而，归隐者的孤独沉思与狂欢者的喧闹狂欢均无法满足内心需求。从某些人那里，我们只能获得不安的猜测；而从另一些人那里则能获得满足。在思想的重压下，个人思绪犹如风中之烛，在那些以娱乐为主要目的的人群的冷漠交往中，人的思绪往往显得颓靡不振。在他们空洞的善意中找不到实在的结果，而在这些浅笑产生的微弱涟漪之下，暗藏着犀利的礁石。

因此，当失望、疲惫和孤独驱使我回到自己的内心，从那里汲取已经变得贫瘠的快乐时，我感觉到了这一点。我疲惫不堪的精神需要一些东西来唤醒我的情感，但我没有找到，于是我垂头丧气。因此，尽管我在维也纳的生活开始时充满了不经意的喜悦，但我对它的印象却是忧郁的。歌德说过，在青年时代，如果没有爱，我们就不会幸福。我没有爱，但我却被一种渴望成为他人之物的不安分的愿望所吞噬。我成了忘恩负义和冷酷娇媚的牺牲品，然后我绝望了，幻想着我的不满使我有权憎恨这个世界。我退缩到孤独之中，我求助于书本，我想再次享受阿德里安的社交生活的愿望变成了一种炙热的渴望。

过度的效仿几乎变成了嫉妒的毒药，给这些情感带来了刺痛。在这一时期，我的一位同胞的名字和事迹令世人钦佩不已。对他所作所为的描述，对他未来行动的猜测，都是时下永不过时的话题。我并没有因为自己的原因而生气，但我觉得，这位偶像所受到的赞美，仿佛是从阿德里安的桂冠上撕下来的树叶。但是，我必须对这位名流的宠儿——这位热爱奇迹的世界的宠儿——进行一番描述。

雷蒙德勋爵是一个高贵但贫穷的家庭的唯一遗孤。从年轻时起，他就对自己的血统沾沾自喜，对自己的财富匮乏痛心疾首。他的首要愿望是获得荣华富贵，而实现这一目标的手段则是次要的考虑因素。他为人傲慢，但当人们对他表达尊敬时，他又表现得战战兢兢。他雄心勃勃，但又不敢表露自己的野心。他渴望获得荣誉，但又贪图享乐。在他踏入社会的门槛时，他遇到了一些侮辱，无论是真实的还是想象的，遇到了一些挫折，在他最意想不到的地方，遇到了一些失望，让他的自尊难以承受。他在无法报复的伤害下挣扎。他离开了英国，发誓不再回来，直到时机成熟，他可以感受到他现在所鄙视的人的力量。

他在希腊战争中成为一名冒险家。他不计后果的勇气和全面的天才使他备受瞩目。他成为这个崛起民族心目中的英雄。他出生于外国，又拒绝效忠祖国，这使他无法担任国家的要职。尽管其他人可能在头衔和仪式上排名靠前，但是，雷蒙德勋爵的地位却超越了这一切。他带领希腊军队取得了胜利。他们的胜利都是他的功劳。当他出现时，整个城镇都倾城而出迎接他。新的歌曲被改编成民族歌曲，且主题全是关于他的荣耀、英勇和慷慨。希腊人和土耳其人之间达成了休战协议。与此同时，雷蒙德勋爵由于某种意外的机缘，在英国拥有了巨额财富，他荣归故里，接受了之前被剥夺的荣誉。他高傲的内心对这一变化产生了抵触情绪。被鄙视的雷蒙德有什么不一样呢？如果是财富带来的权力导致了这种变化，那么这种权力就会像铁枷锁一样压得他喘不过气来。因此，权力成了他一切努力的目标，他永远都在向权力扩张。不管是公开的野心还是私下的阴谋，他的目的都是一样的，那就是在自己的国家获得第一的地位。

这个故事让我充满好奇。他回到英国后接二连三发生的事情给了我更强烈的感受。雷蒙德勋爵除了其他优点外，长相也十分英俊。人人都仰慕他。他是女人心目中的偶像。他彬彬有礼，口若悬河，精通迷人的艺术。在英国政坛这般竞争激烈的环境中，此人潜力无限。变化接踵而至。我未能完全掌握事态全貌，因为阿德里安中断了通信，而珀迪塔的书信也甚为简短。谣传说阿德里安疯了。同时，雷蒙德勋爵已成为前王后的心腹，更被视为其女儿的未来夫婿。更有甚者，野心勃勃的雷蒙德重提温莎王室对王位的继承权，一旦阿德里安的病症确实无法痊愈，加之雷蒙德与公主的联姻，这位野心勃勃的勋爵便可能戴上象征王权的至高权冠。

此事在各界广为流传，引发众多议论；这一消息使我无法继续在维也纳逗留，我迫切需要与青年挚友重逢。现在，我必须履行我的誓言。现在，我必须站在他的身边，成为他的盟友和后盾，直到死亡。告别宫廷享乐，告别政治阴谋，告别激情与愚蠢的迷宫！万岁，英格兰！你是我所有希望的舞台，你是我唯一的剧场，在你的舞台上，我的心和灵魂将随之而动。一种无法抗拒的声音，一种无所不能的力量，吸引着我前往那里。在离开两年之后，我回到了这里，不敢打听，害怕听到任何议论。我第一个拜访的是我的妹妹，她住在温莎森林边上阿德里安赠送的一座小别墅里。从她那里，我将了解到我们护国公的真相。我将听到她为什么要脱离伊瓦德涅公主的保护，我还将了解到这个高高在上的雷蒙德对我朋友的命运产生了怎样的影响。

我以前从未到过温莎附近。现在，周围肥沃美丽的土地令我赞叹不已，我走近那片古老的树林时，这种赞叹更加强烈。在几个世纪的生长、繁盛和衰败过程中，雄伟的橡树废墟标志着森林曾经到达的界限，而破碎的栅栏和被忽视的林下植物则表明，这部分地区已经被年轻的种植园所遗弃，这些种植园的诞生要追溯到十九世纪初，现在它们正以成熟的姿态傲然挺立。珀迪塔简陋的住所坐落在种植园最古老的那一部分的边缘，前方是绵延不绝的毕晓普盖特荒野，向东望去似乎无边无际，西面以教堂林和弗吉尼亚水域树林为界。小屋后面是森林中古老的树影，鹿在树下吃草，这些树大多中空腐朽，形成奇妙的树群，与年轻树木的规则美形成鲜明对比。这些树是后来者的后代，挺拔地站在那里，似乎随时准备无所畏惧地走向未来。那些经过长久洗礼的游击战士——一群历尽艰辛的人，被风霜侵蚀得千疮百孔，相互依靠，扭曲的枝干在寒风中发出阵阵叹息。

小屋的花园周围有一道轻盈的栏杆，小屋的屋顶很低，似乎屈服于大自然的威严，蜷缩在被遗忘的古老遗迹之中。春天的花朵点缀着她的花园和窗棂，在低矮中透着典雅的气息，彰显着居住者的优雅品位。我怀着忐忑不安的心情走进了围墙。未见其人，先闻其声。站在入口处时，我听到了她的声音，一如既往的悠扬婉转，我立即就知道她过得不错。

又过了一会儿，珀迪塔出现了。她站在我面前，青春焕发，与我离开时的那个山里姑娘判若两人。虽然她的眼神和面容已无法和童年时的清澈相比，但现在她的一颦一笑更多了些别样的风采。她的眉宇间充满了智慧。当她微笑时，她的脸庞被最柔和的感性所点缀，她低沉而有节制的声音似乎被爱所调谐。她出落得亭亭玉立，虽然个子不高，但山里的生活赋予了她行动的自由，所以当她轻盈地穿过大厅来见我时，我几乎听不到她的脚步声。当我们分别时，我把她紧紧地搂在怀里，心中充满了无尽的温暖。当我们再次相遇时，这种感觉被唤醒了。当我们看到对方时，童年过去了，我们就像这个多变的场景中的成年演员一样。停顿只是一瞬间，联想和自然情感的洪流被抑制住了，然后又如潮水般涌上我们的心头，我们带着最温柔的情感迅速地紧紧拥抱在一起。

激情迸发过后，我们心平气和地坐在一起，谈古论今。我提到了她信中的冷淡，但我们在一起的短短几分钟足以解释冷淡的原因。她的内心产生了新的感情，她无法通过书信向一个童年时就认识的人表达这些感情。但我们又见面了，我们的亲密关系又重新恢复了，就像没有任何事情能阻止我们的亲密关系一样。我详细讲述了我在国外的生活，然后向她询问了家里发生的变化、阿德里安离开的原因以及她的隐居生活。

当我提到我们的朋友时，妹妹的眼睛里充满了泪水，她的脸色也变得更加苍白，这似乎证明了我所听到的报道的真实性。但是，这些消息太可怕了，我无法立即相信自己的猜测。难道阿德里安崇高的思想世界里真的出现了无政府状态，难道疯狂驱散了装备精良的军团，难道他不再是自己灵魂的主宰？亲爱的朋友，这个邪恶的世界不适合你温柔的灵魂。你把它的管理权交给了虚伪的人性，在冬天来临之前就枯萎了叶子，把它颤抖的生命暴露在最恶劣的风的邪恶侵蚀之下。难道那双温柔的眼睛，那些"灵魂的通道"已经失去了意义，抑或只是在炯炯有神的目光中透露出其畸变的可怕故事？那声音不再"诉说美妙的音乐"了吗？可怕，太可怕了！我因害怕这种变化而遮住了双眼，汹涌的泪水见证了我对这种难以想象的毁灭的共鸣。

珀迪塔顺从我的要求，详细讲述了导致这一事件的悲惨遭遇。

阿德里安的心灵坦率而坚定，天赋异禀，具有超凡脱俗的智慧，没有一丝瑕疵（除非他那令人生畏的思想独立性被理解为一种瑕疵），他甚至像牺牲品一样献身于他对伊瓦德涅的爱。他把自己的灵魂宝藏、追求卓越的愿望和改善人类的计划都托付给了她。随着他逐渐长大成人，他的计划和理论非但没有因为个人和谨慎的动机而改变，反而因为他感受到的内在力量而获得了新的力量。他对伊瓦德涅的爱变得根深蒂固，因为他每天都更加确信，他所追求的道路充满艰辛，他必须寻求回报，不是在同胞的掌声或感激中，也不是在他的计划取得成功时，而是在他自己内心的赞许中，在她的爱和共鸣中，这种爱和共鸣将减轻他的每一份辛劳，补偿他的每一份牺牲。

在孤独中，在多次远离尘嚣的漂泊中，他对英国政府改革和人民进步的看法逐渐成熟。如果他能将自己的观点隐藏起来，直到他掌握了能够确保其实际发展的权力，那就更好了。但是，他对必须短暂地隐忍感到不耐烦，他内心坦率，无所畏惧。他不仅简短地否定了他母亲的计划，而且公布了他的意图，即利用自己的影响力削弱贵族的权力，使财富和特权更加均等，并在英格兰推行完善的共和政体。起初，他的母亲认为他的理论是缺乏经验的胡言乱语。但是，他的论据是如此有理有据，以至于她虽然表面上仍然难以置信，但却开始害怕他了。她试图跟他讲道理，但发现他缺乏灵活性，于是开始憎恶他。

说来也怪，这种感觉很有感染力。他对不存在的美好事物的热情，他对神圣权威的蔑视，他的狂热和轻率，都与通常的生活习惯背道而驰。世俗的人惧怕他。年轻而缺乏经验的人不理解其道德观的崇高严厉，因而不喜欢他，认为他与他们不同。伊瓦德涅对他的思想体系很冷淡。她认为他在坚持自己的意愿方面做得很好，但她希望这种意愿更能为大众所理解。她没有殉道者的精神，也不愿意分担一个倒下的爱国者的耻辱和失败。她知道他的动机是纯洁的，他的天性是慷慨的，他对她的感情是真挚而又热烈的，她对他怀有深厚的感情。他以最深挚的感激之情回报了她的善意，并把她当作自己所有希望的宝库。

此时，雷蒙德勋爵从希腊回来了。没有比阿德里安和他更截然相反的两个人了。尽管雷蒙德的性格有很多不协调之处，但他是一个非常重视世俗的人。他的激情十分狂暴。由于这些激情常常支配着他，所以他的行为并不总是符合明显的自我利益，但至少自我满足是他的首要目标。他把社会结构看作支撑他生命之网的机器的一部分。大地是为他铺设的高速公路，天空是为他搭建的天幕。

阿德里安觉得自己是一个伟大整体的一部分。他不仅与人类亲近，而且认为所有大自然都与他为伍。高山和天空是他的朋友，天空的风和大地的后代是他的玩伴，而他只是这面巨大镜子的焦点，他感到自己的生命与宇宙的存在融为一体。他的灵魂能感受到共鸣，具有对美好事物和卓越追求的崇拜。现在，阿德里安和雷蒙德有了接触，他们之间升起了一种厌恶的情绪。阿德里安鄙视政客的狭隘观点，而雷蒙德则对慈善家的仁慈愿景极为蔑视。

雷蒙德的到来引发了一场风暴，这场风暴瞬间摧毁了阿德里安精心营造的避风港。这个避风港本是他为自己打造的，用以躲避失败与羞辱。雷蒙德，希腊的拯救者，风度翩翩的军人，他举手投足都带着伊瓦德涅最珍爱的故乡特有的气息——雷蒙德被伊瓦德涅所爱。她被自己的新感觉征服了，她没有停下来审视这些感觉，也没有用任何情感来规范自己的行为，除了那突然篡夺了她心灵王国的专制情感。她屈服于这种情感的影响，对于一个不适应柔情蜜意的人来说，这是很自然的结果。阿德里安的关心让她感到厌恶。她变得反复无常。她对阿德里安的温柔举止换成了尖酸刻薄和令人厌恶的冷漠。当她察觉到阿德里安那富有表现力的面容所蕴含的狂野或可悲的吸引力时，她又会有所收敛，暂时恢复往日的亲切。但是，这些波动震撼着这个敏感青年的灵魂深处。他不再认为这个世界会因为他拥有伊瓦德涅的爱而受他支配。他的每一根神经都感觉到，精神世界的可怕风暴即将袭击他脆弱的生命，而他的生命因为期待风暴的来临而噤若寒蝉。

珀迪塔当时和伊瓦德涅住在一起，她看到了阿德里安所受的折磨。她爱他，把他当作一个和蔼可亲的兄长，一个可以指导、保护和教导她的亲人，而不像父母那样经常施以专横的权威。她爱慕他的美德，但看到伊瓦德涅为了一个几乎不把她放在眼里的人而把沉痛的哀伤加在他的头上时，她的心里既鄙视又愤慨。在阿德里安孤独绝望的时候，他经常去找我妹妹，用遮遮掩掩的语言表达他的痛苦，而坚毅和痛苦则瓜分了他心灵的宝座。唉，那么快就被一个人征服。他的情绪中没有愤怒。他该对谁生气呢？不是雷蒙德，他对自己造成的苦难浑然不觉。不是伊瓦德涅，他的灵魂为她流下了血泪——可怜的、误入歧途的女孩，她是奴隶而不是暴君，在自己的痛苦中，他为她未来的命运而感到悲伤。有一次，他的一篇文章落到了珀迪塔的手里，字迹被泪水洇湿。开头这样写道："生活并不像浪漫主义作家所描述的那样：经历一段舞蹈的过程，呈现精彩纷呈的舞姿之后，舞者便可休息。有生命就有行动和变化。我们继续前行，每一个想法都与前一个想法相关联，每一个行为都与前一个行为相关联。后代不断产生，进而编织成我们生命的链条，而所有的喜悦和悲伤的情绪也因此得以传承。"

一天呼唤另一天，哭泣连着哭泣，悲伤连着悲伤。

失望真的是人类生命的守护神。她坐在未来的时间门槛上，指挥着即将发生的事件。曾几何时，我的心轻装上阵。世界上所有的美丽都因我的灵魂洒下的阳光而加倍。哦，为什么爱与毁灭永远相伴在凡人的梦中？所以，当我们把自己的心当作那看似温柔的野兽的巢穴时，它的同伴也随之进入，无情地毁掉了本该是家园和庇护所的一切。

他的健康逐渐被苦难动摇，他的理智随之也屈服于同样的暴虐。他的举止变得狂野，时而凶狠，时而沉浸在无言的忧郁中。突然，伊瓦德涅离开伦敦去了巴黎，他也跟着去了，并在船快要开的时候赶上了她。没有人知道他们之间发生了什么，但珀迪塔从那以后再也没有见过他。他过着隐居的生活，没有人知道他住在哪里，他的母亲为此挑选了一些人陪伴他。

第四章

第二天，雷蒙德勋爵在去温莎城堡的路上拜访了珀迪塔的小屋。我妹妹的气色变好了，眼睛闪闪发光，这让我半信半疑。他非常镇定自若、彬彬有礼地和我们俩打招呼，似乎立刻融入了我们的感情，和我们融为一体。我仔细观察了他，他的相貌随着说话而变化，处处尽显英俊。他的眼神通常柔和，尽管有时他甚至能让眼睛炯炯有神，充满凶光。他的皮肤毫无血色。他的每一个特征都透露出强烈的自我意识。他的笑容令人愉悦，尽管他的嘴唇常常不屑地翘起，而在女性眼中，嘴唇正是美丽和爱情的宝座。他的声音很温柔，却常常因为一个尖锐的不和谐音符而让人惊愕，这表明他一贯低沉的音调与其说是天生的，不如说是后天学习的结果。就这样，他充满了矛盾，不屈而又傲慢，温柔而又凶狠，温柔而又冷漠，他以某种奇特的艺术轻而易举地获得了女人的钦佩和爱慕。根据他的心情，他时而爱抚她们，时而对她们颐指气使，但是在每一次变化中，他都是一个暴君。

此时此刻，雷蒙德显然希望表现得和蔼可亲。在他的谈话中，诙谐、幽默和深刻的观察力交织在一起，使他说出的每一句话都如昙花一现。他很快就征服了我潜在的反感。我努力观察着他和珀迪塔，并牢牢记住我听到的对他不利的每一件事。但是，一切都显得那么巧妙，一切都那么迷人，除了他的社交给我带来的快乐，我忘记了一切。他想让我了解英国的政治和社会，而我很快就会成为其中的一员，于是他讲述了许多趣闻轶事，勾勒了许多人物形象。他的话语丰富多彩，滔滔不绝，让我的所有感官都沉浸在愉悦之中。如果不是因为一件事，他本可以大获全胜。他提到了阿德里安，说到他时，世俗的智者总是带着对热情的轻蔑。他察觉到了乌云密布，试图将其驱散。但我的强烈感情，不允许我如此轻率地放过这个神圣的话题，于是我强调说："请允许我说一句，我对温莎伯爵一往情深，他是我最好的朋友和恩人。我敬仰他的善良，赞同他的观点，并对他目前的病痛深表遗憾，我相信这只是暂时的。这种病因太特殊了，我一听到别人提起他，如果不是为了维持体面，我会呈现出无以言表的痛苦。"

雷蒙德回应道，但没有一丝和解的迹象："每个人都有梦想——爱情、荣誉和快乐。你梦想着友谊，却把自己献给了一个疯子。好吧，如果这真是你的使命，毫无疑问，你就应该追随他。"我发现，在他内心深处，他鄙视那些只崇拜世俗偶像的人。

一些思考似乎刺痛了他，他的面容刹那间抽搐起来，痛苦的痉挛抑制了我的愤怒。"做梦的人是幸福的，"他继续说，"这样他们就不会被惊醒！我真希望自己也能做梦！但'广阔而花哨的白日'是我生活的元素。现实的耀眼光芒让我颠倒了场景。连友谊的幽灵都已离去，而爱情……"他断断续续地说着。我猜不透他嘴角上扬的不屑是有关激情，还是有关他自己成为激情的奴隶。

这段叙述可以作为我与雷蒙德勋爵交往的经典片段。我和他的关系变得亲密无间，这让我越来越钦佩他的强大与多才多艺，再加上他优雅而又机智的口才，以及他现在的巨额财富，使他在英国受到的敬畏、爱戴和憎恨超过了任何人。

我的出身虽然难以赢得尊敬，但也能引起人们的兴趣。我早年与阿德里安的关系、担任大使秘书的经历，以及目前与雷蒙德勋爵的亲密关系，都使我能轻松进入英国的时尚和政治圈。对于缺乏经验的我来说，起初我们似乎正处于内战的前夜。每个党派都很暴力、尖刻、不屈不挠。议会分为三派：贵族派、民主派和保皇派。在阿德里安宣布倾向于共和政体后，保皇派几乎消亡，没有首领，没有指导。但当雷蒙德勋爵成为其领袖后，它又以加倍的力量重新崛起。一些人出于偏见和古老的感情而加入了保皇派，还有许多人倾向温和，他们既畏惧民主派的专制暴政，也畏惧贵族的彻底独裁。超过三分之一的议员支持雷蒙德，而且他们的人数还在不断增加。贵族们把希望寄托在自己雄厚的财富和影响力上,而改革者则依靠国家本身的力量。辩论异常激烈,政治家们聚集在一起为了商讨措施而进行的讨论更是充满了火药味。人们四处谩骂,甚至以死相威胁。民众的集会扰乱了国家的宁静秩序。除了战争,这一切怎么可能结束?就在这毁灭性的火焰即将爆发的时候,我看到他们退缩了。军队的缺席,每个人对任何暴力(除了语言暴力)的厌恶,以及敌对领导人私下会面时的亲切礼貌甚至友谊,都缓解了他们的情绪。千百种动机促使我密切关注事态的发展,焦虑不安地注视着每一个转折。

我不难看出,珀迪塔爱雷蒙德。我也知道,他对维尔尼的美丽女儿充满了爱慕和柔情。但我知道,他一直在催促自己与温莎伯爵府的女继承人的婚事,并殷切期望着这桩婚事能给他带来好处。前王后的所有朋友都是他的朋友。他每个星期都在温莎与她进行磋商。

我从未见过阿德里安的妹妹。我听说她可爱、和蔼、迷人。我为什么要见她呢?有时候,我们会有一种说不清道不明的感觉,觉得某件事情即将发生变化,无论是好是坏。因此,我避开了这位出身高贵的女士。对我来说,她什么都不是。别人一提到她的名字,我就浑身发抖,无休止地讨论她与雷蒙德勋爵的结合让我痛苦不堪。我想,既然阿德里安已经退出了现实生活,而这位美丽的伊德里斯又很可能是她母亲野心勃勃的阴谋的牺牲品,我就应该挺身而出,保护她免受不正当的影响,保护她远离不幸,确保她有选择的自由,这是每个人的权利。然而,我该怎么做呢?她会对我的干涉不屑一顾。既然如此,我就必须成为她冷漠或蔑视的对象,最好,最好避开她,也不要在她和蔑视的世人面前暴露自己,得以让自己有机会玩一场疯狂的游戏,就像一个可爱而又愚蠢的伊卡洛斯一样。

回到英国几个月后的一天,我离开伦敦去看望妹妹。她的陪伴是我最大的慰藉和快乐。每当我期待见到她时,我的情绪总是高涨。她的谈话充满了尖锐的评论和独到的见解。在她那迷人的小屋里,我仿佛置身于仙境一般,没有政客们喧闹的争论,也没有时尚界轻浮的追求,到处都是最甜美的花朵,花朵装饰着华丽的石膏像、古董花瓶和拉斐尔、科雷乔和克劳德的画作复制品。这一次,我的妹妹不是一个人,我认出了她的同伴：那是伊德里斯，我疯狂崇拜的对象，直到现在还未曾谋面。

我怎样才能用最恰当的词语表达惊奇和喜悦，怎样才能用最精当的表达方式和最柔和的语言表达最可爱、最睿智、最美好的事物？我怎么能用贫乏的词藻来表达环绕着她的荣耀光环，表达等待着她的万千恩宠？当你看到她迷人的面容时，首先映入眼帘的是她完美的善良和坦率。她的眉宇间透着坦率，她的眼睛里透着纯朴，她的笑容里透着天赐的仁慈。她高挑苗条的身姿像白杨树一样优雅地向微风习习的西边弯去，她的步态像女神，她就像一个刚从天堂的高处下来的带翅膀的天使。她珍珠般白皙的肤色染上了一层纯净的色彩。她的声音像长笛低沉的男高音。也许最容易通过对比来描述。我已经详细描述了我妹妹的完美之处，但她与伊德里斯完全不同。珀迪塔，即使在她爱的地方，也是矜持而又胆怯的。伊德里斯则坦率而又善于倾诉。一个是退缩到孤独中，以免在那里受到失望和伤害；另一个则是走在大白天，相信没有人会伤害她。华兹华斯曾将一位心爱的女性比作自然界中两个美丽的物体，但在我看来，他的诗句更像是一种对比，而不是一种比喻：

长满青苔的石头上有一朵紫罗兰，

半遮半掩，

宛若天上孤星闪烁。

甜美的珀迪塔就是这样一朵紫罗兰，她战战兢兢地把自己托付给空气，畏畏缩缩地躲避观察，却又被她的卓越所出卖。她用无数的恩惠回报那些在她孤独的小径上寻找她的人。伊德里斯就像一颗星星，在风和日丽的傍晚熠熠生辉。她随时准备为世人带来启迪和欢乐，她以超乎想象的距离远离一切与她不同的事物，使自己远离一切污点。

我在珀迪塔的小房间里发现了这个美丽的幻影，她正在和房间里的人认真交谈。妹妹看到我后，站起身来，拉着我的手说："你终于来了。这是莱昂内尔，我的哥哥。"伊德里斯也站了起来，用她那双天蓝色的眼睛望着我，优雅地说："久仰大名。我父亲非常看重您的一幅画作，上面一目了然地写明了你的名字。维尔尼，你会承认这层关系的，作为我哥哥的朋友，我觉得我可以信任你。"

然后，她噙着泪水，颤抖着声音继续说道："亲爱的朋友们，不要觉得奇怪，现在我第一次拜访你们，请求你们的帮助，向你们倾诉我的愿望和恐惧。我只敢对你们说。很多人都对你们表示赞扬。你们是我哥哥的朋友，因此你们也一定是我的朋友。我还能说什么呢？如果你们拒绝帮助我，我就真的不知道该怎么办了！"她抬起头来，惊奇地看着她的听众，哑口无言。然后，她仿佛被自己的感情冲昏了头脑，喊道："我的哥哥！亲爱的、命运多舛的阿德里安！怎么会说起你们的不幸呢？毫无疑问，你们都听到了现在的故事，也许相信了诽谤，但他并没有疯！就算是上帝宝座下的天使来断言，我也绝不会相信。他被冤枉了，被出卖了，被囚禁了。救救他吧！维尔尼，请你一定要帮帮我，无论他被关在岛上的哪个地方，都要找到他。找到他，从迫害他的人手中救出他，让他回到原来的样子，回到我身边，在这广阔的大地上，我没有人可以爱，只有他！"

她恳切的呼吁，如此动听和热情的表达，让我充满了好奇和共鸣。当她用激动人心的声音和神情补充道："你能帮我吗？"我坚定而又真诚地发誓，无论生死，我都要为阿德里安的康复和幸福奉献自己的力量。随后，我们讨论了应该实施的计划，并讨论了发现他住处的可能方法。就在我们认真交谈的时候，雷蒙德勋爵突然闯了进来。我看到珀迪塔颤抖着，脸色变得苍白无比，伊德里斯的脸颊也泛起了纯洁的红晕。他一定是对我们待在一起感到惊讶，我本以为他会为此感到不安，但他并没有表现出任何异样。他向我的同伴们行礼，并向我致以亲切的问候。伊德里斯似乎停顿了片刻，然后极其甜美地说："雷蒙德阁下，我信任您的善良和荣誉。"

他傲慢地笑了笑，弯下腰，语重心长地回答道："伊德里斯女士，您真的要倾诉吗？"

她努力读懂了他的心思，然后端庄地回答道："随您的便。当然，最好不要因为任何隐瞒而损害自己的利益。"

"请原谅，"他回答道，"如果我冒犯了您。无论您是否信任我，请相信我会尽最大努力实现您的愿望，无论是什么愿望。"

伊德里斯微笑着道谢，然后起身告辞。雷蒙德勋爵请求陪她一起去温莎城堡，她同意了，然后他们一起离开了小屋。剩下我和妹妹——真像两个傻子，以为自己得到了金银财宝，直到天亮才发现那是铅——两只愚蠢、倒霉的苍蝇，在阳光下玩耍，却被蜘蛛网粘住了。我靠在窗边，看着这两只光彩夺目的动物渐渐消失在森林沼泽里，才转过身来。珀迪塔一动不动，双眼紧盯着地面，面颊苍白，嘴唇发白，僵硬地坐着，浑身上下散发着哀伤。我吓得半死，本想拉住她的手。但她颤抖着缩回了手，努力振作起来。我请求她跟我说话。"现在不行，"她回答道，"你也不要跟我说话，我亲爱的莱昂内尔。你什么也不能说，因为你什么也不知道。我明天再来看你。先这样吧。再见！"她站起身来，走出了房间。但在门口停了一下，靠在门上，好像繁忙的思绪已经让她失去了支撑自己的力量。她说："雷蒙德勋爵可能会回来。请您告诉他，今天我身体不适，请他见谅。如果他愿意，我明天就去见他，你也一样。你最好和他一起回伦敦。你可以在那里按照约定打听温莎伯爵的情况，明天再来看我，然后再启程。所以暂且告别吧！"

她说得支支吾吾，最后重重地叹了口气。我同意了她的请求，然后她就离去了。我觉得自己仿佛从有条不紊的世界中跌入了一片混沌，晦涩难懂，背道而驰。雷蒙德应该娶伊德里斯，这比以往任何时候都更加令人难以忍受。然而，我的激情虽然从一开始就是一个巨人，但它太奇怪、太狂野、太不切实际，让我无法立即感受到我在珀迪塔身上感受到的痛苦。我该怎么做呢？她没有向我吐露心声。我不能要求雷蒙德做出解释，否则就有可能泄露她最珍视的秘密。但就在我百思不得其解的时候，雷蒙德勋爵回来了。他找我妹妹，我给他捎了口信。他沉思了一会儿，问我是否要回伦敦，是否愿意陪他一起去。我同意了。他思绪万千，一路上一直沉默不语。最后他说："我必须为我的心不在焉而向你道歉。事实是，雷兰德的动议今晚就会提出，我正在考虑我的答复。"

雷兰德是人民党的领袖，他是一个顽固不化的人，而且能言善辩。他获准提出一项法案，规定试图改变英国政府现状和共和国现行法律的行为属于叛国罪。这一攻击针对的是雷蒙德及其恢复君主制的阴谋。

雷蒙德问我当晚是否愿意陪他去议院。我想起我一直在寻找有关阿德里安的情报，知道自己的时间会被占满，便推辞了。"不，"我的同伴说，"我可以帮您摆脱目前的障碍。您要去打听温莎伯爵。我可以马上回答您，他就在敦克尔德的阿托尔公爵府上。一开始他精神失常，四处奔波，从一个地方到另一个地方，直到到达那个浪漫的隐居地，才安顿下来，我们就安排他继续住在那里。"

他漫不经心的语气让我很受伤，于是我冷冷地回答道："很感谢您提供的情报，我会加以利用。"

"你会的，维尔尼，"他说，"如果你想法不变，我会向你提供帮助。不过，我恳请您先见证一下今晚竞选的结果，以及我即将取得的胜利，如果我可以这么说的话，但我担心胜利对我来说就是失败。我能做什么呢？我最热爱的愿望似乎就要实现了。前王后把伊德里斯交给了我。阿德里安完全不适合继承王位，而王位到了我手里，国家就变成了一个王国。上帝保佑，这是真的。温莎微不足道的爵位将不会再令他满足，他将继承终身权利。伯爵夫人永远不会忘记她曾经是一位王后，她不愿意给她的孩子们留下一份少得可怜的遗产。她的权力和我的智慧将重建王位，我将戴上王冠。我能做到，我可以娶伊德里斯。"

他突然停住了脚步，脸色变得阴沉，在内心激情的影响下，他的表情变化莫测。我问："伊德里斯女士爱你吗？"

"真是个好问题。"他笑着回答，"我们结婚后，她自然会爱我，我也会爱她。"

"那时已太晚了，"我讽刺地说，"婚姻通常被认为是爱情的坟墓，而不是摇篮。这么说，你马上就要爱上她了，但还没有？"

"别跟我套近乎，莱昂内尔。我会对她尽到责任的，请放心。爱！我必须用我的心去抵御它，把它赶出它的力量之塔，把它阻挡在外。爱之泉必须停止喷涌，它的泉水必须干涸，所有与之相伴的激情思想都必须消亡。也就是说，是爱主宰了我，而不是我主宰了爱。伊德里斯是个温柔、漂亮、可爱的小姑娘。我对她不可能没有感情，我对她的感情也是非常真挚的。只是不要谈论爱情——爱情、暴君和驯兽师。爱情，直到现在还是我的征服者，现在却成了我的奴隶。饥饿的火焰，难以驯服的野兽，长满獠牙的毒蛇——不，不，我不会与这种爱情有任何瓜葛。告诉我，莱昂内尔，你同意我娶这位女士吗？"

他用锐利的目光注视着我，我难以抑制的心在胸中翻腾。我用平静的声音回答道——但我静静的话语所表达的思想却远非平静——"绝不！我绝不同意伊德里斯女士嫁给一个不爱她的人。"

"因为你也爱她。"

"阁下还是少说两句吧，我不爱她，也不敢爱她。"

"但至少，"他继续傲慢地说，"她不爱你。如果我不确定她的心是自由的，我是不会娶一位在位君主的。但是，哦，莱昂内尔！王国是强权的代名词，而轻声细语才是王室的风格。古代最强大的人难道不是国王吗？亚历山大是国王。所罗门，最有智慧的人，是国王。拿破仑是国王。恺撒在试图成为国王的过程中死去。克伦威尔，清教徒和国王杀手，渴望摄政。阿德里安之父放弃了已经破碎的英格兰王权，但我会让这株倒下的希望之树再次耸立，连接起折断的骨架，让它凌驾于沃土之上的一切花朵。"

"你不必对我轻易发现阿德里安的住处而感到奇怪。不要以为我邪恶或愚蠢到把我的主权建立在一个骗局上，而这个骗局又如此容易被发现，比如伯爵精神失常的真假。我刚从他那里回来。在我决定与伊德里斯联姻之前，我决心再去看看他，判断一下他康复的可能性。"

我喘着粗气说。

雷蒙德继续说道："我就不跟你细说这些令人难过的细节了。你可以去看看他，然后自己判断。虽然我担心这次探望对他来说毫无用处，但对你来说却是难以忍受的痛苦。从那时起，我的心情就一直很沉重。他即使在理智衰退的时候也是那么优秀和温柔，我并不像您那样崇拜他，但我愿意付出我对王冠的全部希望并许下郑重的承诺，看到他恢复正常。"他的声音表达了最深切的理解。

"你这个不靠谱的人，"我喊道，"你的行为方向是什么？在这迷宫般的目标中，你似乎迷失了方向！"

"方向能在哪儿呢？我希望能得到一顶王冠，一顶金光闪闪的王冠。但我不敢奢望,尽管我梦见王冠,也为王冠而醒,但时常有一个魔鬼对我不停耳语,说我所追求的不过是一顶傻瓜的帽子,如果我聪明的话,就应该践踏它,取而代之的,是价值连城的东方王冠和西方总统的头衔。"

"那是什么呢?"

"如果我真的做出了选择,你就会知道。现在我不敢说,甚至连想都不敢想。"他又一次沉默了,停了一会儿,转过身来笑着对我这样说。

当蔑视不再激发他的笑意时,当真正的欢乐使他产生喜悦的表情时,他的俊朗就变得超凡脱俗,神圣不可侵犯。"维尔尼,"他说,"我成为英格兰国王后的第一件事,就是与希腊人联合,攻占君士坦丁堡,征服整个亚洲。我打算成为一名战士,一名征服者。拿破仑的名字将与我的名字相提并论。热情的人们不会去拜谒他的石墓,不会去颂扬亡者的功绩,而是会崇拜我的威严,颂扬我的辉煌成就。"

我饶有兴趣地听着雷蒙德说话。他的想象力之丰富,似乎能主宰整个地球,而当他试图主宰自己时,却又畏首畏尾。他的话和他的意志关系到我的幸福,关系到我所有亲人的命运。我努力揣摩他话语中隐藏的含义。他没有提到珀迪塔的名字。但我毫不怀疑,对她的爱造成了他所表现出的目的的摇摆不定。谁能像我那心地高尚的妹妹一样值得爱呢?她爱他,就像他爱她一样。尽管失望平息了她的激情,野心也与他的激情展开了激烈的斗争。

晚上,我们一起去了议院。雷蒙德知道他的计划和前景将在预期的辩论中进行讨论并做出决定,但他还是很开心,漫不经心。我们走进咖啡厅时,一阵"嗡嗡"声惊呆了我们,就像一万只蜜蜂聚集的蜂巢。成群结队的政客们聚在一起,眉头紧锁,声音或高亢或低沉。贵族党是英国最富有、最有影响力的人,他们似乎没有其他人那么激动,因为这个问题是在没有他们干预的情况下讨论的。靠近火堆的是雷兰德和他的支持者。雷兰德出身贫寒,拥有巨额财富,他的父亲是一名制造商。他年轻时目睹了国王退位、上议院和下议院合并的过程。他同情这些民众的侵占行为,他一生的事业就是巩固和加强这些行为。从那时起,土地所有者的影响力越来越大。起初,雷兰德对雷蒙德勋爵的阴谋诡计并不感到遗憾,因为这些阴谋诡计吸引了对手的许多党羽。但现在事情发展得太过分了。贫穷的贵族们欢呼主权的回归，认为这将使他们恢复失去的权力和权利。半消亡的王权精神在人们的头脑中被唤醒。他们甘愿做奴隶，自立为臣民，随时准备向枷锁屈服。一些挺拔而有男子气概的精神依然存在，他们是国家的栋梁。但共和一词在庸俗的耳朵里已经变得陈旧。众多民众渴望王权的浮华与炫耀，后续发展将证明这些人是否已成多数。雷兰德被激怒了。他断言，只有他的容忍才允许保皇党派的壮大。但放纵的时候已经过去了，只要他手臂一动，就会扫除蒙蔽他的同胞的蜘蛛网。

雷蒙德走进咖啡厅时，他的朋友们几乎全都高声欢呼他的到来。他们围在他身边，清点人数，详细说明为什么现在要增加这样那样尚未表态的成员。议院的一些琐事处理完毕后，领头人在议院里就座。喧哗声持续不断，直到雷兰德站起来发言，然后才听到最轻微的低声议论。他站着时，所有人的目光都集中在他身上。他身材魁梧，声音铿锵有力，举止虽不优雅，却给人留下深刻印象。我把目光从他那铁青的脸转向雷蒙德，他的脸上带着微笑，丝毫没有透露出他的关心。然而，他的嘴唇有些颤抖，他的手紧紧抓住他坐着的长凳，抽搐的力量让肌肉开始颤抖。

雷蒙德首先赞扬了大英帝国的现状。他回忆了过去的岁月。在我们的祖先时代，悲惨的争斗几乎引发了内战，前国王退位，共和国成立。他描述了这个共和国，说明了它是如何赋予国家中的每个人以特权，使他们能够有所作为，甚至获得暂时的主权。他比较了王权精神和共和精神，说明了王权精神是如何奴役人的思想。而共和精神的所有制度则是如何使我们中最卑微的人也能成为伟大和优秀的人。他讲述了英格兰是如何通过享有自由而变得强大，其居民又是如何变得英勇睿智。他讲话时，每个人的心中都涌起一股自豪感，每个人的脸颊上都闪耀着喜悦的光芒，因为他们记得，在场的每一个人都是英国人，每一个人都支持并促进了现在所纪念的幸福状态。雷兰德的热情更加高涨了，他的眼睛发亮了，声音也变得激情澎湃。他继续说：有一个人，他想改变这一切，让我们回到无能和争斗的时代；有一个人，他敢于僭取所有以英格兰为出生地的人应有的荣誉，把自己的名字和风格凌驾于国家的名字和风格之上。就在这个时候，我看到雷蒙德变了脸色。他的目光从演说者身上移开，投向地面。听众们注视的目光也开始转移。但与此同时，演说者的声音充斥着他们的耳朵——他谴责的雷声影响着他们的感官。他大胆的语言给了他力量，每个人都知道他说的是事实——一个众所周知却不被承认的事实。他从现实中撕下了这个事实一直戴着的面具，而雷蒙德的目的，以前一直在周围悄悄地潜伏着，现在就像一头被猎杀的雄鹿——哪怕是在海湾里——所有观察着他不可抗拒的表情变化的人都意识到了这一点。最后，雷兰德提出动议，任何企图重建王权的行为都应被宣布为叛国罪，而试图改变当前政府形式的人则是叛徒。演讲结束后，全场响起了欢呼声和热烈的掌声。

　　雷兰德的动议通过后，雷蒙德勋爵站了起来——他的面容平和，声音轻柔婉转，举止舒缓，他的优雅和甜美就像温和的笛声，而他的对手则高亢如管风琴。他起立发言，表示支持尊敬的议员的动议，但附带了一点小小的修正。他准备追溯过去，纪念我们祖先的角逐和君主的退位。他说，这位杰出的英格兰末代君主为了国家的表面利益而牺牲了自己，放弃了只能靠臣民的鲜血才能维持的权力——这些臣民不再称其为君主，这些臣民，他的朋友和平等的人，为了感谢他，永远给予他和他的家族某些恩惠和殊荣。他们获得了丰厚的财产，在大不列颠的贵族中排名第一。然而，我们可以猜想，他们并没有忘记他们古老的遗产。若继承人试图收回依据古老权利和世袭所应得之物时，却要与其他觊觎者同受惩处，这确实不公。他并没有说他赞成这样的企图。但他确实说过，这样的企图是可原谅的。如果有抱负的人不去宣战，不在王国里竖起旗帜，他的过错就应该得到宽容。他在修正案中提议，法案中应规定一个例外，有利于任何声称拥有温莎伯爵主权的人。雷蒙德在结束发言时，生动地描绘了一个王国的辉煌，与共和主义的商业精神形成鲜明对比。他断言，英国君主制下的每一个人，当时和现在一样，都有能力获得崇高的地位和权力——只有一个例外，那就是担任地方行政长官，比一个以物易物、胆小怕事的联邦所能提供的地位更高贵。而这唯一的例外，又算得了什么呢？财富和影响力的性质迫使候选人名单仅限于少数几个最富有的人，而且人们非常担心，这场三年一度的斗争所产生的恶意和争论会在公正的目光中抵消它的优势。他语言流畅，表情优美，机智幽默，侃侃而谈，给演讲增添了活力和影响力，我无法一一记录。他的举止从最初的怯懦变得坚定，多变的脸庞焕发出动人的光彩，他的声音像音乐一样多变，令人陶醉。

在这番咆哮之后进行的辩论，记录下来也无济于事。各政党都发表了演说，为问题披上了华丽的外衣，将其简单的含义掩盖在编织的词藻之中。雷兰德的动议被否决了。他在愤怒和绝望中退席。雷蒙德则兴高采烈地退席，憧憬着他未来的王国。

第五章

　　一见钟情是否存在？如果有，那么它的本质与经过长期观察和缓慢成长的爱情有什么不同呢？也许它的效果并不那么持久，但在持续的过程中，却同样猛烈而又强烈。我们行走在社会的迷宫中，毫无快乐可言，直到我们找到这条线索，带领我们穿越迷宫，到达天堂。我们的天性暗淡无光，就像一把没有点燃的火炬，沉睡在无形的空白中，直到火光照亮它。这是生命的生命，是月亮的光辉，是太阳的荣耀。这火无论是从打火石和钢铁中点燃，经过精心培育变成火焰，慢慢地传递给黑暗的灯芯，还是迅速地从同类的力量中传递出光明和温暖的光芒，同时照亮灯塔和希望，这又有什么关系呢？在我心灵的最深处，脉搏被激起。在我的周围，在我的头顶，在我的脚下，记忆像一件斗篷将我紧紧包裹。在未来的时间里，我没有一刻像过去那样感觉到自己的存在。伊德里斯的灵魂在我呼吸的空气中盘旋。她的眼睛永远注视着我。她记忆中的微笑蒙蔽了我微弱的视线，使我如入无人之境，不是在日食中，不是在黑暗和空虚中，而是在一种新奇的、灿烂的光芒中，对我的人类感官来说，这光芒太新奇、太耀眼了。在每一片树叶上，在宇宙的每一个小角落里（像风信子上的刻字一样），都印刻着使我存在的护身符——她活着！她真的活着！我还来不及分析自己的感受，来不及责备自己，来不及抑制自己的激情。所有的一切都是一个想法，一种感觉，一种知识——这就是我的生命！

　　但是，大局已定，雷蒙德将迎娶伊德里斯。我的耳边响起了欢快的婚礼钟声。我听到了全国人民对这桩婚事的欢呼雀跃。这位雄心勃勃的贵族以迅捷的鹰击长空之势，从卑微的地位跃升为至高无上的王者，并得到了伊德里斯的爱。然而，并非如此！她不爱他，她曾称我为知己，她对我展露笑颜，她将她最珍视的希望——阿德里安的福祉托付于我。这一反思使我凝固的血液解冻了，生命和爱情的浪潮再次汹涌澎湃，然后又随着我忙碌的思绪而退潮。

凌晨三点，辩论结束了。我的灵魂在骚动，我急切地穿行在大街小巷。那天晚上，我真的疯了——爱情——我从一出生就将其奉为圭臬，此刻却在与绝望搏斗！我的心，我的战场，被一个人的利刃所伤，被另一个人的泪水所浇灌。天亮了，对我来说可恨的天亮了。我回到住处，躺在沙发上，睡了一觉——但似乎也没睡着。

我从半昏迷中醒来，感到身上有一种沉重的压迫感，但不知道是什么原因。我就像进入了自己大脑的议事厅，询问聚集在那里的各种思想大臣。很快，我就记起了一切。很快，我的四肢就在这种折磨人的力量下颤抖。很快，很快，我就知道自己成了奴隶！

突然，雷蒙德勋爵不请自来地走进了我的房间。他兴高采烈地走进来，唱着蒂罗尔自由之歌。他注意到我，亲切地点点头，然后坐在阿波罗·贝尔维迪尔半身雕像对面的沙发上。我闷闷不乐地回答了他一两句琐碎的话后，他突然看着半身雕像喊道："我就像那个胜利者一样！这主意不错，这个头像可以用来印制我的新钱币，并预示着我将来的成功。"

他说这话的时候，态度是最和蔼可亲的，他笑了笑，不是不屑一顾，而是嬉皮笑脸地自嘲。然后，他的脸色突然阴沉下来，用他特有的尖锐语调喊道："昨晚我打了一场漂亮仗。希腊平原上从未见过我取得如此辉煌的战绩。现在，我成了全国第一人，成了所有民谣的主题，成了老妇人喃喃祈祷的对象。你在沉思什么？你自以为能读懂人类的灵魂，就像你的故乡湖泊能读懂周围山丘的每一个缝隙和褶皱一样——说说你对我的看法吧。未来的国王，天使还是魔鬼，哪一个？"

这种讽刺的语调与我澎湃激昂的心情格格不入。我被他的无礼激怒了，苦涩地回答道："有一种灵魂，不是天使也不是魔鬼，只是被诅咒到了地狱的边缘。"我看到他的脸颊变得苍白，嘴唇发白并颤抖着。他的怒火反而点燃了我的怒火，我用坚定的眼神回答了他瞪着我的眼睛。突然，他的眼神收了回来，向下投去，似乎是一滴眼泪打湿了漆黑的睫毛。我心软了，不由自主地动情地补充道："我亲爱的阁下，你不是这样的人。"

我停顿了一下，甚至被他表现出的激动所震慑。"不，"他终于站起来，咬着嘴唇，努力抑制住自己的激情，说道，"我就是这样的人！你不认识我，维尔尼。无论是你，还是我们昨晚的听众，乃至整个英格兰都不了解我。我站在这里，似乎是一位民选的国王。这只手即将握住权杖。我的每根神经都感受到了即将到来的王冠。我似乎拥有力量、权力和胜利，就像支撑圆顶的柱子一样矗立着，实际上只是一根芦苇！我有野心，而野心达到了目的。我夜里的梦想实现了，我醒来的希望实现了。一个王国等待着我去接受，我的敌人被打倒了。"他猛烈地捶击着自己的心脏，"但在这里，这里是叛逆者，这里是绊脚石。这颗支配一切的心脏，我可以吸干它鲜活的血液。但它只要还有一丝跳动，我就是它的奴隶。"

他说话的声音有些颤抖，然后低下了头，双手掩面哭泣。我还在为自己的失望而懊恼，但这一幕让我感到压抑甚至恐惧，我也无法打断他的激情。终于，他的情绪平息了，躺在沙发上，一言不发，一动不动，只有表情变化显示出他内心的强烈矛盾。最后，他站起身来，用惯常的语气说道："时不我待，维尔尼，我必须走了。让我不要忘记我在这里最重要的任务。明天你能陪我去温莎吗？你不会因为我的到来而感到羞愧，这可能是你能为我做的最后一件事了，你能答应我的请求吗？"

他几乎带着羞涩的神情伸出了手。我迅速地想——是的，我要见证这出戏剧的最后一幕。除此之外，他的神情征服了我，对他的好感再次涌上心头，我允许他命令我。"是的，我会的，"他高兴地说，"现在该我上场了。明天早上七点钟来找我。要保密，要忠诚，不久你就会成为宫廷侍从官了。"

说罢，他匆匆离去，纵身上马，做了个手势，好像要亲吻我的手，又笑着向我告别。剩下我一个人，痛苦地努力猜测他请求的动机，并预知未来一天发生的事情。时间在不知不觉中流逝。我思绪万千，头痛欲裂，神经里似乎充斥着满满的焦虑——我紧紧揪着灼热的眉心，仿佛发热的手可以医治它的疼痛。第二天，我准时到了约定的地点，发现雷蒙德勋爵正在等我。我们上了他的马车，向温莎进发。我给自己打了预防针，决心不以任何外在的表现来揭露我内心的焦虑。

雷蒙德说："雷兰德犯了一个多么大的错误，那天晚上他想压倒我。他说得很好，非常好。这样的唠叨，对我一个人说会比对聚集在那边的傻瓜和无赖说更有效果。如果我是一个人，我本想听他讲道理，但当他试图在我的地盘上，用我的武器来征服我时，他让我很难招架，结果正如所有人所预料的那样。"

我难以置信地笑了笑，回答道："我赞同雷兰德的想法，如果您愿意，我可以重复他的所有论点。我们将看看您在多大程度上会被这些论点所吸引，改皇家风格为爱国风格。"

雷蒙德说："重复是没有用的，因为我清楚地记得这些论点，而且还有许多其他的论点，都是我自己提出来的，具有无可辩驳的说服力。"

他没有解释，我也没有对他的回答作任何评论。我们的沉默持续了几英里[1]，直到有开阔田野、阴凉树林和公园的乡村呈现在我们眼前。在对风景和座位进行了一番观察之后，雷蒙德说："哲学家们称人类是大自然的缩影，并认为我们的内心反映了我们周围可见的所有机器。这个理论常常给我带来乐趣。我花了许多闲暇的时间，发挥我的聪明才智，寻找相似之处。培根勋爵不是说过：'从不和谐到和谐，使音乐变得非常动听，这与情感是一致的，情感在经过一些不喜欢之后，会重新整合得更好。'激情的浪潮是多么汹涌澎湃，其源泉就在我们的本性之中！我们的美德就像浅滩上的流沙，在平静低潮时看似坚实可靠；然而一旦波涛汹涌，狂风肆虐，那些寄望于其持久性的可怜人，却发现这些美德从脚下悄然消失。世俗的潮流、紧迫的需求、教育和追求，犹如驱使意志的强风，就像乌云一样，都往一个方向奔进。但如果出现爱、恨或野心的雷暴，这些都是胜利的阻力。"

"然而，"我回答说，"大自然在我们眼中总是表现出一副忍耐的样子。而人类有一种积极的原则，能够主宰命运，至少能够逆风而行，直到以某种方式征服它。"

---

[1] 1英里=1.609千米。——编者注。未标注"编者注""译者注"的注释均为原注，后文不再一一标出。

我的同伴说："在你的区分中,似是而非的东西比真实的东西多。是我们自己选择了自己的性格和能力吗?就我而言,我发现自己就像一把弦乐器,有和弦和停顿,但我却没有能力转动音栓,或把我的思想调到更高或更低的音调。"

"其他人,"我说,"可能是更好的音乐家。"

"我说的不是别人,而是我自己,"雷蒙德答道,"我和别人一样,都是个好榜样。我不能把我的心设定在一个特定的曲调上,也不能按照自己的意愿随意变化。我们都是天生的,我们既不能选择自己的父母,也不能选择自己的地位。我们受到别人的教育,或者受到世界环境的教育,这种教育与我们与生俱来的性格相结合,是我们的欲望、激情和动机生长的土壤。"

"你说的很有道理,"我说,"然而,从来没有人按照这个理论行事。有谁在做出选择时会说,我之所以这样选择,是因为我不得不这样做?难道他没有感受到内心的意志自由吗?尽管你可以说它是谬误,但它仍然促使他做出决定。"

"正是如此,"雷蒙德回答道,"这是无断裂链条的另一个环节。如果我现在做了一件事,使我的希望破灭,从我凡人的肢体上脱下贵族的外衣,让它们披上普通的野草,你认为这是我的自由意志行为吗?"

就在我们这样交谈的时候,我发现我们走的不是去温莎的普通路,而是穿过恩格尔菲尔德格林,朝主教门希斯走去。我开始猜想,伊德里斯并不是我们此行的目的,我是被带去见证决定雷蒙德和珀迪塔命运的那一幕的。雷蒙德在旅途中显然摇摆不定,当我们走进珀迪塔的小屋时,他的一举一动都写满了不坚定。我好奇地注视着他,下定决心,如果他继续犹豫不决,我就帮助珀迪塔战胜自己,让她学会摒弃对他摇摆不定的爱,因为他的爱在王冠和她之间取得了平衡,而她的优秀和深情超越了一个王国的价值。

我们在她装饰着鲜花的小屋里找到了她。她正在阅读报纸上关于议会辩论的报道,这场辩论显然注定了她的绝望。她低沉的眼神和无精打采的神态中流露出那种令人心碎的感觉。她的美貌上笼罩着一层阴云,频繁的叹息声是她痛苦的象征。雷蒙德看到这一幕,立刻产生了共鸣。他的眼睛里闪烁着温柔的光芒,悔恨的神情使他的举止变得恳切而真实。他坐到她身边，从她手中接过报纸，说道："我亲爱的珀迪塔再也不能读到疯子和傻瓜的争论了。我决不能让你知道我妄想的程度，以免你鄙视我。不过，请相信我，在我字斟句酌的战争中，有一个愿望激励着我，那就是以征服者的姿态，而不是以被征服者的姿态出现在你面前。"

珀迪塔惊讶地望着他，她那富有表情的脸上刹那间闪烁着温柔的光芒。能见到他就是幸福。但是，一个痛苦的念头迅速地给她的喜悦蒙上了阴影。她把目光投向地面，努力控制着快要淹没她的泪水。雷蒙德继续说道："亲爱的姑娘，我不想在你面前装腔作势，也不想表现得不像我，我软弱无能，不值得你爱，更不值得你鄙视。然而，你是爱我的，我感觉得到，也知道你是爱我的，我也因此产生了我最珍视的希望。如果是自尊心在引导你，甚至是理智，你完全可以拒绝我。如果你高傲的心灵无法忍受我的软弱，拒绝向我的卑微屈服，如果你愿意，如果你能，请离开我。如果你的整个灵魂都不敦促你原谅我，如果你的整颗心都不敞开大门接纳我进入它的中心，那就抛弃我吧，再也不要和我说话了。虽然我对你犯下的罪过几乎无法弥补，但我也是骄傲的。你的宽恕绝不能有任何保留，您的爱意绝不能有任何退缩。"

珀迪塔低着头，有些困惑，但又很高兴。我的出现让她感到尴尬，以至于她不敢转过身去与爱人对视，也不敢用声音向他保证她的爱意。她的脸颊泛起了红晕，怅然若失的神情换成了发自内心的喜悦。雷蒙德用手臂环住她的腰，继续说道："我不否认，在你和凡人所能抱有的最高希望之间，我曾取得过平衡。但我不再这样做了。占有我吧，按照你的意愿塑造我，永远拥有我的心和灵魂。如果你拒绝为我的幸福做出贡献，我今晚就离开英格兰，永不再踏足。"

"莱昂内尔，你听着，为我作证：说服你妹妹原谅我对她的伤害，说服她成为我的女人。"

"我不需要被说服，"珀迪塔红着脸说，"除了你亲口许下的承诺，还有我的心，它告诉我这些都是真的。"

当天晚上，我们三人一起在森林里散步，他们带着幸福的絮絮叨叨，向我详述了他们的爱情史。看到傲慢的雷蒙德和矜持的珀迪塔在幸福的爱情中变成了喋喋不休、嬉戏打闹的孩子，两人都在相互满足的充实感中失去了特有的尊严，这真是令人愉快。一两天前的晚上，雷蒙德勋爵眉头紧锁，心事重重，费尽心机想让英格兰的立法者们安静下来，或者说服他们，权杖对他来说并不太重，而他的眼前却浮现出统治、战争和胜利的景象。现在，他就像一个活泼的男孩，在母亲赞许的目光下嬉戏玩耍，当他把珀迪塔白皙的小手按在嘴唇上时，他的野心就实现了。而她则喜悦得容光焕发，望着静静的水池，不是真正地欣赏自己，而是陶醉地欣赏着那里倒映着的自己和爱人的身影，这是她和爱人第一次亲密地相伴在一起。

我漫不经心地离开了他们。如果说他们是因为共鸣而欣喜若狂，那么我享受的则是重新燃起的希望。我眺望着温莎的高塔。高高的城墙，坚固的屏障，将我与美丽之星隔开，但并非不可逾越。她不会属于他。甜美的花朵，在你故乡的花园里再住几年吧，直到我通过辛劳和时间获得采集你的权利。不要绝望，也不要让我绝望！我现在该怎么办？首先，我必须找到阿德里安，让他回到她身边。如果他真的像雷蒙德说的那样疯了，那么耐心、温柔和毫无倦意的爱将会把他召回来。如果他被不公正地囚禁起来，那么精力和勇气将把他拯救出来。

在这对恋人再次加入我的行列之后，我们一起在壁厢里共进晚餐。这真是神仙般的晚餐，虽然空气中弥漫着水果和葡萄酒的香味，但我们谁也没吃，谁也没喝酒，就连夜晚的美景也没有人注意到。外在的事物无法增加他们的惆怅，我沉浸在遐想中。午夜时分，雷蒙德和我向妹妹告辞，准备回城。他满面春风，嘴里念念有词。他心中的每一个念头，我们身边的每一个事物，都在他欢笑的阳光下熠熠生辉。他指责我忧郁、不怀好意和嫉妒。

"不是这样的，"我说，"虽然我承认我的思绪没有你的那么愉快。你答应过为我拜访阿德里安提供方便，我请求你履行你的诺言。我不能在这里逗留，我渴望抚平——也许是治愈我第一个也是最好的朋友的病痛。我将立即启程前往敦克尔德。"

雷蒙德回答说："你这只夜鸟给我明亮的思绪带来了多么大的阴影，使我不得不想起那一片忧郁的废墟，它矗立在心灵的荒凉之中，比杂草丛生的田野里的雕柱碎片更无法弥补。你梦到你能让他复原吗？代达罗斯从未在弥诺陶洛斯身上犯过如此不可避免的错误,因为他被囚禁的理智已经被疯狂所编织。不管是你,还是其他的忒修斯,都无法穿过这个迷宫,也许某个冷酷的阿里阿德涅知道线索。"

"你提到了伊瓦德涅·扎伊米,但她不在英国。"

"如果她在,"雷蒙德说,"我不建议她去见他。宁可在绝对的谵妄中腐烂,也不愿成为不正当爱情有条不紊的牺牲品。他长期的病痛可能已经从他的脑海中抹去了对她的一切印象,最好永远不要再有。你可以在敦克尔德找到他。他温文尔雅,温顺可亲,他在山上徘徊,穿过树林,或坐在瀑布旁倾听。你可能会看到他,他的头发上插满了野花,他的眼睛里充满了难以捉摸的含义,他的声音断断续续,他的身体消瘦得只剩下一个影子。他采摘花朵和野草,用它们编织成花环,或将黄叶和碎树皮撒在溪流上,为它们的安全而欢欣,或为它们的残缺而哭泣。回忆起这些,我的心都要碎了。天哪!当我看到他时,我童年以来的第一滴眼泪滚烫地夺眶而出。"

这最后一句话并没有刺激我去拜访他。我只是怀疑,在我离开之前,是否应该再去看看伊德里斯。这个疑问在第二天得到了答案。一大早,雷蒙德就来找我。有消息说,阿德里安病得很重,看来他的体力不可能战胜病魔了。"明天,"雷蒙德说,"他的母亲和妹妹将启程前往苏格兰,再一次去看他。"

"我今天就要走,"我喊道,"一个小时之内,我将订一个帆船气球,最慢将在四十八小时内到达那里,如果风向好的话,也许用不了多久。再见了,雷蒙德。为自己选择了更好的生活而感到高兴吧。命运的转变让我重新振作起来。"我担心的是他疯了,而不是病了。我预感阿德里安不会死。也许这场病只是个危机,他可能会康复。

万事俱备。热气球升到离地面约半英里的地方,在顺风的吹拂下,在空中急速飞行,羽翼丰满的小帆在毫无阻挡的大气层中穿行。尽管我此行的目的令人忧伤,但我的精神却因重新燃起的希望、空中快艇的迅速移动和阳光明媚的空气而振奋起来。驾驶员几乎无须调整,流线型机翼发出悦耳的"淙淙"声,令人心旷神怡。平原和山丘、溪流和玉米田在下方清晰可见,而我们则像一只在春潮中飞翔的野天鹅一样,不受阻碍地迅速而安全地向前飞去。机器听从舵的轻微摆动。在稳定的风力吹拂下，我们的航道上没有任何阻碍或障碍。这就是人类战胜自然的力量。这种力量是人们长期追求的，最近才获得。然而，诗人之王在逝去的岁月中已经预言了这一力量，当我告诉我的驾驶员这是多少年前写的诗句时，我引用了他的诗句，令他大吃一惊：

哦，人类的智慧，你能创造出许多恶行，

你能探索出奇异的艺术：谁会认为一个笨重的人，

会像一只轻盈的鸟儿一样，

凭着自己的本领，在虚空中找到一条路呢？

我在珀斯下了热气球，虽然连续几个小时暴露在天空中非常疲劳，但我不愿休息，只是改变了交通工具，改走陆路而不是空路前往敦克尔德。当我进入山口时，太阳已经升起。经过岁月的洗礼，伯南山上又长满了新的森林，而十九世纪初由当时的阿托尔公爵种植的更多古老的松树则给这里增添了庄严和美丽。初升的太阳首先染红了松树顶。我的心灵在山区教育的熏陶下对大自然的恩惠深有感触，现在又即将再次见到我心爱的也许即将死去的朋友，看到这些远处的光束，我的心灵受到了奇异的影响。它们肯定是不祥之兆，因此我认为它们是阿德里安的好兆头，我的幸福取决于他的生命。

可怜的家伙！他躺在病床上，脸颊上泛着发烧的红晕，眼睛半闭着，呼吸不规则且困难。然而，看到他这样，比看到他不间断地发挥着动物的机能，而脑子却一直在生病，来得更痛苦。我守在他的床边，日夜不离。看着他的灵魂在死与生之间徘徊，这真是一件苦差事。看到他温暖的脸颊，却知道那里燃烧得过于猛烈的火焰正在吞噬生命的燃料。听到他呻吟的声音，却知道他可能再也无法说出爱与智慧的话语。目睹他四肢无力的运动，很快会被致命的裹尸布包裹。在这三天三夜里，命运为我的工作注定了这样的结局，我在焦虑和守望中变得憔悴不堪，像个幽灵。最后，他的眼睛微弱地闭上了，但却带着生命复苏的神情。他变得苍白无力，但他僵硬的五官却因为即将到来的康复而变得柔和了。他认识我了。当他的脸上第一次闪现出认出我的目光时，当他按下我的手时，那是多么充溢着喜悦的痛苦啊！我的手现在比他的手还热。当他叫出我的名字时，那是多么充溢着喜悦的痛苦啊！他过去的疯狂没有留下任何痕迹，让我的喜悦化为悲伤。

当天晚上，他的母亲和妹妹也到了。温莎伯爵夫人感情丰富，但她一生中很少将内心的情感集中表现在脸上。她的面容一成不变，举止缓慢平和，声音轻柔但不婉转，这些都是她的面具，掩盖了她炽热的情感和急躁的性格。她丝毫不像她的两个孩子。她那双因骄傲而闪闪发光的黑眼睛，完全不像阿德里安或伊德里斯的眼睛那样带着蓝色光泽和坦率善良的表情。她的动作有些威严，但没有任何说服力，没有任何亲和力。她高高瘦瘦，身材魁梧，面容依然俊美，乌黑的头发几乎没有染上灰色，额头呈拱形，如果不是眉毛有些散乱的话，简直美极了——她让人无法不为之震撼，几乎让人害怕。伊德里斯似乎是唯一一个能抵抗母亲的人，尽管她的性格极其温和。但她身上有一种无畏和坦率，这表明她不会侵犯别人的自由，而且认为自己的自由也神圣不可侵犯。

伯爵夫人对我疲惫不堪的身躯没有投来任何善意的目光，尽管事后她冷冷地感谢了我的关心。伊德里斯却不是这样，她的第一眼就投向了她的哥哥。她握住他的手，亲吻他的眼睑，用怜悯和爱怜的目光注视着他。当她向我道谢时，她的眼睛里闪烁着泪花，她的表情优雅而不失热情，这使她说话时几乎有些颤抖。她的母亲，很快就打断了我们的谈话。我看出，她想悄悄地把我打发走，因为既然她儿子的家人已经到了，我的服务对她儿子也就没有什么用处了。我心里又烦又难受，决心不放弃我的职位，但又不知道该用什么方式来坚持。这时，阿德里安叫住了我，紧紧握住我的手，嘱咐我不要离开他。他的母亲显然没有注意到这一点，但她马上明白了我们的意思，看到我们对她施加的压力，就把她的意思告诉了我们。

接下来的日子对我来说充满了痛苦，有时我真后悔没有立即向这位傲慢的女士屈服，她监视着我的一举一动，让我照顾心爱朋友的工作变成了痛苦和烦躁的事情。从来没有哪个女人能像温莎伯爵夫人这样，显得如此心智成熟。她的激情压制了她的食欲，甚至压制了她的自然需求。她睡得很少，几乎不吃东西。她的身体显然被她视为一台纯粹的机器，她的健康是完成她的计划所必需的，但她的感官并不构成她享受的一部分。一个人能够这样征服我们天性中的动物性部分，如果胜利不是完美美德的结果，那就有些可怕了。我看到伯爵夫人的身影时，也不无这种感觉，当别人睡觉时，她醒着，当我天生节食，又因发烧而不得不以食物充饥时，她却在禁食。她决心阻止或减少我对她的孩子们施加影响的机会，并用一种似乎不属于血肉之躯的坚毅、平静、顽强的决心来规避我的计划。我们之间终于默认了战争。我们进行了多次激战，其间没有说过一句话，几乎没有交换过一个眼神，但双方都决心不屈服于对方。伯爵夫人占尽了地利，所以我被打败了，尽管我不愿屈服。

  我的心里开始不舒服。我的脸上洋溢着不健康和焦虑的色彩。阿德里安和伊德里斯看到了这一点。他们把这归咎于我长时间的守候和焦虑。他们劝我休息一下，保重身体，而我则真心地向他们保证，他们的良好祝愿就是我最好的良药。他的脸颊上又泛起了淡淡的红晕。他的眉毛和嘴唇也褪去了濒临消亡时的苍白。这就是我坚持不懈的关注所带来的丰厚回报——上天也给了我丰厚的回报，它给了我伊德里斯的感谢和微笑。

  几周后，我们离开了敦克尔德。伊德里斯和她的母亲立即返回了温莎，而我和阿德里安则因身体持续虚弱而缓慢前行，并经常中途停留。当我们穿越英格兰肥沃的各个郡县时，所有的景色都让我的同伴兴奋不已，因为他已经因为疾病而远离了天气和景色的享受。我们穿过繁忙的城镇和开垦的平原。农夫们正在收割丰收的果实，妇女和孩子们从事着轻松的乡村劳作，到处是一群群快乐、健康的人，看到他们就会让人心情愉悦。一天傍晚，我们离开旅店，沿着一条阴凉的小道漫步，然后爬上一个长满青草的山坡，一直走到一个高地，这里视野开阔，山丘、山谷、蜿蜒的河流、幽暗的树林和闪亮的村庄尽收眼底。夕阳西下，云朵像刚换过毛的绵羊，在广阔的天空中游荡，接受着夕阳余辉的金色洗礼。远处的高地闪闪发光，傍晚"嗡嗡"的繁忙声传来，与远处的景色融为一体。阿德里安感受到了健康回归带来的新鲜活力，他高兴地紧握双手，激动地叫道：

  "啊，幸福的地球，幸福的地球居民！人啊，上帝为你建造了一座庄严的宫殿！你无愧于你的居所！看，青翠的地毯铺在我们脚下，蔚蓝的天幕高高在上。大地的田野孕育万物，天堂的轨迹容纳万物。现在，在这个傍晚时分，在这个安息和反省的时刻，我想所有的心灵都会发出爱和感恩的赞歌，而我们，就像古代山顶上的祭司一样，为情感发出声音。

"毫无疑问，是一种最仁慈的力量建立了我们所居住的宏伟建筑，并制定了它赖以生存的法则。如果我们存在的最终目的仅仅是生存，而不是幸福，那么我们又何必享受如此奢华的生活呢？为什么我们的居所会如此可爱，为什么大自然的本能会带来愉悦的感觉？我们的动物机体的维持本身就令人愉悦。我们的养料，田野里的果实，被涂上了超凡脱俗的色彩，散发着令人感激的芳香，并适合我们的口味。如果上帝不是仁慈的，为什么会带给我们这些呢？我们需要房屋来保护我们不受季节的影响，照顾我们所拥有的物质资料。树叶点缀着树木的生长。而堆积在平原上的石块则以其令人愉悦的不规则性为景观增添了色彩。

"美好精神的载体也不仅仅是外在的事物。看看人的心灵，智慧在其中高高在上。充满想象力的画家坐在那里，用他的笔蘸着比夕阳更可爱的色调，用光辉的色调点缀着熟悉的生活。想象力是多么崇高的恩赐啊，它无愧于给予者！它从现实中剔除了灰色，它把所有的思想和感觉都笼罩在光芒四射的面纱中，用一只美丽的手召唤我们离开无趣的生活海洋，来到它的花园、草地和极乐世界。难道爱不是神的恩赐吗？爱，还有它的孩子——希望，能将财富赐予贫穷的人，将力量赐予弱小的人，将幸福赐予悲伤的人。

"我并不幸运。我曾长期与悲伤为伴，经历了深陷阴霾的疯狂历程，出来时却只剩下半条命。然而，我感谢上帝，我活了下来！我感谢上帝，因为我看到了他的宝座，他的天地，他的脚凳。我很高兴，因为我亲眼目睹了日月星辰的每日更迭，仰望了太阳的光芒与皎洁的月辉，目睹了天空中的红云如火焰般美丽与地上繁英似锦的景象，还有播种和收获的过程。我很高兴，我曾爱过，与我的同类同甘共苦。现在，我很高兴能感受到思想之流流经我的心灵，就像血液流经我身体的关节一样。仅仅存在就是快乐，我感谢上帝让我活着！

"大地母亲，所有幸福的哺育者，难道你们不赞同我的观点吗？因大自然的亲情纽带而联系在一起的伙伴、朋友、爱人们！父亲们，他们为自己的后代辛勤劳作，喜悦之情溢于言表。妇女们，她们凝视着自己孩子活泼的模样，忘记了孕育的痛苦。孩子们，他们既不劳作，也不旋转，而是爱着别人，也被别人爱着！

"哦，但愿死亡和疾病被驱逐出我们的尘世家园！但愿仇恨、暴政和恐惧再也无法在人的心中藏身！但愿每个人都能在他的同伴中找到一个兄弟，在他所继承的广阔平原上找到一个安息的巢穴！但愿泪水的源头已经干涸，嘴唇再也无法表达悲伤。大地啊，你在上天仁慈的注视下如此沉睡，邪恶还能光顾你吗？悲伤还能把你不幸的孩子送进坟墓吗？不要悄悄地说，要让恶魔们听到并欢欣鼓舞吧！选择权在我们手中。只要我们愿意，我们的居所就会变成天堂。因为人的意志是万能的，它能击退死亡之箭，抚平病榻之痛，拭去痛苦之泪。如果每个人都不拿出自己的力量来帮助他的同胞，那么他又有什么价值呢？我的灵魂是一朵褪色的火花，我的天性脆弱得像一朵枯萎的浪花，但我把仅存的智慧和力量都献给了这一项工作，并在我力所能及的范围内承担起为我的同胞造福的任务！"

他的声音颤抖，双眼向上注视，双手紧握，脆弱的身体因过度激动而颤抖。生命力似乎仍然围绕在他的身上，就像祭坛上即将熄灭的火焰在祭品的余烬上闪烁。

第六章

我们到达温莎时,发现雷蒙德和珀迪塔已经动身前往欧洲大陆。我住进了妹妹的小屋,并庆幸自己住在温莎城堡的视野之内。一个奇怪的事实是,在这个时期,由于珀迪塔的婚姻,我与英国最富有的人结成了同盟,并与英国最尊贵的人建立了最亲密的友谊,但我却经历了有史以来最严重的贫困。以我对雷蒙德勋爵的世俗原则的了解,无论我的苦恼有多深,我都不会张嘴向他提出请求。对于阿德里安,我反复对自己说,他的钱包对我是敞开的,我们心灵相通,我们的财富也应该是共同的。和他在一起的时候,我从来没有想过他的慷慨可以弥补我的贫穷,我甚至匆忙地把他提供的补给品放在一边,向他保证我不需要这些东西。我怎么能对这位慷慨的人说:"让我闲着吧。你已为造福人类贡献了智慧和财富,难道要因此误入歧途,让强健、健康且有能力的人变得无用吗?"

然而,我却不敢请求他利用他的影响力,为我自己争取一笔体面的生活费,因为那样的话,我就不得不离开温莎了。我永远徘徊在城堡的围墙周围,徘徊在遮天蔽日的灌木丛下。我唯一的伙伴就是我的书本和充满爱意的思想。我研究着古人的智慧,凝视着庇护着我灵魂挚爱的幸福城墙。然而,我的思绪并没有停下来。我仔细研读了古代的诗歌,深入探讨了柏拉图和贝克莱的形而上学。我细读了希腊和罗马的历史,也研究了英国旧时代的历史,同时我密切关注我心上人的动向。夜晚,我能看到她映在房间墙壁上的身影;白天,我常在她的花园中看到她,或者看到她和她的常客一起在公园骑马。我知道,她要是注意到我在观察她,这种魅力反而会消失。所以仅仅是听到她的声音，便让我感到幸福。我把她的美貌和无与伦比的优秀品质赋予了我所读到的每一位女英雄。比如安提戈涅，当她引导盲人俄狄浦斯来到欧米尼德斯丛林园，为波吕涅斯举行葬礼时；比如米兰达，在普洛斯彼罗无人光顾的洞穴里；比如海蒂，在爱奥尼亚岛的沙滩上。我因过度的热情而疯狂，但骄傲如火，熏染着我的天性，使我无法用言语或眼神出卖自己。

与此同时，当我用丰富的精神食粮来犒劳自己的时候，农夫也会对我的微薄食物不屑一顾，因为我有时会从森林里的松鼠那里抢食物吃。我常常想重拾儿时无法无天的壮举，把栖息在树上、用明亮的眼睛盯着我的几乎温顺的野鸡打下来。但它们是阿德里安的财产，是伊德里斯的珍禽。尽管匮乏的生活让我的想象力变得世俗，觉得这些禽类与其栖息在森林绿叶间，不如成为我厨房中的佳肴，但我终究按捺住了这份冲动：

无论如何，

我抑制住自己傲慢的意志，没有吃东西。

我只能靠感伤度日，徒劳地梦想着"这样的甜点"，而我却无法在梦中实现。

然而，就在这个时候，我生存的整个计划即将改变。我这个被忽视的维尔尼孤儿，即将用一条金链与社会机制联系在一起，并承担起生活中的所有责任和情感。我的生活将发生奇迹，努力向前推进。读者朋友，请听我娓娓道来！

有一天，阿德里安、伊德里斯和他们的母亲及同伴们一起骑马穿过森林，伊德里斯把哥哥从车队中拉到一边，突然问他："他的朋友莱昂内尔·维尔尼怎么样了？"

阿德里安指着我妹妹的小屋回答道："从这里也能看到他的住所。"

伊德里斯说："的确如此！既然他离我们这么近，为什么不来跟我们一起玩呢？"

"我经常去看他，"阿德里安答道，"但你很容易就能猜到他不来的原因，因为他的出现可能会惹恼我们中的任何人。"

"我确实猜到了，"伊德里斯说，"既然如此，我就不敢与之争辩了。不过，请告诉我，他是如何打发时间的。在他的小屋里，他在做什么，在想什么？"

"我也不知道，亲爱的妹妹，"阿德里安回答道，"你问得太多了，我回答不上来。但如果你对他感兴趣，为什么不亲自去看看他呢？他一定会感到非常荣幸，这样你就可以偿还我欠他的部分债务，弥补命运对他的伤害。"

"我很愿意陪你去他的住处，"女士说，"我并不希望我们中的任何一个人背负我们的债务，因为这些债务和生命一样，永远无法偿还。不过，我们还是走吧，明天我们就一起骑马出发，到森林的那个地方去拜访他。"

第二天傍晚，尽管秋天的变化带来了寒冷和雨水，阿德里安和伊德里斯还是来到了我的小屋。他们发现我像库里厄斯一样，晚餐吃的都是些可怜的水果。但他们带来的礼物比萨宾人的黄金贿赂还要丰富，我也无法拒绝他们赠送的无价的友谊和欢乐。当拉托纳那对光彩照人的双胞胎在世界的襁褓中诞生，为这个"不育的海角"带来美化和启迪时，她们受到的欢迎也难及二人对我这微不足道住所与感恩之心给予的礼遇。我们像一家人一样围坐在我的壁炉旁。我们谈论的话题，显然与每个人的情感无关，但我们每个人都知道对方的想法，当我们的声音谈论着无关紧要的事情时，我们的眼睛用哑语诉说着舌头无法表达的千言万语。

他们一小时后就走了。他们离开时我很快乐，快乐得无法形容。不需要人类语言的铿锵有力，我就能娓娓道来我的幸福故事。伊德里斯来看过我，我还会再见到伊德里斯，我的想象力没有超出这一认知的完整性。我徜徉在空气中，没有怀疑，没有恐惧，甚至没有任何愿望打扰我。我用灵魂紧紧抓住满足的充实感，心满意足，无欲无求，怡然自得。

许多天来，阿德里安和伊德里斯一直这样来看我。在这种亲密的交往中，爱在充满热情的友谊掩护下，日益渗透她强大的精神能量。伊德里斯感受到了。是的，世界的神灵，我从她的神情和动作中读出了你的性格，我听到了她回荡着你悠扬的声音——你为我们准备了一条花香四溢的柔软小径，所有温柔的思绪都点缀其间——你的名字，哦，爱，没有人说出口，但你站在时间的天才面前，蒙着面纱，时间，虽没有凡人的手，但可以揭开帷幕。我们无缘以言语表达彼此心意；命运弄人，致使那欲诉说的情愫始终无从吐露。哦，我的笔啊！趁现在还没有想到未来，赶紧写下过去的一切吧，不要让手停滞不前。如果我抬起眼睛，看到荒芜的大地，感觉到那双亲爱的眼睛已经耗尽了凡人的光彩，那双可爱的嘴唇已经沉默，"深红色的叶子"已经褪色,我将永远哑口无言!

但你还活着,我的伊德里斯,甚至现在你还在我面前走动!读者啊,林中有一片空地,草木葱茏。退去的树木将天鹅绒般的广阔留作爱的殿堂。银色的泰晤士河从一侧绕过,一棵柳树弯下腰,将被风吹乱的仙女头发浸入水中。周围的橡树是夜莺部落的家园——我现在就在这里。伊德里斯正值青春年华,就在我身边——别忘了,我才二十二岁,而我心中的挚爱才过了十七个夏天。秋雨使河水暴涨,淹没了低洼地带,阿德里安正坐在他最喜欢的小船上,从淹没的橡树上摘取最顶端的枝丫,这是一项危险的娱乐活动。阿德里安啊,你这样制造危险,是厌倦了生活吗?

他得到了他的战利品,他驾驶着他的小船穿过了洪水。我们的目光惊恐地盯着他,但溪水把他带离了我们。他被迫在更低的地方上岸,绕了相当大的圈子才与我们会合。伊德里斯说:"安全了!"他跳上岸,挥舞着头上的树枝以示成功,"我们就在这里等他。"

我们单独在一起,太阳已经落山,夜莺的歌声开始响起,晚星在西边还未褪去的光辉中闪耀着。我的天使般的女孩的蓝眼睛紧紧盯着这甜蜜的象征。她说:"这颗星星的生命之光是多么令人心悸啊。它摇摆不定的光芒似乎在说,它的状态就像我们在地球上的状态一样,摇摆不定,变化无常。我想,它在恐惧,也在爱。"

"不要凝视那颗星星,亲爱的、慷慨的朋友,"我喊道,"不要从它颤抖的光芒中读出爱。不要眺望遥远的世界。不要谈论单纯的感情想象。我已经沉默了很久,甚至在病痛中我都想对你说话,把我的灵魂、我的生命、我的全部都交给你。亲爱的爱人,不要看星星,还是让那永恒的火花为我求情吧,让它做我的见证人和代言人,默默地照耀着我——爱之于我,就像光之于星星,只要它不被湮灭,我就会爱你爱得长久。"

在世人冷酷无情的目光中,那一刻的恍惚一定是永恒的。我仍能感觉到她婀娜的身姿紧贴着我炽热的心——回忆起那个初吻,我的视觉、脉搏和呼吸仍会感到难以抑制的激动。我们慢慢地、悄悄地去见阿德里安,我们听到他走近了。

我恳求阿德里安在送妹妹回家后再回到我身边。当天傍晚,我走在月光照耀的林间小道上,向我的朋友倾诉了心声,倾诉了苦闷和希望。一时间,他显得心神不宁。"我本可以预见到这一点的,"他说,"现在会发生什么纷争!请原谅我,莱昂内尔,也不要奇怪,与母亲争吵的期待会让我感到不安,否则我应该高兴地承认,我把妹妹托付给你保护,我最大的希望就已经实现了。如果你还不知道的话,你很快就会知道我母亲对维尔尼这个名字的深仇大恨。我将与伊德里斯交谈。然后,朋友能做的一切,我都会去做。如果她有能力的话,她必须扮演好情人的角色。"

就在兄妹俩还在犹豫选择最适当的方式说服他们的母亲加入他们的阵营时,他们的母亲却对我们的会面产生疑虑,并指责她的孩子们与我们的会面,指责她美丽的女儿被我们的欺骗所蒙蔽,指责她对一个不足为道的人的依恋,这个年轻人唯一的价值不过是作为她轻率父亲的那个放荡宠臣的儿子。毫无疑问,他和他所吹嘘的血统一样毫无价值。伊德里斯的眼睛闪烁着这种指责。她回答说:"我不否认我爱维尔尼,但请你向我证明他一文不值,我就再也不见他了。"

"亲爱的夫人,"阿德里安说,"我请求您去见他,去培养和他的友谊。到时候,你会和我一样,惊叹于他的成就之大,才华之出众。"请原谅,亲爱的读者,这不是徒劳无益的虚荣,不是徒劳无益的,因为知道阿德里安有这样的感受,即使现在我孤独的心也会感到快乐。

"疯狂而愚蠢的孩子!"愤怒的女士咆哮道,"你竟敢用那些不切实际的幻想和理论来破坏我为你谋划的前程。但你休想用同样的方式干扰我为你妹妹制订的计划。我非常了解你们所陷入的迷惑,因为当年我就曾与你父亲进行过同样的较量,试图让他远离那个年轻人的父母,那个人就像毒蛇一般,用圆滑狡诈的外表掩盖着他的邪恶本性。在那些日子里,我总是听到人们谈论他的魅力,他广泛的社交圈,他的机智,他那优雅的举止。如果只是些无关紧要的人被这样的蛛网所困,倒也无妨。但出身高贵、权势显赫的人,难道要屈服于这些毫无意义的自命不凡的虚伪桎梏吗?考虑到你妹妹的身份地位实在微不足道,我本应任其自生自灭,让她沦为那个男人的妻子——此人的举止言行与其不堪的父亲如出一辙,这本该提醒你警惕其所代表的愚昧与恶行。伊德里斯女士,请你记住,流淌在您血管中的不仅是英国皇室的血统,您更是奥地利的公主,您的每一滴血液都与帝王将相血脉相连。如此尊贵的身份，又怎能与一个教育程度低下的牧羊少年相配？此人唯一的遗产，不过是其父亲蒙尘的姓氏罢了。"

伊德里斯回答说："我只有一个辩护理由，那就是我哥哥提出的——去见莱昂内尔，和我的牧羊少年交谈。"伯爵夫人愤愤地打断了她的话："你的！"然后，她抚平自己激昂的情绪，露出不屑的微笑，继续说道："我们改天再谈这件事。伊德里斯，我现在所要求的，也是你母亲所要求的，就是在一个月的时间里，不要再去见这个新来的家伙。"

"我不敢答应，"伊德里斯说，"这会让他太痛苦。我无权玩弄他的感情，无权接受他的示爱，然后又用冷落来刺痛他。"

"你太过分了。"她的母亲颤抖着嘴唇回答，眼睛里又充满了愤怒。

"不，夫人，"阿德里安说，"除非我妹妹同意永远不再见他，否则把他们分开一个月肯定是一种无用的折磨。"

"当然，"前王后苦笑着回答，"他的爱、她的爱，还有他们的孩子气，都应该与我多年的希望和焦虑，与国王后代的责任，与她这样的后裔应该追求的高尚和尊严的行为相比较。但我不配争辩和抱怨。你能答应我，在这段时间内不结婚吗？"

伊德里斯不明白母亲为什么要逼她发誓不做她做梦都没想过要做的事，但她还是答应了。

现在一切都进行得很愉快。我们像往常一样见面，毫无顾忌地谈论着未来的计划。伯爵夫人是如此温柔，甚至超出了她的常规，对她的孩子们和蔼可亲，以至于他们开始对她最终的同意抱有希望。她太不像他们了，完全不符合他们的口味，所以他们无法在她的社交中找到乐趣，也无法期待她会继续这样下去，但看到她和蔼可亲的样子，他们还是很开心的。有一次，阿德里安甚至大胆地提议让她接待我。她微笑着拒绝了，并提醒他，他的妹妹已经答应耐心等待。

时隔近一个月后的一天，阿德里安收到了伦敦一位朋友的来信，信中要求他立即前往，以推进某项重要任务。阿德里安本人并不狡诈，也不怕欺骗。我和他一起骑马到了斯泰恩斯。他兴致很高。由于我在他离开期间无法见到伊德里斯，他答应我会尽快回来。他的兴致极高,却奇怪地唤起了我相反的感觉,一种邪恶的预感笼罩着我。我在归途中徘徊。我计算着再次见到伊德里斯的时间。为什么会这样?在这段时间里不会发生什么坏事吧?她的母亲会不会利用阿德里安不在的机会怂恿她,甚至诱骗她?我下定决心,不管会发生什么,第二天一定要去看她,和她谈谈。这个决心让我感到宽慰。明天,我一生中最可爱、最美好、最有希望、最快乐的日子,明天我就能见到她了——傻瓜,真是禁不起片刻耽误!

我去休息了。午夜时分,我被一阵剧烈的敲门声惊醒。此时已是深冬。下过雪,现在还在下雪,风在没有树叶的树上呼啸,吹落了树上的白色雪片。沉闷的低吟声和持续不断的敲门声,与我的梦境疯狂地交织在一起——我终于清醒了,匆忙穿好衣服,急忙去寻找这场骚乱的原因,并为这位不速之客打开房门。伊德里斯双手紧握,脸色苍白,就像漫天飞舞的雪花。她喊道:"救救我!"要不是我搀扶着她,她早就倒在地上了。不过,她很快就恢复了精神,用近乎粗暴的力气恳求我给她备马,带她离开,去伦敦,去找她的哥哥,至少救救她。我没有马。她搓着手。"我有什么办法呢?"她哭着说,"我迷失了,我们都迷失了!走吧,和我一起走吧,莱昂内尔。我不能待在这里,我们可以在最近的邮局找一辆马车,也许还来得及!来吧,和我一起走吧,请拯救我,保护我!"

她衣衫不整,头发凌乱,神情惊愕,双手紧握,我听到她凄厉的哀求,心头一震,难道她也疯了吗?"亲爱的,"我把她搂在怀里,"与其继续流浪,不如好好休息。休息吧,我的爱人,我去生火,你太冷了。"

"休息!"她喊道,"休息!你在胡言乱语,莱昂内尔!如果你再耽搁,我们就没戏了。走吧,我求你,否则你就是想抛弃我。"

伊德里斯,这位出身贵族、富裕奢华的女孩,竟然在这暴风骤雨的冬夜从她高贵的居所赶来,站在我寒酸的门前,恳求我和她一起飞越黑暗和暴风雨——这肯定是一场梦——她平淡的语调和可爱的样子让我确信这不是幻觉。她怯怯地环顾四周,似乎害怕被人听到,低声说:"我发现明天,不对,已经是今天了,就是黎明前,外国人,奥地利人,我母亲的雇工,要把我带到德国,带到监狱,带到婚姻,带到任何地方,远离你和我哥哥。带我走,否则他们很快就来了!"

我被她的激烈言辞吓到了,还以为她语无伦次的讲述中出了什么差错,但我不再犹豫,顺从了她。她一个人半夜冒着大雪从城堡出发,走了三英里远。我们必须先到达恩格尔菲尔德格林,再走一英里半才能坐上马车。她告诉我,在到达我的小屋之前,她一直保持着体力和勇气,但后来都不行了。现在她几乎走不动了。我一直搀扶着她,她还是落在后面。走了半英里后,经过多次停顿、哆嗦和半昏厥,她从我搀扶着她的手臂上滑落在雪地上,泪流满面地说,必须把她带走,因为她走不动了。我把她抱在怀里,她轻盈的身体靠在我的胸前。现在我充满了喜悦。她冰冷的肢体再次像鱼雷一样触碰我。我因理解她的痛苦和惊恐而颤抖。她的头枕在我的肩上,她的呼吸拂动着我的头发,她的心跳声接近我的心跳声,这种接触使我噤若寒蝉,使我盲目,使我迷失——直到她的嘴唇发出一声压抑的低吟,她的牙齿打颤,她竭力想压制住这种颤抖,她所表现出的所有痛苦的迹象,使我想起了必须赶快去救她。最后我对她说:"恩格尔菲尔德格林在那里,旅店也在那里。但是,亲爱的伊德里斯,如果你被人看到这样奇怪的情形,即使是现在,你的敌人也可能过早地知道你逃走了。我一个人雇了马车不是更好吗?我先把你安顿好,然后马上回去找你。"

她回答说,我说的对,我可以随意安置她。我留意到一个小屋外的门就在附近。我推开门,用一些干草给她铺了张床,把她疲惫不堪的身子放在上面,用斗篷盖住她。我害怕离开她,她看起来如此憔悴和虚弱。但片刻之后,她又恢复了生机,随之而来的是恐惧,她再次恳求我不要耽搁。叫来旅店的人,找来马车和马匹,即使是我自己驾驭它们,也要花费好几分钟的时间。每一分钟,都饱含着岁月的重量。我让马车向前走了一点,等到旅店的人都退了出去,然后让邮差把马车拉到伊德里斯站着等我的地方,伊德里斯已经等得不耐烦了,现在她已经恢复了一些。我把她扶上马车。我向她保证,我们有四匹马,应该能在五点钟之前到达伦敦,那时她的家里人应该会意识到她已经离家出走了。我安抚她冷静下来,一阵温和的眼泪使她情绪缓和下来,渐渐地,她讲述了她的恐惧和危险的故事。

就在阿德里安离开的当天晚上,她的母亲就她对我的依恋问题与她进行了激烈的争论。各种动机、各种威胁、各种愤怒的嘲讽都无济于事。她母亲似乎认为是我让她失去了雷蒙德,我是她生命中的恶魔,我甚至被指责加剧和证实了阿德里安疯狂而卑鄙地背弃一切上进和伟大的观点的行为。而现在,这个可悲的登山者要偷走她的女儿。伊德里斯说,这位愤怒的女士从来没有想过要温柔地劝说我。如果她这么做了,反抗的任务就会变得异常痛苦。结果,这个可爱女孩的慷慨天性被激发出来,为我被鄙视的事业辩护,并与我结盟。她的母亲最后露出了蔑视和暗自得意的神情,这顿时引起了伊德里斯的怀疑。她们晚上分手时,伯爵夫人说:"明天我相信你的语气会有所改变。沉着点,你太激动了,去休息吧,我给你拿点药吃,我在过度烦躁时总是会吃这种药,它会让你度过一个安静的夜晚。"

当她怀着不安的心情把白皙的脸颊贴在枕头上时,她母亲的仆人端来了一杯药剂。她对这一破天荒的举动再次产生了怀疑,这足以让她惊慌失措,决定不喝药。但是,她不喜欢争吵,又想知道她的猜测是否有任何根据,因此,她说,她几乎是本能地假装吞下了药,这与她一贯的坦率大相径庭。然后,她因为母亲的暴力而激动,现在又因为不习惯的恐惧而激动,躺在床上无法入睡,一听到声音就会惊醒。不一会儿,她的房门轻轻地打开了,她一起身,就听到有人低声说:"还没睡。"门又关上了。她怀着忐忑不安的心情期待着再次有人来访,过了一会儿,当她的房间再次被人闯入时,她先是确信闯入者是她的母亲和一个随从,然后便镇定下来,假装睡着了。有一个脚步声靠近了她的床,她不敢动弹,努力平息自己的心悸,当她听到母亲喃喃地说"漂亮的傻瓜,你以为你的游戏已经永远结束了吗"时,她的心悸变得更加剧烈了。

有那么一瞬间,可怜的女孩以为她的母亲认为她喝了毒药。她正要跳起来,这时,伯爵夫人已经离床有一段距离了,用低沉的声音对她的同伴说话,伊德里斯听着,"快点,"她说,"没时间了——已经十一点多了。他们五点钟就会到这里。只带她旅途上所需的衣服和她的首饰盒。"仆人听话地走了。双方都没说什么话。但那些话都被预定的受害者一字一句地听了进去。她听到有人提到了自己女仆的名字。"不,不,"她母亲回答道,"她不跟我们走。伊德里斯必须忘掉英国,忘掉属于英国的一切。"她又听到:"她要到明天很晚才会醒来,那时我们就要出海了。""一切都准备好了。"女人终于宣布。伯爵夫人再次来到女儿床边。"至少在奥地利,"她说,"你会听话的。在奥地利,服从是可以强制的,除了体面的监狱和合适的婚姻,别无选择。"

然后,两人都退了出去。不过,伯爵夫人边走边说:"轻点,都睡吧。虽然大家都不像她那样做好了睡觉的准备。我不想让任何人起疑心,否则她可能会奋起反抗,也许会逃走。跟我到我的房间去,我们要在那里待到约定的时间。"他们走了。伊德里斯惊慌失措,但过度的恐惧使她变得更加坚强,她匆忙穿好衣服,走下楼梯,避开她母亲的居室,设法从一扇低矮的窗户逃出城堡,穿过风雪和晦暗的环境,来到我的小屋。直到她到达时,她也没有失去勇气,她把命运交到我的手中,向压倒她的绝望和疲惫屈服。

我尽可能地安慰她。喜悦和欢欣是我的,我拥有她,也拯救了她。但为了不让她再次激动,"不要让你的美丽的眼睛变得模糊。"我抑制住自己的喜悦。我努力平息心中急切的舞动。我把满含柔情的目光从她身上移开,对着漆黑的夜晚和恶劣的环境,骄傲地喃喃表达我的心情。我们很快到了伦敦。当我看到我心爱的姑娘在她哥哥的怀抱里,在他无微不至的保护下,远离一切邪恶时,我觉得我们来对了。

阿德里安给母亲写了一封简短的信,告知她伊德里斯由他照顾和监护。几天过去了,终于收到了一封来自科隆的回信。这位傲慢而失望的女士在信中写道:温莎伯爵和他的妹妹再向这位受伤害的母亲说什么也没用了,她唯一的安宁期望就是忘掉他们的存在。她的愿望破灭了,她的计划被搁浅了。她没有抱怨。在她哥哥的宫廷里,她要找到的不是对他们忤逆的补偿(百善孝为先),而是能让她最好地适应命运的生活状态和生活方式。在这种情况下,她坚决拒绝与他们进行任何交流。

就是这些奇怪而不可思议的事件,最终促成了我与我最好朋友的妹妹、我崇拜的伊德里斯的结合。她质朴而勇敢,摒弃了阻碍我幸福的偏见和反对意见,也毫不犹豫地献出了她的手,献出了她的心。能够配得上她,能够通过发挥聪明才智和美德将自己提升到她的高度,能够以全心全意、无怨无悔的柔情回报她的爱,这就是我对这份无与伦比的礼物所能表达的唯一谢意。

第七章

现在，让读者经过一段短暂的时间，了解一下我们的幸福生活。阿德里安、伊德里斯和我住在温莎城堡。雷蒙德勋爵和我妹妹住在前者在大公园边上建的一所房子里，靠近珀迪塔的小屋，那间低矮的屋顶小屋至今还叫珀迪塔小屋，我们俩在那里度过了贫苦的时光，甚至在希望中得到了幸福的保证。我们有各自的职业，也有共同的娱乐。有时，我们会在森林的树叶遮蔽处看上一整天的书，听上一整天的音乐。在这个国家难得的好天气里，太阳高高挂起，威风凛凛，无风的环境就像沐浴在清澈透明的水里，让人心旷神怡。当乌云遮住了天空，风把它们吹散四处，撕裂了它们的纬线，把碎片散落在空中的平原上时，我们就骑马出去，寻找新的美丽和安宁的地方。当连绵不绝的下雨天把我们困在家里时，晚上的娱乐活动会紧接着早上的学习，音乐和歌声为我们带来了欢乐。伊德里斯天生具有音乐天赋，她的嗓音经过精心培养，饱满而甜美。雷蒙德和我参加了音乐会，阿德里安和珀迪塔则是虔诚的听众。那时，我们像夏虫一样快乐，像孩子一样顽皮。我们总是面带微笑，从彼此的表情中读出满足和喜悦。我们的盛大节日都在珀迪塔的小屋里庆祝。我们也从不厌倦谈论过去或憧憬未来。我们之间没有嫉妒和不安，对变化的恐惧或希望也从未扰乱过我们的平静。别人说，我们可能会幸福；我们说，我们已经幸福了。

当我们分开时，一般都是伊德里斯和珀迪塔一起闲逛，我们则留下来讨论国家大事和人生哲理。我们的性格差异给这些谈话增添了乐趣。阿德里安学识渊博，口才出众，但雷蒙德却有敏捷的洞察力和对生活的实际了解，他通常会与阿德里安针锋相对,从而保持着热烈的讨论。有时,我们会进行长达数天的远足,走遍全国各地,游览任何一处美景或历史名胜。有时,我们会去伦敦,参加密集人群的娱乐活动。有时,我们的隐居地会被访客侵入。这种变化让我们更加感受到与自己的圈子亲密交往的乐趣、我们神圣森林的宁静以及我们在心爱的城堡大厅里度过的快乐夜晚。

伊德里斯特别坦率、柔和、多情。她永远都是那么甜美,虽然在任何触动她心灵的问题上她都是坚定而果断的,但她对她所爱的人却很宽容。珀迪塔的天性并不完美,但温柔和幸福改善了她的脾气,柔化了她天生的矜持。她的理解力清晰而全面,想象力丰富而生动,她真诚、慷慨、通情达理。阿德里安,我心底无与伦比的兄弟,心思细腻而优秀的阿德里安,爱着所有人,被所有人所爱,却似乎注定找不到自己的另一半,而那一半才能成就他完整的幸福。他经常独自离开我们,或在树林中徘徊,或驾着小船出海远航,书籍是他唯一的伴侣。他常是我们中最快乐的人,却也是唯一流露出沮丧的人。他瘦弱的身躯似乎承载着生活的沉重,他的灵魂仿佛并非与身体紧密相连,而是如同寄居者般在体内安居。我对伊德里斯的爱几乎不亚于她对哥哥的爱,她爱他,把他当作她的老师、她的朋友、使她实现了最美好愿望的恩人。雷蒙德,雄心勃勃、不安分的雷蒙德,在人生的康庄大道上中途偃旗息鼓,甘愿放弃他所有的主权和名声计划,成为我们中的一员,成为田野上的花朵。他的王国是珀迪塔的心脏,他的臣民是珀迪塔的思想。他受到珀迪塔的爱戴,被她尊为上等人,珀迪塔对他言听计从、唯命是从,对雷蒙德的关注和奉献从不感到厌倦。她常常独自坐着观察他,为他属于她而喜极而泣。她在内心深处为他建立了一座圣殿,她如同虔诚的女祭司,全心投入他的事业。虽然她偶尔会任性反复,但每次悔悟都异常深刻,归来时总是全心全意。这种性格的起伏恰好适合他,因为他天生就不是随波逐流之人。

在他们结婚的第一年,珀迪塔给雷蒙德诞下了一个可爱的女孩。令人惊奇的是,这位小精灵竟如此酷似她的父亲。同样的略带蔑视的嘴唇和得意的微笑,同样聪慧的眼睛,同样的眉毛和栗色的头发,就连那纤细的手指也如出一辙。她对珀迪塔来说是多么亲切啊！随着时间的推移，我也步入了父亲的行列，我们的小宝贝，成为我们生活的乐趣与骄傲，为我们带来了无尽的欢乐与温馨。

岁月悄然流逝，一年又一年。我们的生活，正是对普鲁塔克那句美丽名言的生动注解："我们的灵魂天生就有爱的倾向，我们生来就是为了爱，为了感受、理智、理解和记忆。"我们畅谈变革，憧憬未来，却仍留恋温莎的宁静与美好，那隐居的魅力，使我们无法割舍。

我们似乎在这里收集到了

凡人中最值得铭记的美好

现在，孩子们赋予了我们工作，我们也为自己的无所事事找到了借口，一心想把他们培养成更优秀的人才。终于，我们的平静被打破了，五年来一直平静地进行着的事态发展被打破了，各种障碍把我们从美梦中惊醒。

新的英格兰护国公即将产生，应雷蒙德的请求，我们前往伦敦见证，甚至参与了选举。如果说雷蒙德是与伊德里斯结合的话，那么这个职位就是他通往更高尊严的垫脚石。他对权力和名声的渴望得到了最充分的满足。他用权杖换来了鲁特琴，用王国换来了珀迪塔。

在我们去镇上的路上，他有没有想到这些？我注视着他，但对他知之甚少。他特别开心，和他的孩子玩耍，每说一句话，他就转过身来运动一下。也许他这样做是因为他看到了珀迪塔眉头上的阴云。她试图振作起来，但眼睛里时不时噙满泪水，她含情脉脉地望着雷蒙德和她的女儿，似乎担心他们会遭遇什么不幸。一种不祥的预感笼罩着她。她倚在窗前，望着森林和城堡的塔楼，当这些景物被周围的物体遮挡住时，她激动地喊道："幸福的景象！神圣的景象！忠贞不渝的爱情！我何时才能再见到你们！当我见到你们时，我是依旧心爱而快乐的珀迪塔，还是心碎而迷失的我，在你们的丛林间徘徊，成为我的幽灵！"

"怎么了，傻瓜，"雷蒙德叫道，"你的小脑袋瓜在想什么呢，突然间变得如此沮丧？振作起来吧，不然我就把你送到伊德里斯那里去，把阿德里安叫上马车，我从他的手势中看出，他很理解我的心情。"

阿德里安坐上马车，除了雷蒙德之外，他的快乐也驱散了我妹妹的忧郁。傍晚时分，我们进入伦敦，分别前往海德公园附近的住处。

第二天一早，雷蒙德勋爵来看我。"我来找你，"他说，"我不太确信你会协助我完成我的计划，但无论你同意与否，我都决心完成它。不过，请答应我保守秘密。因为如果你不愿意帮助我成功，至少也不要阻挠我。"

"现在，我保证——"

"现在，我亲爱的朋友，我们来伦敦干什么？是来出席护国公的选举，投赞成或反对票呢？还是为了聒噪的雷兰德？维尔尼，你相信我带你来是为了这个吗？不，我们要有自己的护国公，我们会安排一个候选人并确保他的成功。我们会提名阿德里安，尽最大努力赋予他权力，这是他的出身赋予他的权力，也是他的美德赋予他的权力。

不要回答，我知道你所有的反对意见，我会按顺序回答。首先，他是否愿意成为伟人？在这一点上，说服的任务交给我，我不需要你在这方面协助我。第二，他是否应该把在森林里采摘黑莓和照顾受伤的鹌鹑的工作，换成指挥一个国家？亲爱的莱昂内尔，我们都是已婚男人，只要能逗妻子开心，给孩子们跳舞就足够了。而阿德里安却孤身一人，没有妻子，没有孩子，无所事事。我观察他很久了。他因缺乏生活情趣而憔悴。他的心因早年的苦难而疲惫不堪，就像刚痊愈的肢体一样静静地躺着，对一切刺激都退避三舍。但是，他的理解力、他的仁慈、他的美德，都需要一个锻炼和展示的舞台，而我们将为他提供这样的舞台。此外，阿德里安的天才就像未开的山路上的花朵一样凋零，没有结果，这难道不是一种耻辱？你以为大自然无缘无故地造就了他超凡的身体吗？相信我，他注定要为他的故乡英格兰带来无穷的好处。难道大自然没有赐予他所有的天赋吗？难道不是每个人都爱戴他、钦佩他，难道不是他一个人的努力彰显了他对所有人的爱吗？来吧，我看你已经被说服了，当我今晚在议会上推荐他时，你会支持我的。"

我回答说："你的论据都很充分，如果阿德里安同意的话，这些论据是无懈可击的。我只有一个条件，没有他的同意，你什么也不能做。"

"我相信你是对的,"雷蒙德说,"虽然我一开始想用不同的方式来安排这件事。就这样吧。我马上去找阿德里安。如果他同意,你就别再劝他回来,别让他在温莎森林里再做松鼠,以免毁了我的劳动成果。伊德里斯,你不会背叛我吧?"

"相信我,"她回答道,"我会保持绝对的中立。"

"就我而言,"我说,"我深信我们的朋友的价值,以及他的护国公身份会给全英格兰带来丰厚的利益,如果他同意赐予我的同胞这样的福分,我是不会剥夺的。"

晚上,阿德里安来看我们了。

"你们也在密谋反对我吗,"他笑着说,"你们会和雷蒙德一起,把一个可怜的幻想家从云端拖出来,用尘世的焰火和爆炸声包围他,而不是天堂的光芒和空气吗?我还以为你更了解我呢。"

"我确实更了解你,"我回答道,"我不认为你会在这种情况下感到快乐。但你对他人的好处可能是一个诱因,因为你将理论付诸实践的时机可能已经到来,你可能会带来改革和变化,从而促成你乐于描绘的完美的政府制度。"

"你说的是一个几乎被遗忘的梦想,"阿德里安说,说话时他的脸色微微有些阴沉,"我少年时代的幻想早已在现实的光辉中褪色。我现在知道,我不是一个适合治理国家的人。对我来说,只要能健康地统治我自己的小王国就足够了。"

"但是,莱昂内尔,你难道看不出我们这位尊贵的朋友的偏向吗?这种偏向也许他自己不知道,但我却看得很清楚。雷蒙德勋爵生来就不是蜂巢中的蝼蚁,也不是在我们的田园生活中找到满足的人。他认为,他应该满足。他认为,他目前的处境排除了发展的可能性。因此,即使在他自己心里,他也不打算改变自己。但你们难道没有看到,在'自我提升'的想法下,他正在为自己规划一条新的道路,一条他长期游离的行动之路?"

"让我们为他助力吧。他高贵、好战,在人的思想和人格的每一个方面都是伟大的。他适合做英格兰的护国公。如果我们推荐他,他肯定会当选,而且会在这一崇高职位的职能中找到发挥他高超才智的空间。就连珀迪塔也会欢欣鼓舞。珀迪塔,在嫁给雷蒙德之前,她的野心一直被掩盖着,而雷蒙德的出现一度满足了她的希望。

珀迪塔将为她的男人的荣耀和地位的提升而欢欣鼓舞，并且腼腆而娇媚地对她的那份喜悦感到满意。与此同时，我们，这片土地上的智者，将回到我们的城堡，像辛辛纳图斯一样，开始我们的日常工作，直到我们的朋友需要我们的存在和帮助。"

阿德里安越是推敲这个计划，就越显得可行。他自己决不涉足公共生活的决心是不可逾越的，而他的健康状况也是反对这一计划的充分理由。下一步就是诱使雷蒙德承认他渴望尊严和名声的秘密愿望。我们说话的时候，雷蒙德进来了。阿德里安对雷蒙德提出的让自己成为护国公候选人的计划的态度以及回答，已经在雷蒙德的思维中唤起了对我们现在讨论的话题的新视角。他的神情和举止透露出犹豫不决和焦虑不安，但焦虑不安是因为担心我们的想法无法实施或无法成功，而犹豫不决则是因为怀疑我们是否应该冒失败的风险。我们的几句话让他下定了决心，他的眼睛里闪烁着希望和喜悦的光芒，开始从事一项事业的想法如此符合他早年的习惯和珍视的愿望，这让他像以前一样充满活力和勇气。我们讨论了他的机会、其他候选人的优点和选民的态度。

但我们究竟还是算错了。雷蒙德的声望大不如前，他的特殊党派也抛弃了他。他离开了繁忙的舞台，因此被人们遗忘了。他以前在议会的支持者主要是保皇党人，当他作为温莎伯爵的继承人出现时，他们愿意把他当作偶像。但当他再出现时，他们却对他漠不关心，因为他们认为他身上没有其他的特质和与众不同之处，而这些特质和独特之处是许多保皇党人所共有的。不过，他还是有很多朋友，他们都仰慕他超凡的才华。他出现在府中，他的口才、谈吐和俊美的外表，都能产生电光石火般的效果。阿德里安也有很多朋友，尽管他的隐居习惯和理论与党派精神格格不入，但他的朋友还是很容易被说服投票支持他推举的候选人。

雷蒙德勋爵的老对手雷兰德先生是候选人之一。公爵得到了共和国所有贵族的支持，他们认为公爵是他们的适当代表。雷兰德是最受欢迎的候选人。当雷蒙德勋爵第一次被列入候选人名单时，他成功的机会似乎很小。我们在他被提名后的辩论中退席。我们，他的提名人，感到羞愧，他更是沮丧至极。珀迪塔痛苦地责备我们。她曾对我们的计划抱有强烈的期望。她并没有反对我们的计划，相反，她显然对我们的计划感到高兴。但是，我们的计划显然没有取得成功，这改变了她的想法。她觉得，雷蒙德一旦觉醒，就再也不会回到温莎了。他的习惯已经被打破，他那颗不安分的心也会从沉睡中苏醒过来，野心一定会成为他一生的伴侣。如果他这次尝试不成功，她预感到随之而来的将是不愉快和无法治愈的不满。也许她自己的失望给她的想法和话语增添了一丝刺痛。她没有放过我们，而我们自己这种想法也加剧了我们的不安。

根据我们的提名后续计划，我们更需要说服雷蒙德在次日晚间向选民做竞选陈述。他长期保持着顽固态度，提出诸如乘坐热气球或远航至他名誉未受损的遥远国度等规避方案。然而，这些举措均无实际意义——他的参选申请已经备案在册，其竞选意向已公开发布，其声誉受损已成既定事实，无法从公众记忆中消除。与其在事业伊始就选择退避，不如在奋力一搏后接受结果。

从他采纳这个想法的那一刻起，他就变了。他的沮丧和焦虑消失了，他变得充满生机和活力。他的脸上洋溢着胜利的微笑。他决心竭尽全力实现自己的目标，他的举止和表情似乎预示着他的愿望即将实现。珀迪塔却不是这样。她被他的快乐吓坏了，因为她害怕最后会有更大的反噬。如果说他的出现给我们带来了希望，那也只会让她更加痛苦。她害怕失去他的踪影，却又害怕注意到他心境的任何变化。她热切地倾听他的谈话，却又对他的话赋予了与真实含义不符、与她的希望背道而驰的含义，从而使她自己感到惴惴不安。她不敢出席这场竞选，但她仍然在家倍感忧虑。她为她的小女儿哭泣，她的神情，她的言语，仿佛在害怕发生什么可怕的灾难。她因无法控制的激动而近乎癫狂。

雷蒙德勋爵带着无畏的自信和含沙射影的演说向议院走来。雷蒙德勋爵在雷兰德公爵的发言结束后，开始了他的演讲。显然，他并没有上好这堂课。起初，他犹豫不决，在构思和选择表达方式时停顿了一下。随着时间的推移，他的情绪逐渐高涨。他的话语轻松流畅，充满活力，他的声音极具说服力。他回忆起自己过去的生活，在希腊的成功，在国内的声望。现在，年岁的增长、谨慎的态度以及他的婚姻给国家带来的保证，都应该增加而不是减少对他的信任，他为什么要失去这些呢？

他谈到了英格兰的现状，为确保英格兰的安全和繁荣所要采取的必要措施。他对英国的现状描述得绘声绘色。在他讲话的时候，所有的声音都被压了下去，所有的思想都被高度集中的注意力暂停了。他优美的口才征服了听众的感官。在某种程度上，他也适合调和各方。他的出身让贵族们感到高兴，他是阿德里安推荐的候选人，而阿德里安又是一个与民主派关系密切的人，这让一些对公爵或雷兰德先生都不太信任的人站到了他这一边。

竞选激烈而又充满悬念。如果阿德里安和我自己的成败取决于自身努力，我们都不会如此焦虑。但我们已经怂恿我们的朋友开始这项事业，我们必须确保他取得胜利。伊德里斯对自己的能力评价很高，她对这件事非常感兴趣。而我可怜的妹妹不敢抱任何希望，对她来说，恐惧就是痛苦，她陷入了焦虑不安之中。

就在我们讨论晚上的计划时，一天又一天过去了，每天晚上都在争论中度过，但都没有结果。终于，危机来临了。这一夜，拖延已久的议会必须做出决定。十二点一过，新的一天就开始了，根据宪法，议会就会解散，它的权力也会消失。

我们和我们的党徒在雷蒙德家集合。五点半，我们出发前往雷蒙德府。伊德里斯竭力安抚珀迪塔，但这可怜的姑娘激动得完全失去了自我控制的能力。她在房间里走来走去，只要有人进来，她就疯狂地凝视着，幻想着他们可能是她厄运的宣告者。我必须对我可爱的妹妹说句公道话：她这样痛苦并不是为了自己。只有她知道雷蒙德对自己的成功有多么重视。即使在我们面前，他也是一副乐呵呵、满怀希望的样子，而且装得很像，以至于我们无法猜透他内心的秘密。有时，紧张的颤抖、尖锐的嗓音、一时的失神，都会让珀迪塔发现他对自己的伤害，但我们一心想着自己的计划，只看到他爽朗的笑声、他在任何场合都会开的玩笑、他那似乎无法消退的精神状态。此外，珀迪塔和他在一起，她看到了这种强颜欢笑之后的喜怒无常。她注意到他睡眠不安、烦躁不安——她看到他哭了之后，她就不再流泪了，因为她看到了失望的骄傲使他眼眶噙满泪水，但骄傲却无法驱散。她的情绪激动到这种地步，又有什么可奇怪的呢？我这样解释她的激动。但这还不是全部，接下来的事情揭示了另一个借口。

临行前，我们抓紧时间向心爱的姑娘们告别。我对成功希望渺茫，于是请求伊德里斯照看好我的妹妹。当我走近伊德里斯时，珀迪塔抓住我的手，把我拉进了另一间屋子。她扑进我的怀里，痛哭流涕，泣不成声。我试图安抚她，让她抱有希望。我问她，即使我们失败了，会有什么巨大的后果。"我的哥哥，"她哭着说，"我童年的保护神，亲爱的莱昂内尔，我的命运岌岌可危。我现在身边有你们——你们，我幼年的伙伴。阿德里安，对我来说就像血脉相连一样亲切。伊德里斯，我心爱的妹妹，还有她可爱的后代。哦，这可能是你们最后一次这样围绕着我了！"

她突然停了下来，然后哭了起来："我说了什么，我太笨了！"她狂乱地看着我，然后突然平静下来，为她所谓的无意义的话道歉，说她一定是疯了，因为只要雷蒙德活着，她就一定是幸福的。然后，尽管她还在哭泣，但她让我平静地离开了。走的时候，雷蒙德只是拉着她的手，含情脉脉地望着她，而她的回答则是一脸的聪慧和同意。

可怜的姑娘！她当时受了多大的苦啊！我永远无法完全原谅雷蒙德强加给她的这些考验，因为这些考验都是由他自私的情感造成的。他曾想过，如果他这次尝试失败了，就不向我们任何人告辞，踏上前往希腊的船，再也不回英国了。珀迪塔顺从了他的意愿，因为他的满足是她生活的主要目标，是她享受生活的王冠。但是，要离开我们所有人，她的同伴，她最快乐时光中最心爱的伙伴，还要在这期间隐瞒这个可怕的决定，这几乎是一项征服了她的意志力的任务。她一直在为他们的离开做安排。在这个决定性的夜晚，她答应雷蒙德趁我们不在，先走一段路，等他确定失败后，再从我们身边溜走，和她会合。

虽然当我得知这个计划时，我对雷蒙德对我妹妹的感情关注甚少而深感恼怒，但经过反思，我认为他是在强烈的激动之下行事，以至于他意识不到自己的过错，因而也就没有了罪责。如果他允许我们目睹他的激动，他就会更理智一些。但他为表现镇定而进行的挣扎，对他的神经造成了如此强烈的刺激，以至于摧毁了他的自我控制能力。我相信，在最坏的情况下，他也会从海边回来向我们告辞，并让我们成为他的议事伙伴。但强加在珀迪塔身上的任务并不轻松。他要求她发誓保守秘密。

而她在这场戏中的角色,因为要独自表演,所以是最痛苦的。现在回到我的叙述。

迄今为止,辩论一直是漫长而激烈的。辩论往往只是为了拖延而拖延。但现在,每个人似乎都很害怕,生怕关键时刻就这么过去了,而选择却还没有决定。议院里出现了前所未有的寂静,议员们都在窃窃私语,日常事务也在快速而安静地进行着。在选举的第一阶段,公爵就已经被赶下台。因此,问题就在雷蒙德勋爵和雷兰德先生之间产生了。在雷蒙德出现之前,雷兰德一直觉得自己稳操胜券。自从他的名字被列为候选人之后,他就迫不及待地拉票。他每天晚上都会出现,神情中流露出不耐烦和愤怒,在圣史蒂芬教堂的对面蔑视着我们,仿佛他的一颦一笑都会让我们的希望黯然失色。

为了更好地维护和平,英国宪法中的每一件事都有规定。在最后一天,只允许两名候选人留下。为了尽可能避免这两名候选人之间的最后争斗,我们向自愿放弃竞选资格的候选人进行了贿赂,给了他一个高薪和荣誉的职位,并帮助他在未来的选举中取得成功。但奇怪的是,至今还没有任何候选人使用过这种权宜之计。因此,这条法律已经过时,我们在讨论中也没有人提到过。令我们极为惊讶的是,当有人提议我们成立一个委员会来选举护国公时,提名雷兰德的议员站起来告诉我们,这位候选人已经放弃了他的竞选资格。起初,大家对他的消息噤若寒蝉。接着是一阵混乱的杂音。当主席宣布雷蒙德勋爵正式当选时,大家不约而同地报以热烈的掌声和胜利的欢呼。看起来,即使雷兰德先生没有辞职,大家也不会害怕失败,似乎所有的声音都会一致支持我们的候选人。事实上,既然雷兰德已经打消了竞争的念头,所有人都恢复了对我们这位有成就的朋友的尊敬和钦佩。每个人都认为,英格兰从未见过如此有能力履行这一崇高职务的护国公。会议厅里响起了一个由许多声音组成的声音,那就是雷蒙德的名字。

他进来了。我当时坐在最高的一个座位上,看到他沿着通道走到演讲者的桌前。他本性的谦虚战胜了胜利的喜悦。他胆怯地环顾四周,眼前似乎有一层薄雾。我身边的阿德里安急忙跑过去,跳下长凳,一下子就来到了他的身边。他的出现让雷蒙德重新振作起来。当他开口说话和行动时,他的犹豫消失了,他闪耀着至高无上的威严和胜利的光芒。前护法向他宣誓，并向他颁发了职务徽章，而后举行了就职仪式。随后，议会解散。国家的主要成员簇拥着新任行政长官，把他带到了政府宫殿。阿德里安突然消失了。当雷蒙德的支持者只剩下我们这些亲密的朋友时，阿德里安又领着伊德里斯回来祝贺她的朋友获得成功。

可是，珀迪塔在哪里呢？雷蒙德为了在失败时能神不知鬼不觉地撤退，忘了安排让她听到他成功消息的方式。她一直都太焦虑了，所以也没反应过来这件事。当伊德里斯进来时，雷蒙德已经忘了自己的身份，询问起我妹妹的踪影。一句关于她神秘失踪的消息让他回过神来。阿德里安确实已经去找那个逃犯了，他以为是她那无尽的焦虑把她带到了宫殿的顶层，而她又被什么不祥的事情缠住了。但雷蒙德没有解释，突然离开了我们，又过了一会儿，我们听到他在街上飞奔的声音，尽管风雨交加。我们不知道他要走多远，很快就分开了，以为过不了多久，他就会带着珀迪塔回到王宫，他们也不介意单独待一会儿。

珀迪塔带着孩子来到达特福德，哭得死去活来。她吩咐人准备好继续赶路所需的一切，把她可爱的孩子放在床上，她在强烈的痛苦中度过了几个小时。她时而审视周围的一切，仿佛万物皆与她为敌。有时，她听着淅淅沥沥的雨声，黯然神伤。有时，她惦记着自己的孩子，追寻着她与父亲的相似之处，生怕她将来也会表现出与父亲一样的激情和无法控制的冲动，使父亲变得不幸。她又一次感到自豪和欣喜，因为她在小女儿的脸庞上看到了雷蒙德脸上经常绽放的美丽笑容。看到这一幕，她的心情变得舒畅起来。她想到了她在这段感情中所拥有的财富，想到了他超越同时代人的成就、他的天才、他对她的奉献。很快，她就想到，命运要求她做出这种牺牲，作为她对雷蒙德忠贞不渝的标志，而且她必须愉快地做出这种牺牲。她想象着他们在他为他们选择的希腊小岛上的生活，她抚慰他的工作，她对美丽的克拉拉的关心，她在他的陪伴下骑马，她为他的安慰而献身。这一切在她的脑海中呈现出如此绚丽的色彩，以至于她担心情况会发生逆转，担心她会在伦敦过上富裕而有权有势的生活。因为如果那样的话，雷蒙德将不再只属于她一个人，她也不再是他唯一的幸福源泉。就她自己而言，她甚至希望他失败。当她听到他驰入旅店的庭院时，她的感情才发生了波动。他独自一人来到她身边，被暴风雨打湿了衣服，除了速度，什么都不顾了，这还能意味着什么呢，不就是说，他们被打败了，孤身一人，要离开英国本土，离开这个耻辱的地方，躲到希腊群岛的桃金娘树林里去吗？

顷刻间，她就投入了他的怀抱。他对自己成功的认知已经深深地融入脑海，以至于他忘记了有必要将这种认知传递给他的同伴。在他的怀抱中，她只感到一种亲切的保证。只要他拥有她，他就不会绝望。她喊道："这是好的，这是高贵的，我的爱人！哦，当你拥有你的珀迪塔时，不要害怕耻辱或卑微的命运。当我们的孩子活着并微笑时，不要害怕悲伤。让我们去你想去的地方吧，陪伴我们的爱会阻止我们的遗憾。"

她被他紧紧地搂在怀里，一边说一边向后仰着头，从他的眼睛里寻找对她话语的认同，他的眼睛里闪烁着难以言喻的喜悦。他嬉皮笑脸地说："怎么了，我的小护国公？你在盘算着什么漂亮的计划？但怎么这么落魄不堪？我觉得你应该安排个更光明的计划。你说呢？"

他吻了吻她的眉心，但这个任性的女孩，对他的胜利半是惋惜，对迅速的思想变化激动不已，把脸藏在他的怀里哭了起来。他安慰她，向她灌输自己的希望和愿望，很快，她的脸上就洋溢着同情的笑容。那一夜，他们是多么幸福！他们的喜悦之情溢于言表。

第八章

看到我们的朋友在他的新办公室里安顿妥当之后,我们准备返回温莎。这个地方离伦敦很近,使得我们与雷蒙德和珀迪塔的分离不再那么痛苦。我们在护国宫向他们告别。看到我妹妹如此沉浸其中,以体面的方式赢得地位,这真是一件美事。她内心的高傲和举止的谦逊在此时比以往更加猛烈地彼此对抗。她的胆怯并不是矫揉造作,而是因为害怕得不到应有的赏识,害怕被世人忽视,这也是雷蒙德的特点。不过,珀迪塔比雷蒙德更常为别人着想,她的腼腆部分源于她希望从周围的人身上消除一种自卑感,而这种感觉她过去从未有过。伊德里斯的出身和所受的教育,使她更适合参加仪式。但由于习惯使然,她的这些举动显得轻松乏味。尽管有种种不足,珀迪塔显然很享受自己的现状。我们离开时,她满脑子都是新的想法,没有感到太多的痛苦。她深情地向我们告别,并答应不久后再来看望我们,但却并不遗憾此次分离。雷蒙德兴致勃勃,他不知道该如何处理他新得到的权力,他满脑子都是计划。虽然还没有下定决心,但他向自己、朋友和全世界保证,在他担任护国公的这段时间里,一定要做出一些无上光荣的举动。就这样,我们交谈着,鼓舞着士气,带着越来越少的人回到了温莎城堡。摆脱了政治动荡,我们感到无比高兴,于是加倍努力地寻求独处时光。我们并不缺少活动,但我现在只热衷于智力活动。我发现刻苦学习是一剂良药,可以缓解我的精神狂热,一旦懒惰下来,我必定会受到精神狂热的侵袭。珀迪塔同意我们把克拉拉带回温莎,她和我的两个可爱的孩子永远是我的兴趣和娱乐的源泉。

唯一让我们感到不安的是阿德里安的健康状况。他的健康状况明显下降，但却看不出任何症状。倒是他那明亮的眼睛、生动的神情和发红的脸颊，让我们担心他是得了肺痨。但他没有痛苦，也没有恐惧。他满怀热情地读起书来，从与我和他妹妹的社交中抽出身来。有时，他去伦敦看望雷蒙德，了解事态的发展。克拉拉经常陪他一起去，一方面是为了看望父母，另一方面是因为阿德里安喜欢这个可爱的孩子的絮絮叨叨和聪明伶俐的样子。

与此同时，伦敦一切进展顺利。新的选举结束了。议会召开了，雷蒙德忙于各种有益的计划。运河、引水渠、桥梁、庄严的建筑以及各种公共设施都已开始动工。他的身边不断出现各种计划和项目，这些计划和项目将使英格兰成为一个富饶和富丽堂皇的地方。贫穷的状态将被消除。人们可以像《一千零一夜》中的侯赛因王子、阿里王子和艾哈迈德王子一样方便地从一个地方到另一个地方。人们的身体状况将愈来愈佳，疾病将被消除，沉重的劳动负担将极人减轻。这似乎也不是奢望。生活艺术和科学发现都在不断发展，且增长速度远远超过了预期。食物像是自发涌现出来似的，机器的存在可以方便地满足人们的一切需求。但邪恶依然存在。人们并不幸福，不是因为他们不能，而是因为他们不愿意奋起战胜自我设置的障碍。雷蒙德要用他有益的意志去激励他们，而社会机制一旦按照无懈可击的规则系统化，就再也不会陷入混乱。为了这些希望，他放弃了作为一名成功的战士载入国家史册的夙愿。放下手中的剑，和平及其永恒的荣耀成为他的目标——他梦寐以求的头衔是"国家的恩人"。

除此之外，他还计划建造一座国家雕像和绘画艺术馆。他本身就拥有许多雕像和画像，打算将它们赠送给共和国。由于这座建筑将是他护国公身份的重要装饰，他在选择建筑方案时非常谨慎。他收到了数以百计的方案，但都一一否决。他甚至派人到意大利和希腊去寻找图纸，但由于设计既要有独创性，又要完美美观，他的努力一度无果而终。最后，他终于找到了一张满意的图纸，图纸上有通信地址，但却没有艺术家的名字。设计新颖、典雅，但有缺陷，而且缺陷太多。虽然画得很有品位，但显然不是建筑师的作品。雷蒙德欣喜地欣赏着它，越看越高兴，但也发现了越来越多的错误之处。他按照地址写了一封信，希望能见到绘图者，以便可以共同协商，然后根据建议进行修改。

来的是一位希腊人。中年男人，举止有些睿智，但相貌非常普通，雷蒙德几乎不敢相信他就是设计者。他承认自己不是建筑师，但建筑的构思已经打动了他，尽管他寄出构思时并不抱有丝毫被接受的希望。他寡言少语。雷蒙德向他提问，但他矜持的回答很快让雷蒙德转过身来，不再看他，而是看图纸。他指出了其中的错误，以及提出希望做的修改。他给了希腊人一支铅笔，让他当场修改草图。但却遭拒绝，希腊人表示完全明白，但想回家再修改。最后，雷蒙德让他离开了。

第二天，他回来了。设计图已重新绘制，但仍有许多缺陷，而且有几处指示被误解了。"来吧，"雷蒙德说，"昨天我已经向你妥协过了，现在该轮到你了。照我的要求做吧——请拿起笔。"

希腊人接过铅笔，但手法生疏根本不像个艺术家。最后他说："我必须向您承认，尊敬的阁下，这幅画不是我画的。但真正的设计者是不会露面的，您的指示必须通过我来沟通。因此，请您容忍我的无知，并向我解释您的想法。假以时日，我相信您一定会满意的。"

雷蒙德徒劳地询问着，神秘的希腊人不再多说。能让建筑师见见这位艺术家吗？就连这也被拒绝了。雷蒙德重复了一遍他的指示，来访者便退了出去。然而，雷蒙德决心不达目的誓不罢休。他怀疑是难堪的贫穷造成了这一谜团，艺术家不愿意衣衫褴褛出现在公众面前。出于这种考虑，雷蒙德更加迫切地想要找到他。出于对鲜为人知的天才的兴趣，他命令一位精通此道的人士在希腊人下次来的时候跟踪他，观察他的去处。他的使者服从了命令，并带来了想要的情报。他追踪此人到了大都市最贫穷的一条街道。雷蒙德并不奇怪，在这种情况下，这位艺术家会躲得远远的，但他并没有因此而改变自己的决心。

当天傍晚，他独自一人来到被告知的那所房子。房子里肮脏、龌龊。唉！雷蒙德想，在改善英格兰方面，我还有很多事情要做。他敲了敲门，门被上面的一根绳子拉开了——破旧不堪的楼梯映入眼帘，但没有人出现。他又敲了敲门，但徒劳无功。然后，他不耐烦地走上了漆黑的、吱吱作响的楼梯。他的主要愿望，尤其是现在目睹了艺术家的凄惨居所之后，是想救济一个有才华却因贫穷而消沉的人。他想象着一位青年，眼睛闪烁着天才的光芒，但身体却因饥荒而衰弱。他有点慌张，生怕惹艺术家不高兴。但他相信，他的好意一定会用得恰到好处，不会引起他的反感。虽然贫穷会让受苦的人无法接受所谓的有辱人格的恩惠，但施恩者的热心最终一定会让他心存感激。当雷蒙德站在这所房子最顶层房间的门口时，这些想法激励着他。在尝试进入其他房间未果后，他发现就在这间屋子的门槛内，有一双小小的土耳其拖鞋。门虚掩着，但里面一片寂静。很可能住在这里的人不在，但他确信自己找对了人，于是我们这位冒险的护国公盘算着在桌子上留下一个钱包，然后悄然离去。为了实现这个想法，他轻轻地推开了门——但是房间里有人。

雷蒙德从未到过贫民窟，眼前的景象令他心惊肉跳。地板多处凹陷。墙壁破烂不堪，光秃秃的。天花板上满是风霜雨雪。角落里放着一张破旧的床。房间里只有两把椅子和一张粗糙破旧的桌子，桌子上的锡烛台上还点着一盏灯。然而，在如此沉闷、令人作呕的贫困环境中，却散发着一种秩序井然、干净整洁的气息，令他感到惊讶。这种想法转瞬即逝，因为他的注意力立刻被这间简陋居所的主人吸引住了。是一位女性。她坐在桌边，一只小手遮住了烛光，另一只手拿着一支铅笔，眼睛盯着面前的一幅画，雷蒙德认出这就是他看到的设计图。她的外表唤起了他极度浓厚的兴趣。黑发编成辫子，缠绕成粗粗的发结，就像一尊希腊雕像的头饰。衣着朴素，但姿态却可谓是优雅的典范。雷蒙德迷迷糊糊地想起他以前见过这样一个人。他走过房间。她没有抬眼，只是用希腊语问道："谁在那里？"雷蒙德用同样的方回答说："一位朋友。"她疑惑地抬起头，雷蒙德这才看清是伊瓦德涅·扎伊米。伊瓦德涅曾经是阿德里安心目中的女神。但为了雷蒙德，伊瓦德涅曾对这位高贵的年轻人不屑一顾，后来又被她所爱的人忽视，带着破碎的希望和刺痛的痛苦感，回到了她的故乡希腊。是什么样的命运转折把她带到了英国，让她这般安身立命？

雷蒙德认出了她，他的态度从彬彬有礼的施舍变成了热烈的善意和同情。他看到她现在的样子，就像一支箭射进了他的灵魂。他坐在她身边，握住她的手，说了无数充满同情和爱意的话。伊瓦德涅没有回答。她那双乌黑的大眼睛低垂着，睫毛上终于闪出了一滴泪花。"是的，"她啜泣道，"仁慈可以实现任何愿望，也可以消除任何苦难。"她确实流了很多泪。她的头不自觉地靠在雷蒙德的肩上。他握住她的手，亲吻她那沾满泪水的脸颊。他告诉她，她的痛苦已经过去了。没有人比雷蒙德更懂安慰。他不说理，也不喋喋不休，但眼神闪烁着同情的光芒。他把愉快的画面呈现在受难者面前，他的爱抚没有引起任何不信任，因为这些爱抚纯粹是出于母亲亲吻她受伤的孩子的感情。他想用一切可能的方式表明他的感情是真实的，他热切地希望给不幸者受伤的心灵浇上一剂良药。当伊瓦德涅恢复平静时，他的举止也变得欢快起来。他并不认为贫困是问题所在。直觉告诉他，让她心痛的罪魁祸首并不是贫穷，而是随之而来的贬低和耻辱。他一边说着，一边将这些都抛诸脑后。谈到她的毅力时，他还不忘大力赞扬。然后，他提到她过去的状况，称她为乔装打扮的公主。他热情地邀请她为他效劳，但她满脑子都是更重要的事情，既没有接受，也没有拒绝。最后，雷蒙德动身离去，并许诺第二天再来看她。他回到家里，心中充满了复杂的感情，既为伊瓦德涅的悲惨遭遇感到痛苦，又为能减轻她的痛苦而感到高兴。一些他甚至连自己都不明白的动机，使他无法把自己的冒险经历告诉珀迪塔。

第二天，他用斗篷把自己伪装起来，边走边买了一篮子昂贵的水果，都是她自己国家的土特产，然后在果篮里点缀上美丽的鲜花，提着篮子再次到访。"快来看看，"他边走边喊道，"我给房顶上的小麻雀带来了什么食物。"

伊瓦德涅讲述了她的不幸遭遇。父亲虽然身居高位，但由于放荡不羁，最终耗尽了家产，甚至毁掉了自己的声誉和影响力。他的健康状况已经到了无药可救的地步，临终前，他恳切地希望能让他的女儿免于沦为孤儿后的贫困。因此，他替女儿接受了一位定居在君士坦丁堡的希腊富商的求婚，并说服她答应了求婚。她离开了故乡希腊，她的父亲去世了，她逐渐与年轻时的所有伙伴失去了联系。

大约在一年前，希腊和土耳其之间爆发了战争，带来了许多灾难。她的丈夫破产了，土耳其人又威胁要进行大屠杀，在一片骚乱中，他们不得不在午夜逃走，乘一艘敞篷小船登上了一艘正在航行的英国船只，随着船来到了这个岛上。他们用仅存的几件珠宝支撑了一段时间。伊瓦德涅用尽全身的力气，支撑着丈夫逐渐衰弱的意志。财产的损失，对未来前景的绝望，贫困潦倒，这些都使他陷入了近乎癫狂的状态。在抵达英国五个月后，他自杀了。

"你肯定想问我，"伊瓦德涅继续说，"我后来做了什么？我为什么不向居住在这里的富有的希腊人求助？我为什么不回到我的祖国？我对这些问题的回答在你看来肯定无法理解，但这些问题足以让我日复一日地忍受一切苦难，而不是以此寻求救济。自小高贵的扎伊米虽然是个浪子，但也无法容忍无可伦比的自己在同辈或下级面前沦为乞丐。难道要在他们面前低头，以奴颜婢膝的姿态出卖我的高贵，换取生命吗？如果我有孩子，受其牵绊，我可能会沦落至此。但现在的情况是，这个世界对我来说就像一个严厉的继母。我真想离开此地，在坟墓中忘却我的骄傲、我的挣扎、我的绝望。时机很快就会到来。悲痛和饥荒已经榨干了我的根基。再过不久，我就会离开人世。我的灵魂不会再被自我毁灭的罪行所玷污，不会再被堕落的记忆所摧残，我将抛开悲惨的躯壳，找到坚忍和不屈所应得的补偿。这在你看来可能是疯狂的，但你也有自尊和决心，应该可以理解。我的自尊并非不可撼动，我的决心也并非不可改变。"

伊瓦德涅讲完了故事，并在她认为合适的时候，讲述了她放弃向同胞求助的原因，停顿了一下。然而，她似乎还有更多的话要说，但却说不出来。与此同时，雷蒙德却滔滔不绝。他想让他可爱的朋友恢复她在社会上的地位，恢复她失去的荣华富贵，这激发了他的斗志，他使出浑身解数，表达了他对这个问题的所有愿望和打算。但他的想法被阻拦了，因为伊瓦德涅要求他向她的朋友们隐瞒她在英国的情况。她傲慢地说："温莎伯爵的亲戚们无疑认为我伤害了他。也许伯爵本人会第一个为我开脱，但我可能不值得开脱。我当时的举动和以往一样，都是一时冲动。我现在的穷困潦倒至少可以证明我的行为是无私的。没关系。我可不想当着他们中的任何一个人申辩，甚至不想在阁下您面前申辩，要不是您先发现了我。我的所作所为将证明，我宁死也不愿成为别人嘲笑的对象——看看骄傲的伊瓦德涅衣衫褴褛的样子！看那个乞丐公主！所以你的想法对我来说是致命的毒药。答应我，不要泄露我的秘密。"

雷蒙德答应了，但接下来又牵扯到了别的事情。伊瓦德涅要求雷蒙德再次承诺，没有她的同意，他不会为了她实施任何计划，也不会提供救济。她说："不要在我面前贬低我，"她说："长期以来，贫穷一直是我的奶妈。她很辛苦，但很诚实。如果并非出于名誉，或者我认为是不名誉的东西靠近我，我就会迷失方向。"雷蒙德提出了诸多论据和恳切的说服，试图改变她的想法，但她依然坚持己见。她在讨论中激动不已，疯狂而热烈地庄严发誓，要逃走，躲到他永远发现不了她的地方去。如果他坚持向她提出不光彩的建议，饥荒很快就会给她带来死亡，结束她的悲惨遭遇。她说，她可以养活自己。然后，她向他展示了她是如何通过完成各种设计和绘画来赚取微薄的生活费的。雷蒙德暂时屈服了。他确信，在他暂时满足了她的自我意愿之后，最终友谊和理智会赢得胜利。

但是，伊瓦德涅的感情根植于她的内心深处，其成长过程是他无法理解的。伊瓦德涅爱雷蒙德。他是她想象中的英雄，是爱情在她心中刻下的亘古不变的形象。七年前，在她尚青春之时，她与他结下了不解之缘。他曾为她的国家抗击土耳其人。他在她自己的土地上获得了希腊人特有的军事荣耀，因为他们仍然不得不为自己的安全而寸土必争。然而，当他归来，第一次出现在英国的公共生活中时，她的爱并没有换来他的爱，他的爱在珀迪塔和王冠之间徘徊。当他还在犹豫不决的时候，她已经离开了英格兰。他结婚的消息传到了她的耳中，她的希望，这朵孕育不久的花朵，凋谢了。对她来说，生活的光辉已经逝去。爱情的玫瑰色光晕也褪去了，她为之增添的色彩也不复存在。她满足于接受生活的现状，并在灰色的现实中做出最好的选择。她结了婚，带着她那躁动不安的性格进入了新的生活，将心思转向了野心，她的目标是瓦拉几亚公主的头衔和权力。同时，她的爱国情怀也得到了抚慰，她想到当她丈夫成为这个公国的首领时，她就可以为她的国家做些好事。她活着就是为了寻找野心，而野心就像爱情一样，是一种虚幻的妄想。她为了达到自己的目的而与俄国勾结，引起了波尔图的嫉妒和希腊政府的敌视。她被双方视为叛徒，丈夫也随之身败名裂。他们因及时逃离而躲过一劫，而她则从欲望的顶峰跌落到英国的贫民窟。她对雷蒙德隐瞒了这个故事的许多内容。她也没有承认，亲自将外国专制主义的镰刀伸向了自己的国家，以割断新生的自由。因此，她向希腊人中的任何一个人提出申请，都会遭到拒绝和否认，就像对一个被判犯有最严重罪行的罪犯一样。

她知道，她是丈夫彻底毁灭的罪魁祸首。她要自己承担后果。当他的思想陷入麻木状态时，她因痛苦而受到的责备，以及无可救药、无处抱怨的沮丧，并没有因为他的沉默和无动于衷而减少分毫。她责备自己犯下了害死他的罪行。内疚及其惩罚似乎包围着她。她试图通过回忆自己内心的正直来减轻悔恨，但这是徒劳的。世界上的其他人，包括她，都会根据其后果来判断她的行为。她为丈夫的灵魂祈祷。她祈求至高无上的神灵将他自我毁灭的罪行加在她的头上——她发誓要活着为他的过错赎罪。

在这样的困境中，她很快就会崩溃，只有一个念头能让她感到安慰。她和雷蒙德生活在同一个国家，呼吸着同样的空气。他作为护国公的名字承载着所有人的期盼。他的成就、计划和辉煌是每个故事的论据。对于一个女人来说，没有什么比她所爱的人的荣耀和卓越更珍贵的了。因此，即使在最黑暗的时刻，伊瓦德涅也沉醉于他的声名与成就。在丈夫活着的时候，她把这种感情视为一种罪行，压抑着，悔恨着。当他去世后，爱的浪潮又开始流淌，汹涌的波涛淹没了她的灵魂，她犹如猎物一般被这股不可控制的力量捕捉。

但是，他决不能看到她堕落的样子。他永远也不应该看到她的堕落，就像她认为的那样，从她引以为傲的美貌中堕落，成为一个贫苦的阁楼居民，她的名字已经成为一种责难，成为她心灵上的沉重负罪感。不过，尽管她对他遮遮掩掩，但他的公职却让她得以了解他的一举一动、日常生活，甚至他的谈话。她允许自己有一种奢侈习惯，那就是每天看报纸，大饱眼福于对护国公的赞美和行为。这种放纵并非没有伴随着悲伤。珀迪塔的名字永远与他的名字连在一起。他们夫妻的幸福甚至被事实的真凭实据所赞颂。他们经常在一起，不幸的伊瓦德涅在读到他名字的单音节时，脑海中也会浮现出她的身影，她是他所有工作和快乐的忠实伴侣。他们的目光，那些高贵的人们，字里行间无不与她四目相对，仿佛注入一剂致命毒药，渗透她的血脉。

她是在报纸上看到国家美术馆的设计广告的。她将自己在东方看到的建筑与自己的品位结合起来，通过天才的努力使它们具有统一的设计，完成了送给护国公的设计图。她成功地实现了自己的想法，为所爱之人带去了好处，而自己却默默无闻，被人遗忘。她满怀豪情地期待着自己的杰作得以完成，得以雕刻而永垂不朽，并以雷蒙德的名字流传后世。她急切地等待着使者从宫中归来。她贪婪地听着使者讲述护国公的每一句话、每一个表情。她在与爱人的交流中感受到了幸福，尽管他并不知道自己的指示是传达给谁的。这幅画对她来说变得无比珍贵。他看了之后赞不绝口。她又对它进行了润色，她的每一笔都像一曲动人心弦的乐章，让她觉得这幅画就像一座神殿，用来颂扬她灵魂深处最深沉、最难以言表的情感。当雷蒙德的声音第一次在她耳边响起时，她沉浸在这些思绪中，这种声音，一旦听到，就永远不会忘记。她控制住自己涌动的感情，安静温柔地欢迎他的到来。

傲慢与柔情在此刻交织，最终达成了妥协。她要去见雷蒙德，因为是命运把他引向了她，她的坚贞和献身精神一定会赢得他的友谊。但是，她对他的权利和她所珍视的独立性，不应受到利益观念的损害，也不应受到金钱义务所带来的复杂感情的干扰，更不应受到施恩者和受惠者的相对处境的影响。她的思想具有非凡的力量，她可以使自己的感官愿望服从于自己的精神愿望，忍受寒冷、饥饿和痛苦，而不是臣服于财富。唉！在人类的天性中，这种精神上的自律和对自然本身的蔑视，本不应该与道德上的卓越结合在一起！然而，让她能够抵御匮乏之苦的决心，却是源于她过于旺盛的激情。而这样一种集中的自我意志的表现，甚至注定要摧毁她的神像，而她正是为了维护神像的尊严，才屈从于这一悲惨的安排。

他们的交往仍在继续。渐渐地，伊瓦德涅向他讲述了她的整个故事，她的名字在希腊受到的玷污，丈夫的死给她带来的沉重罪孽。当雷蒙德提出要还她清白，并向世人展示她真正的爱国之心时，她宣称，只有通过目前所承受的痛苦，她才能减轻良心的刺痛。在她的精神状态下，尽管他可能会认为她已经病入膏肓，但职业的必要性是一剂良药。最后，她恳求雷蒙德答应她，在一个月的时间里，他将不讨论她的利益，并承诺在一个月后部分满足他的愿望。她无法向自己掩饰，任何改变都会使她与他分离，而现在她每天都能见到他。她从不提及他与阿德里安和珀迪塔的关系。对她来说，他就像一颗流星，一颗没有伴侣的星星，在指定的时间冉冉升起在她的半球上，他的出现给她带来了幸福，尽管坠落，却从未黯然失色。他每天都会来到她贫寒的居所，他的出现把那里变成了一座香甜的庙宇，散发着天堂的光芒。他分享着她的谵妄。"他们在自己和世界之间筑起了一堵墙"——在墙外，无数的女妖咆哮着、悔恨着、痛苦着，期待着命中注定它们得以入侵的时刻。在他们的内心深处，是天真无邪的宁静、肆无忌惮的盲目、妄想的喜悦、希望，他们的锚停在平静却不稳定的水面上。

因此，当雷蒙德沉浸在权力和名望的幻想中时，当他期待着完全主宰一切和人类的思想时，他自己的心灵领地却没有引起他的注意。从那个未曾想到的源头，产生了强大的洪流，冲垮了他的意志，将名望、希望和幸福带入了被遗忘的大海。

第九章

与此同时，珀迪塔在做什么呢？

在成为护国公的最初几个月里，雷蒙德和她形影不离。每个项目都和她讨论，每个计划都由她批准。我从未见过像我可爱的妹妹这样幸福的人。她那双善于表达的眼睛就像两颗闪烁着爱的光束的星星。她那云淡风轻的眉宇间充满希望和松弛。她甚至为主的赞美和荣耀而喜极而泣。她的整个存在就是对主的献祭，如果说她内心的谦卑让她感到自责的话，那也是因为她想到自己赢得了这个时代杰出的英雄，并且多年来一直保护着他，即使时间从爱情中夺走了她惯常的养分。她自己的感情就像刚出生时一样完整。五年的时间并没有摧毁激情那令人眼花缭乱的虚幻。大多数男人都会无情地毁掉神圣的面纱，而女性的心却习惯于用面纱来装饰自己心中的神像。雷蒙德却不是这样。他是一个魅力无穷的人，他的统治力永远不会减弱。他是一个权力永不停息的国王。跟随他走过普通生活的点点滴滴，他身上依然散发着优雅和威严的魅力。他也不会失去大自然赋予他的与生俱来的神性。在他的注视下，珀迪塔焕发出前所未有的美丽与卓越。我再也无法将雷蒙德这位迷人且开朗的妻子，与我那曾经矜持而内敛的妹妹相提并论。她的面容闪耀着智慧的光辉，更添一抹仁慈，令她的美丽越发完美无瑕。

幸福在最高程度上是善良的姊妹。苦难与和蔼可亲可以同时存在，作家们也喜欢描绘它们的结合。在这幅图画中，有一种人性的、感人的和谐。但是，完美的幸福是天使的特质。拥有完美幸福的人，看起来就像天使。有人说恐惧是宗教的母体，甚至恐惧也是宗教的催生剂，它导致其信徒在其祭坛上献祭人的牺牲品。但源于幸福的宗教是一种更可爱的成长。这种宗教使人的心灵发出热切的感恩之情，使我们在我们的创造者面前倾吐灵魂的满溢之情。这种宗教是想象力的母体，是诗歌的哺育者。这种宗教将仁慈的智慧赐予世界上可见的机制，使大地成为与天堂为伴的圣殿。珀迪塔的心中充满了这样的幸福、善良和宗教之义。

我们在温莎城堡一起度过了幸福的五年时光，幸福生活是我妹妹经常谈论的话题。由于早年的习惯和天生的好感，她选择了我，而不是阿德里安或伊德里斯，作为分享她喜悦的伙伴。也许，表面上看来我们大不相同，但血缘关系所衍生的某种隐秘的相似之处，促成了这种偏爱。夕阳西下，我常常和她一起漫步在寂静的林间小道上，惺惺相惜地聆听着她的歌声。安全感让她的激情充满尊严。满载而归的笃定让她没有任何愿望无法实现。她的女儿的出生，这个与雷蒙德如出一辙的生命体，使她的人生圆满，并在他们之间缔造了一道神圣而不可分割的纽带。有时，她会为雷蒙德选择了她而感到骄傲。有时她会想起，当他在选择上犹豫不决时，她曾遭受过极大的痛苦。但这种对过去不满的回忆只会增加她现在的喜悦。过去几乎没有得到的东西，现在完全拥有了，倍感亲切。她会远远地望着他，就像一个人在经历了暴风雨的危险之后，发现自己到了理想的港口一样欣喜若狂（这种感觉甚至比欣喜若狂要强烈得多）。她会急忙向他跑去，在他的怀抱中更加确定自己的幸福。这种热烈的感情，加上她深邃的理解力和丰富的想象力，使雷蒙德对她的爱无法用言语表达。

如果说她曾有过不满情绪，那也是因为她认为他并不十分幸福。对名誉的渴望和妄自尊大的野心是他年轻时的特点。一个是他在希腊获得的，另一个是他为爱牺牲的。他的智力在他的家庭圈子中得到了充分的发挥，他的家庭圈子的成员都以高雅和文学为装饰，其中有许多人和他一样是杰出的天才。然而，活跃的生活才是他美德的真正土壤。他有时会因退伍后单调乏味的生活而感到乏味。傲慢使他不敢对此有所抱怨，而对珀迪塔的感激和爱慕，除了配得上她的爱之外，通常就像是对一切欲望的麻醉剂。所有人都见证了这些情感的侵袭，无一人像珀迪塔那样觉得遗憾。

为了回报他的选择,她奉献给他的生命只是一个小小的牺牲,但还不够——他是否还需要别的她无法给予的满足感?这是她幸福的蔚蓝天空中唯一的阴云。

他的权力之路对两人来说都充满了痛苦。然而,他实现了自己的愿望。他填补了大自然似乎为他塑造的位置。他的积极性得到了充分的发挥,既没有疲惫,也没有厌倦。他的品位和才智在人类发明的每一种包涵和表现美的精神的方式中都得到了应有的体现。他的善良之心使他从不厌倦为他的同胞谋福利。他的伟大精神和渴望得到人类的尊重和爱戴的愿望现在得到了实现。诚然,他的崇高是暂时的,且也许最好是这样。习惯不会磨灭他享受权力的意识。斗争、失望和失败也不会等待着成熟期的终结。他决心在三年的护国任期内,汲取并浓缩长期统治可能带来的所有荣耀、权力和成就。

雷蒙德非常善于交际。他现在所享受的一切,如果不是亲身参与,对他来说就毫无乐趣可言。但在珀迪塔身上,他拥有了内心所渴望的一切。她的爱让他产生共鸣。她的聪明才智使她能够一字不差地理解他,帮助和引导他。他感受到了她的价值。在他们共度的初期岁月里,她未被驯服的脾性和自我意志确实给他带来了情感的波折。但如今,她除了原有的魅力外,更添了一份恒久的宁静与温柔的顺从,使他对她既敬又爱,难以割舍。岁月让他们的结合更加紧密。现在,他们不再猜测,不再在路上徘徊,猜测取悦的方式,也不再害怕极乐世界的延续。五年的时光让他们的情感有了一种清醒的确定性,尽管它并没有让他们失去魂牵梦绕的天性。他们有了一个孩子,但这并没有削弱我妹妹的个人魅力。在她身上,优雅果断的举止取代了笨拙的怯懦。坦率取代了矜持,成了她外貌的特征。她的声音也变得温柔动人。现在,她已经二十三岁了,正处于女人的骄傲时期,履行着妻子和母亲的重要职责,拥有了她心中梦寐以求的一切。雷蒙德比她年长十岁。除了以前的英俊、高贵的气质和威严的外表,他现在又多了极度温柔的仁慈、令人动容的柔情,对别人的愿望给予了优雅而不知疲倦的关注。

他们之间存在的第一个秘密就是雷蒙德对伊瓦德涅的拜访。他被这个命运多舛的希腊人的坚毅和美丽所打动。当她展现对他的温柔时,他不禁自问,他何德何能赢得了这份热烈而不求回报的爱。有一段时间,她是他唯一的遐想对象。珀迪塔意识到,他的心思和时间都花在了一个她从未参与的话题上。我的妹妹天生就没有焦虑、娇气的嫉妒等寻常情感。她在雷蒙德的感情中拥有的财富,对她来说比她血管里的生命之血更重要——她可以说比奥赛罗更真实——

一旦生疑

随即解决

在这种情况下,她并不怀疑有什么感情疏远的问题。但她猜想,与他的高位有关的某些情况导致了这一谜团。她感到惊愕和痛苦。她开始数着漫长的日月和岁月,直到他重新回到私人的位置上,毫无保留地与她在一起。她不甘心,甚至不甘心他暂时对她隐瞒。她时常感到悔恨,但她相信他的感情是纯洁的,没有受到任何干扰。当他们在一起时,没有了恐惧的束缚,她敞开心扉,尽情享受。

时光流逝。雷蒙德从疯狂中冷静了下来,突然想到了后果。他对未来的看法有两种结果。一是他与伊瓦德涅的交往继续成为秘密,二是最终被珀迪塔发现。伊瓦德涅穷困潦倒,感情十分复杂,这使他无法考虑将离开她的可能性。在第一件事上,他已经永远告别了敞开心扉的交谈,完全告别了与他一生的伴侣的共鸣。他的面纱必须比土耳其人的嫉妒心所编造的面纱更厚,他的墙壁必须比瓦特克那无法攀登的高塔更高大,这样才能向她掩盖他内心的活动,向她隐藏他行动的秘密。这种想法让他痛苦不堪。坦率和社会情感是雷蒙德的天性。没有了它们,他的品质就变得平凡无奇。没有了它们,他与珀迪塔的交往就没有了光彩,他吹嘘的用王位换取她的爱情,就像太阳落山时消失的彩虹色调一样虚弱而空洞。但是,没有补救的办法。天才、献身精神和勇气——他心灵的装饰品和灵魂的能量,所有这些都发挥到了极致,却无法使时间战车的车轮倒退一分一毫。过去的一切已被现实的金刚笔写在了永恒的历史卷轴上。痛苦和泪水也不足以洗刷他所有行为的一丝一毫。

但这却也是问题最光明的一面。如果珀迪塔因环境而生疑虑,继而寻求真相,将会如何?一想到这一点,他浑身的肌肉都紧绷起来了,额头上也冒出了冷汗。许多人可能对他的恐惧嗤之以鼻,但他能预知未来。珀迪塔的安宁对他来说太珍贵了。

她沉默的痛苦如此确凿与可怖，他怎能不为她担忧？他迅速决定了自己的行动。如果发生最坏的情况，如果她知道了真相，他既不能忍受她的责备，也不能忍受她神情变化的痛苦。他要抛弃她，抛弃英国，抛弃他的朋友，抛弃他的青春岁月，抛弃未来的希望，他要另寻他国，在其他地方重新开始生活。下定决心后，他变得平静下来。他努力审慎地引导命运的骏马穿过他所选择的迂回曲折的道路，并竭尽全力更好地掩盖他无法改变的事实。

珀迪塔和他之间存在着完美的信任，这使得他们之间的每一次交流都变得很平常。他们打开了彼此的信件，直到现在，他们的内心世界还是向对方敞开的。一封信在不经意间送来，珀迪塔读了。如果信中内容得到了证实，那么足以毁灭她。就这样，她颤抖着、冰冷着、脸色苍白地去找雷蒙德。他独自一人，正在审阅最近提交的几份请愿书。她默默地走进去，坐在他对面的沙发上，用一种绝望的眼神注视着他，与她所表现出的活生生的化身相比，最狂野的尖叫和最可怕的呻吟也不过是凄惨的表现罢了。

起初，他没有把视线从报纸上移开。当他抬起视线时，他被她脸颊上流露出的凄楚所打动。一时间，他忘记了自己的行为和恐惧，惊愕地问："亲爱的姑娘，怎么了，发生了什么事？"

"没什么，"她起初回答道，"不对，确实有问题，"她接着说，语气急促，"你有秘密，雷蒙德。你最近去了哪里，见了谁，对我隐瞒了什么？但我不想这样，我不想用问题来困住你，只回答我一个问题——我是个彻头彻尾的傻子吗？"

她用颤抖的手把信件交给他，脸色苍白地坐在那里一动不动地看着他。他认出这是伊瓦德涅的笔迹，脸颊上的血色瞬间加深。他以迅雷不及掩耳之势想出了信中的内容。现在，所有的一切都在一念之间。与即将到来的毁灭相比，虚假和诡计都是微不足道的。他要么彻底消除珀迪塔的怀疑，要么永远离开她。"我亲爱的姑娘，"他说，"我有错，但你必须原谅我。我开始隐瞒是不对的，但我这样做是为了让你免受痛苦，而且每过一天，我就更难改变我的想法了。此外，我也是完全处于同情，这人很不幸。"

珀迪塔喘着气："好吧，"她喊道，"好吧，继续！"

"这就是全部。这封信说明了一切。我被置于最困难的境地。我已经尽力了，尽管可能做错了，但我对你的爱是不可侵犯的。"

珀迪塔怀疑地摇了摇头："不可能，"她喊道，"我知道不是这样的。你想欺骗我，但你骗不过我。我已经失去了你，失去了自己，失去了生命！"

"你不相信我吗？"雷蒙德傲慢地说。

"为了相信你，"她喊道，"我愿意放弃一切，快乐地死去，这样在死的时候我就能感觉到你是真实的，但这是不可能的！"

"珀迪塔，"雷蒙德继续说，"你没明白你现在的处境。你可以相信，我现在的行为并非无奈和痛苦之举。我知道有可能会引起你的怀疑，但我相信我的一句话就会让你的怀疑烟消云散。我的希望建立在您的信任之上。你认为我会被质问，我的回答会被不屑一顾吗？你认为我会被怀疑，也许被监视，被请问，被不相信吗？我还没有堕落到如此地步，我的名誉还没有受到如此玷污。你爱过我，我崇拜过你。但人类的感情都会有尽头。让我们的感情消失吧，但不要让它换来不信任和指责。在此之前，我们一直是朋友、恋人，我们不要成为敌人，成为彼此的间谍。我不能成为被怀疑的对象，既然你不能相信我，那就分手吧！"

"正是如此，"珀迪塔喊道，"我就知道事情会发展到这一步！我们不是早已分手了吗？难道在我们之间没有横亘着一条像海洋一样无边无际、像真空一样深不见底的溪流吗？"

雷蒙德站了起来，声音断断续续，五官抽搐着。他的举止犹如暴风雨前的平静，他回答道："我很高兴你能如此富有哲理地看待我的决定。没错，你是一个令人钦佩的受伤妻子的角色。也许在某一刻，你会觉得自己错怪了我，但亲人的慰问、世人的怜悯、你对自己清白无暇的自满，都将是极好的安慰。你再也不会见到我了！"

雷蒙德向门口走去。他忘记了自己说的每一句话都是假的。他把自己的清白假定人格化，甚至自欺欺人。演员们在演绎想象中的激情时，难道没有流过泪吗？雷蒙德对虚构的真实性有了更强烈的感受。他骄傲地说，他感到受伤了。珀迪塔抬起头,看到了他愤怒的目光,他的手放在门锁上。她站了起来,扑到他的脖子上,喘息着,啜泣着。他握住她的手,带她到沙发旁坐下。她的头靠在他的肩上,浑身颤抖,冰与火的交替变化在她的四肢百骸中流淌。他观察着她的情绪,用柔和的口吻说:

"事已至此。我并不想一怒之下与你分手,我欠你的太多了。我欠你六年的幸福时光。但它们已经过去了。我不想活在猜疑和嫉妒中。我太爱你了。只有在永恒的分离中,我们中的任何一方才有希望获得尊严和行动的正当性。到那时,我们才不会泯灭自己真正的品格。迄今为止,信仰和奉献一直是我们交往的本质。失去了信仰和奉献,我们就不要再执着于生命的无籽外壳和无核躯壳。你有你的孩子,你的兄长,伊德里斯,阿德里安。"

"还有你,"珀迪塔哭道,"亲手写下这封信的人。"

雷蒙德的眼中闪过难以抑制的愤慨。他知道,这个指控根本是胡说。"你就这样想吧,"他咆哮道,"把它当作你的精神寄托,当作你的安眠药,我无所谓。但我以上帝之名起誓,这番话就是一派胡言!"

珀迪塔被他慷慨激昂的严肃誓言震惊到了。她恳切地回答道:"我并不拒绝相信你,雷蒙德。相反,我保证对你朴实的话语深信不疑。只要你向我保证,你对我的爱和信任从未受到侵犯,猜疑、怀疑和嫉妒就会立刻烟消云散。我们将一如既往,同心同德,同心希望,同心生活。"

"我已经向你保证过我的忠诚,"雷蒙德不屑一顾地冷冷说道,"在一个人被轻视的地方,三言两语的断言是无济于事的。我不想再说什么了,因为除了我已经说过的话,除了你之前轻蔑地撇开的那些话,我什么也补充不了。这种争论不值得。我承认,我已经厌倦了回答莫名其妙的恶意指控。"

珀迪塔试图看清他的表情,但他愤怒地将目光移开了。他的怨恨里有太多的真实和自然,使她的疑虑消除了。她的面容,多年来一直被爱情滋养的面容,再次变得光彩照人、心满意足。然而,她发现要平息雷蒙德的怒气并与之和解并非易事。起初,他拒绝留下来听她说话。但她不甘心,因为她确信他对她的爱没有改变,所以她愿意付出一切努力，用一切恳求来消除他的怒气。她争取了解释的机会，他坐在那里傲慢地保持沉默，但还是听了。她首先向他保证，她对他有无限的信任。他一定意识到了这一点，如果不是因为这一点，她不会试图挽留他。她列举了他们多年来的幸福生活。她向他展示了过去亲密和幸福的场景。她描绘了他们未来的生活。她提到了他们的孩子。泪水不由自主地盈满了她的眼眶。她试图驱散泪水，但泪水无法抑制。她的话语哽咽了。她以前从未流过泪。雷蒙德无法抗拒这些痛苦的迹象。他也许为自己扮演的受伤者的角色而感到有些羞愧，因为他实际上是伤害者。这时，他虔诚地爱着珀迪塔。她歪着头，光洁的发髻、婀娜的身姿，都让他深感温柔和钦佩。当她说话时，她那婉转动听的音调进入了他的灵魂。他很快就对她心软了，安慰她、爱抚她，并努力欺骗自己，让自己相信自己从未对不起她。

　　雷蒙德跟跟跄跄地从这个场景中走出来，就像一个刚受过酷刑的人，期待着酷刑再次降临。他对自己的名誉犯下了罪过，因为他如此笃定的撒了谎。这是真的，他把这个谎言推给了一个女人，因此别人——而不是他自己——可能会认为这个谎言不那么卑鄙。他欺骗了谁？他欺骗了自己信任的、忠实的、深情的珀迪塔，当他想起这个谎言是以一种无辜的姿态得到的时候，她慷慨的信念让他倍感痛心。雷蒙德并不粗暴，也没有受到过粗暴的对待，以至于他对这些考虑深信不疑。相反，他是个神经质的人，他的精神就像一团纯净的火焰，在污浊的氛围中会褪色、退缩。但现在，污浊的氛围已经与他的本质融为一体，这种变化让他更加痛苦。真理与谬误、爱与恨失去了永恒的界限，天堂与地狱混杂在一起，而他敏感的心灵却变成了这样的战场，被刺得发狂。他由衷地鄙视自己，他对珀迪塔感到愤怒，而对伊瓦德涅的思念则伴随着一切狰狞和残酷。他的激情，一直是他的主宰，从爱情的长眠中获得了新的力量，命运的重压压得他喘不过气来。他被怂恿着，被折磨着，对那最可怕的痛苦——悔恨——感到极度不耐烦。这种不安的状态逐渐演变成闷闷不乐的敌意和消沉的情绪。他的家属，甚至是他的同僚（如果他在现在的职位上有同僚的话），都惊愕地发现，以前以温和仁慈著称的他，现在变得愤怒、嘲弄和尖酸刻薄。他带着厌恶的心情处理公务，然后匆匆离开，回到既是他的痛苦又是他的解脱的孤独之中。他骑上了一匹烈马，这匹马曾载着他在希腊取得胜利。他用枯燥麻木的骑乘让自己疲惫不堪，用肉体的辛劳取代心灵的不安。

他慢慢地恢复了过来。然而，最后，就像是从毒药的作用中恢复过来一样，他从狂热和激情的蒸气中抬起头来，进入了冷静思考的静谧氛围中。他冥思苦想，想出了最好的办法。他首先想到的是，自从疯狂而不是任何合理的冲动支配了他的行动以来，已经过去了很长时间。一个月过去了，在这段时间里，他没有见到伊瓦德涅。她的力量，与他心中几分永恒的情感息息相关，却已大不如前。他不再是她的奴隶，也不再是她的情人。他再也见不到她了，而他的彻底回归，也值得珀迪塔的信任。

然而，就在他下定决心的时候，他的脑海中浮现出这位希腊姑娘贫寒的居所。她出于高尚和崇高的原则，拒绝用这种住所来换取稍好点的生活。他想到了初识她时她的境遇和外貌，想到了她在君士坦丁堡的生活，和东方华丽的一切景象。想到了她现在的贫穷，她每天的劳作，她的憔悴，她那褪色的、饱受饥荒摧残的脸颊。怜悯之情涌上他的胸膛。他要再见她一面，制订一些计划，让她重新回到社会，享受她的地位。然后，他们的分开就顺理成章了。

他再次想到，在这漫长的一个月里，他是如何躲避珀迪塔的，就像躲避自己良心的刺痛一样。但现在他醒了，这一切都应该得到补救，未来的奉献将抹去他们平静生活中唯一的污点。想到这里，他变得开朗起来，清醒而坚定地制定了自己的行为路线。他记得，他曾答应珀迪塔在今晚（十月十九日，他当选护国公的纪念日）出席为他举办的庆典。这个节日应该是未来幸福的好兆头。首先，他要去看看伊瓦德涅。他不会久留，但他欠她一个交代，欠她对他长期不辞而别的补偿。然后，他要去看看珀迪塔，去看看那个被遗忘的世界，去看看社会的责任、官阶的荣耀和权力的享受。

在经历了之前所描绘的那一幕之后，珀迪塔曾设想雷蒙德的举止和行为会发生彻底的改变。她期待着交流的自由，期待着恢复那些曾经构成她生活乐趣的亲切交往的习惯。但是，雷蒙德并没有加入她的任何活动。他和她分开处理了一天的事务。

他出门了，她不知道他去了哪里。这次失望给她带来的痛苦是煎熬而又强烈的。她把它看成是一个骗人的梦，并试图摆脱它。但它就像涅索斯的毒衣一样，紧紧地贴在她的肉体上，以尖锐的痛苦侵蚀着她的生命原则。她拥有属于少数人的获得幸福的能力（尽管这样的断言可能显得自相矛盾）。她敏锐的组织能力和富有创造性的想象力，使其在感知愉悦情感方面表现出独特的敏感性。当她在雷蒙德身上发现了一切可以点缀爱情、满足想象的东西时，她心中洋溢的热情，使爱情成为一株根深叶茂的植物，使她的整个灵魂都能接受幸福。但是，如果她赖以生存的情感因日日消磨而变得稀疏平常，无休止的关心和优雅的举动因转移而被攫取，他的爱的宇宙被别人夺走，幸福就必须离去，一切将天翻地覆。同样的性格特点使她的忧伤变得痛苦不堪。她的幻想放大了忧伤，她的敏感使她永远对忧伤敞开心扉。爱情使她的心变得刺痛。她的悲伤中既没有屈服，也没有忍耐，更没有自我放弃。她与悲伤抗争，在悲伤中挣扎，每一次痛苦都因反抗而变得更加尖锐。她一次又一次地想到，他爱上了另一个人。她对得起他，她相信他对她有一种温柔的感情。但是，对于一个在某种人生彩票中指望拥有数以万计财富的人来说，给他一个微不足道的奖品，会比给他一张白纸更让他失望。雷蒙德的亲情和友情可能是不可估量的，但在亲情之外，比友情更深厚的是爱情这一不可分割的财富。这些感情凝聚在一起，是无价之宝。但若是仅有一项或部分，那么它的价值都会大打折扣。爱的眼睛里有一种含义，爱的声音里有一种腔调，爱的微笑里有一种光辉，只有一个人才能拥有它的魅力；它的精神是基本的，它的本质是单一的，它的神性是统一的。雷蒙德和珀迪塔的心与灵魂已经交融在一起，就像两条山溪汇合在一起，在闪闪发光的鹅卵石上，在繁星点点的花朵旁，淙淙流淌，波光粼粼。但如果让其中一条抛弃了它的原始路线，或者被窒息的障碍物阻断，另一条就会在改变了的河岸上萎缩。珀迪塔意识到了养育她生命的潮水的衰退。她的希望慢慢地枯萎了，她无法再支撑下去，于是她突然想出了一个计划，决心立即结束这段痛苦的日子，为最近发生的灾难性事件画上一个圆满的句号。

雷蒙德升任护国公的周年纪念日就要到了。按照惯例，这一天要举行盛大的庆典。各种情绪促使珀迪塔为这一场景增添了双倍的华丽。然而，当她为晚上的晚会整装待发时，她自己都不知道她是如何煞费苦心地为这一在她看来是苦难开端的事件举办奢华的庆祝活动的。她想，这一天是悲哀的，这一刻是充满悲哀、泪水和哀悼的，是它给了雷蒙德爱情之外的另一个希望，我的奉献之外的另一个愿望。而当他回到我身边的那一刻，我将倍感欣喜！天知道，我信任他的誓言，相信他所坚守的信念，但我不会因此而追求我现在决心要达到的目标。难道还要这样过两年，每一天都增加我们之间的隔阂，每一个举动都成为隔开我们的障碍上的又一块石头？不，我的雷蒙德，我唯一的爱人，珀迪塔的唯一拥有者！今夜，这华丽的集会，这奢华的居室，还有为了你泪流满面的女孩，都是为了庆祝你的退位。曾经为了我，你放弃了王位。早些年相爱的日子里，我只能抱着希望，而不能保证幸福。现在，你已经体验到了我所能给予的一切：全心全意的奉献，无怨无悔的爱，以及对你义无反顾的服从。你必须在这些和你的保护国之间做出选择。骄傲的贵族，这是你最后的夜晚了。珀迪塔已将你心中最爱的一切华丽炫目的东西都赐予了你。但是，离开这华丽的房间，离开这尊贵的侍从，离开权力和地位，你必须迎着明日的太阳回到乡间别墅。因为我不愿用一周多的忍耐来换取不朽的欢乐。

珀迪塔苦思冥想着这个计划，决心在时机成熟时提出并坚持完成这个计划，以取得他的同意。她的脸颊因期待斗争而绯红，她的眼睛因希望胜利而闪闪发光。我曾说过，她高贵的眉毛上印着万国女王的印记，她把自己的命运寄托在一个骰子上，觉得自己稳操胜券，现在，她超越了人性，沉着冷静，用手指扣住了命运之轮。她从未像现在这样美丽动人。

我们——故事中的阿卡迪亚牧羊人——本打算参加这次庆典，但珀迪塔来信求我们不要来，也不要离开温莎。因为她（尽管她没有向我们透露她的计划）第二天一早就决定和雷蒙德一起回到我们亲爱的生活圈里，在那里重新开始她已经找到的完全幸福的生活。傍晚时分，她走进了为节日准备的居室。雷蒙德前一天晚上离开了王宫。他答应过要来参加宴会，但至今还没有回来。尽管如此，她确信他最终还是会来的。在这一危机时刻，即将产生的裂痕越大，她就越有把握将其永远封闭。

十月十九日。秋天已经来临，天气沉闷。狂风呼啸。光秃秃的树木失去了夏天的气息。空气中弥漫着植被衰败的气息，这一切都不利于心情的愉悦和希望的实现。雷蒙德为自己下定的决心振奋不已，但随着时间的推移，他的情绪也随之低落。他首先要去拜访伊瓦德涅，然后匆匆赶往护国公宫殿。当他走过这位不幸的希腊人住处附近的凄凉街道时，他为自己对她的所作所为而感到痛心。首先，他定下了以让她继续处于这种堕落状态的约定。然后，在短暂的狂想之后，他离开了她，让她沉浸在沉闷的孤独、焦虑的猜测以及痛苦而又失望的期待中。她这段时间都做了些什么，他的缺席和冷落又是如何做到的？光线在这些狭窄的街道上越来越暗，当那扇熟悉的门再被打开时，楼梯笼罩在一片漆黑之中。他摸索着往上走，进了阁楼，发现伊瓦德涅躺在床上一言不发，几乎毫无生气。他叫来了屋里的人，但他们也一无所知。她的故事对他来说很简单，就像他内心的悔恨和恐惧一样简单明了。当她发现自己被他遗弃时，她失去了追求自己平常爱好的心思。自尊心禁止她向他提出任何请求。饥荒被当作通往死亡之门的好心门童而受到欢迎，现在她应该毫无罪恶地在死亡之门的开口处安息了。没有任何生物靠近过她，因为她已没有了气息。

如果她死了，那他无疑将成为最残忍的凶手。他就成了恣意妄为的恶魔，成了该死的灵魂！但他并不甘心于这种自责的痛苦。他派人去求医。时间一分一秒地过去，悬念转瞬即逝。在她的生命得到保障之前，漫长秋夜的黑暗已经变成了白昼。然后，他把她转移到一个更宽敞的住所，并在她身边徘徊，一次又一次地向自己保证她是安全的。

就在他对这一事件感到最悬而未决和恐惧的时候，他想起了珀迪塔为他举行的庆典。当时，当苦难和死亡给他的名字蒙上不可磨灭的耻辱时，为他举行的庆典，对他来说是一种荣誉，而他的罪行却应被送上绞刑架。这是对他最大的嘲弄。珀迪塔还是在等他。他在一张废纸上写了几句语无伦次的话，证明他很好，然后让女主人把纸条送到王宫，交给护国公夫人。那个女人并不认识雷蒙德，她轻蔑地问，她该如何才能进入王宫，尤其是在节日之夜？雷蒙德把自己的戒指给了她，以确保得到仆人们的尊重。就这样，当珀迪塔正在招待客人，焦急地等待着主人的到来时，他的戒指被送来了。她被告知，有一个可怜的女人要把戒指佩戴者的字条交给她。

这位爱闲言碎语的老妪的虚荣心因该委托而得到了膨胀，毕竟，她并不理解这一点，因为即使是现在，她也没有想到过伊瓦德涅的访客就是雷蒙德勋爵。珀迪塔先前担心雷蒙德勋爵会从马上摔下来，或者发生类似的意外，直到这位女士的回答唤起了她其他的担忧。出于一种盲目的狡猾心理，这位奸诈的甚至是恶毒的信使没有说伊瓦德涅生病的事。但她絮絮叨叨地叙述了雷蒙德经常来访的情况，并在叙述中加入了一些情节，这些情节虽然让珀迪塔相信了事情的真实性，但却夸大了雷蒙德的不近人情和背信弃义。最糟糕的是，他现在不在庆典上，除了那个女人不光彩的暗示之外，他完全不知去向，这似乎是最致命的侮辱。她再次看了看戒指，那是一颗小小的红宝石，几乎是心形的，是她亲手送给他的。她又看了看上面的字迹，她不会弄错的，她对自己重复着那句话——"我嘱咐你，我恳求你，别让你的客人对我的缺席感到奇怪"，而老妪却在继续她的唠叨，她的耳边充斥着真真假假的奇怪杂音。最后，珀迪塔把她打发走了。

可怜的女孩又回到了会场，那里没有人注意到她的存在。她钻进了一个有些遮挡的凹处，靠在那里的一根装饰柱上，试图恢复自己。她的身体已经麻木了。她凝视着旁边插在雕刻花瓶里的几朵鲜花。那天早上，她把它们摆放在一起，它们是稀有而可爱的植物。即使是现在，她也惊呆了，她观察着它们绚丽的色彩和星星点点的形状。"美丽精神的神圣侵袭者，"她感叹道，"你们没有垂头丧气，也没有哀伤。我的内心如此绝望，却丝毫不会影响到你们！——为什么我不能和你们一样麻木不仁，不能和你们一样平静！"

她停顿了一下。"这是我的任务，"她在心里继续说道，"我的客人不能察觉到异样，无论是对他还是对我。我可以接受，但他们不会，尽管他们一走我就会死去。他们将不会了解真实的故事，虽然我心已死，但我会佯装一切都好。"她需要用尽所有的自制力，才能抑制住这一想法引起的自怜之泪。经过多次挣扎，她终于成功了，转身加入了同伴的行列。

现在，她所有的努力都是为了消除内心的矛盾。她必须扮演一个彬彬有礼的女主人的角色,照顾好每一个人,使自己成为享受和优雅的焦点。她不得不如此,尽管内心深陷悲痛,独自叹息。她宁愿用这熙熙攘攘的房间换取幽暗的森林深处,或是笼罩在夜色中的荒原。但她不得不假装快乐。她无法保持沉默,也无法像往常一样安于现状。每个人都注意到了她的兴致勃勃。她的宾客们纷纷报以赞许,尽管她的笑声中带着一丝尖锐,言谈举止中透露着突兀,这些细节本该引起敏锐观察者的警觉。她继续维持着表面的欢愉,深知若稍有停顿,压抑的悲痛便会如洪水般淹没她的灵魂,破碎的希望将发出哀鸣。此刻与她谈笑风生、应对自如的宾客们,若见到她内心压抑的绝望,定会因恐惧而退避三舍。在这强颜欢笑的煎熬中,她唯一的慰藉就是注视着装饰华美的座钟,在内心默数着分秒,期待独处时刻的来临。

房间里的客人越来越少。她嘲笑自己的欲望,挽留早早离去的客人。他们一个接一个地道别。最后,她按住了最后一位客人的手。"你的手那么凉,"她的朋友说,"你太累了,快去休息吧。"珀迪塔淡淡地笑了笑。最后一辆马车驶离街道的声响宣告着所有宾客的离去。此时,她仿佛被敌人追逐一般,脚下生风地奔向自己的房间,遣散了侍从,锁上房门,疯狂地扑倒在地。她咬紧嘴唇直至出血以压抑尖叫,长时间沦为绝望的牺牲品。她努力不去思考,然而无数念头却在她心中扎根。这些念头,恐怖如复仇女神,残酷如毒蛇,以如此迅猛的速度涌入,似乎相互碰撞、互相伤害,最终将她推向疯狂的边缘。

终于,她站了起来,神情更加镇定,但痛苦却丝毫未减。她站在一面大镜子前,凝视着镜中的自己。她轻盈优美的衣裙,镶嵌在头发上的珠宝,环绕着她美丽手臂和脖颈的珠宝,穿着绸缎鞋的小脚,丰盈光亮的发丝,这一切对于她阴沉的眉毛和哀伤的面容来说,就像是一幅描绘黑暗暴风雨的画作的华丽画框。她想:"我真是个花瓶,花瓶充满了绝望的精髓。永别了,珀迪塔!永别了,可怜的姑娘!你再也不会这样看待自己了。奢侈和财富不再属于你。在你穷困潦倒的时候,你可能会羡慕无家可归的乞丐。最真实的是,我没有家!我住在一片荒芜的沙漠上,宽广无边,既不结果,也不开花。中间有一块孤零零的岩石,你,珀迪塔,被锁在岩石上,你面前只有沉闷的无边无际的平地。"

她推开窗户，窗外是宫殿花园。光明与黑暗交织在一起，东方泛起玫瑰色的金光。在渐明的天际，唯有一颗星辰闪烁不定。清晨的新鲜空气吹拂着带着露珠的植物，冲进温暖的房间。珀迪塔想："万事万物都在继续，万事万物都在发展、衰败和消亡！当晌午过去，疲惫的白昼驱赶着她的队伍来到西边的马厩，天火从东方升起，沿着它们惯常的轨迹前进，它们登上天山，又落下天山。当它们的路线完成后，刻度盘开始向西投下不确定的阴影。白昼的眼睑睁开了，鸟儿和花朵、受惊的植被、清新的微风都苏醒了。太阳终于出现了，雄伟的队伍登上了天堂的顶峰。一切都在进行、变化和消亡，唯有我迸发的内心充满痛苦。

"是啊，一切都在进行，一切都在变化。那么，爱情已驶向它的落日，我生命的主宰已改变，这又有什么奇怪的呢？我们称超自然的光为固定的，然而它们却在那边的平原上游荡，如果我再看一小时前我所看的地方，永恒的天空的面貌就会改变。愚蠢的月亮和不稳定的行星飘忽不定的舞姿每晚都在变化。太阳本身，天空的主宰，时不时地离开他的宝座，把他的统治权留给黑夜和冬天。大自然日渐衰老，朽坏的肢体摇摇欲坠，造物主已经破产！珀迪塔啊，你的生命之光被日蚀和死亡毁灭了，这又有什么可奇怪的呢？"

第十章

　　当我可怜的妹妹确信雷蒙德对她不忠时,她的想法是如此悲伤和混乱。她所有的美德和缺点都使这一打击变得无法治愈。她对我、对哥哥、对阿德里安和伊德里斯的感情,都受制于她内心的激情。即便是她的母性温情,也有一半源自于她在婴儿面容上寻找雷蒙德特征与神态时所获得的愉悦。她童年时是个拘谨甚至严厉的人,但爱情软化了她性格中的尖酸刻薄,她与雷蒙德的结合使她的才智和情感得以展现。一个背叛了她,另一个又失去了,她在某种程度上又回到了从前的性情。在她幸福的梦境中被遗忘的天性中集中的骄傲苏醒了,用它的毒刺刺痛了她的心。她与生俱来的谦逊反而加剧了这毒素的威力。当她沐浴在他的爱意中时,她曾在自我评价中身居高位;而今他将她从这份殊荣中驱逐,她又算得了什么?她曾为赢得并保全了他而骄傲,但另一个人却从她手中赢得了他,她的欣喜就像被水熄灭的微光一样冰冷。

　　我们退休后很长一段时间都不知道她遭遇的不幸。节日过后不久,她便把孩子接走了,之后似乎就把我们遗忘了。阿德里安后来去看望他们时,发现了他们的变化,但他说不清变化的程度,也不知道原因何在。他们仍然一起出现在公共场合,住在同一个屋檐下。雷蒙德一如既往地彬彬有礼,尽管有时他的举止中会流露出一种难以抑制的傲慢或令人痛苦的唐突,这让他温柔的朋友大吃一惊。他的眉宇间没有阴霾,但嘴角却挂着不屑,声音也很刺耳。珀迪塔对她的主人充满了善意和关注,但她却沉默不语,说不出的悲伤。她变得消瘦而苍白,眼睛里经常充满泪水。有时,她看着雷蒙德，仿佛在说：就应该这样！有时，她的表情在表达——我还是会尽我所能让你幸福。克拉拉总是和她在一起，当她坐在一个不起眼的角落里，握着她孩子的手，沉默而孤独时，她似乎是最自在的。阿德里安还是没能猜出真相。他邀请他们来温莎看望我们，他们答应下个月来。

他们来之前已经是五月了。这个季节让森林里的树木枝繁叶茂，小径上也开满了无数的鲜花。我们在前一天就得知了他们的来意，一大早，珀迪塔就带着女儿来了。雷蒙德很快就会跟来，她说他有事耽搁了。根据阿德里安的描述，我本以为她会很悲伤，但恰恰相反，她显得精神奕奕。的确，她变得消瘦了，眼睛有些凹陷，脸颊低垂，虽然还泛着亮光。她很高兴见到我们，抚摸着我们的孩子，称赞他们的成长和进步。克拉拉也很高兴再次见到她的年轻朋友阿尔弗雷德。大家玩起了各种幼稚的游戏，珀迪塔也加入其中。她把她的快乐传递给了我们，当我们在城堡露台上自娱自乐时，似乎再也找不到比她更快乐、更无忧无虑的人了。"妈妈，"克拉拉说，"这比待在那个凄凉的伦敦好多了，在那里，你经常哭，从来没有像现在这样笑过。""安静，小傻瓜，"她妈妈回答说，"记住，任何人提到伦敦，就要被送到考文垂一个小时。"

不久，雷蒙德也来了。他没有像往常一样和大家一起玩耍，而是和我和阿德里安聊了起来，渐渐地，我们和同伴分开了，只剩下伊德里斯和珀迪塔和孩子们在一起。雷蒙德谈到了他的新建筑，谈到了他为穷人提供更好教育的计划，阿德里安和他像往常一样争论不休，时间在不知不觉中溜走了。

傍晚时分，我们再次聚在一起，珀迪塔坚持要我们听音乐。她说，她想给我们展示一下她的新成就。因为自从到了伦敦，她就开始学习音乐，虽然其演唱功力尚显不足，但嗓音却透着一股动人的甜美。根据她的要求，我们只能选择轻快愉悦的曲目；因此我们遍览了莫扎特的所有歌剧作品，精选其中最令人振奋的咏叹调。莫扎特音乐除了具备诸多卓越特质外，最为突出的是其作品较其他音乐家更能直抵人心；在他的音乐中，您会完全沉浸于其所表达的情感之中，随着这位灵魂导师的指引，或悲伤，或欢愉，或愤怒，或困惑，尽皆随之起伏。欢快的气氛持续了一段时间，但珀迪塔终于从钢琴前退了下来，因为雷蒙德已经加入了《唐·乔万尼》中"Taci ingiusto core"的三重奏。同样的声音、同样的语调、同样的话语，以前她常常把这些作为对她的爱的敬意，而现在不再是这样了。这种声音的和谐与表达的不和谐让她感到遗憾和绝望。不久后，竖琴手伊德里斯弹起了《费加罗》中那首热情而悲伤的乐曲"Porgi, amor, qualche risforo"，在这首乐曲中，被遗弃的伯爵夫人哀叹不忠的阿尔玛维瓦的改变。在这首曲子中，伊德里斯甜美的嗓音在其乐器哀伤的和弦的烘托下，将温柔的哀伤之魂娓娓道来，更增添了歌词的表现力。在这首曲子最后的悲哀呼吁中，一声哽咽引起了我们对珀迪塔的注意，音乐的停止让她回过神来，她急忙走出大厅，我跟在她后面。起初，她似乎想躲开我。后来，在我恳切的询问下，她伏在我的脖子上大声哭泣。"再一次，"她哭着说，"再一次在你的胸膛上，我亲爱的兄弟，失落的珀迪塔可以倾诉她的悲伤。我给自己定下了沉默的规矩，几个月来我一直遵守着。我现在哭泣是错的，而用语言表达我的悲伤则是更大的错误。我不想说任何事情！你只要知道我很悲惨就够了，你只要知道生命的画纱被撕破了，我永远笼罩在黑暗和阴郁之中，我只剩下悲伤了！"

我努力安慰她。我没有质问她。我抚摸着她，向她保证我对她的深情和我对她命运变化的极度关切。"这些温暖的话语，"她哭着说，"这些爱的表达传入我的耳朵，就像记忆中被遗忘的音乐，那曾是我所珍爱的。我知道，它们是徒劳的。它们试图抚慰或安慰我是多么的徒劳。亲爱的莱昂内尔，你无法想象我在这漫长的几个月里遭受了怎样的痛苦。我读到过古代的哀悼者，他们身披麻布，头顶尘土，吃着和灰烬混在一起的面包，在荒凉的山顶上栖身，用自己的不幸大声斥责天地。为什么说这是悲哀的奢侈呢！这样，一个人就可以日复一日地制造新的奢侈，陶醉在悲哀中，与绝望的一切附属品为伍。唉，而我却必须永远掩盖我的悲惨遭遇。我必须编织一层令人眼花缭乱的虚假面纱，将我的悲伤从庸俗的目光中掩盖起来，抚平我的眉头，在我的嘴唇上涂抹欺骗性的微笑——即使在独处时，我也不敢去想我是多么的失落，以免我变得疯疯癫癫，胡言乱语。"

我可怜的妹妹泪流满面，情绪激动，已经不适合再回到我们离开的那个地方了，所以我说服她让我开车带她穿过公园。在路上，我诱导她向我倾诉她的不幸，我想，说出来会减轻她的负担，而且如果有补救办法，我肯定会找到并确保能帮到她。

结婚纪念日已经过去好几个星期了，她一直无法平静下来，也无法按部就班地思考问题。有时，她会责备自己，为什么把许多人都认为是虚构的罪恶看得太重了。但这不是理智的问题。由于她对雷蒙德的动机和真实行为一无所知，事情在她看来甚至比实际情况更糟糕。他很少到王宫来。除非他确信他的公务使他无法与珀迪塔单独待在一起时，他才会到王宫来。他们很少交谈，避免解释，都害怕对方可能做出的任何交流。然而，雷蒙德的举止突然发生了变化。他似乎想找到机会，试图重建与我妹妹之间的亲密关系，重拾往日的温情。对她的爱似乎又开始涌动了。他永远也忘不了，自己曾经是如何对她一往情深，把她当作自己的圣地和仓库，把自己的每一个念头和每一份情感都寄托在她身上。羞愧似乎让他退缩了，但他显然希望重新建立信任和感情。从珀迪塔恢复到可以制订任何行动计划的那一刻起，她就已经制订了一个计划，现在她正准备付诸实施。她温柔地接受了这些爱的回馈。她没有回避他的陪伴。但她竭力在熟悉的交往或痛苦的讨论中设置障碍，自尊心和羞耻感交织在一起，使雷蒙德无法逾越。最后，他开始表现出愤怒和不耐烦，珀迪塔意识到她所采取的方法不能再继续下去了。她必须向他解释。她无法鼓起勇气说话。她这样写道：

"请耐心读完这封信。信中没有责备。责备是一个没有意义的词，因为我应该责备你什么呢？

"请允许我在一定程度上解释一下我的感受。否则，我们都将在黑暗中摸索，彼此误解。过去几周，我们可能偏离了原本的道路。而这条道路，原本指引着我们走向幸福的生活。

"我爱你——这既不是愤怒，也不是骄傲，而是一种比愤怒和骄傲更强烈、更深沉、更不可改变的感情。我的感情受了伤，不可能痊愈。那就停止徒劳的努力吧，如果你的努力真的是这样的话。宽恕！回来！这些都是废话！我原谅我所承受的痛苦，但走过的路无法回头。

"普通的感情本可以用普通的方式来满足。我相信你读懂了我的心,知道我对你的虔诚和不可割舍的忠贞。除了你,我从未爱过任何人。你是我最美好梦想的化身。你的事业得到了人们的赞美,收获了权力,实现了远大的抱负。对你的爱使我的世界充满了迷人的光辉。它不再是我跋涉的大地——大地,普通的母亲,只重复着陈旧而陈腐的事物和环境。我栖身于一座庙宇,这里洋溢着至高无上的虔诚与狂喜;我如同一个受到祝圣的生命,专注于瞻仰您的权能与卓越。

因为啊,你站在我身旁,就像我的青春,

为我将现实转化为梦境,

用黎明的金色气息

为可触可感的熟悉事物披上外衣。

"'我生命中的花朵已经凋零'——此后不再有光明。爱情走向夕阳,不会再升起。在那些日子里,世界上其他的人对我来说什么都不是。所有其他的人,我从来没有想过,也不觉得他们是什么。我也没有把你当作他们中的一员。我与他们分离。而你,在我心中高高在上,是我感情的唯一拥有者,是我希望的唯一对象,是我最好的一半。

"啊,雷蒙德,我们难道不幸福吗?有谁能在阳光普照下享受到更纯净、更强烈的幸福呢?我所痛恨的并不单单只是这普通的不忠。这是对一个不容分割的整体的拆解。这是你粗心大意地脱掉了我赋予你的选举的外衣,成为了芸芸众生中的一员。不要梦想改变这一切。难道爱不是因不朽而具有神性吗?难道不是因为爱的殿堂是我的心,我才显得神圣吗?我曾在你熟睡时凝视着你,甚至融化成泪水,因为我的脑海中充满了这样的想法:我所拥有的一切,都蕴藏在我眼前这些被神像化的但却是凡人的外表中。然而,即便如此,我还是用一个念头抑制住了浓浓的恐惧。我不惧怕死亡,因为将我们联系在一起的情感一定是不朽的。

"现在,我不惧怕死亡。我很乐意闭上眼睛,再也不睁开。然而,我害怕死亡,就像我害怕一切一样。因为在记忆的链条上,在任何与此相连的状态下,幸福都不会回来。即使是在天堂,我也一定会觉得你的爱不如我脆弱的心的致命跳动持久,而我脆弱的心的每一次脉搏都在叩响。

遗言

深埋心底的爱，不再复活。

此爱已绝。

"然而我爱你。我愿意为你的幸福贡献我的一切，直到永远。为了这个絮絮叨叨的世界，为了我的孩子，我愿意留在你身边，雷蒙德，分享你的财富，分享你的忠告。要这样吗？我们不再是恋人，我也不能称自己是任何人的朋友，因为我已经迷失了自己，我已无暇顾及我那可悲的、令人着迷的自我。但是，每天能见到你，能听到公众对你的赞美，能保持你对我们女儿的父爱，能听到你的声音，能知道我就在你身边，尽管你已不再属于我，我都会感到欣慰。

"如果你想打破束缚我们的枷锁，只要你一句话，我就能做到。我会承担世人眼中所有苛刻或不近人情的指责。

"然而，正如我所说，至少目前，我乐意与你生活在同一屋檐下。当我年轻生命的热潮退去，当平和的岁月驯服了吞噬我的秃鹫，友谊也许会到来，而爱情和希望却已逝去。这会是真的吗？我的灵魂与这庸俗的肉身密不可分，当这敏感的生命体失去青春的活力时，我的灵魂会变得慵懒和冷漠吗？那么，带着涣散的眼神、灰白的头发和皱起的眉头 虽然现在这些话听起来空洞而无意义。那么，在坟墓的边缘蹒跚前行的我，也许会成为你深情而真诚的朋友。

"珀迪塔。"

雷蒙德的回答很简短。对于她的抱怨，对于她的悲痛，她掩饰着的嫉妒，不让他有任何补救的想法，他又能回答什么呢？他在信中写道："我能感受到你的痛苦。你在我心中是最重要的人，我主要考虑的是你的幸福。做你认为最好的事情吧。如果你能从一种生活方式中得到满足，那就不要让我成为你的障碍。我预料你在信中提出的计划不会持续太久，但你是你自己的主人，我真诚地希望能在你允许的范围内为你的幸福做出贡献。"

"雷蒙德预言得不错，"珀迪塔说，"唉，真该如此！我们目前的生活方式不可能持续太久,但我不会先提出改变。他在我身上看到的是一个被他伤害至死的人,我对他的仁慈不抱任何希望。即使他是出于好意,也不可能带来任何改变。克莉奥佩特拉可以把装有溶解珍珠的醋的容器作为装饰品,我也可以满足于雷蒙德现在给我的爱。"

我承认,我没有像珀迪塔那样用同样的眼光看待她的不幸。无论如何,我认为伤口是可以愈合的。只要他们愿意继续在一起,伤口就会愈合。因此,我努力安抚她的心灵。直到经过多次努力后,我才放弃了这个不切实际的计划。珀迪塔不耐烦地听完我的话,有些生气地回答道:"你以为你的想法有多新颖吗,难道我自己的强烈愿望和痛苦没有千百次地提出过类似的想法,而且比你说得更热切、更含蓄吗?莱昂内尔,你不懂什么是女人的爱。在幸福的日子里,我常常怀着一颗感恩的心,满怀欣喜地重复感受着雷蒙德为我牺牲的一切。我是一个贫穷、没有受过教育、没有朋友的山里姑娘,是他把我从一无所有中拯救出来。我所拥有的一切奢华生活都来自于他。他给了我显赫的名字和崇高的地位。世人对他的尊敬来自于他自己的荣耀。这一切再加上他对我矢志不渝的爱,激发了我对他的感情,就像我们对生命的赐予者一样。我只爱他一个人。我把自己献给了他。我是一个不完美的人,但为了配得上他,我对自己严格要求。我小心翼翼地控制着自己急躁的脾气,克制着自己急于求成的性格,调整着自己杂乱无章的思绪,把自己教育得尽善尽美,努力给他幸福。我并不因此而自怨自艾。这一切都是他应得的——所有的劳动、所有的奉献、所有的牺牲。为了摘下一朵能取悦他的花,我宁愿辛辛苦苦地爬上无边的高山。我打算放弃你们所有人,我心爱的、天赋异禀的伙伴们,我只想和他生活在一起,为他而活。就算我不想,我也必须这么做。如果说我们是两个灵魂,那他就是我最好的灵魂,而另一个灵魂则是我永远的奴隶。他只欠我一个回报,那就是忠诚。这是我应得的,是我应得的。因为我是山里人,与贵族和富人非亲非故,难道他想用虚名和地位来报答我吗?全拿回去吧。没有他的爱,这些对我来说什么也不是。在我眼里,这些虚名和地位正是因为属于他才对我有意义。"

就这样,珀迪塔激动万分地讲述着。当我问到他们是否要彻底分开时,她回答说：“就这样吧！这一天早晚要到来。我知道，也感觉到了。但我是个懦夫。这种不完美的伴侣关系，以及我们伪装的结合，对我来说是一种奇怪的亲情。它是痛苦的，我承认，是破坏性的，是不切实际的。它在我的血管里持续发烧，犹如毒药般折磨着我无法愈合的伤。然而，我必须紧紧抓住它。哪怕是要了我的命，可能我都会感谢它。”

在此期间，雷蒙德一直与阿德里安和伊德里斯在一起。雷蒙德很快就从几个月来的拘束中解脱出来，对两位朋友毫无保留地表示了信任。他向他们讲述了自己发现伊瓦德涅的情况。起初，出于谨慎，他隐瞒了她的名字。但在叙述过程中，他不小心泄露了她的名字，她的前情人听到了她的苦难史，激动万分。伊德里斯和珀迪塔一样，对这个希腊人评价不佳。但雷蒙德的叙述让她心软了，也对她产生了兴趣。伊瓦德涅的恒心、毅力，甚至她那命运多舛、经营不善的爱情，都让人钦佩和怜悯。尤其是从十月十九日事件的细节中可以看出，她宁可受苦受难，宁可死去，也不愿有辱人格地向她眼中的爱人或世人寻求怜悯和帮助。其他行为也是如此。起初，为了从饥荒和坟墓中解脱出来，在雷蒙德无微不至的照顾下，带着疗养时特有的安逸感，伊瓦德涅把自己献给了狂热的感激和爱。但是等身体恢复健康后回过神来，她质问他，是什么动机导致他临危缺席。她以希腊人的细腻进行询问，以她性格中特有的果断和坚定得出结论。她无法预知，她在雷蒙德和珀迪塔之间造成的裂痕已经无法弥补。但她知道，目前这种情况继续下去，裂痕会一天天扩大，其结果必然是毁掉她爱人的幸福，在他的心中埋下悔恨的毒牙。从她意识到正确方向的那一刻起，她就决心采用这种方式，永远与雷蒙德分开。矛盾的激情、凤愿的爱情和自作自受的失望，使她认为只有死亡才足以化解她的悲哀。但是，以前束缚她的那些情感和观点又加倍地膨胀起来。因为她知道，雷蒙德会认为她的死是他造成的，这种想法将伴随他一生，毒害他的幸福生活，遮蔽他的前景。此外，尽管她的强烈痛苦让她对生活充满憎恨，但还没有产生那种单调乏味、昏昏欲睡的想要自杀的无常痛苦。她的活力使她仍然与生活的弊病作着斗争。即使是那些伴随着无望的爱情而来的弊病，她也保持着战斗的状态，而不是早早就准备屈服。此外，她还有过去温柔的回忆，微笑、言语，甚至泪水，这些虽然是在遗弃和悲伤中回忆起来的，但比起坟墓中的遗忘更值得珍惜。我们无法猜测她的整个计划。她写给雷蒙德的信没有提供任何线索。信中向雷蒙德保证，她不会有生命危险。她在信中承诺会保护自己，也许将来有一天，她会以更加体面的身份出现在雷蒙德面前。然后，她用绝望的口吻和永恒的爱向他做了最后的告别。

所有这些情况现在都与阿德里安和伊德里斯有关。随后，雷蒙德对他与珀迪塔之间无法挽回的感情表示惋惜。尽管她很苛责，甚至可以说是冷酷无情，但他还是爱她。他曾一度以一个忏悔者的谦卑和一个臣子的责任，准备向她投降，把自己的灵魂交给她教导，成为她的学生、她的奴仆。她拒绝了。现在已经过了这种必须建立在爱的基础上并由爱滋养的强烈屈服的时候了。尽管如此，他的所有愿望和努力都是为了她的安宁，他的主要不快乐于他认为自己的努力是徒劳。如果她继续一意孤行，他们就必定分手。这种毫无道理的交往方式所产生的种种组合和现象让他感到厌烦。但他不愿提出分手。他担心自己会害死与这些事件有牵连的某个人。他无法说服自己去指挥事态的发展，以免因为自己对这片土地一无所知，而把那些相关人士带入无可挽回的毁灭之中。

就这个问题讨论了几个小时后，他向朋友们告辞，回到城里，不愿意在我们面前见到珀迪塔，因为我们都已了解到两人心中最重要的想法。珀迪塔准备带着孩子跟他走。伊德里斯极力劝说她留下。我可怜的妹妹难以置信地注视着他。她知道雷蒙德和他谈过话，难道是他怂恿雷蒙德提出这个要求的？难道这是永远分开的前奏？她对伊德里斯的邀请充满了怀疑。她拥抱了我，仿佛认为也将失去我的爱意。她称我为她的兄长，她唯一的朋友，她最后的希望，她可怜巴巴地恳求我不要停止爱她。她怀着更加焦虑的心情前往伦敦，那里是她所有苦难的发生地和根源。

随后发生的事情让她确信，她还没有摸清自己所陷入的深渊。她的不幸每天都以新的形式出现。每天都有一些意想不到的事情发生，似乎是在结束她现在所遭遇的一连串灾难，但事实上，这些灾难又在继续。

雷蒙德灵魂的激情源于野心。天资聪颖、善于洞察和引导的性情、渴望出人头地的真诚愿望，这些都是他野心的唤醒者和养育者。但是，他的野心还掺杂着其他因素，使他无法成为一个精于算计、意志坚定的人，而只有这样的人才能成为成功的英雄。他固执，但不坚定。刚开始行动时很仁慈，被激怒时则严厉鲁莽。最重要的是，他在追求任何欲望目标时，无论多么无法无天，都是无怨无悔、不屈不挠的。对享乐的热爱，以及我们天性中较为柔和的情感，在他的性格中占据了突出的位置，在征服的那一刻会将他牢牢抓住，扫除野心的罗网，使他忘记了数周的辛劳，只为片刻沉迷于全新实际的夙愿对象。在这些冲动的驱使下，他成了珀迪塔的丈夫。在这些冲动的怂恿下，他发现自己成了伊瓦德涅的情人。现在，他两样都失去了。他既没有矢志不渝的崇高自我感觉来安慰自己，也没有被遗弃在被禁止的但却令人陶醉的激情中的陶醉感。最近发生的事件使他心力交瘁。珀迪塔的怨恨和伊瓦德涅的出走破坏了他生活的乐趣。前者的顽固不化为他希望的破灭盖上了最后的印章。只要他们的分手还是个秘密，他就期待着在她的怀抱中重新唤起过去的温柔。但现在我们都知道了这些事情，而且珀迪塔已向别人宣布她的决心，以某种方式保证自己会践行这些决心，他就放弃了复合的想法，认为这是徒劳的，既然他无法让她改变，那就只能让自己适应目前的状况。他对爱情及其带来的挣扎、失望和悔恨发下了誓言，并试图在纯粹的感官享受中寻求对激情伤害的补救。

这种追求必然会导致人格的堕落。然而，如果雷蒙德继续致力于执行他的公共利益计划，履行他作为护国公的职责，这种后果并不会立即显现出来。但是，雷蒙德凡事都很极端，他被眼前的印象所迷惑，热衷于这种新的享乐方式，没有思考，也没有远见地追随着这种不协调的亲密关系。议事厅里冷冷清清。他身边各种计划的代理人，也被忽略了。狂欢，甚至放荡不羁，成了一天当中的主旋律。

珀迪塔惊恐地看着愈演愈烈的混乱局面。有那么一瞬间，她以为自己可以阻止这股洪流，雷蒙德可以从她那里明白些道理！希望落空了。他傲慢地听着，不屑一顾地回答着。如果说她成功地唤醒了他的良知，那唯一的效果就是他在忘乎所以的骚动中寻找鸦片止痛。于是，珀迪塔以她与生俱来的活力，努力取代他的位置。他们之间仍然明显的夫妻身份使她能够做很多事情。但最终没有一个女人能够对护国公日益严重的玩忽职守行为提出补救办法。护国公仿佛得了失心疯，践踏了所有的仪式、所有的秩序、所有的职责，完全放纵了自己。

这些奇怪的事情传到了我们的耳朵里，我们正犹豫着该采取什么办法让我们的朋友迷途知返，珀迪塔突然出现了。她详细讲述了这一悲惨变化的过程，并恳求阿德里安和我去伦敦，努力补救这一日益严重的恶果。"告诉他，"她喊道，"告诉雷蒙德勋爵，我的出现不会再让他烦恼了，他不必为了恶心我和让我逃走而陷入这种破坏性的消遣之中。现在目的达到了，他再也不会见到我了。但让我，这是我最后的恳求，让我在同胞的赞美和英格兰的繁荣中，证明我年轻时的选择是正确的。"

在去镇上的路上，阿德里安和我讨论并争论了雷蒙德的行为，以及他之前让我们对他永久优秀的希望破灭的原因。我和我的朋友在同一所学校接受教育，更确切地说，我是他的学生，他认为坚持原则是通往荣誉的唯一道路。不断遵守普遍的实用法则是人类抱负的唯一良知目标。虽然我们都有这些想法，但在应用上却有分歧。我对雷蒙德的行为进行了严厉的指责。阿德里安的态度更温和，更体贴。他承认我提出的原则是最好的，但他否认这些原则是唯一的原则。他引用了"在我父亲的家里，有许多住处"这句话，坚持认为成为好人或伟大人物的方式和人的性格一样千差万别，可以说，就像森林里的树叶一样，没有两片是相同的。

我们到达伦敦时大约是晚上十一点。尽管我们听到了一些风声，但我们猜测雷蒙德应该在圣斯蒂芬教堂，于是我们就向那里赶去。大厅里坐满了人，但却没有护国公。领头人的脸上流露出肃杀的不满情绪，下属们则窃窃私语，忙着絮叨，不乏不祥之兆。我们匆匆赶往护国公宫殿，发现雷蒙德正和另外六个人在他的餐厅里用餐，推杯换盏，十分欢快，有一两个人的酒量已经大不如前了。坐在雷蒙德旁边的那个人正在讲故事，引得其他人哄堂大笑。

雷蒙德坐在他们中间，虽然他融入了这一时刻，但他天生的尊严从未离弃他。他快乐、俏皮、迷人，但在他最狂野的举动中，他从未逾越天性的谦逊或对自己应有的尊重。然而，我得承认，考虑到雷蒙德作为英格兰护国公所肩负的重任，以及他需要处理的各种事务，看到他的时间被浪费在那些毫无价值的家伙身上，看到他那即使不是酩酊大醉也是嬉皮笑脸的模样，似乎快要夺走他更好的自己，我感到非常恼火。我站在一旁看着这一幕，而阿德里安则像影子一样飞快地穿梭在他们中间，通过话语和清醒的眼神，努力恢复着宴会的秩序。雷蒙德表示很高兴见到他，并宣称他也要参加今晚的庆祝活动。

阿德里安的这一举动激怒了我。我对他与雷蒙德的同伴们坐在同一张桌子上感到愤慨。这些人品行败坏，或者说没有品行，是上流社会的垃圾，是他们国家的耻辱。"我要请求阿德里安，"我喊道，"不要这样做，请和我一起努力，让雷蒙德勋爵离开这个场景，让他重新回到其他的社交圈。"

"我的好朋友，"雷蒙德说，"现在不是进行道德说教的时间和地点。请相信我的话，我的娱乐和社交活动并不像你想象的那么糟糕。我们既不是伪君子，也不是傻子——至于其他人，'你难道认为你道德高尚就不能再寻欢作乐吗？'"

我生气地转过身去。"维尔尼，"阿德里安说，"你太愤世嫉俗了。坐下吧。如果你不愿意，也许，因为你不是常客。雷蒙德勋爵会迁就你，像我们先前商定的那样，陪我们去议会。"

雷蒙德审视着阿德里安。他只能从阿德里安温和的神情中读出善意。他转向我，轻蔑地观察着我喜怒无常的严厉神态。"来吧，"阿德里安说，"我已经答应了你，让我履行我的约定。跟我们走吧。"雷蒙德做了一个不安的动作，轻声回答道："我不走！"

与此同时，聚会也散了。他们看了看照片，漫步走进其他房间，谈论着台球，然后一个接一个地消失了。雷蒙德愤怒地在房间里来回走动。我站在一旁准备接受并回答他的责备。阿德里安靠在墙上。"这太荒唐了，"他喊道，"你们的行为简直就像个小学生。"

雷蒙德说："你不明白。这只是体系的一部分。一个我永远不会屈服的暴政计划。因为我是英格兰的护国公，难道我就成了英格兰唯一的奴隶吗？我的隐私受到侵犯，我的行为受到谴责，我的朋友受到侮辱？但我会摆脱这一切。请你们作证，"他从胸前摘下那颗星星——职务的徽章，把它扔在桌子上。"我放弃我的职位，我放弃我的权力,谁愿意谁就来干吧!"

"那就让别人来干吧!"阿德里安感叹道,"让那些自认为或被世界认可为优于您的人去承担这个责任吧。在英格兰,尚未有人具备如此傲慢的资格。多了解你自己吧,雷蒙德,这样你就不会再愤怒,也不会如此自负。几个月前,每当我们为我们国家或我们自己的繁荣祈祷时,我们同时也为护国公的生命和福祉祈祷,因为这与护国公有着不可分割的联系。您的时间都用来为我们谋福利,您的雄心都用来获得我们的赞扬。您用建筑装饰我们的城镇,您赐予我们有用的设施,您赐予我们肥沃的土壤。权贵和不公正的人在您的审判台前畏缩不前,穷人和受压迫的人在您的保护下像初醒的花朵一样茁壮成长。

"当这种情况出现变化时,你能想象我们所有人都感到惊骇和悲伤吗?这种脾气该放下了。恢复职能吧,你们的游击队员会向你们欢呼,你们的敌人会沉默。我们的爱、荣誉和责任将再次向你们显现。控制你自己,雷蒙德,世界尽在你掌握。"

"这一切,如果是对别人说的,都是很有道理的,"雷蒙德情绪低落地回答,"你自己去吸取教训吧,你,这片土地上的第一位同龄人,可以成为它的君主。你是善良的、智慧的、公正的,可以统治所有人的心。但是,为了我自己的幸福,为了英格兰的利益,我太早地意识到,我承担了一项我无法胜任的任务。我无法主宰自己。我的激情是我的主宰,我最小的冲动也是我的暴君。你以为我是一时冲动才放弃护国公爵职位(我已经放弃了)的吗?看在上帝的分上,我发誓再也不碰这玩意儿了,再也不给自己增加忧虑和痛苦的负担了,我已不堪重负。

"我曾经渴望成为国王。那是年少轻狂的骄傲。当我放弃时,我了解自己。我放弃它是为了追回我失去的东西。许多个月来,我一直屈从于这种虚伪的威严——这种庄严的玩笑。我不再是它的受骗者。我将获得自由。

"我失去了点缀我生命、使我有尊严的东西,失去了将我与其他人联系在一起的东西。我又成了一个孤独的人。我又将像早年一样,成为一个流浪者,一个命运的战士。我的朋友们,为了维尔尼,我觉得你们是我的朋友,不要试图动摇我的决心。珀迪塔,沉溺于想象,对面纱背后的一切毫不关心,她的性格其实是错误而卑鄙的,她已经放弃了我。对她来说，扮演一个君主的角色已经足够漂亮了。就像在你心爱的森林深处，我们表演假面舞会，想象自己是阿卡迪亚牧羊人，以取悦一时的幻想。我也是如此，更多是为了珀迪塔而不是为了我自己，我满足于扮演地球上一个伟大人物的角色，把她引向宏伟场景的背后，用短暂的华丽和权力表演来改变她的生活。这就是我们生活的色彩，爱和信心就是我们生活的实质。但我们必须生活，而不是表演我们的生活。为了追求影子，我失去了现实——现在我放弃了两者。

"阿德里安，我即将返回希腊，重新成为一名士兵，也许是一名征服者。你愿意陪我吗？你将看到新的景象，看到新的民族，目睹那里文明与野蛮之间的激烈斗争。除了看到这一切，也许还能指挥年轻力壮的人民为自由和秩序而努力。跟我来吧。我期待着你们。我等的就是这一刻，一切都准备好了，你愿意陪我吗？"

"我会的，"阿德里安回答道，"马上动身吗？"

"如果你愿意，明天就去。"

"好好想想！"我喊道。

"为什么？"雷蒙德问道，"我亲爱的朋友，整个夏天我除了思考这一步之外，什么也没做。请放心，阿德里安把一整个夏天的思考都浓缩在了这一瞬间。别再让我想想了，从这一刻起，我放弃了思考。这是我漫长岁月中唯一快乐的时刻。我必须走了，莱昂内尔，众神旨意，我必须走。不要试图剥夺我的同伴，我的朋友。

"关于不仁不义的珀迪塔，我再多说一句。我曾一度以为，只要看她顺从的样子，抚摸她尚有余温的灰烬，就能让她重新燃起爱的火焰。她的内心比吉卜赛人在冬天留下的火堆还要寒冷，灰烬被雪堆成了金字塔。然后，我试图对自己的性情施暴，使一切变得比以前更糟。但我想，时间，甚至离开，都可能让她回到我身边。请记住，我依然爱她，我最大的希望就是她能再次属于我。虽然她不知道，但我知道她在现实面前蒙上的面纱是多么虚假——不要试图撕破这层虚假的面纱，而是要慢慢地揭开它。给她一面镜子，让她认识自己。当她精通这门必要而又困难的学问时，她就会对自己目前的错误感到惊奇，并急忙把理应属于我的东西还给我，还给我她的宽恕、她的善意、她的爱。"

第十一章

发生了这些事情之后,我们很久才恢复了平静。一场精神风暴击毁了我们这艘满载货物的巨轮,而我们这些残余的船员则对所遭受的损失和变化感到震惊不已。伊德里斯深爱着她的哥哥,她无法忍受这种不确定的分离。他的社交对我来说是珍贵和必要的,我曾在他的指导和帮助下愉快地从事我所选择的义学事业。他温和的哲学、敏锐的理智和热情的友谊是我们这个圈子最好的成分和崇高的精神。就连孩子们也对失去了他们善良的玩伴而深感遗憾。更深的悲痛压抑着珀迪塔。尽管心有不甘,但她还是日夜揣摩着流浪者的艰辛和危险。雷蒙德不在身边,在困难中挣扎,失去了护国公的权力和地位,面临着战争的危险,这一切都成了她焦虑关注的对象。她觉得这种回归是不可能的。当她认为事情就是这样,并为这样的结果而痛苦惋惜时,她继续对造成她痛苦的他感到愤怒和不耐烦。这些困惑和悔恨使她夜夜以泪洗面,使她在人格上和思想上都褪去了往日的影子。她寻求孤独,当我们在欢乐和无拘无束的亲情中相聚时,她却躲着我们。孤独的思索、无休止的漫游和庄严的音乐是她唯一的消遣。她甚至忽视了她的孩子。她对所有的柔情都关上了心门,对我——她第一个也是最要好的朋友——越来越拘谨。

我不能眼睁睁地看着她就这样失去自己,而不去尽力补救——我知道,如果我最终不能让她与雷蒙德和好的话,那将是徒劳无功的。在他出发之前,我用尽了各种理由和劝说,想让她停止他的行程。她用泪水回答了我,她告诉我,要说服她,生命和生活中的一切都只是廉价的交换。她要的不是意志,而是能力。她一次又一次地宣称，要她把真话当作假话，把欺骗当作诚实，把无情的交流当作真诚的倾诉的爱，犹如妄想拴住大海，妄想给狂风肆虐的无边无际的航道套上缆绳。她更简短地回答了我的理由，不屑一顾地宣称，这是她自己的理由。在我能够说服她过去的事情可以当作不发生，成熟可以让一切回到从前，一切都可以变得好像从来没有发生过一样之前，向她保证她的命运没有发生真正的改变是没有用的。就这样，她怀着强烈的自尊心让他走了，尽管她的心弦在这一刻断裂了，使她失去了生命的所有价值。

为了给她，甚至给被阴云笼罩的我们自己换换环境，我劝说剩下的两个同伴，最好暂时离开温莎。我们去了英格兰北部——我的故乡阿尔斯韦特（Ulswater），在千姿百态的景色中流连忘返。我们延长了在苏格兰的游览时间，以便能去看看卡特里娜湖和洛蒙湖。然后我们来到爱尔兰，在基拉尼附近逗留了几个星期。情况的变化在很大程度上如我所料。在离开一年之后，珀迪塔以更温和、更温顺的心情回到了温莎。第一眼看到这个地方，她的情绪一度失控。这里的每一个地方都让人浮想联翩。森林溪谷、蕨类丘陵、草木茂盛的高地、围绕着古老泰晤士河银色小道的开化而欢快的乡村，所有的大地、空气和波浪，都在回忆的激励下，本能地发出了凄婉悔恨的合唱。

但是，我为让她对自己的处境有一个更理智的认识所做的努力并没有到此为止。珀迪塔在很大程度上仍未受过教育。当她第一次离开农家生活，与优雅而有教养的伊瓦德涅同居时，她唯一达到完美境界的是绘画，她对绘画的爱好几乎等同于天才。当她离开希腊朋友的保护后，她就在自己孤独的小屋里画画。现在，她的画板和画架都被扔在了一边。如果她想画画，纷至沓来的回忆就会让她的手颤抖，让她的眼睛充满泪水。为了画画，她几乎放弃了其他所有的事情。她的精神几乎陷入疯狂。

就我自己而言，自从阿德里安把我从自我的荒野带到他自己的秩序和美丽的天堂，我就与文学结下了不解之缘。我深信，无论过去如何，在现阶段的世界里，如果不广泛涉猎书籍，人的能力就无法得到发展，人的道德原则就无法得到扩展和自由。在我看来，书籍代替了积极的事业、野心和众人所需的那些明显的刺激。整理哲学观点、研究历史事实、掌握语言，这些既是我的消遣，也是我严肃的人生目标。我自己也成了作家。不过，我的作品足够朴实无华。它们仅限于为我喜爱的历史人物写传记，尤其是那些我认为被篡改了的人物，或者那些模糊不清、疑点重重的人物。

随着写作水平的提高，我获得了新的共鸣和乐趣。我找到了另一种宝贵的纽带，将我与我的同类紧紧联系在一起。我的视角得到了扩展，全人类的倾向和能力让我深感兴趣。国王被称为人民的父亲。突然之间，我成了全人类的父亲。子孙后代成了我的继承人。我的思想是丰富人类知识宝库的宝石。每一种情感都是我赐予他们的珍贵礼物。不要把这些愿望归咎于虚荣。它们虽未用言语表达，也未在脑海中明确成形，却深深植根于我的灵魂之中，褒扬了我的思想，升起了热情的光芒，引领我走出我以前走过的晦暗的道路，走进人类明亮的正午大道，使我成为世界公民，成为不朽荣誉的候选人，成为我的同胞的赞美和同情的热切渴望者。

如果我离开树林，离开枝叶摇曳的庄严音乐，离开大自然庄严的殿堂，我就会去城堡宽阔的大厅，眺望宽广肥沃的英格兰大地，它就在我们尊贵的山峰之下，同时聆听鼓舞人心的乐曲。在这种时候，庄严的和声或激昂的乐曲为我迟滞的思绪插上了翅膀，让它们穿透大自然及上帝的最后一层面纱，以可见的表达方式向人们的理解展示最高的美。随着音乐的响起，我的思想似乎离开了凡人的居所。它们摇动着羽翼，开始飞翔，在平缓的思潮中航行，用新的荣耀充盈着创造，唤醒了沉睡的崇高意象。然后，我会匆忙跑到书桌前，用坚实的质地和绚丽的色彩编织新发现的心灵之网，把现实的塑造留给更平静的时刻。

但是，这一段既属于我生命的前半段，也属于我生命的此刻的叙述，却把我引向了远方。正是我在文学中获得的乐趣，以及从中发现的思想修养，让我渴望带领珀迪塔进行同样的追求。我用轻柔的手和温柔的诱惑开始了我的工作。首先激起她的好奇心，然后满足她的好奇心，使她在工作中忘却忧愁，并在随后的时段中产生善意和包容的反馈效应。

这种特质在她年幼时期就已显现，促使她在故乡的群山之间独自沉思，引导她从普通事物中发现无数种关联，增强了她的感知能力，并使其具备敏捷的逻辑思维和组织能力。爱情就像主预言家的棍棒，吞噬了她所有的小倾向。爱使她的所有优点加倍，为她的天才戴上了光环。她需要放弃这份爱情吗？夺去玫瑰的色彩和芳香，把母亲乳汁的甜美养分变成胆汁和毒药，就能轻而易举地让珀迪塔断绝爱情。她为失去雷蒙德而悲痛欲绝，嘴角绽放出灿烂的笑容，美丽的眉宇间布满了忧伤的皱纹。但是，每一天似乎都在改变她痛苦的性质，每一个小时都在逼迫她调整（如果我可以这样说的话）她灵魂哀悼的装束。有一段时间，音乐能够满足她精神上的饥渴，她忧郁的思绪随着调子的变化而更新，随着曲调的变换而祈福。如果说音乐是悲伤的食粮，那么智慧的结晶则成了她的良药。对于她来说，学习未知的语言是一项过于乏味的工作，因为她的每一个表达都与内在的宇宙有关，她读书并不像许多人那样仅仅是为了填满时间。她还在质疑自己和作者，用千百种方式塑造每一个想法，热切渴望在每一句话中发现真理。她努力提高自己的理解力。在这种良性的约束下，她的心和性情都机械地变得柔软温和。过了一段时间，她发现，在她新获得的所有知识中，她自己的性格——以前她以为她已经完全理解了——在一个没有地图的国家的无路荒野中，登上高峰。她错误地、奇怪地以自我谴责开始了自我审视的任务。然后，她又意识到了自己的优点，开始用更公正的天平来平衡善与恶。我无法用言语表达对她的渴望，我希望她能够重新获得幸福，我焦急地注视着她内心的变化。

　　但人是一种奇怪的动物。我们无法像计算发动机的动力那样计算他的动力。尽管有四十匹马的冲力牵引着看似愿意屈服于冲力的东西，但这并未实现。无论是悲伤、哲理还是爱情，都无法让珀迪塔温和地看待雷蒙德的失职。现在，她乐于与我交往。对伊德里斯，她充分感受到了自己的价值，并表现出了浓浓的爱意。对她的孩子，她又恢复了温柔和关怀。但是，在她的种种纠缠中，我发现了她对雷蒙德深深的怨恨，以及一种永不消退的受伤感，在我最接近实现希望的时候，她却把我的希望夺走了。除了其他令人痛苦的限制之外，她还使我们之间形成了一种法则，那就是在她面前决不提雷蒙德的名字。她拒绝阅读任何从希腊寄来的信件，只希望我告诉她什么时候有信件到达，以及流浪者是否安好。奇怪的是，就连小克拉拉也对她的母亲遵守了这一规定。这个可爱的孩子已经快八岁了。以前，她还是个天真烂漫的婴儿，爱幻想，但很快乐，也很幼稚。父亲离开后，她幼小的眉宇间开始有了思想。不谙世事的孩子很少能用语言表达自己的想法，我们也不知道最近发生的事情以何种方式印在了她的脑海里。但可以肯定的是，她在默默地注视着周围发生的变化的同时，也进行了深入的观察。她从未向珀迪塔提起过她的父亲，当她向我谈起父亲时，她显得有些害怕，尽管我试图引她说出这个话题，并驱散她对父亲的阴霾，但我没能成功。然而，每个外国邮政日，她都在关注着信件的到来，她能看明白邮戳，并在我阅读时注视着我。我发现她经常仔细阅读报纸上关于希腊境况的文章。

没有什么比孩子们过早地受到照顾更让人痛苦的了，尤其是在一个性格一向开朗的孩子身上。然而，克拉拉却那么可爱和温顺，让人不禁心生钦佩。如果说心境可以给脸颊涂上美丽的色彩，赋予动作以优雅，那么她的沉思一定是天籁之音。因为她的每一个线条都是那么可爱，她的动作比她家乡森林里的小鹿优雅的奔跑还要和谐。我有时会和珀迪塔讨论她的矜持问题，但她拒绝了我的建议，而她女儿的感性却激起了她更热烈的柔情。

时隔一年多，阿德里安从希腊回来了。

我们的流亡者刚到的时候，土耳其人和希腊人之间就停战了。停战对凡人来说就像睡觉一样，是醒来后重新开始活动的信号。土耳其人拥有亚洲众多的士兵，以及财富和权力所能支配的所有战备物资、船只和军用引擎，他们立即决心击溃敌人，因为敌人已经从莫雷亚的据点悄悄地攻占了色雷斯和马其顿，甚至把军队引到了君士坦丁堡的城门下，而他们广泛的商业关系使每个欧洲国家都对他们的胜利感兴趣。希腊准备奋起抵抗，妇女们牺牲了昂贵的装饰品，为儿子们穿上战袍，以斯巴达母亲的精神嘱咐他们要么征服，要么战死。雷蒙德的才能和勇气在希腊人中备受推崇。他出生于雅典，雅典将他视为己出，让他指挥雅典军队中的一支特殊部队，使这位统帅拥有了更强大的力量。他被列入雅典公民的行列，他的名字被列入古希腊英雄的名单。他的判断力、活动能力和过人的勇敢证明了他们的选择是正确的。温莎伯爵成为他朋友手下的一名志愿兵。

阿德里安说:"在这宜人的树荫下喋喋不休地谈论战争,用许多不值钱的油脂装出一副喜气洋洋的样子,这是很好的,因为我们有成千上万的同胞带着痛苦离开了这甜蜜的空气和故土。我不会被怀疑反对希腊的事业。我知道并感觉到它的必要性,它比任何其他事业都要好。我用我的剑捍卫它,我愿意用我的灵魂来捍卫它。自由比生命更有价值,希腊人至死也要捍卫他们的特权。但我们不要自欺欺人。土耳其人也是人,他们的每一根纤维、每一个肢体都和我们一样有感情,他们的每一次痉挛,无论是精神上的还是身体上的,在土耳其人的心里或脑子里都和在希腊人的心里或脑子里一样能被真切地感受到。我参加的最后一次行动是攻城。土耳其人进行了最后的抵抗,守军死在了城墙上,而我们则攻了进去。城墙内所有能呼吸的生物都被屠杀殆尽。你想,在天真无邪和无助稚嫩的嘶吼声中,我的每一根神经难道没有感受到同胞的呐喊吗?他们是男人和女人,是受苦受难的人,与我们别无二致。两个士兵在争抢一个女孩,女孩的华丽衣着和极度美貌激起了这些可怜人的野蛮欲望,他们也许是家里的好人,却因一时的愤怒而变成了恶魔。一个留着银色胡须、又老又秃、可能是她祖父的老人上前救她,其中一个人的战斧砍碎了他的头颅。我冲上前去保护她,但愤怒让他们变得又瞎又聋。他们没有分辨出我的基督徒服装,也没有注意到我的话——那时,语言是钝器,因为当战争发出浩劫的呐喊,当谋杀发出合适的回声时,我怎么能——

  扭转乾坤,改正错误

  用温和的口吻安抚人心?

"其中一个家伙因我的干扰而愤怒,他挥起刺刀,锋利的刃尖瞬间刺入我的侧身,我倒在地上失去了知觉。

"这个伤口可能会缩短我的生命,因为它击碎了我脆弱的身体。但我死而无憾。我在希腊学到,一个人或多或少都无关紧要,而人的躯体却能填满兵员稀少的队伍。个人的身份可以被忽略,毕竟名单仅列出人数。这一切都对雷蒙德产生了不同的影响。他能够思考战争的理想,而我只能感知战争的现实。他是一名士兵,一名将军。

他能影响那些嗜血的战狗，而我却只能徒劳地抵制他们的入侵。原因很简单。伯克说过：'在所有的团体中，那些想要做领导的人，也必须在相当程度上追随。'我不能追随，因为我并不同情他们的屠杀和光荣梦想。而在这样的事业中追随和领导，是雷蒙德的天性。他总是成功的，在为自己赢得崇高的名声和地位的同时，他还主张公平或是保全扩张的帝国，以确保希腊人的自由。"

珀迪塔并没有因此而心软。她想："没有我，他也可以过得很好很幸福。但愿我也有自己的事业！但愿我能用我所有的希望、精力和愿望，装载一些未曾尝试过的帆船，在野心或快乐的掌舵下，驶向生活的海洋，驶向某个可以到达的终点！但是，逆风把我阻挡在岸边。我像尤利西斯一样，坐在水边哭泣。但我无力的双手既不能砍伐树木，也不能抚平木板。"在这些忧郁思想的影响下，她比以往任何时候都更爱悲伤。然而，阿德里安的出现还是起到了一些作用。他一下子就打破了雷蒙德所遵守的沉默法则。起初，她对这种不习惯的声音感到害怕，但很快她就习惯并喜欢上了这种声音，她兴致勃勃地听他讲述他的成就。克拉拉也摆脱了束缚。阿德里安和她是老玩伴了。现在，当他们一起散步或骑马时，他屈服于她的恳求，第一百次地重复她父亲的勇敢、仁慈或正义的故事。

在此期间，每艘船都会从希腊带来令人振奋的消息。希腊军队和议会中出现了一位朋友，这让我们满怀激情地投入到细节中去。雷蒙德时不时写来的一封短信告诉我们，他是如何被自己养育的国家的利益所吸引。希腊人非常重视他们的商业活动，如果不是土耳其人的入侵激起了他们的斗志，他们本会满足于他们目前的收获。爱国者们取得了胜利，征服精神得到了灌输，他们已经将君士坦丁堡视为自己的领土。雷蒙德在他们心目中的地位不断提高。但在他们的军队中，有一个人的指挥能力比他更胜一筹。在色雷斯平原、赫布鲁斯河畔进行的一场战役中，他的表现和阵地选择非常突出。摩诃末人被击败，并被完全赶出了这条河流以西的地区。这场战斗是血腥的，土耳其人的损失显然是无法弥补的。希腊人只损失了一个人，就忘记了血腥战场上横尸遍野的无名人群，他们不再珍视这场以雷蒙德为代价的胜利。

在马克里战役中，他率领骑兵冲锋陷阵，甚至将逃兵追到了赫布鲁斯河畔。他最心爱的战马被发现在宁静的河边吃草。他是否落在了无人认领的人群中，成了一个问题。但没有破碎的饰物或沾满污渍的陷阱透露他的命运。人们怀疑，土耳其人发现自己拥有了一个如此杰出的俘虏，决心满足他们的残忍而不是贪婪，害怕英国的干涉，决定永远隐瞒他们最憎恨和最害怕的士兵在敌人军队中被冷血谋杀的事实。

雷蒙德在英国没有被遗忘。他的退位曾引起无与伦比的轰动。当他的宏伟和男子气概与后继政治家的狭隘观点形成鲜明对比时，人们会怀着悲痛的心情回顾他被提升的时期。他的名字和最崇高的赞誉不断出现在希腊的报纸上，使人们对他的兴趣持续高涨。他似乎是命运的宠儿，他的过早离去使整个世界黯然失色，也使人类的余辉黯然失色。他们急切地希望他还活着。他们敦促驻君士坦丁堡的公使进行必要的调查，如果确定他还活着，就要求释放他。希望他们的努力能够取得成功，虽然他现在是一个囚徒，是残忍的玩物和仇恨的标记，但他将被解救出来，恢复他应有的幸福、权力和荣誉。

这个消息对我妹妹的影响是惊人的。她一刻也不相信他的死讯。她当即决定前往希腊。理智和劝说都被她抛到九霄云外。她不愿忍受任何阻挠和耽搁。可以说，如果争论或恳求能够使一个人放弃一个绝望的目标，而这个目标的动机和目的仅仅取决于感情的力量，那么，这样做是正确的，因为他们的顺从表明，无论是动机还是目的，都没有足够的力量使他们克服事业上的障碍。相反，如果他们不听劝阻，这种坚定性就是成功的预兆。爱他们的人有责任帮助他们扫平前进道路上的障碍。我们这个小圈子里的人就是这样的心情。我们发现珀迪塔行动不便，便商议了实现她的目标的最佳办法。她不能一个人去一个没有朋友的国家，到了那里，她可能会听到一个可怕的消息，这个消息一定会让她悲痛欲绝，悔不当初。阿德里安的身体一直很虚弱，现在他的伤势又加重了不少。伊德里斯不忍心就这样离开他，而且我们也不应该放弃或带着一个年轻的家庭踏上这样的旅程。我最终决定与珀迪塔同行。与我的伊德里斯分离是痛苦的，但迫不得已，我们在某种程度上还是接受了。迫不得已，还有拯救雷蒙德，让他重新回到幸福和珀迪塔身边的希望。不能再耽搁了。下定决心两天后，我们出发前往朴茨茅斯，登上了船。时值五月，风和日丽。我们被许诺会有一个顺利的航程。我们怀着最热切的希望，踏上了茫茫大海，欣喜地看到不列颠的海岸正在后退，于是乘着欲望的翅膀，扬起满帆向南方驶去。轻盈的波浪卷着我们前进，古老的海洋微笑着看着我们把爱和希望托付给它。它轻轻地抚摸着它那波涛汹涌的平原，为我们铺平了道路。日日夜夜，风从船尾吹来，为我们的龙骨提供源源不断的动力——汹涌的大风、险恶的沙地、破坏性的岩石都没有在我妹妹和这片土地之间设置障碍，而这片土地将带她重回内心最深处的爱人的身边。

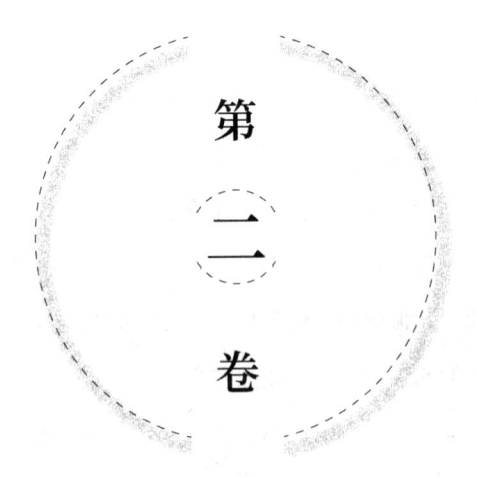

第二卷

第一章

在这次航行中,每当风平浪静的夜晚,我们在甲板上谈心,看着波光粼粼的海浪和天空变幻莫测的景象时,我就会发现雷蒙德的灾难给我妹妹的心灵带来了翻天覆地的变化。这些爱之水过去像冰一样冷酷无情,像冰一样拒人于千里之外,而现在却挣脱了冰封的枷锁,在她的心灵深处奔流不息,她的感激之情溢于言表。她并不相信他已经死了,但她知道他有危险,帮助他获得自由的希望,以及通过温柔来缓解他可能经历的痛苦的想法,让她内心最近的冲突得到了调和。对于我们航行的结果,我没有她那么乐观。她也不全然是乐观,而是无所顾虑。她期待见到被她放逐的爱人、丈夫、朋友,以及心灵伴侣,这让她的感官沉浸在喜悦之中,让她的心灵沉浸在平静之中。她的生活又开始了;她离开了贫瘠的沙地,来到了富饶美丽的家园;这是暴风雨后的港湾,是不眠之夜里的安眠药,是从可怕的梦境中幸福地醒来。

小克拉拉陪着我们;这个可怜的孩子不太明白接下来会发生什么。她听说我们要去希腊,她要去看她的父亲。直到现在,她才第一次向她的母亲絮絮叨叨地提起她的父亲。

在登陆雅典后,我们发现困难越来越多。当雷蒙德的命运岌岌可危时,希腊这片充满传奇色彩的大地或温暖的天气也无法激发我们的热情或愉悦。从来没有一个人引起过公众如此强烈的兴趣——这一点即使在他久别的冷淡的英国人中也很明显。雅典人本来期待他们的英雄凯旋;妇女们教导她们的孩子一起感恩地吟唱他的名字;

他的英俊、他的勇气、他对事业的献身精神，使他在他们眼中几乎成了土地上的古代神祇，从故乡奥林匹斯山下来保卫他们。当他们谈论到他可能的死亡和不可避免的囚禁时，泪水从他们的眼中流了出来；就像叙利亚的妇女为阿多尼斯哀悼一样，希腊的妻子和母亲们为我们的英国人雷蒙德而悲伤——雅典成了一座哀悼之城。

所有这些绝望的迹象都让珀迪塔惊恐万分。当她远离现实的时候，她怀着那种渴望而又迷茫的期待，在脑海中形成了一幅画面，而当她踏上希腊的海岸时，一切都会瞬间改变。她幻想着雷蒙德已经获得自由，她温柔的关怀将完全抹去他关于不幸遭遇的记忆。但他的命运仍然无法预测；她开始担心出现最坏的情况，觉得她的灵魂寄希望于一个可能毫无盼头的机会。雷蒙德勋爵的妻子和可爱的孩子成了雅典人强烈关注的对象。她们住处的大门被人们包围起来，人们为雷蒙德的归来大声祈祷；所有这些情况都增加了珀迪塔的不安和恐惧。

在努力不懈了一段时间后，我离开了雅典，加入了驻扎在色雷斯基山的军队。通过贿赂、威胁和密谋，我很快发现了雷蒙德还活着的秘密。他现在是一名囚犯，正遭受着最严酷的囚禁和最肆意的虐待。我们动用了一切政策和金钱的力量，试图把他赎回。

我妹妹变得焦躁不安，因为她后悔了，她的焦躁被悔恨激发，被自责加剧。春天，希腊的美丽气候让她更为痛苦。鲜花簇拥的大地，和煦的阳光，荫凉的树荫，鸟儿的吟唱，树林的雄伟，大理石废墟的壮丽，夜晚星光的璀璨，这个国度所拥有的所有令人兴奋和陶醉的事物，只会激发她的生命力，使她的每一个关节都更加敏感，这一切都使她的悲伤更加凄惨。每时每刻都极其漫长，"他在受苦"是她所有思绪的负担。她不吃东西，躺在光秃秃的土地上，通过模仿他遭受的苦难，努力与远方痛苦的他保持交流。我记得在她最痛苦的时候，我的一句话激起了她的愤怒和蔑视。"珀迪塔，"我说，"有一天你会发现，你再次把雷蒙德投向生活的荆棘是错误的。当失望玷污了他的美貌，当士兵的艰辛压弯了他刚毅的身躯，当孤独使他连胜利也变得苦涩，那时你就会悔悟；对于不可挽回的改变的悔恨将在你现在坚硬的心中激起爱的迟来的悔恨。"

现在，她心中充满了痛苦和懊悔之情，因为她责备自己让他去希腊旅行，让他面临危险和囚禁。她想象着他孤独的痛苦；她想起他以前多么热切地与她分享快乐的希望，以及他多么感激地接受她对他的同情。她想起他曾多次宣称，孤独对他来说是万恶之首，而当他想象着孤独的坟墓时，死亡本身对他来说又是多么恐惧和痛苦。他曾说过："我最钟情于女孩，而你让我摆脱了这些幻象。与你在一起，被你珍爱在心中，我再也不会体会到孤独的痛苦。即使我先于你而死，我的珀迪塔，也请将我的骨灰珍藏起来，直到你的骨灰与我的骨灰融为一体。对于一个非唯物主义者来说，这是种愚蠢的情感。然而，我想，即使在那黑暗的牢房里，我也能感觉到我那无生命的尘埃与你的尘埃交融在一起，从而在腐朽中有了一个伴侣。"这些话，曾在她怨恨时被她想起，带着尖酸与不屑；而在她心软之际，这些话又如潮水般涌来，夺走了她的睡意，也夺走了她不安心灵中那最后一丝平静的希望。

两个月过去了，我们终于得到了释放雷蒙德的承诺。监禁和艰辛的生活已经让他不复从前般健康。土耳其人担心如果他在他们手中死去，英国政府的威胁就会兑现。他们认为他不可能康复。他们愿意将他交还给我们，愿意让我们安葬他。

他乘船从君士坦丁堡来到雅典。顺风航行让他得以顺利靠岸，我们原本打算在海上与他会面，但因为风太大，我们无法实现这个计划。雅典的瞭望塔被众多人围观，每艘船都在翘首以盼。直到五月一日，一艘英勇的护卫舰出现在我们的视线中，船上装载的财宝比从墨西哥引航而来、被恼人的太平洋吞没的财富，或者经由其宁静的怀抱运往西班牙王室的财富更加宝贵。黎明时分，人们发现这艘船向海岸驶来。据推测，它将在距离陆地约五英里的地方抛锚。消息传遍了雅典，全城的人都涌向比雷埃夫斯的大门，沿着道路，穿过葡萄园、橄榄树林和无花果树林，向港口涌去。

喧闹欢腾的民众、绚丽多彩的服饰、喧闹的车马、行进的士兵、挥舞的旗帜和高亢的军乐使现场更加热闹非凡。而在我们周围，古代的遗迹庄严肃穆。在我们的右边，雅典卫城高高耸立，见证了雅典千百年的变迁，见证了古代的辉煌、土耳其人的奴役以及艰难争取的自由；墓碑和纪念碑密密麻麻地散布在周围，被不断更新的植被点缀着；威武的亡灵在他们的纪念碑前徘徊，在我们的热情和聚集的人群中，仿佛重温了他们曾经参与的场景。珀迪塔和克拉拉乘坐一辆马车，我骑着马陪同在旁。我们终于来到了港口；海水向外涌动，使港口躁动不安。远远望去，海滩上布满了移动的人群，他们在后面的人的催促下向海边走去，当巨浪带着沉闷的咆哮声向他们袭来时，他们又返回。我拿起望远镜一看，护卫舰已经抛锚了，因为害怕靠近岸边的地方会有危险。一艘小船被放了下来，我心痛地看到雷蒙德无法从船舷上下来，他躺在椅子上，被斗篷紧裹置于甲板上。

我下了马，叫几个在港口划船的水手靠岸，把我带到他们的小船上。珀迪塔也在同一时刻下了车，她抓住我的胳膊喊道："带我一起走！"她浑身颤抖，脸色苍白，克拉拉紧紧地依偎在她身边。我说："不行，海上风浪太大了，他马上就会到这里了，你看不见他的船吗？"我召唤过来的小船此刻已经靠岸了。在我来得及阻止之前，珀迪塔已经在水手的帮助下登上了船——克拉拉跟着她的母亲。我们离开内港的时候，人群中响起了一阵热烈的叫喊声，而我的妹妹站在船头，抓住一个拿着望远镜的水手，问了无数问题，毫不在乎海浪飞溅在她身上。她对一切都充耳不闻，视而不见，只有那个小小的黑点，在浪尖上清晰可见，船显然已经驶近了。

我们以六个划船手所能达到的最快速度靠近。海滩上士兵们井然有序，引人注目的着装，欢快的音乐声，激荡的微风和飘扬的旗帜，热切的人群无法抑制的惊呼声，他们黝黑的面容和异国的服饰都带有浓烈的东方特色。我看到了屹立在山顶上的庙宇、在阳光下闪闪发光的白色大理石建筑，它们在远处崇山峻岭的映衬下显得格外耀眼；近在咫尺的大海发出雷鸣般的声音，浪花飞溅，划桨声清晰可闻。这一切都让我的灵魂沉浸在一种狂喜之中，这种狂喜是在普通生活中无法感受和想象的。当我用望远镜观察护卫舰首次放下救生艇时，由于过度紧张而无法继续观察。我们迅速接近目标，最终能够辨识出艇内人员的数量和轮廓；救生艇的深色舷侧逐渐放大，桨叶击水的声响越发清晰。在我们靠近时，我清楚地看到我的同事虚弱地支撑起身体。

珀迪塔的问话停止了。她倚靠在我的胳膊上，激动得气喘吁吁，眼泪都快流出来了。我们的人将船靠近了另一艘船。我妹妹用尽最后的力气，从我们的船跳到另一艘船上，然后尖叫着冲向雷蒙德，跪在他的身边，紧紧吻住她抓住的他的那只手，她的脸被长发遮住，泪流满面。

当我们走近时，雷蒙德稍稍抬起了头，但即使如此，也是费了好大劲。他的脸颊凹陷，眼睛空洞，脸色苍白，面容憔悴，我怎么能认出他就是珀迪塔的爱人呢？他笑眯眯地看着这个可怜的姑娘，那笑容就是独属于她的。阳光洒在黑暗的山谷，就会显示出它之前隐藏的特征；而现在，这个微笑，就是他第一次对珀迪塔说爱时的微笑，就是他欢迎保护者的微笑，在他已然变化的容颜上绽放，让我从心底里觉得这就是雷蒙德。

他向我伸出另一只手，我看到他裸露的手腕上有手铐的痕迹。我听到了妹妹的啜泣声，心想，女人是幸福的，她们可以哭泣，可以在热烈的拥抱中释放被压抑的情感。然而男人却被自己的羞耻心和习惯性的克制束缚了。我多么希望能够像小时候一样，紧紧抱住他，亲吻他的手，为他而哭泣。我激动得无法呼吸，情感无法自抑。泪水在我的眼眶里聚集。我转过身去，眼泪一滴滴掉落大海中；然而，我并不感到羞愧，因为我看到那些粗犷的水手也深受感动。只有雷蒙德的眼睛里没有泪水。他大病初愈安静地躺在那里，享受着自由和与他所爱之人重逢的喜悦。珀迪塔终于克制住了她的激动之情，站起身来，四处寻找克拉拉。这个孩子吓坏了，她认不出自己的父亲，又被我们忽视了，蜷缩到船的另一端。她在母亲的呼唤下走了过来。珀迪塔把她交给雷蒙德。她说的第一句话是："亲爱的，抱抱我们的孩子吧！"

"过来吧，亲爱的，"她父亲说，"你不认识我了吗？"她熟悉他的声音，带着羞涩但无法控制的情感投进他的怀抱。

考虑到雷蒙德身体虚弱，我担心人群的压力会对他登陆造成不良后果。但他们和我一样，都被他外表的变化惊呆了。音乐渐渐停了下来，欢呼声戛然而止。士兵们腾出了一块空地，拉来了一辆马车。他被安置在马车里，珀迪塔和克拉拉随他一起登上马车，护卫队紧紧围住。一阵空洞的低语声，类似海浪的咆哮，传遍了人群。他们退后，让马车前进，生怕给他们欢迎的人造成伤害，因此只以低声鞠躬来表达他们的喜悦。马车缓缓驶过比雷埃夫斯大道，经过古老的神庙和英雄墓，驶入城堡的峭壁之下。海浪的声音已经远了，人群的声音时断时续，压抑而嘶哑。尽管在城里，房屋、教堂和公共建筑都装饰着挂毯和旗帜，尽管士兵们在街道两旁列队，成千上万的居民聚集在一起向他欢呼，但同样庄严肃穆的寂静笼罩着整个城市。士兵敬礼，旗帜低垂，许多带着白手套的手挥舞着幡旗，试图辨认出车里的英雄，在城市卫兵的簇拥下，这辆车把他带到了为他准备的宫殿前。

雷蒙德虚弱不堪，精疲力竭，但他感受到了人们对他的关注，这让他充满了自豪感。他几乎被善意所淹没。诚然，民众竭力遏制自己的激动之情，但宫殿周围的人群总是熙熙攘攘，喧闹声不绝于耳，再加上燃放烟花爆竹的声音、武器发出的爆炸声、骑兵和马车来回奔驰的声音，使他成为焦点，这一切都不利于他的康复。于是，我们暂时退到了艾留西斯，在这里，休息和细心的照料让我们的病人一天比一天强壮。珀迪塔的细心照顾是促使他迅速康复的最重要的原因，但居第二位的肯定是他对希腊人的喜爱和善意所感到的喜悦。据说，我们会深爱那些让我们受益匪浅的人。雷蒙德为雅典人征战四方。他为雅典人备尝艰辛；雅典人的感激之情深深地打动了他，他在内心发誓要永远将自己的命运与这个如此热忱拥护他的民族紧密相连。

社会情感和同情心是我性格中的一个显著特点。早在青年时期，生活戏剧就在我身边上演，把我的心和灵魂卷入其中。现在，我意识到自己发生了变化。我热爱生活，我满怀希望，我享受生命；但除此之外，还有一些别的东西。我对周围人的内在行动原则产生了好奇心：急于恰如其分地解读他们的思想，并一直努力窥探他们的内心世界。在我对所有事件深感兴趣的同时，这些事件也在我面前呈现出一幅幅图画。我为每一个角色安排正确的位置，每一种情感都得到了恰当的平衡。这种暗流涌动的思绪，常常让我在苦恼甚至痛苦中得到抚慰。它把虚构的色彩赋予了那些真实情况下灵魂会反感的事物；它给痛苦和疾病带来了图像化的色彩，并且经常在可悲的变化中拯救我，使我免于绝望。这种能力或本能现在被激发了。我看着妹妹重新燃起热爱；克拉拉怯懦但专注地钦佩着她的父亲；雷蒙德对名誉的渴望，以及对雅典对他的情感表达的敏感。我聚精会神地阅读着这本生动活泼的书，在翻开新的一页时,我读到了一个故事,这让我不那么惊讶了。

土耳其军队此时正在围攻罗多斯托;而希腊人正在加紧准备,并每天派遣增援部队。每个人都把即将到来的斗争看作一次非常决定性的斗争,因为如果胜利,希腊人下一步就会围攻君士坦丁堡。雷蒙德的身体稍有恢复,准备重新担任军队的指挥。

虽然珀迪塔没有反对他的决定,但她要求陪他一起去。她没有给自己定下任何行为准则,但她一辈子都不会反对他的任何一个愿望,或者做出其他不同意的行动。事实上,有一个词比战争或围攻更让她感到心惊,那就是"瘟疫"。因为雷蒙德的指挥才能会让他免于战争或围攻的危险,但却无法躲避"瘟疫"的伤害。六月初,这个人类的大敌就开始在尼罗河畔露出蛇头。通常不受这种恶魔侵扰的亚洲部分地区也有人受到了感染。君士坦丁堡也出现了,但由于这座城市每年都会经历类似的疫情侵袭,因此人们对那些声称那里已经死去的人比通常整个炎热季节的惯常死亡人数还多的报道并没有给予太多关注。无论如何,无论是瘟疫还是战争,都无法阻止珀迪塔追随她的爱人,也无法让她对他的计划提出任何反对意见。接近他,被他所爱,再次感受到他是自己的,这就是她所有的心愿。她生活的目标就是让他高兴,以前也是如此,但有所不同。在过去,她不假思索、不计后果地让他快乐,她自己也是这样,在任何需要选择的问题上,她都会考虑自己的意愿,因为她和他的意愿是一致的。现在,她慎重地将自己排除在外,甚至摒弃了对他健康和幸福的担忧,决心不反对他的任何心愿。对希腊人民的爱,对荣誉的渴望,对野蛮政府的憎恨,刺激着他,他在这个政府的统治下受尽折磨,甚至濒临死亡。他希望报答雅典人的恩情,让与他的名字有关的辉煌传说继续存在,并从欧洲根除一种在其他国家都在文明进步的情况下仍然停滞不前的古代野蛮力量。雷蒙德和珀迪塔重归于好后,我急于返回英国;但他的恳切请求,加上觉醒的好奇心,以及对希腊和土耳其漫长的战争史中显然即将发生的灾难的难以名状的焦虑,促使我同意将我在希腊的逗留时间延长到秋天。

一旦健康得到充分恢复,雷蒙德就准备加入希腊人的阵营,前往位于赫布鲁斯以东的一个重要城镇基山,珀迪塔和克拉拉将留在那里,直到预期的战斗结束。我们于六月二日离开雅典。雷蒙德已经不复当初发烧时导致的消瘦和苍白的容貌。虽然我在他成熟的面容上再也看不到青春的光彩，虽然忧虑已经在他的额头上留下痕迹，"在他美丽容貌的领地中挖掘了深深的战壕"；虽然他的头发略微夹杂着灰白，他的神情即使在急切中也是深思熟虑的，并显示出岁月的流逝和过去的苦难，然而看到一个刚刚从死神手中被救回的人重新开始他的事业，不受疾病或灾难的束缚，这样的景象令人难以抗拒。雅典人看到的不再是以往那个准备随时为他们献身的英勇少年或拼命三郎，而是为了他们而小心翼翼保护自己生命的谨慎的指挥官，他能够将自己的好战倾向置于政策计划之后。

所有雅典人都送了我们几英里。一个月前，当他登陆时，喧闹的人群因悲伤和恐惧而沉默无声，但今天对所有人来说都是节日。空气中回荡着他们的呼喊声。他们如画的服装和色彩缤纷的饰品在阳光下闪闪发光；他们热切的手势和急促的话语与他们狂野的外表相得益彰。雷蒙德是每个人口中的主题，是每个妻子、母亲或未婚新娘的希望，她们的丈夫、孩子或爱人都是希腊军队的一员，他们将由雷蒙德带领走向胜利。

尽管我们这趟旅程的目的地危险重重，但当我们穿过这个神圣国度的山谷和丘陵时，却充满了浪漫的情趣。雷蒙德被恢复健康的强烈感觉所鼓舞。他觉得作为雅典人的将军，他所担任的职位无愧于他的雄心壮志。而且，他对征服君士坦丁堡抱有希望。他寄希望于一个将成为蹉跎岁月中的里程碑的事件，一个人类历史上无与伦比的壮举；一座历史悠久、美轮美奂的城市将从奴役和野蛮中被解救出来，并归还给一个以天才、文明和自由精神著称的民族。珀迪塔将在他努力解放的社会里、在他的爱护下、在他的希望和名声的包围中安度晚年，就像一个锡巴里斯人躺在豪华的沙发上一样。每一个想法都欢欣鼓舞，每一种情感都沐浴在一种和谐而芬芳的环境中。

我们于七月七日抵达基山。途中天气一直很好。每天黎明前，我们都会离开晚上驻扎的营地，看着阴影从山谷中退去，看着太阳渐渐升起，辉煌灿烂。随行的士兵们从美丽的自然景色中获得了民族的活力和热情。凯旋的乐曲欢呼着白昼之星的升起，鸟儿的叫声填补了音乐的间隙。中午，我们在阴凉的山谷或山间的树林里搭起帐篷，溪水在卵石上潺潺流淌，让人睡意渐升。傍晚的行军更加平静，但却比早晨的躁动不安更加令人愉悦。军乐队演奏时，他们不自觉地选择了情感节制的曲调；爱的告别或离别的哀叹之后，随之而来的是庄严的圣歌，与傍晚宁静优美的景色相得益彰，将灵魂提升至崇高而虔诚的思考境界。

我们常常暂停一切外界的声音，只为聆听夜莺的歌声，看萤火虫翩翩起舞，听阿济奥罗鸽子轻声"咕咕"叫，向旅行者诉说美好的天气。我们经过山谷了吗？柔和的树荫笼罩着我们，岩石染上了美丽的色彩。如果我们穿越一座山脉，希腊就像一张地图展开在我们面前，她著名的山峰划破天空，她的河流像银线一样穿过肥沃的土地。我们这些英国旅行者几乎屏气凝神，心驰神往地观赏着与我们本土景色的素雅色调和忧郁风情大相径庭的壮丽景色。离开马其顿后，色雷斯肥沃而低洼的平原上美景渐少，但我们的旅途依然有趣。一支先遣卫队通报了我们即将到达的消息，乡下人迅速行动起来，向雷蒙德勋爵致敬。白天，村庄里被绿色植物堆砌的凯旋门和夜晚的灯饰装点一新，窗户上飘动着挂毯，地面上铺满了鲜花，农民呼喊雷蒙德和希腊的声音在村庄里回荡。

到达基山时，我们得知，在听说雷蒙德勋爵和他的部队开始拔营前进后，土耳其军队已经从罗多斯托撤退。但在援军抵达后，他们又重新踏上了征伐之路。在此期间，希腊总司令阿吉洛皮洛也向前行军，以便处于土耳其人和罗多斯托之间。据说，一场战斗在所难免。珀迪塔和她的孩子将留在基山。雷蒙德问我是否愿意和他们一起走。我喊道："现在，我以坎伯兰荒原的名义，以我这个流浪汉和偷猎者的名义发誓，我将站在你的身旁，为希腊事业拔剑，并与你一同作为胜利者被赞颂！"

从基山到罗多斯托十六里格[1]的距离内，整个平原都挤满了军队，或者是随军的人，他们都在战斗即将到来时忙碌不停。小规模的守备部队从各个城镇和要塞抽调出来，去增援主力部队。我们遇到了装备车辆，以及许多返回仙女山或基山的各阶

1　长度单位。葡制1里格等于6000米；用于航海中计程的1里格（Légua Maritima）等于5557米。——译者注

层的女性,她们在那里等待战斗结果。抵达罗多斯托时,我们发现战场部署已经完成,作战方案也已制定就绪。次日清晨传来的炮火声表明,双方军队的前哨部队已经交火。一个团接着一个团向前推进,他们的旗帜飘扬,军乐奏响。他们把大炮安放在这片平原上唯一的高地上,排成纵队和方阵;同时,工程兵为他们修筑了小土丘,用来保护他们。

这些都是战斗的准备工作,不,是战斗本身,与想象中大相径庭。我们在希腊和罗马的历史中读到过中军和侧翼。我们想象过一个像桌子一样平整的地点,士兵们像棋子一样小,并且排列得井然有序,即使是最不懂战争的人也能发现其中的科学和秩序。当我真正亲眼见到战争的现实,看到各团向左侧列队,远远地离开了视线,各营之间隔着田野,只有少数几支部队离我很近,足以观察到他们的行动时,我放弃了所有了解的想法,甚至放弃了观看一场战斗的想法,而是全神贯注地关注雷蒙德的行动。他展现出沉稳、果断且具有统筹全局的领导风范;其决策迅速明确,对军事策略的洞察力令人叹服。与此同时,大炮轰鸣,军乐不时地响起,令人振奋。我们站在我提到的最高的土丘上,远远望去,死神的仓库里堆满了倒下的"战利品",我们看到各军队时而消失在硝烟中,时而又有旗帜从烟雾中露出来,而喊声和喧闹声淹没了一切声音。

当天一早,阿尔吉罗皮洛身负重伤,雷蒙德接过了全军的指挥权。他先是没有多说什么,直到通过望远镜观察到他下达的命令的结果后,他的脸上曾经被疑虑遮蔽的表情变得光彩照人起来。他喊道:"胜利属于我们,土耳其人被我们的刺刀逼退了。"然后他迅速派遣他的副官命令骑兵冲向溃败的敌军。土耳其军队败局已定。大炮声停止了。步兵重新集结,骑兵在荒凉的平原上追击着逃散的土耳其人。雷蒙德的参谋团分散到各个方向,进行观察并传达命令;甚至连我也被派遣到战场的远处。

战场是一片极为平坦的平原,站在土墩上就能看到宽阔的地平线上群山连绵起伏。然而,除了像海浪一样的起伏之外,中间的空间没有丝毫不规则的变化。色雷斯的这一地区长期以来一直是兵家必争之地,至今仍未开垦,呈现出一片荒凉贫瘠的景象。我接到的命令是,在北面的一个土丘上观察敌军的一支分队可能行进的方向。土耳其全军在希腊人的追击下已经向东涌去。在我方的方向，敌人除了死尸，一个也没剩下。站在土丘顶上，我向四周望去，一片寂静和荒凉。

夕阳的最后一束余晖从遥远的阿托斯山顶后射出；马莫拉海在余晖的照耀下依然熠熠生辉，而远处的亚洲海岸则半遮半掩在低沉的云雾中。盾牌、刺刀和剑从士兵无力的手中散落四处，反射着离去的光芒。从东边飞来一群乌鸦，它们是土耳其墓地的老居民，正朝着丰收的方向飞去。太阳消失了。在我看来，这个时刻，忧郁而又甜蜜，是我们最自然地与更高深的力量交流的时刻。我们人性中的严厉消失了，温柔的满足感笼罩着灵魂。但是现在，在死者中间，一个杀人犯怎么可能有关于天堂的念头或宁静的感觉呢？在忙碌的一天中，我的思想心甘情愿地屈服于周围事物向它展示的事物状态。历史的联想、对敌人的仇恨和对战斗的热情支配着我。现在，我仰望着晚星，它柔和而平静地悬挂在夕阳的橙色余晖中。我转过身来，望着尸体遍布的大地，为自己作为人类感到羞愧。也许平静的天空也是如此，因为它们很快就蒙上了一层薄雾，而这一变化又加快了南方常见的黄昏的迅速消失。厚重的云团从东南方飘来，红色而浑浊的闪电从它们黑暗的边缘射出，凛冽的寒风吹乱了死者的衣衫，掠过他们冰冷的身躯时让人不寒而栗。四周一片漆黑，周围的景物变得模糊不清，我从高地上下来，艰难地牵着马，以避免碰到那些在战争中死亡的人。

突然，我听到一声尖叫，一个身影似乎从地下升起，迅速地向我飞来，在靠近我时又沉到了地上。所有这一切都发生得如此突然，以至于我费了九牛二虎之力才勒住了马，以免踩到躺在地上的人。这个人穿着士兵的衣服，但从"他"袒露的脖子和手臂以及持续不断的尖叫声中，我发现这是个女人。我下马去扶她，而她则发出沉重的呻吟，手放在身侧，抗拒我带她继续前进的企图。情急之下，我忘记了自己是在希腊，便用家乡话努力安抚她。失魂落魄、奄奄一息的伊瓦德涅（她就是伊瓦德涅）发出了疯狂而可怕的呼喊，听出了她爱人的声音。伤口的疼痛和发烧已经扰乱了她的理智，而她凄厉的呼喊和无力的挣扎却让我充满了怜悯。她神志不清地呼唤着雷蒙德的名字，她大声说我在阻止她与雷蒙德相见，而土耳其人正要用可怕的刑具夺去他的生命。然后，她又悲伤地哀叹自己的艰难命运。一个女人，一个感性的女人竟然被无望的爱情和空虚的希望所驱使，走上了军火贸易的道路，忍受着常人无法忍受的痛苦、劳累和折磨——而她干热的手紧紧地按着我的手，她的额头和嘴唇都烧得滚烫。

当她的力气越来越小的时候，我将她从地上抱起。她憔悴的身躯挂在我的手臂上，她凹陷的脸颊靠在我的胸膛上，她用凄厉的声音喃喃自语："这就是爱情的终结！但不是终结！"疯狂赋予她力量，她向天空伸出胳膊："那里才是终结！我们在那里再次相遇。雷蒙德啊，我为你承受了许多生死之苦，现在我垂死，成为你的牺牲品！我用我的死换来了一切！瞧！战争、火焰、瘟疫都是我的奴仆。我曾勇敢地征服了它们，直到现在！我把自己卖给了死神，唯一的条件是你要跟随我——火焰、战争和瘟疫，联合起来毁灭你——我的雷蒙德，你今后无法再安然无恙！"

怀着沉重的心情，我聆听着她神智不清的话语。我为她铺上了一床斗篷，她逐渐变得平静，冷汗沁湿了她的额头，病中的红晕渐渐被死亡的苍白所取代，我将她放在了斗篷上。她继续妄想着与心爱的人在坟墓中相会，他的死亡即将来临。有时她庄重地宣称他已被死神召唤；有时她为他的悲惨命运而哀叹。她的声音越来越微弱，说话也断断续续。几次抽搐后，她的肌肉就放松了，四肢无力支撑，她发出了一声深深的叹息，生命就此消亡。

我把她从一堆死尸中带出来，裹在斗篷里，放在一棵树下。我再一次凝视着她改变了的容颜。我最后一次见到她时，她才十八岁，美丽得像诗人的幻象，灿烂得像东方的苏丹娜。十二年过去了，历经变迁、悲伤和艰辛，她亮白的肤色变得暗淡而黝黑，她的肢体已经不复青春少艾时期的圆润，她的眼睛深陷下去：

憔悴不堪，

  时间耗尽了她的热血，让她的眉头

  布满了皱纹。

带着颤栗的恐惧，我把这座人类激情和苦难的纪念碑遮盖起来。我堆满了所有能找到的旗帜和厚重的饰物，以保护她免受飞鸟和猛兽的侵袭，我悲哀而缓慢地从这些阵亡者的尸体堆中离开，在城里闪烁的灯光的指引下，终于到达了罗多斯托。

第二章

我抵达时发现，雷蒙德已经下达了命令，要求军队立即向君士坦丁堡进发。在战斗中损失最小的部队已经上路。城里到处是骚乱。由于受伤，阿尔吉罗皮洛无法作战，雷蒙德成了主指挥官。他骑马穿过城镇，探望伤员，并下达了他所设想的围攻所需的命令。清晨，全军出动。匆忙之中，我几乎找不到机会为伊瓦德涅做最后的告别。在仆人的陪伴下，我在树下为她挖了一个深坑，在没有动她的裹尸布的情况下，我把她安葬在坑里，并在墓穴上堆满了石头。耀眼的阳光让现场并不庄严肃穆。离开伊瓦德涅低矮的坟墓，我加入了雷蒙德和他的参谋人员的行列，他们正在前往黄金城的路上。

君士坦丁堡即将被攻陷，战壕已挖掘就绪，攻势持续推进。希腊舰队全面封锁了海上通道；从甜水河畔的基亚特克巴纳河至马尔马拉海岸的马尔马拉塔，沿着古城墙的整条防线，围城战壕已经布置完毕。我方已控制佩拉区域。金角湾——这座由大海和希腊皇帝的常春藤筑成的城墙构成的堡垒，是土耳其人在欧洲仅存的据点。希腊军队视其为囊中之物。他们计算着守军的人数，绝不撤军，每一次进攻都是一次胜利。因为，即使土耳其人取得了胜利，他们所遭受的人员损失也是无法弥补的伤害。

一天早上，我和雷蒙德一起骑马来到离大炮门不远的高高的土丘上，第一次看到了这座城市。君士坦丁死在这里，土耳其人进入了这座城市，在青翠的城墙之上，仍然耸立着同样高高的圆顶和尖塔。该区域散布着土耳其人、希腊人和亚美尼亚人的墓地，墓地中生长着柏树；其他更为明媚的林地则为这片景观增添了多样性。希腊军队在这些林地间驻扎，其军队编队时而整齐列队行进，时而快速机动调遣。

雷蒙德的眼睛紧盯着这座城市，说道："我已经计算过她生命的期限，一个月后她就会离世。在那之前和我待在一起，等到你看到圣索菲亚的十字架再回到你宁静的峡谷。"

"那么，"我问，"你还留在希腊吗？"

"当然，"雷蒙德回答道。"但是，莱昂内尔，虽然我这么说，但我依旧怀念着过去在温莎的安稳生活。我只能算是半个军人。我爱名声，但不爱战争。在罗多斯托战役之前，我满怀希望，斗志昂扬。完成征服，然后攻占君士坦丁堡，这是我的希望，是我的归宿，是我雄心壮志的兑现。我不知道为什么，但这种热情现在已经耗尽了。我似乎进入了一个黑暗的深渊。军队的热血沸腾让我感到不快，胜利的喜悦让我感到空虚。"

他停顿了一下，陷入了沉思。他严肃的神情让我联想到了被几近遗忘的伊瓦德涅，于是我抓住这个机会向他打听她颠沛的命运。我问他，在部队里是否见过和她相似的人。自从他回到希腊后，是否听说过她？

他一听到她的名字就惊愕不已，不安地看着我。"果然，"他喊道，"我就知道你会说起她。我已经忘记她很久了。自从在这里安营扎寨后，她每时每刻都会出现在我的脑海中。有人和我说话时，我总期待是她。在每一次通信中，我总希望是她。你终于打破了这个魔咒。告诉我你知道她些什么。"

我讲述了我与她的会面。她去世的故事被翻来覆去地重述。他带着痛苦的诚恳向我询问她留了些什么话给他。但我表示那些只是些疯子的胡言乱语。"不，"他说，"不要欺骗你自己，你更骗不了我。除了我以前知道的，她什么也没说——虽然这也是一种确认。火，剑，瘟疫！他们都可能在那边的城市里找到，唯有我的头颅才是他们的归宿！"

从这一天起，雷蒙德的抑郁症愈演愈烈。在不影响工作的情况下，他尽量远离人群。有伴的时候，他煞费苦心地表现正常，但脸上还是会浮现出忧伤的神情。在熙熙攘攘的人群中，他坐立不安，哑口无言。珀迪塔与他重逢，在她面前，他强迫自己表现得开朗，因为她就像一面镜子，随着他的变化而变化，如果他沉默寡言、焦虑不安，她就会关切地询问，并努力消除她的紧绷感。她居住在甜水河宫殿，这是苏丹的夏宫。周围景色优美，没有被战争玷污，河水清澈，使这个地方更加令人愉悦。雷蒙德并不感到轻松，也难以感受到这份天地间的宁静与美好。他常常离开珀迪塔，独自在院子里闲逛，或者乘着轻便的小船，在纯净的河面上悠闲地漂流，陷入沉思。有时，我会陪同他一起。在这种时候，他的表情总是庄严肃穆，神情沮丧。见到我，他似乎松了一口气，饶有兴致地谈起当天的事情。这一切的背后显然有什么原因。然而，当他似乎要谈到最关心的事情时，就会突然转过身去，叹息一声，努力把痛苦的想法抛到九霄云外。

一旦雷蒙德离开客厅，克拉拉就经常会走过来，轻轻地把我拉到一边，说："爸爸走了，我们去找他吧？他见到你肯定会很开心。"没什么特别情况的话，我都会给予她回应。一天晚上，宫殿里聚集了许多希腊酋长。主要人物有阴谋家帕利、能干的卡拉扎、好战的伊普西兰蒂。他们谈论着当天发生的事情——中午发生的小规模战斗、异教徒人数的减少以及他们的战败和逃亡。他们设想着，过不了多久，黄金城就会被攻占。他们努力描绘着那时会发生的事情，并用崇高的语言谈论着君士坦丁堡成为希腊首都后希腊的繁荣。接着，他们又谈到了亚洲的情报，以及瘟疫在亚洲主要城市的肆虐情况。他们还猜测了疾病在被围困城市可能发生的情况。

雷蒙德也参与了前一部分的讨论。他用生动的语言向我们展示了君士坦丁堡已经沦落到的极端境地。士兵虽然勇猛，但却个个消瘦憔悴。他说，饥荒和瘟疫正在对他们造成影响，异教徒很快就会屈服，这是他们唯一的出路。他说到一半，突然中断了，好像被什么痛苦的想法刺痛了。他不安地站起来，走出大厅，穿过长长的走廊，来到了户外。他没有回来。不久，克拉拉蹑手蹑脚地走到我身边，发出了惯常的邀请。我同意了她的请求，牵着她的小手，跟在雷蒙德后面。我们发现他正准备上船，他欣然同意接待我们。日间高温过后，陆地降温产生的气流扰动了河面，为我们的帆船注入了动力。城市南部笼罩在黑暗中，而沿岸闪烁的灯火、在宁静夜色中安详的河岸，以及水面清晰倒映的天际繁星，赋予了这条秀丽的河流一份如同天堂般的壮丽景象。我们唯一的船夫——雷蒙德——负责掌帆，克拉拉坐在他的脚边，双臂紧紧抱住他的膝盖，头枕在上面。雷蒙德突然开始了谈话。

"朋友，这可能是我们最后一次畅所欲言了。我的计划已经全面展开，我的时间会越来越少。所以，我想立刻告诉你我的愿望，然后再也不提这么痛苦的话题了。首先，我必须感谢你，莱昂内尔，感谢你应我的请求留在这里。其次，我仍有不情之请。你的存在很重要。你将成为珀迪塔最后的依靠，她的保护者和安慰者。我请你把她带回温莎。"

"没有你不行，"我说，"你不会又要分开吧？"

"不能再自欺欺人了，"雷蒙德回答道，"眼下的分开我无法控制。近在眼前，日子已经屈指可数。我可以信任你吗？这么多天以来，我一直渴望说出压在我心头的神秘预感，尽管我担心你会嘲笑我。请你千万不要嘲笑我。尽管它们幼稚而不明智，但它们已成为我的一部分，我不敢指望摆脱它们。

"但是，我怎么能指望你理解我呢？你是这个世界的人，而我不是。你的身体仍属于你自己。你还没有从自己的凡人形态中分离出身份的感觉。那你怎么能理解我呢？对我来说，大地是坟墓，苍穹是穹顶，遮蔽的只是堕落。时间不再，因为我已踏入永恒的门槛。我遇到的每一个人都像是一具尸体，他们很快就会失去生命的火花，走向腐朽和堕落。

"每一块石头都是一座金字塔，每一朵花都是一座纪念碑，每一座建筑都是一座傲慢的坟墓，每一个士兵都是一具活着的骷髅。[1]"

他的口音带着哀伤，深深地叹了口气。"几个月前，"他继续说道，"人们认为我快要死了，但其实我的生命还很旺盛。我的情感属于人类，希望和爱是我生命中的白昼之星。现在，他们梦想着异教信仰的征服者即将被胜利的桂冠环绕。他们谈论着荣誉的奖赏、头衔、权力和财富——我对希腊的要求只是一座坟墓。让他们在我

---

1 卡尔德隆·德·拉·巴尔卡，西班牙著名剧作家及诗人。

毫无生气的躯体上筑起一座坟丘吧，即使圣索菲亚的穹顶倒塌了，这座坟丘也能屹立不倒。

"我为什么会有这种感觉？在罗多斯托，我充满希望。但当我第一次看到君士坦丁堡时，这种感觉和其他所有的快乐都消失了。伊瓦德涅的最后一句话，是我死亡证明上的印章。然而，我并不想用任何具体事件来解释我的心情。我只能说，事已至此。我听说君士坦丁堡发生了瘟疫，也许是我吸入了瘟疫的毒气，也许疾病才是我如此感知的真正原因。至于我为什么会染病，这并不重要，没有任何力量可以阻止这一切的发生，命运之神高高举起的手已将我笼罩。

"莱昂内尔，我把你妹妹和她的孩子托付给你。永远不要对她提起伊瓦德涅这个致命的名字。她会因为我和她之间的关系而倍感悲伤。让我的灵魂听从她临终前的声音，跟随她，去往未知的国度。"

我惊奇地听着他诉说。如果不是他悲伤的神情和庄严的话语向我保证了他感情的真实性和强烈程度，我会轻蔑地试图消除他的恐惧。我刚想回答什么，就被克拉拉强烈的情感打断了。雷蒙德不顾她在场，说了些什么，而她，可怜的孩子，听到了他死亡的打算，既恐惧又深信不疑。她的父亲被她剧烈的悲痛所打动。他把她抱在怀里，安抚她，但他的安抚是庄严而令人恐惧的。"不要哭泣，亲爱的孩子，"他说，"一个你几乎不认识的人即将死去。我可能会死，但死后我永远不会忘记或抛弃我的克拉拉。无论悲伤还是喜悦，都要相信父亲的灵魂就在身边，他会拯救你或理解你。以我为荣，珍惜你幼时对我的记忆。亲爱的，这样我就会一直活在你的脑海里。你必须答应我一件事，除了你舅舅，不要对任何人说起你刚才偷听到的谈话。我死后，你要安慰你的母亲，告诉她死亡之所以痛苦，只是因为它把我和她分开了。我最后的思念将寄托在她身上。但在我活着的时候，答应我不要背叛我，答应我，我的孩子。"

克拉拉用颤抖的声音答应了，而她仍然在悲伤中紧紧地抱着她的父亲。不久我们回到岸上，我尽量不去理会雷蒙德的恐惧，以免给孩子留下什么印象。我们再也没有听到他们的消息。因为，正如他所说的那样，围城战已经接近尾声，这成了他最感兴趣的事情，吸引了他所有的时间和注意力。

摩诃末帝国在欧洲的统治已接近尾声。希腊舰队对斯坦堡区所有港口实施战略性封锁，有效阻断了来自亚洲的援军补给线。除了一些代价高昂且收效甚微的突围行动外，陆路出击已变得不切实际。这些徒劳的突围尝试只是削减了敌军数量，对我方防线毫无影响。由于驻军人数已大幅减少，显然该城市可以通过强攻轻松拿下。然而，从人道主义和战略角度考虑，采取更为渐进的军事行动方案更为明智。我们确信，只要拼尽全力，这座城市的宫殿、庙宇和财富储备都将在胜败的激烈角逐中毁于一旦。手无寸铁的市民已经饱受耶尼切里野蛮行径之苦。在暴风雨、骚乱和屠杀来临时，男女老少都将成为士兵残暴凶残的牺牲品。饥荒和封锁是征服的必经之路，我们将胜利的希望寄托于此。

每天，守军士兵都会袭击我们的前沿阵地，阻碍我们完成任务。我们的部队有时会被他们的勇气吓退，因为他们不是为了活命，而是为了出卖自己的生命。由于季节的原因，这些战斗变得更加激烈。战斗发生在夏季，南亚风带着令人难以忍受的热浪袭来，溪流在浅浅的河床里干涸了，广阔的海盆在太阳无情的照耀下闪闪发光。夜晚也没有给大地带来一丝清爽。没有露水，没有草本植物和花朵，树木耷拉着脑袋，夏天呈现出冬天的枯萎景象，在寂静和火焰中前行，削弱着人类的生存手段。人们的眼睛徒劳地在无垠的宇宙中寻找北方云层的残骸，希望它能给压抑无风的大气带来变化和湿润。

一切都是宁静的、燃烧的、毁灭的。相比之下，我们这些围攻者几乎没有受到这些灾难的影响。周围的树林为我们提供了荫凉，河水为我们提供了源源不断的水源。此外，还有分队在为军队提供冰块，这些冰块都储存在海摩斯、阿托斯和马其顿的山上，而清凉的水果和健康的食物则增强了我们的体力，让我们不再那么不耐烦地忍受着不新鲜空气的重压。但在城市里，情况却截然不同。太阳光从人行道和建筑物上折射出来，公共喷泉停止喷水，食物质量差，甚至连食物都很稀缺，这一切都造成了一种痛苦的状态，而疾病的肆虐又加剧了这种痛苦。但他们仍然不肯屈服。

战争体系突然发生了变化。袭击突然消失了。无论白天还是黑夜，我们都畅通无阻。更奇怪的是，当部队推进到城市附近时，城墙上空无一人，也没有大炮对准我们。当这些情况报告给雷蒙德时，他让人仔细观察城墙内的情况，当侦察兵返回时，只报告说城内依然寂静荒凉，于是他命令军队在城门前撤退。城墙上一个人也没有。门户虽然上了锁和栅栏，但似乎无人把守。城墙上面有许多穹顶和闪闪发光的新月，直插云霄。而古老的城墙，历经岁月的沧桑，长满常春藤的塔楼和杂草丛生的扶壁，就像岩石一样矗立在无人居住的荒地上。

城内既没有喊叫声，也没有哭泣声，除了狗的偶然嚎叫，没有任何声音打破正午的宁静。就连我们的士兵也被吓得噤若寒蝉。音乐暂停了。武器的碰撞声也被压了下去。每个人都在低声询问同伴，这突如其来的宁静意味着什么。雷蒙德则在高处用望远镜努力发现和观察敌人的计谋。从建筑物的层层阶梯式结构中无法辨识出任何具体形态；在城市的高地区域，未见任何生命活动的痕迹投射出的移动的阴影；就连树木也纹丝不动，以其静止的姿态映衬着建筑结构的稳固性。

在一片寂静中，人们终于听到了清晰的马蹄声。那是海军上将卡拉扎派来的一支部队，他们带着给将军大人的公文。这些文件的内容非常重要。前一天晚上，停泊在城堡围墙附近的一艘小船上的值班人员被一阵轻微的桨声惊醒，于是发出了警报：他们发现有十二艘小船，每艘船上有三名雅尼切克[1]，正试图穿过舰队前往斯库塔里对岸。当他们发现行踪暴露时，立即开火进行反击，部分人员转至前方掩护其他成员，这些船员竭尽全力操控其轻型船只，试图从周围庞大舰船的包围中突围。最后，这些船全部沉没，除了两三名俘虏外，其他船员都被淹死了。从幸存者那里打听到的消息不多，但从他们谨慎的回答中可以推测，在这最后一次远征之前，已经有几次远征了，而且有几个有身份有地位的土耳其人被送到了亚洲。这些人不屑一顾地拒绝了放弃保卫自己城市的想法。其中一个最年轻的人在回答一个水手的嘲讽时喊道："拿走吧，基督教的走狗！拿走宫殿、花园、清真寺、我们祖先的居所吧！

---

1 土耳其禁卫军。——译者注

把瘟疫也带走吧。瘟疫是我们的敌人，如果它是你的朋友，那就把它抱在怀里吧。"

这就是卡拉扎给雷蒙德的报告。一时之间，谣言四起，士兵中不停散布着事件的各种夸张版本，说这座城市是瘟疫的猎物。强大的势力已经征服了这里的居民。死神已经成为君士坦丁堡的主宰。

我曾听人描述有一幅画作描绘了地球上所有生灵面对死亡威胁时的场景。画中，体弱年迈者仓皇逃离；战士们虽在撤退，却仍作出威吓姿态。荒漠中的狼群、狮子和各类猛兽对死神发出咆哮。而那位面目可怖的虚无存在——死神，作为唯一且不可战胜的侵略者，挥舞着他那魂魄般的长矛，在空中徘徊。希腊的军队也是如此。我深信，如果亚细亚的无数军队从普罗蓬提斯那边赶来，站在黄金城的卫士面前，每一个希腊人都会迎着压倒性的人数前进，为自己的国家献出爱国的热血。但在这里，没有刺刀的对峙，没有致命的大炮，没有勇猛的士兵阵列。毫无防备的城墙提供了方便的入口，空置的宫殿提供了奢华的居所。但在圣索菲亚的穹顶之上，迷信的希腊人看到了瘟疫，并在这种影响下畏缩不前。

雷蒙德的心情却远非如此。他满脸洋溢着胜利的喜悦下了山，用剑指着城门，命令他的部队攻下那些路障——这是目前取得彻底胜利的唯一障碍。士兵们用惊愕和敬畏的目光回应了他的欢呼。他们本能地向后退去，雷蒙德骑着马走在队伍的最前面："我用我的剑发誓，"他喊道，"没有任何埋伏或计谋会危及你们。敌人已经被消灭了。城里的宜人之地、贵族住宅和战利品都已经是你们的了。攻破城门！进入并拥有你们祖先的居所，你们自己的遗产！"

战线上一片战栗和恐惧的窃窃私语。没有一个士兵动弹。"懦夫们！"将军气急败坏地喊道，"给我一把斧头！我一个人进去！我要把你们的旗帜插在最高的尖塔上。当你们看到旗帜在最高的尖塔上挥舞时，你们就会鼓起勇气，向它靠拢！"

这时，一名军官站了出来。"将军，"他说，"我们既不惧怕穆斯林的勇气；也不惧怕他们的武器；既不惧怕他们的公开进攻，也不惧怕他们的秘密埋伏。我们已经准备好将我们的胸膛暴露在异教徒的炮弹和镰刀下，为希腊光荣牺牲。但我们不想像夏天被毒死的狗一样，成堆地死在那座城市的瘟疫空气中，我们不敢与瘟疫作对！"

大多数人都是软弱无力的，没有发言权，没有领导者。但一旦给他们发言权，他们就会重新获得属于他们人数的力量。此时，千军万马的呐喊声响彻云霄，掌声雷动。雷蒙德看到了危险。他不愿军队陷入违抗命令的罪行。因为他知道，指挥官和他的军队之间一旦争论加剧，就会造成狗急跳墙的局面。他下令吹响撤退的号角，各团整齐地返回营地。

我赶紧把这些异常的消息告诉了珀迪塔，雷蒙德也很快过来了。他看起来阴沉而不安。妹妹听了我的叙述后大吃一惊。"天意真是超乎人的想象，"她感叹道，"天意真是奇妙，令人费解！"

"蠢女子，"雷蒙德愤怒地喊道，"你也像我英勇的士兵一样惊慌失措吗？请告诉我，这种自然事件，有什么是无法解释的？瘟疫不是每年都在斯坦堡区肆虐吗？据说今年的瘟疫之烈在亚洲是绝无仅有的，这又有什么奇怪的呢？处于围困、匮乏、酷热和干旱的时候，当然就会造成前所未有的肆虐，这有什么奇怪的呢？更不足为奇的是，守军会对自己的坚持感到绝望，他们会利用我们舰队的疏忽，立即逃离围困和被俘。这不是瘟疫——看在上帝的分上！这不是瘟疫，也不是即将来临的危险，而是卑鄙的迷信，我们现在就像收获季节的鸟儿一样，被稻草人吓得不敢去捕食现成的猎物，从而使英勇者的目标成为愚人的推辞，使高傲者的理想成为这些驯服的野兔的玩物！但斯坦堡区终将属于我们！以我过去的努力，以我为之受尽的折磨和监禁，以我的胜利，以我的剑，我发誓，以我对名声的希望，以我过去等待奖赏的沙漠，我发誓，我将用这双手将十字架插在那边的清真寺上！"

"亲爱的雷蒙德！"珀迪塔用哀求的口吻打断了他的话。

他一直在大理石大厅里来回走动，嘴唇因愤怒而变得苍白，颤抖着说出愤怒的话语。他的眼睛里射出火光，手势似乎因愤怒而受到抑制。"珀迪塔，"他不耐烦地继续说道，"我知道你想说什么。我知道你爱我，你善良温柔。但这不是女人能做的事，女人的心也猜不透撕裂我的飓风！"

他似乎有些害怕自己的暴行，突然离开了大厅。珀迪塔的一个眼神让我看到了她的痛苦，于是我跟了上去。他在花园里踱步，思绪处于难以想象的骚动状态。他喊道："我难道永远都要成为命运的玩物吗？难道人类，这个攀登天堂的人，要永远成为爬行动物的牺牲品吗？如果我像你一样，莱昂内尔，期待着多年的生活，期待着一连串充满爱的日子，期待着高雅的享受和新春的希望，我可能会屈服，折断我的将军杖，在温莎的草地上寻求安息。但是，我就要死了！别说话，别打断我，我很快就会死的。我将离开人山人海的大地，离开感性的人类，离开我年轻时挚爱的胜地，离开我仁慈的朋友们，离开我唯一的爱人珀迪塔，我即将离开人世。这就是命运的旨意！这就是最高统治者的旨意，我服从他，无法反抗。但失去一切——失去生命和爱情，甚至失去荣耀！这是不可能的！

"我，还有你们所有人，这支惊慌失措的军队，以及美丽希腊的所有居民，在短短几年后都将不复存在。但其他世代的人将会出现，并将永远延续下去，因为我们现在的行为而更加幸福，因我们的英勇而更加光荣。我年轻时的祈祷是，成为一位使地球的历史变得绚丽多彩的人，成为一位使人类种族得到进步的人，使这个小小的地球成为强者的居所。唉，对雷蒙德来说，他年轻时的祈祷落空了，他成年后的希望破灭了！

"在那边城市的地牢里，我哭着说，我很快就会成为你的王！当伊瓦德涅宣布我的死讯时，我以为君士坦丁堡的胜利者的称号会写在我的墓碑上，我战胜了所有的恐惧。我站在被征服的城墙前，却不敢自称为征服者。我也不会如此！亚历山大不也是从奥克瑟德拉卡城的城墙上一跃而下，独自面对守城者的刀剑，为他懦弱的部队指明胜利的道路吗？即使如此，我也要冒着瘟疫的危险，即使没有人跟随，我也要把希腊的旗帜插上圣索菲亚的高地。"

理智对这种高涨的情绪毫无作用。我徒劳地告诉他，当冬天来临时，寒冷会驱散瘟疫之气，让希腊人恢复勇气。"别提其他季节了！"他喊道。"我已经度过了最后一个冬天，今年的日期 二〇九二年将被刻在我的坟墓上。我已经看到了，"他哀伤地抬起头来，继续说道，"我的生命已经走到了陡峭的边缘，我将跌入未来生命的阴郁之谜。我已做好准备，我将留下一道光芒，让我最可怕的敌人也无法遮蔽。这要归功于希腊，归功于你，归功于我幸存的珀迪塔，也归功于我自己，野心的牺牲品。"

一名随从打断了我们的谈话,他说雷蒙德的幕僚们正在议事厅集合。他要求我在此期间骑马穿过营地,观察并向他报告士兵们的部署情况,然后就走开了。这一天的行动让我兴奋到了极点,而雷蒙德充满激情的语言更是让我激动不已。唉!人类的理智啊!他指责希腊人迷信,但他对伊瓦德涅的预言的信仰又算什么呢?我从甜水宫来到营地所在的平原,发现那里的居民都在骚动。有几个人带着新鲜的奇闻异事从舰队赶来,对已经知道的事情夸大其词。关于古老预言的故事,关于今年瘟疫肆虐的整个地区的可怕历史,这些都让军队惊慌失措。纪律荡然无存,军队自行解散。以前,每个人都是一个大整体的一部分,只是与其他人一起行动,而现在,每个人都变成了大自然造就的个体,只想着自己。他们先是三三两两地偷跑,然后组成更大的连队,直到整个营的人都不受军官的阻挠,寻找通往马其顿的道路。

大约午夜时分,我回到王宫,找到了雷蒙德。他独自一人,看上去很镇定。至少,他的镇定是由坚持某种行为准则的决心所激发的。他平静地听我讲述了军队自行解散的情况,然后说:"您知道,维尔尼,我已下定决心坚守这里,直到天亮后斯坦堡区归我们所有。如果我身边的人畏缩不前,还可以找到其他更勇敢的人。天亮之前,你去把这些电报带给卡拉扎,再加上你自己的恳求,请他把海军陆战队和海军部队派给我。如果我能得到一个团的支援,其余的人当然会跟来。让他派这个团来吧。我希望你明天中午就能回来。"

我以为这是一个拙劣的权宜之计,但我向他保证我会服从并积极完成。我离开他去休息了几个小时。天刚亮,我就整装待发。我逗留了一会儿,想向珀迪塔告辞,便从窗户里观察太阳的来临。金色的光辉冉冉升起,疲惫的大自然苏醒过来,又开始了炎热和干渴的一天。没有花朵举起沾满露水的花杯迎接黎明,平原上的草已经枯萎,灼热的空气中没有鸟儿的踪影,只有太阳的孩子——蟋蟀,在柏树和橄榄树间开始了它们声音尖锐的歌唱。我看到雷蒙德的煤黑色战马被带到了宫殿门口,一小队军官很快就到了,每个人的脸颊上都写满了忧虑和恐惧,每个人的眼睛里都写满了睡意。我发现雷蒙德和珀迪塔在一起。他正看着冉冉升起的太阳,一只手搂着他心爱之人的腰,她看着他,看着她生命中的太阳,眼神中充满了焦虑和温柔。雷蒙德看到我时，愤怒地站了起来。"还在这儿？"他喊道，"这就是你承诺的积极完成？"

"抱歉，"我说，"我正打算走。"

"是我该抱歉，"他回答，"我无权命令或责备，但我的生命系于你的离开和尽快归来。再会！"

他的声音已经恢复了平和，但脸上仍然挂着阴云。我本想再等等，我想向珀迪塔建议多加小心，但他的出现让我有所顾忌。我没有任何借口犹豫，在他再次向我道别时，我紧紧握住了他伸出的手，那只手异常冰冷。我说："请保重，我敬爱的阁下。"

"不，"珀迪塔说，"那是我的任务。快回来吧，莱昂内尔。"我两次回过头来，只为再看一眼这对无与伦比的恋人。最后，我迈着缓慢而沉重的步伐，踱出了大厅，纵身上马。这时，克拉拉向我飞奔而来，紧紧抱住我的膝盖，哭着说："快点回来，舅舅！亲爱的舅舅，我做了个可怕的梦，我不敢告诉妈妈。别去太久！"我向她保证我已经迫不及待地要赶快回来了，然后就带着一小队护卫，沿着平原向马尔莫拉塔骑去。

我完成了任务，见到了卡拉扎。他有些惊讶，表示会看看有什么办法，但这需要时间。雷蒙德命令我中午之前返回。要在这么短的时间内完成任何事情都是不可能的。我必须待到第二天，或者在向将军报告了目前的情况后再回去。我很容易就做出了选择。一种焦躁不安的情绪，一种对即将发生的事情的恐惧，一种对雷蒙德的目的的怀疑，促使我毫不迟疑地返回他的住处。离开七塔[1]，我向东骑行，向甜水区进发。我绕道而行，主要是为了登上前面提到的山顶，那里可以俯瞰整个城市。我随身带着玻璃杯。城市沐浴在正午的阳光下，古老的城墙形成了风景如画的边界。在我眼前的是卡普山顶，穆罕默德就是在这个山门附近破城而入的。附近长满了参天古树。在城门前，我看到了一群移动的人影。带着强烈的好奇心，我举起了眼镜。

---

1 地名。——译者注

我看到雷蒙德勋爵骑在他的战马上，身边聚集了一小队军官，后面是一群杂乱无章的士兵和副官，他们纪律涣散，武器丢在一边。没有音乐响起，没有旗帜飘扬。他们中唯一的一面旗帜是雷蒙德举着的，他用旗帜指着城门。他周围的人纷纷后退。他愤怒地从马上跳下来，拿起挂在鞍弓上的斧头，显然是要砸开城门。有几个人过来帮助他，人数渐渐增加，在他们的联合打击下，障碍物被征服了，大门和栅栏都被拆毁了。现在，通往城市中心的宽阔的阳光大道在他们面前敞开了。士兵们退缩了。他们似乎对自己已经做的事情感到害怕，于是站在原地，仿佛期待着某个强大的魅影从缺口处威风凛凛地走出来。雷蒙德轻盈地跃上马背，紧紧抓住旗帜，用我听不清的语言（但他的手势却充满了激情）似乎在恳求他们的帮助和陪伴。就在他说话的同时，人群从他身边退开了。我猜他的话里充满了蔑视，于是他转过身，不再理会那些懦弱的追随者，独自进城去了。他的马似乎在致命的入口处退缩；他的狗，他忠实的狗，躺在他的路上呻吟并乞求——就在那一刻，他将马刺刺入受惊动物的身侧，马跃向前，他穿过大门，正沿着宽阔而荒凉的街道疾驰。

在这一刻之前，我的灵魂只存在于我的眼睛里。我的目光中充满了惊奇、恐惧和热情。现在，后一种感觉占了上风。我忘记了我们之间的距离。"我跟你走，雷蒙德！"我喊道。但是，当我的视线从望远镜上移开时，我几乎看不清人群中谁是谁，他们在离我大约一英里的地方围住了大门。雷蒙德的身影也不见了。我心急如焚，使出吃奶的劲，松开缰绳，催马顺着山坡往下冲，希望能在危险来临之前，赶到我高贵的、像神一样的朋友身边。当我到达平原时，一些建筑物和树木挡住了我的视线，使我看不到这座城市。但就在这时，一声巨响传来。雷鸣般的巨响在天空中回荡，空气中一片漆黑。再过片刻，古老的城墙再次出现在我的视线中，而在城墙上空盘旋着一片阴云。建筑物的碎片在空中飞旋，在浓烟中半遮半掩，而火焰在下面迸发，持续的爆炸声让空气中充满了可怕的雷声。大批倒塌的废墟飞越高墙，震撼着常春藤塔楼，一群士兵向我来时的道路冲来。我被他们团团围住，无法前进。我不耐烦到了极点。我向士兵们伸出双手，我祈求他们回头救救他们的将军，斯坦堡区的征服者，希腊的解放者。泪水，是泪水，从我的眼中涌出，我不愿相信他的毁灭。然而，空气中弥漫的每一团黑影似乎都带着雷蒙德殉难的一部分。恐怖的景象在盘旋于城市上空的浑浊云层中显现出来。我唯一的安慰来自于我为接近城门所做的挣扎。然而，当我达到目的时，在巨大的城墙范围内，我只能看到一座火城：雷蒙德骑马经过的空地被浓烟和火焰笼罩。过了一会儿，爆炸声停止了，但火焰仍从四面八方喷涌而出。圣索菲亚教堂的圆顶消失了。说来奇怪（也许是城市被炸毁引起的空气震荡的结果），巨大的白色雷云从南边的地平线上升起，聚集在头顶上空。这是几个月来我看到的蔚蓝大地上的第一个污点，在混乱和绝望中，它让人感到愉悦。头顶的苍穹变得模糊不清，闪电从厚重的云层中闪过，紧接着是轰隆隆的雷声，然后大雨倾盆而下。城市的火焰在大雨中熄灭，废墟上的烟尘也随之消散。

我刚刚察觉到火势有所减缓，一股无法抗拒的冲动便驱使着我，坚定地朝着城镇内疾行。我只能步行前进，因为周围遍地的废墟使得马匹无法通行。我从未进入过这座城市，对它的道路也一无所知。街道堵塞，废墟冒着烟。我爬上一堆，就又看到另一堆。没有任何迹象能告诉我城的中心在哪里，也没有任何东西能告诉我雷蒙德可能会朝哪个方向走。雨停了，乌云沉入地平线。现在是傍晚时分，太阳迅速从西边的天空落下。我慌忙向前走，直到来到一条街上，街上的木屋被雨水冲刷得半焦，幸好没有受到火药的伤害。我急忙走上这条街。直到现在，我还没有看到一点人迹。然而，在我辨认出的污损的人形中，没有一个可能是雷蒙德。于是，我把目光转向别处，而我的内心却在作呕。我来到一片开阔地，中间有一座废墟山，这说明这里曾被某个大清真寺占据过。在这里，我看到了散落的各种奢侈品和财富，它们被烧焦、毁坏，但在废墟中却显出了它们的原貌——珠宝、珍珠项链、绣花长袍、华丽的皮草、闪闪发光的挂毯和东方装饰品，它们似乎都被收集在这里，堆在一起，注定要毁于一旦，但雨水在中途阻止了这场浩劫。

几个小时过去了，我在这一片废墟中寻找雷蒙德。难以逾越的火堆不时地与我对峙。仍在燃烧的火焰炙烤着我。夕阳西下，天色渐暗，晚星也不再无伴地闪烁。火光映照着破坏的进程，在明暗交错之际，周围的堆积物呈现出巨大而怪诞的形态。在这一刻，我不禁屈服于想象力的创造性力量，暂时沉浸在其所呈现的崇高幻象之中,获得些许慰藉。人类心脏的跳动把我拉回了空白的现实。在这死亡的荒野中,你在哪里,哦,雷蒙德——英格兰的勋章,希腊的拯救者,"无字故事的英雄",在这燃烧的混沌中,你亲爱的遗物被丢弃在哪里?我大声呼唤他——在黑夜中,在君士坦丁堡沦陷的焦黑废墟上,我听到了他的名字。但没有声音回应,甚至连回声都是哑的。

我被倦意征服,孤独让我精神萎靡。闷热的空气中弥漫着灰尘,燃烧的宫殿散发着热气和浓烟,使我四肢麻痹。饥饿突然向我袭来。迄今为止一直支撑着我的兴奋感消失了。当支撑我的兴奋感消失时,就像一座建筑物的支柱松动、地基摇晃,最终倾倒一样,当热情和希望离我而去时,我的力量也随之衰竭。我坐在一座大厦仅存的台阶上,这座大厦即使倒塌了,也是巨大而宏伟的。几面没有被火药炸塌的断壁残垣奇妙地矗立着,残垣断壁的顶端不时地闪烁着火焰。一时间,饥饿和睡意交织在一起,直到星群在我眼前晃动,然后消失不见。我努力想站起来,但沉重的眼皮合上了,四肢疲惫不堪,我想休息。我把头靠在石头上,我屈服于完全忘却的感激之情。在那荒凉的场景中,在那绝望的夜晚,我睡着了。

第三章

　　当我醒来时,星光依然璀璨,高悬在南天的金牛座表明现在是午夜时分。我从纷乱的梦中醒来。我以为自己应邀参加了泰门[1]的最后一次盛宴。我带着强烈的食欲前来,盖子揭开,热水冒出了令人不满意的蒸汽,而我却在愤怒的主人面前逃走了,他变成了雷蒙德的模样。而在我病态的幻想中,他在我身后投掷的器皿里充满了腥臭的蒸汽,我朋友的身形经过千百次扭曲,变成了一个巨大的幻影,脑袋上带着瘟疫的标志。阴影不断扩张并向上延伸,充斥着整个空间,似乎试图突破那坚不可摧的穹顶。这穹顶如同一道屏障,支撑并包围着整个世界。噩梦变成了折磨。我使劲挣脱睡意,唤回理智,恢复往日功能。我首先想到的是珀迪塔。我必须回到她身边。我必须支持她,从绝望中汲取食物,以最好的方式支撑她受伤的心灵,用责任的严酷法则和悔恨的柔情使她从疯狂的悲伤中恢复过来。

　　星星的位置是我唯一的指引。我从黄金城可怕的废墟上转过身来,费了九牛二虎之力,终于成功地脱离了包围圈。我在城墙外遇到了一队士兵,我向其中一人借了一匹马,匆匆赶往妹妹那里。在这短暂的时间里,平原的面貌发生了变化。营地被打散了。溃散的军队残余以小队形式四处流散,每张脸庞都笼罩着阴霾,每个动作都流露出惊愕与沮丧。

　　我怀着沉重的心情走进宫殿,站在那里不敢前进,不敢说话,不敢观望。大厅

---

[1] 希腊哲学家。——译者注

中央坐着珀迪塔。她坐在大理石铺成的人行道上，头伏在怀里，头发散乱，手指忙乱地交织在一起。她的脸色苍白得像大理石，面部因痛苦而收缩。她察觉到了我，并抬头疑惑地看着我；她那半带希望的目光却充满了痛苦；话语在我还未能说出口时就消失了；我感到一丝可怕的微笑扭曲了我的嘴唇。她明白了我的手势；她的头再次低下；她的手指又开始不安地动起来。最后，我终于恢复了说话，但我的声音却让她感到害怕。这个无助的女孩已经明白了我的神情，她不希望用生硬的、不可更改的语言来描述和证实她的悲惨遭遇。不，她似乎想转移我对这个话题的注意力。她从地板上站起来。"嘘！"她低声说，"克拉拉刚哭停睡着了，我们别吵醒她。"她坐在我早上离开时的那张躺椅上，仿佛靠在雷蒙德跳动的心脏上休息。我不敢靠近她，只能坐在远处的角落里，看着她开始紧张的手势。最后，她突然问道："他在哪儿？"

"哦，别怕，"她继续说，"别怕我抱有希望！告诉我，你找到他了吗？让他再一次在我怀里，看到他，无论他发生了怎样的变化，这就是我的全部愿望。虽然君士坦丁堡被堆成了坟墓，但我一定要找到他——然后用这座城市的重量来覆盖我们，堆成山丘——我不在乎，这样就可以用一座坟墓来埋葬雷蒙德和他的珀迪塔了。"然后她哭泣着紧紧抱住我。"带我去找他，"她喊道，"不近人情的莱昂内尔，你为什么把我关在这里？我自己找不到他，但你知道他在哪儿，带我过去吧。"

起初，这些痛苦的哀求让我充满了难以忍受的同情。但很快，我就努力从她提出的想法中为她寻找耐心。我向她讲述了我当晚的冒险经历，我寻找失主的努力，以及我的失望。我把她的思绪引向了一个目标，使她摆脱了精神错乱。她看上去很冷静，和我讨论了可能找到他的地点，并计划了我们应该使用的方法。后来，她听说我又累又在节欲中，就亲自给我送来了食物。我抓住这个有利时机，努力唤醒她内心深处超越悲痛折磨的情感。当我说到这里时，我的话题把我带向了远方。深深的钦佩、最真挚的感情所产生的悲痛、对我朋友伟大而崇高的事业的充分理解，在我倾诉对雷蒙德的赞美时激励着我。

"唉，"我喊道，"我们失去了这位世界上最新的荣誉！亲爱的雷蒙德！他去了亡灵的国度。他成了那些因居住在晦暗的坟墓中而使黑暗的居所变得显赫的人中的一员。他走在通往坟墓的路上,加入了先他而去的灵魂强者的行列。当世界还在襁褓之中时,死亡一定是可怕的,人们离开朋友和亲人,孤身一人,在未知的国度里漂泊。但现在,死去的人会发现有许多同伴已经先行一步,准备迎接他的到来。过去时代的伟人在此居住,我们时代的英雄也在此居住,而生命变得加倍'荒凉和孤独'。

"雷蒙德是多么高贵的人啊,他是我们时代的第一人。他以其宏伟的构想、优雅大胆的行动、机智和美貌,赢得并统治了所有人的思想。他唯一的缺点可能会被指责,但他的去世消除了这一缺点。我曾听人说他目标不坚定:当他为了爱情而放弃对主权的希望时,当他放弃英格兰的保护权时,人们指责他目标不坚定。现在,他的死为他的一生画上了圆满的句号,人们将永远铭记他,他甘愿成为牺牲品,为希腊的荣耀而献身。这就是他的选择。他预料到了死亡。他预感到自己将离开这欢快的大地、灿烂的天空和自己的爱人珀迪塔。然而,他既没有犹豫,也没有回头,而是义无反顾地走向属于他的名留青史。只要大地还在,他的行为就会被赞美记录下来。古希腊的少女们将虔诚地把鲜花撒在他的墓前,让周围的空气中响起爱国的赞歌,他的名字将被载入史册。"

我看到珀迪塔的表情有所缓和,悲伤的严厉转为温柔,我继续说道:"这样纪念他,是他的幸存者的神圣职责。让他的名字成为一块圣地,用我们的赞美使它免受一切敌意的攻击,让它绽放爱与悔恨的花朵,使它免于腐朽,并将它完好无损地留给后人。这就是朋友的责任。他孩子的母亲珀迪塔,你的责任更为重大。你是否还记得,她襁褓中的克拉拉你是怀着怎样的心情去看她,在她身上看到了你和雷蒙德的结合。在这座活生生的殿堂里,你欣喜地看到了你永恒的爱的体现。她现在依然如此。你说你失去了雷蒙德。哦,不!但他与你同在,在你心中。她是雷蒙德的骨肉,是雷蒙德的血脉,不是像以前那样,你只能在她脸颊和纤细的四肢上找到雷蒙德的影子,而是在她热烈的情感中,在她甜美的心灵中,你仍然可以找到雷蒙德的影子,那个善良的、伟大的、受人爱戴的雷蒙德。你要注意培养这种相似性,你要注意让她配得上他,这样,当她为自己的出身而感到荣耀时,她就不会为自己的身份而感到羞愧。"

我可以感觉到,当我把妹妹的思绪拉回到她的生活职责时,她没有像以前那样耐心倾听。她似乎在怀疑我的安慰计划,而她却因为刚开始的悲伤而反感。"你在谈论未来,"她说,"而现在对我来说就是全部。让我找到我爱人在尘世的居所。让我们把它从尘土中拯救出来,这样,在未来的日子里,人们就可以指着神圣的坟墓,称它为他的坟墓。然后再去想其他的事情,去寻找新的生活轨迹,或者命运在它残酷的暴政下可能为我安排的其他事情。"

稍事休息后,我准备离开她,以便努力实现她的愿望。与此同时,克拉拉也加入了我们的行列,她苍白的脸颊和惊恐的神情显示出悲伤在她年轻的心灵中留下了深刻的印象。她似乎有什么话说不出口,但她抓住珀迪塔不在的机会,恳切地祈求我带她去看看她父亲进入君士坦丁堡的大门。她保证不会做过分的事,会温顺听话,而且马上就回来。我无法拒绝,因为克拉拉不是一个普通的孩子,她的敏感和聪慧似乎已经赋予了她做女人的权利。于是,我骑着马带着她,只有一个仆人陪着她,我们骑马去了卡普山顶。我们发现有一队士兵围在那里。他们在倾听。"这是人的叫声,"一个人说,"更像是野兽的嚎叫。"另一个人回答说:"更像是狗的嚎叫声。"他们再次弯下腰去捕捉远处传来的有规律的呻吟声,那是从废墟城市的范围内发出的。"克拉拉,"我说,"那就是大门,就是昨天早上你父亲骑马走过的那条街。"无论克拉拉要求被带到这里的意图是什么,都被士兵们的出现阻止了。她用恳切的目光注视着这座曾经是城市的冒着浓烟的迷宫,然后表示愿意回家。就在这时,一声忧郁的嚎叫传入我们的耳中,又重复了一遍。"听!"克拉拉喊道,"它在那儿,那是弗洛里奥,我父亲的狗。"在我看来,她不可能认出那声音,但她坚持自己的说法,直到赢得周围人群的信任。至少,从荒凉的城市中救出的受难者,无论是人还是动物,都是善举。于是,我把克拉拉送回了家,再次进入君士坦丁堡。受到我前次进入时没受到伤害的鼓舞,几名曾是雷蒙德护卫队成员的士兵陪同我前来,他们深爱着雷蒙德,并真诚地为他的离去表示哀悼。

我们无法猜想，是怎样一连串奇怪的事件，让我的朋友重新回到了我们身边。前一天晚上，火势最为猛烈的地方，如今已是一片漆黑与寒冷。雷蒙德那只奄奄一息的狗，默默蹲在它主人残缺不全的遗体旁。此刻，悲伤如同被寂静笼罩，痛苦在狂暴中变得沉默无声。这只可怜的动物认出了我，舔了舔我的手，然后缓缓爬到主人身边，静静地离去了。它显然是被坠落的废墟击中，从马背上摔下来的，废墟压碎了它的头，也玷污了它的整个身体。我弯下腰，轻轻捧起他斗篷的边缘，斗篷所受的伤害，似乎比他的肉身还要轻微。我将它贴在唇边，感受到一种无言的哀痛。周围的士兵们围拢过来，为这位英勇的战士默哀，他们的惋惜与无尽的哀叹，仿佛试图唤醒熄灭的生命之火，或是将解脱的灵魂召唤回这破碎的躯壳。昨天，这些肢体还价值连城，承载着一种超凡脱俗的力量，其意图、言语和行动，都值得被铭记在金色的文字中。然而今日，唯有对情感的迷信，才能赋予这残破不堪的躯体以价值。它已失去了一切能力，如同泥块一般，这副肉身与雷蒙德的相似之处，不亚于落雨与昔日云朵的缥缈联系，在那一场暴雨中，他曾攀升至最高处，被阳光镀上金辉，吸引了所有人的目光，并以其极致的美感满足了人们的感官。

我们用斗篷裹住他，把他抱在怀里，带他离开这座亡灵之城。问题是我们应该把他放在哪里。在去王宫的路上，我们经过了希腊墓地。在这里，我把他安放在一块黑色大理石石碑上。柏树在高处摇曳，死亡般的阴郁与他的虚无状态相得益彰。我们砍下殉葬树的树枝，把它们放在他的身上，又把他的剑放在树枝上。我留下了一名卫兵保护这块尘封的宝藏，并下令在周围燃起永恒的火把。

当我回到珀迪塔身边时，才知道她已经得知了消息。他——她的爱人，她热恋的唯一和永恒的对象，已经回到了她身边。他——她的挚爱，她热情柔情的唯一和永恒的对象，正在使她复原。这就是她狂热的语言。虽然他的四肢不再动弹，那双唇也无法再吐露智慧与爱意的话语，尽管他如同被无果之海抛弃的浮萍，正在腐朽的侵蚀之下，但那依然是她曾经爱抚过的形体，那依然是与她唇齿相依、在呼吸交融中饮下爱之灵魂的双唇；那具即将分解的尘世躯壳，曾是她称为己有的存在。诚然，她期待另一个生命；诚然，爱之炽热灵魂在她看来是永恒不灭的。然而此时，她以人类的柔情，紧紧依附于她的感官所允许她看到和感受到的雷蒙德的一部分。

她面色苍白如大理石，面容清秀，面带微笑，听我讲述了雷蒙德的故事，并询问了雷蒙德被埋葬的地点。她的五官已恢复平静，眼眸中闪烁着明亮的光芒，仿佛整个人都焕发出了新的生机。而她皮肤的过度洁白和均匀透明，以及她声音中的空洞，都证明了她脸上的诡谲平静不是因为平静，而是因为过度激动。我问她他应该葬在哪里。她回答说："在雅典，甚至在他所热爱的雅典。在雅典城外的海米图斯山坡上，有一个岩石凹处，他指给我看，说那是他希望安息的地方。"

我自己当然不希望把他从现在躺着的地方搬走。但她的愿望当然要满足，我让她立即为我们的出发做好准备。

忧郁的列车穿过色雷斯的平原，蜿蜒穿过隘口，翻过马其顿的山脉，驶过波涛清澈的佩内乌斯河，穿过拉里塞平原，经过特莫比莱海峡，接连登上奥埃塔和帕尔那索斯，来到肥沃的雅典平原。女性默默忍受着这些漫长的痛苦。但对于急躁的男人来说，我们队伍行进缓慢，中午时我们默然地休息，裹着雷蒙德的棺材的阴霾（尽管很华丽）永远存在，单调重复的日日夜夜，没有任何希望或变化，这所有的一切都让人难以忍受。珀迪塔闭目养神，很少说话。她的车厢紧闭着。当我们休息时，她把苍白的脸颊靠在白皙冰冷的手上，眼睛盯着地面，沉浸在拒绝交流或同情的思绪中。

我们下了帕尔纳斯山，从许多褶皱中走出来，穿过利瓦迪亚，踏上了去往阿提卡的路。珀迪塔没有进入雅典；在我们到达的那天晚上，她在马拉松休息，第二天带我去她选定的地方，作为雷蒙德珍贵遗体的安息之所。那是在希梅图斯山南部峡谷的凹处。峡谷深邃、漆黑、苍老，从山顶一直延伸到山脚。岩石裂缝中生长着桃金娘林下植物和野生百里香，这是许多蜜蜂的食物。巨大的峭壁突出在裂缝中，有的蜿蜒而过，有的则从裂缝中垂直升起。在这壮丽峡谷的底部，一片肥沃的谷地绵延至海岸线，远处是点缀着众多岛屿的爱琴海，阳光下波光粼粼，海面泛着蔚蓝。在我们站立的地方附近，有一块孤零零的岩石，高高的，呈圆锥形，四面与山体分隔开来，仿佛一座自然凿成的金字塔。只用了很少的力气，这块岩石就被凿成了一个完美的形状。在下面挖出了一个狭窄的囚室,雷蒙德被安置在里面,活石上刻着简短的碑文,记录着埋葬主人的名字,以及他的死因和年代。

　　所有事情在我的指导下都迅速完成了。我同意将坟墓的整理和监护工作交给雅典宗教机构的负责人,并在十月底准备返回英国。我向珀迪塔提及此事。这把她从这最后的场景中拽出来,让她感到痛苦。但在这里逗留是徒劳的,我的灵魂因渴望与我的伊德里斯和孩子们团聚而生病了。作为答复,妹妹请求我第二天晚上陪她一起去雷蒙德的坟墓。自从我上次造访该地点以来,已经过去了几天。路径已被拓宽,岩石上凿出的台阶使我们比以前更直接地到达目的地;金字塔所在的平台被扩大,向南望去,在一棵野生无花果树的枝叶掩映下,我看到地基已被挖掘,支柱和椽子已固定,显然是一座小屋的开端;站在未完工的门槛上,墓地在我们右手边,整个峡谷、平原和蔚蓝的海洋立即展现在我们面前;黑暗的岩石在落日的余晖中泛出光芒,照耀着被耕种的山谷,将平静的海浪染成紫色和橙色;我们坐在岩石高地上,我欣喜地凝视着这幅生动而多变的色彩全景图,地球和海洋的美丽因此而更加动人。

　　珀迪塔说:"我把我心爱的人送到这里,难道做得不对吗?今后,这里将成为希腊的焦点。在这样的地方,死亡失去了一半的恐惧,甚至连无生命的尘埃也似乎有了美丽的灵性,而美丽的灵性则是这一地区的标志。莱昂内尔,他就长眠在那里。那是雷蒙德的坟墓,他是我年轻时的初恋。在离别和愤怒的日子里,我的心与他相伴。现在,我与他永结同心。记住,我永远不会离开这里。他的精神依然留在这里,尽管那尘土无法传达,但在它的虚无中,比地球在悲伤中紧握的任何东西都更为珍贵。从岩石缝隙中探出头来的桃金娘灌木、百里香、小仙客来,以及这里的一切,都与他有着密切的关系。山丘上的光芒也是他的精华,天空、高山、大海和山谷,都被他的精神所浸润。我将在这里生老病死!

　　"你去英国吧,莱昂内尔。回到可爱的伊德里斯和最亲爱的阿德里安身边。回去吧,让我的孤女在你家里像你自己的孩子一样。如果死亡只是状态的改变,那我现在也算是死过了。这是另一个世界,不同于我过去居住的世界,也不同于你现在的家。在这里,我只与过去和未来交流。你回英国去吧,让我一个人在这里度过我必须度过的悲惨岁月。"

一阵泪雨结束了她悲伤的唠叨。我本以为她会提出什么过分的建议，于是沉默了一会儿，整理思绪，以便更好地应对她的胡思乱想。我说："亲爱的珀迪塔，你的思想很沉闷，我也不奇怪你的理智会一度受到激情的悲痛和混乱的想象的影响。连我都爱上了雷蒙德最后的这个家，但我们必须离开。"

"我早料到会这样，"珀迪塔叫道，"我以为你会把我当成一个疯疯癫癫的傻姑娘。但别自欺欺人了，这间小屋是我下令建造的，我要留在这里，直到我可以与他同住的时刻到来。"

"我最亲爱的姑娘！"

"我的计划有什么奇怪的？我本可以欺骗你，我本可以说在这里只待几个月。在你急于去温莎的时候，你会离开我，而我也不会受到责备或争吵，我本可以继续我的计划。但我不屑于这样做。或者说，在我的悲惨境遇中，向你，我的哥哥，我唯一的朋友倾诉衷肠，是我唯一的安慰。你不会和我争论吧？你知道你可怜的妹妹是多么任性。把我的女儿带在身边吧，让她远离悲伤的景象和思绪，让稚嫩的欢笑重新唤醒她的心，让她的眼睛充满活力。她在我身边，没办法快乐。对你们大家来说，最好永远不要再见到我。就我自己而言，我不会自愿寻死，也就是说，在我还能控制自己的时候，我不会。在这里，我可以。但把我从这个国家拖走，我的自制力就会消失，我也无法预知我的悲痛可能导致我犯下的暴力行为。"

"珀迪塔，你的观点虽然措辞严谨，"我回答道，"然而，你的想法是自私的，且有违你的品格。你曾多次认同我的看法，即解决生命这一复杂命题只有一个答案：提升自我，致力于他人福祉。然而现在，正值人生黄金时期，你却背离了这些原则，将自己封闭在毫无意义的孤独之中。在温莎这个你早年幸福的地方，你会减少对雷蒙德的思念吗？你会减少与他逝去的灵魂的交流，而去关注和培养他孩子的罕见的优秀品质吗？你的遭遇很悲惨，我也不奇怪一种近似于精神错乱的感觉会驱使你产生痛苦而不合理的想象。但是，在你的故乡英国，有一个爱的家园在等着你。我的温柔和爱一定会抚慰你的心灵。与雷蒙德的朋友们的交往会比这些沉闷的猜测更能给你安慰。我们都会把为你的幸福做贡献作为我们的首要任务，我们最热爱的任务。"

珀迪塔摇摇头。"如果能这样的话，"她回答道，"我不该轻视你的提议。但这不是选择的问题，我只能住在这里。我是这里的一部分，这里的一切都属于我。这不是突发奇想，而是我的生活方式。我在此地生活的事实，在清晨与我一同升起，让我能够忍受光线，伴随我吃下食物，而其他则全是毒药。它与我同行，与我同眠，永远伴随着我。在这里，我甚至可以停止悔恨，可以对将他从我身边夺走的法令表示我迟来的同意。他宁可就这样死去，永载史册，也不愿默默无闻、毫无荣耀地度过晚年。我最渴望的，莫过于在这里，在他青春年少的时候，在更多的岁月玷污了我本性中最美好的感情之前，守望他的坟墓，然后尽快回到他那神圣的安息之地，与他团聚。"

"我说了这么多，我最亲爱的莱昂内尔，我希望说服你认为我做得对。如果你不信服，我也无话可说，我只能宣布我的决心。我留在这里，只有武力才能把我赶走。就这样吧，把我拖走，我就回来。把我禁闭，把我囚禁，我还是会逃脱，来到这里。或者，我的哥哥是否应该让心碎的珀迪塔在精神病院的稻草和锁链中度过余生，而不是让她在我精心挑选且钟爱的这片净土中，在他的庇护下安息？"

在我看来，所有这一切，我承认，都是有条不紊的疯狂。我想，我有责任把她从那些让她想起失去亲人的场景中带走。我也不怀疑，在温莎宁静的家庭氛围中，她会恢复一定程度的平静，最终获得幸福。我对克拉拉的爱也使我反对这些怀着悲痛的美好梦想。她的敏感性已经受到了太大的刺激。她幼年的无知很快就会被深沉而焦虑的思考所取代。她母亲奇怪而浪漫的计划，可能会让她过早地陷入痛苦的人生观。

回到家后，我同意一起出航的那艘蒸汽船的船长告诉我，由于意外情况，他不得不匆匆离开，如果我想跟他一起走，必须在第二天早上五点上船。我匆忙同意了这一安排，并同样匆忙地制订了一个计划，让珀迪塔被迫成为我的同伴。我相信，大多数人在这种情况下都会采取同样的行动。然而，这种考虑并没有，或者说在事后并没有减轻我内心的歉疚。此时此刻，我坚信自己的行为是出于好意，我所做的一切都是正确的，甚至是必要的。

我和珀迪塔坐在一起，安慰她，我似乎同意了她的疯狂计划。她高兴地接受了我的同意，并千百次地感谢她这位骗人的哥哥。夜幕降临，她的精神因我出乎意料的让步而活跃起来，恢复了几乎被遗忘的活力。我假装被她脸颊上的发烧光晕吓了一跳。我恳求她吃点药。我倒出了药，她温顺地从我手中接过。我看着她喝药。虚情假意和矫揉造作本身就令人憎恶，尽管我仍然认为自己做得对，但一种羞愧和罪恶感还是痛苦地袭上心头。我离开了她，不久就听说她在我注射的鸦片剂的影响下睡得很香。她就这样昏迷着被抬上了船。起锚，顺风，我们站在远处的海面上。张开所有的帆布，加上发动机的助力，我们在皱裂的海面上又快又稳地航行着。

天色已晚，珀迪塔才醒过来，过了更长时间，她才从鸦片酊引起的昏睡中恢复过来，意识到自己的处境发生了变化。她猛地从沙发上站起来，飞快地跑向船舱的窗户。蔚蓝而动荡的大海从船上飞驰而过，四周没有海岸。天空被一架架飞机遮住，飞机的急速飞行表明她是多么迅速地被带走了。桅杆的嘎吱声、车轮的铿锵声、上面的踯躅声，都让她相信，她已经远离了希腊的海岸。"我们在哪里？"她喊道，"我们要去哪里？"

我派去照看她的随从回答说："去英国。"

"我哥哥呢？"

"在甲板上，夫人。"

"不近人情！不近人情！"可怜的受害者看着这一片废墟，深深地叹了一口气。然后，她没有再说什么，就躺在了沙发上，闭上眼睛一动不动。如果不是她发出的深深的叹息声，就好像她睡着了一样。

我一听说她开口说话了，就立刻让克拉拉去找她，希望看到这个天真可爱的孩子，能让她产生温柔多情的念头。但无论是她孩子的出现，还是我随后的探望，都没能唤醒我的妹妹。她看着克拉拉，面露凄楚之色，但没有说话。当我出现时，她转过身去，在回答我的询问时，只说了一句："你不知道你都做了些什么！"我相信，这种闷闷不乐只是失望和自然感情之间的挣扎，过不了几天，她就会认命的。

夜幕降临，她恳求克拉拉自己睡在单独的船舱里。不过，她的仆人还是陪着她。大约午夜时分，她做了一个噩梦，她让仆人去找女儿，看看她是否安然入睡。仆人答应了。

日落之后，微风渐起。我在甲板上，享受着我们的快速前进。宁静的气氛只被水流在稳固的龙骨前分流时发出的湍急声、无风帆和满帆发出的淙淙声、风在桅杆上发出的呼啸声以及发动机有规律的运转声所打破。海面轻轻荡漾着，时而露出白色的波峰，时而又恢复了均匀的色调。云层消失了。黑暗的天空掠过宽阔的海洋，星群在其中徒劳地寻找着它们惯用的倒影。我们的航速保持在八节以上。

突然，我听到海面上溅起了水花。站岗的水手们急忙跑到船边，喊道："有人落水了。""不是甲板上的，"掌舵的人说，"有东西从后舱扔了出来。"甲板上响起了下船的呼声。我冲进妹妹的船舱，里面空无一人。

船帆升起，引擎停止，船只不情愿地静止不动，直到经过一个小时的搜寻，我可怜的珀迪塔被带到船上。但是，任何急救都无法让她重新焕发生机，任何药物都无法让她的眼睛睁开，无法让她脉搏消失的心脏重新流动血液。她紧握着的一只手上有一张纸条，上面写着"去雅典"。为了确保她能被送往雅典，并防止她的身体在茫茫大海中不可挽回地消失，她谨慎地在腰间系了一条长披肩，又把它系在船舱窗户的柱子上。她漂到了船的龙骨下面，由于看不见她，所以迟迟找不到她。就这样，这个病恹恹的女孩成了我无知鲁莽的牺牲品。就这样，她早早地离开了我们，与死人为伴，宁愿与雷蒙德的岩石坟墓为伴，也不愿在这块充满生机的土地上生活，也不愿与亲爱的朋友们在一起。就这样，她在二十九岁那年去世了。在享受了几年天堂般的幸福之后，她承受了她那急躁多情的性格所无法承受的打击。当我看到她临终时平静的表情时，尽管悔恨交加，痛心疾首，但我还是觉得，与其在漫长而悲惨的岁月里耿耿于怀、悲痛欲绝，还不如就这样死去。恶劣的天气驱使我们沿着亚得里亚海沟逆流而上。由于我们的船只难以抵御风暴，我们在安科纳港避难。在这里，我遇到了希腊舰队的副司令乔治·帕利，他是雷蒙德以前的朋友和热情的伙伴。我把珀迪塔的遗体托付给了他，让他把遗体运到希米图斯，放在雷蒙德已经入住的金字塔下的牢房里。这一切都如我所愿。她安息在她心爱的人身边，墓穴上刻着雷蒙德和珀迪塔的名字。

随后，我决定继续我们的陆路英格兰之旅。我的内心充满了遗憾和悔恨。雷蒙德永远地离开了我，他的名字与过去永恒地融合在一起，必须从对未来的每一个期待中将其抹去，这种忧虑慢慢地向我袭来。我一直钦佩他的才华、他的崇高志向、他对自己抱负的荣耀和威严的宏伟构想、他高尚的激情、他的坚毅和果敢。在希腊，我学会了爱他。他的任性和对迷信冲动的自我放弃，让我对他倍加依恋。这也许是软弱，但却是一切卑躬屈膝和自私自利的反面教材。除了这些痛苦之外，我还失去了珀迪塔，因为我自己可恶的自我意志和自负而失去了她。这个亲爱的孩子，我唯一的亲人。我从她稚嫩的童年就开始关注她在人生道路上的变化，看到她自始至终以正直、奉献和真挚的感情为人称道。看到她具有女性特有的一切特质，看到她最终成为过多的爱的牺牲品，过多地留恋易逝和迷失的东西。她以自己的美丽和生命为荣，为了坟墓的不真实而抛弃了对表面世界的愉快感知，让可怜的克拉拉成了孤儿。我对这个心爱的孩子隐瞒了她母亲是自愿离世的事实，并想尽一切办法唤醒她悲痛欲绝的心灵。

为了恢复平静，我首先做的一件事就是向大海告别。海浪的冲击反复唤起我对亡妹的追思；浪涛的咆哮宛如挽歌；在这变幻莫测的海面上，每一艘颠簸的黑色船只都让我联想到运载亡者的灵柩，仿佛信任这片海域虚假平静的人们都将走向终点。永别了，大海！来吧，我的克拉拉，坐在我身边，坐在这艘空中舢板上。它快速而轻柔地划破蔚蓝的宁静，以柔和的起伏在气流中滑行。或者，如果风暴动摇了它脆弱的结构，陆地就在下方。我们可以下降，在稳定的大陆上避难。在高空，我们与展翅飞翔的鸟儿为伴，飞快而又无畏地在毫无抵抗力的环境中穿行。轻盈的小船没有起伏，也没有死亡之浪的阻挡。大气层在船首前方敞开，而承载着它的地球投下的阴影为我们遮挡正午的烈日。脚下是意大利的平原，或是波浪般起伏的亚平宁山脉。肥沃的土地绵延起伏，山顶上林木葱茏。自由而幸福的农民摆脱了奥地利人的束缚，将双倍的收成送入谷仓。而高雅的市民则在这个世界花园里毫无顾忌地种植着凋零已久的知识之树。我们飞越阿尔卑斯山，从深不见底的峡谷进入美丽的法兰西平原，经过六天的空中旅程，我们在迪耶普登陆，卷起羽翼，合上小帆船的丝质帆布。一场大雨让这种旅行方式变得不便，于是我们乘上了蒸汽船，经过短暂的航行后在朴茨茅斯靠岸。

  这里流传着一个奇怪的故事。几天前，一艘被暴风雨袭击的船只出现在该镇附近。该船船体呈干裂状态且有多处破损，帆具破损且呈不规范状态固定，缆索系统混乱且多处断裂。它漂向港口，搁浅在入口处的沙滩上。次日清晨，海关人员会同若干围观人员对该船进行了现场勘查。船员中似乎只有一人随船抵达。他上了岸，向镇子走了几步，然后被病痛折磨得奄奄一息，倒在了荒凉的沙滩上。他的身体僵硬，双手紧握，紧贴着胸膛。他的皮肤几近黝黑，头发蓬乱，胡子拉碴，这一切都表明他经历了长期的苦难。有人悄悄说他死于瘟疫。没有人敢上船。据说晚上会看到奇怪的景象，有人在甲板上走动，有人挂在桅杆上。这艘船很快就沉没了。有人告诉我它曾经在哪里，我看到它支离破碎的木头在波涛中翻滚。上岸的人的尸体被深埋在沙土里。没有人知道更多，只知道这艘船是美国人建造的，几个月前，"福图纳塔号"从费城启航，但后来没有收到任何消息。

第四章

　　二〇九二年秋天，我回到了我的家族庄园。我的心早已与他们同在，再次见到他们的希望和喜悦让我感到不适。他们所在的地区似乎是每一个善良灵魂的居所。幸福、爱与和平漫步在林间小道上，渲染着整个氛围。在希腊经历了所有的躁动和悲伤之后，我寻找温莎，就像暴风雨中的鸟儿寻找可以安宁地折叠翅膀的巢穴一样。

　　流浪者是多么的不明智啊，他们抛弃了温莎的庇护，把自己卷入了社会的罗网，开始了世人所谓的"生活"——那邪恶的迷宫，那相互折磨的计划。根据这个词的意义，要想生活，我们不仅要观察和学习，还必须感受。我们不能只是行动的旁观者，我们必须行动。我们不能描述，而是要成为描述的对象。深沉的忧伤一定曾在我们的脑海中萦绕。欺诈一定曾在我们身边伺机而动。狡猾的人一定曾欺骗过我们。令人作呕的怀疑和虚假的希望一定曾在我们的日子里肆虐。让灵魂陶醉的欢快和喜悦一定曾在我们身上时隐时现。谁知道什么是"生活"，谁会眷恋这种狂热的存在？我已经历过这一切。我曾度过无数欢庆的日日夜夜；我曾怀抱雄心壮志，也曾为胜利而欢欣鼓舞；而今——让我们关上通往尘世的大门，筑起高墙将自己与其中上演的纷扰景象隔绝。让我们为彼此而活，为幸福而生；让我们在溪流的低语与树木的婆娑之间寻求宁静，在大地的华美衣裳与天空的壮丽景象中寻得安宁。让我们舍弃"生活"，以求真正地活着。

　　伊德里斯对我的这一决定非常满意。她的天资聪颖不需要过度的刺激，她平静的心满足于我的爱、孩子们的幸福和周围大自然的美景。她的骄傲和无愧的志向让她周围的人都露出笑容,让她哥哥脆弱的生命得到安宁。尽管她悉心照料,阿德里安的健康状况还是明显下降。走路、骑马,这些生活中常见的事情都压得他喘不过气来。他感觉不到疼痛,却似乎永远在死亡的边缘噤若寒蝉。然而,由于他几个月来几乎一直以同样的状态生活着,因此他并没有让我们立即感到恐惧。尽管他把死亡当作他最熟悉的事情来谈论,但他并没有停止努力使别人幸福,也没有停止培养自己惊人的心灵力量。冬去春来,万物复苏,森林披上了绿装。小牛犊在新生的草地上蹦蹦跳跳。轻云的风影在绿色的玉米田上飞舞。隐士布谷鸟重复着它单调的对季节的呼唤。夜莺,爱情的鸟儿,晚星的奴仆,用歌声填满了森林。维纳斯在温暖的夕阳中徘徊,树木的嫩绿在清澈的地平线上显得格外柔和。

每个人的心中都唤醒了喜悦和欢欣。因为全世界都太平了。宇宙雅努斯神庙关闭了,那一年没有人死于人类之手。

阿德里安说:"只需持续十二个月,地球就会变成天堂。人类以前的精力是为了毁灭自己的种族,现在则是为了解放和保护自己的种族。人类无法安息,他躁动不安的愿望现在将带来善,而不是恶。南方的富裕国家将摆脱奴役的铁枷锁。贫穷将离我们远去,疾病也将随之离去。自由与和平的力量从未如此紧密地团结在一起,在人类的家园里,这将会取得怎样的成就呢?"

"做梦,永远在做梦,温莎!"雷蒙德的老对手、下届大选的护国公候选人雷兰德说,"请相信,大地不是,也永远不可能是天堂,而地狱的种子就在它的土壤里。当四季变得平衡,当空气不再肆虐,当地表不再肆虐和干旱,疾病就会停止。当人的激情逝去,贫穷就会离去。当爱不再与恨相近时,兄弟情谊就会存在。我们现在离这种状态还很遥远。"

实际上并非如此遥远,一位名叫梅里瓦尔的年迈天文学家指出,"地轴进动虽缓慢但确实存在。再过十万年……"

"我们都会被埋在地下。"雷兰德说。

"地球的极点将与黄道的极点重合,"天文学家继续说,"届时将产生一个万物之泉,地球将成为一个天堂。"

"我们当然也会享受到这一变化带来的好处。"雷兰德轻蔑地说。

"我们这里有奇怪的消息。"我说。我手里拿着报纸，像往常一样，翻开了来自希腊的情报。"看来，君士坦丁堡的彻底毁灭，以及冬天净化了这座沦陷城市的空气的假设，给了希腊人勇气去参观它的遗址，并开始重建。但他们告诉我们，上帝的诅咒降临到了这个地方，因为每一个冒险进入城市的人都染上了瘟疫。这种疾病已经在色雷斯和马其顿蔓延开来。现在，由于担心在即将到来的酷暑中传染病毒，他们已经在色萨利的边境拉起了警戒线，并实施了严格的隔离措施。"这个消息把我们从十万年后的天堂前景拉回到了目前地球上存在的痛苦和不幸。我们谈到了去年瘟疫在世界各个角落造成的破坏，以及第二次肆虐的可怕后果。我们讨论了防止传染的最佳方法，以及在遭受瘟疫的大城市——比如伦敦——保持健康和活力的最佳方法。梅里瓦尔没有参加这次谈话。他走到伊德里斯身边，继续向她保证，十万年后人间天堂的喜悦前景对他来说是模糊不清的，因为他知道，再过一段时间，当黄道和赤道成直角时，人间地狱或炼狱就会出现。我们一行人终于散开了。"今天早上我们都在做梦，"雷兰德说，"讨论瘟疫降临我们这个治理有方的大都市的可能性，就像计算我们要过几个世纪才能在露天种植松果一样。"

尽管计算瘟疫会降临伦敦似乎是荒谬的，但我不能不极其痛苦地思考这一恶魔将在希腊造成的毁灭。英国人谈论色雷斯和马其顿，就像谈论月球领土一样，他们对这块土地一无所知，头脑中没有明确的概念或兴趣。我踏上过这片土地。在这个国家的城镇、平原、丘陵和隘口，我曾享受过无以言表的快乐，就像我前一年在这些地方旅行时一样。我的脑海中浮现出一些浪漫的村庄、小屋或雅致的居所，那里住着可爱和善良的人，我的脑海中萦绕着一个问题：瘟疫也在那里吗？那个盘旋在君士坦丁堡上空并吞噬了君士坦丁堡的不可战胜的怪物，那个比暴风雨更残酷、比火焰更难驯服的恶魔，唉，在那个美丽的国度里没有被束缚住。这些思考让我无法安宁。

随着新任护国公选举时间的临近，英格兰的政治局势也变得躁动不安。这一事件更引起了人们的兴趣，因为据目前的报道，如果受欢迎的候选人（雷兰德）当选，议会将审议废除世袭等级和其他封建遗物的问题。在本届会议期间，议会对这个问题只字未提。一切都将取决于护国公的人选和来年的选举。然而，这种沉默是可怕的，它表明了这个问题的重要性。表明了任何一方都害怕冒着时机不对的风险发动攻击，也表明了对一旦开始就会发生激烈争论的期待。

虽然圣斯蒂芬教堂并未回荡众人心声，但报纸上却充斥着各色言论。在私人公司里，无论话题起初多么飘渺，总会不自觉地汇聚至这一核心，声音逐渐低沉，椅子也随之拉近。贵族们毫不掩饰地流露出内心的惶恐。而另一方则试图轻描淡写地处理此事。雷兰德说："这个国家真是可悲，竟将此事渲染得如此浮夸。这不过是个微不足道的问题，与车厢通道的新油漆或男仆外套的刺绣无异。"

英国真能摒弃其贵族传统，转而接受美国式的民主制度吗？我们是否要抹去世代相传的骄傲、贵族精神、优雅礼仪和高雅追求这些显赫地位的特质？有人告诉我们，情况并非如此，我们天生就是一个富有诗意的民族，容易被言辞所蒙蔽，倾向于为云彩披上辉煌的外衣，为尘土赋予荣耀。这种精神我们永远不会失去。而新法律的出台正是为了传播这种根深蒂固的血统精神。我们确信，当英国人的名号与身份成为唯一的贵族标识时，我们都将成为高贵之人。当生于英国统治之下的人不再感受等级差异时，礼仪与修养将成为我们所有同胞与生俱来的权利。切勿让英格兰蒙受如此耻辱，以至于被认为缺乏真正的贵族——那些天生高贵之人，他们以其举止彰显其地位，自幼便因其优秀品质而凌驾于常人之上。在一个由独立、慷慨且受过良好教育的人组成的社会中，人们的思维受创新精神主导。我们无须担忧缺乏持续不断的精英阶层。然而，在这个国度里，仍有相当数量的群体推崇"文明社会的科林斯式华章"这一建筑装饰理念。他们诉诸于无数的成见，包括根深蒂固的传统观念和新生的期望，以及数千名潜在贵族的憧憬。他们将商业共和国中所有庸俗、机械化和低劣的特征塑造成一个威慑性的幻影。

瘟疫降临雅典。数以百计的英国居民回到了自己的国家。雷蒙德深爱的雅典人，这个希腊最神圣城市的自由、高贵的人民，像成熟的玉米一样倒在了对手无情的镰刀下。它的宜人之地荒芜了，它的神庙和宫殿变成了坟墓，它的精力以前都集中在人类最高的抱负上,现在却被迫汇聚到一点,那就是抵御瘟疫的无数箭矢。

在其他任何时候,这场灾难都会激起我们的极大同情。但现在,当每个人的心思都被即将到来的争论所吸引时,这场灾难就被抛诸脑后了。我却不是这样,当我想象雅典受难的场景时,等级和权利的问题在我眼中变得微不足道。我听到了独生子的死亡,听到了妻子和丈夫最忠诚的奉献,听到了与心的纤维缠绕在一起的纽带的撕裂,听到了朋友的离去,听到了年轻的母亲为自己的第一个孩子哀悼。这些动人的事件在我的脑海中被组合和描绘,因为我对这些人的了解,因为我对受难者的尊敬和爱戴。正是雷蒙德的仰慕者、朋友和战友,正是那些曾欢迎珀迪塔来到希腊、与她一起哀悼失去主人的家庭,被一扫而空,与他们一起葬身于无名的坟墓。

雅典的瘟疫是由来自东方的传染病引起的,瘟疫和死亡继续在雅典上演,规模之大令人恐惧。与这些国家有关的商人们希望今年的疫情将是最后一次,这使他们精神振奋。然而,当地居民要么陷入绝望,要么在宗教狂热的驱使下表现出一种同样阴郁的顺从。美洲也染上了黄热病。无论是黄热病还是瘟疫,都具有前所未有的毒性。疫情并不局限于城镇,而是蔓延到全国各地。猎人死在树林里,农民死在玉米地里,渔民死在家乡的水域里。

一个奇怪的故事从东方传到了我们这里,如果不是世界各地的众多目击者证实了这一事实,我们是不会相信这个故事的。据说在六月二十一日,正午前一小时,出现了一个黑色的太阳——一个和太阳一样大的球体从西方升起,但颜色很深,光束如影随形。大约一小时后,"太阳"到达了子午线,使白天明亮的太阳黯然失色。夜幕降临在每一个国家,夜,突如其来。星星出来了,在被光遮蔽的大地上洒下了无力的微光。但很快,昏暗的球体从太阳上方划过,徘徊在东方的天际。当它降落时,昏暗的光线穿过灿烂的阳光,使它们变得暗淡或扭曲。万物的影子呈现出奇怪而可怕的形状。树林里的野兽被地面上不知名的形状吓坏了。它们不知逃向何方。由于地质构造活动的剧烈震动,导致人群陷入恐慌性疏散;这场构造运动的强度足以将野生动物驱赶至城区。猛禽类(如雄鹰)因地震引起的大气扰动而失去平衡坠落于集市,与此同时,夜行性鸟类(如猫头鹰和蝙蝠)过早出现,预示着异常的昼夜更替现象。恐惧的目标逐渐沉入地平线下，最后在原本光芒四射的空气中射出朦胧的光束。这就是从亚洲、欧洲最东端和非洲最西端的黄金海岸传来的故事。不管这个故事是真是假，它的影响是肯定的。从尼罗河畔到里海沿岸，从赫勒斯滂海峡甚至到阿曼海，都突然出现了恐慌。男人们挤满了清真寺。妇女们蒙着面纱，匆忙赶往坟墓，为死者送上祭品，以保全生者。在黑太阳散播的新恐惧中，人们忘记了瘟疫。尽管死人成倍增加，伊斯法罕和德里的街道上到处都是被瘟疫肆虐的尸体，但人们仍继续前行，注视着不祥的天空，全然不顾脚下的死亡。基督徒们在寻找他们的教堂，基督徒少女甚至在玫瑰花节上也身着白衣，戴着闪亮的面纱，排着长长的队伍，前往宗教圣地，虔诚的赞美诗在空中回荡。而在人群中，时不时从一些可怜的哀悼者的口中传出哭泣的声音，其他人抬起头，幻想他们能看到天使掠过大地的翅膀，哀叹即将降临在人类身上的灾难。

在波斯阳光明媚的地方，在克什米尔芳香的丛林中，在地中海南岸，都曾出现过这样的场景。即使在希腊，黑暗太阳的传说也加剧了垂死人群的恐惧和绝望。我们在阴云密布的小岛上，远离危险，唯一能让我们感受到这些灾难的是每天都有从东方驶来的船只，船上挤满了移民，其中大部分是英国人。因为虽然其他人对死亡的恐惧在他们中间蔓延，但他们仍然紧紧地团结在一起。如果他们死了（如果他们死了，在无家可归的海上或遥远的英格兰，死亡也会像在波斯一样轻易地与他们相遇）——如果他们死了，他们的遗骨可以安息在由真正信徒的遗物所构成的圣土上。麦加从来没有像今天这样挤满了朝圣者。然而，阿拉伯人并没有掠夺商队，而是卑微地、手无寸铁地加入了朝圣队伍，祈求穆罕默德保佑他们的帐篷和沙漠远离瘟疫。

我无法用言语形容我从国内的政治纷争和遥远国家的自然灾害中转向我亲爱的家时的狂喜，那是我选择的善良与爱的居所；是和平与每一种神圣共鸣的交流之地。如果我从未离开过温莎，这些情绪不会如此强烈。但在希腊，我曾是恐惧和悲惨变化的牺牲品。在希腊，在经历了一段焦虑和悲伤的时期之后，我看到了离去的两人，他们的名字本身就是伟大和美德的象征。但是，这些苦难永远不会侵扰我的家庭生活，我们隐居在心爱的森林里，安度晚年。岁月的流逝确实给这里带来了一些微小的变化。而时间,就像它惯常的那样,在我们的快乐和期望上留下了死亡的痕迹。伊德里斯是最深情的妻子、姐妹和朋友,也是一位温柔慈爱的母亲。对她来说,这种感情不像许多人那样只是一种消遣,而是一种激情。我们有三个孩子,老二在我去希腊期间夭折了。这使她喜悦和勇敢的母性情感化为悲痛和恐惧。在这件事发生之前,她的小生命,她短暂生命的年轻继承人,似乎有一个确定的生存租约。现在,她害怕无情的毁灭者会夺走她剩下的宝贝,就像夺走他们的兄弟一样。最轻微的病痛都会让她心惊肉跳。她如果不在他们身边,就会很痛苦。她把幸福的宝藏珍藏在他们脆弱的生命里,并永远保持警惕,以防阴险的小偷像以前一样偷走这些珍贵的宝石。幸运的是,她没有什么可担心的。阿尔弗雷德今年九岁,是个正直、有男子汉气概的小家伙,眉宇间神采飞扬,眼神柔和,性格虽然独立,却很温柔。我们最小的孩子还在襁褓中,但他脸颊上满是健康的玫瑰,活泼好动,我们的大厅里充满了他天真的笑声。

克拉拉已经过了懵懂无知的年龄,过了那个让伊德里斯惶恐不安的年纪。克拉拉是她的挚爱,也是所有人的挚爱。她聪慧天真,感性宽容,严肃认真,美得超凡脱俗,朴实无华,就像一颗珍珠,镶嵌在我们的圣殿里,成为我们的珍宝。

在冬季初始时,我们九岁的阿尔弗雷德首次进入伊顿学校就读。这对他而言是迈向成年阶段的第一步,因此他感到非常高兴。学习和娱乐共同培养了他性格中最优秀的部分,包括他坚定不移的毅力、慷慨大方的品质以及良好的自制力。当一个父亲第一次确信,他对孩子的爱不仅仅是一种本能,而是一种值得付出的爱,而其他人也对他表示赞许时,他的心中会激起多么深沉而神圣的情感啊!对伊德里斯和我自己来说,发现阿尔弗雷德坦率的眉宇、聪慧的双眼、温文尔雅的声调所表现出的坦率并不是错觉,而是"随着他的成长而成长,随着他的强壮而强壮"的才能和美德的象征,这真是无上的幸福。在这个时期,动物对后代的爱结束了,人类父母真正的爱开始了。我们不再把自己最亲爱的这个孩子看成是我们必须珍视的一株稚嫩的植物,或是闲暇时的玩物。现在,建立在他的智力之上,我们把希望寄托在他的道德倾向之上。他的软弱仍然让我们感到焦虑,他的无知阻碍了我们与他的完全亲密。但我们开始尊重这个未来的人,并努力争取他的尊重,甚至把他当作与我们平等的人。作为父母,还有什么比孩子的好感更重要的呢?在与他的所有交往中,荣誉必须保持无瑕,关系必须保持纯洁:命运和环境可能会在他成熟时将我们永远分开——但在危险中作为他的庇护,在困境中作为他的安慰,让这位热情的青年在生活的崎岖道路上永远带着对父母的爱与尊敬。

我们在伊顿附近住了很长时间,对那里的年轻人都很熟悉。他们中的许多人在成为阿尔弗雷德的同学之前,就是他的玩伴。现在,我们以加倍的兴趣注视着这群年轻人。我们注意到男孩们性格上的差异,努力从稚气未脱的孩子身上读出未来男子汉的影子。没有什么比一个自由奔放、温柔勇敢、慷慨大方的男孩更可爱,更让人心向往之了。伊顿公学的几位学生都具有这些特点。所有人都有荣誉感和进取心。有些人在接近成年时,荣誉感和进取心退化成了妄自尊大。但那些年纪比他稍大一些的孩子,则以英勇可爱的性格而引人注目。

在这里集聚着英格兰未来的管理者;当我们的热情消退,项目完成或永远终止之时,当我们的建设工程收官,褪去一时之装,穿上岁月或更为公平的死亡赋予的制服之际,正是这些人将继续推动社会这部庞大机器的运转;这里有未来的恋人、丈夫、父亲;这里有地产开发商、决策者、工程师;有些人认为他们已经准备好登上舞台,渴望成为实践领域中的关键角色之一。我不久前还是这些年轻的追求者之一;当我的儿子获得我现在的位置时,我已步入白发苍苍、满脸皱纹的老年。奇怪的系统!斯芬克斯之谜,最令人敬畏!人类就这样留存下来,而我们个人却在消逝。借用一位雄辩而富有哲理的作家的话来说,这就是"一个由短暂的部分组成的永久的躯体所注定的存在方式。在这种存在方式中,由于一种巨大的智慧的支配,把人类这个伟大而神秘的整体塑造在一起,这个整体在同一时间里,没有青春年老之分,而是在一种不变的恒定状态中,在永久的衰败、衰落、更新和进步的各种变化中前进"[1]。

---

[1] 出自布鲁克的《法国大革命反思》。

我愿意让位给你，亲爱的阿尔弗雷德！前进吧，柔情的后代，我们希望的孩子。在我作为先锋的道路上，作为一名战士前进吧！我要为你让路。你已经褪去了童年的粗心大意，褪去了眉宇间的稚气，褪去了早年的蹒跚学步，让它们成为你的点缀。前进吧！为了你的利益，我将进一步牺牲自己。时间会夺走我成熟的面容，会夺走我眼中的火热和四肢的敏捷，会夺走生命中最美好的部分、热切的期待和炽热的爱，并把它们加倍地洒向你。前进吧！利用这份礼物，你和你的同伴们；在你们即将上演的戏剧中，不要辜负那些教导你们登上舞台并恰当地演绎分配给你们角色的人！愿你们的进步顺利而稳健；生于人类希望的春潮中，在没有寒冬的夏天里茁壮成长！

第五章

元素的运行显然陷入了某种混乱,破坏了其良性效应。风,作为空气的主宰,在其领地中狂乱起舞,将大海搅得波涛汹涌,将叛逆的大地镇压得俯首称臣。

上帝从高空降下他愤怒的灾祸,

饥荒和瘟疫成堆地肆虐着人们的死亡。

为了发泄他的愤怒,他再次降临在他们的大军之上,

打破他们摇摇欲坠的城墙;

在大洋上拦截他们的海军,

用大山压制他们的力量。[1]

这些灾难性的影响动摇了南方繁荣的国家,即使在冬季,我们位于北方的避难所也开始遭受其不利影响的侵袭。

这则寓言是不公正的,因为它让太阳凌驾于风之上。谁没有见过,当东风苏醒时,原本光照充足的地表环境、温和的大气层和温暖的自然环境会转变为阴暗、寒冷且不宜人的状态?又或者,当乌云密布遮住天空,而无尽的雨水倾泻而下,直到潮湿的大地拒绝吸收过多的水分,雨水在地表积成水潭。当日照减弱如同流星般微弱时,北风的出现会搅动云层,使得蓝天逐渐显现。在风力作用下,云层中会出现一个不断向上扩展的通道,直至整个天空逐渐放晴。此时,在气流的推动和补给下,

---

1 埃尔顿对赫西俄德作品的翻译。

阳光重新普照大地。

风啊，你是伟大的，你凌驾于自然力量的所有其他代言人之上。无论你是从东方摧枯拉朽而来，还是从西方孕育着新的生命。云朵服从你，太阳臣服于你，无岸的海洋是你的奴隶！你横扫大地，橡树——经过几个世纪的成长——服从于你无情的斧头。雪花散落在阿尔卑斯山的峰顶，雪崩在山谷中呼啸。你掌握着冰霜的钥匙，锁住溪流，随后又让溪流奔流。在你温柔的治理下，芽儿和叶子诞生了，在你的哺育下茁壮成长。

风啊，你为何如此咆哮？在漫长的四个月里，你日夜不停地咆哮。海边遍布残骸，龙骨般的海面变得无法通行，大地听从你的命令，褪去了它的美丽。脆弱的气球再也不敢在躁动的空中航行。你的使者——乌云，用雨水淹没了大地；河流离开了它们的河岸；狂野的激流撕裂了山路；平原、树林和翠绿的丘陵都失去了它们的可爱；我们的城市都遭你毁坏。唉，我们将何去何从？好像大海的巨浪和巨大的臂膀，要把这个根深蒂固的岛屿从它的中心拽开，把它变成一片废墟和残骸，扔在大西洋的原野上。

作为宇宙浩瀚空间中无数星球的居民之一，我们这颗行星上的生命形态在宇宙尺度下究竟意味着什么？我们的思想拥抱无限；我们存在的有形机制受到偶然影响。日复一日，我们不得不相信这一点。在我们周围的敌对势力的影响下，那些被刮伤的人，那些从表面生命中消失的人，都拥有和我一样的力量，我也受制于同样的法则。面对这一切，我们自称是造物主，是元素的支配者，是生与死的主宰，我们还为这种傲慢辩解说，虽然个体毁灭了，但人类却永远存在。

因此，当我们失去了自己的身份，也就是我们意识到的主要身份时，我们就会为我们物种的连续性而自豪，并学会对死亡视而不见。但是，当整个民族成为外来破坏力量的牺牲品时，人类就会变得渺小，感到自己的生命没有保障，自己在地球上的遗产被切断。

我记得，在目睹了一场大火的毁灭性后果之后，我甚至在看到炉子里的小火时都会感到恐惧。当建筑物倒塌时，不断升腾的火焰已经绕了建筑物一圈。它们潜入周围的物质中,阻碍它们前进的东西一触即溃。我们是否可以吸收这种力量的一部分,而不受其影响?我们能驯养这种野兽的幼崽,而不担心它的成长和成熟吗?

因此,我们开始感觉到,在我们美丽家园的选定地区,有许多死神在肆虐,尤其是瘟疫。我们害怕即将到来的夏天。与已经被感染的国家接壤的国家开始认真制订计划,以便更好地抵御敌人。我们作为一个商业民族,不得不考虑这些计划。传染问题成了人们认真讨论的问题。

事实证明,鼠疫并不像猩红热或已灭绝的天花那样具有通常所说的传染性。它被称为流行病。但这一流行病是如何产生和加剧的这一重大问题仍悬而未决。如果感染取决于空气,那么空气也会受到感染。例如,斑疹伤寒由轮船带到了一个海港城市。然而,把它带到那里的人却无法把它传播到一个地理位置更优越的城市。但是,我们怎么能对空气作出判断,并宣布在这样的城市里,瘟疫会无疾而终,而在另一个城市里,大自然却为它提供了丰收的果实呢?同样,一个人可能逃过九十九次劫难,却在第一百次劫难中遭受致命一击。因为身体有时会拒绝疾病的感染,有时却又渴求疾病的熏陶。这些思考让我们的立法者在决定制定法律之前停了下来。疫病的传播范围如此之广,来势如此凶猛,而且无法治愈,因此,意识到任何谨慎和预防都是多余的,反而会给我们的逃生增加一线生机。

这些都是审慎的问题,没有必要立即行事。英国仍然是安全的。在我们和瘟疫之间,隔着一道道城墙,法国、德国、意大利和西班牙,且没有一个缺口。我们的船只确实是风浪的玩物,就像格列佛是布罗比迪纳格人的玩具一样。但我们在我们稳定的居所,不会因这些大自然的爆发而受到生命或肢体上的伤害。我们不能害怕,我们没有害怕。然而,一种敬畏之情,一种令人窒息的惊奇之情,一种人类堕落的痛苦之情,涌上了每个人的心头。大自然,我们的母亲,我们的朋友,向我们投来了威胁的目光。她清楚地告诉我们,尽管她接受我们分配她的规则,征服她表面上的力量,但是,只要她伸出一根手指,我们就必须噤若寒蝉。她可以拿起我们的地球,这个地球上群山环绕,大气层环绕,包含着我们的生存条件,以及人类的思想所能发明的一切,或人类的力量所能实现的一切。她可以拿起她手中的地球,把它抛向太空，在那里，生命将被吞噬，人类和人类的一切努力将永远毁灭。

这些猜测在我们中间甚嚣尘上，但我们还是继续着日常工作和计划，而完成这些计划需要很多年的时间。没有人告诉我们要坚持！当我们通过商业渠道感受到外国的苦难时，我们开始采取补救措施。我们为移民募捐，为因贸易失败而破产的商人募捐。英国人的精神完全苏醒过来，一如既往地抵御邪恶，在病态的自然让混乱和死亡冲破了迄今为止将它们阻挡在外的界限和堤岸时。

夏天开始的时候，我们开始感到，在遥远的国家发生的灾难比我们最初怀疑的要严重得多。基多被地震摧毁了。墨西哥在暴风雨、瘟疫和饥荒的共同作用下变成一片废墟。成群结队的移民涌入欧洲西部。我们的岛屿成了成千上万人的避难所。在此期间，雷兰德被选为护国公。他急切地寻求担任这一职务，打算动用全部力量镇压我们社会中的特权阶层。他的措施被挫败了，他的计划也被这一新情况打断了。许多外国人一贫如洗。他们的人数越来越多，终于无法再采用通常的救济方式。由于我们与美洲、印度、埃及和希腊之间的正常货物交换失败，贸易被迫停止。我们的生活物资突然中断了。我们的护国公和他的党徒们试图掩盖这一事实，但徒劳无功。他日复一日地指定时间讨论有关世袭等级和特权的新法律，但徒劳无功。他竭力把这一灾难说成是局部的和暂时的。这种灾难在许多人的家中出现，并通过各种商业渠道，完全传入了社会的每一个阶层和部门，因此它必然成为国家的首要问题，成为我们必须关注的主要话题。

每个人都怀着惊奇和沮丧的心情问对方，整个国家都将被这些自然界的混乱所毁灭，整个民族都将被消灭，这是真的吗？美洲巨大的城市、印度斯坦肥沃的平原，都面临着彻底毁灭的危险。昔日忙碌的人群聚集在一起享乐或牟利，如今只听到哀嚎和悲惨的声音。空气中弥漫着毒气，每个人都吸入了死亡的气息，即使他们还年轻，还健康，希望还在萌芽。我们想起了一三四八年的瘟疫，据统计，当时有三分之一的人类被毁灭。然而，西欧还没有受到感染。会一直如此吗？

哦，是的，会的——乡亲们，不要害怕！在美洲这片尚未开垦的荒原上，瘟疫也是一个巨大的破坏者，这又有什么奇怪的呢？它自古以来就是东方的土著，是龙卷风、地震和飓风的姐妹。它是太阳的孩子,热带的婴孩,它将在这片土地上死去。它喝南方居民的黑血,却从不享用脸色苍白的凯尔特人。如果我们中间来了一个生病的亚洲人,瘟疫也会随他而去,不会传播,也不会传染。让我们为我们的兄弟哭泣吧,尽管我们永远无法经历他们的不幸。让我们为大地花园的孩子们哀悼,为他们提供帮助。过去,我们羡慕他们的居所、茂密的树林、肥沃的平原和丰饶的美景。但是,在凡人的生活中,极端总是相伴而生。荆棘与玫瑰共生,毒树与桂树混生。拥有黄金布匹、大理石殿堂和无尽财富的波斯,如今已是一座坟墓。阿拉伯人的帐篷倒在了沙地上,他们的战马肆无忌惮地翻滚着。克什米尔山谷弥漫着哀伤的声音。山谷和树林、清凉的喷泉和玫瑰园都被死者污染了。在切尔克斯和格鲁吉亚,美丽的灵魂为它最喜爱的神庙——女人的形体的毁灭而哭泣。

我们自己的苦难,虽然是由虚构的商业互惠引起的,但也相应地增加了。银行家、商人和制造商的贸易依赖于出口和财富的交换,他们都破产了。这种事情单独发生时,只影响到直接当事人。但现在,频繁而大面积的损失动摇了国家的繁荣。养尊处优的家庭沦为乞丐。我们引以为豪的和平状态本身也是有害的:没有办法雇用闲人,也没有办法将过剩的人口送出国门。甚至殖民地的来源也枯竭了,因为在新荷兰、范迪门群岛和好望角,瘟疫肆虐。哦,真希望有什么药能净化不健康的自然,让大地恢复往日的健康!

雷兰德是一个智力超群的人,在通常情况下,他能迅速做出正确的决定,但他对我们周围聚集的众多邪恶感到震惊。他不得不权衡是否向地产阶层征税以援助商业人口。要做到这一点,他必须获得主要的土地的所有者、国家贵族的青睐,而这些人是他的死敌——他必须放弃他最喜欢的均贫富计划,与他们和解;他必须确认他们的庄园权;他必须为了暂时的救济而出卖他为国家的永久利益所珍视的计划。他不能再瞄准他雄心勃勃的光荣目标了。为了当下的目的,他必须把武器丢在一边,放弃他努力的最终目标。他来到温莎与我们商议。每天,他的困难都在增加;新的移民船的到来,商业的完全停止,饥饿的人群拥挤在护国公王宫周围,这些都是不容忽视的情况。打击已经开始。贵族们如愿以偿,他们签署了一份为期十二个月的法案，该法案对全国所有地租征收20%的税款。现在，大都市和人口众多的城市恢复了平静，之前它们曾被逼入绝境。我们又回到了对遥远灾难的思考中，不知道未来是否会给它们带来任何缓解。时值八月，天气炎热，缓解的希望渺茫。恰恰相反，疾病更加猖獗，饥饿也如影随形。成千上万的人死不瞑目，因为在温暖的尸体旁，哀悼者躺在那里，因死亡而变成哑巴。

本月十八日，伦敦传来消息，说法国和意大利发生了瘟疫。消息一开始在城里传得沸沸扬扬，但没有人敢大声说出这个令人魂飞魄散的消息。当有人在街上遇到朋友时，他只会边走边喊道："你听说了吧！"而对方则会带着恐惧和惊骇回答："我们会怎么样？"报纸上终于提到了这件事。在一个不起眼的地方插入了这样一段话："我们遗憾地声明，莱格霍恩、热那亚和马赛已经毫无疑问地传入了瘟疫。"随后没有任何评论，每个读者都发表了自己的可怕评论。我们就像一个人，听说自己的房子着火了，却匆匆穿过街道，抱着侥幸的心理，直到转过街角，看到遮风挡雨的屋顶被火焰笼罩。在此之前，这只是一个传言。但现在，这个消息以无法抹去的文字、明确而不可否认的印刷品流传开来。晦涩难懂的文字使它更加显眼。在恐惧的迷惑眼中，这些小字变得巨大无比。它们似乎是用铁笔刻下的，被火烧过，在云层中交织，印在宇宙的最前端。

英国人，无论是旅行者还是居民，都一股脑儿地涌向他们自己的国家，还有成群结队的意大利人和西班牙人。我们的小岛被挤得水泄不通。起初，移民们带来了大量不寻常的钱币。但这些人没有办法把他们在我们这里花掉的钱挣回到自己手里。随着夏天的到来和瘟疫的加剧，房租欠缴，他们的汇款也没了着落。面对这些曾经养尊处优但如今陷入困境的群众，我们不可能袖手旁观。就像十八世纪末期，英国人为了救济那些被政治革命赶出家园的人，敞开了他们的好客之门。现在，他们也毫不犹豫地向更多的灾难的受害者提供援助。我们有许多外国朋友，我们急切地寻找他们，使他们摆脱了可怕的贫困。我们的城堡成了不幸者的避难所。大厅里住着一些人。城堡主人的收入一向都是以慷慨的方式支出的，现在他更加吝啬了，以便让收入能用于更广泛的用途。然而，变得稀缺的不是金钱，除了部分金钱，而是生活必需品。很难找到立竿见影的补救办法。通常的进口渠道被完全切断。在这种紧急情况下，为了养活我们庇护的那些人，我们不得不把我们的游乐场和公园让给犁和镬头。由于市场的巨大需求，国内的活牲畜明显减少。即便是这些长有鹿角的被保护动物，也不得不为了供养更有价值的受益者而牺牲。为使土地实现耕作而产生的劳动需求，雇用并养活了日渐式微的工厂的下岗工人。

阿德里安并未仅限于管理自身资产的努力。他主动与国内富豪阶层进行沟通，并在议会中提出了一系列不太讨好富人的提案。然而，他真诚恳切的陈词和富有同理心的雄辩却令人无法抗拒。把游乐场地让给农业者，明显减少全国各地为奢侈目的饲养的马匹数量，这些手段的效果显而易见，但却令人不快。然而，为了英国人的荣誉，请记住，尽管自然的不情愿使他们拖延了一段时间，但当他们的同胞的悲惨遭遇变得触目惊心时，一种热情慷慨的精神就会激励他们颁布法令。最奢侈的人往往最先放弃他们的放纵。就像在社会中常见的那样，一种风尚已经形成。乡下出身的高贵的女士们如果现在享受了她们以前称之为必需品的马车，就会认为自己丢尽了脸面。在其他地方，看到有身份的女性步行前往时髦的度假胜地并不奇怪。更常见的是，所有拥有土地财产的人都会在整队穷人的陪同下离开自己的庄园，砍伐自己的树林建造临时住所，并将自己的公园和花圃分给贫困家庭。他们中的许多人在自己的国家地位很高，现在却手拿锄头翻起了土。最后，人们发现有必要制止这种牺牲精神，并提醒那些慷慨解囊、挥霍无度的人，在目前的状况成为永久性的（这是不可能的）之前，将变革进行得如此之大，以至于难以作出反应，是错误的。经验表明，再过一两年，瘟疫就会停止。在此期间，我们最好不要毁掉我们的优良马种，也不要彻底改变国家总体样貌。

可以想象，在这种仁爱精神深深扎根之前，情况确实很糟糕。现在，这种传染病已经在法国南部省份蔓延开来。但该国农业资源丰富，人口从一个地方涌向另一个地方，以及通过外国移民而增加的人口数量，都不如我们感受到的那么强烈。与疾病及其自然伴随物相比，恐慌造成的伤害似乎更大。

人们欢呼冬天的到来，冬天是一位永不过时的医生。人们满怀感激地欢迎葱郁的树林、暴涨的河水、傍晚的薄雾和清晨的霜冻。人们立即感受到了寒冷的净化作用。国外的死亡名单每周都在减少。许多来访者离开了我们。那些家远在南方的人高兴地逃离了我们北方的冬天，寻找他们的故乡，即使在恐惧的来访之后，他们也能享受到富足的生活。我们又喘了口气。我们不知道即将到来的夏天会带来什么，但这几个月是属于我们的，我们对瘟疫的停止寄予厚望。

第六章

我曾长久地徘徊在生命之河的尽头,与死亡的阴影纠缠在一起。长久以来,我的心一直沉浸在对过去幸福的回望中,那时希望还在。为什么不能永远这样呢?我不是不朽的,我的历史可能会延续到我存在的极限。但是,最初引导我描绘充满温情回忆的场景的同一种情感,现在却要我匆匆前行。我这颗温暖而渴求的心,曾让我用文字记录下我流浪的青春、宁静的成年和灵魂的激情,同样的渴望让我现在不敢再拖延了。我必须完成我的工作。

我站在这里,正如我所说的那样,站在流淌的岁月之水旁,现在,我离开了!张开风帆,奋力划桨,驶过黑暗逼近的峭壁,越过急流,抵达我已到达的荒凉之海。然而,在我离岸之前的一个瞬间,一个短暂的间歇——一次,再一次,让我想象自己二〇九四年在温莎居住时的样子,让我闭上眼睛,想象那难以估量的橡树枝丫依然在我身旁,城堡的城墙近在咫尺。让幻想描绘出六月二十日的欢乐场景,就像现在我疼痛的心所回忆的那样。

当时的情况需要我前往伦敦。在这里,我听说伦敦的医院出现了鼠疫症状。我回到温莎,眉头紧锁,心情沉重。我按照惯例,在前往城堡的途中,从弗洛格莫尔大门进入小公园。公园的大部分土地已经开垦,马铃薯地和玉米地散落在这里和那里。乌鸦在树上高声啼叫。在它们嘶哑的叫声中,我听到了一曲活泼的音乐。今天是阿尔弗雷德的生日。年轻人、伊顿公学的学生和邻近贵族的孩子们举办了一个模拟集市,所有乡下人都应邀参加。公园里到处都是帐篷,炫目的色彩和艳丽的旗帜在阳光下摇曳，为现场增添了欢乐的气氛。在露台下搭建的平台上，一些年轻的集会者正在跳舞。我靠在一棵树上观察他们。乐队演奏的是韦伯在阿邦·哈桑（Abon Hassan）介绍的狂野的东方乐曲，其多变的音符为舞者的双脚插上了翅膀，而旁观者则不自觉地打着拍子。起初，我的精神被这铿锵有力的乐章所鼓舞，一时间，我的目光欣喜地追随着舞蹈的迷宫，思想的反感像锋利的钢刀直刺我的心脏。我想，你们都将死去，你们的坟墓已经在你们周围筑起。有一段时间，因为具有敏捷和力量的天赋，你们以为自己还活着。但是，包裹生命的"肉体之花"是脆弱的，将你们与生命捆绑在一起的银线是易碎的。快乐的灵魂，在优美肢体的驱动下，从一种快乐到另一种快乐，会突然感觉到车轴松动，弹簧和车轮化为尘土。你们这些命中注定的人啊，一个也逃不掉！我自己的人，我的伊德里斯和孩子们，一个也逃不掉！恐怖与悲惨！欢快的舞蹈已经消失，绿色的草地上尸横遍野，蓝色的空气中弥漫着死亡的气息。嘶吼吧，你们这些嘹亮的号角，号叫吧！把哀歌叠加在哀歌之上，唤醒殡葬的和弦，让空气中响起可怕的哀号，让狂野的不和谐乘着风的翅膀汹涌而来！我已经听到了，守护天使在完成他们的任务后，匆匆离去，他们的离去在忧郁的乐曲声中宣告。哭泣的面孔都很不雅观，迫使我睁开眼，越来越快，许多悲惨的面孔成群结队地围拢过来，表现出各种不同的凄惨——众所周知的面孔与扭曲的幻想作品混杂在一起。雷蒙德和珀迪塔面色苍白，分坐在两旁，带着悲伤的微笑看着他们。阿德里安的面容因死亡而变得苍白——伊德里斯慵懒地闭着双眼，嘴唇苍白，即将滑入宽阔的坟墓。场面越来越混乱——他们悲伤的神情变成了嘲弄。他们随着音乐点头，音乐的铿锵声变得令人抓狂。

我觉得这太疯狂了——我猛地向前冲，想把它甩掉。我冲进人群中间。伊德里斯看见了我：她迈着轻盈的步子向前走去。我把她搂在怀里，仿佛拥抱住了全世界，然而，它就像正午的太阳从睡莲的杯中喝下的水珠一样脆弱。我的眼里噙满了泪水，不愿意就这样被湿润。我的孩子们欢天喜地地欢迎，克拉拉轻声的感谢，阿德里安手掌的温度，都让我松了一口气。我觉得他们就在附近，他们很安全，但我觉得这一切都是假象。大地在颤抖，根深蒂固的树木在移动。一阵头晕目眩袭来，我倒在了地上。

我亲爱的朋友们惊慌失措——不，他们如此焦急地表达了他们的惊慌，以至于我不敢说出徘徊在我嘴边的"瘟疫"这个词，生怕他们把我不安的神情理解成一种症状，从我的无精打采中看出感染状况。我还没有完全恢复过来，但还是装作很高兴的样子，让我的小圈子里又恢复了笑容，这时我们看到雷兰德走了过来。

雷兰德看上去有点像一个农民，一个在剧烈运动和风吹日晒的影响下肌肉发达、身材魁梧的人。这也确实是事实。因为，虽然他是一个大地主，但也同时兼任投影员之职，而且热情勤劳，他在自己的庄园里从事农业劳动。当他以大使的身份前往美洲北部各州时，有一段时间他计划着自己的整个迁徙过程。为了选择新的居住地，他甚至在这片广袤的大陆上向西远行了好几次。野心使他放弃了这些计划，野心使他历经种种艰难险阻，终于达到了希望的顶峰，成为英格兰的护国公。

他的面容粗犷而睿智，浓密的眉毛和机灵的灰色眼睛似乎在盘算着自己的计划并预判着敌人的反对。他的声音铿锵有力。他在辩论中伸出的巨大的肌肉发达的臂膀似乎在警告他的听众，语言并不是他唯一的武器。很少有人在他威严的外表下察觉到他的懦弱和不坚定。没有人能像他一样如此精准地"过度施力于微小目标"；也没有人能在面对强大对手时，更巧妙地实施战略性撤退。这就是他在雷蒙德勋爵当选之前退出的秘密。从他不坚定的眼神中，从他极度渴望了解所有人的意见中，从他孱弱的笔迹中，我们可以隐约看到这些特质，但这些特质并不广为人知。他现在是我们的护国公。他曾为这一职位四处奔走。他的保护地将以对贵族制度的各种创新而与众不同。而他所选择的这一任务，却与现实的境遇背道而驰，如今他要应对自然界的震荡所造成的毁灭。他没有能力通过任何全面的制度来解决这些弊端。他采用了一个又一个权宜之计，却始终无法说服自己实施补救措施，直到为时已晚，无法再发挥作用。

当然，现在向我们走来的雷兰德，与这位英国人中的第一把交椅的有力、讽刺、似乎无所畏惧的竞争者并无多少相似之处。我们的本土橡树，正如他的游击队员所称呼的那样，确实受到了寒冬的侵袭。他的个头突然如同萎缩了一般，关节松弛，四肢无力，面容萎缩，目光呆滞，一颦一笑都流露出衰弱的神情和恐惧。

在回答我们急切的问题时，他抽搐的嘴唇里不由自主地只说出了一个词：瘟疫。"在哪儿？""四面八方。我们必须飞走，都要飞走，但飞向哪里？没有人知道。世上没有避难所，它像无数群狼一样向我们扑来。我们都得飞，你要去哪儿？我们又能去哪里？"

这位强悍的男人噤若寒蝉着说出了这些话。阿德里安回答说："难道你们真的想就这样逃走？我们都必须留下来，尽全力帮助我们受苦受难的同胞。"

"帮助！"雷兰德说，"压根不会帮助！伟大的上帝啊，谁说要帮助？"

"全世界都得了瘟疫！"

"那么为了避免瘟疫，我们必须离开这个世界。"阿德里安温和地笑着说。

雷兰德呻吟着，额头冒出冷汗。我们阻止不了他的惊恐，但我们安抚并鼓励他，过了一会儿，他就能更好地向我们解释他惊恐的原因了。他已经完全明白了。他的一个仆人在伺候他时，突然倒地身亡。医生说仆人死于瘟疫。我们努力让他平静下来，但我们自己的心却无法平静。我看到伊德里斯的目光从我身上移向她的孩子们，焦急地请求我作出判断。阿德里安沉浸在思考中。就我自己而言，雷兰德的话在我耳边响起，整个世界都得了瘟疫。在死亡的阴影从大地消失之前，我还能在哪个不受污染的隐居地保存我心爱的宝藏呢？我们陷入了沉默，在沉默中倾听着客人悲惨的叙述和预言。我们退出人群，登上露台的台阶，向城堡走去。我们的欢呼声打动了离我们最近的人。通过雷兰德的仆人，他逃离伦敦瘟疫的消息很快就传开了。欢快的队伍散开了，他们三三两两地聚在一起窃窃私语。欢乐的气氛黯然失色。音乐停止了。年轻人离开了各自的岗位，聚在一起。轻快的心情给他们穿上化妆舞会的服装，装饰他们的帐篷，把他们集合成梦幻般的群体，这似乎是对可怕的命运的一种冒犯和挑衅，而这可怕的命运正用它的麻痹之手抚摸着希望和生命。此时的欢乐是对人类悲哀的不道德嘲弄。我们中间有一些外国人，他们在我们的国家躲避瘟疫，现在却看到自己最后的庇护所被入侵。恐惧让他们变得喋喋不休，他们向热心的听众描述了他们在遭受灾难的城市里看到的悲惨景象，并令人恐惧地描述了这种疾病的阴险和不可救药的性质。

我们进入了城堡。伊德里斯站在一扇可以俯瞰公园的窗前。她母性的目光在年轻的人群中寻找自己的孩子。一个意大利小伙子身边围满了听众,他正用生动的手势描述着一些恐怖的场景。阿尔弗雷德站在他面前一动不动,全神贯注。小伊夫林本想把克拉拉引开和他一起玩,但意大利人的故事吸引了她,她蹑手蹑脚地走近,炯炯有神的眼睛紧紧盯着说话的人。我们有的在看公园里的人群,有的在进行痛苦的思考,大家都沉默不语。雷兰德一个人站在窗边。阿德里安在大厅里踱来踱去,回想着一些新奇而又令人难以抗拒的想法,突然,他停了下来,说道:"我早就料到会是这样,难道我们还能指望这个岛国能幸免于难吗?邪恶已经降临到我们头上,我们绝不能在命运面前退缩。护国公大人,为了我们国家的利益,您有什么计划?"

"看在上帝的分上!温莎,"雷兰德喊道,"不要用这个头衔来嘲笑我。死亡和疾病践踏着所有人。我既不是要保护医院,也不是要管理医院——英国很快就会变成这样。"

"那么,在危急时刻,你打算放弃你的职责吗?"

"职责!理智地说,阁下!当我变成一具满身瘟疫的尸体时,我的职责何在?人不为己,天诛地灭!一旦我身处险境,那就把护国公的责任交给魔鬼吧!"

"胆小鬼!"阿德里安愤慨地喊道,"你的同胞信任你,而你却背叛了他们!"

"我背叛了他们?"雷兰德说,"瘟疫背叛了我。胆小鬼!把自己关在城堡里,远离危险,在恐惧中夸耀自己,这很好。谁愿意接受护国公之位,我就在上帝面前放弃它!"

"在上帝面前,"他的对手热切地回答道,"我愿意接受!现在没有人会为这份荣誉拉票,没有人会嫉妒我的危险和辛劳。把你的力量交给我吧。我与死神搏斗了很久(他伸出瘦弱的手),我在搏斗中受了很多苦。我们不是靠逃避解决问题,而是要面对敌人,才能征服敌人。我的最后一战即将打响,我不入地狱,谁入地狱!

"但是,来吧,雷兰德,重新振作起来!人们一直认为你宽宏大量、英明神武,难道你要抛弃这些称号吗?考虑一下你的离开会引起的恐慌吧。回伦敦去吧。我和你一起去。你的出现会鼓舞人心。我会承担一切危险。可耻啊！可耻啊！如果英格兰的首任行政官就这样率先放弃他的职责！"

与此同时，在公园里的客人们，所有欢庆的念头都已消散。就像夏天的苍蝇被雨水冲散一样，这群早些时候还喧闹欢快的人也在悲伤和忧郁的低语中很快散开。夕阳西下，暮色渐深，公园里几乎空无一人。阿德里安和雷兰德还在认真地讨论着。我们在城堡的下层大厅为客人们准备了宴会，伊德里斯和我去那里接待剩下的几位客人。没有什么比欢乐的聚会变成悲伤的聚会更令人惆怅的了。华丽的礼服和装饰，原本可能是欢乐的，此刻却变得庄严肃穆。如果说这种变化是因微不足道的原因而带来的痛苦，那么，当我们知道地球的毁灭者终于像一个大恶魔一样，轻而易举地越过了我们的防范措施所划定的界限，一下子就在我们国家饱满而跳动的心脏地带占据了一席之地时，我们的心情变得无比沉重。伊德里斯坐在半空的大厅顶层，脸色苍白，泪流满面，几乎忘记了自己作为女主人的职责。她的眼睛紧紧盯着自己的孩子。阿尔弗雷德严肃的神情表明，他还在回味那个意大利男孩讲述的悲惨故事。伊夫林是在场唯一一个欢快的人。他坐在克拉拉的大腿上，用自己的幻想制造欢乐，大声地笑着。拱形屋顶上再次回荡着他稚嫩的笑声。可怜的母亲沉思了很久，压抑着内心的痛苦，现在泪流满面，抱着孩子匆匆离开了大厅。克拉拉和阿尔弗雷德紧随其后。其余的人在混乱的喃喃自语中，越说越大声，诉说着他们的恐惧。

年轻的人围着我问这问那，那些在伦敦有朋友的人比其他人更急切地想知道伦敦目前的疾病情况。我鼓励他们振作起来。我告诉他们，瘟疫造成的死亡人数极少，并让他们抱有希望，因为我们是最后到访的，所以灾难可能在到达我们这里之前已经失去了最毒辣的威力。我们城市的清洁、秩序和建筑方式都对我们有利。由于这是一种流行病，它的主要威力来自空气中的有害物质，在空气自然清新的地方，可能不会造成什么伤害。起初，我只对离我最近的人说了几句话，但后来整个集会都围着我，我发现大家都在听我说话。"朋友们，"我说，"我们的危险是共同的，我们的预防和努力也是共同的。如果男子汉的勇气和抵抗能够拯救我们，我们就会得救。我们将与敌人战斗到底。瘟疫不会发现我们是现成的猎物。我们将争夺每一寸土地，并通过有条不紊、灵活机动的法律，为我们的敌人设置不可战胜的障碍。也许，世界上没有任何一个地方会遇到如此系统而坚决的反对。也许没有任何一个国家在抵御入侵者时能得到如此完备的自然保护，也没有任何地方的大自然能得到人类如此有力的帮助。我们不会绝望。我们既不是懦夫，也不是宿命论者。但是，我们相信上帝已经把保护我们的手段交到了我们自己的手中，我们将尽最大努力使用这些手段。请记住，清洁、清醒，甚至幽默和仁慈，都是我们最好的良药。"

对于这些一般性的劝诫，我没有什么可以补充的。因为瘟疫虽然在伦敦，但并不在我们中间。于是，我解散了人群，他们则等待着将要发生的事情。

我现在去找阿德里安，急切地想知道他和雷兰德讨论的结果。他取得了部分胜利。护国公同意回伦敦住几个星期。在此期间，一切都会安排妥当，以减少他离开时的惊愕。阿德里安和伊德里斯在一起。阿德里安最初听说伦敦发生瘟疫时的悲伤已经消失了。他的目标使他的身体充满力量，热情和自我奉献的庄严喜悦照亮了他的面容。他身体的弱点似乎从他身上消失了，就像古代寓言中塞米莱的神圣情人身上的人性阴云一样。他在努力鼓励妹妹，让她从一个不那么悲惨的角度来看待他的意图。他用激情澎湃的口才向她阐述了自己的计划。

他说："让我说点什么解除你对我的恐惧吧。我不会让自己承担超出能力范围的任务，也不会无谓地寻求危险。我觉得我知道该做什么，既然我的存在是完成我的计划所必需的，我会特别注意保护自己的生命。

"我现在要从事的是适合我的工作。我不会阴谋诡计，也不会在人的恶习和激情的迷宫中迂回曲折。但我可以把耐心、理解和艺术所能提供的帮助带到病床前。我可以使悲惨的孤儿在人间复活，打开哀悼者紧闭的心扉，使其燃起新的希望。我可以将瘟疫限制在一定范围内，为它带来的苦难定下期限。勇气、忍耐和警惕是我完成这项伟大工作的力量。

"哦，我现在要有所作为了！从我出生起，我就像雄鹰一样渴望成功。但是，与雄鹰不同的是，我的翅膀已经折断，我的视力已经丧失。挫折与困境如影随形，这两个与生俱来的阻力一直束缚着我的发展潜力。即便是山间放牧的牧童，在社会阶层中都比我地位更高。但现在，我终于找到了施展才能的合适领域，这值得庆贺。我曾多次考虑前往法国和意大利的疫区提供专业支持，但担心会让您忧心，加上预见到当前的危机，才一直按捺住这个想法。此刻，我决定将自己的专业才能奉献给英格兰和英国人民。如果我能够帮助挽救哪怕一位杰出人才免于致命威胁，或是保护一座美丽的乡村住宅免受损害，我的人生就没有虚度。"

这是个不同寻常的野心！然而这就是阿德里安。他似乎沉醉于思考，摒弃浮华刺激，虽谦卑却心怀远大——每个念头都凝聚着不凡的价值。

就像破晓时分的云雀，

从沉闷的大地苏醒，振翅在天堂之门唱起赞歌。[1]

因此，他从无精打采和毫无建树的思绪中走了出来，走上了良性行动的最高峰。

他带着热情，带着坚定的决心，带着直视死亡的眼睛。而我们却只剩下忧伤、焦虑和对邪恶难以忍受的期待。培根勋爵说，一个有妻子儿女的人，已经给命运做了人质。所有的哲学推理都是徒劳的——所有的坚韧都是徒劳的——对可能的好结果的依赖也是徒劳的。我可能会用逻辑、勇气和顺从来堆高天平的一端——但只要对伊德里斯和我们孩子的恐惧进入另一端，天平就会失去平衡。

伦敦发生了瘟疫！不久前，我们就愚蠢地预见到了这一点。我们为东方一望无际的大陆的毁灭和西方世界的荒凉而哭泣。而我们却幻想着，在我们的岛屿和地球上其他地方之间的那条小通道，能让我们在死人堆里活下来。我想，从加莱到多佛并不是一个巨大的飞跃。我们的眼睛很容易就能辨认出这块姊妹地，它们曾经是连在一起的，而在地图上，这中间的小路看起来只不过是穿过高高的草丛的一条人行道。然而，这一小段的间隔却拯救了我们。海面上升起了一堵高墙，墙外是疾病和苦难，墙内是躲避邪恶的庇护所，是天堂花园的一角。一粒天堂的土壤，邪恶无法入侵。我们这一代人能想象出这一切，真是明智之举！

但我们现在醒了。瘟疫在伦敦蔓延。英格兰的空气被污染，她的儿女们遍布在

---

[1] 出自莎士比亚的十四行诗。

不健康的土地上。而现在，大海，这个曾经保卫我们的地方，似乎成了我们的牢笼。被沟壑所包围，我们将像被围困的城镇中饥肠辘辘的居民一样死去。其他国家与我们同生共死，而我们却与世隔绝，必须埋葬自己的亡灵，小小的英格兰成了一座宽广的坟墓。

当我看着妻子和孩子们时，这种普遍的悲惨感觉变得更加强烈和明显。一想到他们会有危险，我整个人都充满了恐惧。我怎样才能拯救他们？我想了无数个计划。我该如何拯救他们？我反复思考了无数个计划。在我化为虚无之前，绝不能让感染接近我灵魂的这些偶像。我愿赤足走遍世界，寻找一片未被污染的净土；我愿在漂泊于荒芜无垠的海洋之上的木板上建造我的家。我要和他们一起到野兽的巢穴里去，那里有我要杀死的獾的幼崽，它们在那里健康地长大。我想去寻找山鹰的巢穴，在海边悬崖峭壁上某个人迹罕至的凹处栖息数年。只要能给他们带来生机，再艰苦的劳动，再疯狂的计划都不为过。哦！我的心弦啊，你们可以被撕裂，而我的灵魂不会因悲伤而流下血泪！

伊德里斯在经历了第一次打击之后，又恢复了几分坚毅。她摒弃了所有对未来的憧憬，将自己的心托付给现在的幸福。她一刻也没有忘记她的孩子们。但是，当孩子们健康地在她身边玩耍时，她却只能怀着满足和希望。一种奇怪而又狂野的不安笼罩着我——因为我不得不掩饰，所以更加难以忍受。我对阿德里安的担心从未停止过。八月已经来临，伦敦的瘟疫症状迅速加剧。所有有能力离开的人都离开了伦敦，而他，我灵魂的兄弟，却面临着危险，除了被环境束缚的奴隶，所有人都逃离了这些危险。他仍在与恶魔搏斗，他的身边无人看守，他的辛劳无人分担——瘟疫甚至可能传染给他，他将在无人照看的情况下孤独地死去。这些念头日日夜夜缠绕着我。我决心去伦敦看他，用希望的甜药或绝望的鸦片来平息这些痛苦的悸动。

直到我到达布伦特福德，我才发现这个国家的面貌发生了很大的变化。好一点的房子都关门闭户了，镇上繁忙的贸易也瘫痪了，我遇到的少数乘客中弥漫着焦虑的气氛，他们惊奇地看着我的马车。自从瘟疫占据了伦敦的高地，占据了伦敦繁忙的街道之后，他们第一次看到我的马车驶向伦敦。我遇到了几场葬礼，送葬者寥寥无几，因为这被围观者视为最可怕的预兆。有些人热切地注视着这些队伍，有些人胆怯地逃走，有些人大声哭泣。

　　阿德里安在及时救助病人之后，主要的工作是向伦敦居民隐瞒瘟疫的症状和发展情况。他知道，恐惧和忧郁的预感是疾病的强力帮凶，绝望和忧愁使人的身体特别容易受到感染。因此，他没有看到任何不雅的景象：商店一般都在营业，乘客也在一定程度上保持着往来。不过，虽然避免了出现被感染的城市的景象，但对我来说，伦敦似乎发生了足够大的变化，因为我从疫情开始时就没有见过伦敦。没有马车，街道上的草长得很高，房屋显得很荒凉，大多数百叶窗都紧闭着。我遇到的人都面无表情，神情惊恐，与伦敦人惯常的公事公办的神态大相径庭。我那辆孤零零的马车在驶向护国宫的途中引起了人们的注意，而通往护国宫的时髦街道则显得更加沉闷冷清。我发现阿德里安的会客室里挤满了人。此时是他的觐见时间。我不愿打扰他的工作，就在一旁等着，观察请愿者的进进出出。他们都是社会中下层的人，由于贸易的停止，他们的生活来源也随之断绝，再加上我们国家特有的各种忙于赚钱的精神，他们的生活变得十分拮据。在新来的人身上，有一种焦虑的气息，有时甚至是恐惧的气息，这与那些曾经来过这里的人的顺从甚至满足的神情形成了强烈的对比。我从他们敏捷的动作和欢快的表情中感受到了我朋友的影响。两点钟的钟声敲响了，过了两点就没有人入场了，那些失望的人闷闷不乐地走开了，而我却走进了听众席。

　　阿德里安健康状况的改善令我印象深刻。他不再弯腰驼背，就像一朵被过度呵护的春天之花，在力不从心的情况下悄然绽放，甚至被自己的花冠压得喘不过气来。他的眼睛炯炯有神，神态自若，整个人洋溢着一种精力充沛的气息，与以前的无精打采判若两人。他和几位秘书坐在一张桌子旁，秘书们正在整理请愿书或登记当天觐见时所作的记录。有两三个请愿者还在座。我钦佩他的公正和耐心。对于那些有能力在伦敦以外的地方生活的人，他建议他们立即离开伦敦，并为他们提供了这样做的帮助。其他一些人，如果他们的行业对这座城市有益，或者他们没有其他避难所，他就为他们提供建议，让他们更好地躲避流行病，减轻超负荷的家庭负担，填补其他人因死亡而造成的空缺。在他的影响下，秩序、舒适，甚至健康都得到了改善，就像魔术师的魔杖轻轻一碰。

"我很高兴你能来，"当我们终于得以独处时，他对我说，"我只能抽出几分钟时间，必须在这段时间里告诉你很多事情。瘟疫正在蔓延——对这一事实视而不见是没有用的——死亡人数每周都在增加。未来会发生什么，我无法预料。感谢上帝，目前我还能胜任镇上的管理工作，我只着眼于眼前。雷兰德已经被我扣留了很久，他规定我必须让他在本月底之前离开。议会任命的副手已经去世，因此必须另选他人。我已经提出了我的要求，我相信我不会有竞争对手。今晚就要决定这个问题了，因为议会要为此召集会议。莱昂内尔，你必须提名我。雷兰德因为羞愧，不能亲自出马，但我的朋友，你能帮我这个忙吗？"

奉献是多么可爱！这是一个出身王室、在奢华中长大、天生不喜欢公众生活中通常的斗争的青年，而现在，在危险的时刻，在生存是野心家最人的追求的时期，他，受人爱戴的英雄阿德里安，以甜美的质朴，主动提出为公众的利益牺牲自己。这个想法本身是慷慨而高尚的，但除此之外，他那朴实无华的举止，他那完全不假辞色的美德，使他的行为更加感人。我本想拒绝他的请求，但我看到了他的善举，我觉得他的决心不容动摇，于是，我怀着沉重的心情答应了他的请求。他深情地握着我的手。"谢谢你，"他说，"你让我摆脱了痛苦的困境，和以前一样，你是我最好的朋友。别了，我得离开你几个小时。你去和雷兰德谈谈吧。虽然他放弃了在伦敦的职位，但在英格兰北部，他可能会发挥最大的作用，接待和帮助旅客，为大都市提供食物。我恳求你唤醒他的责任感。"

后来我才知道，阿德里安离开我后，每天的任务就是去医院看病，巡视伦敦的人流密集区。我发现雷兰德变了很多，甚至和他去温莎时判若两人。长期的恐惧使他的肤色发黄，整个人也变得干瘪。我把今晚的事情告诉了他，一个微笑让他收缩的肌肉放松了下来。他很想走。每一天他都期待着被瘟疫感染，每一天他都无法抗拒阿德里安的温柔暴力。一旦阿德里安合法当选为他的副手，他就会逃到安全的地方。在这种印象的驱使下，他听完了我说的每一句话。由于即将离开，他高兴得几乎要跳起来了，他开始讨论他在自己的郡里应该采取的计划，暂时忘记了他所珍视的把自己封闭在庄园和院子里，不让任何人与他联系的决心。

晚上，我和阿德里安前往威斯敏斯特。我们一边走，他一边提醒我要说的话和要做的事，然而，说来奇怪，我进门时却一次也没有思考过我的目的。阿德里安留在咖啡厅，而我则遵照他的意愿，在圣史蒂芬堂就座。房间里异常安静。自从雷蒙德担任护国公以来，我就再也没有来过这里。在那段时期，出席会议的议员众多，发言者口若悬河，辩论气氛热烈。议会席位空缺显著，传统上由世袭议员占据的座位悉数虚位以待；仅见商业城市代表、少数地产所有者，以及为政治生涯而进入议会的议员寥寥可数。议会关注的第一个议题是护国公的致辞，他请求议会在他缺席期间任命一位副手。

大家都沉默不语，直到一位议员来到我身边，悄悄告诉我，温莎伯爵捎信给他，让我在最初被选中担任这一职务的人缺席的情况下，提出选举他的动议。现在，我第一次看到了我的任务的全貌，我被自己带来的后果压得喘不过气来。雷兰德因为害怕瘟疫而离开了他的岗位，阿德里安也因为同样的恐惧而没有了竞争对手。而我，温莎伯爵的近亲，要提议选举他。我将把这位被选中的无与伦比的朋友推上危险的岗位——不可能！大局已定，我将自荐为候选人。

出席会议的几位成员，与其说是为了辩论，不如说是为了通过合法出席来结束会议。我机械地站了起来——我的膝盖在颤抖，当我就选择一个足以胜任手头危险任务的人的必要性说了几句话时，我的声音里充满了犹豫。但是，当我想到要在我朋友的房间里展示自己时，我心中的疑虑和痛苦顿时烟消云散。我的话语自然而然地流露出来，坚定而迅速。我提到了阿德里安已经做的事情，我保证会以同样的警惕性来推进他的所有观点。我为他摇摆不定的健康状况描绘了一幅动人的图画。我夸耀了自己的力量。我祈求他们拯救这位英格兰最高贵家族的子孙。我与他的结盟是我诚意的保证，我与他妹妹的联姻，以及我的子嗣作为他的法定继承人，都是我信誉的担保。

辩论的这一意外转折很快传到了阿德里安耳中。他匆匆赶来，目睹了我慷慨陈词的结束。我没有看到他。我的灵魂沉浸在自己的言辞中，我的眼睛无法感知现实，而眼前浮现出阿德里安的身影，他被瘟疫玷污，在死亡中沉沦。在我下结论的时候，他抓住了我的手——"不厚道！"他喊道，"你背叛了我！"然后，他猛地向前一跳，一副指挥若定的样子，把副手的位置据为己有。他说，这是他用危险换来的，用辛劳换来的。他的雄心壮志就寄托在这里。在为国家的利益奉献了一段时间之后，难道要我插手进来，从中渔利吗？让他们回忆一下他到达时伦敦的情况吧：普遍的恐慌造成饥荒，而所有道德和法律的束缚都松动了。他恢复了秩序——这是一项需要毅力、耐心和精力的工作。为了国家的利益，他不眠不休。他们敢这样冤枉他吗？他们敢把他辛辛苦苦挣来的报酬夺走，而把它赐给一个从未涉足过公共事务的人，而他本人却是这方面的专家。他要求得到副手的职位，这是他的权利。雷兰德已经表明更喜欢他。他生来就继承了英格兰的王位，从来没有向那些现在与他平起平坐但可能是他臣民的人请求过恩惠或荣誉。他们会拒绝他吗？他们会不会把这位古代国王的继承人从荣耀和值得称道的雄心壮志的道路上推回，让一个没落的家族再一次失望？

从来没有人听阿德里安提到过他祖先的权利。从来没有人怀疑过，权利或多数人的选举权会以任何方式成为他所珍视的东西。他以激烈的言辞开始了他的演讲，他以不卑不亢的温和结束了他的演讲，以同样的谦逊发出了他的呼吁，就好像他要求成为英国人中财富、荣誉和权力的第一人，而不是像事实一样，成为令人厌恶的劳作和不可避免的死亡的行列中的第一人。他的演讲结束后，赞许之声不绝于耳。"哦，别听他的，"我喊道，"他说的是假话，对他自己说的假话。"我被打断了。恢复安静后，按照惯例，我们被命令在会议决定期间退席。我以为他们在犹豫，我还有希望，但我错了——我们刚离开会议厅，阿德里安就被召回，并被任命为护国公的副手。

我们一起回到了宫殿。"为什么，莱昂内尔，"阿德里安说，"你到底想干什么？你不可能征服我，却让我感到战胜我最亲爱的朋友的痛苦。"

"这简直是嘲弄，"我回答道，"你献出了自己——你，伊德里斯受人爱戴的哥哥，世间万物中我们心目中最亲爱的人——你献出了自己，让自己早早死去。我本可以阻止这一切的发生。我的死只是一个小小的不幸，或者说我不应该死。而你却没有希望逃过一劫。"

"至于逃脱的可能性，"阿德里安说，"十年后，寒星可能会照耀我们所有人的坟墓。但至于我对传染病的特殊易感性，我可以很容易地从逻辑上和生理上证明，在传染病中，我比你更有机会活下去。

"这是我的职位，我为此而生——在无政府状态下统治英格兰，在危险中拯救她，为她献身。我祖先的血在我的血管里大声呐喊，要我成为我的同胞中的第一人。或者，如果这种说话方式冒犯了你们，那么请允许我说，我的母亲，骄傲的王后，很早就给我灌输了一种对荣誉的热爱，而这一切，如果不是因为我身体的虚弱和我独特的见解阻止了我的这种想法，可能早就让我为我的种族失去的继承权而奋斗了。但现在，我的母亲，或者说，我母亲的教诲，在我心中觉醒了。我不能带头战斗，我不能通过阴谋和失信，在英国公共精神的残骸上重新夺回王位。但是，我可以第一个支持和保卫我的国家，因为可怕的灾难和毁灭已经降临到她的头上。

"我只有这个国家和我心爱的妹妹。我将保护前者，后者就交给你了。如果我活了下来，而她失去了生命，那我还不如死了算了。我知道你会保护她。为了她，如果你还需要别的鞭策，那就想想，在保护她的同时，你也保护了我。她那完美无瑕的天性，都被她的感情包裹着。如果感情受到伤害，她就会像一朵没浇水的花一样垂头丧气，而感情受到的最轻微的伤害，对她来说都是凛冽的寒霜。她已经开始为我们担心了。她担心她疼爱的孩子们，也担心你，孩子们的父亲，她的爱人、丈夫、保护者，你必须在她身边支持她、鼓励她。那么，回到温莎吧，我的兄弟。因为无论从哪个角度来说，你都是我的兄弟——请你承担起我缺席所带来的双重职责，让我在此处承受苦难之时，能够将目光投向那片宁静的庇护所，并说道：那里有着安宁。"

第七章

我去了温莎,但并不打算留在那里。我去那里是为了征得伊德里斯的同意,然后回来与我这位无与伦比的朋友并肩作战:分担他的工作,拯救他,如果必须这样做的话,那就牺牲我的生命吧。然而,我害怕目睹我的决心在伊德里斯心中激起的痛苦。我曾扪心自问,即使是短暂的悲伤,我也决不会在她的脸上留下阴影,难道在最需要的时候,我却要背弃她吗?我曾心急火燎地开始了我的旅程,现在我却希望日积月累。我渴望避免行动的必要性,我努力逃避的思想、虚荣、成熟,就像幻觉中的黑暗形象,越来越近,直到将整个地球笼罩在它的阴影中。

由于一个小情况,我改变了平常的路线,通过埃格姆和主教门返回家中。我在珀迪塔的旧居——她的小屋——下了车,送走马车,决定步行穿过公园去城堡。这个地方是我最甜蜜的回忆,荒废的房子和无人问津的花园很适合抚慰我的忧郁。在我们最幸福的日子里,珀迪塔用艺术带来的一切辅助手段来装饰她的小屋,而这一切都是大自然的眷顾。在与雷蒙德分手后,她又以同样的夸张精神,把小屋完全荒废了。现在,它已经破败不堪。鹿爬上了破损的栅栏,在花丛中休息;门槛上长满了青草,摇摆的格子在风中吱吱作响,发出了完全被遗弃的信号。天空湛蓝,空气中弥漫着野草间稀有花朵的芬芳。树木在头顶摇曳,唤醒了大自然最喜爱的旋律,但小径的崎岖和花圃里杂草郁郁葱葱,让这一派夏日景象也黯然失色。我们在这间小屋里自豪而幸福地相聚的时光一去不复返了——很快,现在的时光将与过去的时光合二为一,而未来的阴影将从时间的孕育、摇篮和坟墓中暗暗升起,来势汹汹。

这是我有生以来第一次羡慕逝者的睡眠，并欣喜地想到自己在草皮下的床，在那里，悲伤和恐惧没有任何力量。我穿过断裂的栅栏缝隙——在我不屑一顾的同时，我感受到了窒息的泪水——我冲进了森林深处。死亡和变化啊，我们生命的主宰，你们在哪里，让我与你们搏斗！我们的安宁有什么值得你们羡慕，我们的幸福有什么值得你们摧毁的？我们是幸福的，有爱的，受人爱戴的；阿玛尔忒亚的号角不含任何祝福，但……唉！

幸运的野蛮之神纠缠不休，现在是尸体，昨天是花朵，永不凋谢！[1]

就在我胡思乱想的时候，有几个乡下人从我身边经过。他们似乎都在认真思考，他们的几句谈话传到了我的耳朵里，促使我上前进一步打听。当时，经常有一队人从伦敦出发，乘船沿泰晤士河而上。温莎没有人愿意为他们提供住处；于是，他们又往上走了一段路，在博尔特水闸附近的一间荒废的小屋里过了一夜。第二天一早，他们继续赶路，只留下一个患了瘟疫的同伴。这种情况一旦传开，就没有人敢靠近疫区附近半英里的范围，这个被遗弃的可怜虫只能在孤独中尽力与疾病和死亡搏斗。出于同情，我急忙赶往小屋，想弄清他的情况，解决他的燃眉之急。

在我前进的路上，我遇到了许多乡下人，他们都在恳切地谈论这件事：虽然他们离疫情很远，但每个人的脸上都洋溢着恐惧。在一条通往小屋的小道上，我与一群惊恐的人擦肩而过。其中一个人拦住了我，猜想我对这一情况一无所知，便告诉我不要再往前走了，因为感染者就在不远处。

"我知道，"我回答道，"我要去看看那个可怜的家伙是什么情况。"

大家发出了惊恐的低语。

我继续说："在这个不幸的时代，这个可怜的家伙被遗弃了，奄奄一息，无依无靠。天知道我们中的任何一个人或所有人多久就会陷入同样的困境，我也是。"

"但你再也回不去城堡了。伊德里斯夫人——他的孩子们——"我听得一头雾水。

---

[1] 卡尔德隆·德·拉·巴尔卡。

"朋友们，你们不知道吗，"我说，"伯爵本人，也就是现在的护国公，每天不仅去看望那些可能感染了这种疾病的人，还去医院，走近病人，甚至接触病人。你们对瘟疫的性质完全弄错了。但不要害怕，我不要求你们任何人陪我去，也不要求你们相信我，直到我从病人那里平安无事地回来。"

于是我离开他们，匆匆赶路。我很快就到了小屋。门虚掩着。他躺在一堆稻草上，浑身冰冷僵硬，房间里弥漫着恶臭，各种污渍和伤痕显示了病症的严重性。

我以前从未见过被瘟疫夺去生命的人。当每个人都对瘟疫的影响感到沮丧时，对刺激的渴求让我们阅读了笛福的描述，以及《阿瑟·梅琴》作者的精湛描写。这些书中描绘的画面是如此生动，以至于我们似乎亲身经历了它们所描绘的结果。但是，与我看着这个不幸的陌生人的尸体时的感觉相比，文字所激发的感觉是冰冷的，尽管它们是灼热的，描述的是成千上万人的死亡和痛苦。这确实是瘟疫。我抬起他僵硬的四肢，看着他扭曲的面容和失去知觉的呆滞的眼睛。就在我沉浸其中的时候，寒冷的恐惧凝结了我的血液，让我的肉体噤若寒蝉，头发竖起。我半疯半癫地对着死者说话。"瘟疫杀死了你"，我喃喃自语，"怎么会这样？来时痛苦吗？你看起来就像敌人在杀害你之前折磨过你一样。"然后，我猛地跃起，逃出了小屋，在自然法则被颠覆之前，在逝者的唇间吐出无机质的言语之前，匆忙逃离了此处。

穿过小巷返回时，我远远地看到了和我离开时同样的一群人。他们一看到我就匆匆离开了。我激动的神情使他们更加害怕靠近一个已经进入传染边缘的人。

在远离事实的地方，人们会得出一些看似无懈可击的结论，然而当这些结论经受不住现实的考验时，就会像虚幻的梦境一样烟消云散。我曾嘲笑过我的同胞，当他们的恐惧与他人有关时；现在，当他们的恐惧回到我自己的家中时，我停顿了一下。我觉得，卢比孔河已经过去了；我应该好好想想，在疾病和危险的这一边，我应该做些什么。根据庸俗的迷信，我的衣着、我的身体、我呼吸的空气都对自己和他人有着致命的危险。我应该带着这种污点回到城堡，回到我的妻子和孩子身边吗？如果我被感染了，那就不一定了。但我确信自己尚未染病——数小时内便可得出结论——我决定在森林中度过这段时间，思考即将发生的事态以及我未来的应对措施。目睹一位感染者的情景让我暂时忘却了在伦敦经历的那些令我激动不已的事件；随着迷雾逐渐消散，更为严峻的前景逐步显现。问题不再是我是否应该分担阿德里安的苦难和危险，而是我如何才能在温莎和附近地区效仿他的谨慎和热心。在他的治理下，伦敦才有了秩序和富足。现在瘟疫蔓延得更广了，我如何才能保证自己家人的健康。

我把整个地球像地图一样摊开在我面前。在地球表面的任何一个地方，我都无法用手指着说"这里是安全的"。在南方，无法治愈的剧毒疾病几乎消灭了人类。暴风雨和洪水、毒风和瘟疫充斥着苦难。北方的情况更糟——人口逐渐减少，饥荒和瘟疫一直监视着幸存者，他们无助而孱弱，随时都有可能成为灾难手中的猎物。

我将视角聚焦于英格兰。这座庞大的都市，这颗强大不列颠的心脏，已然停止跳动。商业活动完全终止。所有追求野心或享乐的途径都被切断——街道上杂草丛生，房屋空无一人。少数因必要而留守的居民，似乎已被不可避免的瘟疫烙上了印记。在较大的制造业城镇，同样的悲剧以更小但更具灾难性的规模上演。没有阿德里安来监督和指导，而贫困人群则成群地被疾病击倒，丧失生命。然而，我们并没有全部死去。的确，虽然人越来越少，但人类仍将继续繁衍，这场大瘟疫也将在以后的岁月里成为历史和奇迹。毫无疑问，这场瘟疫的范围是空前的——我们更有必要努力阻止它的发展。在此之前，人们已经外出运动，杀死了几千人、几万人。但现在，人类成了有价的生物。他们中的一个人的生命比所谓的国王的宝藏更有价值。看看他那充满思想的面容，他那优美的四肢，他那威严的眉毛，他那奇妙的构造——上帝这一最佳杰作不会像一个破碎的器皿一样被丢弃——他将被保存下来，他的子孙后代将把人类的名字和形态传承到下一个时代。

最重要的是，我必须守护那些被自然和命运托付给我的人。当然，如果要在我所有的同类中挑选出那些可以成为人类伟大和善良的典范的人，我只能选择那些与我有着最神圣联系的人。人类大家庭中必须有一些人幸存下来，而这些人应该是幸存者中的一员。这应该是我的任务，为了完成这个任务，我牺牲自己的生命都是微不足道的。在那座城堡里，在伊德里斯和我的孩子们的出生地温莎城堡里，应该是人类社会残破树皮的避风港和避难所。它的森林应该是我们的世界，它的花园为我们提供食物。在它的城墙内，我将建立起健康的王座。我曾是一个被遗弃者和流浪者，后来阿德里安轻轻地为我罩上爱与文明的银网，把我与人类的慈善和人类的卓越紧紧地联系在一起。我虽然向往美好，热衷智慧，但却没有被列入任何价值榜单，而伊德里斯，这位出身高贵的女人，她本身就是女人所有神圣的化身，她走在大地上，就像诗人的梦境，就像雕刻的女神充满了理智，就像画中的圣人走下来——她，最有价值的人，选择了我，并把她自己——作为一份无价的礼物送给了我。

几个小时里，我一直在沉思，直到饥饿和疲倦把我拉回了现实，此时，太阳下山，投下了长长的阴影。我向温莎西边的布拉克内尔走去。健康的感觉让我确信自己没有受到传染。我记得伊德里斯对我的行动一无所知。她可能听说了我从伦敦回来的消息，也听说了我去了博尔特水闸。我从长廊回到温莎，穿过小镇向城堡走去，发现那里一片躁动不安。

托马斯·布朗爵士说："现在才有雄心壮志为时已晚。""我们不能指望在我们的名字上活得那么久，就像有些人在他们的身体上活得那么久一样。雅努斯的一张脸与另一张脸不成比例。"根据这段文字，出现了许多预言末日将至的狂热分子。我们的希望破灭了，迷信精神随之诞生，疯狂而危险的滑稽戏在大剧场上演，而在预言家的眼中，仅存的一点未来也在逐渐消失。意志薄弱的妇女在听了他们的谴责后吓得死去。体格健壮、貌似强大的男人被即将到来的永恒的恐惧折磨得陷入痴呆和疯狂。现在，温莎的居民中就有一个这样的人，他在滔滔不绝地诉说着他的绝望。清晨的情景，以及我对死者的探访，已经在乡间传开，引起了村民的恐慌，因此他们成了被疯子操控的合适工具。

这个可怜虫因瘟疫失去了年轻的妻子和可爱的婴儿。他是个技工，由于无法从事维持生计的职业，饥荒又给他增添了其他痛苦。他离开了容纳他妻子和孩子的房间——妻子和孩子不在了，而是"地上的死人"——在饥饿、守望和悲痛的折磨下，他病态的幻想让他相信自己是上天派来向世人宣讲末日的。他走进教堂，向教徒们预言他们很快就会被转移到下面的地窖里。他像被时代遗忘的灵魂一样出现在剧院里，嘱咐观众回家等死。他曾被抓获，被关押；他曾从伦敦逃出，在邻近城镇流浪；他用疯狂的手势和激动人心的话语，向每个人揭开了他们隐藏的恐惧，说出了他们不敢发出声音的无声思想。他站在温莎市政厅的拱廊下，从这个高处向噤若寒蝉的人群发表演说。

他喊道："听啊，大地上的居民们！听啊，无所不见却最无情的苍天！听啊，你这颤抖的心灵，虽道出这些话语，却在其意义下几近晕厥！死神已降临我们之中！大地是美丽的，鲜花盛开，但她是我们的坟墓！天上的云朵为我们哭泣，绚烂不过的是我们葬礼的火炬。灰头土脸的人们，你们还希望在你们久负盛名的居所住上几年，但租期已到，你们必须搬走——孩子们，你们永远不会长大成人，现在已经为你们挖好了小小的坟墓；母亲们，把他们抱在怀里吧，死神正在拥抱你们！"

他颤抖着伸出双手，眼睛向上凝视，仿佛要从眼眶中迸出，他似乎在追随着那些对我们而言无形的幽影在空气中飘荡——"他们在那里，"他喊道，"那些亡魂！他们披头散发，无声无息地走向远方的末日。他们没有血色的嘴唇一动不动，朦胧的肢体没有任何动作，但他们仍在向前滑行。我们来了。"他向前一跃，继续说道，"我们还等什么呢？快，我的朋友们，穿上死亡的朝服。瘟疫会把你们带到他的面前。他们，善良的、睿智的、受人爱戴的，都已先行离去。母亲们，吻你们最后一吻吧，丈夫们不再是你们的保护者，引领你们死亡的伙伴吧！来吧，哦，来吧！趁亲爱的人还在眼前，因为他们很快就会离去，而我们再也不会与他们团聚了。"

从这些呓语中，他会突然变得镇定起来，用毫不夸张但却令人毛骨悚然的语言描绘出当时的恐怖景象，用细节描述瘟疫对人体的影响，讲述亲情断裂的令人心碎的故事——在最后一位爱人的病榻前绝望地喘息着的恐怖——于是人群中爆发出呻吟声甚至尖叫声。有一个人站在最前面，眼睛紧盯着演讲者，嘴巴张开，四肢僵硬，由于强烈的恐惧，他的脸变成了黄、蓝、绿等各种颜色。疯子捕捉到了他的目光，并将目光转向了他——人们都听说过拨浪鼓蛇的目光，这种目光会引诱噤若寒蝉的受害者，直到他落入蛇口。疯子变得镇定自若。他的身躯挺得更高。他的脸上洋溢着威严。他看着农民，农民开始颤抖，而他仍然凝视着。农民的膝盖磕在一起，牙齿打颤。最后，他抽搐着倒了下去。疯子平静地说："那个人得了瘟疫。"可怜的人嘴里发出一声尖叫，然后突然一动不动了，大家都知道他已经死了。

几分钟后，市场被清空了。尸体躺在地上。疯子精疲力竭地坐在尸体旁，用瘦弱的手托着憔悴的脸颊。不久，治安官委派的一些人来搬走尸体。倒霉的人在哪儿都能看到狱卒，他仓皇逃走了，而我则继续向城堡走去。

死神残酷无情地闯入了这心爱的围墙。一个照顾过襁褓中的伊德里斯的老仆人，和我们住在一起，与其说是用人，不如说是受人尊敬的亲戚，几天前，她去看望嫁到伦敦附近定居的女儿。回来的当天晚上，她就得了瘟疫。温莎伯爵夫人生性傲慢、不近人情，伊德里斯与她很少有温暖的亲情。这个善良的女人代替了母亲的角色，她缺乏教育和知识，因此显得卑微而无助，这使她深受我们的爱戴——她是孩子们特别喜欢的人。我发现我那可怜的姑娘，毫不夸张地说，悲痛欲绝，害怕极了。她痛苦地守护着病人，当她的思绪飘向她的孩子时，她的痛苦丝毫没有减轻，因为她担心孩子们会受到感染。我的到来就像一盏新发现的灯塔之灯，照亮了正在经历危险的水手们。她把她那令人震惊的疑虑交到了我的手中。她相信我的判断，并因我参与了她的悲伤而感到安慰。不久，我们可怜的仆人去世了。煎熬的等待转化为深深的哀痛，虽然起初更为痛苦，但却更容易接受我的安慰。睡眠，这剂万能的良药，终于让她的泪眼沉浸在遗忘之中。

她睡了，城堡里一片宁静，居民们都安静地休息。在漫长的深夜里，我清醒着，脑海中繁忙的思绪如同无数个磨坊的水轮，快速、敏锐且无法驯服地运转着。所有的人都睡了，整个英格兰都睡了。从我的窗户向外望去，星光璀璨的大地一片安宁。我醒着，活着，而死亡的兄弟却占据了我的种族。若这些强大的神祇中更具威力者获得支配权，将会如何？说来矛盾，午夜的寂静实际上在我耳中轰鸣。这种孤寂变得难以忍受——我将手放在伊德里斯跳动的心脏上，俯身倾听她的呼吸声，以确认她仍然存在。一时间，我犹豫是否该唤醒她，因为一种软弱的恐惧席卷我的全身。至高无上的神啊！有朝一日真会如此吗？某一天，除我之外所有生命都将消逝，我将独自在地球上漫步？这些难以言明却又充满预言意味的声音，是否正在强迫我相信这一切？
　　但我不会将它们称为警示之音，
　　因为它们只是预告着无法避免的事实。
　　如同太阳在破晓前，
　　悄然在大气中勾勒轮廓，
　　重大事件的预兆也常在发生之前悄然显现。
　　今天已悄然踏上通往明日的道路。[1]

1　柯勒律治译席勒的《华伦斯坦》。

第八章

时隔多年之后，我内心躁动不安的灵魂再次驱使我继续我的叙述。但我必须改变迄今为止我所采用的方式。前面几页所载的细节，看似微不足道，但在人类苦难的天平上，每一个最微小的细节都像铅一样沉重，沉闷地沉浸在别人的悲伤中，而我自己的悲伤却只是在忧虑中。这慢慢地袒露我灵魂的伤口。这死亡的日记，这漫长而曲折的道路，通向泪水的海洋，再次唤醒我强烈的悲痛。我曾把这段历史当作鸦片，当它描述我心爱的朋友们时，我的心情就会得到抚慰，他们生机勃勃，满怀希望。描绘这一切的终结将带来一种更为忧伤的愉悦。但是，在攀登这道墙的过程中，我被置于过去与现在之间，尽管我仍回望，却未能看到隐藏在后方的荒漠，这已超出了我的能力范围。时间和经验将我置于一个高度，我可以从中整体理解过去；因此，我必须以这种方式描述它，突出主要事件，并通过光影的布置形成一幅画作，即便在黑暗中也能展现和谐。

无须赘述这些灾难性事件，类似的情形在任何较小规模的重大灾害中都能找到对应。读者是否想了解那些以死亡为慰藉的隔离区、运送尸体的悲惨场景、麻木不仁者的冷漠与至亲至爱的痛苦、令人毛骨悚然的尖叫与可怕的寂静、各种疾病、遗弃、饥荒、绝望与死亡？有许多书籍可以满足人们对这些事物的渴望。让他们翻阅薄伽丘、笛福和布朗的记述吧。浩瀚的毁灭吞噬了一切，曾经繁忙的大地如今陷入无声的孤寂，将我围困的这种独处状态，已然剥去了往事的尖锐真实。往日的痛苦经过诗意的渲染而柔和，使我得以超越具体环境的束缚，观察并反映过去事件的整体脉络与色彩。

从伦敦回来后,我就萌生了这样的念头:我的首要职责是在力所能及的范围内保障家人的幸福,然后再回到阿德里安身边就职。我到达温莎后,紧接着发生的事情改变了我的看法。瘟疫并不只发生在伦敦,它无处不在——正如雷兰德所说,它像无数群狼,在冬夜里嚎叫,憔悴而凶猛。疾病一旦进入农村地区,它的影响就会比城市更可怕、更严重、更难治愈。在伦敦,人们同甘共苦,邻里之间互相照应,在阿德里安的积极仁慈的感召下,人们得到了帮助,道路也变得平坦了。但在乡下,在散落的农舍中,在孤零零的茅屋里,在田野里,在谷仓里,悲剧的发生让人心碎,看不见,听不见,察觉不到。医疗救助不那么容易获得,食物更加难以获得,人类因为没有羞耻感,因为没有同类的注视,就大胆地做出了更大的恶行,或者更容易屈服于卑微的恐惧。

英雄事迹也时有发生,一提起这些事迹,人们就会心潮澎湃,热泪盈眶。这就是人性,美丽与畸形往往紧密相连。在阅读历史时,我们主要被紧随犯罪之后的慷慨和自我奉献精神所震撼,它们用超凡脱俗的鲜花掩盖了血的污点。这些令人不安的景象伴随着瘟疫的蔓延,如影随形,不绝于途。

伯克郡和巴克斯郡的居民早就知道伦敦、利物浦、布里斯托尔、曼彻斯特、约克,总之,英格兰所有人口较多的城镇都发生了瘟疫。然而,当瘟疫出现在他们自己身上时,他们的震惊和沮丧丝毫不减。他们在恐惧中感到急躁和愤怒。他们想做些什么来驱散附着在身上的恶魔,在行动的同时,他们还幻想着有一种补救措施。小城镇的居民离开了自己的房子,在田野里搭起帐篷,彼此分开,全然不顾饥饿或气候的炎热,他们幻想着自己能躲过致命的疾病。相反,农民则因害怕孤独和渴望医疗救助而涌入城镇。

但是,冬天来了,希望也随之而来。八月,英格兰出现了瘟疫,九月,瘟疫开始肆虐。十月底,瘟疫逐渐消退,在某种程度上被一种毒性几乎没有那么强的斑疹伤寒所取代。秋天凉爽多雨,体弱多病的人死得更快。许多年轻时健康勃发的年轻人因虚弱而变得苍白,成了坟墓里的居民。庄稼歉收,外国葡萄酒匮乏,使疾病更加猖獗。圣诞节前，半个英格兰都被水淹没了。去年冬天的暴风雨又来了，但今年航运的减少使我们对海上暴风雨的感受减弱了。洪水和风暴对欧洲大陆造成的伤害比对我们造成的伤害更大——就像摧毁欧洲大陆的灾难的最后一击一样。在意大利，由于农村人口锐减，河流缺乏监测和管理。台伯河、阿诺河和波河如同猎人和猎犬远离时出洞的野兽，肆意冲毁平原的农田。多个村庄被洪水冲毁。罗马、佛罗伦萨和比萨遭受洪灾侵袭，这些城市中原本倒映在平静水面上的大理石宫殿，其地基在冬季洪水的冲击下不断受损。德国和俄罗斯，灾情更为严重。

但霜冻终将来临，我们的土地租约也将随之续约。霜冻会击退瘟疫之箭，缚住狂暴的元素。春天，大地会脱下雪衣，摆脱毁灭的威胁。直到二月，冬天的征兆才如期出现。一连三天，大雪纷飞，冰封了河流，鸟儿从霜白的树枝上飞出。第四天早上，一切都消失了。一阵西南风带来了雨水——太阳出来了，它打破了大自然的常规法则，即使在这个早春时节，也像是夏至一样炎热。令人欣慰的是，三月的第一场风吹过，小巷里开满了紫罗兰，果树上挂满了花朵，玉米长出了嫩芽，树叶也在这反常的热浪中钻了出来。我们害怕凉爽的空气，害怕万里无云的天空，害怕鲜花盛开的大地，害怕令人心旷神怡的树林，因为我们不再把宇宙的结构看作我们的居所，而是看作我们的坟墓。

人不断地在坚硬的土地上跋涉，每一步都迈在自己的坟墓上。[1]

然而，尽管有这些不利因素，冬天仍然是喘息的时间。我们竭尽全力充分利用它。瘟疫也许不会随着夏天的到来而死灰复燃，但如果真的死灰复燃，我们也应该做好准备。人类的天性之一就是通过习惯来适应痛苦和悲伤。瘟疫已经成为我们的未来、我们生存的一部分。它就像河流的泛滥、海洋的侵袭或天空的阴晴不定一样，需要加以防范。在经历了漫长的痛苦和惨痛的经历之后，我们可能会发现一些灵丹妙药。但事实是，所有受到感染的人都死了，所有没有受到感染的人也死了。我们的责任就是要在传染病和正常人之间筑起高高的屏障，建立起有利于幸存者幸福的

---

[1] 卡尔德隆·德·拉·巴尔卡。

秩序，并为那些仍在上演悲剧的旁观者保留希望和部分幸福。阿德里安在大都会中引入了系统的行为模式，虽然这些模式无法阻止死亡的进程，但却防止了其他罪恶、恶习和愚蠢的行为，使这一时刻的可怕命运变得更加可怕。我想模仿他的榜样，但人们习惯于"一起行动，如果是真的打算行动的话"[1]。

我找不到任何方法来引导分散在各个城镇和村庄的居民，他们一听到我的话就立即忘记，并且会因为任何可能源于环境明显变化的迷惑之风而转向。

我采取了另一个计划。那些想象过人间和平与幸福的作家，一般都描述了一个乡村国家，在那里，每个小乡镇都由长者和智者指挥。这就是我设计的关键所在。每个村庄，无论多么小，通常都有一个领导者，他们敬仰的领导者，他们在困难时寻求他的建议，他们最看重的是他的称赞。我立即因自己亲身经历的一些事情而灵光乍现，提出了这一看法。

在小马洛村，一位老妇人统治着整个社区。她在救济院里住了好几年，每逢晴朗的星期天，她家门前总是围满了人，向她咨询，听她训诫。她曾是一名军人的妻子，见过世面。由于在不卫生的地方发烧，体弱多病，她很少离开自己的小床。瘟疫闯进了村子。当惊恐和悲痛剥夺了居民们仅有的一点智慧时，老玛莎站出来说："之前我去过一个发生过瘟疫的小镇。"——"那你逃出来了吗？"——"没有，但我康复了。"——从那以后，玛莎比以往任何时候都更稳固地坐在王座上，因崇敬和爱而变得高高在上。她走进病人的小屋，亲手为他们解除病痛。她毫不畏惧，让所有见到她的人都感受到她的勇气。她参加集市，坚持为那些穷得买不起食物的人提供食物。她告诉他们，个人福祉关系着共同繁荣。她不允许花园被忽视，也不允许小屋窗棂上的花朵因缺乏照料而凋谢。她说，希望胜过医生开出的药方，每样能够支撑和振奋精神的东西都比药物和混合物更有价值。

正是小马洛的景象和我与玛莎的谈话，让我制订了这个计划。我以前曾拜访过庄园和绅士宅邸，经常发现那里的居民怀着最纯洁的仁慈之心，随时准备为他们的

---

[1] 华兹华斯。

房客提供帮助和福利。但这还不够。这里缺乏由相似的希望和恐惧、相似的经历和追求所产生的亲密同情。穷人们意识到，富人除了自己可以享用的那些东西之外，还拥有其他的保护手段，隐居，在条件允许的情况下，还可以得到照料。他们不能依赖富人，而要依赖同龄人的帮助和建议。因此，我决心走村串户，寻找当地的乡巴佬，通过使他们的努力系统化，启发他们的观点，提高他们在乡亲中的力量和作用。现在，在这些自发的王权选举中也发生了许多变化：宣誓和退位频繁发生，而热血青年则会不顾危险，挺身而出，取代老成持重的人。村民们更加害怕的是，死神选择了一个牺牲品，让那颗为他们而跳动的心在尘土中噤若寒蝉，让那颗为他们谋福利的心化为乌有。

　　凡是为人类辛勤劳作的人，往往会发现自己播种的谷物中萌发出被罪恶和愚蠢浇灌过的忘恩负义。在我们年轻的时候，死神曾像"夜贼"一样在人间游荡，而现在，他从地下的穹顶升起，带着力量，飘扬着黑暗的旗帜，作为一个征服者来了。许多人看到，在其代理王座之上端坐着至高无上的天意，指引着死神的箭矢，掌控着其进程，他们低下了头，表示顺从，或者至少是服从。另一些人则只看到了一闪而过的伤亡，他们试图用恐惧来换取漠不关心，并陷入放荡不羁之中，以避免最可怕的忧虑所带来的痛苦。因此，当睿智、善良和谨慎的人忙于仁慈的工作时，冬季的休战却在年轻人、不懂事的人和恶毒的人中间产生了其他影响。在寒冷的月份里，人们普遍涌向伦敦寻找娱乐——公众舆论的纽带松开了。许多曾经贫困的人突然变得富有——许多人失去了父母，失去了那些本该守护他们道德、指引他们方向、约束他们行为的监护人。通过设置障碍来抵制这些冲动是没有用的，这只会驱使那些被冲动所驱使的人去做更有害的放纵之事。剧场开放，人潮涌动。舞会和午夜庆典频繁举行，其中许多礼仪遭到践踏，而迄今为止先进文明所固有的弊端则成倍增加。学生离开了他的书本，艺术家离开了他的画室。生活中的职业消失了，但娱乐依然存在。享乐可能一直持续到走入坟墓之时。所有虚幻的色彩都消失了——死亡如夜幕般降临，在其阴暗的庇护下，羞耻之心、傲慢之态、谨慎之举，这些无用的面纱常常被随意抛弃。这并非普遍现象。在天性善良的人中间，痛苦和恐惧、对永恒分离的恐惧以及前所未有的灾难所产生的可怖震撼，使亲情和友情的纽带更加紧密。哲学家们反对他们的原则，将其视为阻挡挥霍无度或绝望的屏障，以及保护被侵占的人类生活领地的唯一堡垒。宗教家们现在希望得到奖赏，他们紧紧抓住自己的信条，将其视为木筏，在苦难的汪洋大海上，将他们安全地送往未知大陆的港湾。仁爱之心不得不收缩视野，将满溢的爱意三三两两地倾注在剩下的少数人身上。而在这些人中，当下的时光作为一种不可剥夺的财产，是他们寄托宝贵希望的唯一时间。

亘古以来的经验告诉我们，以前我们的享受是以年为单位计算的，我们的生活前景也是在漫长的发展和衰败中不断延伸的。漫长的道路就像一个巨大的迷宫，而它的终点——死亡阴影之谷却被中间的事物所掩盖。但一场地震改变了这一景象——在我们的脚下，大地张开了大口——深不见底的沟壑敞开怀抱迎接我们，而时间则载着我们向沟壑驶去。但现在是冬天，我们必须经过几个月的时间才能离开安全的地方。我们成了蜉蝣，对它们来说，太阳升起和落下之间的间隔就像普通时间中漫长的一年。我们永远也看不到我们的孩子长大成人，看不到他们稚嫩的脸颊变得粗糙，看不到他们天真无邪的心灵被激情或关爱所征服。但我们现在拥有了他们——他们活着，我们也活着——我们还能奢求什么呢？可怜的伊德里斯试图用这样的教育来平息内心的恐惧，并在一定程度上取得了成功。这不像夏季时分，每时每刻都可能带来令人惶恐的命运——直到夏天来临之前，我们都深信不疑；这种确定感，尽管注定短暂，却暂时抚慰了她的母性温情。我不知该如何表达或传达那种凝聚而强烈、虽转瞬即逝却让我们在当下感受到天堂般喜悦的感觉。我们的快乐更加珍贵，因为我们看到了快乐的结局；快乐更加敏锐，因为我们最充分地感受到了快乐的价值；快乐更加纯粹，因为其本质是共鸣——就像流星比恒星更明亮一样，这个冬天的快乐本身就包含了漫长人生的精华。

春天多么美好！从温莎露台向下望去，十六个肥沃的郡县分布其间，点缀着幸福的小屋和富裕的城镇，一切都像往年一样，令人心旷神怡，美不胜收。土地已经犁过，纤细的麦苗破土而出，果树上挂满了嫩芽，农夫在田野里忙碌，挤奶女工提着装满牛奶的桶蹒跚回家，燕子和貂蝉用尖长的翅膀拍打着阳光明媚的水池，新出生的小羊羔躺在嫩草上，嫩绿的叶子——

向空中昂起甜美的小脑袋，

用不断萌发的绿色哺育寂静的空间。[1]

人类自己似乎也在再生，感觉到冬天的寒霜已被富有弹性和温暖的生命所取代——理智告诉我们，关怀和忧愁会随着新的一年的到来而增加——但是，当大自然在她的绿地上欢笑着撒下鲜花、果实和波光粼粼的水面，邀请我们加入她所领导的年轻生命的欢乐大戏时，我们怎么能相信从恐惧的昏暗洞穴里冒出的带着有害气体的不祥的声音呢？

瘟疫在哪里？"就在这儿——到处都是！"当人类的毁灭者在阳光明媚的五月的惬意日子里再次笼罩大地，迫使灵魂离开有机的蚕蛹，开始未曾尝试过的生活时，一个声音惊恐而沮丧地喊道。它的强大武器一扫而过，所有的谨慎、所有的小心、所有的慎重都被夷为平地。死亡坐在大人物的桌旁，伸展在茅屋主人的床榻上，抓住逃跑的卑鄙者，镇压反抗的勇士。绝望进入每个人的心中，悲伤黯淡了每个人的眼睛。

现在，悲惨的景象对我来说已是司空见惯，如果我要把目睹的所有痛苦和苦难、老年人绝望的呻吟和婴儿在恐怖的怀抱中露出的更可怕的笑容都说出来，我的读者一定会四肢颤抖、汗毛倒竖，惊叹我看着世界的悲惨结局怎么没有被骤然的狂热刺激到，从某个悬崖上跳下去，永远地闭上眼睛。但是，爱的力量、诗歌的力量和创造性的想象力甚至会与瘟疫病人、肮脏的人和垂死的人共存。一种献身精神、一种责任感、一种崇高而坚定的目标提升了我，一种奇异的喜悦充满了我的心。在最深切的悲痛之中，我仿佛漫步于云端，而善良之灵在我周围洒下馨香四溢的氛围，抚平了同情的刺痛，净化了悲哀的空气。如果我疲惫的灵魂在前进的道路上停滞不前，我就会想起我所爱的家园，想起装着我的珍宝的匣子，想起爱的亲吻和孝顺的爱抚，而我的眼睛就会被最纯净的露水滋润，我的心立刻被激动人心的柔情软化，焕然一新。

---

[1] 济慈，英国诗人。

母爱并没有让伊德里斯变得自私；在我们遭遇灾难之初，她曾不假思索地热心照顾病人和无助的人。我制止了她，她服从了我的管理。我告诉她，我会因为担心她的安危而无法正常工作，只有她的安全才能让我的心坚韧无比。我向她讲述了她不在时她的孩子们所面临的危险，她终于同意不走出森林的范围。事实上，在城堡的围墙内，我们有一群被亲人遗弃的不幸者，他们本身就很无助，这足以占据她的时间和注意力，而对我的福祉和她孩子们的健康的无休止的焦虑，无论她如何努力抑制或隐藏，都占据了她所有的心思，破坏了她的重要原则。在照看和保障他们的安全之后，她的第二件事就是向我隐瞒她的痛苦和泪水。每天晚上，我回到城堡，总有安宁和爱在等着我。我常常在病床旁守候到午夜，在阴雨朦胧的夜晚骑行数英里，唯一的支撑就是我所爱的人的安全和安息。如果有什么巨大的痛苦震撼着我的身体，让我的眉头发热，我就会把头靠在伊德里斯的膝上，汹涌的脉搏就会平息下来，变成一股温和的气流——她的微笑能让我从绝望中振作起来，她的拥抱能让我悲伤的心沐浴在平静的安宁中。夏天来临了，在太阳强烈光芒的照耀下，瘟疫在大地上肆虐。在它的影响下，万民低下头，死去。丰收的玉米到了秋天就烂在了地上，而外出为孩子们拾取面包的忧郁的可怜人却僵硬地躺在犁沟里，身染瘟疫。绿色的树林威严地挥舞着枝丫，奄奄一息的人们躺在树荫下，用不和谐的哭声回应着庄严的旋律。画眉鸟在树荫下飞来飞去，漫不经心的鹿安然无恙地躺在蕨类植物上——牛和马离开了毫无防备的马厩，在麦田里吃草，因为死亡只降临在人类身上。

　　随着夏天和死亡的到来，我们的恐惧与日俱增。我和我可怜的爱人面面相觑，还有我们的孩子。"我们会救他们的，伊德里斯，"我说，"我会救他们的。多年以后，我们会向他们讲述我们的恐惧，这些恐惧会随着他们的到来而逝去。他们仍然会好好活下去，他们的脸颊不会变得苍白，他们甜美的声音也不会消逝。"我们的长子在某种程度上理解了周围的景象，有时，他带着严肃的神情向我询问如此巨大的荒凉的原因。但他只有十岁，青春的欢快很快就驱走了他眉宇间不合理的忧虑。伊夫林，一个爱笑的小天使，一个爱玩耍的宝贝，不知道痛苦和悲伤，他会把他那轻盈的卷发从眼睛上抖落下来，让大厅里重新响起他的欢声笑语，用无数种毫无艺术性的方式吸引我们注意他的游戏。克拉拉，我们可爱温柔的克拉拉，是我们的寄托，我们的慰藉，我们的快乐。她的任务是照顾病人，安慰悲伤的人，搀扶年迈的老人，参加年轻人的运动，唤醒他们的欢乐。她在房间里飞来飞去，就像一个从天国派来的好精灵，用异国的光辉照亮我们黑暗的时刻。她走过的地方都留下了感激和赞美。然而，当她朴实无华地站在我们面前，与我们的孩子们玩耍，或以少女般的勤奋为伊德里斯做一些小小的善事时，人们不禁要问，在她纯洁可爱的美丽容貌中，在她动人心魄的柔和嗓音中，究竟蕴藏着怎样的英雄气概、睿智和积极善良？

夏天乏味地过去了，因为我们相信冬天至少会遏制住疾病。疾病会完全消失，这个希望太真切，太发自内心，无法表达。每当有人不经意地说出这样的想法时，听众们都会泪流满面，泣不成声，他们见证了自己的恐惧有多深，希望就有多渺茫。就我个人而言，我为公众利益所做的努力使我能够比大多数人更近距离地观察到我们看不见的敌人的毒辣和广泛的蹂躏。短短一个月的时间就摧毁了一个村庄，五月第一个人生病，而到了六月，小路就被未掩埋的尸体压得变形，房屋毫无生气，烟囱也不冒烟了。家庭主妇的时钟只显示死亡胜利的时刻。在这样的场景中，我有时会救出一个被遗弃的婴儿，有时会把一个年轻而悲痛的母亲从她的长子毫无生气的身影中搀扶出来，或者把一个因痛失家庭而放任大哭的壮实小伙子拉拽出来。

七月已逝。八月必将流逝，到九月中旬，我们或可怀抱希望。每一天都被焦急地计数着；城镇居民渴望跨越这段危险的时期，纵身投入放纵之中，试图通过狂欢和他们希望视为快乐的事物来驱散思虑，麻痹绝望。除了阿德里安，没有人能够驾驭伦敦这群杂乱的居民。他们犹如一群冲向牧场的未经驯服的骏马，在至高无上的恐惧驱使下，抛却了所有次要的畏惧。就连阿德里安也不得不部分地屈服了，因为他即使不能引导，至少也能为时代的放纵划定界限。剧院继续开放。每个公众休闲场所都有人光顾。尽管他努力对这些场所进行调整，以最好地平息观众的躁动，同时防止兴奋过后的痛苦反应。深刻而悲惨的悲剧是观众的最爱。喜剧与内心的绝望反差太大。在尝试喜剧表演时，喜剧演员往往会在不相称的小丑表演引起的笑声中，发现自己角色中的某个词或想法与自己的悲惨遭遇相冲突，于是从模仿的欢笑中迸发出呜咽和泪水，而观众则在不可抗拒的同情中流泪，哑剧式的狂欢变成了悲剧激情的真实展现。

我天性不愿从这些场景中寻求慰藉：无论是剧院里那些粗俗的笑声和不谐的欢愉唤起的病态共鸣，还是那些虚假的眼泪和哀号对内心真挚悲伤的嘲弄；无论是节日庆典或人群聚会上源自人性最劣根性的欢乐，抑或是那些被刻意粉饰的美好情感；亦或是那些披着狂欢者外衣的哀悼者的集会。然而有一次，我在剧院里目睹了一幕极为特别的景象，就像天然大瀑布冲毁人工造就的小瀑布一般，自然之力压倒了艺术的矫饰，而那人造瀑布此前不过是借助了天然瀑布些许水流罢了。

我来伦敦是为了见阿德里安。他不在王宫。侍从们不知道他去了哪里，他们要等到深夜才能见到他。那是一个晴朗的夏日午后，六点到七点之间，我利用闲暇时间在伦敦空荡荡的街道上漫步，时而转过身去躲避即将来临的葬礼，时而又被好奇心驱使去观察某个地方的状况。我的漫步是痛苦的本能，因为我所到的每一个地方都充满了寂静和冷清，我所遇到的几个人都是那么苍白无力、憔悴不堪、满脸愁容、因恐惧而消沉，以至于我厌倦了只遇到悲惨迹象的生活，我重新踏上回家的路。

我现在在霍尔本，路过一家公馆，里面坐满了喧闹的同伴，他们的歌声、笑声和叫喊声比哀悼者苍白的面容和沉默更让人悲伤。有一位女士在这所房子周围徘徊。她的衣着显示出她的贫穷，她的脸色苍白得可怕，她不断地靠近房子，先是窗户，然后是门，好像很害怕，但又很想进去。突然一阵欢歌笑语似乎刺痛了她的心，她喃喃地说："他还活着吗？"然后鼓起勇气，跨进了门槛。女房东在过道里遇见了她，这个可怜的女人问道："我丈夫在吗？我能见见乔治吗？"

"可以啊，"女人喊道，"但是你得去找他。昨晚他得了瘟疫，我们把他送去医院了。"

不幸的询问者跟跟跄跄地靠在墙上，嘴里发出微弱的哭声。

"你们就这么残忍地把他送去了那里？"她喊道。

这时，女房东急匆匆地走了。但一位更富有同情心的酒吧女招待详细地向她叙述了情况，大意是她的丈夫在一夜骚乱之后病倒了，他的好伙伴们急忙把他送到了圣巴塞洛缪医院。我一直注视着这一幕，因为这个可怜的女人身上有一种让我感兴趣的温柔。现在，她摇摇晃晃地离开了房间，尽力走下霍尔本山，但她的体力很快就不支了。她靠在墙上，头靠在怀里，苍白的脸颊变得更加惨白。我走上前去，向她提供帮助。她几乎没有抬起头来——"你帮不了我什么的，"她回答道，"我必须去医院。希望还能活到那时候吧。"

街上还有几辆黑车，它们习惯在街上停放，与其说是为了使用，不如说是习惯。我把她送上其中一辆，然后和她一起进了医院。我们的路很短，她也没说什么，只是断断续续地责备他离开了她，感叹他的一些朋友不近人情，希望她能找到还活着的他。她有一种朴实、自然的真诚，让我对她的命运产生了兴趣，尤其是当她向我保证她的丈夫是一个最好的男人时——一直都是，只是在这段不幸的日子里，由于生意上的不顺心，他陷入了糟糕的境地。她说："他不忍心回家，不忍心看着我们的孩子死去。一个男人对待自己的亲生骨肉不可能有母亲那样的耐心。"

我们在圣巴塞洛缪医院下了车，进入了病院的凄惨区域。可怜的她紧紧地抱着我，因为她看到他们是多么无情地匆忙且把死人从病房里抬出来，带进一个房间，透过半开的门，可以看见房间里陈列着许多尸体，不习惯这种场面的人看了都觉得可怕。我们被带到她丈夫最初被送往的病房，护士说，如果他还活着，现在还在那里。这位女士急切地从一张病床看到另一张病床，直到病房尽头，她在一张可怜的病床上看到了一个肮脏憔悴的人，他在病痛的折磨下不停地扭动着。她冲向他，拥抱他，感谢上帝保佑他平安无事。

这种奇异的喜悦激发了她的热情，使她对周围的恐怖视而不见，但这些恐怖却让我痛苦不堪。病房里弥漫着一种让我心痛欲裂的气息。死人被抬了出去，病人被送了进来，其他人都是一副漠不关心的样子。有的人痛得哇哇大叫，有的人则因更可怕的谵妄而大笑。有的人身边有哭泣、绝望的亲属陪伴，有的人则大声呼唤抛弃他们的朋友，语气中充满了激动人心的温柔或责备，而护士们则在一张张病床之间穿梭，化身为绝望、疏忽和死亡的化身。我把金子给了我不幸的同伴，我把她推荐给护理人员照顾，然后我就匆匆离开了。而此时我的脑袋却在自我折磨，我想象着自己的亲人,躺在这样的床上,受到这样的照顾。乡下没有这样的恐怖场面,孤独的可怜人会死在空旷的田野上,我在一个空旷的村庄里发现了一个幸存者,他同时与饥荒和疾病作斗争。但是只有伦敦才有瘟疫的集会、死亡的宴会厅。

我漫无目的地走着,压抑着,被痛苦的情绪所困扰——突然,我发现自己来到了德鲁里巷剧院。当下演出的剧目是《麦克白》——这个时代的第一位演员在那里发挥他的才能,用不加思索的方式给观众下药。我渴望这样一剂良药,于是走进了剧场。剧院里座无虚席。莎士比亚的知名度是经过四个世纪的认可才建立起来的,即使在这个可怕的时期,他也没有失去影响力。他仍然是"Ut magus"[1],是统治我们的心灵和支配我们的想象力的巫师。我是在第三幕和第四幕的间隙进来的。我环顾了一下观众席,女观众大多是下层阶级,但男观众则来自各个阶层,他们来到这里是为了暂时忘却在悲惨的家中等待他们的漫长的悲惨场景。大幕拉开,舞台上出现了女巫洞穴的场景。《麦克白》的狂野和超自然的机械,保证了它与我们现在的环境没有什么直接的联系。为了让不可能的事情看起来像真的,舞台上的布景可谓煞费苦心。舞台上漆黑一片,唯一的光亮来自大锅下的火光,再加上飘浮在舞台上的雾气,使得女巫们不真实的形象变得模糊而朦胧。弯腰在大锅里投放灰暗的魔咒成分的不是三个衰老的女巫,而是可怕、虚幻、令人遐想的形体。赫卡忒的登场和随之而来的狂野音乐将我们带出了这个世界。舞台上的洞穴形状、嶙峋的岩石、刺眼的火光、时而划过场景的迷蒙阴影、与所有巫婆般的幻想和谐一致的音乐,都让想象力尽情狂欢,而不必担心遭到反驳,也不必担心理智或内心的责备。麦克白的登场并没有破坏这种幻觉,因为他也是被同样的感情所驱使,这激发了我们的灵感。在魔法表演进行时,我们深深被他的惊叹与勇气所打动,完全沉浸在戏剧营造的幻境之中。我感受到了这种兴奋带来的有益结果,那就是重新唤起了自己已经陌生已久的愉悦的幻想。这一幕咒语的效果将其部分力量传递给了接下来的场景。我们忘记了马尔科姆和麦克德夫只是普通人,他们只是被我们自己的激情所驱使。然而,慢

---

[1] 魔法师。

慢地，我们被吸引到了这一幕的真正意义上。在罗塞回答"苏格兰在哪里？"的时候，屋子里的人顿时像触电般颤抖起来。

唉，可怜的国家，

几乎不敢承认自己！

它不能被称为我们的母亲，

而只能被称为我们的坟墓：

在这里，除了一无所知的人，没有人见过它笑；

在这里，嘶吼声在空气中回荡，却没有留下任何痕迹；

在这里，剧烈的悲伤似乎是一种现代的幻觉：

无人关心死人的丧钟为谁而鸣；

好人的生命在他们帽子上的花朵凋谢之前，在他们死去之前，或者在他们生病之前，就已逝去。

每一个字都敲击着我们的心灵，就像我们生命中逝去的钟声。我们不敢直视对方，而是把目光投向舞台，仿佛只有这样我们的目光才不会受到伤害。扮演罗塞的人突然意识到自己的处境十分危险。他本是一个低劣的演员，但现在周身的境遇使他变得出色了。当他继续向麦克德夫宣布他的家人被屠杀时，他不敢说话，因为担心观众会爆发出一阵悲痛情绪。他的每一个字都说得很艰难，他的脸上洋溢着真正的痛苦，他的眼睛时而惊恐地抬起，时而又恐惧地盯着地面。这种惊恐的表现使我们的情绪更加激动，我们和他一起喘息，每个人的脖子都伸得很长，每张脸都随着演员的变化而变化——最后，麦克德夫在表演自己的角色时，没有注意到全场高涨的同情心，他激动地哭了起来：

我所有的挚爱家人吗？

你是说全部吗？真的是全部吗？

我不信！难道我所有拥有的，

已全然不复存在！

一阵难以抑制的悲痛撕裂了每个人的心扉，绝望的呐喊从每个人的唇边迸发。

我完全沉浸在这普遍的情感之中，被罗塞恐惧吞噬。我与麦克德夫的哭喊共鸣，随后如同逃离酷刑地狱般冲出，在户外的清新空气和寂静的街道中寻求平静。

空气是自由的，街道是寂静的。哦，那时我多么渴望母性的抚慰啊，因为我受伤的心被公馆里无情的欢闹声进一步刺痛，被醉汉蹒跚回家的景象进一步刺痛，因为他已经忘却了在忘我的放荡中会发现什么，还被那些忧郁的人更令人震惊的致敬声刺痛，对他们来说，家的名字就是一种嘲弄。我以最快的速度向前奔跑，直到我发现自己不知不觉地靠近了威斯敏斯特大教堂，并被管风琴低沉而膨胀的音调所吸引。我怀着舒缓的敬畏之情走进了灯火通明的礼拜堂，聆听着庄严的宗教圣乐，它向不幸的人们诉说着和平与希望。这些音符饱含着人类最虔诚的祈祷，在昏暗的过道中回荡，流血的灵魂伤口被天堂的香膏止住了。尽管我对这种苦难深恶痛绝，也无法理解；尽管伦敦的炉火冰冷，故乡的田野尸横遍野；尽管我在那个夜晚经历了各种痛苦的情绪，但我认为，造物主在回应我们悠扬的呼唤时，俯视着我们，给予了我们怜悯和解脱的承诺。那威严的天籁之音，似乎是与至高者交流的最恰当声音。这声音，以及看到众多同胞与我一同祈祷臣服的景象，带来了宁静。在将自己的生命完全交托给世界主宰的守护之后，一种近乎幸福的感觉油然而生。唉！随着这庄严的乐章的落幕，高昂的精神又沉入了尘世。突然，一名唱诗班成员去世了——他被从书桌上抬起，下面的地窖被匆忙打开——他在几声低喃的祈祷声中被送进了黑暗的洞穴，那是成千上万前人的居所——现在正张开大口，迎接所有完成葬礼仪式的人。那时，我想从这一场景转向黑暗的过道或高大的穹顶，那里回荡着悠扬的赞美声，但那是徒劳的。只有在露天，我才能找到解脱。在大自然的美丽作品中，上帝重新展现了他仁慈的属性，我可以再次相信，建造高山、种植森林、浇灌河流的上帝，会为迷失的人类建立另一个国度，在那里，我们可以重新唤醒我们的情感、我们的幸福和我们的信仰。

幸运的是，我很少遇到不得不去伦敦的情况，我的职责仅限于我们那座高大城堡所俯瞰的农村地区。在这里，劳动代替了消遣，让那些免于忧愁或疾病的乡下人忙里忙外。我努力促使他们一如既往地关注庄稼，把瘟疫当作不存在一样。割草机的镰刀声不时地响起，然而，无精打采的铡草工人在无精打采地铡完草后，就忘了把草装车。牧羊人在剪完羊毛后，会让羊毛随风飘散，认为羊毛没有用，无法为下一个冬天提供衣物。然而，有时这些工作会唤醒人们的生活热情。阳光、清爽的微风、干草的香味、沙沙作响的树叶和潺潺的溪流会让激动的心平静下来，并给忐忑不安的人带来一种类似幸福的感觉。说来也怪，这段时间也并非没有乐趣。年轻的情侣们，曾经长久而无望地相爱，突然发现一切障碍都被消除了，亲戚的去世也带来了财富。危险将他们拉得更近。眼前的危险促使他们抓住眼前的机会，他们疯狂而热烈地想知道，在他们向死亡屈服之前，生活能给他们带来什么乐趣。

穿过生活的铁门，

用粗暴的争斗夺取他们的快乐。[1]

他们不畏瘟疫的肆虐，不惜摧毁曾经的一切，甚至不惜在临终前抹去曾经的幸福感。

我们马上就注意到了这样一个例子：一个出身高贵的女孩在年轻时把芳心献给了一个出身卑微的人。他是她哥哥的同学和朋友，假期的一部分时间通常是在她父亲的公爵府邸度过的。他们小时候一起玩耍，是守护彼此小秘密的知己，在困难和悲伤时互相帮助和安慰。爱情悄然而至，起初无声无息，毫无顾忌，直到彼此都感到自己的生命与对方紧紧相连，同时也明白他们必须分离。他们都很年轻，感情也很纯洁，这使他们对环境的暴虐没有那么强烈的抵抗力。美丽少女朱丽叶的父亲将他们分开，但年轻的恋人许诺，会努力配得上她，而她也发誓要保护她的处女之心，他的宝藏，等他回来索取和占有。

瘟疫袭来，野心家的目标和爱情的希望一朝破灭。长期以来，公爵一直不相信会有危险，一直在谨慎地实施他的隐居计划。他成功了，直到第二年夏天，毁灭者才一举摧毁了他的预防措施、他的安全和他的生命。可怜的朱丽叶眼睁睁地看着父亲、母亲、兄弟姐妹一个个病死。大多数仆人在疾病一出现时就逃走了，留下来的

---

[1] 安德鲁·马维尔，英国诗人、作家、政治家。

人也被致命地感染了。没有一个邻居或乡下人敢靠近传染病的边缘。只有朱丽叶奇迹般地逃过一劫,她一直伺候着她的亲人,抚平死亡的枕头。最后的时刻终于来临了,这所房子里的最后一个人受到了最后一击。她这个年轻的种族幸存者孤零零地坐在死者中间。没有一个活人在她身边安抚她,或让她离开这些可怕的同伴。伴随着九月夜晚逐渐减弱的热量,暴风雨、雷声和冰雹的旋风在房子周围肆虐,以可怕的和声唱响了她家人的哀歌。她坐在地上,沉浸在无言的绝望中,这时,透过狂风和嘈杂的雨声,她仿佛听到有人在呼唤她的名字。这熟悉的声音会是谁呢?不是她的亲戚,因为他们正用呆滞的眼神看着她。她又一次听到了自己的名字,她颤抖着问自己:我是疯了,还是快死了,以至于听到了逝者的声音?第二个念头像箭一样迅速射进了她的大脑。她冲向窗户,一道闪电让她看到了期待中的景象,她的爱人在窗下的灌木丛中。喜悦给了她力量,让她下楼,打开门,然后她昏倒在他的怀里。

她千百次地自责,就像自责自己犯了罪,不该和他一起重获幸福。在她年轻的心灵中,人类对生命和欢乐的自然依恋充满了活力。她迫不及待地投入了这种陶醉,他们结婚了,在他们光彩照人的容貌上,我最后一次看到了爱的精神、狂热的同情,这种精神曾经是世界的生命。

我很羡慕他们,但又觉得既然岁月已经让我在这个世界上的牵绊成倍增加,我是多么不可能拥有同样的情感啊。最重要的是,焦虑不安的母亲,我深爱的、垂头丧气的伊德里斯,需要我的殷切关怀。我无法责备她心中一刻也没有停歇的焦虑,但我竭力分散她的注意力,让她不要过于敏锐地观察事情的真相,观察疾病、苦难和死亡越来越近的情况,观察我们的随从在听到一个又一个死亡消息时的疯狂神情。因为到最后,新近发生的事情似乎总会在恐怖中超越之前的一切。尽管有我们的帮助,可怜的人还是在慢慢死去,城堡里的居民每天都在减少,而幸存者则惊恐地挤在一起,就像在一艘遭受饥荒的小船上,在狂野无边的波涛中嬉戏,每个人都注视着对方的面容,猜测下一个死神会落在谁的身上。我竭力掩饰这一切,好让伊德里斯的眼里只能看到我。然而,正如我所说的,我的勇气甚至战胜了绝望。我可能会被打败,但我不会屈服。

有一天，也就是九月九日，似乎所有的灾难、所有的悲惨事件都发生在这一天。一大早，我就听说城堡里一位仆人年迈的祖母来了。这位老太太已经一百岁了，她的皮肤干瘪，形体弯曲，极度衰老，但她仍然年复一年地活着，比许多更年轻、更强壮的人活得更久，她开始觉得自己好像要永远活着。瘟疫来了，村里的居民都死了。她怀着老年人的卑鄙心情，紧紧抓住她已逝去的生命的残余，一听说瘟疫来到了她的邻居家，就关上了她的门，关上了她的窗，拒绝与任何人交流。她会在夜里外出觅食，回到家后，她很高兴，因为她没有遇到任何人，她没有受到瘟疫的威胁。随着大地变得更加荒凉，她获得食物的难度也在增加。起初，她住在附近的儿子为了让她高兴，会亲自给她送食物，但最后他还是死了。但是，即使受到饥荒的威胁，她最害怕的还是瘟疫。她最关心的是避开她的同类。她一天比一天虚弱，一天比一天走得远。前一天晚上，她到达了达切特。她四处张望，发现一家面包店敞开着门，里面空无一人。她满载着战利品，匆忙返回，结果迷失了方向。夜里无风、炎热、多云，她的担子变得太重了，她一个接一个地扔掉面包，仍在努力前行，最终，她的蹒跚变成了跛脚，她的虚弱变成了无法行动。

她躺在高高的玉米地里睡着了。午夜时分，她被一阵"沙沙"声惊醒。她本想起身，但僵硬的关节不听使唤。紧接着，她耳边传来一声低沉的呻吟，"窸窸窣窣"的声音越来越大。她听到一个闷闷的声音好几次呼喊着：水，水！然后，又是一声叹息从受难者的心中发出。老妇人颤抖着，终于坐直了身子。但她的牙齿打颤，膝盖磕在一起——近了，非常近了，一个半裸的身影躺在那里，在阴暗中清晰可辨，要水的呼喊和窒息的呻吟再次响起。她的动作终于引起了她那不知名的同伴的注意。她的手被一阵抽搐的力量抓住了，那感觉就像铁钳一样，手指就像捕兽夹的尖牙。"终于有人了！"这是她说的话，但这一用力是垂死者最后的努力——关节松弛了，那身影瘫倒在地，一声低沉的呻吟，最后一声，标志着死亡的时刻。天亮了，老妇人看到那具带着致命疾病的尸体就在她身边。她的手腕因死亡而松开，变得铁青。她觉得自己被瘟疫击中了，年迈的身体无法让她迅速离开。现在，她认为自己被感染了，她不再害怕与别人交往，而是尽快来到温莎城堡的孙女身边，准备在那里哀叹终老。此情此景令人毛骨悚然，但她仍然坚持着生命，用哭声和凄厉的呻吟哀叹自己的不幸。而疾病的迅速发展表明，事实证明，她活不了几个小时了。

当我正在吩咐对她进行必要的照顾时，克拉拉走了进来。她浑身颤抖，脸色苍白。我焦急地问她怎么了，她扑到我怀里哭泣着喊道："舅舅，最亲爱的舅舅，不要永远恨我！我必须告诉你，因为你必须知道，伊夫林，可怜的小伊夫林"——她的声音因抽泣而哽咽。害怕出现失去我们挚爱的宝贝这样巨大的灾难，使我的血液因寒栗而几近凝固。但想起孩子母亲，我又恢复了理智。我找到我亲爱的孩子的小床，他正在发烧，但我相信，我深情而又恐惧地相信，他没有瘟疫的症状。他还不到三岁，他的病看似仅是婴幼儿常见的那种症状。我看了他很久——他半眯着的沉重的眼睑、发烫的脸颊和不安分地扭动着的小手指，高烧剧烈，完全倦怠——如果不是因为更害怕瘟疫，这足以引起人们的警觉。伊德里斯绝不能看到他这个样子。克拉拉虽然只有十二岁，但由于极度敏感，变得非常谨慎小心，我放心地把他交给她照看，而我的任务就是防止伊德里斯发现他们不在。我给伊夫林用了适当的药，让我可爱的外甥女在他身边照看，一旦发现任何变化，就通知我。

然后，我去找伊德里斯，为自己在城堡里待了一整天找了一些似是而非的借口，并努力驱散眉宇间的忧虑。幸运的是，她并不孤单。我发现天文学家梅里瓦尔和她在一起。他对人类的看法过于长远，没有注意到今天的伤亡情况，他生活在传染病的肆虐之中，却不知道它的存在。这个可怜的人，像拉普拉斯一样博学，像孩子一样天真无邪，经常处于饥饿的边缘，他和他苍白的妻子以及众多的后代都是如此，但他既不感到饥饿，也不感到痛苦。他的天文学理论使他全神贯注，计算结果被他用煤炭涂抹在阁楼光秃秃的墙壁上。辛辛苦苦挣来的一畿尼或一件衣服被他毫不犹豫地换成了一本书。他既没有听到孩子们的哭声，也没有看到同伴憔悴的样子，过多的灾难对他来说只是阴天夜晚发生的事情，而他却愿意用右手去观察天体现象。他的妻子是那种只有女人才能见到的奇人之一，她的感情不会因为不幸而减弱。她对丈夫无限钦佩，对孩子们无限牵挂——她伺候丈夫，为孩子们操劳，从无怨言，尽管照料使她的生活成为一个漫长而忧郁的梦。

他向阿德里安介绍自己时，请求用他的玻璃杯观察一些行星运动。他的贫穷很容易被察觉，也很容易得到缓解。他经常感谢我们借给他书并允许他使用我们的仪器，但从来没有说过他的住处改变了或环境改变了。他的妻子向我们保证，除了孩子们不在他的书房之外，他没有发现任何不同，而令她感到无限惊讶的是，他抱怨这种不习惯的安静。

现在，他来向我们宣布，他完成了《地轴周动论》和《赤经点躔动论》。梅里瓦尔此时的格格不入好比共和国时期的老罗马人复活了，谈论即将选出的桂冠执政官，或者与密特里达特的最后一战。人类不再渴望感同身受，他的思想不再有明显的标志，也不再有任何读者。当每个人都扔掉剑和盾牌，独自等待瘟疫来临的时候，梅里瓦尔却在谈论六千年后的人类状况。他可能会带着同样的兴趣给我们加上一段评论，描述那些未知的、难以想象的生物的特征，他们将占据人类腾出的住所。我们不忍心欺骗这位可怜的老人。我进来的时候，他正在给伊德里斯读他书中的部分内容，问她对这个或那个问题有什么答案。

伊德里斯听后不禁笑了起来。她已经从他那里得知，他的家人还活着，而且身体健康。虽然她始终未曾忘记自己所处的时光悬崖，但我仍能察觉到，梅里瓦尔以七里长靴丈量永恒的姿态，与我们长期以来对人生持有的局限视角形成的鲜明对比，令她一时兴味盎然。我很高兴看到她的笑容，因为这让我确信她完全不知道她的宝贝有危险，但一想到一旦发现真相会引起的反感，我又不寒而栗。就在梅里瓦尔说话的时候，克拉拉轻轻地打开了伊德里斯身后的一扇门，用一种悲痛的手势和眼神示意我过去。一面镜子向伊德里斯透露了这一迹象——她站了起来。她怀疑发生了什么事，她意识到阿尔弗雷德和我们在一起，她的小宝贝一定有危险，她飞快地穿过长长的房间，跑进他的房间，这一切不过是一瞬间的事。她看到她的伊夫林躺在那里，发着高烧，一动不动。我跟在她身后，努力给她带来比我自己所能带来的更多希望，但她哀伤地摇了摇头。痛苦使她失去了理智。她把医生和护士的工作交接给了我和克拉拉。她坐在床边，握着一只发烧的小手，眼睛带着十二分专注紧紧盯着她的孩子，在无尽的痛苦中度过了漫长的一天。我们的小儿子并不是因为瘟疫才如此难受。但她听不进我的保证，忧虑使她失去了判断力和思考力。孩子五官的每一次轻微抽搐都会震撼她的心——如果他动了一下，她就会害怕瞬间发生的危机，如果他一动不动，她就会在他的倦怠中看到死亡，她的眉头阴沉了下来。

到了晚上，这个可怜的小东西烧得更厉害了。守护病榻，尤其是照看患病幼儿时，那种难以言喻的沉重感让人倍感煎熬。婴儿无法表达自身的痛苦，他那微弱的生命力就像守夜灯摇曳的火光般岌岌可危。

其狭小的火焰被风吹动，

吞噬的黑暗在其边缘盘旋。[1]

人们急切地转向东方，愤怒而不耐烦地注视着无边无际的黑暗。白天欢快的公鸡的啼鸣声凄厉而难听，橡子吱吱作响，无形的昆虫轻微地骚动，这些都是荒凉的信号和象征。疲惫不堪的克拉拉坐在表弟的床边，尽管她费了九牛二虎之力，但沉睡还是压在了她的眼皮上。她两次三番地把它摇醒，但最终还是被征服了，沉沉睡去。伊德里斯坐在床边，握着伊夫林的手。我们彼此都不敢说话。我看着星星——我守着我的孩子——我摸着他微弱的脉搏——我靠近孩子母亲——我又一次退了回去。清晨，一声轻叹吸引了我，他脸颊上的烧灼感消失了——他的脉搏轻柔而有规律地跳动着——渐渐地，我睡着了。有很长一段时间我不敢抱太大希望，但是当他呼吸顺畅，额头上弥漫着湿气，说明沾染的并不是瘟疫，我冒昧地把这个消息告诉了伊德里斯，最终成功地说服了她，我说的是实话。

但是，无论是这个保证，还是我们孩子的迅速康复，都无法让她恢复，甚至无法让她恢复之前的那份平静。她的恐惧太深、太沉重、太彻底，以至于无法转危为安。她觉得自己好像在过去的平静中做了一个梦，但现在又醒了；她觉得自己——

正如

在深海孤寂的瞭望塔中

从他所爱的家园的舒缓幻象中惊醒，

---

1 《钦契》。

噤若寒蝉地聆听愤怒的波涛咆哮。[1]

就像一个被暴风雨裹挟着的人，一觉醒来发现船只正在下沉。以前，她曾经历过恐惧的煎熬，而现在，她从未享受过一丝希望。她白皙的脸庞上从未有过会心的微笑。有时，她会强颜欢笑，然后泪流满面，悲痛的海洋淹没了这些昔日幸福的残骸。尽管如此，只要我在她身边，她就不会完全绝望——她完全向我倾诉——她似乎并不害怕我的死亡，也不会想死亡的可能性。在我的守护下，她把所有的焦虑都托付给了我，依靠着我的爱，就像母鹿身边一只被风吹伤的小鹿，就像母亲翅膀下一只受伤的雏鸟，就像一叶破碎的小船，在一棵保护它的柳树下静静地颤抖。而我，不再像在快乐的日子里那样骄傲，却温柔地、欣慰地意识到自己所能给予的慰藉，将我那战战兢兢的女孩拥入怀中，试图为她敏感的天性抵御一切痛苦的思绪与艰难的境遇。

今年夏末还发生了一件事。英国前王后温莎伯爵夫人从德国回来了。她在这个季节之初就离开了维也纳这座空城。由于无法驯服她那高傲的心灵，她在汉布尔格耽搁了很长时间，当她终于来到伦敦时，过了好几个星期才通知阿德里安她到了。尽管阿德里安对她冷淡，但久别重逢，他还是热情地接待了她，并对她表示了亲切的慰问，试图抚平她自尊的创伤。伊德里斯听到母亲回来的消息后非常高兴。伊德里斯的母性是如此强烈，以至于她推测在这个荒芜的世界中，其母亲必定已摒弃傲慢与严苛，定会欣然接受她的孝心。然而，其孝道表现首次受挫是源于她这位已失势的英国显贵母亲发出的正式通告，她母亲明确表示她本人不得以任何方式打扰自己的生活。她又说，她同意原谅她的女儿，承认她的孙子，但不能指望她做出更大的让步。

在我看来，这种做法（如果允许用这么轻描淡写的词来形容的话）极其异想天开。既然人类事实上已经失去了一切等级差别，这种骄傲就显得加倍愚蠢。既然我们与所有带有人类特征的人都有一种亲切、友爱的性质，这种对一去不复返的时代

---

[1] 托马斯·洛弗尔·贝多斯（英国诗人、剧作家）《新娘的悲剧》。

的愤怒回忆就比愚蠢还愚蠢。伊德里斯被自己可怕的恐惧占据了心神，她没有生气，也几乎没有悲伤。因为她判断，麻木不仁一定是这种持续愤怒的根源。事实并非完全如此，但占主导地位的自我意志为冷酷无情的感情披上了外衣。这位傲慢的女士不愿表现出她所经受的斗争的任何迹象，而作为自尊心的奴隶，她自以为她为永恒不变的原则牺牲了自己的幸福。

这一切都是假的，除了我们本性的感情，以及同情与快乐或痛苦的联系之外，其他一切都是假的。世间只有一善一恶——生与死。等级、权力和财产像晨雾一样消失了。在这场灾难性的社会变迁中，一个尚存的乞丐竟比一整个已故贵族阶层更具价值——多么令人痛心的现实！比起逝去的英雄，爱国志士或天才人物都更有价值。这种价值体系的降格令人深思：善恶的本质属性已然消逝，生存本身——维持人类生理机能的延续——已然成为人类群体最根本的诉求、祈愿与卑微追求的全部。

第九章

十月来临时,英格兰的一半地区一片荒凉,赤道风席卷大地,使这个不健康季节的热情变得寒冷。夏天异常炎热,一直持续到这个月初,而到了十八日,夏天的温度突然变成了冬天的霜冻。于是,瘟疫在她的死亡生涯中停顿了一下。我们喘着粗气,不敢说出自己的希望,但又充满了强烈的期待,就像一个遇险的水手站在海边的荒岛上,注视着远方的船只,幻想着它一会儿能驶近。这种重获新生的希望让粗犷的天性变得温柔,与之形成鲜明对比的是,柔软的天性充满了残酷和不自然的情感。当所有人似乎都注定要死的时候,我们对死亡的方式和时间就会漠不关心。而现在,疾病的毒性减轻了,它似乎愿意放过一些人,每个人都渴望成为被选中的人,并以顽强的毅力紧紧抓住生命。遗弃的事例越来越多,甚至发生了谋杀案,让人不寒而栗,对传染的恐惧让那些血缘最近的人互相残杀。然而,这些规模较小、各自为政的悲剧即将屈服于更强大的利益——当我们被许诺不会受到传染病的影响时,一场更狂野的暴风雨来临了,这场暴风雨是由人类的激情滋生的,是由人类最狂暴的冲动滋生的,是前所未有的,也是最可怕的。

一些来自北美洲的人,这个人口众多的大陆的遗民,怀着改变命运的疯狂愿望,启程前往东方,离开他们的故乡平原,前往并不亚于他们自己的苦难之地。大约在十一月一日,数百人在爱尔兰登陆,占据了他们能找到的空置住所,抢夺丰富的食物和流浪的牛群。他们吃完了一个地方的食物,又去另一个地方。最后,他们开始干扰当地居民,并以集中的人数将当地人赶出住所,抢走他们的过冬物资。此类事件激起了爱尔兰人的民族情绪，促使他们对入侵者发起反击。部分入侵者被歼灭，但主力部队通过迅速且有序的战术撤退得以幸存，这次危机也使他们更加谨慎。入侵者通过精密的人员部署，巧妙地掩饰了伤亡情况，保持着严整的队形，表面上一派悠闲，引发了爱尔兰人的羡慕。美洲人允许少数爱尔兰人加入其队伍，不久这些新兵的数量就超过了外来者。然而，这些新兵既未能与美洲人真正融合，也未能效仿跨大西洋指挥官们所实施的亚明的军事纪律，正是这种纪律使美洲人既安全又令人生畏。爱尔兰人成群结队地追随着他们的足迹，每天都在增加，每天都变得更加无法无天。美国人急于摆脱他们激起的斗志，在到达该岛东岸后，便踏上了前往英格兰的旅程。如果他们单独前来，几乎不会有人感觉到他们的入侵。但爱尔兰人聚集在一起，人数多得不合常理，他们开始感受到饥荒的侵袭，于是也跟在美国人的后面前往英格兰。海洋并不能阻止他们前进的步伐。爱尔兰西部荒凉的海港里停满了大大小小的船只，从战船到小渔船都有，这些船只没有水手，躺在懒洋洋的深海里腐烂。移民们成百上千地登船，用粗鲁的双手展开风帆，对浮标和绳索进行着奇怪的破坏。那些谦虚地选择较小船的人，大部分都安全地完成了他们的水上旅程。有些人则本着不计后果的精神，登上了一艘拥有一百二十门火炮的船只。巨大的船身随着潮水漂出了海湾，过了好几个小时，船上的水手们想方设法把巨大的帆布张开了一大部分——风把它吹了起来，当舵手的千百次失误使它的头时而偏向一点，时而偏向另一点时，组成船帆的大片帆布扇动起来，发出的声音就像巨大的瀑布，或者就像一片大海般的森林在赤道北风的吹拂下发出的声音。舷窗是敞开的，每一次海水冲刷甲板时，舷窗都会灌进整吨的水。一阵新风吹来，在船帆间发出可怕的呼啸声，把船帆吹得东倒西歪、四分五裂，就像弥尔顿在梦中想象的那样，他想象着大恶魔的翅膀在绞碎船帆，这加剧了狂乱的喧哗。这些声音混杂在大海的咆哮声中，船舷周围的波浪汹涌飞溅，船舱里的海水汩汩流淌。船员们，其中许多人以前从未见过大海，当船舱浸入波涛中，或在波涛中高高翘起时，他们确实感到仿佛天与地一起毁灭了。他们的叫喊声被淹没在万物的喧闹声中，以及他们笨重的住所发出的雷鸣般的摩擦声中——他们终于发现水在向他们涌来，于是他们开始用水泵抽水,他们就像在用水桶努力地把海水抽干一样。随着太阳下山,狂风越来越大。这艘船似乎感觉到了危险,它现在已经完全进水了,而且还出现了其他沉没的迹象。海湾里挤满了船只,大部分船员都在观察这艘庞大笨重的机器的无礼行为,他们看到它在逐渐下沉。海水现在已经漫过了它的下层甲板——他们几乎来不及眨眼,它就已经完全消失了,根本无法辨认出它被海水淹没的地方。少数船员得救了,但大部分船员紧紧抓住缆绳和桅杆,随船一起沉入海底,只有当死神松开他们的手时,他们才会浮上来。

这一事件使许多准备出海的人重新踏上了坚实的土地,准备迎接任何邪恶,而不是冲向无情的大海。但与实际渡海的人数相比,这些人为数不多。许多人一直走到贝尔法斯特,以确保较短的航程,然后向南穿越苏格兰,与该国较贫穷的当地人会合,大家一致涌入英格兰。

在所有仍有足够人口感受到这种变化的城镇里,这种入侵让英国人惊恐万分。在我们这个无助的国家,确实有足够的空间容纳两倍于此的入侵者。但他们无法无天的精神怂恿他们使用暴力,他们乐于把房屋拥有者赶出家门,抢占一些豪华宅邸,那里的贵族居民因为害怕瘟疫而隐居起来,他们强迫这些人成为他们的仆人和供应商,直到一个地方被毁坏殆尽,他们犹如蝗虫般的肆虐才会转移到另一个地方。在没有对手的情况下,他们会肆虐,在危险的情况下,他们会聚集在一起,凭借数量优势消灭他们软弱和绝望的敌人。他们来自东面和北面,没有明显的动机,却一致朝着我们这个不幸的大都市而来。

由于瘟疫造成的影响,通信在很大程度上被切断了,因此,在我们收到入侵者到来的通知之前,他们的车队已经开到了曼彻斯特和德比。他们像征服者一样横扫全国,烧杀抢掠,无恶不作。下层和流浪的英国人也加入了他们的行列。一些留守的上议院中尉试图召集民兵,但队伍空虚,所有人都惊慌失措,反对的声音只会增加敌人的胆量和残忍。他们说要攻占伦敦,征服英格兰——让人想起多年来已被遗忘的一长串伤害细节。这样的吹嘘显示了他们的软弱,而不是他们的力量——然而,他们仍然可能做出极端的坏事,最终导致他们的毁灭,使他们最终成为人们同情和悔恨的对象。

人类学研究表明,早期人类社会倾向于将敌对群体妖魔化,赋予其超自然的特征。这种口耳相传的信息传播模式,类似维吉尔所描述的谣言女神,其影响力可从地面延伸至天际。这种现象在当代社会心理学中仍然存在:正如古代神话中的蛇发女妖、半人马、巨龙和铁蹄狮子、海怪和九头蛇等神话生物,反映了伦敦民众对入侵者的认知偏差和群体焦虑的投射。根据历史文献记载,其登陆地点长期未被确知。当他们推进至伦敦百里之内时,当地居民纷纷逃离。这些难民陆续抵达,每一批都夸大了入侵者的数量、凶残程度和暴行。喧闹充斥着原本宁静的街道——妇女和儿童背井离乡,不知逃往何方;父亲、丈夫和儿子战战兢兢,不是为他们自己,而是为他们所爱的、手无寸铁的亲人。当乡下人涌入伦敦时,市民们也纷纷向南逃窜——他们爬上了城中较高的建筑物,以为可以看到敌人在他们周围散布的烟雾和火焰。由于温莎在很大程度上位于西面的行军路线上,于是我将家人迁往伦敦,将伦敦塔作为他们的居所,然后我与阿德里安会合,并在即将到来的战斗中担任他的副官。

我们只用了两天时间进行准备,充分利用所有资源。我们收集了火炮和武器,重整了历经战损依旧坚定的残兵。这些士兵纪律严明,准备充分,他们的存在不仅能激励我方士气,更能令敌人胆寒。空气中弥漫着激昂的旋律,旗帜随风飘扬,尖锐的笛声和响亮的号角交织成胜利的赞歌。尽管士兵的步伐略显沉重,但这并非出于恐惧,而是疾病、悲伤和不幸预言的沉重打击。然而,这恰恰是对勇者最严峻的考验,也是锤炼男子汉心性的熔炉。

阿德里安率领部队,他的内心异常平静。在他看来,我们凭借严明的纪律在冲突中取胜,并非值得骄傲的事情。当瘟疫仍在徘徊,征服者和被征服者势均力敌时,他渴望的不是胜利,而是不流血的和平。在我们前进的过程中,我们遇到了成群结队的农民,他们几乎赤身裸体,他们的绝望和恐惧一下子就说明了即将到来的敌人的凶残。毫无理智的征服精神和对战利品的渴求蒙蔽了他们的双眼,他们用疯狂的怒火把整个国家变成了一片废墟。看到军队后,逃亡者重新燃起了希望,复仇取代了恐惧。他们用同样的情感激励着士兵。慵懒变成了热情,缓慢的脚步变成了飞快的步伐,而空气中弥漫着众人空洞的杂音,淹没了武器的铿锵声和音乐声,他们被一种感情所鼓舞,那就是致命的感情。阿德里安察觉到了这一变化,担心很难阻止他们对爱尔兰人发起最猛烈的攻击。他骑马穿过战线,命令军官们约束部队,劝勉士兵,恢复秩序,这在一定程度上平息了每个人心中的剧烈躁动。

我们首先在圣奥尔本斯遇到了一些爱尔兰散兵游勇。他们撤退了,和其他同伴一起,继续后退,直到到达主力部队。一个武装的正规反对派的消息使他们恢复了某种秩序。他们把白金汉作为他们的总部,并派出侦察兵去查明我们的情况。我们在卢顿过夜。清晨,一场同时发生的运动使我们各自前进。晨光熹微,空气中弥漫着清新的气息,似乎在戏谑地拂动着我们的军旗,将军乐队的乐声、战马的嘶鸣和步兵整齐的脚步声送向敌阵。我们的敌人纪律涣散,一听到军乐的声音,就会感到惊讶,同时也感到恐惧。这是另一个时代的声音,一个和谐有序的时代的声音,这是一个没有瘟疫的时代的声音,一个人类生活在即将到来的命运阴影之外的时代的声音。停顿是短暂的。很快,我们就听到了他们杂乱无章的喧嚣声、野蛮人的叫喊声、成千上万人乱糟糟地迈着不合拍的步子走来。现在,他们的部队从开阔地或狭窄的小巷向我们涌来,敌我中间有大片没有围起来的田地,我们推进到田地中间,然后停了下来。由于我们地势较高,可以看到他们所覆盖的空间。当敌方指挥官观察到我方部署了对抗阵形时,随即下令停止推进,并着手组织部队仿效军事战术编制进行部署。第一排的士兵有火枪,有些人骑着马,但他们的武器是在前进中缴获的,他们的马是从农民那里抢来的,他们没有统一的服装,也很少服从命令,但他们的叫喊声和狂野的手势显示出他们的桀骜不驯。我们的士兵接到命令后,以最快的速度前进,但秩序井然。他们统一的着装、锃亮的武器、沉默不语和憎恨的神情,比我们无数敌人的野蛮叫嚣更令人震惊。就这样,双方越走越近,爱尔兰人的号叫声和呐喊声也越来越大。英国人听从他们的军官的指挥,继续前进,直到他们走近到足以分辨出敌人的面孔。这一景象激发了他们的怒火,他们不使用子弹,而是端着刺刀冲进敌人中间,队伍每隔一段距离,火柴人就点燃一门大炮,震耳欲聋的轰鸣声和刺眼的硝烟弥漫了整个恐怖的场面。

我在阿德里安身边，刚才他再次下令停止前进，并在离我们几码[1]远的地方陷入沉思。他正在迅速制订行动计划，以防止鲜血四溅。大炮的轰鸣声、部队突然的冲撞声和敌人的吼叫声把他吓了一跳。他两眼放光地喊道："一个都不能少！"他把橹插进马的两侧，冲进了冲突的队伍之间。我们，他的参谋，跟在他后面，包围并保护他。然而，遵照他的信号，我们退后了一些。士兵们发现了他，暂停了进攻。他没有躲避从他身边掠过的子弹，而是立即骑马冲到了对立阵线之间。喧哗过后是一片寂静。大约有五十人躺在地上，或死或奄奄一息。阿德里安举起剑准备说话，他对着自己的部队喊道："你们是奉谁的命令前进的？是谁命令你们进攻的？后退吧。我是你们的将军，不能屠杀这些误入歧途的人。收起你们的武器。他们是你们的兄弟，不要自相残杀。瘟疫很快就会夺走所有人的性命，届时你们将无人可报复。你们会比瘟疫更无情吗？既然你们尊敬我，既然你们崇拜上帝，既然你们的孩子和朋友都是按照上帝的形象创造的，那么就不要浪费珍贵的人类血液。"

他伸出手，用胜利者的口吻说话，然后转过身，眉头紧锁，命令侵略者放下武器。"你们以为，"他说，"我们被瘟疫折磨得不成人形，你们就能战胜我们。瘟疫也在你们中间，当你们被饥荒和疾病征服时，你们杀害的人的鬼魂会出现，叫你们不要对死亡抱有希望。放下你们的武器吧，野蛮而残忍的人们——你们的双手沾满了无辜者的鲜血，你们的灵魂被孤儿的哭声压得喘不过气来！我们会胜利的，因为正义站在我们这一边。你们的脸颊已经苍白，武器会从你们无力的手中掉落。放下武器吧，同胞们！兄弟们！宽恕、帮助和手足之情在等待着你们的忏悔。你们是我们的亲人，因为你们有着脆弱的人性。你们中的每一个人都会在这些力量中找到朋友和主人。当瘟疫这个人类共同的敌人此刻正凌驾于我们之上，以比她本身更为残酷的方式庆祝着我们的互相残杀时，难道人类还要自相为敌吗？"

双方军队都停顿了一下。我方士兵紧握双臂，目光严厉地注视着敌方。他们没

---

[1] 码，长度单位，1码等于0.9144米。——编者注

有放下武器,更多的是因为恐惧,而不是竞赛的精神。他们互相看着对方,每个人都希望以自己为榜样,但他们没有领头人。阿德里安从马上跳下来,走近其中一个刚刚被杀的人,喊道:"这是一个活生生的人啊,难道就要这么死掉了!快包扎好阵亡者的伤口——不要再让任何人死去。不要再让一个灵魂从你们无情的伤口中逃脱,在上帝的宝座前讲述自相残杀的故事。包扎好他们的伤口——让他们回到朋友身边。抛却胸中燃烧的虎狼之心,放下这些残酷与仇恨的工具。在这灭绝命运的时刻,让每个人都成为对方的兄弟、守护者和陪伴者。扔掉那些沾满鲜血的手臂,你们中的一些人赶快去包扎这些伤口吧!"

他一边说着,一边跪在地上,把这个人抱在怀里,他的身边涌出了生命的暖流——可怜的人在喘息——两边的主人都变得如此寂静,以至于可怜人的呻吟声都清晰可闻,为这一个人的命运而焦虑地跳动着,希望和恐惧交织在一起。阿德里安撕下自己的军用围巾,给受难者围上——但为时已晚——那人深深地叹了一口气,头向后仰,四肢失去了支撑力。"他死了!"阿德里安说,尸体从他的怀里掉在地上,他悲痛而敬畏地低下了头。世界的命运似乎与这个人的死亡紧密相连。两边的队伍放下了武器,就连老兵也流下了眼泪,我们的队伍向敌人伸出了双手,同时一股爱和最深沉的友情充满了每一个人的心。两支部队都放下武器,手拉手地混在一起,只谈论着如何帮助对方,双方连成了一片。他们各自忏悔,一方忏悔自己以前的残忍,另一方忏悔自己过去的暴行,他们服从将军的命令,向伦敦进发。

阿德里安不得不竭尽谨慎之能事,先是平息不和,然后是为众多入侵者提供食物。他们被赶到南部各郡的不同地方,驻扎在荒废的村庄里,一部分人被送回了他们自己的岛屿,而冬季的到来使我们的精力大为恢复,国家的各个关口都得到了保卫,并严防敌军数量的增加。

阿德里安和伊德里斯在分别近一年后重逢。阿德里安一直忙于完成一项艰巨而痛苦的任务。他熟知人类的各种苦难,并且发现自己的能力不足,援助的作用微乎其微。然而,他内心的坚定信念、充沛的精力和坚定的决心,使他免于陷入悲伤的情绪反应。他仿佛获得了重生,美德比美狄亚的炼金术更为强大,赋予了他健康与力量。伊德里斯几乎认不出这个精力充沛的男人是个脆弱的人，他的身形似乎连夏日的微风都能吹弯。他的过度敏感使他更能胜任在暴风雨中的英格兰的领航员的工作。

伊德里斯的情况却截然不同。她虽未发出任何抱怨，但内心已被深深的恐惧所占据。她日渐消瘦苍白，双眼不自觉地盈满泪水，声音变得低沉而破碎。她试图掩饰这些变化，以免被兄长察觉，但这些努力都是徒劳的。独处时，她无法抑制的悲伤情绪终于爆发，倾诉着她的忧虑与痛苦。她生动地描述了那持续不断、如饥似渴般啃噬她灵魂的焦虑；她将这种难以入眠的对厄运的期待比作普罗米修斯神话中啄食心脏的秃鹫。在这种持续的精神压力和无休止的内心挣扎影响下，她表示，仿佛体内所有的生理机能都以双倍速度运转，快速地消耗着自身。睡眠不是睡眠，因为她清醒时的思绪被一些残存的理智和孩子们健康快乐的景象所束缚，然后就变成了疯狂的梦境，她的所有恐惧变成了可怕的现实。对于这种状态，没有希望，没有缓解，除非坟墓尽快接受它注定的猎物，让她在失去她所爱的人而经历无数次活生生的死亡之前死去。为了不让我感到痛苦，她尽力掩饰自己的极度悲惨，但在与久别重逢的兄长相见时，她无法抑制内心的悲伤。她以悲惨境遇所特有的丰富想象力，向她亲爱的、富有同情心的阿德里安倾诉了自己的情感。

伦敦这座城市几乎已失去了人类居住的迹象。街道上杂草丛生，广场上荒草蔓延，房屋紧闭，曾经最繁华的街区如今笼罩在一片寂静与荒凉之中。然而在这片荒芜之中，阿德里安仍然维持着秩序。每个人都依照法律和习俗生活——人类制度仿佛取代了神圣法则般得以延续，尽管人口锐减的命运无可避免，但财产权依然神圣不可侵犯。这是一种令人忧郁的反思。尽管罪恶减少了，但它却像一种可悲的嘲弄一样冲击着人们的心灵。所有关于娱乐、剧院和节日的想法都已不复存在。"明年夏天，"阿德里安在我们返回温莎时说，"将决定人类的命运。在那之前，我不会停下我的努力。但是，如果瘟疫在来年死灰复燃，所有与它的较量都必须停止，我们唯一的职业就是选好坟墓。"

我不能忘记这次伦敦之行中发生的一件事。梅里瓦尔以前经常造访温莎，但现在突然停止了。在这个生死只在一线之间的时代，我担心我们的朋友已经成了万恶之源的牺牲品。这次，我怀着最坏的打算去了他的住所，想看看能否为他那些可能幸存的家人提供一些帮助。这所房子已经荒废，是分配给驻扎在伦敦的入侵陌生人的房子之一。我看到他的天文仪器被用于奇怪的用途，他的地球仪被玷污，写满深奥计算的纸张被毁坏。邻居们对我的朋友的情况知之甚少，直到我找到一个在这危险时刻充当护士的可怜女人。她告诉我，他全家都死了，只有梅里瓦尔本人疯了，她说他是疯了，但进一步问她，才知道他似乎只是因为过度悲伤而神志不清。这位垂暮之年的老者，徘徊在生命的尽头，却仍在亿万光年的天体运行中延续着他的视野。这位幻想家丝毫未察觉妻儿因饥饿而消瘦的身影，也未曾注意到周遭肆虐的瘟疫带来的恐怖景象与声响。这个显然已经死在地球上，只活在球体运动中的天文学家，对他的家人怀着不明显但强烈的爱。由于长期养成的习惯，他们已经成为他的一部分。他缺乏世俗知识，头脑不清醒，稚气未脱，因此完全依赖他们。直到他们中的一个人死去，他才意识到他们的危险。他们一个接一个地被瘟疫夺去了生命。他的妻子，他的伴侣和支持者，对他来说比他自己的肢体和身体更重要的人，几乎还没有上过自我保护的课。这位年迈的学者眼看着他毕生研究和崇敬的自然法则在他脚下崩塌，他伫立在逝者之间，发出痛彻心扉的诅咒。难怪在旁人眼中，这位悲痛欲绝的老者的凄厉哀嚎被误认作是疯狂的呓语。

那天我直到傍晚才开始搜寻，那是个十一月的日子，伴随着淅沥的雨声和凄凉的风声，天色早早地暗了下来。当我从门前转过身来时，我看到了梅里瓦尔，或者说是梅里瓦尔的影子，衰弱而狂野，从我身边经过，坐在他家的台阶上。微风吹散了他鬓角的灰发，雨水淋湿了他没有遮盖的头，他用枯瘦的双手掩面而坐。我按了按他的肩膀，想唤起他的注意，但他没有改变姿势。"梅里瓦尔，"我说，"我们很久没见过你了，你必须跟我回温莎，伊德里斯夫人想见你，你不能拒绝她的请求，跟我回家吧。"

他用空洞的声音回答道："为什么要欺骗一个无助的老人，为什么要对一个半疯的人说虚伪的话？温莎不是我的家，我已经找到了真正的家，造物主为我准备的家。"

他尖刻的嘲讽语气让我激动不已——"不要引诱我说话，"他接着说，"我的话会吓到你——在一个懦夫的世界里，我敢于思考——在这教堂墓地之间，在那至高邪恶暴政下的诸多亡魂之中，我敢于谴责。他怎么能惩罚我呢？让他赤膊上阵，用闪电把我刺死，反正这也是他的本事。"老人笑了。

他站了起来，我跟着他冒雨来到邻近的教堂院子里——他扑倒在湿漉漉的土地上。"他们在这里，"他喊道，"他们就在这里，这些曾经鲜活的生命体——曾经呼吸、说话、充满爱的生命个体。那位日日夜夜照料着她年迈爱人的她，还有那些承载着我基因的后代，我的孩子们——他们都在这里。即便我呼唤他们的名字，声嘶力竭地喊破这夜空，他们也不会回应。"他紧紧抓住标记坟墓的草皮堆。"我只有一个请求：我不惧怕上帝的地狱，因为我此刻就身处其中；我也不渴求天堂的美好，只求能在死后与他们长眠于此。让我在死后，能感受到我的躯体在腐朽过程中与他们融为一体。"他痛苦地站起来，抓住我的胳膊，"答应我把我和他们葬在一起。"

"上帝保佑我和我的挚爱，"我回答说，"但有一个条件：跟我回温莎。"

"去温莎！"他尖叫着喊道，"决不！——我决不离开这个地方——我的骨头、我的肉体、我自己，都已经埋葬在这里了，你所看到的我和它们一样，都是腐朽的泥土。我将躺在这里，坚守在这里，直到雨水、冰雹、闪电和暴风雨摧毁我，让我和下面的人成为一体。"

我必须用几句话来结束这场悲剧。我被迫离开伦敦，而阿德里安则承担起照顾他的责任。这个任务很快就完成了。年老、悲伤和恶劣的天气共同作用，平息了他的痛苦，使他那充满痛苦的心灵得以安息。他在离世时紧抱着覆盖胸前的泥土，长眠于他以无尽哀思追念的亲人之侧。

我按照伊德里斯的意愿回到了温莎，她似乎认为那里对她的孩子们来说更安全。而且，一旦成为这个地区的监护人，只要还有一个居民活着，我就不会离开这里。我去也是为了配合阿德里安的计划，那就是把剩下的人集中起来。因为他深信，只有通过仁慈和社会美德，残存的人类才有安全的希望。

回到这个我们如此亲近的地方是一件令人惆怅的事情,因为这里曾是我们以前很少享受到的幸福的场景,这里标志着我们物种的灭绝,追溯着疾病在肥沃而珍贵的土壤上留下的难以磨灭的深深脚印。国家的面貌已经大为改观,以至于无法进行播种和其他秋季劳动。这个季节已经过去,冬天突然来临,环境异常严酷。交替出现的霜冻和解冻以及接踵而至的洪水使整个国家无法通行。纷纷扬扬的大雪给大地增添了北极般的景色,房屋的屋顶从白茫茫的积雪中若隐若现,无论是简陋的农舍还是富丽堂皇的宅邸,皆已人去楼空,门前积雪未清。冰雹击碎了窗户,而持续不断的东北风更使户外活动变得异常艰难。社会状况的改变使这些自然现象成为真正痛苦的根源。统御的特权与仆从的殷勤服侍已不复存在。诚然,生活必需品的数量已经足够满足人口减少后的需求,但仍需要大量的劳动力来安排这些原材料,而且由于疾病的折磨和对未来的恐惧,我们没有精力大胆而果断地采取任何措施。

我可以为自己说话——缺乏活力并不是我的缺点。强大的生命力使我的脉搏加快,使我的身体充满活力,它的作用不是把我引向积极生活的迷宫,而是使我的卑微变得崇高,使微不足道的事物变得雄伟壮观——我本可以以同样的方式过着农民的生活。我的琐碎职业被膨胀成重要的追求,我的情感变得急躁而令人着迷,大自然的一切变化都被赋予了神圣的属性。我的心中充满了希腊神话的精神,我神化了高地、峡谷和溪流,

我看见普洛特斯从海中走来,

听见老特莱顿吹响了他那带花环的号角。[1]

奇怪的是,当地球按其单调的轨迹运行时,我对其古老的规律始终充满好奇,而现在,当它带着偏心轮驶入一条未经尝试的道路时,这种精神却渐渐消退我在绝望和疲倦中挣扎,它们就像雾一样,让我窒息。也许,在经历了去年夏天的劳作和巨大的兴奋之后,冬天的平静和它带来的几乎是琐碎的劳作,自然会让人倍感不快。这不是前一年的抓狂激情,它赋予每一刻以生命和个性——这不是时代的苦难所引

---

[1] 华兹华斯。

起的痛楚。我所有的努力都是徒劳无功的，这让我失去了往日的振奋，而绝望也让我失去了自我赞美的力量。读书是徒劳的，写作是虚无的。大地，这个昔日展示崇高功绩的广阔马戏团，这个上演华丽戏剧的巨大剧场，如今只剩下一片空地，一个空荡荡的舞台，对于演员和观众来说，再也没有什么可说的，也没有什么可听的了。

我们的温莎小镇是邻近各县幸存者的主要聚集地，这里呈现出一片愁云惨淡的景象。街道被大雪封堵，为数不多的行人似乎也因寒冬的肆虐而冻僵了。为了躲避这些灾难，我们竭尽全力。昔日追求高尚和高雅的家庭，富裕、兴旺、年轻，如今人数减少，他们挤在火炉旁，在苦难中变得自私和卑躬屈膝。没有了仆人的帮助，所有的家务活都得自己干。不习惯干家务活的手必须揉面包，如果没有面粉，政治家或香喷喷的廷臣就得去做屠夫。穷人和富人现在是平等的，或者说穷人更胜一筹，因为他们干起这些活来既麻利又有经验。而无知、不适应和安逸的生活习惯则使奢侈的人感到疲劳，使骄傲的人感到不快，使所有那些一心想要提高智力、认为免于满足动物性需求是他们最宝贵的特权的人感到厌恶。

但是，在每一种变化中，善良和情感都能找到发挥和展示的空间。在一些人中，这些变化产生了一种既优雅又英勇的奉献和牺牲精神。对于人类的爱好者来说，这是一个值得欣赏的景象。就像在古代一样，我们可以看到各种亲情和友情以宗法的方式履行着他们的仁慈和善良的职责。年轻的贵族们为了母亲或姐妹，和颜悦色地履行着男仆的职责。他们到河边破冰、汲水。他们集结觅食，或手持斧头砍伐树木作为燃料。他们回来时，女人们会用以前只有在低等茅屋里才有的简单而亲切的欢迎方式接待他们——干净的壁炉和明亮的炉火，由心爱的人亲手烹制的晚餐，对他们为明天的饭菜所做的准备表示感谢。这些对出身高贵的英国人来说是奇怪的享受，但现在却成了他们唯一的、来之不易的、非常珍贵的奢侈品。

这种对环境的优雅顺从、高贵谦逊，以及为这种行为增添浪漫色彩的巧妙幻想，没有人比我们的克拉拉更突出了。她看到了我的沮丧和伊德里斯的忧虑。她一直在研究如何减轻我们的劳动强度，为我们改变后的生活方式增添轻松甚至优雅的气氛。我们还有一些因疾病而幸免于难的随从，他们对我们非常热情。但克拉拉嫉妒他们的服务,她要成为伊德里斯唯一的女仆,她要成为独自照料小表亲们。没有什么比我们这样雇用她更让她高兴的了。她超出了我们的愿望,认真、勤奋、不知疲倦,

我们还没叫她的名字,阿布拉就准备好了,

尽管我们叫的是别人,阿布拉也还是会过来。[1]

我每天的任务就是拜访聚集在镇上的各家各户,如果天气允许,我很乐意延长我的旅程,在孤独中思考我们命运的每一个变化,努力从过去的经验中为未来汲取教训。我对人类所遭受的苦难所产生的不耐烦情绪,在孤独的环境中得到了缓和,因为个人的苦难已与普遍的灾难融为一体,说来也怪,这种苦难也就不那么令人痛苦了。就这样,我常常艰难地穿过被积雪覆盖的狭窄小镇,过桥穿过伊顿公学。没有意气风发的少年们涌入学院大门;往日熙熙攘攘的教室和喧闹的操场如今笼罩在一片凄清的寂静中。我骑马朝盐丘方向前行,却处处受积雪阻碍。那些曾经令我倾心的沃野良田,那片曾经麦浪滚滚、古树参天、泰晤士河蜿蜒流淌其间的丘陵与谷地交错之处,如今竟是这般模样?一片白雪覆盖大地,而痛苦的回忆告诉我,这里居民的心就如同这冬装裹身的大地一般寒冷。我遇见成群的马匹、成队的牛群和羊群在四处游荡。它们或是推倒干草堆,在其中筑巢避寒,以此获取庇护和食物,或是占据了一座废弃的农舍。

有一次,在一个霜冻的日子里,我因为焦躁不安、无法满足的思绪而寻找一个最喜欢的地方,那是离盐山不远的一片小树林。一边是清泉在石头上潺潺流淌,一边是几棵榆树和山毛榉,它们几乎不值一提,但却延续着树林的名字。这个地方对我来说有着独特的魅力。这里曾是阿德里安最喜欢的度假胜地。这里很僻静。他经常说,童年时,他最快乐的时光都是在这里度过的。摆脱了母亲庄严的束缚后,他就坐在通往泉水的粗凿台阶上,时而读一本最喜欢的书,时而以超乎他年龄的臆想,思索着尚未解开的道德或形而上学的蛛丝马迹。一种忧郁的预感向我保证,我再也不会看到这个地方了。于是,我仔细地思索着,记下了每一棵树、每一条蜿蜒的小

---

[1] 普赖尔的《所罗门悖论》。

溪和不规则的土壤，以便在离开时更好地唤起它们的意念。一只红胸知更鸟从霜冻的树枝上掉落在凝固的小河上，喘息的胸脯和半闭的眼睛表明它已经奄奄一息。一只鹰出现在空中，突然的恐惧攫住了这只小动物，它用尽最后的力气，仰面朝天，举起爪子无力地抵御强大的敌人。我把它抱起来，放在胸前。我给它喂了几块饼干碎屑。渐渐地，它恢复了活力。它温暖的心脏在我身上跳动。我不知道为什么要详述这件琐事，但当时的情景仍历历在目。透过银色的山毛榉树干可以看到白雪覆盖的田野；幸福日子里波光粼粼的小溪，如今被冰雪窒息；没有叶子的树木被白霜奇妙地装扮着；夏天树叶的形状被冬天冰冻的手在坚硬的地面上描绘出来；天空昏暗，沉闷寒冷且寂静无边；而我紧紧地抱着它，痛苦的思绪纷至沓来，搅动着我的大脑，疯狂地骚动。冰冷和死亡就像雪原上的大地，摧残着居民的生命。我为什么要反抗这股席卷我们的毁灭之流，为什么要绷紧我的神经，重新作出疲惫的努力——啊，为什么？但为了我坚定的勇气和愉快的努力能够庇护我在生命的春天里选择的亲爱的伴侣，尽管我的心充满痛苦的悸动，尽管我对未来的希望是寒冷的，但只要你，我最温柔的爱人，能够安详地靠在我的这颗心上，只要你能从中得到关怀、安慰和希望，我的斗争就不会停止，我绝不会被打败。

二月的一天，天气晴朗，阳光重新焕发出和煦的力量，我和家人在森林里散步。那是一个可爱的冬日，大自然赋予荒芜以美丽。没有叶子的树木在纯净的天空下舒展着枝条。它们错综复杂的透视结构就像精致的海草。鹿在翻开积雪寻找隐藏的青草。白色在阳光下显得格外耀眼，树干因为失去了茂盛的叶子而变得更加显眼，就像一座巨大寺庙中迷宫般的柱子一样聚集周围。看到这些景象，我们不可能不感到愉悦。我们的孩子们摆脱了冬天的束缚，在我们面前蹦蹦跳跳，或追逐鹿群，或把野鸡和鹧鸪从草丛中唤醒。伊德里斯靠在我的胳膊上。她的悲伤屈服于现在的愉悦感。我们在长廊上遇到了其他家庭，他们也和我们一样，享受着这个和煦季节的回归。我似乎一下子清醒了，摒弃了过去几个月的懒散，大地呈现出崭新的面貌，我对未来的看法也突然变得清晰起来。我惊呼道："我终于发现了秘密！"

"什么秘密？"

在回答这个问题时，我描述了我们阴郁的冬季生活，我们的烦恼，我们卑微的劳动。"这个北方国家，"我说，"不是属于我们这个衰弱种族的地方。当人为数不多的时候，并不是在这里与大自然的强大力量抗争，并使后代遍布全球的。我们必须寻找某个自然乐园，某个地球花园，在那里我们的简单需求可以很容易地得到满足，享受美好的气候可以补偿我们失去的社会乐趣。如果我们能熬过即将到来的夏天，我不会在英国度过接下来的冬天，我和我们任何人都不会。"

我没怎么注意就说了出来，而我的结论却带来了其他的想法。我们，我们中的任何一个人，能熬过即将到来的夏天吗？我看到伊德里斯的眉头阴沉了下来。我再次感觉到，我们被命运之车拴住了，而我们却无法控制它的方向。我们再也不能说，这是我们要做的，因为这也是我们不要做的。一种比人类更强大的力量就在我们身边，它可以摧毁我们的计划，也可以完成我们逃避的工作。指望再过一个冬天简直是疯了。这是我们的最后一个冬天。即将到来的夏天是我们视野的尽头。而当我们到达那里时，我们看到的不是漫长道路的延续，而是一道裂口，我们必须被迫跳入其中。我们失去了人类最后的希望，再也没有希望了。当疯子被锁链锁住时，他还能抱有希望吗？被押上断头台的可怜虫，当他把头埋在砧板上时，他能看到自己和刽子手的双重影子吗？遭遇海难的水手，在游泳时听到身后的水花四溅，鲨鱼在大西洋上追赶他，他还能抱有希望吗？我们也可以抱有他们这样的希望！

古老的寓言告诉我们，这个温柔的精灵来自潘多拉的盒子——里面装满了邪恶，但这些邪恶都是无形且虚无的，而所有人都赞叹年轻的希望女神那鼓舞人心的可爱。每个人的心都成了她的家，她在这里和以后都是我们生命的主宰。她被神化和崇拜，被宣布为不朽和永恒。但就像造物主赐予人类的所有其他礼物一样，她也是凡人。她的生命已经走到了最后一刻。我们一直守护着她，呵护着她苟延残喘的生命。现在，她一下子从年轻走向衰老，从健康走向无法医治，就在我们为她的康复而殚精竭虑的时候，她死了！我们不过是葬礼队伍中的送葬者，在这送别人类慰藉者最后一程的哀伤行列中，无论是永恒的精魂还是易朽的生灵，又有谁能置身事外？

太阳不是在召唤它的光芒吗？

白昼就像稀薄的呼气一样消散了——
两者都将光束包裹在云层中，
成为这场葬礼的近距离哀悼者。[1]

---

1 《克利夫兰诗集》。

第三卷

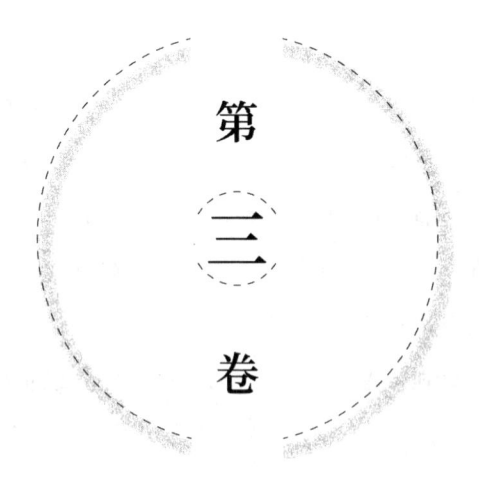

第一章

难道你没有听到暴风雨即将来临的"嗖嗖"声吗？难道你没有看到乌云密布，毁灭肆虐的景象倾泻在荒芜的大地上吗？难道你没有看到雷电落下，天堂的呐喊震耳欲聋？难道你没有感觉到大地在颤抖，发出痛苦的呻吟，空气中弥漫着尖叫和哀号，这一切不都在宣告人类的末日来临吗？不！这些都没有伴随着我们的堕落！春天的和煦空气从大自然的温馨家园吹来，沁入可爱的大地，大地苏醒了，仿佛是一位年轻的母亲，自豪地带着她美丽的子女迎接长久未见的父亲。嫩芽点缀着树木，鲜花点缀着大地，黝黑的树枝在季节性汁液的滋润下舒展开来，长出了嫩叶，春天五彩缤纷的树叶在微风中飞舞歌唱，欢喜于晴朗的天空中的温暖。小溪潺潺流淌，大海波平如镜，悬崖倒映在宁静的水面上。鸟儿在树林中醒来，而大地也为人类和动物提供了丰盛的食物。哪里有痛苦和邪恶？不在宁静的空气中，也不在波涛汹涌的大海里；不在树林里，也不在肥沃的田野上；不在让树林充满歌声的鸟儿中间，也不在沐浴着丰饶阳光的动物中间。我们的敌人，就像荷马史诗中的灾星，践踏着我们的心灵，她的脚步没有任何声响：

陆地瘟疫丛生，海洋病痛肆虐，

脆弱的人类深受疾病之扰，

穿过正午，穿过黑夜，穿梭来去随心所欲，

无声无息——被全能的力量拒绝的声音[1]。

人曾经是造物主的宠儿，正如皇家赞美诗所唱的："神使他比天使略低，又以荣耀尊贵为他的冠冕。神使他管理自己手所造的一切，将万物都伏在他脚下。"从前是这样，现在人是一切被造物的主宰吗？看看他——呵！我看到了瘟疫！它附在他的形体上，化身为他的肉体，与他纠缠在一起，蒙蔽了他追寻天堂的双眼。躺下吧，人啊，躺在鲜花盛开的大地上，放弃你对遗产的一切要求，你所能拥有的，只是死者需要的长眠之所。瘟疫与春天、阳光和丰饶如影随形。我们不再与它抗争。我们已经忘记了当它不在的时候，我们在做什么。从前，人们为了一些微不足道的奢侈品，冒着生命危险，驾驶着古老的舰船穿越从印度到北极的巨大海浪。人们长途跋涉，历尽艰辛，只为占有地球上那些闪光的玩意儿——宝石和黄金。人类的劳动付诸东流，人类的生命化为乌有。现在，我们所贪求的只是生命本身。这个肉体的自动机械，在关节和弹簧的配合下，发挥着它的功能，这个灵魂的居所能够容纳它的居住者。我们的思维曾经散布在无数领域和无限思维组合中，但现在它们在这堵肉体之墙后退缩，渴望保护自身的幸福。当然，我们已经足够堕落了。

在早春，疾病的蔓延加重了我们这些幸存者的工作负担，我们将时间和精力投入到救助同胞的工作中。我们坚定地承担起这项任务："在绝望中，我们仍在执行希望的使命。"我们以挑战疫情的决心走出去，援助病患，安慰悲伤的人。我们将注意力从众多死者转向为数不多的幸存者，以坚定的意志力和强大的决心告诉他们要活下去。然而瘟疫依然肆虐，对我们的努力嗤之以鼻。

亲爱的读者们，你们观察过蚁穴被摧毁后的废墟吗？起初，蚁穴里的原住民似乎完全遗弃被摧毁的蚁穴，但过不了多久，你就会看到一只只蚂蚁在翻倒的土壤里挣扎。它们三三两两地重新出现，到处寻找失散的同伴。我们在地球上也是如此，我们惊愕地观察着瘟疫所带来的影响。我们空荡荡的居所还在，但居民们已经被埋葬在坟墓的阴暗处。

---

[1] 埃尔顿对赫西俄德作品的译本。

随着秩序和法律的规则和压力消失，一些人开始带着犹豫和惊奇僭越社会的惯例。宫殿荒废了，穷人终于敢于闯入富丽堂皇的居室，而这些居室的家具和装饰对他们来说都是一个未知的世界。人们发现，虽然一开始停止了所有财产的流通，使那些以前靠社会人为需求维持生计的人一下子陷入了可怕的贫困，但当私人财产的界限被打破后，目前存在的人类劳动产品远远超过了人口稀少的一代所能消耗的。对穷人中的一些人来说，这是一件值得庆幸的事情。我们现在人人平等；华丽的住所、奢华的地毯和羽绒床，人人都能享用。马车、马匹、花园、画像、雕像、豪华图书馆，应有尽有，甚至多到让人眼花缭乱。每个人都能毫无阻碍地拥有自己的那一份。我们现在都是平等的；但近在眼前的是一种更加不平等的平等，在这种状态下，美貌、力量和智慧就像财富和出身一样虚无。坟墓在我们所有人的脚下打着哈欠，它使我们任何人都无法享受以如此可怕的方式呈现在我们面前的安逸和富足。

　　尽管如此，我的孩子们的脸颊上依然绽放着光彩。克拉拉在岁月中茁壮成长，未受疾病的侵扰。我们并不认为温莎城堡的所在地受健康之神的眷顾，因为许多其他家庭的人都死在了那里。因此，我们没有采取任何特别的预防措施，但我们似乎活得很安全。如果说伊德里斯变得消瘦苍白，那也是焦虑造成的。我无法减轻她的焦虑。她从不抱怨，但她开始失眠且食欲不振。慢性发热侵蚀着她的血管，她的面色潮红，经常暗自流泪。阴郁的预感、焦虑和痛苦的恐惧侵蚀着她内心的生命力。我无法不察觉到这种变化。我常常希望我当初允许她按照自己的意愿去为他人的福祉而劳作，这样或许能分散她的思绪。但现在已经太迟了。此外，由于人类几近灭绝，我们所有的努力都已接近尾声。她太虚弱了，或者可以说是虚弱得像是得了肺痨，或者更确切地说，她体内过于活跃的生命，像阿德里安一样，在清晨耗尽了生命之油，使她的四肢失去了力量。晚上，当她可以不被察觉地离开我时，她会在房子里徘徊，或者低头看着她的孩子们的床榻。到了白天，她就会陷入不安的睡眠中，而她的喃喃自语和惊醒则暴露了困扰她的不安定梦境。尽管她极力掩饰，但这种痛苦的境况越来越明显。我努力地试图唤起她的勇气和希望，但却徒劳无功。我对她的关心之切并不感到奇怪，她的灵魂深处充满了柔情。她确实相信，如果我成为这场巨大灾难的牺牲品,她也不会活得比我长,这种想法有时会让她感到宽慰。

多年来,我们手牵手走在人生的道路上,现在我们仍是这样相依为命,我们可能一起踏入死亡的阴影。但是她的孩子们,她可爱、俏皮、活泼的孩子们——从她自己萌发出来的生命——我们爱的寄托,即使我们死了,知道他们会走上人们惯常的道路,也是一种安慰。但事实并非如此,尽管他们年轻而充满活力,他们也会死去,他们将无法像我们希望的那般长大成熟。她常常怀着母性的深情,揣摩着他们在人生广阔舞台上所表现出的才华。唉,这都是后话了!世界已经老去,所有的人都已衰老。何必再谈论婴幼儿期、成年期和老年期?我们都平等地分享着自然的最后阵痛。我们的年龄相差无几,父母和孩子的称谓已失去意义,少男少女与成年人已经没有差别。这些都是事实,但把这些训诫带回家也同样令人痛苦。

我们转到哪里,才能躲开充满惨痛教训的荒凉之地呢?田地无人耕种,杂草和艳丽的花朵竞相绽放。或者在几块麦田里还能看到农夫们对丰收的希望,但耕作却已半途而废,耕作者倒在了犁旁;马匹也离开了田垄,无人再向这片死寂之地播撒种子。无人看管的牛群在田野和小巷里游荡,无法得到日常食物的家禽们由于饥饿变得野性起来,小羔羊被丢弃在花圃里,奶牛被关在娱乐厅里。剩下的极少数乡下人病痛缠身,不再出去播种或收割,而是在草地上闲逛,或者在天气恶劣时躲在最近的屋檐下避雨。许多留下来的人隐居了起来。有些人准备了一些食物,以防万一;有些人抛弃了妻子和孩子,自以为在完全孤独的环境中可以保证自己的安全。雷兰德就是这样计划的,他的尸体被发现在离其他房子几英里远的一所房子里,已经被昆虫咬食了一半,储存的食物成了多余而无用的堆积。还有一些人长途跋涉去和他们所爱的人团聚,到达时却发现他们已经死了。

伦敦的居民不超过一千人,而且这个数字还在不断减少。他们大多是乡下人,为了改变而来到这里,而伦敦人则逃往乡村。繁华的城东一片寂静,或者你最多只能看到仓库被洗劫一空的景象,那些装满了珍贵印度商品、昂贵披肩、珠宝和香料的包裹散落在地板上。在一些地方,仓库的主人在最后一刻还在守护着自己的财物,然后死在了关闭的门前。教堂沉重的大门吱呀作响,一些人躺在地面上已经死去。那些可怜的女性，成了庸俗残暴的受害者，她们逃到了高贵美丽的化妆间，穿上了华丽的服饰，却在只有她一个人能看到的镜子前死去，她们已经变得面目全非。那些娇生惯养、纤足几乎从未触及尘土的贵妇人们，惊恐万分地逃离了她们的府邸，最终在这座大都市肮脏的街巷中迷失方向，在贫困的门槛前断送了性命。面对如此多样的苦难，人心不禁黯然。每当目睹这般凄凉的变迁，我的内心就因担忧我挚爱的伊德里斯和孩子们的命运而绞痛。若我与阿德里安先他们而去，他们在这世上该如何自处，又有谁来守护他们？到目前为止，只有我的心灵受到了痛苦的折磨。到那时，当在富贵中成长、身世显赫的孩子，我的伴侣，开始遭受饥荒、困苦和疾病的侵害时，我该怎么办？最好是立刻死去，最好是把尖刀插进她的胸膛，让她仍旧不被黑暗的逆境所触及，然后再把尖刀插进自己的胸膛！但是，不，在苦难的年代，我们必须与命运抗争，努力不被命运征服。我不会屈服，而是要拼尽最后一丝气力，坚决捍卫我所爱的人免受悲伤和痛苦的侵害，直到最后一息。即使最终失败，也要光荣地失败。我站在前线，抵抗着敌人——那个看不见、摸不着的敌人，他围困了我们这么久，却还没有攻破我们的防线。我必须小心谨慎，不能让他暗中破坏，不能让他冲进爱情圣殿的门槛，我每天都在爱情圣殿的祭坛上献祭。现在，死神的饥饿感因食物的减少而变得更加强烈。或许是因为之前，幸存者众多，因此死亡并没有被那么痛苦地计算在内？现在，每一个生命都是一颗宝石，每一个人的呼吸形态都比石头雕塑的微妙形象更有价值。我们的人数每天，不，每小时都在减少，这让我们的内心充满了令人作呕的痛苦。这个夏天扑灭了我们的希望，社会的船只沉没了，而那些载着为数不多的幸存者渡过苦难之海的筏子也已经破裂，最后被风暴摧毁。人类三三两两地存在着。人是可以睡觉、可以醒来、可以执行动物功能的个体。人类虽然个体脆弱，却能通过群体聚集获得超越风暴与海洋的力量；这个曾经征服自然、主宰创造、堪比半神的物种，如今已不复存在。

告别爱国场景，告别自由之爱和努力得来的正直追求的回报！告别拥挤的参议院，充满智者的议事声，他们的法律比大马士革淬火的剑更锋利！告别王者的盛况和战争的华丽场面，冠冕已尘埃落定，佩戴者长眠于墓中！告别统治的欲望和胜利的希望，告别高高跃起的野心，对赞美的渴望，以及对同伴支持的渴望！国家已不复存在！没有参议院为死者开会，没有受人尊敬的王朝后裔渴望统治一个尸骨堆积的地方。将军的手已冰冷，士兵在自己的故土上草草安葬，年少且未受到荣耀。市场空无一人，追求民众好感的候选人找不到可以代表的人。告别华丽的房间！告别午夜狂欢和对美丽的激烈追逐，告别昂贵的服装和生日盛典，告别封号和镀金的冠冕！

告别人类的巨大力量——告别了能够引导深水船穿越无边无际的海洋之知识；能够操纵丝绸气球穿越无路可寻的空中之科学；能够阻挡巨大水势，驱动轮子、梁和庞大机械，能够分割花岗岩或大理石、使山脉变得平坦的力量！

告别艺术——告别雄辩，它曾是思维的激昂风帆，如同风对海洋的激荡，时而掀起波澜，时而归于平静。告别诗歌和深邃的哲学，因人的想象力已冷却，探索的思维不再能遨游于生活的奇迹之中，那"坟墓里无工作、无计划、无知识、无智慧"的宣告，犹如对过往辉煌的一曲挽歌。我们告别优雅的建筑，那曾以完美比例超越自然粗糙形态的杰作。无论是雕花的哥特式，还是厚重的撒拉逊风格，巨大的拱门、辉煌的圆顶，以及科林斯式、爱奥尼亚式或多利斯型的带槽柱，无不展现着人类对于美的追求。那些建筑上的柱廊与美丽的横梁，其形式的和谐对眼睛而言，犹如音乐对耳朵的慰藉。告别雕塑，那纯洁的大理石嘲笑着人类的肉体，却在塑造人体之美的过程中，展现了神圣的光辉。告别绘画，那画布上凝结着艺术家心灵中高度精炼的情感和深刻的知识。告别那永葆青翠的树木与永恒温暖的空气所构成的如天堂般的景象。告别那被囿于狭小画框中的狂暴风暴与自然界最狂野的骚动。哦，告别吧！告别那悠扬的音乐和动人的歌声；告别乐器联奏中柔和与刺耳的和谐交织，它们曾给予喘息不已的听众以翱翔天空的翅膀，让人们在音乐的海洋中攀登至天堂，领略永恒之乐的隐藏乐趣。告别了久经考验的舞台，那里曾上演着世界广阔的舞台上更为真实的悲剧，使模仿的悲伤相形见绌。告别高贵的喜剧和低俗的小丑，因为人再也不能在笑声中找到慰藉。唉！当我们一一列举这些人类的装饰品，我们所失去的不仅仅是艺术本身，更是人类文明的辉煌与伟大。现在一切都结束了，我们孤独无助，如同被驱逐出伊甸园的创世父母，回望那已远去的乐园。坟墓的高墙和瘟疫的火焰之剑将我们与过往隔绝，我们面对的是一个全新的世界，一个充满未知与挑战的沙漠。我们无依无靠、软弱无力，在未收割的庄稼中徘徊，在祖先种植的树林中穿行，在为我们而建的城镇中寻觅。后代已经不复存在，名声、野心和爱情都成了毫无意义的词语。你，被抛弃的人啊，躺下吧！在傍晚时分，对过去一无所知，对未来毫不在意。因为只有在如此深情的无知中，你才能够寄托希望，找到心灵的安宁。

喜悦以色彩渲染每一个行动和思想。快乐的人不会感到贫穷，因为喜悦就像一件金色的丝绸长袍，戴在他们头上的是无价的宝石。享受为他们平凡的食物烹饪，将陶醉与他们简单的饮料融合在一起。喜悦用玫瑰花铺满了坚硬的床榻，使劳动变得轻松。

忧伤使弯腰驼背的人倍感沉重，在坚硬的枕头上插入荆棘，将苦胆与水混合，给他们的苦面包增添咸味，穿上破烂衣服，头上撒上灰烬。在我们无法挽回的困境中，每一个小小的困扰都变得更加严重。我们已经将自己的身体紧绷起来，以承受加在我们身上的巨大压力。我们可能被一根羽毛压垮，"蚱蜢成了负担"。许多幸存者曾生活在奢华中，但现在他们的仆人已经离去，他们的权力消失得像虚幻的影子一样。甚至穷人也遭受各种各样的困苦，而上个冬天的想法又给我们带来了恐惧。我们难道不仅仅是要死亡，还要增加劳苦吗？我们必须用劳动准备葬礼的盛宴，在我们被遗弃的壁炉上用不适当的辛苦堆积燃料吗？我们必须用奴性的手制作不久后将成为我们裹尸布的衣物吗？

不是这样！我们现在要死了，让我们充分享受我们生命中剩下的美好。卑鄙的忧虑，退去吧！卑微的劳动和痛苦，虽然对我们来说微不足道，但对我们精疲力竭的身体来说却太庞大了，它们不应该成为我们短暂存在的一部分。在时间的开始，当人类像现在一样以家庭而不是部落或国家的形式生活时，他们被安置在一个宜人的气候中，那里的土地无须耕作就能养活他们，温暖的空气比绒毛床更令人愉悦地包裹着他们休憩的身体。南方是人类的发源地，这片土地孕育着丰硕的果实，比北方辛勤耕耘所获的谷物更令人欣慰。这里树冠如华宫穹顶，玫瑰铺就卧榻，葡萄可解渴饮。在此，我们无需惧怕寒冷与饥饿。

看一看英格兰吧！地上的草长得很高，但它们潮湿而寒冷，不适合我们栖息。我们没有谷物可食用，天然的水果无法支撑我们的生命。我们必须在地球的深处寻找燃料，否则恶劣的天气将使我们饱受风湿和疼痛之苦。只有数十万人的劳动才能使这个恶劣的角落适合一个人居住。那么，向南走！向太阳所在之处！那里的自然环境是友善的，宙斯已经倾泻了丰饶角所装载的一切物什，那里的大地是花园。

英格兰，卓越的发源地和智者的学府，你的子民已经离去，你的荣耀已经褪色！你，英格兰，曾经是人类的胜利！你的造物主对你并不慷慨，你这北方之岛，本来就是一块破布，被人用外来的颜色涂抹。但是他给予的色彩已经褪去，再也无法恢复。我们不得不离开你，世界的奇迹。我们必须永远告别你的云霭、寒冷和贫瘠！你的勇敢之心已经沉寂，你关于力量和自由的故事已经结束！失去了人类的你，哦，小岛！海浪将冲击你，乌鸦将在你上空拍动翅膀；你的土地将杂草丛生，你的天空将笼罩着阴霾。你之所以闻名并不是因为波斯的玫瑰，也不是东方的香蕉；不是因为印度的香料之风，也不是美洲的甘蔗林；不是因为你的葡萄藤或者你的双季稻，也不是因为你的春天气息或夏至的阳光——而是因为你的子民，他们不知疲倦的工作和崇高的追求。他们已经离去，而你也跟随他们踏上了被遗忘之路：

告别吧，悲伤的岛屿，告别吧，你那致命的荣耀

在这个故事中被总结、被铸造、被废除。[1]

---

[1] 《克利夫兰诗集》。

第二章

在二〇九六年的秋天，移民的精神悄然在幸存者中间蔓延开来，他们从英国各地聚集在伦敦。这种精神一直存在于呼吸中，是一个愿望，是一个遥远的想法，直到传达给了阿德里安，他怀着热情接受了它，并立即着手制订了执行计划。随着九月的炎热逐渐消散，即刻死亡的恐惧也消失了。我们面前还有一个冬天，我们可以选择用最好的方式度过它。也许在理性哲学中，没有比这个迁移计划更好的选择了，它将把我们从痛苦的现场带走，带领我们穿越美丽而风景如画的国家，暂时使我们从绝望中抽离。一旦提出这个想法，所有人都迫不及待地想要付诸实施。

我们仍然在温莎。我们重新燃起的希望治愈了我们对最近悲剧的痛苦。许多与我们同住的病患相继离世，这打破了我们认为温莎城堡能免受瘟疫侵袭的天真想法。然而，我们的生存期限得以延长数月，就连伊德里斯也如同暴风雨后的百合花一般重新抬起头，犹如最后一缕阳光照亮银色花萼。正在此时，阿德里安来访。从他急切的眼神中，我们看出他已制订了某项计划。他迅速将我拉到一旁，向我透露了他关于从英国撤离的详细方案。

永远离开英格兰！远离那被污染的田野和树林，用海洋隔离我们，像救援船经过时水手离开被撞破的岩石一样。这就是他的计划。

离开我们祖先的故土，祖先们的坟墓使其变得神圣！我们甚至不能像古代的自愿流亡者那样，为了快乐或方便而放弃自己的故土；尽管千里之遥，英国仍然是他的一部分，就像他是英国的一部分一样。他听说过当时发生的事情。他知道，如果他回来，恢复他在社会中的地位，入口仍然是敞开的，只要有意愿，就可以立刻与童年的伙伴和习惯为伍。我们这些幸存者不一样。我们没有留下任何人来代表我们，没有人来重新填补这片荒凉的土地，当我们离开它去追寻安全之所时，英格兰的名字就逝去了。

让我们走吧！英格兰已经被掩埋，我们不能束缚自己于一具尸体上。让我们走吧，现在世界就是我们的国家，我们将选择它最肥沃的地方作为我们的居所。难道我们要在这些荒凉的大厅里，在这冬天的天空下，闭上眼睛，交叠双手，等待死亡吗？让我们勇敢地走出去迎接它。或许因为这个悬挂的星球，这颗天空中美丽的宝石，并不一定是受到瘟疫侵袭；或许在某个僻静的角落，永恒的春天、摇曳的树木和潺潺流水之间，我们可以找到生命。世界是广阔的，而英格兰，尽管它的许多田野和广阔的森林看起来无穷无尽，但只是世界的一小部分。在经过一天的跋涉，越过高山和积雪覆盖的山谷后，我们也许会找到健康，并将我们所爱的人交托给它，重新种植起被连根拔起的人类之树，并将瘟疫之前那些逝去的时代的英雄和智者们的种种故事传给后世。

希望在向我们招手，悲伤在催促我们，心中的期待高涨，这种渴望改变的热切必定是成功的征兆。哦，来吧！告别逝去的过去！来吧！告别逝者！告别我们所爱的人的坟墓！告别巨大的伦敦和平静的泰晤士河，告别河流和山川——智者和善者的诞生地，告别温莎森林和它古老的城堡！这些只是故事的主题，我们必须在别处生活。

这些是阿德里安的一部分论点，他充满热情地快速发表了这些论点。他心里还有更多的话，但不敢宣之于口。他感觉到时间的尽头已经来临，他知道我们每个人都将逐渐消失。在我们的祖国等待这个悲伤的结局是不明智的，但是旅程会让我们每一天都有目标，这样就能分散我们对即将来临的末日的愁绪。如果我们去意大利，去神圣而永恒的罗马，我们也许能更耐心地接受那个让它的巍峨塔楼倒下的命令。我们也许能在宏伟的荒凉面前失去自私的悲伤。阿德里安心中有这一切，但他考虑到我的孩子，没有向我传达这些绝望的想法，而是唤起了对生命与健康的憧憬，这些形象可以在我们不知道的地方找到，在我们不知道的时间找到。但如果永远找不到，就永远永远去寻找。他让我全心全意地加入他的队伍。

我负责向伊德里斯表明我们的计划。当我向她展示健康和希望的前景时，她微笑着表示同意。她微笑着同意了。她微笑着同意离开她从未离开过的祖国，以及她从婴儿时期就居住的家园。森林和巨树，林间小径和绿荫深处，她童年时曾在其间玩耍，并在青春时期如此快乐地生活过。她将毫不遗憾地离开它们，因为她希望用此来换取她孩子们的生命。这些孩子是她生命的全部，比任何一处充满爱意的圣地都更加珍贵，比地球上的一切都更为重要。当得知我们即将搬迁时，男孩们流露出孩童般的欢欣；克拉拉询问我们是否要前往雅典。"这是可能的，"我如此回应，看到她的面容随即焕发出愉悦的光彩。在那里，她将得以瞻仰父母的陵墓，探访充满父亲辉煌事迹的土地。她一直在静默但持续地思考这些场景。正是这些回忆将她童年的欢快转化为沉思，并在她心中种下了崇高而不安的思绪。

有许多亲爱的朋友，尽管他们卑微，我们也不能抛下他们。雷蒙德勋爵送给他女儿的那匹骏马精神抖擞，十分听话。还有阿尔弗雷德的狗和一只宠物老鹰，它们的视力因年迈而变得模糊不清。但是，在列出这些我们要带走的心爱之物的时候，我们不能不为我们的重大损失而悲痛，为我们必须留下的许多东西而叹息。伊德里斯的眼泪涌出了眼眶，而阿尔弗雷德和伊夫林则带来了一棵心爱的玫瑰树、一只精美雕刻的大理石花瓶，坚持说这些东西必须带走，并对我们不能带着城堡、森林、鹿和鸟以及所有习以为常的珍爱之物而感到惋惜。我说："亲爱而困窘的人们，我们已经永远失去了比这些东西更珍贵的宝物。为了保留那些宝藏，我们抛弃了这些宝贝。让我们一刻也不要忘记我们的目标和希望，它们将形成一个无坚不摧的堤坝，阻止我们对琐事的悔恨泛滥成灾。"

孩子们很容易分心，再次回到他们对未来娱乐的憧憬中。伊德里斯不见了。她藏起她的软弱，逃离城堡，下到小公园，寻找独处之地，以便在那里宣泄她的眼泪。我发现她紧紧地抱着一棵老橡树，用她红润的嘴唇亲吻着它粗糙的树干，眼泪哗哗地往下流，呜咽声和断断续续的叹息声无法抑制！我极度悲伤地看着我心爱的人陷入悲伤之中！我把她拉向我，当她感受到我的吻在她的眼皮上，当她感受到我的臂膀拥抱她时，她重新意识到自己还拥有什么。她说："你真好，没有责备我。我在哭泣，一种难以忍受的痛苦撕裂了我的心。然而我很幸福。母亲们哀悼她们的孩子，妻子们失去她们的丈夫，而你和我的孩子们还留在我身边。是的，我很幸福，非常幸福，因为我可以为想象中的悲伤而哭泣，因为我所热爱的祖国的一点损失并没有在更大的痛苦中减少和消失。带我去你想去的地方，只要有你和我的孩子们在，那里就是温莎，每个国家对我来说都是英格兰。让这些眼泪不为我自己而流。尽管我是幸福而忘恩负义的，让我的眼泪为了那已死去的世界，为了我们失去的国家，为了所有的爱、生命和快乐而流，它们现在都窒息在尘封的死亡之室里。"

她说得很快，仿佛是在说服自己。她把目光从她喜爱的树木和森林小径上移开。她把脸埋在我的怀里，我的男子气概消散了，我们一起哭泣，流下了安慰的眼泪，然后变得平静甚至有些欢快，我们回到了城堡。

十月，英国的第一场冷空气促使我们加快了准备工作。我劝说伊德里斯去伦敦，在那里她可以更好地进行必要的安排。我没有告诉她，为了让她免受与无生命之物——现在唯一剩下的东西——离别的痛苦，我决定我们谁也不回温莎。最后一次，我们望着从露台上可见的广阔乡间，看着太阳最后的余辉染上秋天的色彩，黑暗的树木显得斑斓多彩，下面是未开垦的田野和没有炊烟的茅屋，泰晤士河蜿蜒穿过广阔的平原，而伊顿公学古老的校舍矗立在暗色的浮雕中，显得格外醒目。栖息在小公园树丛中的无数鸦雀，或排成纵队，或排成楔形，飞快地向巢穴飞去，它们的叫声扰乱了傍晚的宁静。大自然还是老样子，就像她还是人类慈祥的母亲时一样。现在，她无儿无女，孤苦伶仃，她的多产是一种嘲弄，她的可爱是畸形的面具。为什么微风轻轻吹动树木，人类却感觉不到它的清爽？为什么黑夜用星星来装饰自己，而人类却看不到？为什么会有果实、花朵或溪流，人类却不能享受它们？

伊德里斯站在我旁边，她柔软的手握在我的手中。她的脸上洋溢着笑容。"太阳是孤独的，"她说，"但我们不是。我的莱昂纳尔，一个奇怪的星星主宰了我们的出生，悲伤和沮丧地看着人类的毁灭，但我们为彼此而存在。我曾在这个广阔的世界中寻找过别人吗？既然你在这个广阔的世界中依然存在，我为什么要抱怨呢？你和大自然对我依然忠诚。在白天黑夜交错间，那耀眼的光线展示了我们的孤独，你仍将在我身边，即使离开温莎我也不会感到遗憾。"

我选择在晚上前往伦敦，这样就能更清楚地看到这个国家的变化和荒凉。我们唯一幸存的仆人开车送我们。我们走下陡峭的山坡，进入长廊昏暗的林荫道。在这样的时刻，微小的细节变得巨大而庄严。白色大门向我们敞开，引起了我的兴趣。这是每天都会发生的事情，但再也不会发生了！月牙透过厚重的树木在我们右侧闪烁，当我们进入公园时，一群鹿被我们吓跑，迅速逃入了森林的阴影中。我们的两个孩子安静地睡着了。在我们的道路再次转弯不再能看到城堡之前，我回头看了一眼。城堡的窗户在月光下闪闪发光，它厚重的轮廓在天空中呈现出一片黑暗。我们附近的树木在午夜的微风中摇曳着庄严的哀乐。伊德里斯靠在马车上，她的两只手紧紧握住我的手，她面容平静，似乎忘记了她现在离开的一切，只记住了她仍然拥有的记忆。

我的思绪悲伤而肃穆，但又不乏痛苦。我们的苦难越多，就越能给人一种解脱，使悲伤得到升华。我觉得我带着最爱的人，我很高兴，经过长期的分离后，能与阿德里安重逢，再也不会分离。我觉得我离开了我所爱的，而不是爱我的。城堡的城墙和熟悉的树木并没有对我们的马车离去的声音感到遗憾。当我感到伊德里斯就在身边，听到孩子们有规律的呼吸声时，我不会不开心。克拉拉非常感动，她流着眼泪，压抑着啜泣，靠在窗边，看家乡温莎最后一眼。

阿德里安在我们到达时热情地欢迎我们。他充满活力，再也看不出他曾经是一个身体虚弱的病人。从他的微笑和生动的语调中，你无法猜测到他即将带领英国人民的余孤站立在南方无人居住的领土上，直至最后一人在一个无声的、空荡荡的世界中存留下来。

阿德里安迫不及待地等待着我们的出发，他的准备工作已经做得很充分了。他的智慧指引着一切。他的关怀是鼓舞那些完全依赖他的不幸人群的灵魂。提供的许多东西是没有用的，因为我们在每个城镇都会找到充足的供给。阿德里安希望避免一切劳动，给这场葬礼列车增添节日的气氛。我们的人数不到两千。他们并不全都集结在伦敦,但每天都有新的人到达,那些居住在邻近城镇的人也接到命令,要在十一月二十日在一个地方集合。他为所有人提供了马车和马匹,选择了队长和副官,并且将整个集体明智地组织起来。所有人都服从着垂死的英格兰的统治者,所有人都仰望着他。他的议会已经选出来了,大约有五十个人,地位和身份并不是他们当选的条件。在我们中间,除了仁慈和谨慎之外,没有任何地位之别。除了活人和死人之外,没有任何区别。尽管我们急于在隆冬来临之前离开英国,但还是被耽搁了。我们向英格兰各地派出了小分队,寻找散兵游勇。在我们确信所有人都在队伍中之前,我们是不会走的。

抵达伦敦时,我们发现年迈的温莎伯爵夫人与她的儿子一起居住在保护国的宫殿里,于是我们就回到了海德公园附近的老住处。伊德里斯多年来第一次见到她的母亲,年老的稚气并没有与未被遗忘的骄傲混合在一起,使这位出身高贵的妇人仍然对我耿耿于怀。岁月和关怀使她皱起了眉头,身形也变得臃肿。但她的眼睛依然明亮,举止威严而不失风度。她冷淡地接待女儿,但当她把外孙搂在怀里时,却流露出更充沛的感情。我们的天性是希望通过自己的后代将我们的体系和思想延续。伯爵夫人的这一愿望在她的孩子们身上没有实现,也许她希望在下一代中找到更容易控制的人。有一次,伊德里斯随口说出了我的名字,然后皱了皱眉头,愤怒地做了一个抽搐的手势。伯爵夫人用因憎恨而颤抖的声音说:"我在这个世界上毫无价值,年轻人急于把老人赶下舞台。但是,伊德里斯,如果你不希望看到你的母亲在你的脚下死去,就永远不要再提起那个人。其他事情我都可以忍受;现在我已经对我珍视的希望的毁灭心灰意冷了,但要求我接纳那个上帝赋予了杀人能力的工具,那就太过分了。"

这是一次别致的演讲。此刻,在空旷的舞台之上,任何人都能无拘无束地演绎自己的角色。然而,那位傲慢的前女王却坚信奥克塔维乌斯·凯撒与马克·安东尼是领袖。

我们无法在世界各地共同停滞。

我们出发的时间定在十一月二十五日。天气温和,夜里下着小雨,白天则是艳阳高照。我们的队伍分头前进,走不同的路线,最后在巴黎会合。阿德里安和他的师，总共有五百人，将走多佛和加莱方向。十一月二十日，阿德里安和我最后一次骑马穿过伦敦的街道。街上荒草丛生，一片荒凉。空荡荡的宅院敞开的大门在铰链上发出"嘎吱嘎吱"的响声；杂草和污垢迅速堆积在房屋的台阶上；无声的教堂的尖顶刺破了无烟的空气；教堂敞开着，但没有人在祭坛上祷告；霉菌和潮气已经玷污了它们的装饰；鸟类和驯养动物现在无家可归，它们在神圣的地方筑起了巢穴。我们经过了圣保罗教堂。伦敦的郊区向四面八方延伸，中间有些荒凉，昔日遮挡这座巨大建筑的许多东西都被移走了。它庞大的身躯、发黑的石头和高高的穹顶让它看起来不像是一座教堂，倒像是一座坟墓。我想象在门廊上刻着"这里躺着英格兰"的字样。我们一边向东走，一边在庄严肃穆的气氛中交谈。没有听到人的脚步声，也没有看到人的身影。一群被主人抛弃的狗走过我们身边。偶尔有一匹没有缰绳和马鞍的马向我们小跑过来，试图引起我们骑的马的注意，仿佛要引诱它们寻求同样的自由。一头在废弃的粮仓里觅食的笨重的牛突然低吼一声，在狭窄的门洞里露出了它那不成样子的身躯。这一片未遭破坏的建筑和豪华的住所，整洁而富有活力，与无人居住的街道的寂静形成了鲜明的对比。

夜幕降临，开始下起了雨。我们正准备返回家中，突然听到一个声音，一个人的声音，此刻听起来很陌生，引起了我们的注意。那是一个孩子在唱着欢快轻快的歌曲的声音，除此之外没有其他声音。我们从海德公园穿过伦敦，一直走到我们现在所在的米诺里区，没有遇到任何人，没有听到任何声音，也没有听到任何脚步声。歌声被笑声和说话声打断了，欢乐的小调从来没有像现在这样悲哀，笑声从来没有像现在这样让人流泪。发出这些声音的房子的门是开着的，楼上的房间灯火通明，像是在举行宴会。这是一座富丽堂皇的大房子，毫无疑问曾经住过一位富有的商人。歌声再次响起，响彻高高的屋顶，而我们则静静地走上楼梯。现在，灯光出现了，为我们指引方向。一长套华丽的房间被灯光照亮，让我们更加惊叹。房间里唯一的居民是一个小女孩，她在房间里跳舞、转圈、唱歌，后面跟着一只大型纽芬兰犬，这只狗肆无忌惮地跳着，打断了她的动作，让她时而责骂，时而笑，时而扑到地毯上和它玩耍。她打扮得很怪异，身披适合成年女人的闪亮长袍和披肩。她看上去大约十岁。我们站在门口看着这奇怪的一幕，直到狗发现我们后大声吠叫起来。孩子转过身来看到了我们，她的脸上失去了快乐，变得阴沉起来。她向后退了退，显然是在想着逃跑。我走到她跟前，握住了她的手。她没有反抗，只是眉头紧锁，这对于一个孩子来说很奇怪，与她以前的欢快是那么不同，她一动不动地站着，眼睛盯着地面。我温和地说："你在这里做什么？你是谁？"她沉默不语，只是剧烈地颤抖着。"我可怜的孩子，"阿德里安问道，"你是一个人吗？"他的声音里有一种令人心动的温柔，直抵小女孩的心窝。她看着他，然后从我手中抽出她的手，扑进他的怀里，紧紧搂住他的脖子，嘶喊着："救我！救我！"她不自然的阴郁在泪水中消散了。

"我会救你的，"他回答道，"你害怕什么？你不必害怕，我的朋友不会伤害你。你一个人吗？"

"不，狮子和我在一起。"

"你的父亲和母亲呢？"

"我没有父母，我是一个孤儿。每个人都走了，走了很多天。但如果他们回来发现我，他们就会打我！"

她只用了只言片语描述她不幸的故事：一个孤儿，被伪装的慈善接纳，受到了虐待和辱骂，压迫她的人已经死了。她对周围发生的事情一无所知，她发现自己孤独无助。她不敢冒险外出，但由于持续的孤独，她的勇气恢复了，她的童真活泼使她玩出了无数怪异的游戏。她与她的动物伴侣一起度过了一个漫长的假期，唯一担心的是严厉的声音和残酷对待她的那些人回来。她欣然同意跟随阿德里安一起走。

与此同时，当我们谈论着异国的悲哀，以及那些让我们眼中有所触动而非心中有所触动的孤寂时，当我们想象着这些曾经熙熙攘攘的街道上发生的一切变化和苦难时，这些街道在无人居住和被遗弃之后，成了狗窝和牲畜的马厩。与此同时，我们在十月初从温莎来到伦敦，到现在已经有六个星期了。在这段时间里，我的伊德里斯的健康状况一天不如一天，她的心碎了。失眠和食欲不振这两个健康的天敌环伺在她虚弱的身躯旁。她每时每刻看着她的孩子们，坐在我身边，深情地倾听我对她的嘱托，这就是她全部的消遣。她长久以来所表现出的活泼、开朗、轻松的语调和灵活的步态都已不复存在。我无法向自己掩饰，她也无法掩饰她耗尽生命的悲伤。换个环境，重新燃起希望，也许能恢复她的健康。我害怕的只是瘟疫，而她却丝毫不受影响。

今天傍晚，我离开她时，她做完准备工作后正在休息。克拉拉坐在她身边，给两个孩子讲故事。伊德里斯的眼睛紧闭着，但克拉拉发现我们的大儿子的神情突然发生了变化，沉重的眼皮遮住了他的眼睛，脸颊上泛起了不自然的颜色，呼吸也变得急促起来。克拉拉看了看孩子母亲，她还在睡觉，但听到叙述者的停顿，她就会醒过来。克拉拉怕吵醒和惊吓她，于是在伊夫林急切的呼唤声中继续讲述故事，而伊夫林并不知道发生了什么。她的目光交替从阿尔弗雷德转向伊德里斯，用颤抖的语调继续讲述着，直到她看到孩子要摔倒。她起身上前接住了孩子，她的哭声惊醒了伊德里斯。她看着自己的儿子，她看到死神正在夺走他的容颜。她把他放在床上，用水沾湿他干裂的嘴唇。

然而，他是有可能得救的。如果我在那里，他可能会得救，也许这不是瘟疫。没有人可以参谋，她能做什么呢？留下来看着他死！为什么那个时刻我不在呢？"照顾好他，克拉拉，"她喊道，"我会马上回来。"

她向那些被选为我们旅途中的同伴的人打听，他们都住在我们家里。她只从他们那里听说我和阿德里安一起出去了。她恳求他们来找我。她回到孩子身边，孩子正陷入可怕的昏睡状态。她再次冲下楼梯，一切都变得黑暗、荒凉和寂静。她失去了所有的自制力，她跑到街上，呼喊我的名字。只有淅淅沥沥的雨声和呼啸的风声回应着她。狂野的恐惧给她的双脚插上了翅膀，她飞快地向前寻找我。她不知道我在哪里，但是，她把她所有的思想、所有的精力、整个身体都集中在速度上。她既没有感觉，也没有恐惧，更没有停顿，而是一直向前跑，直到她失去力气，以至于她还没有想到要拯救自己。她的膝盖不听使唤，重重地摔倒在人行道上。她被吓呆了，好一会儿才站起来，虽然伤得很重，但她仍然向前走着，泪水如泉，她跌跌撞撞，不知往哪里去了，只是不时地用微弱的声音呼唤我的名字，并发出令人心碎的感叹，说我既残忍又不近人情。没有人回答她，夜晚的寒冷把游荡的动物们赶回了它们的栖息地。她单薄的衣服被雨水淋湿了，湿漉漉的头发紧紧地缠在脖子上，她在黑暗的街道上摇摇晃晃地走着，直到她的脚撞到了一个看不见的障碍物，她又一次跌倒了，她站不起来，她几乎没有挣扎，只是收起四肢，顺从于大自然的愤怒和她内心的痛苦悲伤。她恳切地祈求早日死去，因为除了死亡，她无法解脱。当她自己的安全无望时，她不再为她奄奄一息的孩子哀叹，而是为我失去她的悲痛流下了慈悲而痛苦的泪水。当她躺着，生命几乎停止时，她感到一只温暖柔软的手放在她的眉心，一个温柔的女声带着温柔的怜悯问她能不能站起来。另一个充满同情和善良的人就在她身边，这让她幡然醒悟。她半起身，双手紧握，泪水汩汩而出，恳求她的同伴来找我，让我赶紧去救我奄奄一息的孩子，看在上帝的分上，救救他吧！

那个女人把她扶起来，把她带到庇护所，劝她回家，告诉他也许我已经回去了。伊德里斯很容易被她劝动，她依靠着朋友的臂膀，努力向前走，但不可抗拒的晕眩让她一次又一次地停住了脚步。

由于暴风雨越来越大，我们匆匆赶了回来，我们把小孩安置在阿德里安的马前。我们家的门廊下聚集了一群人，从他们的手势中，我本能地读出了一些重大的变故，一些新的灾祸。我立刻惊慌起来，一个问题也不敢问，从马上跳了下来。围观的人看到了我，认识我，在可怕的寂静中为我让路。我拿了一盏灯，冲上楼去，听到一声呻吟，我不假思索地推开了第一个房间的门。房间里一片漆黑；但当我走进去时，一股恶臭扑鼻而来，令人作呕，直冲我的心脏，同时感到我的腿被紧紧抱住，抱着我的人不断发出呻吟声。我放下灯，看到一个半身不遂的黑人在病痛的折磨下扭动着身体，他抽搐的手紧紧抓住了我。我惊恐万分，急不可耐地挣脱开他，结果扑倒在他身上。他用赤裸的溃烂的手臂环抱着我，脸紧贴着我的脸，他那充满死亡气息的呼吸进入了我的身体。我一时被压倒，我的头因剧烈的恶心而低垂，直到我恢复了理智，我猛地站了起来，把那个可怜虫从我身上扔了出去，然后飞快地跑上楼梯，进入了我的家人通常居住的房间。昏暗的灯光下，我看到阿尔弗雷德躺在沙发上。克拉拉颤抖着，用比最白的雪还要苍白的手臂把他扶起来，端着一杯水放在他的嘴边。我清楚地看到，他那残缺不全的身体里没有一丝生气，五官僵硬，目光呆滞，头向后仰。我把他从她手中抱过,轻轻地把他放在地上,吻了吻他冰冷的小嘴,徒劳地低语,但最响亮的雷鸣般的炮声都无法到达他在无形之境的居所。

伊德里斯在哪里?她出去找我了,但还没有回来,这些都是令人恐惧的消息,而大雨和狂风拍打着窗户,在屋外咆哮。此外,我还感到一阵恶心。如果我还想见到她,就不能再耽搁了。我骑上马去找她,即便被发热和剧痛所困扰,也仿佛在每一阵狂风中都能听到她的声音。

我在黑暗和雨中骑马,穿过伦敦无人居住的迷宫般街道。我的孩子死在家里,致命疾病的种子已在我的胸中生根发芽。我要去寻找伊德里斯,我爱的人,她现在正独自徘徊,而天空中的雨水如瀑布般倾泻下来,淋湿她可爱的头颅,冻结她美丽的四肢。一个女人站在一扇门的台阶上,在我飞奔而过时叫住了我。那不是伊德里斯,于是我骑着马迅速向前走,直到一种第二视觉,一种对我所看到但没有标记的东西的感官反思,让我确信另一个瘦弱、优雅、高挑的身影正紧紧地靠在搀扶着她的人身上。转眼间,我就来到了这位求助者的身旁,转眼间,我把濒临死亡的伊德里斯抱在了怀里。我把她扶起来,放在马背上。她没有力气支撑自己,于是我骑到她身后,紧紧地把她抱在怀里,用我的骑马斗篷裹住她。而她的同伴,她那众所周知但已改变了的面容(她是朱丽叶,L公爵的女儿),在这惊恐的时刻,只能得到我一闪而过的怜悯。她接过被遗弃的缰绳,牵着我们顺从的骏马回家了。我敢说吗?那是我幸福的最后一刻,但我是真的幸福的。伊德里斯一定会死,因为她的心碎了。我一定会死,因为我染上了瘟疫。大地一片荒凉,希望是疯狂的,生命与死亡联姻,他们合二为一。但是,我就这样支持着我昏厥的爱人,就这样感觉到我不久于人世,我陶醉在再次拥她的喜悦之中。我一次又一次地亲吻她,把她紧紧地贴在我的胸口。

我们到家了。我扶她下马,抱她上楼,把她交给克拉拉照看,以便换掉她的湿衣服。我简单地向阿德里安保证了她的安全,并请求让我们休息一下。就像守财奴颤抖着小心翼翼地查看他的财宝并反复清点一样,我也仔细地计算每一刻,并对没有和伊德里斯在一起的每一刻都耿耿于怀。我迅速回到了我生命中的那个房间。在进入房间之前,我停顿了几秒钟。在那几秒钟里,我试着审视自己的状态。病痛和颤抖时不时地向我袭来，我的头很沉重，我的胸口很压抑，我的双腿弯曲着。但我毅然决然地抛开了我那迅速明显的失常症状，带着平静甚至喜悦的神情见到了伊德里斯。她躺在沙发上，我小心翼翼地扣上门，以防有人闯入。我坐在她身边，我们拥抱在一起，亲吻彼此，久久不愿松开。我真希望那一刻是我的最后一吻！

母爱现在在我可怜女孩的胸怀中觉醒了，她问道："阿尔弗雷德呢？他怎么样了？"

"伊德里斯，"我回答道，"我们相互依靠，我们在一起，不要让其他任何想法干扰。我很快乐，即使在这个致命的夜晚，我宣布自己幸福，超越一切名字，一切思想。你还想要什么，亲爱的？"

伊德里斯明白了我的意思。她低下头，靠在我的肩上哭了起来。"为什么，"她再次问道，"你为什么发抖，莱昂纳尔，是什么使你颤抖？"

"好吧，"我回答说，"虽然我很开心，但我也会恐惧。我们的孩子已经去世了，现在的时刻黑暗而不祥。我当然会颤抖！但是，我很开心，我亲爱的伊德里斯，非常开心。"

伊德里斯说："我理解你，我善良的爱人，你因我们失去孩子而悲痛欲绝，面色苍白。你颤抖着，惊恐万分，尽管你想用你爱的保证来减轻我的悲伤，但我并不快乐（泪水从她低垂的眼睑下闪过又落下），因为我们被关在一个悲惨的监狱里，没有任何快乐可言；但我对你的真爱，会使任何损失都变得可以忍受。"

我说："至少我们在一起是幸福的，未来的苦难也无法剥夺我们的过去。自从我那甜蜜的公主之爱踏雪来到破败的维尔尼家族穷困潦倒的继承人的低矮小屋，多年来我们一直真心相待。即使现在，永恒就在我们面前，我们也只能从彼此的存在中获得希望。伊德里斯，你觉得我们死后会分开吗？"

"当我们死去时！你们说什么？那些可怕的话语中隐藏着什么秘密？"

"亲爱的，难道我们不都必须死去吗？"我带着悲伤的微笑问道。

"上帝啊！你生病了吗，莱昂纳尔，你为什么说起死亡？我唯一的朋友，我心中的支柱，说话啊！"

"我不认为，"我回答道，"我们中的任何一个人还能活多久；当这个凡人的场景落下帷幕时，你认为我们会在哪里找到自己呢？"伊德里斯被我毫不尴尬的语气和神情镇住了，她回答道："你可以很容易地相信，在这场瘟疫的漫长过程中，我对死亡想了很多，并问自己，既然所有人类都已死于此生，那么他们还能有什么其他的生命？一个小时又一个小时，我一直沉浸在这些思考中，努力就未来状态的奥秘形成一个理性的结论。如果我们只是抛开现在所处的阴影，走到知识和爱的灿烂阳光下，与同样的同伴、同样的情感一起复活，实现我们的希望，把我们的恐惧和尘世的衣服一起留在坟墓里，那么死亡将是多么可怕的事情啊。唉！同样强烈的感觉使我确信我不会完全死去，也使我拒绝相信我将完全像现在这样活着。然而，莱昂内尔，除了你，我永远、永远都不会爱上任何人；在永恒的时光里，我必须渴望与你相伴；既然我不会伤害他人，而且在我的凡人本性所允许的范围内，我是可靠而自信的，我相信世界的主宰者永远都不会拆散我们。"

"亲爱的，你的话就像你自己，"我回答说，"温柔而善良，让我们怀着这样的信念，把焦虑从我们的脑海中驱除。但是，亲爱的，我们是这样形成的，（如果上帝创造了我们的天性，屈从于他的命令是没有罪的），我们是这样形成的，我们必须热爱生命，紧紧抓住生命。我们必须热爱我们的凡人机制所特有的活生生的微笑、富有爱心的触摸和激动人心的声音。让我们不要因为对未来的安全感而忽视当下。此刻虽短暂，却是永恒中最珍贵的片段，因其不可剥夺地属于我们。你，我未来的希冀，是我当下的欢愉。让我凝视你深邃的双眸，在其中读懂爱意，沉醉于这份难以言喻的愉悦之中。"

伊德里斯怯生生地看着我，因为我的激烈举动让她有些害怕。我的眼睛布满血丝。我想，从我的头顶开始每一根动脉都在跳动，每一块肌肉都在跳动，每一根神经都在跳动。她惊恐万分的神情告诉我，我再也无法保守秘密了。"是这样的，我的爱人，"我说，"许多幸福的人的最后时刻到了，我们再也无法逃避不可避免的命运。我不能长命百岁，但我再三说，这一刻是属于我们的！"

我的脸色比大理石还要苍白，嘴唇发白，面容扭曲，伊德里斯意识到了我的状况。我坐着时，手臂环绕着她的腰。她能感受到她放在我的胸膛上的手因发烧而炙热。"只一会儿，"她低声呢喃道，"只一会儿。"

她跪下来，双手遮住脸，默默地祈祷着，希望自己能够履行职责，并且到最后时刻一直守护着我。当还有希望时，痛苦是无法忍受的，但现在一切都结束了。她的情感变得庄严而平静。就像埃皮卡里斯一样，泰然自若、坚定地忍受着刑具的折磨，伊德里斯压抑住每一声叹息和悲伤的迹象，开始忍受那些刑罚，而刑架和车轮只是微弱而抽象的象征。

我改变了。在伊德里斯了解我们真实情况的那一刻，原本紧绷的神经得到舒缓。思绪的波动逐渐平息，只留下内在的起伏，这种波动没有任何外在表现，直到它最终抵达我快速趋近的远方彼岸。我说："确实，我身体欠佳，而你的陪伴，我亲爱的伊德里斯，是我唯一的良药。请来我身边坐下吧。"

她让我躺在沙发上，她又搬来一个低矮的长椅，坐在我枕边，用冰冷的手掌按住我发烫的双手。她迁就着我发热不安的状态，让我说话，与我交谈，谈的话题对于那些在世界上最后一次看到、最后一次听到自己所爱的东西的人来说确实很陌生。我们谈起了逝去的时光，谈起了我们早年爱情的幸福时光，谈起了雷蒙德、珀迪塔和伊瓦德涅。我们谈论着这个荒芜的地球，如果有两三个人得救，慢慢地重新有人居住，会发生什么事。我们谈论着坟墓外面的世界；由于人类几乎已经绝迹，我们确信无疑地感到，其他的灵魂、其他的思想、其他的感知力，对我们来说视而不见的生命，一定会用思想和爱来眷顾这个美丽而不朽的宇宙。

我们聊了很久，我也不知道聊了多久。但到了早晨，我从痛苦的沉睡中醒来，伊德里斯苍白的脸颊靠在我的枕头上，她的大眼睛半睁开，露出眼睑下深邃的蓝光。她的嘴唇紧闭着，发出轻微的喃喃细语，诉说着她的痛苦，即使是在睡梦中。"如果她死了，"我想，"那又有什么区别呢？现在，她的形体是居住着神灵的殿堂，那双眼睛是她灵魂的窗户，所有的恩典、爱和智慧都在那可爱的胸脯上。如果她死了，我的这颗心，我更亲爱的那一半，会在哪里呢？因为很快，这座建筑的精美部分就会比巴尔米拉沙漠神庙的沙丘废墟更加污损。"

第三章

伊德里斯苏醒过来，但不幸的是，她醒来面对的是痛苦的现实。她看到了我面部呈现的疾病特征，懊悔自己竟睡了整夜而未能寻求缓解我症状的方法，尽管完全治愈是不可能的。她叫来了阿德里安，很快，医护人员和助手们就围在我的病床周围，给我进行了适当的药物治疗。这次疫情最为特殊和可怕的特点在于，所有感染者均未能康复。疾病的首发症状就等同于死亡判决，而在下达死刑令之后，没有一个人能得到赦免或缓刑。因此，我的亲友们看不到一丝希望的曙光。

在发烧导致倦怠的同时，剧烈的疼痛像铅块一样压在四肢上，使我的胸脯剧烈起伏。除了疼痛，我对其他一切都毫无知觉，最后甚至对疼痛也毫无知觉。第四天早上，我从无梦的睡眠中醒来。我只感到口渴难耐，当我试图说话或移动时，却完全失去了力量。

三天三夜，伊德里斯都没有离开过我的身边。她照顾我的一切需求，从不睡觉，也不休息。她不抱希望，因此她既不去看医生的脸色，也不去观察康复的迹象。她一心只想照顾我到最后，然后躺在我身边死去。第三天晚上，我的生命停止了；在所有人的眼中和触摸下，我已经没有生命迹象。阿德里安恳切地祈祷，几乎是用尽全力，试图把伊德里斯从我身边拉走。他用尽了一切办法，既为伊德里斯的孩子着想，也为自己的孩子着想。她摇了摇头，拭去了脸颊上一滴泪水，但还是不肯屈服；她苦苦哀求，只希望能够允许她在那个晚上看着我。她的苦苦哀求和温顺恳切，让她得到了她盼望的结果。她沉默不语，一动不动地坐着，只是在难以忍受的思念刺痛下，亲吻了我紧闭的双眼和苍白的嘴唇，把我僵硬的双手按在她跳动的心上。

在深夜的死寂中，虽然已经是隆冬时节，公鸡在三点钟啼叫，宣告着早晨的变化。她站在我身边，默默地悲痛思念着我心中所钟爱的一切。她的头发散乱地垂在脸上，垂在床上。她看到一缕发丝动了一下，散乱的头发微微颤动，仿佛被一股气息吹动。她想，这不可能，因为他再也不会呼吸了。同样的事情发生了好几次，她都是一样的想法。直到整个发圈向后摆动，她以为她看到了我的胸部起伏。她的第一反应是死一般的恐惧，她的眉毛上挂着冰冷的露珠。我的眼睛半睁半闭。她重新得到了确认，本想喊道："他还活着！"但话到嘴边却被一阵痉挛噎住了，她呻吟着倒在了地上。

阿德里安在房间里。经过长时间的守候，他不情愿地进入了梦乡。他惊醒过来，看到他的妹妹毫无知觉地躺在地上，口中不断涌出鲜血。我身上越来越多的生命迹象在某种程度上解释了她的状况。喜悦的爆发，所有情感的反噬，都让她的身体不堪重负，长达数月的对我的照料让她疲惫不堪，各种苦难和辛劳又让她憔悴不堪。她现在的处境比我危险得多，我生命的车轮和弹簧再次启动，从短暂的停顿中获得了弹性。很长一段时间里，没有人相信我还能继续活下去。在瘟疫肆虐人间的时候，没有一个人被这种可怕的疾病侵袭而痊愈。我的康复被看作一种欺骗。每时每刻，人们都在期待着邪恶的症状会加倍猛烈地复发，直到确认康复、不再发烧或疼痛、体力增强，人们才慢慢相信我已经从瘟疫中恢复过来。

伊德里斯的恢复更成问题。当我遭受疾病侵袭时，她面容凹陷，形体消瘦。然而现在，由于极度焦虑而破裂的血管并未完全愈合，反而如同一条细流，一滴一滴地抽走了她心脏中的生命之源。她凹陷的双眼和憔悴的面容呈现出一种骇人的样态；她突出的颧骨、光洁的前额和突出的嘴部，都令人不寒而栗。透过她骨瘦如柴的身躯，几乎每一根骨头都清晰可见。她的手臂无力下垂，每个关节都裸露在外，以至于光线可以完全穿透。令人惊异的是，生命竟能在这样一具几近死亡的躯体中存续。

带她离开这些令人心碎的场景，让她在旅行所呈现的各种景象中忘却世界的荒凉，并在我们决定前往的温和气候中调养她衰弱的体力，这是我保护她的最后希望。

在我生病期间暂停的出发准备工作重新开始了。我恢复到一个确定的康复状态，健康将她的馈赠倾注于我，如同春天里的树木能从褶皱的枝干中感受到新绿的萌发，生命的汁液上升流通，我焕然一新的体魄、愉悦流动的血液、重获新生的肢体，都让我的心境充满乐观的忍耐力与愉悦的思绪，我的身体褪去了束缚我的沉重枷锁，充满了健康的活力。仅仅是普通的锻炼还不足以恢复我的体力，我想我可以模仿赛马的速度，透过空气辨别远处的物体，听到大自然在静谧的居所中的运作，在我从致命的疾病中恢复过来之后，我的感官变得如此细腻和敏感。

在我的其他祝福中，希望并没有被剥夺；我坚信，我不懈的努力一定会让我心爱的女孩恢复健康。因此，我迫不及待地开始了准备工作。根据最初制订的计划，我们将于十一月二十五日离开伦敦。根据这一计划，我们三分之二的人——英国剩下的所有人——已经出发，并在巴黎逗留了几个星期。先是我生病，后来又是伊德里斯生病，阿德里安和他的部队（由三百人组成）被耽搁了，所以我们是在二〇九八年一月一日出发的。我希望伊德里斯尽量远离人群的匆忙和喧闹，并向她隐瞒那些最能让她想起我们真实处境的表象。我们在很大程度上与阿德里安保持了距离，他不得不把全部时间都用在公务上。温莎伯爵夫人和她的儿子同行。克拉拉、伊夫林和一位充当我们随从的女士是我们唯一接触过的人。我们乘坐的是一辆豪华马车，我们的仆人担任车夫。一队大约二十人的队伍在我们前面不远处。他们负责为我们准备停留的地方。他们是在众多报名者中被选中的，被任命为领队的那个人有着过人的智慧。

一出发，我就欣喜地发现伊德里斯发生了变化，我衷心希望这预示着最幸福的结果。她与生俱来的开朗和温柔重新焕发出来。她很虚弱，这种变化更多地表现在神态和声音上，而不是行动上，但这是永久的、真实的。我从瘟疫中恢复了健康，这让她坚定地相信，我现在已经摆脱了这些可怕的敌人。她告诉我，她确信自己会康复。她说她有一种预感，那就是淹没我们不幸种族的灾难浪潮现在已经退去。剩余的人将会被保存下来，其中还有她的爱人。在某个选定的地方，我们将在愉快的社交中共度余生。她说："不要让我的虚弱状态欺骗了你们，我觉得我好多了；我的内心充满了生机，有一种期待向我保证，我将继续长久地在这个世界上生活下去。我将摒弃这令我身心俱疲的虚弱，重新开始履行我的职责。我曾为离开温莎而惋惜，但现在我已摆脱了这种乡土情结。搬到一个气候温和的地方，我很满意，那里会让我彻底康复。相信我，亲爱的，我不会离开你，也不会离开我的兄弟，更不会离开亲爱的孩子们。我坚定地决心与你们相伴到老，继续为你们的幸福和安康贡献力量，即使死神真的近在眼前，我也会苟延残喘。"

这些话让我半信半疑。我不相信她的血流得过快是健康的征兆，也不相信她发烫的脸颊代表着康复。但我并不担心会立即发生灾难。不！我相信她最终会康复的。就这样，我们的小圈子里充满了欢声笑语。伊德里斯兴致勃勃地谈论着无数话题。她的主要愿望是把我们的思绪从忧郁的思考中引开。因此，她画了一幅幅迷人的图画，描绘了宁静的孤独、美丽的隐居地、我们小部落的淳朴风情以及父系兄弟情谊，这些都将在不久前存在过的人口众多的国家的废墟中幸存下来。我们把眼前的一切都抛在脑后，把目光从我们走过的沉闷景色上移开。寒冬笼罩着大地。没有落叶的树木静静地躺在阴沉的天空下，霜冻模仿着夏天的落叶，铺满了地面。小路杂草丛生，未耕种的玉米地里长满了杂草，羊群聚集在茅屋的门槛前，角牛把头伸向窗外。寒风凛冽，雨夹雪或暴风雪频频来袭，更增添了凛冽的寒意。

我们抵达了罗彻斯特，一场事故使我们在那里被困了一天。在那段时间里，发生了一件事，改变了我们的计划，并且，唉……最终改变了事件的进程，将我所享有的愉快的新生希望转变成了一个黯淡而荒凉的沙漠。在我继续阐述我们临时计划变更的最终原因之前，我必须先做一些简要说明，并再次提及那些人类无畏行走于地球之时，那时瘟疫尚未成为世界的主宰。

温莎附近住着一户人家，家境非常贫寒，但其中有一个人却引起了我们的兴趣。克雷顿一家的日子曾经好过一些，但在经历了一系列挫折之后，父亲破产而死，母亲伤心欲绝，成了残疾人，带着五个孩子退隐到伊顿和盐山之间的一座小别墅里。这些孩子中最大的一个才十三岁，她似乎一下子就从逆境中获得了属于更成熟年龄的睿智和原则。她的母亲身体越来越差，但露西悉心照料她，对弟弟妹妹们也像父母一样温柔，同时，她还表现得非常和蔼可亲、乐于助人，以至于在她的小邻居中，她既受人爱戴，又受人尊敬。

露西长得非常漂亮，所以尽管她很穷，十六岁的时候，她也有一些仰慕者。其中有一位是乡村医生的儿子，他是个慷慨大方、心地坦率的年轻人，热爱知识，学识渊博。虽然露西没有受过教育，但她母亲的谈吐和举止让她对高雅的事物有着与现状不相匹配的品位。她甚至在不知不觉中爱上了这个年轻人，在遇到任何困难时，她都会自然而然地向他寻求帮助，而且每个星期天醒来时，她的心情都会变得轻松，因为她知道，晚上和姐妹们散步时，她会遇到他并有他陪伴。她还有一个仰慕者，是盐山旅馆的一个领班。他也自诩有着城市贵族般的优越感，这些都是从绅士的仆人和女佣那里学来的。在他们的熏陶下，他掌握了上流社会仆人圈的俚语，这使得他傲慢的性格变得更加咄咄逼人。露西没有拒绝他，她不可能有那种感觉。但当她看到他走近时，她拒绝了他。这个家伙很快就发现，他的竞争对手比他更受欢迎，这使起初的偶然欣赏变成了一种源于嫉妒的激情，以及剥夺他的竞争对手享有的优势的卑劣欲望。

可怜的露西的悲惨遭遇只是一个普通的故事。她爱人的父亲去世了，他一贫如洗。他接受了一位绅士的邀请，和他一起去了印度，他觉得自己很快就会获得独立，然后回来向心爱的人求婚。他卷入了那里的战争，被俘虏了，过了好几年，家乡才传来他的消息。在此期间，灾难性的贫困降临到了露西身上。她的小木屋被烧毁了，她的小木屋矗立在棚架上，上面长满了木棉花和茉莉花。他们该何去何从？露西怎样才能为他们找到新的住处呢？她的母亲几乎卧病在床，在饥荒肆虐的贫困生活中根本无法生存。这时，她的另一位仰慕者站了出来，再次向她求婚。他攒了一笔钱，准备在达切特开一家小客栈。对露西来说，这桩婚事除了能给母亲一个家之外，没有任何诱人之处。她被这桩婚事的盛大场景而打动，她对这一点更加确信无疑。她接受了这个提议，从而牺牲了自己来换取母亲的舒适和幸福。

我们是在她结婚几年后才认识她的。在那里，我们目睹了她丈夫的粗暴和争吵，以及她的忍耐。她并不幸运。她的初恋情人带着占有她的希望回来了，却意外地住到她的乡间客栈，而此时她是另一个人的妻子。他绝望地远走他乡，他一事无成，最后他参军入伍，又伤病缠身地回来了，露西却无法照顾他。她的丈夫性格残暴，又因屈服于他的处境所带来的许多诱惑而变得更加残暴，他的生活也因此而变得一团糟。幸运的是，她没有孩子，但她的心与她的兄弟姐妹们紧紧相连。他的贪婪和坏脾气很快就把这些兄弟姐妹赶出了家门。他们分散在乡间，辛勤劳作，小心翼翼地谋生。他甚至想赶走露西的母亲，但露西很坚定。她为母亲牺牲了自己，她为母亲而活，她不会离开母亲。如果母亲走了，她会去为她讨面包，和她一起死去，但绝不会抛弃她。露西的存在对于维持家里的秩序，防止整个家陷入混乱都是必不可少的，他不允许她离开自己。他在这一点上让步了，但只要她生气，或者在他醉酒的时候，他就又回到了老话题上，用对她母亲的蔑称刺痛了可怜的露西的心。

然而，如果激情是完全纯洁、完整和互惠的，它就会带来慰藉。露西发自内心地真心爱着她的母亲。她为自己提出的人生目标只有一个，那就是安慰和保护她的母亲。尽管她为结果感到悲痛，但即便当她的爱人归来给予她富足生活时，她也未曾后悔自己的婚姻抉择。三年过去了，在这三年里，她的母亲一贫如洗，又怎么能生活下去呢？这位优秀的女性值得她的孩子为之奉献。她们之间存在着完美的信任和友谊。此外，露西绝不是文盲，她的心智在某种程度上受到了前情人的熏陶，现在她发现只有他能理解和欣赏自己。因此，露西虽然受苦，但并不感到凄凉。在晴朗的夏日，当她领着母亲走进她们住处附近花香四溢、绿树成荫的小巷时，她的脸上闪烁着无尽的喜悦。她看到了母亲的幸福，她知道这种幸福是她一手创造的。

与此同时，她丈夫的事情越来越多，破产近在咫尺，她即将失去所有的劳动成果。就在此时，一场瘟疫改变了整个社会格局。她的丈夫从这场普遍的灾难中获利。然而，随着灾情加剧，他开始放纵不羁，抛弃家庭，沉醉于伦敦许诺给他的奢华生活，最终葬身于此。她昔日的恋人是这场疫病的首批受害者之一。然而，露西继续为母亲而活，照料母亲。唯有当她担忧母亲面临危险，或者害怕死亡会阻碍她履行这些不可推卸的责任时，她的勇气才会动摇。

当我们离开温莎前往伦敦时，我们去看望了露西，并和她一起安排了她和她母亲的搬迁计划。露西对被迫离开家乡的小巷和村庄，把体弱多病的母亲从舒适的家中拉到人烟稀少的废墟上，感到非常遗憾。但她在逆境中受到了很好的磨练，脾气也很好，不会对不可避免的事情耿耿于怀。

后来的情况，我和伊德里斯的病，让我们对她失去了记忆。我们最后想起她时，才断定她是少数几个从温莎赶来加入移民队伍的人之一，而且她已经在巴黎了。因此，当我们到达罗彻斯特时，我们惊讶地收到了一位刚从斯劳赶来的人写给这位模范难民的信。他说，他从家里出发，途经达特谢时，惊奇地发现旅馆的烟囱里冒出了烟，他以为旅途中的伙伴们都聚集在那里，便敲门进去。屋子里除了露西和她的母亲，再无他人。她的母亲因风湿病发作而四肢无力，于是，乡下剩下的所有居民都一个接一个地离开了，只剩下她们母女俩。露西恳求那个男人留下来陪她。再过一两个星期，她母亲的病就会好起来，到时候他们就可以出发了。但是，如果让她们这样无依无靠、孤苦伶仃地走下去，她们一定会死的。那个男人说，他的妻子和孩子已经和移民们在一起了，因此，按照他的想法，他不可能留下来。作为最后的办法，露西给了他一封给伊德里斯的信，让他无论在哪里遇到我们，都把信交给她。他至少完成了这一委托，伊德里斯激动地收到了下面这封信：

"尊敬的夫人：

我相信您会记得我、怜悯我，我还希望您能帮助我，我还有什么别的希望呢？请原谅我的写作方式，我实在是太困惑了。一个月前，我亲爱的母亲开始四肢无法动弹。她已经有所好转，再过一个月，我相信她就可以按照您说的为我们安排的方式踏上旅程了。但现在大家都走了，每个人走的时候都说，也许在我们完全被遗弃之前，我母亲会好转。但三天前，我去找塞缪尔·伍兹，因为他的孩子刚出生，所以他一直留到最后。他们有一大家子人，我以为可以说服他们再等我们一段时间，但我发现房子里空无一人。从那时起，我就再也没有见过一个人，直到这个好心人来了。我们该怎么办？我母亲不知道我们的处境，她的病又变重了，我一直瞒着她。

您能不能派个人来帮帮我们？我相信，我们现在的处境很悲惨。如果我现在想把我母亲送走，她会死在路上的。而且即使她康复后我有能力，我也无法想象如何找到道路，走过那么多英里到达海边，而那时你们都已经在法国了，浩瀚的海洋将我们隔开，即使对水手来说也无法跨越。对于我这样一个从未见过大海的女人来说，那将是怎样的恐惧？我们会被它囚禁在这个国家，孤苦伶仃，无依无靠，最好死在原地。我几乎写不下去了，眼泪止不住地流，这不是为了我自己。我可以把我的信任托付给上帝。如果我是一个人的话，即便最坏的情况来临，我想我也可以承受。但是我的母亲，我的病人，我亲爱的、最爱的母亲，她从我出生起就没有对我说过一句难听的话，她一直在忍耐着苦难。可怜可怜她吧，亲爱的夫人，如果你不可怜她，她一定会死得很惨。人们因为她年老体弱就漫不经心地对她说三道四，好像只要我们能幸免于难，我们就不会都变成她这样。然后，当年轻人自己也老了，他们就会认为他们应该得到照顾。我这样写信给你是很傻的，但是，当我听到她努力不呻吟，看到她微笑着看着我安慰我，当我知道她很痛苦，当我想到她还不知道最坏的情况，但她很快就会知道时，我的心仿佛要碎了！我不知道该说什么，该做什么！我的母亲，她为我承受了太多，愿上帝保佑你免遭此劫！保佑她吧，夫人，上帝会保佑您的！而我，可怜的可怜虫，在我有生之年，一定会感谢您，为您祈祷。

你那不幸而尽职的仆从，

二〇九七年十二月三十日，露西·马丁。"

这封信深深地打动了伊德里斯，她当即提议，我们应该返回达特谢，去帮助露西和她的母亲。我说我会立即动身前往那里，但请求她和她哥哥以及孩子们一起，在这里等我回来。但伊德里斯兴致勃勃，满怀希望。她说，她甚至不能同意与我暂时分离，而且没有必要这样，马车的行进对她有好处，而且距离太短，不用考虑。我们可以派信使去找阿德里安，告诉他我们偏离了原定计划。她说得生动活泼，绘声绘色地描绘了我们应该给露西带来的快乐，并宣称，如果我去，她一定要陪我一起去，她非常不愿意把营救她们的责任托付给别人，因为别人可能会冷酷无情地完成这项任务。露西的一生就是奉献和美德的一生，现在就让她收获一点儿小小的回报吧！她发现自己的卓越得到了她所尊敬的人的赞赏，她的需求得到了他们的满足。

这些以及许多其他论点，都被伊德里斯以温和的执着和希望尽其所能行善的热情提出。她那简单的愿望表达和最轻微的请求对我来说一直是不可违背的法则。一看她心意已决，我当然同意了。我们派了一半的随从去找阿德里安，另一半随我们的马车返回温莎。

我当时怎么会如此盲目和无知，以至于拿伊德里斯的安全冒险？因为，如果我有眼睛，我肯定能从她灼热的脸颊和日渐虚弱的身体中看到死亡会来临。但她说她好多了，我相信她。她每时每刻都在展现她的活泼和聪明，她的身体被赋予了强烈的生命力，我深信，她的生命力是强大而永恒的。有谁在经历了一场大灾难之后，不曾回过头来惊叹于自己难以想象的愚钝，不曾察觉到命运用许多细线编织着我们无法逃脱的网，直到自己完全陷入其中？

我们现在进入的十字路口，甚至比长期被忽视的公路还要糟糕。这种不便似乎在威胁着伊德里斯即将毁坏的身体。经过达特福德，我们在第二天抵达汉普顿。就在这短暂的时间里，我的爱人的健康状况明显恶化了，尽管她的精神仍然很轻松，她还用快乐的笑声来消除我日益增长的焦虑。有时，当我看到她白皙无肉的手搭在我的手上，或者观察到她在做生活中惯常的动作时所表现出的虚弱时，我的脑子里会闪过一个念头：她是不是快死了？我赶走这个念头，仿佛它是由精神错乱引起的。但它一次又一次地出现，只是被她的活泼举止打消了。

大约中午时分，在离开汉普顿后，我们的马车抛锚了。伊德里斯被震得晕倒在地，但在她苏醒后，并没有出现其他不良后果。我们的随从像往常一样走在我们前面，而我们的马车夫则去寻找另一辆车，因为我们之前的那辆车已经因为这次事故无法使用了。我们附近只有一个贫穷的村庄，他在那里找到了一种大篷车，可以容纳四个人，但是笨重而且不稳。除此之外，他还找到了一辆非常好的敞篷车。我们的计划很快就做好了。我载着伊德里斯乘坐后一辆车，而孩子们则跟仆人乘坐前一辆车。但这些安排需要时间，我们说好当晚去温莎，我们的补给人员已先行一步。在我们到达之前，我们应该很难找到住处。毕竟路程只有十英里，而且我的马是一匹好马，我将和伊德里斯一起快步前行，让孩子们以更适合他们的速度跟在后面。

夜幕很快降临，比我预想的要快得多。太阳刚下山，就下起了大雪。我试图保护我心爱的人免受暴风雪的侵袭，但徒劳无功。风把雪吹到了我们的脸上。雪在地上积得很高，我们只走了一小段路。夜色是如此黑暗，要不是地面上覆盖着一层白色的雪，根本无法看清前方的路。我们把随行的大篷车远远地甩在了后面。现在我才意识到，暴风雪让我不自觉地偏离了原定路线。我已经走出了几英里。我对这个国家的了解让我重新找到了正确的道路。但是，我并没有像最初商定的那样，走一条横穿斯坦韦尔到达特谢的路，而是不得不取道埃格姆和主教门。因此，可以肯定的是，我不会再与另一辆车会合，在到达温莎之前，我不会遇到任何同伴。

我们的车厢后部被拉了起来，我在车厢前挂上了一件披风，这样就可以让心爱的她免受大雪的侵袭。她靠在我的肩膀上，每时每刻都变得更加疲惫和虚弱。起初，她还对我的鼓励深表感谢，但渐渐地，她陷入了沉默，她的头重重地靠在我身上，我只能从她不规则的呼吸和频繁的叹息声中知道她还活着。刹那间，我决心停下车来，用敞篷车的后座抵挡暴风雪的威力，尽可能地期待天亮。但狂风凄厉刺骨，我可怜的伊德里斯不时地颤抖，我自己也感到非常寒冷，这表明这将是一次危险的尝试。就在这时，我看到黑暗的地平线上有一座小屋的轮廓，就在我们附近。"亲爱的，"我说，"只要支撑一会儿，我们就能有个栖身之所；让我们停在这里，我可以打开这间幸福居所的门。"

我把伊德里斯的头靠在马车上，然后跳下车，在雪地里慌忙跑向小屋，小屋的门是开着的。我随身带着照明工具，看到了一个舒适的房间，角落里堆着一堆柴火，除了门没关好，飘进来的雪堵住了门槛之外，没有任何杂乱无章的样子。我回到马车上，从光明到黑暗的突然转变起初让我睁不开眼睛。当我恢复视力时，这个横行无忌世界的永恒之神！至高无上的死神啊！我看到伊德里斯从座位上跌落到车厢底部；她长发垂下，一只胳膊垂在车厢边上。

我把她抱进小屋，放在床上。我点上火，搓揉她僵硬的四肢。在长达两个小时的时间里，我试图恢复她逝去的生命。当希望和我的爱人一样泯灭时，我用颤抖的双手合上了她炯炯有神的双眼。我并不怀疑我现在该做什么。在我病后的混乱中，安葬我们亲爱的阿尔弗雷德的任务落在了他的外祖母、前王后的身上，她忠于自己的想法，把他带到了温莎，葬在了圣乔治教堂的家族墓穴里。我必须前往温莎，以平息克拉拉的焦虑，她会焦急地等待着我们，但我宁愿她不要看到伊德里斯那令人心碎的一幕，她被我抱回来时已经没有了生命迹象。所以，我首先要把我的爱人和她的孩子安置在墓穴里，然后去找那些等着我的可怜的孩子们。

我点亮了马车上的灯，用毛皮裹住她，把她放在座位上，然后牵着缰绳，让马儿向前走。我们在大雪中前行，大雪纷纷扬扬地阻挡着我们的去路，不断飘落的雪花向我袭来，弄得我睁不开眼睛。愤怒的大自然给我带来了痛苦，冰霜击打着我，钻进我疼痛的肉体，这让我感到宽慰，也减轻了我的精神痛苦。马儿蹒跚前行，缰绳在我手中松垂。我常常想，我要把头紧紧地靠在我失去的天使那甜美而冰冷的脸上，这样我就可以安然入睡了。然而，我不能让她成为空中飞鸟的猎物，而是要按照我的决心，把她放在她祖先的坟墓里，仁慈的上帝也许会允许我在那里安息。

我们经过埃格姆的路我很熟悉，但风雪让马匹拖着沉重的步伐缓慢前行。忽然间，风从西南转向西，然后又转向西北。正如参孙用力撼动支撑非利士神庙的柱子，狂风也摇动着地平线上的浓密云雾，而厚重的云穹向南倾倒，透过散开的云网显露出清澈的苍穹。那些镶嵌在无垠晶莹天域中的小星星，将它们微弱的光芒洒在闪烁的雪地上。就连马儿也欢呼雀跃，重新振作起来，继续前行。我们在主教门进入了森林，在长廊的尽头，我看到了城堡，"温莎骄傲的城堡，巍峨地耸立着，周围环绕着它的同类和同时期的塔楼"。我怀着崇敬的心情看着这座古老的建筑，它是国王的居所，就像矗立的岩石一样古老，是智者向往的归处。我怀着更加崇敬的心情，含着泪水，把它看作我与尘土中易腐烂、无与伦比的珍宝长期相爱的庇护所，而尘土现在却冰冷地躺在我的身边。此时此刻，我本可以屈服于我天性中所有的柔情，哭泣；也可以像女人一样，发出痛苦的哀怨；而那些熟悉的树木、成群的活鹿、被她的仙女脚踩过的草地，一个个都带着悲伤的联想呈现在我眼前。长廊尽头的白色大门敞开着，我骑着马穿过塔楼的第一道门，来到了空无一人的小镇。现在，圣乔治小教堂就在我的面前，它的两侧被熏黑了。我在门前停了下来，门是开着的，我走进去，把点燃的灯放在祭坛上，然后我返回来，小心翼翼地把伊德里斯抱上过道，走进礼拜堂，把她轻轻放在通往圣餐桌的台阶的地毯上。嘉德勋爵们的旗帜和他们半出鞘的佩剑徒然地悬挂在教堂座椅上方。她家族的纹章旗帜依然高悬于此，上方仍然戴着那顶象征王权的皇冠。永别了，英格兰的荣耀和纹章！我对这种虚荣心感到一丝惊讶，不明白人类怎么会对这些事情感兴趣。我弯腰俯视着我爱人毫无生气的尸体；看着她毫无遮掩的脸庞，五官已因死亡的僵硬而收缩，我感觉整个可见的宇宙都变得像我身下那具冰冷僵硬的躯体一样，失去了灵魂，变得空洞而毫无生气。刹那间，我感到自己在与支配世界的法则抗争，并对其深恶痛绝，这种感觉令人难以忍受。直到看到我逝去的爱人脸上依然可见的平静，才使我的心情恢复了平静，于是我开始做现在所能为她做的最后一件事。我无法为她哀叹，我非常羡慕她享有"坟墓的悲哀豁免权"。

墓室最近被打开过，以便把我们的阿尔弗雷德安放在里面。后世惯用的仪式草草了事，作为入口的小教堂的路面被移走了，也没有更换。我走下台阶，穿过长长的通道，来到装有伊德里斯同族遗骸的大墓室。我看到了我的孩子的小棺材。我用颤抖的双手在棺木旁搭建了一个灵柩，上面铺满了伊德里斯一路上用过的毛皮和印第安披肩。我点亮了灯，它在这潮湿的亡灵居所里闪烁着。然后，我把我失去的那个人抬到她最后的床上，把她的四肢整理得整整齐齐，用斗篷覆盖住她的身体，只露出她的面容，依然美丽而安详。她似乎像一个过度疲惫的人一样在休息，一双美目沉浸在甜美的睡梦中。然而，事实并非如此，她已经死了！我当时多么渴望躺在她身边，凝视着她，直到死亡将我带走，让我得到同样的安息。

但是，死亡并不会听从悲惨者的召唤。我刚刚从致命的疾病中恢复过来，我的血液从未像现在这样匀速流动，我的四肢也从未像现在这样充满活力。我觉得我的死一定得出于我的意愿。然而，当我眼睁睁地看着自己置身于这个墓穴，置身于一个逝者的世界，置身于我失去的生的希望时，饥荒又有什么不寻常？同时，当我看着她时，她那与阿德里安相似的五官，又把我的思绪拉回到了生者身上，拉回到了这位亲爱的朋友身上，拉回到了克拉拉身上，拉回到了伊夫林身上，他们现在可能正在温莎，焦急地等待着我们的到来。

我仿佛听到了远处小教堂里传来的脚步声，这脚步声在小教堂的拱形屋顶上再次回响，并通过空洞的通道传到了我的耳中。难道克拉拉看到我的马车从镇上经过，她是来找我的？我至少要把她从拱顶的恐怖场景中解救出来。我跑上台阶，然后看到一个因年老而弯曲的女性身影，她穿着长长的丧服，在昏暗的教堂里前行，用一根纤细的手杖支撑着，但即使这样支撑着，她还是摇摇欲坠。她听到了我的声音，抬起头来。我手中的灯照亮了我的身影，月光透过油漆玻璃，落在她的脸上，她满脸皱纹，面容憔悴，但眼神锐利，眉宇间充满威严。我认出她就是温莎伯爵夫人。她用空洞的声音问道："公主在哪里？"

我指向破损的路面。她走到那里，向下望去，眼前一片漆黑。因为拱顶太远了，我留在那里的小灯的光线无法辨别。

她说："你的灯。"我把灯给了她，她望着现在清晰可见但陡峭的台阶，似乎在计算自己是否有能力下去。我本能地默默表示愿意帮忙。她用轻蔑的眼神示意我走开，一边指着下面，一边用刺耳的声音说："至少在那里我可以不打扰她。"

伊德里斯僵硬的身躯就在我面前，她那死不瞑目的面容在我面前永远地沉寂了。对我来说，这就是一切的终结！前一天，我还在幻想着自己的各种冒险经历，幻想着与朋友们后会有期，而现在，我却一跃而过，到达了生命的最边缘和最深处。笼罩在阴郁之中，被封闭、围困，被无所不在的当下所覆盖，突然，我被墓穴台阶上的脚步声惊醒，这才想起我完全遗忘的那位愤怒的来访者。她高挑的身影如同一尊充满生命力的雕像，缓缓从地下室升起，蕴含着憎恨与人性的激烈冲突。在我看来，她似乎已经到达走廊的地面，一动不动地站着，仅用眼睛寻找着某个目标。直到发现我就在她身边，她将布满皱纹的手搭在我的手臂上，用颤抖的声音呼喊道："莱昂内尔·维尔尼，我的儿子！"在这一刻，当我的天使的母亲如此称呼我时，我对这位向来傲慢的女士油然而生出前所未有的敬意。我低下头，吻了吻她干瘪的手，注意到她在剧烈地颤抖，便搀扶着她走到礼拜堂的尽头，让她坐在通往贵族休息室的台阶上。她任由我搀扶着，仍然握着我的手，把头靠在凳子上，月光洒在她闪闪发亮的眼睛上，在彩绘玻璃的映衬下，显得五彩斑斓。她意识到自己的软弱，又一次想起了自己长久以来珍视的尊严，于是把眼泪擦掉了。然而，眼泪还是很快流了下来，她说："这是她的借口，她是如此美丽、平和，即使是在死的时候。我是怎么对待她的？我用野蛮的冷酷伤害了她温柔的心。过去的岁月里我对她毫无怜悯之心，她现在原谅我了吗？对逝者谈忏悔和宽恕是微不足道的，如果我在她生前曾问过她的愿望，并抑制我粗野的天性以满足她，我就不会有这种感觉了。"

伊德里斯和她的母亲简直一点儿也不像。前王后乌黑的头发、深邃的黑眼睛和突出的五官与女儿金色的发丝、饱满的蓝眼睛、柔和的线条和轮廓形成了鲜明的对比。然而，在后来的日子里，疾病让我那可怜的女孩脸颊消瘦，使她的面部轮廓只剩下骨骼的僵硬形状。她的眉形、椭圆形的下巴与她母亲相似。而且，在表达某些情绪上，她们的面部表情也并无二致。

相似之处蕴含着一种神奇的力量。当我们所爱之人离世时，我们希望能在另一个境界再见到他们，并半信半疑地期待着，精神的力量能够让其新的形态模仿其已朽坏的尘世外衣。然而，这些不过是心灵的幻想罢了。我们知道仪器已被粉碎，感知的形象已化为可怜的碎片，化为尘埃般的虚无。然而，一个眼神，一个手势，或是生者体态中与逝者相仿的姿态，却能触动心弦，在心灵最深处激起神圣的共鸣。在这个幽灵般的形象面前，我奇异地受到触动，俯伏在地，被以相似的神情和动作表现出来的血缘力量所奴役，在伊德里斯严厉、高傲、至今仍不喜欢我的母亲面前，我一直噤若寒蝉。

在她最柔情的时刻，那个可怜又对我抱有误解的女人曾经有这样一个想法，她的一句话、一个和解的眼神会被愉快地接受，并且使我对多年的严厉对待释怀。现在，她已经错过了发挥这种力量的时机。她立刻意识到事情的真相是棘手的，她觉得无论是微笑还是爱抚，都不能穿透无意识的状态，也不能影响躺在地下墓穴里的她的幸福。这种信念，加上对温柔回应刻薄言语、以温和目光回报愤怒眼神的回忆；对她珍视的出身与权力之梦的虚假、渺小与徒劳的领悟；对爱情与生命才是凡人世界真正帝王的压倒性认知；这一切如潮水般涌起，使她的灵魂充满了狂暴而混乱的困惑。而我的命运就是要作为那股有影响力的力量，平息这汹涌波涛的剧烈翻腾。

我与她交谈，引导她思考伊德里斯的人生是何等幸福，她的诸多美德与卓越品格在过往岁月中获得了怎样的认可与赞誉。我赞美她，她是我心目中的偶像，是我崇拜的完美女性。当我滔滔不绝地宣读葬礼悼词时，我以热情洋溢的话语卸下我心里的负担，唤醒了生活中一种新的愉悦感。然后，我提到了她深爱的哥哥阿德里安和她幸存的孩子。我承认我此前几乎忘记了他们，我对这些对她来说极为重要的人须承担的责任，可以让这位忧郁的悔恨的母亲反思一下，她怎样才能通过加倍地爱这些幸存下来的人来最好地补偿对死者的忽视。在安慰她的同时，我自己的悲伤也得到了缓解。我的真诚让她完全信服我。

她转过身来，表情温和地对我说："如果我们心爱的天使现在看到我们，一定会很高兴地发现，我终于发自肺腑地认可你。你配得上她，我打心眼里高兴你把她从我身边带走。我的孩子，请原谅我对你犯下的过错，忘掉我的冷言冷语和不友善的对待。接受我吧，你想怎么管我就怎么管我吧！"

我抓住这她温顺且平和的时机，提议离开教堂。

"首先，"她说，"让我们把拱顶上方的铺面换掉。"

我们走近拱顶。"我们要再看看她吗？"我问道。

"我不能，"她回答道，"我祈求你，你也不能。我们不必因为凝视着没有灵魂的躯体而折磨自己，而她鲜活的灵魂已深深地埋藏在我们的心中，她的可爱深深地刻在我们的心中，无论睡去还是醒来，她都会永远出现在我们面前。"

我们在敞开的墓穴前庄严地默哀了片刻。我把自己未来的生命献给了她，献给了她亲爱的记忆。我发誓要为她的兄弟和孩子而努力，直到死亡。伊德里斯母亲断断续续的啜泣声让我中断了内心的咏叹。接下来，我把石头拖到墓穴入口处，合上了容纳我生命的深渊。然后，搀扶着我那衰弱的岳母，慢慢地离开了小教堂。当我走到户外时，我觉得自己好像离开了一个幸福的安息之所，来到了一个沉闷的荒野，一条曲折的道路，一段痛苦、无快乐、无希望的朝圣之旅。

第四章

我们的护卫奉命在城堡坡道对面的客栈为我们安排过夜的住处。我们不能再到我们家的大厅和熟悉的房间过夜了。我们已经永远地离开了温莎的小树林，离开了所有的灌木丛、花丛和潺潺的溪流，这些都赋予了我们对祖国的热爱和强烈的感情，以及我们对故乡英格兰近乎痴迷的眷恋。我们本打算先去露西在达切特的住处拜访一下，向她保证提供帮助和保护，然后再回住处过夜。现在，当温莎伯爵夫人和我从城堡转下陡峭的山坡时，我们看到了孩子们，他们的大篷车刚刚停在客栈门口。他们没有停留就穿过了达切特。我害怕见到他们，害怕让他们知道伊德里斯已经逝去，所以当他们还在匆忙赶路时，我突然离开了他们，穿过雪地和清澈的月光，沿着熟悉的通往达切特的路匆匆赶去。

这里确实人尽皆知。每间小屋都矗立在它熟悉的地方，每棵树都有它熟悉的模样。在我的记忆中，这条路上的每一个转弯，每一个物体的变化，都刻上了习惯的印记。在小公园外不远处，有一棵榆树，大约十年前被暴风雨吹倒了一半，现在，它仍然带着满是雪花的无叶枝条，横亘在小路上，小路蜿蜒穿过一片草地，旁边是一条浅浅的小溪，上面覆盖了厚厚的霜雪，掩盖了溪水的哗哗声。那道栅栏，那扇白色的大门，那棵空心橡树，无疑曾经属于森林，现在在月光下露出了它那裂开的缝隙。所有这些东西对我来说就像我被遗弃的家那冰冷的壁炉一样熟悉，每一堵长满青苔的墙和每一块果园地，在陌生人眼里无甚区别，但在我看过它千万遍的眼中却各有不同。英格兰国家依然存在，尽管英格兰已经死去。我看到的是快乐英格兰的幽灵，在那些绿树成荫的地方，世世代代的人们在那里安逸地生活着。对这些熟悉场所的痛苦认知之外，还伴随着一种人人都经历过却无人能解的感觉——仿佛在某个比梦境更真实的状态中，在某个已逝的真实存在里，我曾以完全相同的感受目睹过眼前的一切，犹如所有感知都是过往启示的重影。为摆脱这种压抑的感觉，我努力想象这片宁静之地的变迁——这反而加重了我的情绪，因为它使我不得不更加关注那些引起我痛苦的事物。

我来到了露西在达切特的简陋居所。这里曾因周六晚上的狂欢而喧闹，也曾因家庭主妇的辛劳和井然有序的生活习惯在周日变得整洁。门上的雪积得很高，好像已经很多天没有关上了。

"罗斯库斯现在上演怎样的死亡场景？"我一边看着漆黑的窗棂，一边喃喃自语。起初，我以为我在其中一扇窗户里看到了光亮，但事实证明那只是月光的折射，而唯一的声音是微风吹动树枝上的雪片时发出的噼啪声。月亮在无边无际的云层中高高挂起，而小屋的影子则黑压压地铺在后面的花园里。我从敞开的门廊走进去，焦急地查看着每一扇窗户。终于，我发现一缕光线从一间上房紧闭的百叶窗中挣扎着透了出来。唉！看到一间住着它的常客的房子，真是一种新奇的感觉。房门只是虚掩着，于是我走进去，沿着月光照耀的楼梯拾级而上。有人居住的房间的门虚掩着。我往里看，只见露西像在工作一样坐在点着灯的桌子旁。她身边放着针线，但她的手放在膝盖上，眼睛盯着地面，空洞的眼神表明她的思绪飘忽不定。岁月的痕迹和操劳已经消磨了她昔日的魅力，但她朴素的衣着和帽子，低落的姿态，以及那盏投射在她身上的孤灯，瞬间构成了一幅富有画意的场景。一个可怕的现实把我从思绪中唤醒。一个人躺在床上，盖着被单。她的母亲死了，露西与世隔绝，被遗弃，独自一人在夜里守在尸体旁。我走进房间，我突如其来地出现起初引来了这位亡国者的一声尖叫，但她认出了我，并迅速恢复常态，她习惯于自我控制。"你没想到我会来吗？"我用那种低沉的声音问道，怕惊扰到死者让我本能地发出这种声音。

"你真好，"她回答道，"能亲自来，我真是感激不尽，但一切都太迟了。"

"太迟了，"我喊道，"这是什么意思？我要把你从这个荒凉的地方接走，把你带到……"

在我言语之际，我已遗忘的痛失突然涌上心头，使我不得不转身背对，悲痛哽咽使我难以言语。我猛然推开窗户，仰望高空中那冰冷、渐暗、惨白而扭曲的圆环，以及脚下冰封的白色大地——可爱的伊德里斯的灵魂是否正在这月光凝结的晶莹空气中飘荡？不，不，她一定栖息在一个更温暖的天域，一个更美好的居所！

我沉浸在这种沉思中片刻，然后再次看向哀悼者，她靠在床边，脸上流露出一种无奈的绝望、彻底的痛苦和忍耐的表情，这种表情比任何疯狂的呓语或桀骜不驯的悲伤的狂野举动都要感人得多。我想把她从这个地方拉走，但她不愿意。有一类人，他们的想象力和感受力从来没有离开过眼前这个狭小的圈子，他们如果在某种程度上具备了这些品质，就很容易把自己的影响力倾注到那些似乎会摧毁他们的现实中去，并且因为无法理解任何其他事物而加倍顽强地依附于这些现实。就这样，露西在荒凉的英格兰，在一个死寂的世界里，希望完成亡灵仪式，就像英国乡下人习惯的那样。当死亡很罕见时，我们有时间以盛大的方式接受死神对亲人的可怕的夺取，走出去举行隆重的仪式，将墓穴的钥匙交到他的手中。她已经独自完成了其中一些仪式，而我发现她正在做的是她母亲的寿衣。听到这样的悲伤细节，我的心情变得非常沉重，女性或许可以忍受，但对男性来说，这比最致命的挣扎或难以言喻却又短暂的痛苦更痛苦。

我告诉她这是不可能的。然后，为了进一步说服她，我向她讲述了我最近的遭遇，并告诉她，她必须和我一起去照顾那些孤儿，伊德里斯的去世使他们失去了母亲的照顾。露西无法拒绝责任的召唤，于是她屈服了，小心翼翼地关好门窗，陪我回到了温莎。我们一边走，她一边向我讲述了她母亲的死因。或是由于某种不幸的巧合，她看到了露西写给伊德里斯的信，或是她无意中听到了露西与送信的乡民的对话。不管怎样，她都知道了自己和女儿的悲惨处境，她年迈的身体无法承受这一发现所带来的焦虑和恐惧。她对露西隐瞒了她的状况，但在不眠之夜一直耿耿于怀，直到发烧和谵妄揭开了这个秘密，但此时她已是强弩之末。她的生命长期徘徊在消亡的边缘，现在一下子被苦难和疾病联手击垮，就在当天早晨，她死了。

在经历了一天的情绪波动之后，当我到达客栈时，我的同伴们已经去休息了。我把露西交给温莎伯爵夫人的随从照看，然后从各种挣扎和急切的悔恨中缓过神来。片刻间，一天内发生的灾难性事件在我脑中浮现，直到睡意袭来，我才忘却了一切。当黎明到来，我醒来时，感觉自己仿佛沉睡了多年。

我的同伴们并没有和我一样遗忘。克拉拉肿胀的双眼表明，她一整夜都在哭泣。温莎伯爵夫人面容憔悴，神色黯淡。她那坚定的精神没有在泪水中得到慰藉，现在她更多的是痛苦的回顾和悔恨。为露西的母亲举行完葬礼后，我们就离开了温莎，在急切地想要改变现状的催促下，我们飞快地向多佛进发。我们的护送队已提前安排好马匹，发现它们要么在寒冷的天气里本能地寻找着温暖的马厩，要么站在荒凉的田野里瑟瑟发抖，准备交出自由来换取玉米。

行进途中，温莎伯爵夫人向我讲述了她在圣乔治教堂礼拜堂里如此奇怪地来到我身边的非同寻常的情形。当她最后一次向伊德里斯告别时，当她焦急地看着伊德里斯消瘦的身体和苍白的面容时，她突然有了一种念头，这是她最后一次见到她了。在这种情绪的支配下，她很难与女儿分开，最后一次努力说服女儿让自己来照顾她，让我加入阿德里安。伊德里斯温和地拒绝了，于是她们分开了。她们再也不会见面的念头在温莎伯爵夫人的脑海中不断滋长，始终萦绕在她的心头。她曾无数次下定决心回头加入我们的行列，却一次又一次被她那屈服于自尊和愤怒的奴役所制止。她虽然心高气傲，却整夜以泪洗面，整日被神经紧张和对可怕事件的预期所压抑，而她却完全无法抑制这种激动和期待。她承认，此时此刻她对我的憎恨已经到了无以复加的地步，因为她认为我是阻止她愿望实现的唯一障碍，她的愿望是陪伴她女儿度过最后时刻。她想向她的儿子表达她的恐惧，并从他对她的同情或安慰中找寻勇气。

到多佛的第一天，她和她的儿子一起在海滩上散步。她以一种典型的热情且夸张的情感所特有的谨慎态度逐渐把谈话引导到她所期望的话题。她能够向他传达她的恐惧，正当他们准备交流时，送信人骑马来到他们身边，带来了我写的一封信，告知她我们暂时返回温莎。送信人口头告诉他们他离开我们时的情况，并补充说，尽管伊德里斯夫人充满快乐和勇气，但他担心她很难活着到达温莎。"没错，"伯爵夫人说，"你的担心是正确的，她就要离世了！"

当她说话时，她的目光停留在悬崖上的一个像墓穴一样的洞口上。她庄重地对我说，她看到了伊德里斯缓慢地走向这个洞穴。她背对着她，低着头，她像惯常一样穿着白色的衣服，只是有一层薄薄的面纱遮住了她的金发，使她看起来像是一团朦胧的透明雾。她看起来很沮丧，听从了一种命令的力量。她顺从地进入了那黑暗深邃的洞穴中，并消失在了那里。

"若我陷入幻觉的情绪中，"这位尊敬的女士继续说道，"我可能会怀疑自己的眼睛，质疑自己的轻信。然而现实才是我所生存的世界，我所目睹的一切，我深信其存在并非源于我的想象。从那一刻起，我无法安宁。能在我宝贝的女儿临终之前再次见到她，这对我来说是值得我付出生命的。我知道我不可能实现这个愿望，但我必须努力。我立即启程前往温莎。尽管我被告知我们行进迅速，但在我看来，我们的速度就像蜗牛一样缓慢，延误似乎只是为了让我烦恼。我仍然指责你，将我喷薄而出的不耐之情对你倾泻。当你指向她的最后安息之地时，这不是一种失望，而是一种痛苦。那一刻，我对你感到憎恶，对你阻碍我实现最后的愿望感到厌恶。我看到了她，愤怒、仇恨和不公在她的灵柩前消逝，而在它们离去之际，我内心却充满了悔恨（上帝啊，竟然会有这样的感觉！），这种悔恨将在记忆和感觉存在之时长久伴随着我。"

为了消除这种悔恨，为了防止被唤醒的爱和新生的温和结出与仇恨和苛刻同样的苦果，我竭尽全力安抚这位值得尊敬的忏悔者。我们一行人都很忧郁，每个人都为无法挽回的事情而感到惋惜，母亲的离去给伊夫林稚嫩的快乐蒙上了阴影。此外，还有未卜的前景。在任何重大的自愿改变最终完成之前，思想都会摇摆不定，时而用热切的期望来抚慰自己，时而又因障碍而退缩，而这些障碍似乎从未以如此可怕的形式出现过。当我想到明天，我们可能就会跨越那道水障，踏上那无望的、无尽的、悲伤的流浪之路时，我的心不禁颤抖了一下。

刺骨的寒风吹过大海，发出巨大的咆哮声，预示着我们即将到达多佛。强劲的海风吹向内陆数英里，这种喧嚣给我们稳定的住所带来了一种危险的感觉。起初，我们根本没有意识到这场巨大的空气和水的战争是由大自然的异常喷发引起的。当我们看到成群结队的波浪在狂风的驱使下拍打在贫瘠的沙滩和尖锐的岩石上，发出哀鸣声并逐渐消逝时，我们只认为这是寻常的景象。然而，当我们走得更远时，才发现多佛已经被洪水淹没了。许多房屋被涌浪推倒，街道被水淹没，有时还伴随着可怕的撞击声，随后海水退去，留下了光秃秃的道路。直到涌入的海水再次冲上来，伴随着雷鸣般的声响回到它们夺取的领地。

在悬崖峭壁上惊恐地注视着暴风雨肆虐的人类，受到的惊扰几乎不亚于狂风暴雨。阿德里安带领下的移民们抵达的那个早晨，海面平静如镜，微微的涟漪折射着阳光，阳光透过清澈湛蓝的霜冻空气，洒下耀眼的光芒。大自然平静的景象被誉为航行的好兆头，酋长立即赶往港口，检查停泊在那里的两艘蒸汽船。第二天午夜，当大家都在安睡时，突然传来可怕的狂风、哗哗的雨声和冰雹声，惊醒了所有人。有 个人在大街上尖叫，声称正在梦中的人必须醒来，否则会被淹死。他们登上悬崖，但黑暗中只能看到白色的浪峰，而狂风与狂涌的潮水一起发出可怕的嚎叫。可怕的深夜，许多从未见过大海的人毫无经验，妇女的哭声和孩子的啼哭声加剧了骚乱的恐怖。第二天，同样的场景仍在继续。潮水退去后，镇上变得人迹罕至。然而，当潮水再次涨起时，比前一天晚上还要高。烂在路上的大船被卷离锚地，撞向悬崖，港口里的船只像海草一样被甩到陆地上，被狂风吹得支离破碎。海浪冲击着悬崖，悬崖之前有松动的地方，现在更加摇摇欲坠，惊恐的人们目睹着附近土地的巨大碎片在撞击声和轰鸣声中坠入深海。这一场景让人们难以忘怀。大部分人认为这是上帝的审判，是为了阻止或惩罚我们从故土移民。许多人加倍渴望离开这块已成为他们牢笼的土地，因为它似乎无法抵挡海洋巨浪的侵袭。

经过一天的辛苦旅程，当我们抵达多佛时，我们都感到非常疲劳，渴望休息和睡眠。然而，周围的景色很快吸引了我们的注意，让我们忘记了疲倦。我们和大部分同伴一起被悬崖边的景色所吸引，我们停下来倾听，同时进行了无数的猜想。一场大雾将我们的视野缩小到大约四分之一英里，薄雾缭绕，寒冷而浓密，将天空和大海笼罩在同样的朦胧之中。让我们更加不安的是，我们队伍三分之二的人已残落在巴黎，我们现在非常痛苦地盼望着这支忧郁的残余队伍能有新的成员加入，这种分裂，加上中间那片无情的难以逾越的海洋，让我们感到惊恐万分。最后，我们在悬崖上闲逛了几个小时，才返回多佛城堡。城堡的屋顶可以为所有想要呼吸英国新鲜空气的人提供遮风挡雨的地方。我们希望能够在这里好好休息一下，让疲惫的身体和精神恢复力量和勇气。

清晨，阿德里安告诉我一个好消息，风向变了。原来是西南风，现在是东北风。越来越大的狂风刮得天空乌云密布，而退却的潮水则完全脱离了小镇。风向的改变反而增加了海面的狂暴，但却将晚些时候的昏暗色调变成了翠绿色。尽管波涛依旧咆哮不息，但这种焕然一新的景象却给人带来了希望与愉悦之感。整日里，我们注视着层层叠叠的巨浪此起彼伏，临近日落时分，为了解读次日的天象预兆，我们不约而同地聚集在悬崖边缘。当那轮威严的太阳接近风暴肆虐的地平线之际，突然间，奇观乍现！另外三个同样炽热、灿烂的太阳从天边的不同地方冲向这个巨大的球体，围绕着它旋转。耀眼的强光刺得我们眼花缭乱。太阳本身似乎也加入了舞蹈，而大海则像火炉一样燃烧着，就像维苏威火山的所有灯火一样，下面是流动的熔岩。马儿惊恐地从马厩里挣脱出来，一群牛惊慌失措地跑到悬崖边上，被光照得睁不开眼睛，发出惊恐的叫声，扑向下面的海浪。这些流星的幻影所占据的时间很短，突然三个假太阳合三为一，一头扎进了海里。几秒钟后，太阳消失之处传来了震耳欲聋的水声和可怕的尖啸声。

与此同时，太阳摆脱了陌生卫星的束缚，带着惯有的威严踱向西方的家园。当我们不敢相信自己的眼睛时，海水似乎在迎合它——它越升越高，直到火球被遮住，水墙仍在地平线上。我们似乎突然看到了地球的运动，仿佛我们不再受古老法则的支配，而是漂流在未知的太空区域。许多人大声喊道，这些不是流星，而是燃烧着的物质球体，它们点燃了地球，使我们脚下的大锅冒出无边的浪花。他们断言，审判的日子到了，片刻之后，我们就会看到无所不能的审判者那可怕的面容。而那些不太喜欢幻觉恐怖的人则宣称，是两股相互冲突的大风造成了最后的现象。为了支持这一观点，他们指出了这样一个事实。东风消失了，西风却汹涌而来，狂野的号叫声与水流的咆哮声交织在一起。悬崖能抵挡住新的冲击吗？巨浪不是远远高于悬崖吗？我们的小岛会不会被它淹没？围观的人群逃散了。他们分散在田野上，不时地停下来，惊恐地回头张望。一种崇高的敬畏感平息了我心脏的剧烈跳动，我怀着一种不可避免的必然性所带来的庄严的顺从，等待着毁灭的来临。大海不断呈现出更加可怕的面貌，而西风拂过天空的架势让暮色变得更加暗淡。然而，海浪在不断前进中慢慢地变得温和起来。一些暗流或水床中的障碍物阻挡了它的前进，使它逐渐下沉。而海面则随着它的溶入而变得越来越高。这一变化使我们不再担心会立即发生灾难，尽管我们仍然对最终结果而感到焦虑。整整一夜，我们都在注视着狂暴的海水和汹涌的乌云，罕见的星星从乌云的缝隙中急速地闪过。相互冲突的雷声让我们完全无法入睡。

这种情况持续了三天三夜。在大自然的野蛮敌意面前，再坚强的心也会噤若寒蝉。虽然每天都有觅食队被派往较近的城镇，但我们的食物开始出现短缺。我们徒劳地让自己相信，在我们目睹的这场争斗中，没有什么是不符合自然规律的。灾难和压倒性的命运把我们中最优秀的人都变成了懦夫。死亡追逐了我们好几个月，甚至追到了我们现在站立的这块狭长地带。我们的脚下确实很窄，而且被风暴吹得摇摇晃晃，悬在灾难的汪洋大海之上——

就像无遮无挡的北岸

被寒冷的波浪撼动——

风暴频频，无休无止，

（当狂风从西边肆虐，

或从东边，或从高山上咆哮）

被击打和踩躏的沙岸荡然无存[1]。

在面对无处不在的毁灭威胁时，我们需要的不只是人类的力量。

---

1 《俄狄浦斯在科洛涅斯》中的合唱。

三天过去了，狂风消失了，海鸥在无风的平静怀抱中航行，橡树最顶端树枝上的最后一片黄叶一动不动地悬挂着。海面不再狂风怒号，而是一个个浪头稳稳地向岸边涌来，以长长的横扫和沉闷的爆发取代了破浪的咆哮。然而，我们从这一变化中看到了希望，我们毫不怀疑，几天之后，大海将恢复平静。第四天的夕阳给了我们希望，它明亮而金黄。我们凝视着紫色的海面，海底闪烁着光芒，突然吸引住了我们的目光——有一个黑点。当它靠近时，我们发现这显然是一艘船，在波浪上游动，不时地消失在峰峦起伏之间。我们迫切地询问它的航向，当我们看到它明显地朝着岸边驶来时，我们赶紧走到唯一可能的靠岸处，点亮信号灯来引导他们。在望远镜的帮助下，我们分辨出了这艘船的船员。他们有九个人，都是英国人，实际上属于我们的两支部队，在我们之前就已经在巴黎待了几个星期。就像乡下人在遥远的国度见到乡下人一样，我们伸出双手，高兴地迎接我们的来客。他们却迟迟没有回应我们的问候。他们看起来既愤怒又怨恨，不亚于他们濒临危险时驶过的颠簸不平的大海，不过，他们之间的怨恨显然多于对我们的怨恨。这些人真是奇怪，他们似乎是大地孕育出来的，就像稀有而不可估量的植物，充满了高涨的激情和愤怒的竞争精神。他们的第一个要求是带他们去见英格兰护国公——他们是这样称呼阿德里安的，尽管他早已抛弃了这个空洞的头衔，因为这是对护国公身份如今沦落到如此地步的无情嘲弄。他们很快被带到了多佛城堡，阿德里安一直在城堡的守卫处监视着船只的动向。他饶有兴趣地接待了他们，并对如此奇怪的来访感到惊奇。在他们为争夺优先权而引发的混乱中，我们花费了很长时间才得以揭示这一奇异场景背后的隐秘含义。渐渐地，从一个人愤怒的声明、另一个人激烈的打断和第三个人尖刻的嘲笑中，我们发现他们是来自我们巴黎殖民地的代表，他们来自那里的三个党派，每个党派都怀着竞争的愤怒，试图取得对其他两个党派的优势。这些代表被他们派到阿德里安那里，阿德里安被选为仲裁人。他们从巴黎到加莱，穿过空旷的城镇和荒凉的乡村，一边走一边互相憎恨。现在，他们带着不折不扣的党派精神为各自的理由辩护。

通过对议员们的单独审查，我们了解了巴黎的真实情况。自从议会选举阿德里安为雷兰德的副手后，所有幸存的英国人都臣服于阿德里安。他是我们的船长，带领我们从故土走向未知的国度，他是我们的立法者，也是我们的守护者。在我们最初制订移民计划时，并未考虑过成员之间的长期分离，整个组织的权力体系呈阶梯式上升，最终由温莎伯爵统领。然而，意料之外的情况改变了我们的计划，导致大部分成员与最高领袖分离了将近两个月之久。他们分两批前往目的地，而当他们抵达巴黎时，双方之间产生了分歧。

他们发现巴黎是一片荒漠。瘟疫刚出现时，旅行者和商人的归来以及书信往来定期向我们通报疾病在欧洲大陆造成的破坏。但随着死亡率的上升，这种交流逐渐减少并停止了。甚至在英格兰，岛与岛之间的通信也变得缓慢而稀少。没有任何船只能够冲破将加莱与多佛分隔开来的洪水。有一些沮丧的旅行者希望确保他们亲人的生死，但从法国海岸返回我们中间的时候，贪婪的海洋往往会吞没他们的小船。或者一两天后，他就会感染疾病，还没来得及讲述法国的荒凉就死去了。我们对欧洲大陆的实际情况知之甚少，怀着一丝渺茫的希望，期待在这片广袤的土地上寻觅到更多幸存者。然而，那些令英格兰人口骤减的灾难，在这片姐妹之邦造成了更为惨重的创伤。法兰西已成一片空白；从加莱到巴黎绵延的漫长道路上，杳无人迹。在巴黎，仅存百余人，他们已然接受即将到来的命运，在首都街头游荡，聚集一处谈论往事，依然保持着这个民族特有的活力与欢愉之情。

英国人毫无争议地占领了巴黎。高大的房屋和狭窄的街道毫无生气。在杜伊勒里宫这个惯常的度假胜地，可以看到几个苍白的身影。他们不知道岛国人为什么要靠近他们命运多舛的城市。在极度悲惨的情况下，受苦受难的人经常幻想，他们所经历的困境是最为痛苦的，就像在承受剧痛时，我们愿意用我们所遭受的特殊折磨，来换取其他部位的痛苦一样。他们听着移民们讲述他们离开故土的动机，耸耸肩，几乎是不屑一顾地说："回去吧，回到你们的岛上去吧，那里有海风，而且远离大陆，给你们带来了一些健康的希望。如果说瘟疫在你们那里杀死了几百人，那么在我们这里，可是杀死了成千上万的人。一年前，你们看到的只是埋葬死者的病人，现在我们更幸福，因为斗争的痛苦已经过去，你们在这里看到的少数人正在耐心地等待最后一击。但你们这些不甘于死亡的人，不要再呼吸法国的空气了，否则很快你们就只能成为法国土地的一部分。"

就这样，他们用剑的威胁，将那些从火海中逃生的人赶了回来。但是，我的同胞们认为身后的危险迫在眉睫。他们面前的危险令人怀疑，而且遥不可及。很快就出现了其他的情感来消除恐惧，或者用激情取而代之，而这些情感本不应该出现在不幸的幸存者的兄弟情谊中。

首批抵达巴黎的移民群体规模较大，自认为拥有更高的地位和权力；第二批移民则坚持维护自身的独立性。第三批由一位自封的先知领导，这位教派领袖一面宣称一切权力和统治权都属于上帝，一面却试图将对同伴的实际控制权掌握在自己手中。这第三批移民虽然人数最少，但他们意见更加统一，对领袖的服从度更高，其坚韧不拔的精神和勇气也更为顽强且积极。

在瘟疫的整个发展过程中，宗教教士掌握着巨大的权力。如果正确引导，这种力量会带来好处。如果狂热或不宽容引导他们的努力，这种力量则会带来不可估量的祸害。在目前的情况下，一种比这两种情况都更糟糕的情绪驱使着领导者。此人从本质上来说是个冒名顶替者。他早年因放纵恶习而丧失了所有的正直感和自尊心。当他的野心被唤醒时，他便毫无顾忌地屈服于野心的影响。他的父亲曾是一名循道宗传教士，是一个热心肠的人，他的初衷很单纯，但他的关于选举和特别恩典的有害教义却摧毁了他儿子的所有良知。在瘟疫蔓延期间，他想出了各种办法来获得信徒和权力。阿德里安发现并挫败了这些企图。但现在阿德里安不在，狼披上了牧羊人的外衣，羊群接受了欺骗。他在巴黎的几个星期里组成了一个党派，狂热地宣传他神圣使命的信条，认为只有信任他的人才能得到安全和救赎。

分歧一旦产生，最微小的原因也会使它活跃起来。第一派一到巴黎，就占据了杜伊勒里宫。偶然的机会和友好的感情促使第二派住到了他们附近。第一支队伍的首领要求将全部掠夺来的财物交由他们处置，但对方拒绝了这一要求。当后者再一次去觅食时，巴黎的大门对他们紧紧关闭。克服困难后，他们整队向杜伊勒里宫进发。他们发现，他们的敌人已经被自称"选民"的狂热党派驱逐出了杜伊勒里宫。

"选民"们拒绝让任何不首先放弃服从上帝和上帝在人间的代表（他们的首领）的人进入杜伊勒里宫。争斗就这样开始了，"选民"最后发展到三个师全副武装，在旺多姆广场会师，每个师都决心用武力制服对手的抵抗。他们集合起来，火枪上膛，甚至对准了所谓敌人的胸膛。只要一句话就够了。在那里，最后的人类会以谋杀罪加重灵魂的负担，双手沾满对方的鲜血。人数较多的一方的领袖胸中涌起了一种羞耻感，想到这不仅关系到他们的事业，而且关系到整个人类的生存。他深知，一旦军队折损，将再无新兵可以补充；每一名士兵都宛如王冠上的无价之宝，一旦损毁，纵使掘地三尺也难觅等价之物。他是个年轻人，妄自尊大，自以为高高在上，比所有其他伪装者都优越，所以匆忙上路。现在他悔恨自己的所作所为，他觉得所有即将流淌的鲜血都将落在他的头上。因此，他突然冲动起来，策马来到队伍中间，把一块白手帕固定在他高举的剑尖上，要求进行谈判。对面的首领听从了这个信号。他语重心长地提醒他们，所有首领都发过誓，要服从护国公。他宣布他们现在的会面是叛国和叛变的行为。他承认自己是被激情冲昏了头脑，但冷静的时刻已经到来。他提议每一方都派代表去温莎伯爵那里，请他出面干预，并表示服从他的决定。他的提议被广泛接受，每个首领都同意撤退，而且还同意，在征得各派同意后，他们应于当晚在某个中立地点举行会议，批准休战。在首领会议上，最终达成了休战约定。狂热分子的首领确实拒绝接受阿德里安的仲裁。他派出的是使节而不是代表，他来坚持自己的主张，而不是为自己的事业辩护。

休战将持续到二月一日，届时各派系将再次在旺多姆广场集结。因此，阿德里安必须在这一天之前抵达巴黎，这一点至关重要，因为一根头发就可能扭转乾坤，而被内部骚乱吓跑的和平，可能只会在无声的死亡中回来守望。现在已经是一月二十八日了。驻扎在多佛附近的所有船只都被我所描述的狂风暴雨打得支离破碎，毁于一旦。然而，我们的行程不容耽搁。当天晚上，阿德里安和我，还有其他十二个朋友或随从，乘坐运送代表们的船从英国海岸出发了。我们每个人都轮流划桨。我们离开的紧要关头为我们提供了丰富的猜想和讨论的素材，这使我们中的大多数人都没有产生我们最后一次离开故土、离开英国的感觉。这是一个宁静的星光之夜，当我们在宽阔的浪背上升起时，英国海岸的黑线在一段时间内仍时隐时现。我奋力划动长桨，使小艇迅速前进。当海水溅到船舷上发出忧郁的声响时，我满怀深情地眺望最后一眼海滨英格兰，紧张地注视着眼前的峭壁，它耸立着，保护着这片美丽而又充满英雄气概的土地不受海洋的侵袭。一只孤独的海鸥展翅飞过我们的头顶，在悬崖的裂缝中寻找它的巢穴。是的，你应该回到你出生的地方去，我想，就像我不满地望着那个飘忽不定的旅行者一样，但我们，再也不会了！伊德里斯之墓，永别了！坟墓里埋葬着的我的心爱之人，永别了！

我们在海上航行了十二个小时，剧烈的海浪让我们不得不使出浑身解数。最后，仅靠划船，我们到达了法国海岸。当我们漫步在通往加来的沙滩上时，星光消逝，灰蒙蒙的清晨给残月的银角蒙上了一层昏暗的面纱，太阳从海面上升起，一片火红。我们首先要做的是采购马匹，尽管一夜的观察和劳累使我们疲惫不堪，但我们中的一些人还是立即前往加来周围尚未封闭、现已荒芜的广阔平原上寻找马匹。我们像海员一样分了班，一些人休息，另一些人准备早上的晚餐。中午，我们的觅食者带着仅有的六匹马回来了，我和阿德里安以及其他四人骑着这些马，继续向这座伟大的城市进发，这座城市的居民亲切地称它为文明世界的首都。经过漫长的假期，我们的马变得狂野起来，飞快地穿过加来平原。从布洛涅附近的高处，我再次转过身来眺望英格兰。大自然给她蒙上了一层薄雾，她的悬崖隐去了——那道将我们隔开的水障蔓延开来，再也无法跨越。她躺在海洋平原上。

在巨大的海洋中，这是一个天鹅的巢穴。

天鹅的巢穴被毁了，唉！阿尔比恩的天鹅永远地离开了——在广阔的太平洋上，一块无人居住的岩石，从创世以来就一直无人居住，没有名字，没有标记，在未来的世界历史上，它的地位就像荒凉的英格兰一样。

我们的旅途遇到了无数阻碍。当我们的马匹疲惫不堪时，我们不得不去寻找其他马匹。我们用尽各种手段去引诱这些被赋予了权利的人类奴隶重新戴上枷锁，浪费了数十个小时。当我们在城镇里挨个马厩寻找马匹时，我们希望能找到一些没有忘记家乡马厩庇护的马匹。由于找不到马匹，我们不得不不断地留下一些同伴。二月一日，阿德里安和我进入了巴黎，完全没有人陪伴。当我们到达圣德尼时，宁静的早晨已经来临，太阳高高挂起，喧闹的声音和武器的碰撞声（我们担心是武器的碰撞声）把我们引向了我们的同胞在旺多姆广场集合的地方。我们从一群法国人身边经过，他们正在滔滔不绝地谈论岛国侵略者的疯狂行径，然后突然转向来到广场上，我们看到太阳在拔出的剑和固定的刺刀上闪闪发光，而空气中则充斥着叫喊声和喧哗声。在这个人口日渐稀少的时代，这是一个不常见的混乱场面。被臆想中的错误和侮辱性的嘲笑所激怒的对立双方急忙互相攻击，而拉开距离的选民们似乎在等待一个机会，在他们本应互相削弱对方时，以更有利的方式攻击他们的敌人。好在有仁慈的力量介入，没有发生流血事件。因为当疯狂的暴徒们攻击的时候，妻子、母亲和女儿们冲到了中间。她们抓住了缰绳，紧抱着骑手的膝盖，攀附在愤怒的亲人们的脖颈和持武器的手臂上。女人的尖叫声和男人的喊叫声混杂在一起，形成了欢迎我们到来的狂野喧哗。

喧闹声中听不到我们的声音，但阿德里安骑着一匹白色的战马很显眼，他策马冲进人群。他被认出来了，人们高声呼喊英格兰和护国公。昔日的对手们一见他就心生爱慕，不顾一切地混乱起来，把他团团围住。妇女们亲吻他的手和衣服的边缘。不，他的马也接受了她们的拥抱。有些人流着泪欢迎他。他似乎是和平天使降临在他们中间。唯一的危险是，他的凡人本性会因朋友们的善意而显露出来，使他窒息。他的声音终于被听到并服从了。人群向后退去，只有酋长们围拢在他身边。我曾见过雷蒙德勋爵骑马穿过他的防线，他胜利的神情和威严的举止赢得了所有人的尊敬和服从。而阿德里安的外表和影响力却不是这样。他微胖的身材、热切的神情、与其说是统治不如说是蔑视的姿态，都证明，爱与恐惧并存，让他支配着众人的心。他们知道，他从不畏惧危险，除了关心大众的福祉，也没有其他动机。现在，已经准备好流血的两派之间已经看不出什么区别了，因为虽然双方都不愿意服从对方，但他们都随时准备服从温莎伯爵。

然而，仍有一伙人与其他人隔绝开来，他们既不认同阿德里安到来时人们所表现出的喜悦，也不愿接受那如同甘露般抚慰同胞内心的和平精神。领头的是一个身材魁梧、面色黝黑的人,他恶狠狠的目光幸灾乐祸地打量着追随者们严厉的神情。迄今为止,他们一直无所作为,但现在,他们发现自己被遗忘在这普天同庆的日子里了,于是他们带着威胁的姿态向前走去。我们的同人之前仿佛在轻率地相互对抗,只需一句话就能让他们意识到他们的目标是一致的。他们彼此间的怒火,与他们对这些分离主义者缓慢燃烧的仇恨相比,简直是草芥之火。这些分离主义者攫取了未来世界的一部分,在那里巩固他们自己,并对地球上普通的孩子们发出可怕的攻击和骇人听闻的谴责。选民小军队的第一次前进唤醒了他们的愤怒。他们握紧了武器,等待着他们的领袖发出开始进攻的信号,这时,阿德里安清脆的声音传来,命令他们后退。我们的朋友们带着混乱的杂音匆忙后退,就像海浪从它刚刚覆盖过的沙滩上哗哗退去一样,他们服从了。阿德里安一个人骑着马冲进了对阵双方之间的空地。他走近敌军首领,请求他效仿自己的榜样,但他的眼神没有得到回应,首领继续前进,后面跟着他的整支部队。其中有许多妇女,她们似乎比男性同伴更加急切和果断。她们围着首领,好像要保护他一样,同时大声地向他表示各种神圣的敬意和崇拜。阿德里安在半路上遇到了他们,双方停下脚步,他说:"你们想要什么?是什么我们不肯给,而你们却不得不通过武器和战争获得的东西吗?"

回答他问题的是一片呼喊声,其中只有选举、罪恶和上帝的红色右臂这几个词。

阿德里安看着他们的领袖说:"你就不能让你的追随者安静下来吗?你知道,我的人都听我的。"

那个家伙用蔑视的眼神回答。然后,也许是害怕他的人成为他所期待的辩论的旁听者,他命令他们退后,自己走了过去。"我再问一遍,"阿德里安说,"你要求我们做什么?"

"忏悔,"那人回答道,说话时他的眉毛上聚集着阴云,"服从至高无上者的旨意,向他的选民昭示。不信的世代啊,我们岂不是都因你们的罪孽而死,难道我们没有权利要求你们悔改和顺从吗?"

"如果我们拒绝呢?"对手温和地问道。

"那你可得小心了,"那人喊道,"上帝会听到你们的声音,他会在愤怒中击碎你们的铁石心肠。他的毒箭会飞来，他的死亡之犬会放出！我们不会不明不白地灭亡，当我们的复仇者带着可见的威严降临，在你们中间散播毁灭时，他将是多么强大啊！"

"我的好伙伴，"阿德里安平静而又轻蔑地说，"我只希望你是无知的，我想向你证明你说的是你不懂的东西并不是一件难事。不过，在这个场合，我只要知道你对我们没有任何要求就足够了。上天作证，我们对你也没有任何要求。"他指着地下说："在那里，我们将无法争吵，而在这里，我们却不必争吵。回家吧，或者留下来，用你们自己的方式向你们的上帝祈祷。你们的朋友也可以这样做。我的祝愿是和平与善意，是顺从与希望。再会！"

他向正要回答的愤怒的争论者微微鞠了一躬，然后调转马头，沿着圣霍诺尔街走去，并呼唤他的朋友们跟上他。他慢慢地骑着马，以便让所有人都有时间到路障处与他会合，然后发布命令，让那些服从他的人在凡尔赛会合。与此同时，他留在巴黎城墙内，直到确保所有人安全撤退。大约两星期后，其余的移民从英格兰抵达凡尔赛，他们都回到了凡尔赛。大特里亚侬宫为护国公一家准备了居室，在经历了这些事件的激动之后，我们在那里享受着已故波旁王朝的奢华。

第五章

　　经过数日的休整，我们召开了一次会议，商讨了未来的行动计划。最初的计划是离开寒冷的故土，为我们所剩无几的同伴寻觅南方气候的舒适与惬意。我们并没有确定任何地点作为我们流浪的终点，但我们的想象中浮现出一幅幅模糊的画面：永恒的春天、芬芳的树林和波光粼粼的溪流，吸引着我们继续前行。由于种种原因，我们不得不滞留在英国，此时已至二月中旬。如果我们继续执行原来的计划，会发现自己的处境比以前更糟，因为我们已经从气候温和的地方换到了炎热难耐的埃及或波斯。鉴于天气持续恶劣，我们不得不调整计划。最终决定在当前驻地等待春季到来，重新规划行程，以便在瑞士冰谷度过炎热的夏季，将南下之旅推迟至来年秋季——如果我们还能见证那样的季节更替。

　　凡尔赛城堡和凡尔赛小镇为我们提供了充足的住宿，觅食队轮流为我们提供食物。这些世界上最后的种族所处的境况十分奇特，令人震惊。起初，我把它比作一个远渡重洋的殖民地，第一次扎根于一个新的国家。但是，哪里有这种聚居地特有的喧闹和勤劳？哪里有足够遮风挡雨的简陋住所？哪里有划出田地？哪里有尝试耕种？哪里有发现未知动物和草药的强烈好奇心？哪里有为了探索这个国家而进行的远足？我们的住处就是宫殿，我们的食物都储存在粮仓里，不需要劳动，不需要好奇心，不需要急于求成。如果我们能确保现有人员的生命安全，我们的会议就会更有活力和希望。我们本应该讨论一下，人类现有的生活必需品什么时候不能满足我们的需要，到那时我们应该采取什么样的生活方式。我们本应更仔细地考虑我们未来的计划，并就我们未来的居住地展开辩论。但夏天和瘟疫近在眼前，我们不敢瞻前顾后。每个人的内心都因娱乐的念头而感到痛苦。即使我们社区中年轻的成员在青春活力的驱使下，想要通过舞蹈或歌唱来驱散这忧郁的时光，他们也会突然停下，因为看到某个因悲伤和失去而无法参与欢庆的同伴投来哀伤的目光或发出痛苦的叹息。就算我们的屋檐下还回荡着欢声笑语，我们的心中却没有一丝喜悦。每当我偶然目睹这种消遣的尝试时，我心中的悲哀有增无减。在追逐欢愉的人群中，我闭目凝思，眼前浮现那幽暗洞穴，伊德里斯的遗骸长眠于此，死者们在寂静中安眠腐朽。当我重返现实，无论是吕底亚长笛最柔美的旋律，抑或优雅舞姿的和谐交织，在我眼中皆如魔鬼谷中的邪魔之歌，宛如群蛇环绕魔法阵的狂舞。

　　当我摆脱了与人群打交道的义务，可以在孩子们居住的亲爱的家中安息时，我感到了最美好的平静时光。我说的是孩子们，因为最温柔的父爱将我和克拉拉紧紧联系在一起。她已经十四岁了。忧伤和对周围景象的深刻洞察，平复了少女躁动不安的心灵，而对她崇拜的父亲的怀念，对我和阿德里安的尊敬，在她幼小的心灵中植入了崇高的责任感。虽然她很严肃，但她并不悲伤。我们年轻时都有一种急切的愿望，那就是振翅高飞，伸长脖子，以便更快地踮起脚尖，跃上成熟的高峰。她把对父母满溢的爱和对在世亲人的关注都用在了宗教上。这是她心中隐秘的律法，她以孩童的矜持将其隐藏，并因其隐秘而倍加珍惜。她的爱，她的温柔，她的信任，自幼便在激情与不幸的汪洋中颠簸，却在万事万物中窥见神迹的痕迹，她最大的愿望便是让自己能为她所崇敬的神力所接纳。伊夫林只有五岁，他快乐的心无法承受悲伤，他用天真无邪的欢笑活跃着我们的家。

　　年迈的温莎伯爵夫人已经从她的权力、地位和辉煌的梦想中跌落下来。她突然坚信，爱情是生活中唯一的美好事物，美德是唯一能让人变得高贵、富有的东西。她被忽视的女儿死不瞑目的嘴唇给她上了这样的一课。于是，她以自己性格中所有的火热激情，全身心地投入到争取家庭残余成员的感情中去。早年间，阿德里安对她心生寒意，虽然他对她保持着应有的尊重，但她的冷漠，加上对失望和疯狂的回忆，让他在与她相处时甚至感到痛苦。她看到了这一点，但仍决心赢得他的爱，这一障碍反而激起了她的野心。正如德意志皇帝亨利在教皇利奥门前的雪地里躺了三个冬日昼夜一样,她也谦卑地等在他冰冷的心门前,直到他——这位爱的仆人和温柔的王子——为她敞开心扉,满怀热忱和感激,向她献上她应得的孝心。她的理解力、勇气和心智,都成为他强有力的助手,帮助他完成统治骚动人群的艰巨任务。

在这段时间里,扰乱我们安宁的主要是冒牌先知及其追随者。他们继续住在巴黎,但他们中的传教士经常造访凡尔赛——无论多么虚假的断言,只要他们极力渲染,就会使无知和恐惧的人轻易相信,他们的力量就是如此强大,以至于他们毫不费力就能从我们中间吸引一些人加入他们的党派。我们不禁想到,当我们在夏天来临之际向瑞士进发时,我们的同胞会处于怎样的悲惨境地,而我们身后的一群被蒙蔽的人却落到了他们的恶毒首领手中。我们感到自己的人数太少了,而且预计人数还会减少,这使我们倍感压力。虽然我们的队伍中多了一个人是值得庆幸的事情,但如果能把那些现在虽然自愿被囚禁,但却在囚禁下呻吟的受害者从迷信和无情暴政的有害影响中解救出来,那将是一件令人欣慰的事情。如果我们认为这位传教士真诚地相信他自己的谴责,或者在行使他的假定权力时只是出于适度的善意,我们就应该立即向他求助,并用我们最好的论据来感化他的观点。但是,他受到野心的唆使,他想统治这些从死亡的襁褓中最后挣扎出来的人。他的计划发展到如此地步,以至于他盘算着,如果从这些被碾碎的残骸中,有少数人幸存下来,从而出现一个新的种族,那么,他只要紧紧抓住信仰的缰绳,就可以作为一个族长、一个先知,甚至一个神灵,被后瘟疫时代的人们所铭记。就像古代后迪卢维人中的征服者朱庇特、法律制定者塞拉皮斯和保护者毗湿奴一样。这些观念使他在统治中表现得非常顽固,对任何妄图与他分享他的帝国的人都怀有强烈的仇恨。

一个奇怪但无可争议的事实是,一个热心行善、耐心、通情达理、温文尔雅、不愿使用真理之外的其他论据的慈善家,对人们思想的影响力要小于一个贪婪自私、拒绝采取任何手段、唤起任何激情、散布任何谬误以促进其事业的人。自古以来皆如此,如今这种对比更显悲剧性:一方能够唤起令人心碎的恐惧与超凡的希望,而另一方却难以给予希望,更无法通过想象来减轻自身首先产生的恐惧。传道者说服他的追随者，他们能否躲过瘟疫，他们的孩子能否得救，他们的后代能否崛起为一个新的种族，都取决于他们对他的信仰和服从。他们贪婪地吸收着这种信仰，他们过度的轻信甚至使他们急于让别人皈依同样的信仰。

如何从这种欺诈联盟中引诱人，是阿德里安经常思考和讨论的话题。他为此制订了许多计划，但他为自己的部队忙得不可开交，以确保他们的忠诚和安全。除此之外，这位传教士既谨慎小心，又残酷无情。他的受害者们生活在最严格的规则和法律之下，这些规则和法律要么把他们完全囚禁在杜伊勒里宫，要么把他们放出来，他们的人数之多，领导之严明，让人无法与之发生争执。不过，其中有一个人我决心要救她，我们在幸福的日子里认识了她，伊德里斯很爱她。她天性善良，被这个无情的食人者当作牺牲品，实在令人惋惜。

这个人的麾下有两三百人。其中半数以上是妇女，约有五十名各年龄段的儿童，男子不超过八十人。他们大多来自社会底层，当时还存在这种区别。例外的是一些出身高贵的女性，她们惊慌失措，被悲伤驯服，加入了他的行列。其中有一位女性，年轻、可爱、热情，她的善良使她更容易成为受害者。我在前面提到过她——朱丽叶，她父母最小的女儿，现在是利尔公爵府唯一的遗孤。有些人，命运似乎偏偏选中了她，将愤怒毫无节制地倾注在她的身上，甚至让她的嘴唇都沐浴在痛苦之中。命运多舛的朱丽叶就是这样一个人。她失去了溺爱她的父母，她的兄弟姐妹，她年轻时的伙伴。他们一下子从她身边被夺走了。然而，她又敢说自己是幸福的。与她的爱慕者结合，与拥有并充满她整个心灵的他结合，她屈服于爱的力量，只知道并感受到他的生命和存在。就在她满心欢喜地迎接母性的降临时，她生命中唯一的支柱却倒下了，她的丈夫死于瘟疫。有一段时间，她一直沉浸在精神错乱之中。孩子的出生让她重新认识了残酷的现实，但同时也给了她一个可以同时保持生命和理智的对象。她的亲朋好友都去世了，她陷入了孤独和贫困之中。深深的忧郁和愤怒的急躁扭曲了她的判断力，以至于她无法说服自己向我们透露她的苦恼。当她听到普遍移民的计划时，她决心和她的孩子一起留在广阔的英格兰，按照命运的安排，在她爱人的坟墓旁生活或死去。她把自己藏在伦敦许多空房子中的一间里。正是她在十一月二十日那个致命的日子里救了我的伊德里斯，我当时正处于危险之中，而伊德里斯随后又病倒了，这使我们忘记了我们这位不幸的朋友。然而，这种情况使她再次与同类接触。她的婴儿的一场小病向她证明，她与人类之间仍有一条坚不可摧的纽带。保护这个小生命成了她的目标，她加入了第一批前往巴黎的移民队伍。

她成为卫理公会传教士的易得之物；她敏感而深重的恐惧使她容易受到各种感召；对孩子的挚爱让她迫切地想抓住任何可能拯救他的一线希望。她的心智一旦失衡，又被最粗暴不和谐的手重新调校，便变得轻信起来：她美若神话中的女神，嗓音甜美无双，燃烧着新生的热忱，最终成为这群选民领袖的坚定信徒与得力助手。我们在旺多姆广场相遇的那天，我在人群中注意到了她，突然想起在十一月二十日那晚，她对我迷路的孩子伸出援手的情景，我为自己的疏忽和忘恩负义感到愧疚，并感到自己必须不遗余力地采取任何手段，让她回到更好的自己身边，把她从虚伪的毁灭者的魔爪下拯救出来。

在我的故事的这个阶段，我不想记录我为了进入杜伊勒里宫的庇护所所使用的手段，也不想乏味地叙述我的计谋、失望和毅力。最后，我终于成功地进入了杜伊勒里宫，并在大厅和走廊里漫步，迫切希望找到我选定的皈依者。傍晚时分，我想方设法悄无声息地混进了会众中间，聆听他们的先知狡猾而雄辩的演说。我看到朱丽叶在他身边。她的黑眼睛里闪烁着令人恐惧的疯狂的光芒，紧紧地盯着他。她怀里抱着还不到一岁的婴儿，只有照顾婴儿才能分散她的注意力，使她不再热切地听讲。布道结束后，会众散去，所有人都离开了礼拜堂，只有我寻找的这位女士除外。她的孩子已经睡着了，于是她把孩子放在一个垫子上，她坐在旁边的地板上，看着孩子安详地睡着。

我向她表明了自己的身份。一时间，自然的感情让我产生了一种欣喜的情绪，但当我热情地劝说她陪我一起逃离这个迷信和苦难的巢穴时，这种情绪又消失了。顷刻间，她又陷入了狂热的谵妄之中，要不是她温柔的天性不允许，她一定会对我大加斥责。她恳求我，命令我离开她。"当心啊，当心，"她喊道，"趁你还能逃出去的时候快跑吧。现在你安全了，但奇怪的声音和灵感不时向我袭来，如果永恒之神用可怕的低语向我透露他的旨意,为了救我的孩子,你必须被献祭,我会召来你所说的暴君的随从,他们会把你撕成碎片,我也不会用一滴眼泪来祭奠伊德里斯所爱的人的死亡。"

她说得很匆忙,声音嘶哑,神情狂野。她的孩子醒了,受了惊吓,开始哭泣。每一声啜泣都让这位命运多舛的母亲心如刀绞,她把对孩子的爱称和要我离开她的愤怒命令混杂在一起。如果我有办法,我会不顾一切,用武力把她从凶手的巢穴中拽出来,并相信理智和亲情会治愈她。但我别无选择,甚至连更长时间的挣扎也无能为力。长廊上传来了脚步声,牧师的声音越来越近。朱丽叶紧紧抱着孩子,从另一条通道逃走了。我本想跟着她,但我的敌人和他的随从进来了,我被包围了,成了俘虏。

我回想起那不幸的朱丽叶所带来的麻烦,预感到这个男人的复仇之怒和他的追随者们觉醒的愤怒即将降临在我身上。我被审问了。我的回答简单而诚实。"他自己的话就足以定罪,"那个骗子大声喊道,"他承认他的意图是要引诱我们深爱的教友偏离救赎之路。把他关进地牢!明天就处死他!我们显然被召唤来树立一个可怕的、令人震惊的例子,以警示这些罪恶之子远离我们得救者的庇护所。"

我的内心对他虚伪的行话感到反感,但我不屑与这个流氓进行言语上的斗争。我的回答很冷淡。我想,即使在最糟糕的情况下,一个忠于自己、勇敢而坚定的人也远不会感到害怕,他甚至可以从脚手架的木板上穿过这些误入歧途的疯子。"记住我是谁,"我说,"请放心,我不会不明不白地死去。你们的法律长官,护国公大人,知道我的计划,也知道我在这里。血腥的呐喊会传到他那里,你们和你们悲惨的受害者会长久地哀叹你们即将上演的悲剧。"

我的对手连一个眼神都没有回应。"你们知道自己的职责,"他对同伴们说,"服从吧。"

顷刻间,我摔倒在地上,然后被捆绑起来,蒙上眼睛,匆匆带走。直到我的肢体和视力恢复自由时,我才发现自己成了地牢的囚徒,四周漆黑一片,密不透风。

这就是我试图说服这个犯罪分子改信他教的结果。我无法想象他竟敢置我于死地。然而,我已经落入他的手中。他的野心之路一直是黑暗而残酷的。他的力量建立在恐惧之上，一句话可能会让我死在晦暗的地牢里，无人听见，无人看见，这可能比仁慈的行为更容易说出口。他可能不会冒着被公开处决的危险，但私下暗杀会立刻让我的任何同伴害怕，而不敢再尝试类似的壮举，同时，谨慎的行为路线可能会让他躲过阿德里安的调查和报复。

两个月前，我在一个比现在更阴暗的地下室里，盘算着悄悄地躺下等死，现在我却因命运的逼近而噤若寒蝉。我的想象力忙于塑造即将发生的死亡。他会让我因饥饿而耗尽生命吗？还是说给予我的食物中含有致命的成分？他会在我熟睡时偷袭我，还是让我与谋杀我的人抗争到最后，甚至在我挣扎的时候就知道我一定会被打败？我生活在一个人口减少得连小孩都能算出数目的地球上。我度过了漫长的岁月，死神就在我身边紧紧地盯着我，而他骷髅般的身影不时地在我眼前晃动。我曾以为自己蔑视这个可怕的幽灵，嘲笑他的力量。

任何其他的命运我都会勇敢地去面对，不，是勇敢地去迎接。但是，就这样在午夜时分被冷血的刺客杀害，没有一只友善的手为我合上双眼，也没有人接受我临别的祝福——在战斗、仇恨和憎恨中死去——啊，我的天使之爱，当我已经踏进坟墓的大门时，你为什么要让我起死回生，而现在，我很快又要被抛尸荒野！

几个小时过去了，仿佛几个世纪。如果我能将这段时间里无尽的思绪付诸文字，我将写成卷帙浩繁的书籍。地牢空气潮湿，地板发霉，冰冷刺骨，饥饿也向我袭来，外面没有任何声音。那个恶徒宣称明天我将死去。明天何时到来？难道它已经来临？

我的门即将被打开。我听到钥匙转动的声音，铁栅栏和门闩被慢慢移开。中间的通道被打开了，宫殿内部的声音传到了我的耳朵里。我听到了一点的钟声。我想，他们是来谋杀我的。这个时间不适合公开行刑。我靠在入口对面的墙上。我集结力量，鼓起勇气，我不会成为一个温顺的猎物。门在铰链上慢慢地后退，我准备跳上前抓住闯入者并与之搏斗，直到我看到闯入者是谁，我的想法立刻改变了。是朱丽叶本人。她脸色苍白，浑身颤抖，手里提着一盏灯，站在地牢的门槛上，满脸哀怨地看着我。但一会儿，她又恢复了镇定，无精打采的眼神也恢复了光彩。她说："我是来救你的，维尔尼。"

"还有你自己,"我喊道:"亲爱的朋友,我们真的能得救吗?"

"什么也别说,"她回答道,"跟我来!"

我立刻服从了她。我们迈着轻盈的步子穿过许多走廊,登上几层楼梯,穿过长长的走廊。在走廊的尽头,她打开了一扇低矮的门。一阵急风吹灭了我们的灯,但取而代之的是幸福的月光和敞开的天窗。这时,朱丽叶首先开口说话了:"你安全了,上帝保佑你!再见!"

我抓住她不情愿的手:"亲爱的朋友,误入歧途的受害者,你不打算和我一起逃走吗?你以为我会允许你回去,独自承受那个恶棍的愤怒吗?绝不!"

"不要为我担心,"可爱的姑娘哀伤地回答道,"也不要以为没有我们首领的同意,你就可以离开这些城墙。是他救了你。他把带你来这里的任务交给了我,因为我最了解你来这里的动机,也最能体会他允许你离开的仁慈。"

"那你呢,"我喊道,"难道你就这样被此人愚弄了吗?他生怕我活着成为他的敌人,又担心我死后会有人为我复仇。他赞成这次秘密逃跑,是为了向他的追随者们表明他的一贯作风,但他的内心深处远没有仁慈。你们忘了他的诡计、残忍和欺诈吗?我是自由的,你们也是自由的。来吧,朱丽叶,我们失散的伊德里斯的母亲会欢迎你,高贵的阿德里安会欣然接受你。你会找到和平与爱,以及比狂热主义更美好的希望。来吧,别害怕,用不了多久,我们就会到凡尔赛了。关上这扇罪恶之门吧。来吧,亲爱的朱丽叶,从虚伪和罪恶中走出来,到多情善良的人中间去。"

我说得很匆忙,但充满热情。当我用温柔的暴力把她从门口拉出来时,一些想法,一些对过去青春和幸福场景的回忆,让她倾听并屈服于我。突然,她挣脱开来,发出一声刺耳的尖叫:"我的孩子,我的孩子!他抓走了我的孩子,我亲爱的姑娘成了人质。"

她从我身边飞快地跑进了通道,大门在我们之间关上了。她被留在了这个犯罪分子的獠牙下,成了一个囚徒,继续吸着他恶魔本性中的有害气体。畅通无阻的微风拂过我的脸颊,月亮亲切地照耀着我,我的道路畅通无阻。我庆幸自己逃过一劫,但喜悦中又夹杂着忧郁,于是我又迈开了前往凡尔赛宫的脚步。

第六章

平淡的冬天过去了。冬天，是我们疾病的喘息之机。斜射的光束让黑夜有了更长的统治权，太阳逐渐延长了昼行时间，登上了它最高的宝座，它既是大地新的美丽的培育者，也是她的情人。我们就像退潮时聚集在干涸岩石上的苍蝇一样，肆意地玩弄着时间，任凭我们的激情、希望和疯狂的欲望主宰着我们。现在，我们听到了毁灭之海即将来临的咆哮声，本想在第一波海浪冲过我们之前，逃到某个避风的缝隙里。我们毫不迟疑地下定决心，开始了前往瑞士的旅程。我们急切地想要离开法国。在冰川的冰窖下，在松树的阴影下，松树的枝干被积雪压得摇摆不定。溪流的严寒证明了它的源头是缓慢融化的凝结水。在频繁的暴风雨中，空气可以得到净化，我们应该找到健康，如果健康本身没有疾病的话。

我们迅速开始准备工作。我们现在还没有告别我们的祖国，没有告别我们所爱之人的坟墓，没有告别从幼年起就生活在我们身边的鲜花、溪流和树木。离开巴黎的时候，我们会有小小的悲伤。当我们回忆起我们过去的争论，想到我们留下了一群悲惨的、被欺骗的受害者，在一个自私的冒名顶替者的暴政下屈服，我们会感到羞愧。离开凡尔赛宫的花园、树林和波旁王朝的宫殿时，我们应该感到些许痛苦，因为我们担心这些地方很快就会被死者玷污；而我们期待着比任何花园都可爱的山谷，期待着强大的森林和宫殿，它们不是为凡人的威严而建的，而是大自然自己的宫殿，墙壁是白色的阿尔卑斯山，屋顶是天空。

然而，随着离别的日子越来越近，我们的情绪也越来越低落。可怕的幻象和邪恶的预兆（如果真有这样的事情的话）在我们周围层出不穷，以至于人们徒劳地说——这些都是他们的理由，是理所当然的[1]。

我们觉得这些都是不祥之兆，对未来的事情充满恐惧。夜猫子会在正午的太阳出来之前发出尖锐的叫声，翅膀坚硬的蝙蝠会在美丽的花床周围转来转去，初春的闷雷会惊动万里无云的空气，树木和灌木上会突然出现灭绝性的枯萎病。这些反常却真实的自然现象，其可怖程度远不及全能之恐惧在心中塑造的幻象。有些人看到了送葬的队伍，脸上布满了泪水，泪水掠过花园长长的大道，在夜深人静的时候掀开了沉睡者的窗帘。有些人听到空中传来哀号和哭泣声。一阵阵凄厉的唢呐声在黑暗的夜空中回荡，仿佛天上的神灵在唱着人类的安魂曲。除了恐惧在我们的身体里创造出其他感官，让我们看到、听到和感觉到不存在的东西之外，这一切还有什么呢？这难道不是病态的想象和幼稚的轻信吗？也许是这样的，但最真实的，是这些恐惧的存在，是我们中间那些看到和听到这些事情的人的惊恐的凝视、苍白的面孔——甚至苍白到可怕的地步——以及被令人毛骨悚然的恐惧吓得哑口无言的声音。阿德里安就是其中的一个，他知道这是一种错觉，但却无法摆脱紧紧抓住的恐惧。就连懵懂无知的婴孩也怯生生地尖叫着、抽搐着，承认有看不见的力量存在。我们必须启程：在环境的变迁中，在事业的追寻中，以及在我们仍期望寻获的庇护所中，我们将找到化解这些与日俱增的恐惧的良方。

在集合我们的队伍时，我们发现他们有一千四百人，包括男人、女人和孩子。因此，直到现在，我们的人数都没有减少，只是那些依附于冒牌先知、留在巴黎的人开小差了。大约有五十名法国人加入了我们。我们的行军顺序很容易就安排好了。由于我们的分队战力不强，阿德里安决定将所有人集中在一起。我带着一百多人，作为清道夫先行一步，取道金丘，经欧塞尔、第戎、多尔，翻越汝拉山到达日内瓦。我每走十英里，就会根据城镇或村庄所能接纳的人数作出安排，并留下一名信使和一份书面命令，说明有多少人要在那里驻扎。然后，我们部落的其余人被分成了各

---

[1] 莎士比亚，《尤利乌斯·凯撒》。

五十人的小队，每个小队包括十八名男子，其余的人为妇女和儿童。每支队伍都由一名军官带领，军官手持名单，每天根据名单集合。如果大部队在晚上被分开，那么早上在车厢里的人就会等待后面的人。在前面提到的每一个大城镇，我们都要集合。主要官员将召开会议，商讨大局。正如我所说的，我先走，阿德里安最后。他的母亲带着克拉拉和伊夫林也留在他身边。我们的顺序就这样确定了，我出发了。我的计划是一开始不超过枫丹白露，过几天再去那里与阿德里安会合，然后再向东逃亡。

我的朋友陪我从凡尔赛走了几英里。他愁眉不展，用一种不习惯的惆怅语气祈求我们早日到达阿尔卑斯山，同时还对我们仍没有到达那里表示徒然的遗憾。"既然如此，"我说，"我们可以加快行军速度。为什么要坚持一个你已经不赞成的拖延计划呢？"

"不，"他回答说，"现在太晚了。一个月前，我们还能当家作主。而现在——"他把脸转向我，虽然暮色已经遮住了他的表情，但他还是把脸转得更远了，他补充说："昨晚有人死于瘟疫！"

他说话的声音很低沉，然后突然紧握双手，惊呼道："我们所有人的最后时刻来得太快了，太快了。就像星星在太阳面前消失一样，瘟疫的逼近也将毁灭我们。我已经尽了最大的努力。我用紧握的双手和微弱的力量，抓住了瘟疫战车的车轮。但它拖着我，像一辆大卡车一样，碾碎了所有在生命之路上前行的人。要是一切都结束了——要是它的游行能够成功，我们就能一起进入坟墓了！"

泪水从他的眼中流出。他继续说道："悲剧将一再上演；我必须再次听到垂死者的呻吟，幸存者的哀号；再次目睹那些痛苦，这些痛苦在其短暂的存在中包裹着永恒。为什么我被保留下来承受这一切？为什么我这个被污染的羊群中的病羊，没有在最初就被击倒？对于一个凡人来说，承受我所承受的一切是非常艰难的！"

迄今为止，阿德里安一直以不畏艰险的精神，以及对责任和价值的崇高感，完成着他自我规定的任务。我怀着崇敬的心情注视着他，并产生了模仿他的强烈愿望。现在，我对他说了几句鼓励和同情的话。他把脸埋在双手里，一边努力让自己平静下来，一边哽咽着说："上帝啊，在这几个月里，请不要让我的心衰竭，请不要让我的勇气低落，不要让难以忍受的苦难景象使我这个半疯狂的大脑发疯，也不要让我这颗脆弱的心在牢狱中跳动，以致破裂。我相信，我的命运就是引导和统治人类的最后一个种族，直到死亡将我的统治终结。我服从这个命运。"

"请原谅我，维尔尼，我让你痛苦了，但我不会再抱怨了。现在我又变回了我自己，或者说我比我自己更好了。你知道我从小到大，渴望的思想和高涨的欲望是如何与先天的疾病和过度的敏感交战，直到后者成为胜利者。你们知道我是如何将这只虚弱的手放在人类政府废弃的舵柄上的。我时不时地受到波动的侵袭。然而，直到现在，我还觉得好像有一个高尚而又不屈不挠的灵魂在我体内栖息，或者说，它与我弱小的生命融为一体。圣洁的访客已经沉睡了一段时间，也许是为了向我展示，没有它的启示，我是多么的无能为力。然而，仁慈和力量啊，请暂留片刻。不朽的能力啊，请不要蔑视这肉体凡胎的圣殿！只要还有一个同伴能够得到帮助，就请你留下来，支撑起你那支离破碎、正在坠落的动力吧！"

他声情并茂，声音中夹杂着无法抑制的叹息，让我心头一沉。他的眼睛在阴暗的夜色中熠熠生辉，就像两颗人间的星星。他的身形在放大，他的面容在绽放，仿佛在他雄辩的呼吁下，一个超越凡人的灵魂进入了他的身体，让他凌驾于人类之上。他迅速转身向我走来，伸出了手："别了，维尔尼，我亲爱的兄弟，别了。我的脸上不能再有其他软弱的表情，我又活过来了。为了我们的任务，为了我们与不可战胜的敌人的战斗，因为我将与它斗争到底。"

他握住我的手，向我投来比任何微笑都更热切、更生动的目光。然后，他调转马头，用马刺碰了碰马，顷刻间便离开了我的视线。

昨晚有个人死于瘟疫。箭筒没有清空，弓也没有拉开。我们站在原地，帕提亚瘟疫则瞄准射击，它因征服而贪得无厌，被杀的人堆积如山。一种灵魂的病痛袭来，甚至传染给了我的身体机能。我的膝盖磕在一起，牙齿咬得咯咯作响，被突如其来的寒冷凝结成块的血流，痛苦地从我沉重的心头涌出。我并不担心自己，但想到我们甚至无法挽救这些残余分子，我就感到悲哀。我所爱的人可能在几天之内就会像伊德里斯在她的古墓中一样变得泥土般冰冷，身体的力量和精神的能量也无法抵挡这一打击。一种堕落感笼罩着我。难道上帝创造了人，到头来只是为了让他在健康的大自然中腐朽与土地融为一体吗？难道对造物主来说，人的价值还不如一穗枯萎的玉米？我们骄傲的梦想就这样消逝了吗？我们的名字被写成"比天使略低一等"。看啊，我们不过是昙花一现。我们曾自称为"动物的典范"，而现在，我们却成了"尘埃的精华"。我们惋惜金字塔的寿命比其建造者的尸体还长。唉！我们在路上经过的牧羊人的草屋，其结构中包含着比整个人类更长寿的原理。如何调和这一令人遗憾的变化与我们过去的愿景和显见的能力？

突然，一个清晰的内在声音似乎在说："自永恒以来，这一刻就被注定了，承载时间的骏马将其锁链相连，自虚无中诞生了它的重负。你是否想逆转必然性的不可更改的法则？"

世界之母，万能者的仆人！永恒不变的必然性！她用忙碌的手指编织着事件不可分割的链条！我不会对你的行为喃喃自语。如果我的人类思维无法承认一切存在都是正确的，但既然存在就必须存在，我将坐在废墟中微笑。诚然，我们生来不是为了享受，而是为了顺从和希望。

如果我详细描述我们从巴黎到日内瓦的漫长旅途，读者会不会感到厌倦？如果我用日记的形式，一天一天地记录下我们命运中的种种苦难，我的手能写得出来吗，我的语言能表达得出来吗？耐心点，哦，读者！不管你是谁，不管你住在哪里，不管你是精神上的种族，还是从某对幸存的人身上生出的，你的本性都是人类，你的居住地都是地球。你会在这里读到已灭绝的种族的行为，你会惊奇地问，那些遭受了你所记录的苦难的人，是否也像你一样有着脆弱的肉体和软弱的组织。没错，他们是——因此，你会哭泣。因为，孤独的你肯定有着温柔的性格。你会流下同情的泪水。但同时，你也会关注这个故事，了解你的前辈们的行为和苦难。

然而，我们在法国经历的最后事件充满了奇异的恐怖和阴郁的苦难，以至于我不敢在叙述中停顿太久。如果让我逐一剖析，每一个细小的片段都会包含一个令人痛心的故事，其中最细微的字眼都会让你年轻的血管里的血液凝固。我理应为你树立起这座前人的丰碑，但我不应该把你拉进医院的病房，也不应该把你拉进灵堂的密室。因此，这个故事将迅速展开。毁灭的画面，绝望的图景，死亡最后胜利的队伍，将在你面前拉开，就像北风拂过天空的绚烂一样迅速。

杂草丛生的田野、荒凉的城镇、无骑手的马匹狂奔而来，这些都已成为我眼中的习惯。还有更可怕的景象，那就是未被埋葬的死者，以及散落在路边和曾经常去的居民区台阶上的尸体。

在炙热的阳光下，白骨开始生长，

并在黑色的尘土中腐烂。[1]

这样的景象——啊，呜呼哀哉！已经变得如此熟悉，以至于当我们经过它们时，已经不再噤若寒蝉，也不再鞭策我们被刺痛的马匹突然加速。法国在其最辉煌的时期，至少我们所经过的那部分，曾是一片经过耕作的荒漠，缺乏围栏、农舍，甚至农民，这对来自阳光明媚的意大利或繁忙的英格兰的旅行者来说是令人沮丧的。然而，城镇却频繁而热闹，木鞋农民的热情礼貌和随和微笑让忧郁的旅人重拾好心情。如今，老妇人不再坐在门口纺纱，瘦弱的乞丐也不再用谄媚的言辞乞讨；节日里，农民们也不再以缓慢优雅的步伐穿梭于舞蹈的迷宫中。寂静，死亡的忧郁伴侣，伴随他从一个城镇到另一个城镇，穿越这片广阔的区域。

我们到达了枫丹白露，并即刻准备接待我们的朋友。晚上集合时，发现少了三个人。当我询问他们的下落时，与我交谈的那个人说出了"瘟疫"这个词，并抽搐着倒在了我的脚下。他也被感染了。我周围的人都面露难色。因为在我的队伍中，有不知多少次越过战线的水手，有在俄国和遥远的美洲遭受过饥荒、严寒和危险的士兵，还有更强壮的人，他们曾经是我们这个过度生长的大都市的夜间掠夺者。他们从摇篮里就被培养出来，看到整个社会的机器都在为毁灭他们而工作。我环顾四周，看到所有人的脸上都写满了惊恐和绝望。

我们在枫丹白露度过了四天。在此期间，阿德里安和我们的朋友都没有出现。

---

[1] 埃尔顿对赫西俄德《赫拉克勒斯之盾》的翻译。

我自己的部队也骚动起来。到达瑞士，跳进雪河，住进冰窟，成了所有人的疯狂愿望。然而，我们答应等伯爵来，他却没有来。我的团队要求向前推进——如果我们可以称之为叛乱的话，那不过是抛弃稻草般的枷锁，这种现象在他们中间显然出现了。他们会在没有领导者的情况下立即行动。唯一的安全机会，唯一能使我们免受各种难以形容的痛苦的希望，就是我们团结在一起。我告诉他们这一点，而他们中最坚定的人却闷闷不乐地回答说，他们可以照顾好自己，并用嘲笑和威胁来回答我的请求。

终于，在第五天，阿德里安的信使带着信来了，信中指示我们前往欧塞尔，在那里等他，他会推迟几天到达。这就是他公开信的主旨。他私下给我的信则详细叙述了他处境的困难，并让我自己决定如何安排未来的计划。他对凡尔赛事态的描述很简短，但他的信使的口头传达填补了他的遗漏，并向我表明，最可怕的危险正在他身边聚集。起初，瘟疫的再次爆发被隐瞒了下来。但随着死亡人数的不断增加，这个秘密被泄露了，已经造成的破坏也被幸存者的恐惧夸大了。人类的敌人——可恶的冒牌先知的一些使者在幸存者中间灌输他们的教义：只有服从他们的首领，才能确保安全和生命。他们取得了巨大的成功，很快，大部分人、意志薄弱的妇女和卑鄙无耻的男人都不想去瑞士了，而是想回到巴黎，打着所谓先知的旗号，懦弱地崇拜邪恶的原则，以求从即将到来的死亡中获得喘息的机会。这些相互冲突的恐惧和激情所引起的不和谐和骚动，使阿德里安无法脱身。这需要他追求目标的热情和面对困难的耐心，来安抚和激励他的一些追随者，以抵消其余人的恐慌，并引导他们回到只有这样才能获得安全的途径上来。他本想立即追随我，但这一打算落空了，于是他派信使催促我确保我自己的部队与凡尔赛保持一定距离，以防止叛乱的影响波及他们。同时，他承诺一旦出现有利时机，他将与我会合，通过这种方式，他可以使移民的主力部队摆脱目前受到的邪恶影响。

这些信件让我陷入了最痛苦的不确定状态。我的第一反应是，我们应该全部返回凡尔赛，在那里协助我们的首领脱离险境。于是，我召集了我的部队，向他们建议采取这种倒退行动，而不是继续前往欧塞尔。他们异口同声地拒绝了。他们中间流传着这样一种说法：只有瘟疫的肆虐才会让护国公滞留；他们反对护国公下令接受我的请求；他们下定决心，如果我拒绝随行，他们就不等我了。这些卑鄙小人根本不听我的辩解和劝告。瘟疫导致他们自己的人数不断减少，这让他们更加不喜欢拖延；而我的反对只会让他们的决心陷入危机。当天晚上，他们向欧塞尔出发了。他们发过誓，就像士兵向将军宣誓一样：他们违背了誓言。我也曾发誓不抛弃他们。在我看来，以他们违背我的誓言为理由是不人道的。导致他们反抗我的同样的精神，也会促使他们互相抛弃。以他们现在这种无秩序、无首领的阵容出行，后果将是最可怕的苦难。这些想法一时占据了上风。顺从这些想法，我和其他人一起向欧塞尔进发。当晚，我们到达了维伦纽瓦·拉吉亚尔。这个小镇距离枫丹白露有四个驿站。当我的同伴们都去休息了，只剩下我一个人对我收到的关于阿德里安的情报进行思考和反省时，我对这个问题有了另一种看法。我在做什么，我现在行动的目的是什么？显然，我是要带领这群自私自利、无法无天的人前往瑞士，留下我的家人和我选中的朋友，他们每时每刻都面临着死亡的威胁，我可能再也见不到他们了。难道我的首要职责不是协助护国公，树立忠于职守的榜样吗？在我所处的这种危机时刻，要平衡好相互对立的利益是非常困难的，即使我们在考虑牺牲时，我们的倾向也会固执地表现出自私自利的样子。在这种时候，我们很容易在这个问题上做出妥协，这就是我现在的办法。我决定当晚就骑马前往凡尔赛，如果我发现事态没有我现在认为的那么严重，我就会立即返回部队。我隐约觉得，我到了凡尔赛，会引起或多或少的轰动，我们可以从中获益，以引导摇摆不定的众人前进，至少不能耽误时间。我去了趟马厩，给我最喜欢的马套上马鞍，然后跳上它的马背，没有给自己进一步思考或犹豫的时间，就离开了维伦纽夫·拉吉亚尔，返回凡尔赛。

我很高兴能从我的叛军中逃脱，并暂时忘却了邪恶与善良的争斗，前者永远是胜利者。对阿德里安命运的不确定性几乎让我发疯，除了可能失去或保住我这位无与伦比的朋友之外，我对任何事情都变得漠不关心。我怀着沉重的心情，希望通过快速赶路来寻求安慰，于是连夜骑马赶往凡尔赛。我策马疾驰，马儿四肢灵活，昂首挺胸。星群迅速掠过，每一棵树、每一块石头、每一个地标都在我前进的道路上迅速消失。我低下头，迎着凛冽的寒风，风吹过我的额头，凉爽无比。当我看不见维伦纽夫·拉吉亚尔时，我忘记了人类的悲惨遭遇。我想，能活着就已经足够幸福了，还能欣赏到青翠覆盖的大地、繁星闪烁的天空，以及给整个大地带来生机的不紧不慢的风。我的马渐渐累了，而我却忘记了它的疲惫，仍然在它落后的时候，用声音为它加油，用马刺催促它。它是一匹英勇的牲口，我绝不会用它置换别的牲口，让它一去不复返。整整一夜，我们都在前进。早上，它意识到我们已经接近凡尔赛了，为了到达它的家，它鼓足了全身的力气。可怜的家伙，当我在城堡门口下马时，它跪在地上，眼睛被一层薄膜蒙住，侧身倒下，几声喘息使它高贵的胸膛膨胀起来，然后它就死了。我目睹他在痛苦中离世，那种痛苦连我自己都无法理解。那阵痉挛就像肢体在极度折磨中被撕裂一般，虽然剧烈却转瞬即逝。我马上忘记了它。当我迅速穿过敞开的大门，登上这座胜利城堡的雄伟阶梯时，我听到了阿德里安的声音——傻瓜啊！我听到了他的声音，并以抽搐的尖叫声回应他。我冲进了赫拉克勒斯厅，他站在那里，被一群人簇拥着，他们的目光惊奇地投向我，提醒我在世界舞台上，一个男人必须抑制这种少女般的放纵。我本愿倾尽一切去拥抱他，但我不敢——一半是因为疲惫，一半是出于自愿，我全身心地躺在地上——我是否敢向这孤独的温柔后代揭示真相？我这样做，是为了亲吻他所踏过的这片珍贵而神圣的土地。

　　我发现一切都处于骚乱之中。选民领袖的一名使者被他的首领和自己狂热的信条煽动起来，企图谋杀这位保护者和迷失人类的守护者。我到达城堡时听到的喧闹声，以及我在赫拉克勒斯厅看到的混乱人群，都是由这一情况引起的。虽然迷信和恶魔般的狂怒在移民中悄然滋生，但仍有一些人忠实于他们高贵的首领。许多人的信仰和爱因恐惧而松懈，但这一可恶的企图又重新点燃了他们潜在的感情。忠实的胸膛组成的方阵将他团团围住。这个可怜虫虽然被囚禁在束缚中，却炫耀着自己的计划，疯狂地宣称要戴上殉教的桂冠，如果不是他的目标受害者插手，他早就被撕成碎片了。阿德里安挺身而出，用自己的身体挡住了他，并极力命令他那些被激怒的朋友们屈服——就在这个时候，我进来了。

城堡里终于恢复了纪律与和平。然后，阿德里安一个个地安抚他的追随者们骚动不安的心灵，让他们恢复往日的服从。但是，在这些世界毁灭后的幸存者中间，对立即死亡的恐惧依然弥漫。暗杀未遂所造成的惊恐已经过去，每个人的目光都投向了巴黎。人们是如此喜欢一个道具，以至于他们会倚靠一根尖尖的毒矛；而他，这个冒名顶替者，就是这样一个人，带着对地狱的恐惧，带着他的祸害，带着最贪婪的狼，在一群信以为真的人面前扮演着车夫的角色。

这是一个悬而未决的时刻，甚至动摇了这位不屈不挠的人类朋友的决心。阿德里安曾一度打算屈服，停止斗争，带着几个拥护者退出这群被蒙蔽的人，让他们成为自己激情的牺牲品，也让更可怕的暴君刺激他们。但是，在短暂的意志动摇之后，他又重新鼓起勇气，下定决心，因为他的目标坚定不移，因为他的仁爱精神历久弥新。就在这时，他那可恶的敌人亲手摧毁了他建立起来的统治，这是一个极好的预兆。

阿德里安对人类思想的巨大控制源于他所灌输的教义，即那些相信并追随阿德里安的人是将被拯救的余数，而其余的人类都将走向死亡。现在，在洪水泛滥之时，无所不能的他悔恨自己创造了人类，于是他用洪水，现在又用瘟疫之箭，准备消灭所有的人，除了那些服从他的法令的人。这个人究竟基于什么样的根据，认为自己能够继续维持这种欺骗行为，这一点令人难以理解。他很可能完全意识到，凶残的天性可能会让他的断言成为谎言，他相信，在未来的岁月里，他是被尊为上天的启示，还是被当代垂死的人认作骗子，这已经是一锤定音的事了。无论如何，他决心将这出戏演到最后一幕。当夏天刚刚来临，致命的疾病再次在阿德里安的追随者中肆虐时，这个冒名顶替者兴高采烈地宣布他自己的会众免于这场普遍的灾难。他的话被人相信了。他的追随者们一直被关在巴黎，现在来到了凡尔赛。他们与聚集在那里的懦夫们混在一起，谩骂他们令人钦佩的领袖，声称自己高人一等，可以免于灾难。最终，这场瘟疫虽行进缓慢，却以其无声而坚定的步伐，摧毁了一切幻想，侵袭了这群选民的聚集地，无差别地降下死亡的阴影。他们的首领极力掩盖这一事件。他有几个追随者，这些人只要知道他的邪恶奥秘，就能帮助他实施邪恶的计划。

生病的人被立即悄悄地送走，用绳索和午夜坟墓将他们永远地埋葬了。而对于他们的缺席，则给出了一些似是而非的借口。最终，一位母亲凭借着母性的警觉，克服了被施用的麻醉药物的影响，目睹了他们对她唯一孩子的谋杀企图。她因这恐怖的场景而发狂，本欲冲入被蒙骗的受害者群中，发出凄厉的尖叫，用这魔鬼般的罪行惊醒寂静的夜晚。这时，冒牌先知在最后的愤怒和绝望中，将一把火枪插进了她的怀里。就这样，朱丽叶伤痕累累地死去了，她的衣服上滴着自己的鲜血，怀里抱着被勒死的婴儿，美丽而年轻的朱丽叶向一大群受骗的信徒谴责了他们的领袖的邪恶。他看到她的听众们愕然的神情，从惊恐变成了愤怒——那些已经牺牲的人的名字被他们的亲属附和着，现在他们确信自己失去了亲人。他冲向最前面的一个人，从他腰间夺下一把手枪，嘲讽的大笑声和武器的枪声混杂在一起，他用这把枪自杀了。

他们把他悲惨的遗体留在了原地。他们把可怜的朱丽叶和她孩子的尸体放在了灵柩上，所有人都怀着悲痛惋惜的心情，排着长长的队伍向凡尔赛走去。他们遇到了一些人，他们离开了阿德里安的善意保护，正准备去投奔狂热分子。他们讲述了恐怖故事后，所有人都回头了。就这样，在幸存下来的人数没有减少的人的陪伴下，在他们恢复理智的悲哀标志的引领下，他们终于出现在阿德里安面前，并再次发誓永远服从他的命令，忠于他的事业。

第七章

　　这些事情占据了我们大量的时间,以至于在我们再次开始漫长的旅途之前,六月已经过去了大半。在我回到凡尔赛的第二天,我留在维伦纽夫·拉吉亚尔的六个人抵达了凡尔赛,他们带来的消息说,部队的其他部分已经向瑞士进发了。我们沿着原路前进。

　　时隔不久,回首这段时间,感觉很奇怪,虽然这段时间本身很短,但在实际进展中,却显得漫长无比。到了七月底,我们进入了第戎。七月底,那些小时、白天和星期已经与被遗忘的时间的海洋融为一体,在它们的流逝中,充满了致命的事件和痛苦的悲伤。到七月底,短短一个多月的时间过去了,如果人的生命是以日出日落来衡量的话:遗憾的是,在这段时间里,热情的青年已变得白发苍苍;年轻母亲的红润脸颊上刻下了深深的、无法抹去的皱纹;早年壮年的灵活四肢,如同被岁月的重担压垮般,呈现出老态龙钟的模样。夜幕降临,太阳还未升起就已老去。白昼灼人,远在东方徘徊的夏夜姗姗来迟,无力地为灼人的热浪降温。白天,表盘在正午时分光芒四射,但一小时内它的影子都没有移动过,直到一生的悲痛将受苦受难的人早早送入坟墓。

　　我们有一千五百人离开凡尔赛,于六月十八日出发。我们的队伍很长,其中包含了人类社会中存在的每一种亲情或爱的纽带。父亲和丈夫们带着守护者的关怀,将亲爱的亲人簇拥在身边。妻子和母亲们向身旁的男子汉寻求支持,然后带着温柔的焦虑,将目光投向周围的婴儿队伍。她们很悲伤,但并不绝望。每个人都认为会有人得救。每个人都怀着我们人性中最顽强的乐观主义，相信他们心爱的家庭会是最后一个获救的。

我们经过法国，发现那里已经没有居民了。在较大的城镇里，还有一两个当地人幸存下来，他们像幽灵一样在那里游荡。因此，我们的人数有了小幅增加，而且由于死亡人数的减少，最后我们可以更容易地计算出幸存者的数量。由于我们从未抛弃过任何一个病人，直到他们的死亡允许我们把他们的遗体送进坟墓的庇护所，我们的旅途是漫长的，而我们的队伍每天都会出现一个可怕的缺口——死了几十个、五十几个、几百个。死亡没有怜悯。我们不再期待死亡，每天都怀着可能再也看不到太阳升起的心情迎接太阳。

春天时让我们胆战心惊的神经质恐惧和可怕的幻觉，在这次悲惨的旅途中继续光顾我们这支懦弱的队伍。每天傍晚都会有新的幽灵出现。每一棵枯萎的树上都有一个幽灵的形象。每一片蓬乱的灌木丛中都有一个骇人的形状。随着时间的推移，这些普通的奇迹在我们身上逐渐消失，然后又出现了其他的奇迹。有一次，有人自信地断言，太阳升起的时间比它的节气晚了一个小时。又一次，人们发现太阳变得越来越苍白，影子也出现了不寻常的样子。在人们以前所经历的平静的日常生活中，根本无法想象这些奢侈的妄想会产生如此可怕的后果。事实上，在没有一致的证词支持的情况下，我们的感官是如此不值钱，以至于我费了好大的劲才使自己不相信超自然事件，而我们的大多数人却很容易相信这些超自然事件。作为一群疯子中的一个正常人，我几乎不敢对自己断言，巨大的光环没有发生任何变化——黑夜的阴影中没有无数敬畏和恐怖的身影。或者，风在树上歌唱，或在空荡荡的建筑物周围呼啸，没有哀号和绝望的声音。有时，现实会呈现出鬼魅的形状。当我们发现我们所知道的事实与我们所恐惧的一切幻象明显地混杂在一起时，我们的血液不可能不凝固。

有一次，在黄昏时分，我们看到一个身着白衣的人影在路上走来走去，显然比人类的身材还要高大，时而举起双臂，时而跃到空中一个惊人的高度，然后连续转了几个圈，接着又升到最高处，并猛烈地比画着。我们的队伍时刻准备着发现和相信超自然现象，在离这个身影有一段距离的地方停了下来。随着天色越来越暗，这个孤独的幽灵甚至有些让人难以置信的东西，它的赌博行为如果说不符合精神上的尊严，那也是超越人类能力的。它一会儿跃上半空，一会儿又越过高高的树篱，一会儿又出现在我们面前的路上。当我走过来的时候，观看这场鬼怪表演的人们受到了惊吓，有些人开始逃跑，其他人则紧紧地挤在一起。这个妖怪现在发现了我们。他走过来，当我们恭敬地退后时，他低头鞠了一躬。这一幕连我们这群无助的人都觉得可笑至极，他的礼貌引起了一阵哄堂大笑。然后，作为最后的努力，他再次弹了起来，沉到了地上，在昏暗的夜色中几乎看不见了。这一情况再次在队伍中传播了沉默和恐惧。勇敢的人终于上前，扶起了奄奄一息的可怜人，发现了这疯狂一幕的悲惨原因。这是个歌剧演员，是逃离维伦纽瓦·拉吉亚尔的队伍中的一员。他病倒了，被同伴抛弃。在神志不清的情况下，他妄想自己站在舞台上，可怜的家伙，他垂死的意识急切地接受了人类对他的优雅和敏捷给予的最后掌声。

在另一个时间，我们被一个幽灵困扰了好几天，我们的人称之为黑色幽灵。我们从未见过它，除非在傍晚时分，当它骑着煤黑色的骏马，身穿丧服，头戴黑色羽毛的头饰，显得庄严而令人敬畏。一个目击者说，它的脸色苍白如灰；当时目击者远远落在队伍后面，突然在路的转弯处，看见黑色幽灵向他走来；他因恐惧而躲藏，马和骑士缓缓经过，月光洒在后者的脸上，显露出其超凡脱俗的色彩。有时在深夜，当我们守护病人时，听到有人在镇上疾驰；那是黑色幽灵来预示不可避免的死亡。它在凡人眼中变得高大无比；据说它周围环绕着冰冷的气息；当他被听到时，所有动物都颤抖，垂死的人知道他们的最后时刻已到。死神亲临人间，它断言，以有形之躯降临尘世，一举镇压我们这群日渐稀少的生命，我们是唯一反抗其法则的存在。某日正午，我们在前方道路上发现一团黑影，走近后，目睹这位黑色幽灵从马背坠落，在地上因病痛而痛苦挣扎。他没有活过几个小时，他的遗言揭示了他神秘行为的秘密。他是法国的一位显赫贵族，由于瘟疫的影响，被独自留在了他所在的地区。几个月来，他从一个城镇流浪到另一个城镇，从一个省流浪到另一个省，寻找幸存者作伴，厌恶他被迫忍受的孤独。当他发现我们的队伍时，对传染病的恐惧战胜了他对社交的热爱。他不敢加入我们的行列，但也无法下定决心与我们这些除他之外在广袤而肥沃的法国存在的唯一人类失去联系。于是，他以我所描述的幽灵的姿态陪伴着我们，直到瘟疫将他带入一个更大的群体，即死去的人类。

如果这种虚妄的恐怖能转移我们对更多实际灾难的注意力，那倒也不错。但是，这些罪恶太可怕、太多了，以至于我们生命中的每一个念头、每一刻都无法避免。我们不得不在不同的时间段停下来，一停就是好几天，直到一块又一块的泥土被扔进曾经是我们生命之母的巨大泥土中。就这样，我们在最炎热的季节继续赶路。直到八月一日，我们这些移民——请注意，我们只有八十人——才走进第戎的大门。

我们急切地盼望着这一刻的到来，因为现在我们已经完成了最艰苦的旅程，瑞士近在眼前。然而，我们怎能为这不完美的结果而庆幸呢？难道这些衣衫褴褛、狼狈不堪的可怜人，就是曾经像洪水一样席卷并占领整个地球的人类种族的唯一残余吗？它从亚拉拉特的原始山脉源头清澈无阻地奔流而下，从涓涓细流发展成浩浩荡荡的长河，一代又一代，奔流不息。河水一如既往，但又不断丰富，向着我们现在所到达的茫茫大海席卷而去。当它第一次从没有创造力的虚空中跃入光明时，它只是大自然的玩物，但思想带来了力量和知识。有了这些，人类才有了尊严和权威。这时，它不再只是大地的园丁，也不再是羊群的牧羊人。"它带着威严和雄伟的面孔，它有血统和显赫的祖先，它有肖像画廊、不朽的碑文、记录和头衔"。[1]

这一切都结束了，因为死亡之海已经吸住了松懈的潮水，它的源头已经干涸。我们首先告别了那个存在了数千年、看似永恒的旧秩序。这种秩序涵盖了政体、服从、贸易和社会交往，它塑造了我们的心灵和能力，远溯至记忆所及的最遥远之处。然后，我们告别了爱国热情，告别了艺术，告别了声誉，告别了经久不衰的名声，告别了国名。我们看到了找回我们古老国度的所有希望，除了从过去的残骸中挽救我们个人生命的微弱希望之外，一切希望都已破灭。为了保护这些生命，我们离开了英格兰——不再是英格兰了。因为没有了她的孩子，这个贫瘠的岛屿还能有什么

---

[1] 伯克《对法国大革命的思考与分析研究》。

名字？我们顽强地抓住了最能拯救我们的规则和秩序。我们相信，如果能够保留一个小小的殖民地，那么在某个更遥远的时代，这将足以恢复人类失去的共同体。

但是，游戏结束了！我们都会死去。既不能留下幸存者，也不能继承广阔的地球遗产。我们都会死去！人类这个物种必然灭亡。精巧的身体，奇妙的感官机制，高贵的四肢比例，心灵，都定然灭亡。地球是否仍将保持其在行星中的位置，是否仍将毫无规律地环绕太阳运行，是否仍将四季更迭，树木枝繁叶茂，鲜花吐露芬芳？当人类——这一切的主宰者、拥有者、感知者和记录者——已经逝去，就像他从未存在过一样？哦，这是何等的嘲弄！当然，死亡不是死亡，人类也没有灭绝，而只是变成了其他形状，不为我们的感知所左右。死亡是一扇巨大的门户，是一条通往生命的康庄大道。让我们赶快通过它，让我们不再存在于这活生生的死亡之中，而是向死而生！

自从我们把第戎作为我们前进的驿站以来，我们就以难以言表的恳切心情渴望到达那里。但现在，我们带着比剧痛更痛苦的煎熬进入了它。我们慢慢地但不可逆转地认为，我们尽最大努力也无法保住一个人的性命。于是，我们把手从紧握已久的舵上拿开，而我们漂浮着的这艘脆弱的船，似乎在政府的悬崖勒马下，一马当先地冲向波涛汹涌的黑暗深渊。悲痛欲绝，泪水肆意泛滥，徒劳的哀叹，满溢的柔情，对所剩无几的无价之宝充满激情却毫无结果的依恋，随之而来的是慵懒和鲁莽。

在这次灾难性的旅途中，我们失去了幸存者中所有我们特别眷恋的人，他们都不是我们自己的亲人。在此，我不能仅仅罗列这些损失，但我不能不最后提一下那些对我们来说最重要的人。阿德里安在我们十一月二十日骑马经过伦敦时从被遗弃的境地救出的那个小女孩死在了欧塞尔。这个可怜的孩子和我们感情很深，她的突然离世让我们更加悲痛。早上，我们看到她显然还很健康。傍晚，露西在我们回去休息之前，来到我们的住处，告诉我们她死了。可怜的露西虽然活了下来，但我们到达第戎时，她也没有坚持住而逝去了。她自始至终都在照顾病人，照顾没有朋友的人。她的过度劳累引发了缓慢的发烧，最终导致了可怕的疾病，而疾病的来临很快让她摆脱了痛苦。她自始至终都以她的良好品质，她随时随地、愉快地履行每一项职责以及对每一次逆境的温和默许而受到我们的爱戴。当我们把她送进坟墓的时候，我们似乎同时也向她身上那些女性特有的美德作了最后的告别。虽然她没有受过教育，也不善言辞，但她却以忍耐、宽容和甜美而著称。她的忍耐、宽容和甜美是她的特质，这些英国人特有的品质再也不会在我们身上重现了。这位我的同胞中最值得钦佩的典范，被埋葬在荒凉的法兰西草地上。我们永远失去了她的踪影，就像第二次与国家分离。

我们住在第戎期间，温莎伯爵夫人去世了。一天早晨，我得知她想见我。她的消息让我想起，距离我最后一次见到她已经过去了好几天。在我们的旅途中，这样的情况经常发生，当时我留在后面，看着我们无助的战友的最后一刻，而大部队的其他人则在我面前走过。但是，她的信使的举止让我怀疑一切都不对劲。任性的想象力让我猜想是克拉拉或伊夫林出了什么事，而不是这位年迈的女士。我们时刻紧绷的神经需要恐惧来维系。在这个时代，年长者先于年轻人离世似乎太过自然，与过往经历何其相似。我发现伊德里斯尊贵的母亲躺在一张沙发上，高大憔悴的身躯伸展开来。她的面容消瘦，鼻子轮廓鲜明，一双深邃的大眼睛空洞无神，闪烁着日落时分雷云边缘的光芒。除了这些光芒，所有的东西都干瘪了。她不时地对我说话的声音也发生了可怕的变化。她说："我恐怕我太自私了，在老太太死之前让你再去看望她，但如果只是突然听说我死了，也许比能亲自看到我死的样子更让人震惊。"

我紧紧握住她干瘪的手，问道："您真的病得很重？"

她回答说："真奇怪，我早该料到会这样，但我承认我没有意识到这一点。在过去的几个月里，我从来没有珍惜过生命，也没有享受过生命，而我却毫无知觉地抛弃了那些人，人不会一下子死去的。我很高兴，我不是瘟疫的受害者。如果这个世界还像我年轻时那样，我可能早就死了。"

她说得很艰难，我感觉到她对死亡的必然性感到遗憾，甚至比她愿意承认的还要遗憾。然而，她不必抱怨生命的无谓缩短，她消瘦的身躯表明，生命已经自然而然地结束了。起初只有我们两个人，现在克拉拉进来了。伯爵夫人微笑着转向她，握住了这个可爱孩子的手。她那玫瑰色的手掌和雪白的手指，与她年迈的朋友那松弛的皮肤和枯黄的色调形成了鲜明的对比。她俯身亲吻她,年轻饱满的嘴唇触碰着对方枯萎的唇。"维尔尼,"伯爵夫人说,"我不需要向你过多褒奖这位亲爱的姑娘,为了你自己,你会保住她的。如果这个世界还像以前一样,我就会有千百种贤明的预防措施,让如此敏感、善良、美丽的人能够躲过那些曾经潜伏着想要毁灭这般美丽和优秀的危险。现在这些都不重要了。"

"我的好'护士',我把你托付给你舅舅照顾。我把我最美好的遗物托付给你。阿德里安,亲爱的,就像你对我一样,在他弥留之际,用你活泼的谈吐化解他的悲伤。用你清醒而充满灵感的谈话抚平他的痛苦,像你对我一样照顾他。"

克拉拉泪流满面。"好姑娘,"伯爵夫人说,"不要为我哭泣。你还有许多亲爱的朋友。"

"但是,"克拉拉哭着说,"你说他们也要死了。这太残酷了。如果他们都死了,我还怎么活下去?如果我心爱的保护人有可能在我面前死去,我不能照顾他,我也只能死去。"

这位可敬的女士随后只坚持了二十四个小时便离世了。她是将我们与古代事物联系在一起的最后纽带。看着她,我们不可能不想起那些与我们现在的处境格格不入的事件和人物,就像特米斯托克勒斯和阿里斯蒂德斯的争论,或是我们家乡的玫瑰战争一样。英格兰的王冠压在她的眉心,我父亲的记忆和他的不幸,前国王徒劳的斗争,雷蒙德、伊瓦德涅和珀迪塔这些曾在世界上盛极一时的人物的形象,都历历在目。我们依依不舍地把她送进了被遗忘的坟墓,当我从她的墓前转过身来时,雅努斯遮住了他那张回顾的脸,那张凝视后代的脸早已失去了它的能力。

在第戎停留一周期间,我们的团队损失了三十名成员。随后,我们继续沿既定路线前往日内瓦。第二天正午时分,考察队抵达侏罗山脉山麓。由于当日气温过高,我们在此处暂时驻扎。在这里,五十个人——五十个在食物丰富的大地上仅存的人类——聚集在一起,从彼此的神情中读出可怕的瘟疫、虚弱的悲伤、绝望,或者更糟糕的是,对未来或现在的邪恶的漫不经心。我们聚集在这道雄伟的山墙脚下,在一棵舒展的核桃树下;一条湍急的小溪潺潺流过,沁人心脾;忙碌的蚱蜢在百里香丛中鸣叫。我们簇拥着一群可怜的受难者。一位母亲用虚弱的双臂抱着孩子，她的孩子是许多孩子中的最后一个，他炯炯有神的眼睛即将永远闭上。这里的美人，昔日焕发着青春的光彩和意识，如今却憔悴不堪，她跪在地上用不确定的动作为心爱的人扇风，而心爱的人正努力用感激的微笑来描绘他因疾病而扭曲的五官。一个身材魁梧、饱经风霜的老兵准备好饭菜，坐在那里，头垂在胸前，手中那把无用的刀掉了下来，四肢完全放松，因为他想起了失去的妻子、孩子和最亲爱的亲人。他坐在那里，四十年来，他一直沐浴在幸运的阳光下。他握着他最后的希望，他心爱的女儿的手，她刚刚成年。他用焦急的目光注视着她，而她正试图振作起来安慰他。此处，一位忠心耿耿的仆人，虽已奄奄一息，仍在侍奉着一位身体健康的主人。这位主人目睹周遭种种悲惨景象，不禁惊恐万分，喘息不已。

阿德里安靠着一棵树站着。他手里拿着一本书，但目光从书页上移开，寻找我的目光。我们的目光交织在一起，充满共鸣。他的神情承认，他的思绪已经离开了没有生命的印刷品，因为他面前的书页更有内涵，更吸引人。克拉拉和伊夫林在溪边的一个宁静的角落里玩耍，潺潺的溪水轻轻地抚摸着绿色的草地。伊夫林时而追逐一只蝴蝶，时而为他的表姐采集一朵鲜花。他嬉笑的小脸蛋和清澈的眉毛诉说着他胸中跳动的那颗轻盈的心。克拉拉虽然努力让自己投入到他的娱乐中，但在转过身来观察阿德里安和我时，却常常忘记了他。她现在已经十四岁了，虽然身高已长得像个女人，但仍保持着稚气未脱的样子。她对我的儿子扮演着最温柔的母亲的角色。看到她和他一起玩耍，或者默默地、顺从地满足我们的要求，你只会想到她那令人钦佩的温顺和耐心。但是，在她那双柔和的眼睛里，在她那遮住眼睛的薄纱般的眼帘里，在她那清澈的眉毛里，在她那温柔的嘴唇上，都蕴含着一种智慧和美丽，这种智慧和美丽既令人钦佩，又令人喜爱。

当太阳西沉，晚霞渐浓时，我们准备上山。由于要照顾病人，我们的行进速度很慢。蜿蜒曲折的山路虽然陡峭，但视野却很狭窄，只看到岩石嶙峋的田野和山丘，相互掩映着，直到我们继续往上爬，它们才依次显现出来。夕阳西下，我们很少有遮阳的地方，斜射的阳光本能地散发着灼人的热量。有些时候，小困难也会让人不堪重负——正如希伯来诗人所表达的那样，"蚂蚱也会成为累赘"。今天晚上，我们这支命运多舛的队伍也是如此。阿德里安通常是最先振作精神，率先冲向疲劳和困难的人。他四肢松弛，头垂得很低，缰绳松松垮垮地挂在他的手中，他把选择道路的权利交给了马的本能，当陡峭的坡度要求他更小心地保持坐姿时，他时不时痛苦地唤醒自己。恐惧和惊骇笼罩着我。他无精打采的样子是否证明他也被传染了？当我看着这个无与伦比的凡人标本时，我还能感受到他的思想与我的思想相呼应吗？这些肢体还能服从内心善良的灵魂多久？我唯一的朋友眼中的光明和生命还能存在多久？就这样慢慢地踱着，每翻过一座山，又要登上另一座山；每拐过一个弯，又会发现另一个弯，姊妹相依，无休无止。有时，我们中的一个人病倒了，压得整个车队都停了下来；喝水的呼唤声，急切表达的安息愿望；痛苦的呼喊声，哀悼者压抑的啜泣声——这就是我们经过汝拉山脉时的悲哀。

阿德里安先走了。我看到他在因腰带松动而耽搁的时间里，艰难地走在上坡路上，这条路似乎比我们走过的任何一条路都要难走。他爬到了山顶，黝黑的身影在天空的映衬下显得格外醒目。他似乎看到了什么意想不到的奇妙景象。因为，他停顿了一下，伸长了头，伸出了双臂，似乎在向某种新的景象致以万福。在好奇心的驱使下，我赶紧加入了他的行列。在与悬崖峭壁搏斗了漫长的几分钟后，同样的景象呈现在我眼前，而这一幕也曾让他惊叹不已。

大自然，或者说大自然的宠儿，这片可爱的土地，突然展现出她最无与伦比的美丽。在下面，在很远很远的地方，甚至是在这个巨大的地球的万丈深渊中，是平静而蔚蓝的莱芒湖；长满葡萄树的小山将它围住，后面是圆锥形的黑山，或者是不规则的旋风墙，作为进一步的防御。但在远处，高高在上的是光辉灿烂的阿尔卑斯山，在夕阳的照耀下，披上了耀眼的光辉。仿佛世界上的奇观永远不会被穷尽，阿尔卑斯山的广袤无垠、嶙峋的峭壁和玫瑰色的画卷，再次出现在下方的湖面上，在平静的波涛下倾泻着它们高傲的身姿——平静水面上奈阿德人的宫殿。城镇和村庄散落在汝拉山脚下，汝拉山带着幽暗的峡谷和黑色的岬角，将根系伸向下面的水域。我被惊奇冲昏了头脑，忘记了人的死亡，也忘记了我身边活着的挚爱的朋友。当我转过身时，我看到他的眼中流出了泪水。他瘦弱的双手紧紧地握着我的手，生动的面容上洋溢着赞美的神情。"为什么，"他终于喊道，"为什么，哦，心啊，你向我低声诉说悲伤？沉醉在这美丽的景色中吧，你所拥有的快乐将超越传说中的天堂。"

渐渐地，我们的整个团队克服陡峭地形，相继到达山顶。每个人都流露出前所未有的惊叹之情。有人感叹道："上天向我们展示了天堂，我们死而无憾。"其他人则以断断续续的惊叹和夸张的言辞，试图表达这大自然奇观带来的陶醉感。就这样，我们停留了一会儿，卸下了命运的重担，忘记了死亡，忘记了我们即将坠入的黑夜；也不再去想我们的眼睛现在和将来都是唯一可以感知到这一地球奇观的神圣壮丽的眼睛。一种类似于幸福的激情迸发，就像太阳突然射出的一束光，照亮了我们黑暗的生活。这是饱经忧患的人类的宝贵品质！它甚至能从无情地毁灭一切希望的铧犁和耙子下攫取出炽热的情感。

今天晚上发生了另一件事。在我们前往日内瓦的途中，经过费尼时，乡村教堂里传来了不太习惯的音乐声，教堂矗立在树丛中，周围是无烟的空置平房。风琴的乐声悠扬悦耳，唤醒了沉寂的空气，萦绕在四周，与岩石、树林和波浪所呈现的强烈美感融为一体。音乐，"泪泉的银钥匙"，爱的结晶，悲伤的抚慰者，英雄主义和光辉思想的激励者，音乐啊，在我们的荒凉中，我们忘记了你！没有傍晚的烟斗让我们欢欣鼓舞，没有和谐的声音，也没有琴弦的颤动。现在，你出现在我们面前，就像其他形式的存在展现在我们面前一样。我们曾被大自然的美丽所吸引，幻想我们看到了灵魂的居所，现在，我们完全可以想象，我们听到了他们悠扬的交流。我们停住了脚步，心生敬畏，就像一个脸色苍白的信徒在午夜拜访某个圣地一样，如果她看到她所崇拜的形象活灵活现、面带微笑的话。我们都哑口无言，许多人跪了下来。然而，几分钟后，一首熟悉的乐曲唤起了我们对人类的惊奇和同情。这首曲子是海顿的《新创造的世界》，尽管人类已经变得衰老和凋零，但世界仍然像创世之日一样鲜活，这样的赞美诗仍然值得歌颂。阿德里安和我走进教堂，中殿空无一人，虽然祭坛上升起了熏香的烟雾，让人回想起曾经拥挤的大教堂里众多的教徒。我们走进阁楼。一位双目失明的老人坐在风箱旁。他的整个灵魂都在倾听。当他以专注的姿态坐在那里倾听时，他的脸上洋溢着愉悦的光辉。因为，尽管他那缺乏光泽的眼睛无法反射光束，但他张开的嘴唇、他脸上的每一道皱褶以及他那可敬的眉毛都在诉说着喜悦。琴键旁坐着一位年轻女子，大概二十岁左右。她乌黑的头发垂在脖子上，白皙的眉毛闪耀着自己的美丽，但她低垂的眼睛流下了急促的泪水，而她为了压抑自己的啜泣和止住自己的颤抖所做的努力，使她苍白的脸颊泛起了红晕。她很瘦，无精打采。唉！疾病压弯了她的身躯。我们呆呆地望着这对璧人，在这醉人的景象中忘记了我们所听到的。直到最后一个和弦敲响，钟声在越来越小的回响中消失。那巨大的声音，我们可以称之为无机的声音，因为我们无论如何也无法将它与管子或琴键的机械装置联系在一起，铿锵有力的音调静止了，女孩转过身去帮助她年迈的同伴，终于发现了我们。

自幼以来，她一直是她父亲失明后的引路人。他们是来自萨克森的德国人，几年前移民到这里，与周围的村民建立了新的联系。大约在瘟疫爆发的时候，一个年轻的德国学生加入了他们。他们的来历很简单。他是个贵族，爱着贫穷音乐家的美丽女儿，跟着他们一起躲避朋友们的迫害。但很快，强大的镰刀就来了，把田野里高大的花朵和青草一起割掉。年轻人很早就成了牺牲品。为了父亲，她保全了自己。他的失明允许她继续妄想，起初她是意外的产物，而现在她是孤独的生命，是这片土地上唯一的幸存者，他仍然不了解这种变化，也不知道当他聆听孩子的音乐时，除了他自己之外，静默的群山、无知的湖泊和无意识的树木都是她的听众。

就在我们抵达的当天，她就病倒了。一想到要把年迈、双目失明的父亲独自留在空荡荡的大地上，她就吓得瘫坐在地上，但她没有勇气说出真相，过度的绝望促使她做出了超乎寻常的努力。到了晚祷的时间，她把父亲领到了小教堂，尽管她在为父亲颤抖和哭泣，但她还是不紧不慢地弹奏起了那首赞美诗，这首赞美诗是为了庆祝即将成为她坟墓的被装饰过的大地的诞生而写的。

我们就像天外来客一样向她走来。她高昂的勇气，她难以支撑的坚定，都在这一刻消失得无影无踪。她尖叫着冲向我们，抱住阿德里安的膝盖，只说了一句："啊，救救我的父亲！"就带着呜咽和歇斯底里的哭声，打开了她悲痛欲绝的闸门。

可怜的姑娘！现在，她和她的父亲并排躺在那棵高高的胡桃树下，她的爱人就躺在那棵树下，她临死前曾指给我们看。她的父亲终于意识到了女儿的危险，却无法看到她亲爱的面容的变化，他执拗地握着她的手，直到她的手因死亡而冰冷僵硬。直到十二个小时后，仁慈的死神将他带走，让他安息。他们安息在草皮下，那棵树是他们的纪念碑。在我的记忆中，这个神圣的地方在崎岖的汝拉山脉和遥远而不可估量的阿尔卑斯山的映衬下显得格外苍白。他们经常光顾的教堂的尖顶仍在树丛中熠熠生辉。尽管她的手已经冰冷，但我想，他们所热爱的神圣音乐的声音仍在四处游荡，慰藉着他们温柔的灵魂。

第八章

我们现在到达了瑞士,这是我们努力的最终目标。我不知道为什么,我们满怀希望和愉悦的心情眺望着瑞士的群山和雪山峭壁,以崭新的精神面貌迎接冰冷的"嗞嗞"声。然而,我们怎么能期待解脱呢?就像我们的故乡英格兰和广袤肥沃的法国一样,这片被高山覆盖的土地上也没有居民。没有凄凉的山顶,没有雪水滋润的溪流,没有冰雪覆盖的寒风,也没有驯服传染病的雷霆,这些都没能拯救他们——因此,我们为什么要要求豁免呢?

有谁可以拯救?我们带了什么部队来对付征服者?我们是残兵败将,只能屈服于即将到来的打击。一列因惧怕死亡而半死不活的火车——毫无希望、毫无抵抗、近乎鲁莽的船员,在颠簸的生活中放弃了所有的领航,听任狂风的破坏力。就像几垄未收割的玉米,在其余的玉米都被收进谷仓后,它们还留在宽阔的田野上,却被冬日的暴风雨迅速卷走。就像几只落单的燕子,在秋风乍起,伙伴们纷纷迁徙到温暖的地方后,它们却被十一月的第一场霜冻击落在地。就像一只流浪的绵羊,当羊群还在羊圈里的时候,它就在被雨雪打湿的山坡上徘徊,然后在黎明前死去。就像一朵云,就像铺满天空的密不透风的纬线中的一朵,当北方的牧羊人驱赶着它的同伴们"去享受安提波得亚的正午"时,这朵云就消逝了,消散在清澈的空气中——我们就是这样!

我们离开了美丽的日内瓦湖畔,进入了阿尔卑斯山的峡谷。沿着咆哮的阿尔韦河的源头,穿过岩石嶙峋的塞尔沃克斯山谷,在巨大的瀑布旁,在难以接近的群山的阴影下,我们继续前行。直到青翠的草皮、繁花似锦的山谷、灌木丛生的山丘,都换成了直插云霄、未经践踏、没有种子的岩石,"世界的骨骼,正等待着被赋予生命和美丽所需的一切。"[1]奇怪的是,我们竟会在这里寻求庇护!当然,如果在那些大地像温柔的母亲一样滋养着她的孩子的国家,若我们发现她竟成为毁灭者,那么在这片贫瘠之地,我们便无需再寻找答案。这里的大地似乎因极度匮乏而在其石质脉络中颤栗。我们的猜测也没有错。我们徒劳地在夏蒙尼寻找着巨大的、不断移动的冰川,寻找着下垂的冰裂缝,寻找着汇聚的海水,寻找着被暴风雨摧残得枝繁叶茂的松树林,寻找着山谷——雪崩的必经之路,寻找着山顶——雷雨的胜地。即使在这里,瘟疫也是首当其冲。白天和黑夜就像一对孪生姐妹,平等地分享着它们对时间的主宰权,在冰洞下,在千百个冬天融化的雪水旁,一个又一个人类的残余分子永远地闭上了眼睛。

然而,我们在寻找这样一个场景来结束这场戏剧时,并没有完全错。大自然始终如一,即使在极度痛苦中也给予我们安慰。外在事物的崇高壮丽抚慰了我们无助的心灵,与我们的惆怅和谐一致。人类在其多灾多难的历程中遭遇过许多悲哀。许多悲痛欲绝的哀悼者发现自己是众多哀悼者中唯一的幸存者。我们的苦难从巨大的废墟中获得了雄伟的形状和色彩,废墟伴随着苦难,并与苦难融为一体。因此,在可爱的大地上,许多黑暗的峡谷中都有一条湍急的溪流,浪漫的岩石掩映其间,青苔小径穿行其间——但除此以外,所有这些都需要一个强大的背景,那就是高耸入云的阿尔卑斯山,它那雪白的岬角或嶙峋的山脊,将我们从沉闷的凡人居所带到了大自然的宫殿。

这庄严和谐的事件和场景调节了我们的情绪,为我们的最后一幕增添了合适的服装。悲惨的人类逝去时,庄严肃穆、悲壮隆重。我们的华丽表演超越了古代君主的葬礼队伍。在阿维隆河的源头附近,我们为最后一个物种举行了仪式,只有四个物种除外。阿德里安和我撇下沉睡不醒的克拉拉和伊夫林,把尸体抬到这个荒凉的

---

[1] 玛丽·沃斯通克拉夫特的《挪威来信》。

地方，放在冰川下的冰洞里，只要有一点儿声响，冰洞就会裂开，给裂缝里的人带来灭顶之灾——任何飞禽走兽都不能亵渎冰冻的尸体。于是，我们迈着沙哑的步子，默默地把死者放在冰棺上，然后离开，站在河泉旁的岩石平台上。尽管我们一直噤若寒蝉，但空气与我们身体的撞击足以扰乱这个冰天雪地的宁静。我们几乎还没有离开洞穴，巨大的冰块就从洞顶脱落下来，盖住了我们安放在里面的人像。我们选择了一个月色皎洁的夜晚，但我们的旅程十分漫长，当我们达到目的时，新月已经沉到了西边的高地后面。雪山和蓝色冰川在自己的光芒下闪闪发光。崎岖突兀的峡谷构成了安弗特山的一侧，就在我们对面，冰川就在我们身旁。在我们脚下，白色的阿维龙冒着白沫，冲过突入峡谷的尖岩，带着呼啸的水花和不绝的轰鸣，扰乱了这寂静的夜晚。黄色的灯光在勃朗峰巨大的穹顶周围闪烁，就像它们照亮的白雪覆盖的岩石一样寂静。一切都是光秃秃的、荒凉的、崇高的，而松树婉转低吟的歌声为这粗犷的壮丽增添了一丝柔和的情趣。时而冰冷的岩石劈啪作响，时而雪崩的雷声震耳欲聋。在那些地貌不太壮观的国家，大自然在树木的枝叶、草本植物的生长、蜿蜒溪流的轻柔潺潺中彰显着她生生不息的力量。而在这里，洪流、雷暴和巨大的水流被赋予了巨大的属性，展示着她的活力。这样的教堂庭院，这样的安魂曲，这样的永恒的会众，等待着我们同伴的葬礼！

　　我们置身于这永恒的陵墓之中，不仅是为了安放人的躯体，更是为了悼念他们的离世。随着这最后的牺牲者归于尘土，瘟疫终于从我们的世界中彻底消失。死神手握无数毁灭生命的利器，而我们虽已疲惫且脆弱，仍须警惕他箭筒中剩余的利箭。瘟疫已从他们中间消失。七年来，瘟疫一直在地球上肆虐。她踏遍了我们宽广地球的每一个角落，她与大气混杂在一起，仿佛一件无形的斗篷，将我们的同胞紧紧包裹其中——无论是欧洲的原住民、奢靡的亚洲人、非洲的黑色人种还是美洲的自由之民，都难逃其掌控和摧残。然而，在夏蒙尼岩石谷，她的暴政终于走向了终结。

　　我们的生活中不再有瘟疫带来的灾难和痛苦，我们的耳边不再响起瘟疫这个词，我们的眼前不再出现瘟疫在人类脸上的化身。从这一刻起，我再也看不到瘟疫了。她退位了，在我们周围的冰岩中卸下了她的权杖。她把王国留给了孤独和沉默。

我现在的感受与过去的感受交织在一起,以至于我无法断定,当我们站在这块没有生机的土地上时,是否意识到了这一变化。在我看来,似乎是的。一片乌云似乎从我们头顶掠过,空气中少了一份沉重。从今往后,我们的呼吸更加自由,抬起头来也多了几分往日的洒脱。然而,我们并不抱希望。我们的赛跑已经开始,但瘟疫不会成为我们的毁灭者。即将来临的时代就像一条湍急的河流,一条被迷住的小船顺流而下,凡人的舵手知道,显而易见的危险并不是他所需要害怕的,但危险已经临近。他在陡峭的悬崖下,在黑暗而浑浊的水中,心惊胆战地漂流着。他看到远处有更奇怪、更可怕的形状,他被不可抗拒地推向这些形状。我们会怎么样呢?真希望能有德尔斐神谕或毕底亚女仆道出未来的秘密!俄狄浦斯能解开残忍的斯芬克斯之谜!我将成为这样的俄狄浦斯,不是占卜文字的戏法,而是以他痛苦的煎熬和充满忧伤的生命为动力,揭开命运的秘密,揭示谜底的含义,而谜底的解释将终结人类的历史。

当我们站在这座寂静的大自然坟墓旁时,类似的朦胧幻想萦绕在我们的脑海中,并激起了不亚于愉悦的情感,这些没有生命的山峰耸立在她鲜活的血管之上,扼杀了她的生命力。阿德里安说:"就这样,我们只剩下了两棵忧郁的枯树,而这里曾经是一片葱郁的森林。我们只能哀伤、憔悴、死去。然而,即使是现在,我们也有自己的责任,我们必须恪尽职守,在我们力所能及的地方给予快乐,用爱的力量,用彩虹的颜色照亮悲伤的暴风雨。如果在这极端的情况下,我们能保住现在所拥有的一切,我也不会后悔。维尔尼,直觉告诉我,我们不必再惧怕残酷的敌人。虽然很奇怪,但能看到你的小儿子和克拉拉幼小心灵的成长,我感到很欣慰。在这个荒芜的世界里,我们就是他们的一切。如果我们还活着,我们的任务就是让他们快乐地享受这种新的生活方式。目前这种情况尚且简单,因为他们幼稚的想法尚未延伸至未来,而我们人性中对同理心的强烈渴望和所有可能的爱意尚未在他们心中觉醒。我们无法预测当自然展现其不可剥夺的神圣力量时会发生什么,但在那之前,我们可能都已如同长眠于冰冷墓穴中的人一般,失去了生命的温度。我们只需要为现在做好准备,努力让你可爱的外甥女的无知的想象充满愉快的画面。现在我们周围的景色，虽然广阔而崇高，但并不是最能促进这项工作的。这里的大自然就像我们的命运一样，宏伟壮观，但破坏性太强，光秃秃的，也很粗糙，无法给她幼小的想象力带来乐趣。让我们去意大利阳光明媚的平原吧。冬天很快就会来临，给这片荒原披上双重的荒凉。但我们将越过凄凉的山顶，把她引向富饶美丽的景象，在那里，她的道路将被鲜花点缀，欢快的气氛将激发她的快乐和希望。"

按照这个计划，我们第二天就离开了夏蒙尼。我们没有理由加快脚步。在我们的实际活动范围之外，没有任何事件会束缚我们的决心，因此我们屈从于每一个闲来无事的奇思妙想，并认为我们的时间花得很好，因为我们可以毫不沮丧地看着时间流逝。我们沿着可爱的塞尔沃克斯谷闲逛，在横跨阿尔夫峡谷的桥上度过了漫长的时光，桥上可以看到松树覆盖的峡谷深处，以及将峡谷围在中间的雪山。我们在浪漫的瑞士漫步，直到担心冬天来临，我们才在十月的头几天来到了通往塞尼的莫里昂山谷。我无法解释我们离开这片群山环抱的土地时的依依不舍之情。也许是因为我们把阿尔卑斯山看作我们过去和未来生存状态的分界线，所以对昔日的挚爱依依不舍。也许是因为我们现在很少有冲动在两种行动方式中做出选择，所以我们乐于保留一种行动方式的存在，并且更喜欢我们将要做的事情的前景，而不是对已经做过的事情的回忆。我们觉得，今年的危险已经过去了。我们相信，在几个月的时间里，我们是安全的。我们每个人都比"河中的雪花"更脆弱，但我们依然努力赋予各自短暂如流星般的生命以活力与个性，竭力不让任何一刻从指间溜走而未能享受。就这样在眩晕的边缘摇摇晃晃，我们很快乐。是啊！当我们靠近倾斜的岩石，在瀑布旁，——古老如山的森林中，阳光洒落的绿地上，羚羊在此觅食，胆小的松鼠储存食物——我们赞美着大自然的魅力，沉浸在她不可剥夺的美丽中——在一个空旷的世界里，我们感到幸福。

尽管如此，哦，那些充满欢乐的日子——那些眼神交会、声音比松树摇曳的枝条或溪流的轻声细语更为悦耳的日子——哦，那些充满幸福的日子，那些充满爱意的社交时光——对我这个孤独者来说无比珍贵的日子——请在我面前流逝，让我在你的记忆中忘却自我。看啊，我流泪的双眼如何模糊了这无意义的纸张——看啊，我的面容因痛苦的抽搐而扭曲，仅仅是因为你的回忆，现在，独自一人，我的泪水流淌，我的嘴唇颤抖，我的哭声充斥着空气，无人看见，无人注意，无人听见！然而，哦，然而，欢乐的日子！让我沉浸在你那漫长的时光中！

随着寒冷的加剧，我们越过了阿尔卑斯山，进入了意大利。晨曦初露时，我们坐在餐桌前，用欢快的对话或博学的讨论来弥补遗憾。在漫长的一天里，我们漫步前行，仍然想着我们旅程的终点，却不在意完成旅程的时间。当晚星闪耀，橘红色的夕阳在西边远远地标示出我们永远离开的亲爱的土地的位置时，谈话、思念让时间飞逝——我们就这样永远永远地生活着！对我们四颗心来说，只有它们才是广阔世界的生命之泉，这又有什么意义呢？就个人情感而言，我们宁可就这样团聚在一起，也不愿各自孤零零地生活在人烟稀少的荒漠中，直到生命的尽头。就这样，我们努力相互安慰。就这样，真正的哲学教会了我们理性。

阿德里安和我都很乐意伺候克拉拉，称她为世界的小女王，我们则是她最卑微的仆人。到了一个小镇，我们首先要做的就是为她挑选最合适的住处，确保这里没有任何前居民留下的令人心痛的遗迹，为她寻找食物，尽心尽力地满足她的需要。克拉拉带着孩童般的快乐参与了我们的计划。她的主要任务是照顾伊夫林，但她的乐趣是穿上华丽的长袍，用阳光宝石装饰自己，俨然一副贵族的模样。她虔诚纯粹的信仰并未教导她拒绝以此来缓解悔恨的深刻折磨；她年轻活泼的天性使她全身心地投入到这些奇特的伪装之中。

我们决定在米兰度过接下来的冬天，因为米兰是一座豪华的大城市，我们可以选择住在那里。我们下了阿尔卑斯山，远远地离开了广袤的森林和巍峨的峭壁。我们进入了微笑的意大利。平原上长满了青草和玉米，未经修剪的葡萄藤在榆树周围伸展着繁茂的枝条。过熟的葡萄掉落在地上，或挂在红叶和黄叶之间，或呈紫色，或呈翠绿色。硕大的玉米穗被挥霍无度的风绞得空空如也；树木的落叶、杂草丛生的小溪、暗淡无光的橄榄树（现在果实已经变黑）、栗子（只有松鼠才是收获者）。所有的丰收，然而，唉！所有的贫穷，给这片美丽的土地涂上了奇妙的色彩和梦幻般的组合。在城镇里，在无声的城镇里，我们参观了被艺术杰作装饰的教堂，而在这和煦的气候里，动物们获得了新的自由，在华丽的宫殿里漫步，几乎不惧怕我们被遗忘的身影。鸽子色的黄牛瞪大眼睛看着我们，慢慢地踱着步。一群憨态可掬的绵羊迈着嗒嗒作响的脚步，在某个以前专门供女士休息的房间里惊叫起来，从我们身边挤过去，从大理石楼梯上冲到街上，又从第一个敞开的门冲进来，肆无忌惮地占有神圣的圣殿或国王的议事厅。我们不再为这些事件而惊慌，也不再为更糟糕的变化而惊慌——宫殿变成了一座坟墓，散发着恶臭，到处都是死人。我们可以看到瘟疫和恐惧是如何作怪的，把奢华的贵妇人赶到阴暗的田野和光秃秃的茅屋里。在印度织就的地毯和丝绸的床榻间，聚集着粗野的农民，或者畸形的半人形的可怜的乞丐。

我们到了米兰，在副王的宫殿里驻扎下来。在这里，我们为自己制定了法律，划分了一天的时间，并为每个小时确定了不同的工作。早上，我们在邻近的乡村骑马，或在宫殿里闲逛，寻找画作或古物。晚上，我们聚在一起读书或聊天。我们敢于读的书很少。大多数书都会无情地破坏我们在孤寂中描绘的画面，因为它们唤起了那些我们再也无法体验的情感与记忆。形而上学的探究；游离于现实之外，迷失在自我创造的错误中的小说；年代久远的诗人，读到他们就像读到了亚特兰蒂斯和乌托邦；或者只涉及自然和某个特定思想的作品；但最重要的是，丰富多彩、不断推陈出新的谈话，令我们迷惑的时间。

当我们在迈向死亡的旅途中停顿下来时，时间仍在按部就班地走着。地球仍在滚滚向前，在她的大气层中巍然屹立，在无形的永不停息的必然规律的推动下飞速前进。现在，这颗天空中的露珠，这颗蕴含着高山和波涛的圆球，从双鱼座和寒冷的公羊座短暂的统治中穿过，进入了金牛座和双子座光芒四射的领地。在春风的吹拂下，美丽的精灵从寒冷的休眠中苏醒过来；她长着一双纤细的翅膀，迈着轻盈的步伐，为大地披上绿装，在紫罗兰丛中嬉戏，在春意盎然的树叶中躲藏，顺着光芒四射的溪流轻盈地跃入阳光明媚的深海。"看哪！冬天过去了，雨过天晴了；鲜花出现在大地上，鸟儿歌唱的时候到了，乌龟的声音在我们的土地上响起；无花果树结出了绿色的无花果，葡萄藤和嫩葡萄散发出好闻的香味。"[1]古代王权诗人的时代是这样，现在也是这样。

然而，我们怎能悲哀地欢呼这个令人愉快的季节即将来临？我们确实希望死神不再如往常般笼罩着我们。然而，当我们孤独地相对而立时，我们以探寻的目光凝视彼此的面庞，不敢完全相信自己的预感，试图预测在我们四人中谁将成为最后的幸存者。我们打算在科莫湖度过夏天，等春天到来，山顶的积雪一消失，我们就动身前往科莫湖。离科莫湖十英里处，在湖边陡峭的东山下，有一座别墅，名叫普利尼亚纳，因为它建在一个喷泉的原址上，年轻的普利尼在他的书信中描述了喷泉的周期性起伏。这座别墅几乎已经破败不堪，直到二〇九〇年，一位英国贵族买下了它，并将其装修得十分豪华。两个挂着华丽挂毯、铺着大理石的大殿分别通向一个庭院的两侧，庭院的另外两侧，一侧可以俯瞰幽深的黑湖，另一侧则以一座山为界，从山的石侧喷涌出著名的喷泉，发出轰鸣声，水花四溅。在山顶上，桃金娘树和一簇簇散发着香味的植物为岩石加冕，星星点点的巨柏耸立在蓝天下，山凹里生长着茂盛的栗树。在这里，我们确定了我们的夏日居所。我们有一艘可爱的小艇，乘着它航行，时而驶过波涛汹涌的海面，时而驶过悬崖峭壁的河岸，河岸上长满了常青树，它们把闪闪发光的叶子浸泡在水中，在许多小海湾和小溪中映照出半透明的黑暗。橘子在这里绽放，鸟儿在这里唱出悠扬的赞歌；春天，寒蛇从裂缝中钻出，在阳光明媚的岩石台阶上晒太阳。

在这世外桃源般的隐居地，我们难道不快乐吗？在这里，险峻的山峰几乎没有道路，远处荒凉的田野被阻挡在我们的视线之外，只要稍稍发挥一下想象力，我们就会想到城市里还回荡着人们的嗡嗡声，农民还在犁地，而我们，这个世界上自由的居民，享受的是一种自愿的放逐，而不是与我们已经灭绝的物种的无情割裂。

我们当中没有一个人像克拉拉那样喜欢这美丽的景色。在我们离开米兰之前，她的生活习惯和举止都发生了变化。她失去了往日的欢快，放下了运动，穿上了近

---

[1] 所罗门之歌。

乎圣母的朴素服装。她避开我们，和伊夫林一起退到远处的房间或寂静的角落里；她也不像往常那样兴致勃勃地参与他的娱乐活动，而是坐在一旁看着他，脸上带着忧伤温柔的微笑，眼睛里闪着泪光，却没有一句怨言。她胆怯地靠近我们，躲避我们的爱抚，直到一些严肃的讨论或崇高的主题让她暂时摆脱了窘境。她的美貌与日俱增，就像一朵玫瑰，在夏风的吹拂下，展开了一片又一片的叶子，直到她的美貌让人心痛不已。她的脸颊染上了淡淡的、多变的色彩，她的动作似乎与某种隐秘的、甜美无比的和谐相吻合。我们加倍地温柔和殷勤地照顾她。她带着感激的微笑接受了我们的关心，那微笑就像四月里闪闪发光的波浪上的阳光一样，迅速地消逝了。

我们与她唯一的共鸣点似乎是伊夫林。这个可爱的小家伙给了我们无尽的安慰和欢乐。他乐观开朗的精神，以及对我们巨大灾难的天真无知，对于那些在无尽忧思中心力交瘁的我们来说，犹如一剂安慰良药。疼爱他、爱抚他、逗他开心是所有人的共同任务。克拉拉对他的感情在某种程度上就像一位年轻的母亲，她感激我们对他的善意。对我来说，啊，我看到我心中的挚爱——我失去的、永远亲爱的伊德里斯——眉清目秀、目光柔和，在她温柔的脸上重获新生，对我来说，她甚至让我感到痛苦；如果我把她紧紧地贴在我的心上，我想我就紧紧地抱住了她真实而鲜活的一部分，她在那里度过了漫长的青春幸福岁月。

阿德里安和我每天都习惯驾着小艇去附近的乡村觅食。在这些远征中，我们很少有克拉拉或她的小伙伴陪伴，但我们回来的时候都很开心。伊夫林带着孩子气的急切心情洗劫了我们的仓库，而我们总会给我们美丽的同伴带来一些新发现的礼物。我们还发现了一些可爱的景色或快乐的宫殿，晚上我们都会去那里。我们的航海探险是最神圣的，只要有顺风或横向航线，我们就能划破液体的波浪；如果在思考的压力下无法交谈，我就带着我的单簧管，它能唤醒回声，让我们小心翼翼的思绪有所改变。在这种时候，克拉拉常常会恢复她以前的习惯，自由地交谈，快乐地狂欢；虽然世界上只有我们四颗心在跳动，但这四颗心是快乐的。

有一天，我们从科莫镇满载而归，像往常一样，我们以为克拉拉和伊夫林会在港口等我们，没想到海滩上空无一人。按照我的天性，我不会预言会发生什么坏事，而是把它解释为只是一个偶然事件。阿德里安却不是这样。他突然浑身发抖，忧心忡忡，强烈要求我迅速驶向陆地，临近陆地时，他从船上一跃而起，半身落入水中。他慌忙爬上陡峭的河岸，沿着狭窄的花园急速前行，花园是湖与山之间唯一的平地。我毫不迟疑地跟了上去。花园和内院空无一人，房子也是如此，我们走遍了每个房间。阿德里安大声呼唤着克拉拉的名字，正准备冲上附近的山间小路，花园尽头的避暑山庄的门缓缓打开了，克拉拉出现了，她没有向我们走来，而是靠在山庄的一根柱子上，脸颊煞白，一副极度绝望的样子。阿德里安欢呼着向她跑去，高兴地把她搂在怀里。她挣脱了他的怀抱，一声不吭地又走进了夏屋。她颤抖的嘴唇、绝望的心使她无法开口诉说我们的不幸。可怜的小伊夫林在和她玩耍的时候，突然发烧了，现在躺在夏屋的小沙发上，浑身瘫软，说不出话来。

整整两个星期，我们一直守在这个可怜的孩子身边，看着他在剧毒斑疹伤寒的肆虐下生命垂危。他小小的身躯和纤细的线条，蕴藏着人类世界观的雏形。人类充满激情和情感的天性在这颗小心脏里有了一个归宿，它快速的脉动匆匆走向终结。他那纤小的手部精密结构，如今已失去活力和弹性，本应随着筋腱和肌肉的发育而创造出优美或有力的作品。他那玫瑰色的稚嫩双脚，本可以在成年后稳健地踏遍大地的草地和溪谷——这些思考现在都已无济于事：他躺在那里，思想和力量都已停滞，毫无抵抗地等待着最后一击。

我们守在他的床边，当他发烧的时候，我们既不说话，也不对视，只注意到他呼吸困难的样子，他凹陷的脸颊上泛着致命的光芒，他的眼皮上压着沉重的死亡气息。言语难以表达我们持久的痛苦，这种说法虽显陈词滥调，但又如何能用言语来描绘那些折磨人的感受？这些感受将我们抛回本性最深层的根基，以地震般的力量动摇我们的存在，以致我们无法再依赖那些如母亲般支撑我们的熟悉感受，只能依附于某些虚幻的想象或欺骗性的希望，而这些终将在最后的冲击所造成的废墟中湮没。我把那段时间称为两星期，在这两星期里，我们观察着这个可爱的孩子的病情变化——可能就是这样——到了晚上，我们惊奇地发现又过了一天，而每个特定的小时似乎都是无穷无尽的。昼夜交替，难以计数。我们几乎没有睡过觉，甚至没有离开过他的房间，除非当一阵悲痛袭来时，我们才会暂时分开，以掩饰我们的啜泣和泪水。我们努力想让克拉拉从这悲惨的一幕中抽离出来，却徒劳无功。她一小时又一小时地坐着，看着他，时而轻轻地整理他的枕头，时而在他还能吞咽的时候给他喂水。终于，他死亡的时刻到来了：血流停止了。他的眼睛睁开了，然后又闭上了。没有抽搐，也没有叹息，这间虚弱的房子里空空如也，没有了他的灵魂。

我听说，看到死者可以证实唯物主义者的信仰。我却不这么认为。那是我的孩子吗？我的孩子被我的爱抚所陶醉。他的声音充满意义地表达着他的思想，否则他的思想是无法触及的。他的微笑是灵魂的一束光，同样的灵魂在他的眼睛里坐在宝座上。我不再嘲笑他的为人。大地啊，接受你的亏欠吧！我无偿地、永远地把你的衣裳送给你。但是你，可爱的孩子，和蔼可亲的心爱的男孩，要么你的灵魂已经找到了更合适的居所，要么，在我的心中，在它活着的时候，你还活着。

我们把他的遗体安放在一棵柏树下，挺拔的山峰被挖开来迎接他。然后克拉拉说："如果希望我继续存活，请带我离开这里。这片景象中的超凡之美，这些树木、山丘和波浪，它们不断地向我低语，让我放下沉重的躯壳，融入其中。我恳切地请求你们带我离开。"

于是，在八月十五日，我们告别了别墅，告别了这美丽家园的绿荫，告别了平静的海湾和喧闹的瀑布，告别了伊夫林的小坟墓！然后，我们怀着沉重的心情，踏上了前往罗马的朝圣之旅。

第九章

现在，平静了一会儿，我已经到了如此接近终点的地方了吗？是的！现在一切都结束了——在那些新造的坟墓上迈出一两步，令人疲惫的路就走完了。我能完成任务吗？我还能在我的纸上写满伟大的结论吗？起来吧，黑色的忧郁！离开你的囚禁！带着来自地狱的阴雾吧，它可以吞噬白天；带着枯萎和瘟疫的气息吧，它进入大地的空洞和呼吸的地方，会让她的石脉充满腐败，不仅草木不再茂盛，树木腐烂，河流流淌着胆汁，而且永恒的山脉也会腐烂，巨大的深渊也会腐化，笼罩着地球的和煦的大气也会失去一切生长和维持的能力。在我写作的时候，在人们阅读这些书页的时候，请这样做吧！

谁来阅读它们？当心啊，重生世界的稚嫩后代；当心啊，美丽的生命，拥有人类的心，却未被呵护驯服，拥有人类的眉，却未被岁月犁过；当心啊，以免你欢快的血流被阻断，你金色的发髻变成灰色，你甜美的笑靥变成固定而刺眼的皱纹！不要让白昼注视这些纹路，以免花花绿绿的白昼消磨殆尽，变得苍白，然后死去。找一片柏树林吧，那里呻吟的枝丫会与尸身和谐相称；找一个洞穴吧，它深藏在大地黑暗的内脏中，没有一丝光亮可以穿透，只有那挣扎的光亮，红红的，闪闪烁烁，穿过一条条裂缝，将你的书页染上最灰暗的死亡之色。

我的大脑一片混乱，无法清晰地描述接踵而至的事件。有时，我眼前会浮现出我朋友温柔的微笑，我想它的光辉会跨越并充满永恒。

我们离开了科莫，遵照阿德里安的殷切希望，我们取道威尼斯前往罗马。对于英国人来说，威尼斯这座波浪环绕、岛屿林立的城市有一种特殊的吸引力。阿德里安从未见过它。我们乘船沿波河和布伦塔河而下；由于白天酷热难耐，我们白天在沿岸的宫殿里休息，晚上则在夜色中旅行，这时黑暗使两岸模糊不清，我们的孤独也就不那么显著了；这时，游荡的月亮照亮了我们船头的波涛，夜风吹满了我们的船帆，潺潺的溪流、摇曳的树木和膨胀的帆板和谐地融为一体。克拉拉由于长期过度悲伤，已经在很大程度上抛开了她的胆怯和冷漠，以感激的柔情接受了我们的关心。当阿德里安充满诗意地谈论着逝者的光荣民族、美丽的大地和人类的命运时，她悄悄地靠近他，无声地享受着他的言谈。我们在谈话中尽量避开，也竭力不去思考那些关于我们身处荒芜之地的认知。对于一个城市居民来说，对于一个在繁忙人群中的人来说，我们成功的程度是不可思议的。这就像一个被关在地牢里的人，起初，狭小而有栅栏的裂缝使可疑的光线变得更加晦暗，直到视觉球体吸收了光束，适应了光束的稀薄，他才发现自己的牢房里住着晴朗的正午。我们，这片空寂大地上的一个简单三人组，彼此之间产生了倍增效应，直至我们成为了彼此的一切。我们站立着，就像树根被风吹松了的树，相互支撑着，在寒风呼啸中以更大的热情倾斜着、依偎着。就这样，我们顺着波河越来越宽的河道漂流而下，在笛声中沉睡，在星光下清醒。我们进入了布伦塔河较窄的河岸，并于九月六日日出时抵达拉古纳河岸。明亮的球体缓缓地从圆顶和塔楼后面升起，将其透彻的光芒洒向玻璃般的水面。在富西纳海滩上散落着一些贡多拉船的残骸，其中仅有少数几艘完好无损。我们乘坐其中一艘贡多拉上船，去看望被遗弃的海洋之女，她孤零零地坐在礁石上，眺望着希腊的远山。我们轻快地划过拉古纳河，进入大运河。潮水闷闷不乐地从威尼斯残破的门户和大厅中退去。发黑的大理石上残留着海草和海怪，盐碱渗出物玷污了装饰在墙壁上的无与伦比的艺术品，海鸥从破碎的窗户中飞出。在人类力量的遗迹被毁得面目全非的时候，大自然彰显了她的优势，并在对比中闪耀出更加美丽的光芒。波光粼粼的海水几乎没有颤动，而荡漾的波浪则在阳光下形成了一面面镜子；在利多岛之外，蔚蓝色的浩瀚绵延不绝，没有任何船只，如此宁静，如此可爱，似乎在邀请我们离开这片遍布废墟的土地，到它平静的海面上寻找避开悲伤和恐惧的避难所。

我们在圣马可塔的高处看到了这座不幸城市的废墟，我们心痛地转向大海，尽管大海是一座坟墓，但它没有树立任何纪念碑，也没有显露出任何废墟。夜幕降临了。夕阳在亚平宁山脉缥缈的山顶后沉静地落下，金色和玫瑰色的余晖映红了对岸的群山。"那片土地，"阿德里安说，"染上了白天最后的光辉，那就是希腊。"希腊！这声音在克拉拉的心中引起了共鸣。她强烈地提醒我们，我们曾答应带她再次去希腊，去她父母的墓地。为什么要去罗马？我们可以从这里的众多船只中选择一艘，上船后向阿尔巴尼亚驶去。

我反对这样做，因为海上很危险，而且我们看到的山脉离雅典很远。由于这个国家未开垦，几乎无法通行。阿德里安对克拉拉的提议很满意，他排除了这些反对意见。他说："这个季节很有利。西北风会带我们横向穿过海湾，然后我们可以在某个废弃的港口找到一艘适合这种航行的希腊轻型帆船，沿着莫雷亚海岸航行，经过科林斯地峡，不用跋涉太多的陆地，也不用太劳累，就能到达雅典。在我看来，这似乎是天方夜谭。但海面上闪耀着万紫千红的色彩，看起来是那么灿烂和安全。我心爱的同伴们是那么认真，那么坚定，以至于当阿德里安说"好吧，虽然这并不完全是你所希望的，但为了取悦我，同意吧"时，我再也无法拒绝了。当晚，我们选定了一艘船，它的大小似乎正适合我们的事业；我们弯起风帆，整好索具，当晚就在这座城市的千间宫殿中的一间休息，并约定在第二天早上日出时登船。

当风吹过蔚蓝的海面时，

我不再热爱陆地；

宁静安详的深海的微笑，

诱惑着我不平静的心灵——

阿德里安这样说，他引用了莫舒斯诗歌的译文。在晴朗的晨光中，我们划过拉古纳，经过丽都，驶入公海——我本想接着说：

但当大海灰暗深渊的咆哮声响起，

泡沫在海面上聚集，巨浪迸发——

但我的朋友们说，这样的诗句是邪恶的预兆。于是，我们怀着愉快的心情离开了浅水区，出海后，我们展开风帆，迎着有利的微风。欢快的晨风扑面而来，阳光沐浴着大地、天空和海洋；平静的波浪分开，接纳了我们的龙骨，嬉戏地亲吻着我们小艇漆黑的船舷，喃喃地说着欢迎的话。随着陆地的后退，蔚蓝的广阔海面依然无波无浪，它是蔚蓝色宇宙的孪生姐妹，为我们的船提供了顺畅的航道。空气和海水宁静而温和，我们的心也沉浸在宁静之中。与深不见底的大地相比，这里就像一座坟墓，高耸的岩石和巍峨的山峰就像一座纪念碑，树木就像牧羊人的羽毛，小溪和河流都带着逝者的泪水。永别了荒凉的城镇，永别了玉米和杂草野蛮混杂的田野，永别了不断增多的我们失去的物种的遗迹。海洋，我们将自己托付给你——就像古老的始祖漂浮在淹没的世界之上一样，让我们得救吧，就像我们将自己托付给你常年不息的洪水一样。

阿德里安坐在舵手的位置上，我负责缆绳，船尾的微风吹满了我们膨胀的帆布，我们在微风的吹拂下驶过平静的深海。中午时分，风停了。它闲散的气息让我们得以保持航向。我们像懒惰的、风调雨顺的水手一样，对即将到来的时刻漫不经心，我们高兴地谈论着我们的海岸航行，谈论着我们将到达雅典。我们将以基克拉泽斯群岛为家，在那里的桃金娘树丛中，在永恒的春天里，在健康的海风的吹拂下，我们将在幸福的结合中度过漫长的岁月——世界上有死亡这种东西吗？

太阳越过了它的天顶，徘徊在天堂不锈的地面上。躺在小船上，我仰面朝天，仿佛看到了蓝天上白色的大理石条纹，那么细微，那么不着边际，现在我说——它们就在那里，而现在，这只是我的想象。在我凝视的时候，一种突如其来的恐惧刺痛了我。我气喘吁吁地对阿德里安说："我们的船在逆风的吹拂下摇摇晃晃。"就像说话一样轻快，暴风雨的网在头上越织越厚，太阳落山了，漆黑的海面上布满了泡沫，我们的小船在不断扩大的沟壑中起起伏伏。

现在，我们在脆弱的船舱里，被饥饿、咆哮的海浪包围着，被狂风吹打着。在墨色的东方，两片巨大的乌云背道而驰，相遇了。闪电跃出，嘶哑的雷声低语。又是在南边，乌云回应了，黑色的天空中流淌着分叉的火流，向我们展示着骇人的云堆，现在又被翻腾的海浪碰上并湮没了。伟大的上帝啊，只有我们，只有我们三个，只有我们三个是海上和大地上的居民，我们三个必须灭亡！浩瀚的宇宙，无数的世界，无边无际的大地平原——我们曾经离开的地方，周围无边无际的大海，在我的视野中缩小了，它们和它们所包含的一切都缩小到了一个点上，甚至缩小到了我们这艘满载着光荣的人类的翻腾的舢板上。

阿德里安充满爱意的脸上掠过一丝绝望，他咬着牙喃喃地说："但他们会得救的！"克拉拉感到一阵痛苦，脸色苍白，浑身颤抖，悄悄地靠近他。他带着鼓励的微笑看着她："你害怕吗，可爱的姑娘？哦，别怕，我们很快就能上岸了！"

黑暗使我无法看清她的表情变化，但她的声音清晰而甜美，她回答说："我为什么要害怕呢？如果强大的命运或命运的主宰者不允许，大海和风暴就不会伤害我们。我们不会再害怕你们中的任何一个会死掉——死亡会把我们紧紧地联系在一起。"

与此同时，我们收起了所有的帆，只留了一面帆；在没有危险的情况下，我们尽快改变了航向，顺风驶向意大利海岸。漆黑的夜色笼罩了一切；除了闪电偶尔照亮如白昼，吞噬黑暗，让我们看清危险处境后又重返双重黑暗之中，我们几乎无法分辨那致命浪涛的白色浪尖。除了作为舵手的阿德里安发表了令人鼓舞的看法之外，我们都沉默不语。我们的小船奇迹般地服从着舵的指引，在浪尖上航行，仿佛她就是这片海洋的子嗣，而这位愤怒的母亲正在庇护着她处于危险中的孩子。

我坐在船头，注视着我们的航向。突然，我听到海水加倍狂暴地翻腾起来。我们肯定快到岸边了，同时我喊道："快到了！"一道宽阔的闪电填满了凹面，让我们刹那间看到了前方平坦的海滩，那里甚至露出了沙地，以及生长在高水位线的发育不良、渗出水珠的芦苇丛。天又黑了下来，我们心满意足地吸了口气，就像一个人在火山爆发的岩石碎片遮蔽了天空时，看到一大群人在犁他们脚下的土地一样。我们不知道该怎么办——这里、那里、到处都是碎石，把我们团团围住——它们咆哮着、冲撞着，把它们讨厌的水花甩到我们脸上。在相当困难和危险的情况下，我们终于成功地改变了航向，从岸边驶出。我催促我的同伴们为我们的小艇失事做好准备，把他们自己绑在一些足以让他们浮起来的桨或撑杆上。我是个游泳健将——一看到大海，我就会产生一种感觉，就像一个狩猎者听到一群猎狗在狂叫时的感觉一样。我喜欢感受海浪裹挟着我，并努力将我压倒，而我自己则不顾海浪愤怒的冲击，向这边或那边游去。阿德里安也会游泳，但由于身体虚弱，他无法从游泳中感受到乐趣，也无法获得高超的技巧。但是，最强壮的游泳者又有什么力量能抵挡狂暴的海洋呢？我为同伴们做准备的努力几乎是徒劳的——因为咆哮的海浪让我们听不到彼此的说话声，海浪不断地冲刷着我们的小船，迫使我使出全身的力气把水往外排，就像水流进来一样快。与此同时，无边无际的黑暗包围着我们，只有闪电能将黑暗驱散；有时我们会看到火红的雷电落入海中，不时地有巨大的水柱从云层中喷出，搅动着汹涌的大海，而大海则奋起迎击。猛烈的狂风吹着船架继续前行，而它们则消失在混沌的海天之间。我们的船舷被撕开了，我们的单帆被撕成了一条条的带子，顺着风流被卷走了。我们砍掉了桅杆，把船上所有的东西都卸了下来——克拉拉试图帮我把水从船舱里舀出来，当她转过眼睛看着闪电时，我从那一瞬间的闪光中看出，不甘战胜了一切恐惧。在任何最糟糕的极端情况下，我们都有一种力量，这种力量支撑着人类脆弱的心灵，使我们能够以一种在幸福时光中无法想象的平静的灵魂忍受最野蛮的折磨。事实上，一种比暴风雨更可怕的平静平息了我内心的狂跳——这种平静就像当最后的死亡即将降临，当毒药杯就在嘴边，当致命的一击即将发出时，游戏者、自杀者和杀人犯的平静一样。

　　几个小时就这样过去了——这几个小时可能会在无须的青年脸上写下苍老，也可能会在稚嫩的幼发上染上灰尘——几个小时过去了，而混乱的喧闹仍在继续，每一阵可怕狂风的狂暴程度都超过了前一阵，我们的小艇悬挂在破碎的波浪上，然后冲向下面的山谷，在似乎最接近她上方的水崖之间颤抖着、旋转着。狂风停顿了片刻，大海陷入了相对的寂静——那是一个令人窒息的间歇。狂风像一个熟练的跳跃者，在它跃起之前就已经收拢了自己，现在带着可怕的咆哮冲过海面，海浪打在我们的船尾。阿德里安惊呼，舵不见了。"我们迷路了，"克拉拉喊道，"救救你们自己，救救你们自己！"闪电让我看到了那个可怜的女孩，她的半截身子埋在船底的水里。在她沉入水里的时候，阿德里安抓住了她，把她搂在怀里。我们没有了舵，船头冲向了前方堆积起来的巨浪——掀翻了小船，灌满了小船。我听到了一声尖叫——我喊道，我们走了。我发现自己在水里，周围一片黑暗。当暴风雨的光芒一闪而过时，我看到我们那艘被打翻的小船的龙骨离我很近，我紧紧地抓住它，用手和指甲紧紧地抓住它，同时努力地在每一次闪光中寻找我同伴们的身影。我好像看到阿德里安在离我不远的地方紧紧抓住一只船桨。我猛地从船桨上跳了起来，用超出常人的力量冲开海水，努力抓住他。当希望落空时，本能的生命之爱和争斗之情激起了我的斗志，仿佛有一股敌对的意志在与我抗争。我挺胸面对汹涌澎湃的浪潮，把它们从我身边甩开，就像面对一头即将扑向我的狮子的锋利爪子一样。当我被一个浪头击倒时，我又在另一个浪头上站了起来，同时我感到苦涩的骄傲呈现在我的脸上。

暴风雨把我们带到海岸附近，之后我们就再也没有离开过海岸。每一次闪光，我都能看到海岸的边际。然而，我所取得的进展却微乎其微，而每一次海浪退去，都会把我带回到海洋的深渊。我的双臂开始失去活动能力。在海水的绞杀下，我喘不过气来——无数疯狂而谵妄的念头在我的脑海中闪过。为了获得这种安宁，而不是为了保命，我做了最后的努力。倾斜的岸边突然为我提供了一个落脚点。我站了起来，又被海浪抛了下去，好在我抓住了一块岩石，让我有了片刻的喘息。然后，趁着海浪退去，我向前跑去，跑到了干燥的沙滩上，然后毫无知觉地倒在了遍布沙滩的湿润的芦苇丛中。

我一定是昏睡了很久，因为当我带着一种令人作呕的感觉，第一次睁开眼睛时，晨光已经照进了我的眼睛。与此同时，周围已经发生了巨大的变化。灰色的曙光斑驳了飞舞的云朵，云朵向前飞去，不时地留下巨大的纯净湖泊。一道光泉从亚得里亚海的波涛后面的东方源源不断地涌出，将灰色染成玫瑰色，然后将天空和大海染成金色。

苏醒之后，我又陷入了一阵昏迷。我的感官还存在，但记忆却消失了。幸福的喘息是短暂的——一条蛇潜伏在我身边，要把我蜇死——想到这里，我决定站起来，但我的四肢不听使唤，我的膝盖在颤抖，肌肉失去了所有的力量。我仍然相信，我某位心爱的同伴可能也会像我一样，半死不活地躺在沙滩上。我想尽一切办法让我的身体恢复机能。我拧干了头发上的盐水，初升的太阳很快就给我带来了和煦的温暖。随着身体机能的恢复，我的心灵也在某种程度上意识到，从此以后，它将栖息在苦难的宇宙中。我跑到水边，呼唤着心爱的人的名字。大海吸收了我微弱的声音，发出无情的咆哮。我爬上近处的一棵树。平坦的沙地被松树林环绕，大海被地平线环绕，这就是我所能看到的一切。我沿着海滩徒劳地寻找。我们扔到海里的桅杆、缠在一起的绳索和残帆，是我们失事后陆地上唯一的遗物。有时，我呆呆地站着，搓着手。我控诉着大地和天空——既是万物之主却又造化弄人。我又一次扑向沙滩，这时，叹息的风声模仿着人类的哭声，唤起了我苦涩而谬误的希望。我确信，如果附近有任何小船或独木舟，我就会去野蛮的海洋平原，找到我失去的亲人的遗骸，并紧紧抱住他们，与他们同眠。

一天就这样过去了，每一刻都蕴含着永恒。尽管一个小时又一个小时过去了，我还是对时间的飞逝感到惊奇。然而，即使是现在，我也还没有把苦药喝得一滴不剩。我还没有确信我已经失去了生命。我还没有在每一次脉搏、每一根神经、每一个念头中感觉到，在我的种族中，我落单了，我是最后的幸存者。

天阴沉沉的，日落时下起了蒙蒙细雨。我想，即使是永恒的天空也会流泪。那么，凡人在泪水中度过自己的一生，还有什么可耻的呢？我想起了古老的寓言故事，其中描述人类因哭泣而化为不断涌出的泉水。啊！原来如此，那我的命运就和阿德里安和克拉拉的溺亡并无二致了。哦！悲伤是奇妙的，它编织了一张网，可以从周围的每一种形态和变化中追溯它的悲惨历史。它将自己融入了一切有生命的自然，在每一个物体中都能找到寄托。就像光一样，它充满了万物；就像光一样，它将自己的色彩赋予了万物。

我漫无目的地寻找着，在离我被抛下的地方还有一段距离时，我来到了意大利海岸线上的一座瞭望塔前。我很高兴能有个栖身之所，也很高兴在长久凝视大自然的荒凉之后能找到一件人类的杰作。于是我走进去，沿着蜿蜒的粗糙楼梯走进了警卫室。命运是如此的仁慈，这里没有留下任何昔日居民的惨痛痕迹。几块木板铺在两根铁柱上，上面撒满了印第安玉米的干叶子，这就是我的床铺。一个敞开的箱子，里面装着一些半发霉的饼干，唤起了我的食欲，也许这种食欲早已存在，但直到现在我才缓过神来。口渴也折磨着我，由于喝了海水，加上体力不支，我的喉咙无比灼热。仁慈的大自然在满足这些需求的同时，也赐予了我愉悦的感觉，因此，当我吃着这些可怜的食物，喝了一点儿留在这个废弃住所的酒壶里半满的酸酒后，我——即使是我——也变得神清气爽、心平气和了。然后，我躺在床上，这正是海难受害者所期盼的。干枯的树叶散发出泥土的气息，这是我在闻到可恶的海草味之后的慰藉。我忘记了自己的孤独。我既不向后看，也不向前看。我的感官沉浸在宁静之中。我睡着了，梦见了所有亲切的内陆场景，梦见了干草机，梦见了牧羊人要求他的狗帮忙驱赶羊群时对它吹的口哨，梦见了我童年山野生活中特有的景象和声音，而这些我早已忘却。

　　我在痛苦的煎熬中醒来。我幻想着大海冲破了它的束缚，带走了固定的大陆和根深蒂固的山脉，还有我热爱的溪流、树林和羊群——一切都在四周肆虐，发出持续不断的可怕咆哮，伴随着人类最后的残骸。当我的意识恢复清醒时，警卫室光秃秃的墙壁将我围住，雨水淅淅沥沥地打在唯一的窗户上。从沉睡的遗忘中醒来，接受自己无助的心灵发出的喑哑的哀号——从欺骗的梦境中返回，沉重地认识到一成不变的灾难——这是多么可怕啊！我现在就是这样，永远都是这样！其他悲痛的刺痛可能会被时间冲淡，甚至我的悲痛有时也会在白天屈服于想象或感官所激发的快感。在第一眼看到晨光时，我的手指紧紧地按住我迸裂的心脏，我的灵魂被无尽的无望的苦难的洪水淹没。现在，我在这个死寂的世界上第一次醒来——我独自醒来——甚至在雨声中也能听到沉闷的海的哀鸣，这使我意识到自己已成为一个可怜虫。这声音像责备，像嘲笑，像灵魂深处悔恨的刺痛，我喘不过气来，喉咙的血管和肌肉膨胀起来，令我窒息。我用手指堵住耳朵，把头埋进床榻的叶子里，我恨不得钻入地心以逃避那可怖的呻吟声。

　　但我必须完成另一项任务——我再次来到那片令人憎恶的海滩，我再次徒劳地眺望远方，我再次发出无人回应的呼喊，发出唯一能再次迫使喑哑的空气发出人类思想音节的声音。

　　我是一个多么可怜、凄凉、悲哀的人！我的外表和衣着都在诉说着我的绝望。我的头发蓬乱，四肢沾满了盐水。在海上时，我脱掉了身上的衣服，雨水淋湿了我身上单薄的夏装。我赤着双脚，枯萎的芦苇和破碎的贝壳让我的双脚鲜血淋漓。我匆忙地走来走去，时而认真地注视着远处的岩石，它是沙中的一座孤岛，时而给人制造希望的幻觉，时而用闪烁的目光责备凶残的大海，责备它的无情。

　　刹那间，我把自己比作荒原上的君主——鲁滨逊·克鲁索。我们都被抛到了荒岛的岸边。我在一个荒凉世界的岸边。我拥有丰富的所谓生活物资。如果我的脚步离开这近乎荒芜的景象，走进地球上的任何一座城市，我就会发现它们为我的生存而储存的财富——衣服、食物、书籍，以及住所，都是昔日的王公贵族所无法比拟的；每一种气候都由我来选择，而鲁滨逊却不得不为获得每一种必需品而辛勤劳作，他是一个热带岛屿的居民，在炎热和风暴面前，他只能得到微不足道的庇护。从这个角度来看，谁不会选择我所能支配的奢靡享受、哲学般的闲暇时光和丰富的智识资源，而舍弃他那充满劳苦与危险的生活呢？然而，他比我幸福得多。因为他有希望，而且希望也没有白费——命中注定的船只终于来了，把他载到了亲人的身边，在那里，他的孤独事件成了炉火边的故事。而我却无人可诉说我的苦难，我已失去所有希望。他深知环绕其孤岛的海洋的彼岸，当阳光照耀他时，也同样照耀着千万人。而在正午的太阳和游弋的月亮下，唯有我独具人类面容，只有我能够表达思想。当我睡觉的时候，白天和黑夜都没有人看见。他逃离了他的伙伴，听到人的脚印就惊恐万分。我本想跪下来向他顶礼膜拜。野性而残忍的加勒比人、无情的食人族，或者比他们更可怕的，野蛮、无情的文明恶习的老手，都会成为我心爱的伙伴，我珍视的宝贝。他的天性与我相近，他的形体铸在与我相同的模子里，他的血管里流淌着人类的血液。人类的同情心一定会把我们永远联系在一起。我再也见不到这样的人了！再也见不到了！难道我醒来后，谁也不和我说话，我的灵魂在无尽的时间里，在世界的孤岛上，在真空的包围中，成为一个孤独的支点？不！不！上帝统治着这个世界——事实并没有把它的金杖换成锥刺。走吧！让我飞离海洋的坟墓，让我离开这个因荒芜而显得苍白无力的角落。让我再次踏上铺好路面的城镇，踏进人类居住的门槛，我一定会发现这种想法只是一个可怕的幻觉——一个令人疯狂却又瞬息万变的梦。

我进入了拉文纳（离我被抛下的地方最近的城镇），此时第二个太阳还没有落在空荡荡的世界上。我看到了许多活物——牛、马和狗，但没看见任何人。我走进了一间小屋，里面空无一人。我登上了一座宫殿的大理石楼梯，蝙蝠和猫头鹰依偎在挂毯上。我轻轻地迈着步子，生怕惊醒了沉睡的城镇。我训斥了一条狗，因为它的叫声扰乱了神圣的宁静。我不相信一切都像看上去的那样，世界并没有死，但我疯了。我失去了视觉、听觉和触觉。我在咒语的作用下活着，咒语让我看到了地球上的一切景象，但却没有地球上的居民。他们正在从事着普通的工作。每座房屋都其居住者，但我却无法感知他们的存在。如果我能自欺欺人地相信这一切，我应该会满意得多。但是，我的大脑顽强地保持着理智，拒绝接受这样的想象，尽管我努力在自己面前表演滑稽剧，但我知道，我是人类的后代，在漫长的岁月里，我是许多人中的一个，现在，我仍然是我这个物种的唯一幸存者。

太阳沉到了西山的背后。我从前一天傍晚起就禁食了，尽管又累又虚弱，但我还是不想吃东西。只要还有一丝光亮，我就不停地在孤独的街道上踱步。夜幕降临了，除了我之外，所有的生物都被送进了伴侣的怀抱。我躺在人行道上，用冰冷的大理石台阶当枕头。午夜来临，我疲惫的眼睑遮住了闪烁的星星，以及它们在附近人行道上的反光。就这样，我度过了荒凉的第二个夜晚。

第十章

  清晨,当楼房高处的窗户接收到初升太阳的第一束光辉时,我醒来了。鸟儿叽叽喳喳地叫着,栖息在窗台上和冷清的门槛上。我醒了过来,第一个念头就是:阿德里安和克拉拉死了。以后,我再也不会听到他们的欢呼,也不会在他们的陪伴下度过漫长的一天,我再也见不到他们了。大海夺走了我对他们的爱——从他们的胸膛里夺走了他们的爱,把对我来说比光明、生命和希望更珍贵的东西交给了死亡。

  当阿德里安把他的友谊赐予我的时候,我还是一个无师自通的牧童。我一生中最美好的时光都是和他一起度过的。我在这个世界上所拥有的一切,无论是幸福、知识还是美德,都归功于他。他的人格、才智和罕见的品质为我的生命增添了光彩,没有他,我的生命永远不会有这样的光彩。他让我懂得,纯粹而单一的善良是人类的特质,这一点超越了所有其他生命。在人类最后的日子里,看到他带领、治理和慰藉人类,真是天使聚集的景象。

  我可爱的克拉拉也离开了我——她是人类最后的女儿,展现了诗人、画家和雕塑家们用各自艺术语言努力表达的所有女性美德。然而,就她而言,我还能哀叹她在年轻时就远离了必将到来的苦难吗?她的灵魂是纯洁的,她所有的意图都是圣洁的。但她的心是爱的宝座,她可爱的面容所表现出的感性,是许多悲哀的预言者,而这些悲哀并不因为她想永远掩盖它们而显得不那么深沉和黯淡。

  这两个天赋异禀的人从万劫不复中幸免于难,在我孤独的最后一年里陪伴着我。当他们和我在一起时,我感受到了他们的全部价值。我意识到,所有其他的情感、遗憾或激情都逐渐融入了对他们的渴望和依恋。我没有忘记我年轻时的甜蜜伴侣、我孩子们的母亲、我崇拜的伊德里斯，我至少在她哥哥身上看到了她精神的一部分。在伊夫林去世后，我失去了她最让我怀念的东西。我把对她的怀念寄托在阿德里安的身上，努力把这两种爱恋混为一谈。我叩问自己的内心深处，徒劳地试图从中汲取表达我对这些种族残余的爱的方式。如果悔恨和悲伤袭上心头，在我们孤独无助的时候，阿德里安清脆的声音和他热切的眼神会驱散阴霾，克拉拉舒展的眉眼和深邃的蓝眸所表达的温和满足和甜蜜的顺从，也会让我不知不觉地振作起来。对我来说，他们就是我灵魂深处的太阳——在我的疲惫中安息，在我无眠的悲哀中沉睡。我用杂乱无章的文字，赤裸而无力地表达了我对他们的依恋之情，这是很糟糕的，非常糟糕的。我本想把自己像常春藤一样紧紧缠绕在他们身上，这样，同样的打击就可以摧毁我们。我本想走进他们，成为他们的一部分。

若我血肉之躯能化为思绪，

此刻我早已随他们前往那永恒寂静的归宿。

我再也见不到他们了。我无法再与他们交谈，失去了他们的踪迹。我是一棵被闪电劈断的树，树皮永远不会再覆盖住裸露的纤维，被狂风撕裂的颤抖的生命永远不会得到片刻的抚慰。世界上只有我一个人——但这一表述还不如阿德里安和克拉拉的死来得悲惨。

思想和情感的浪潮滚滚向前，虽然周围的河岸和形状各不相同，但它们支配着浪潮的走向，浪潮中的倒影也各不相同。就这样，眼前的失落感在某种程度上衰减了，而那种彻底的、无法弥补的孤独感却随着时间的推移在我心中滋长。我在拉文纳徘徊了三天——现在只想着那些长眠于海洋潮湿洞穴中的挚爱——现在又望着眼前可怕的空白。我颤抖着迈出前进的脚步——为每一个标志着时间进程的变化而噤若寒蝉。

我在这座萧条的城市中漫无目的地游荡了三天。我花费了大量时间挨家挨户地寻访，试图捕捉任何人类生存的蛛丝马迹。偶尔我会按响门铃，铃声在空旷的房间中回荡，随后便归于一片寂静。我自称无药可救，但仍抱有希望。失望仍在时光中悄然而至，将最初刺伤我的冰冷锋利的钢刀刺入我疼痛溃烂的伤口。我像一只野兽，只有在饥饿难耐的时候才会觅食。在那些日子里，我没有换过衣服，也没有找过遮风挡雨的地方。在那段时间里，我浑身灼热，精神紧张，思绪万千，夜不能寐，整日焦躁不安。

随着血热的加剧，我萌生了流浪的念头。我记得，在我失事后的第五天，太阳已经落山，我没有目的也没有目标地离开了拉文纳城。我一定是病得不轻。因为，当我继续在曼通河畔散步时，我怅然若失地望着溪水，心想，溪水清澈见底，可以永远抚平我的忧伤。我走了相当长的一个晚上，过度的疲倦终于战胜了我对利用荒芜的栖息地的厌恶。刚升起的残月让我看到了一栋小屋，整洁的入口和修剪整齐的花园让我想起了自己的英格兰。我掀开门闩，走了进去。首先映入眼帘的是一间厨房，在月光的指引下，我找到了点灯的材料。里面是一间寝室，沙发上铺着雪白的床单，炉台上堆放着木柴，还有一桌丰盛的饭菜，这一切几乎可以让我相信，我在这里找到了我苦苦寻找的一位幸存者，一位陪伴我孤独的人，一位慰藉我绝望的人。但我还是强忍住了这种错觉。房间本身是空的。为了谨慎起见，我反复对自己说，要检查一下房子的其他地方。我想我已经不抱期望了。然而，当我把手放在每扇门的锁上时，我的心跳得很厉害，当我发现每扇门都是空的时，我的心又沉了下去。我回到第一个房间，想知道是哪位目不识丁的主人为我准备了晚餐和休息的材料。我搬了把椅子坐在桌旁，端详着我要享用的食物。事实上，这是一场死亡盛宴！面包发蓝发霉，奶酪堆满了灰尘。我不敢细看其他的菜肴。一队蚂蚁排成两行穿过桌布。每件器皿上都布满了灰尘、蜘蛛网和无数的死苍蝇。这些东西无一不在预示着我的期望是错误的。我的泪水夺眶而出。这无疑是毁灭者力量的肆意展示。我到底做了什么，让每一根敏感的神经都被这样解剖？然而，为什么现在比以往任何时候都要更加怨天尤人呢？这间空荡荡的小屋并没有透露出什么不一样的悲伤——世界是空荡的，人类已灭绝——我很清楚这一点，为什么要与一个公认的陈旧的事实争吵呢？然而，正如我所说的，我曾在绝望的内心深处寄予希望，因此，每当我的灵魂对残酷的现实产生新的印象时，都会带来新的痛苦，告诉我一个尚未得到研究的教训，那就是，无论是地点还是时间的改变，都无法减轻我的痛苦，而我现在的处境，只要我还活着，就必须日复一日、月复一月、年复一年地继续下去。我几乎不敢猜想这种说法意味着多长的时间。诚然，我已不再是初露锋芒的男子汉，我也没有在岁月的长河中衰退——人们认为我正值壮年。我刚刚迈入三十七岁吗，四肢健全，吐字清晰，就像我在坎伯兰山丘上扮演牧羊人时一样。带着这些优势，我开始了孤独的生活。当晚，我沉沉睡去。

然而，我享受到的庇护和不那么令人不安的安宁，让我在第二天早上恢复了健康和体力，这是我遭遇致命海难以来从未有过的。前一天晚上，我在搜查茅屋时发现了一些物品，其中有一些葡萄干。早晨，当我离开住处，向不远处的一个小镇走去时，这些葡萄干让我精神焕发。据我推测，那一定是福尔里。我高兴地走进了宽阔而又长满青草的街道。诚然，这里的一切都充满了荒凉的气息，但我还是喜欢到那些曾经是我的同胞们居住过的地方去。我高兴地穿过一条又一条街道，仰望着高大的房屋，反复对自己说，它们曾经住过和我相似的人——我并不总是现在这样的可怜虫。福尔里宽阔的广场、环绕广场的拱廊、轻快怡人的景色让我心情愉悦。我高兴地想到，如果地球上再次有人居住，我们这些失落的种族将在留下的遗迹中向新来的人们展示我们的力量，而不会让人感到可鄙。

我走进其中一座宫殿，打开一扇华丽的沙龙门。我惊呆了，我再次惊呆了。我以为在面前的是野性十足、蓬头垢面、半裸的野人？惊讶只是一瞬间。

我发现大厅尽头的一面大镜子里照出的正是我自己。难怪伊德里斯公主的情人会认不出镜子里的自己。因为我的衣服破破烂烂，我是半死不活地从汹涌的大海中爬出来的。我的长发纠缠在一起，精灵般地垂在眉间。我的黑眼睛空洞而狂野，在眼底熠熠生辉。我的脸颊因黄疸病而褪色，皮肤上布满了黄疸（这是苦难和疏忽的后果），长了许多天的胡须将我的脸遮住了一半。

然而，我想，我为什么不能继续这样下去。世界已经死去，这身肮脏的衣服比华丽的黑色西装更适合哀悼。我想，如果没有希望（我相信没有希望，人是不可能存在的）在我耳边悄悄告诉我为什么，在这样的困境中，我应该成为一个让人恐惧和厌恶的存在。我不知道希望在哪里，但我深信，最终会被我找到。我的读者们会鄙视我的虚荣心吗？为了这个有远见的人，我不得不小心翼翼地打扮自己。或者，他们会原谅我半癫半狂的想象力吗？我很容易原谅自己，因为希望无论多么模糊，对我来说都是如此珍贵，而快乐的情绪又是如此罕见，以至于我很容易屈服于任何怀有希望的想法，或承诺让我悲伤的心重拾希望的想法。闲暇之余，我游览了福尔里的大街小巷和犄角旮旯。这些意大利城镇呈现出比英国或法国城镇更加荒凉的景象。瘟疫在这里出现得更早——比我们那里更早地完成了它的过程，也更早地完成了它的工作。从卡拉布里亚海岸到阿尔卑斯山北部之间的所有道路上，大概在去年夏天就没有活人了。我的搜寻完全是徒劳的，但我并没有绝望。我认为理智是站在我这边的。在意大利的某个地方，存在着一个像我这样的幸存者的机会绝非可鄙，因为那是一片荒芜、人口稀少的土地。因此，当我漫步在空无一人的小镇时，我为今后的行动制订了计划。我将继续向罗马进发。在发现我经过的城镇中没有留下一个人之后，我会在每个城镇的显眼处用白色颜料用三种语言写上："维尔尼，最后一个英国人，已在罗马定居。"

按照这个计划，我进了一家油漆店，自己买了颜料。奇怪的是，如此琐碎的工作竟然能让我感到安慰，甚至让我感到生机勃勃。但悲伤使人变得幼稚，绝望使人变得梦幻。在这简单的题词上，我只加了一句"朋友，来吧，我等着你！"。翌日清晨，带着对同伴的希望，我离开了福尔里，踏上了前往罗马的路途。直到现在，痛苦的回想和沉闷的未来前景在我清醒的时候一直刺痛着我，让我无法安息。我曾多次将自己交付给席卷而来的痛苦——我曾多次下定决心要尽快结束我的苦难，而死于自己之手也算是一种补救措施，这种可能性甚至令我欢欣鼓舞。在另一个世界，我还能害怕什么呢？如果真有地狱，而我又注定要下地狱，那我就应该熟练地忍受地狱的折磨。这一切都很容易，我的悲惨遭遇很快就会结束。但现在，这些念头在新的期待面前消逝了。我继续前行，不再像以前那样，感到每小时、每分钟都漫长得如一个世纪，本能地承受着无法估量的痛苦。

我沿着平原漫步，在亚平宁山脉脚下，穿过山谷，越过荒凉的山顶，我的道路引领我走过一个英雄们曾踏足过、成千上万人参观过并敬仰过的国度。他们如潮水般退去，留下我一个人在这片空旷之地。但为什么要抱怨呢？难道我没有希望吗？——我这样教导自己，甚至在那股令人振奋的精神真的抛弃了我之后，我还不得不鼓起我所能鼓起的全部勇气——虽然并不多，以防止再次出现那种混乱而难以忍受的绝望重新袭来，那是继悲惨的海难之后的又一次绝望，使一切恐惧化为乌有，使一切欢乐化为乌有。

我每天迎着朝阳起床，离开荒凉的客栈。当我的脚步踏过这个没有人烟的国度时，我的思绪在宇宙中漫游，当我沉浸在遐想中忘记时间的流逝时，我是最痛苦的。每天傍晚，尽管疲惫不堪，我还是不愿意进入任何住所，在那里过夜。我在我选定的小屋门前坐了一个又一个小时，无法打开门闩，面对着屋内茫然的荒芜。许多个夜晚，尽管周围弥漫着秋日的薄雾，我还是在鸢尾花下度过。许多次，我吃着箭竹果和栗子，在地上生起石膏般的火堆——因为野外的自然风光让我不那么强烈地感受到我无望的孤独。我数着日子，随身带着一根剥了皮的柳条，在上面记下了我失事以来的日子，每晚我都在这个忧郁的数字上再加一个单位。

我在通往斯波莱托的一座山上辛勤劳作。周围是一片平原，被长满栗子的亚平宁山脉环绕着。一侧是幽深的峡谷，横跨其上的是古罗马水道桥，其高耸的拱门深植于下方的幽谷中，见证着人类曾在此倾注劳力与智慧，装点并驯化自然。野蛮、忘恩负义的大自然在狂野的运动中玷污了人类的遗迹，在人类永恒的建筑周围伸出了她那容易更新、生长脆弱的野花和寄生植物。我坐在一块岩石上，环顾四周。太阳把西边的天空染成金色，东边的云朵捕捉到光芒，绽放出短暂的美丽。太阳落在一个世界上，这个世界上只有我一个人。我拿出魔杖，数着那些痕迹。已经有二十五个标记了——自从最后一次人类的声音在我耳边响起，人类的面容在我眼前出现，已经过去了二十五天。二十五个漫长而疲惫的日子，接踵而至的是漆黑而孤独的夜晚，这些日子与逝去的岁月交织在一起，成为过去的一部分，再也回想不起来了，成为我生命中真实的、不可否认的一部分——二十五个漫长而又漫长的日子。

为什么这不是一个月！为什么要谈论天、周或月。我必须在想象中抓住年，如果我想真实地向自己描绘未来——那个致命的时刻可能会过去三周年、五周年、十周年、二十周年、五十周年——每一年都包含十二个月，每一个月在日记中的计算都比过去的二十五天更多，会这样吗？我们曾经战战兢兢地期待死亡的来临。为何如此？不过是因为它的归宿晦暗不明罢了。然而更为可怖、更加深不可测的，是我孤独未来之路的揭示。我折断了我的魔杖，并把它扔掉。我无须依赖数据记录设备来量化我的生命历程，我内心的波动自然形成了一条有别于天体运行轨迹的时间轴。回首我独自一人的岁月，我不愿意用日日夜夜的名称来称呼那痛苦的悸动，而这痛苦的悸动却实实在在地分割了我的生命。

我把脸埋在手心。小鸟叽叽喳喳地去休息了，它们在树丛中沙沙作响，扰乱了傍晚寂静的空气。蟋蟀在鸣叫，不时地发出咕咕的叫声。我一直在想着死亡，而这些声音向我诉说着生命。我抬起头，一只蝙蝠在我眼前转了一圈。太阳已经沉到了嶙峋的山峦后面，在橘红色的晚霞中，一轮银白色的新月清晰可见，还有一颗明亮的星星陪伴着我，让黄昏更加漫长。一群牛在下面的山谷中走过，没有人看管，它们正走向饮水的地方。微风吹拂着草地，发出沙沙的响声，橄榄树在月光的照耀下变得柔和，海绿色与深栗色的树叶形成鲜明的对比。是的，这就是大地。没有变化，没有毁灭，没有在翠绿的广袤土地上留下任何痕迹。尽管人类不是她的装饰者或居住者，但她仍在日夜交替中轮回着。为什么我不能像那些动物一样忘却自己，不再遭受我所忍受的狂乱的痛苦呢？然而，啊，它们的状态与我的状态之间存在着多么致命的裂痕！难道它们没有同伴吗？难道它们没有自己的伴侣、珍爱的幼崽和家园？虽然它们不曾表达，但我不怀疑，在它们眼中，大自然为它们创造的社会，甚至让它们倍感亲切和充实？只有我是孤独的。我在这小小的山顶上，凝视着平原和山凹，凝视着天空和繁星，倾听着大地、空气和海浪的每一个声音。只有我无法向任何同伴表达我的万千思绪，无法将我悸动的头枕在任何爱人的怀里，也无法从相会的目光中汲取醉人的露水，那露水超越了传说中的神之甘露。难道我不该抱怨吗？难道我不应该诅咒那台屠杀了人类子孙——我的兄弟姐妹——的杀人机器吗？难道我不应该诅咒大自然的每一个后代，因为你们胆敢在我受苦的时候享受吗？

啊，不！我将约束我悲伤的心，理解你们的欢乐。我将快乐，因为你们是如此。你们这些天真无邪的孩子，大自然选中的宠儿，继续活下去吧！我和你们没有什么不同。神经、脉搏、大脑、关节和肉体，我就是由这些组成的，而你们也是由同样的法则组织起来的。除了这些，我还有其他的东西，但如果它使我痛苦，而你们却快乐，我就会称其为缺陷，而不是天赋。就在这时，从不远处的小树林里走出来两只山羊和一个小羊羔，小羊羔跟在山羊妈妈的身边。我走近它们，它们没有发现我，我拾起一把鲜草。小羊紧紧地依偎在它妈妈身边，而它妈妈则怯怯地退到一边。公羊向前走了一步，眼睛盯着我；我走近它，仍然伸出诱饵，而它却低下头，用角向我冲来。我是个大傻瓜。我知道，但我还是屈服于我的愤怒。我抓起一块巨大的岩石碎片。它本可以压死我这个鲁莽的敌人。我瞄准了它，然后心一横。我把它扔偏了，它在灌木丛中哗啦啦地滚到了山谷里。我的小伙伴们都惊呆了，飞快地跑回树林的隐蔽处。而我，我的心在流血和撕裂，冲下山坡，用尽全身的力气，试图逃离我悲惨的内心。

不，不，我不会生活在大自然的荒野之中，那是所有生命的敌人。我要寻找城镇——罗马，世界的首都，人类成就的王冠。在那充满传奇色彩的街道、神圣的废墟和人类努力的巨大遗迹中，我不会像在这里一样，发现所有的东西都在遗忘人类，践踏他们的记忆，玷污他们的作品，从一个山丘到另一个山丘，从一个山谷到另一个山谷，通过从他们强加的界限中解放出来的洪流，通过从他们强制执行的法律中解放出来的植被，通过被霉菌和杂草遗弃的他们的居所，宣告他们的力量已经丧失，他们的种族已经永远毁灭。

我为台伯河欢呼，因为它是人类不可剥夺的财产。我为野蛮的坎帕尼亚欢呼，因为每一块土地都曾被人类踏过。其野蛮和未开垦的状态，并不是最近才有的，只是更清楚地宣告了人类的力量，因为人类给了这块毫无价值、荒芜的土地一个光荣的名字和神圣的头衔。我从人民门进入"永恒的罗马"，对其历史悠久的空间充满敬畏。宽阔的广场、近在咫尺的教堂、长长的科索大道、近在咫尺的蒙蒂圣母峰宛若仙境，它们是如此静谧、安详，又是如此美丽。已是傍晚时分，这座巨大城市里的动物们都已安息。除了众多喷泉的潺潺流水声外，再无其他声响。我知道我在罗马，这让我感到宽慰。这座奇妙的城市，其英雄和圣贤的显赫，远胜于它对人们的想象力所产生的影响。当晚，我安然入睡。我心中永恒的灼热熄灭了，我的感官平静了。

第二天一早，我就迫不及待地开始了我的漫游之旅。我登上了科隆纳宫花园的许多露台，我一直睡在科隆纳宫的屋檐下。从花园的顶峰出来，我发现自己站在卡瓦洛山上。喷泉在阳光下闪闪发光。上方的方尖碑划破了深蓝色的晴空。两边的雕像巍然屹立，它们都是菲迪亚斯和普拉西特莱斯的杰作，表现了卡斯托尔和波吕克斯以威严的力量驯服了他们身边的驯兽。如果这些杰出的艺术家真的雕刻了这些雕像，那么它们的伟岸身躯超越了多少代人的寿命啊？现在，它们被雕刻用来代表和神化的最后一个物种所观赏。当我想到这些石雕半神所代表的芸芸众生时，我在自己的眼中已经渺小到无足轻重的地步，但这事后的想法又让我在自己的观念中恢复了尊严。看到这些雕像中永恒的诗意，我的思绪不再刺痛，只剩下诗意。

我反复对自己说，我在罗马！我看到了世界的奇迹、想象力的主人、千百万世代灭绝者的威严和永恒的幸存者，我与它们熟稔地交谈着。我努力平息心中的悲痛，甚至现在还对我年轻时热切渴望看到的东西感兴趣。罗马的每个角落都充满了古代遗迹。最简陋的街道上到处都是截断的圆柱、残破的柱头——科林斯式和爱奥尼克式，以及闪闪发光的花岗岩或斑岩碎片。最简陋的住宅的墙壁上也有凹槽柱或厚重的石头，它们曾经是凯撒宫殿的一部分。这些哑巴的声音，在静止的震动中，从它们身上传出，被人类赋予了生命和荣耀。

我拥抱着朱庇特·斯塔特神庙的巨大圆柱，这座神庙现存于广场的空地上，我将灼热的脸颊靠在它冰冷的古老之上，试图通过唤醒我大脑中魂牵梦萦的细胞对逝去时光的生动记忆，来摆脱当前的苦难和被遗弃的感觉。我为自己的成功而欢欣鼓舞，因为我想到了卡米洛斯、格拉奇人、卡托，最后是塔西佗笔下的英雄们，他们在帝国阴暗的夜晚闪耀着超乎寻常的光芒。当贺拉斯和维吉尔的诗句或西塞罗光辉灿烂的时期涌入我敞开的心灵之门时，我感到自己被久已遗忘的热情所鼓舞。我知道，我看到了他们所看到的场景——他们的妻子、母亲和一群不知名的人所目睹的场景，与此同时，他们还在为这些无与伦比的人性标本致敬、鼓掌或哭泣。终于，我找到了安慰。我并没有徒劳地寻找罗马的传说，我发现了一剂良药，可以医治我许多致命的创伤。

我坐在这些巨大的圆柱脚下。竞技场就在我的右边，赤裸裸的废墟被大自然披上了一层青翠灿烂的面纱。左侧不远处是国会大厦的塔楼。凯旋门、许多神庙倒塌的墙壁，散落在我脚下的地面上。我下定决心，努力强迫自己看清周围聚集着的普利比人和高大的教父。当岁月的幻影掠过我沉静的思绪时，随之又被现代的罗马人所取代。身着白色祭衣，向跪拜的信徒们赐福。戴着头巾的修士；戴着面纱的黑眼睛女孩；喧闹的、被太阳晒得黝黑的乡下人，牵着他的水牛和牛群前往瓦奇诺坎波。我们用天空和超凡自然的彩虹色调蘸笔作画，某种程度上慷慨地赋予意大利人一种浪漫气质，取代了古老的庄严宏伟。我想起了"意大利人"中的黑衣僧侣和飘逸的身影，想起了我童年的热血是如何在描述中激动不已。我想起了科琳娜登上都城加冕的情景，从女主人公到作者，我回想着罗马的女魔法师精神是如何支配着想象力丰富的人们的思想，直到这种精神落在我的身上——这一奇迹的唯一幸存的旁观者。

我被这种想法萦绕了很久，但灵魂厌倦了无休止的逃亡。从这个地方转了一圈又一圈，突然跌入万丈深渊，跌入当下的深渊，跌入自知，跌入十倍的悲伤。我唤醒了自己，抛开了清醒的梦境。刚才还几乎能听到罗马人群的呼喊声，被无数人簇拥着的我，现在却看到罗马的废墟在它自己的蓝天下沉睡。影子静静地躺在地上。绵羊在帕拉丁山上吃草，无人看管，一头水牛在通往国会大厦的圣路上漫步。广场上只有我一个人，罗马只有我一个人，世界上也只有我一个人。在我疲惫的孤独中，一个活生生的人——一个伴侣，难道不值得这座历史悠久的城市所有的荣耀和铭记的力量吗？双重的悲哀——在辛梅里亚人的洞穴中孕育的悲哀，给我的灵魂披上了哀伤的外衣。我幻想中的世世代代，与一切的终结形成了更强烈的对比。在这一点上，强大的社会结构像金字塔一样终结了，而我，站在眩晕的高处，看到周围空空如也。

我从这种模糊的哀叹转而思考我的处境的细枝末节。到目前为止，我还没有实现我唯一的愿望，那就是为我的惆怅找到一个伴侣。但我并没有绝望。诚然，我的碑文大多被刻在无关紧要的城镇和村庄。然而，即使没有这些纪念碑，像我一样在人烟稀少的土地上孤身一人的人也有可能像我一样来到罗马。我的期望越是渺茫，我就越是要以其为基础，让我的行动适应这种模糊的可能性。

因此，我必须暂时在罗马安顿下来。我必须正视我的灾难——不能像小学生那样，只服从而不屈服；只忍受生活，却反抗我赖以生存的法则。

然而，我又怎能甘心？没有爱，没有理解，没有与任何人的交流，我怎么能迎接清晨的太阳，并与它一起踏上反复的旅程，走向黄昏的阴影？我为什么要继续活下去，为什么不抛开时间的重负，亲手将囚徒从痛苦的胸膛中释放出来？但我不会这么做。从我思考这个问题的那一刻起，我就认为自己是命运的主宰，是必然的仆人，是看不见的上帝的有形法则的仆人。我深信我的服从源于理性的思考、纯粹的感受，以及对人性真正的卓越与高贵的崇高认知。如果我在这片空旷的土地上，在四季及其变化中，看到的只是盲目的力量之手，我一定会心甘情愿地把头埋在草皮上，永远闭上眼睛，欣赏它的美丽。但是，当瘟疫已经侵袭到我的身上时，命运却给了我生命，把我从令人窒息的波涛中拖了出来，用这样的奇迹把我收为己有，我承认了她的权威，服从了她的命令。经过深思熟虑后，我确定了这一决心，更加意识到不能虚度光阴，荒废自我提升的机会，也不能让无尽的悲叹毒害生命的流逝。然而，既然附近没有一只手可以拔出刺入我心脏的带刺的长矛，又怎么能停止悔恨呢？我伸出我的手，却触碰不到任何与我感同身受的人。我被七重孤独的壁垒束缚着，围困着，拱卫着。如果我能够接受工作，那么只有工作才能给我不眠的悲哀提供一剂良药。在决定至少在罗马居住几个月后，我安排好了住处，选好了自己的家。科隆纳宫非常适合我。它的宏伟，它的绘画珍品，它的华丽大厅，都让我感到舒畅，甚至兴奋。

我发现罗马的粮仓里储藏着大量谷物，尤其是印度玉米。这种产品在制作食物时不需要太多技巧，因此我选择了它作为我的主食。现在，我发现自己年轻时的艰辛和无法无天得到了回报。一个人不可能摆脱十六岁时的习惯。诚然，从那时起，我就过着奢华的生活,至少是被文明所提供的一切便利所包围。在此之前,我一直像古罗马的狼养创始人一样粗野不羁。如今,在罗马城内,这种类似于城市创始人的掠夺者和牧人特质,反而成为了这座城市唯一居民的优势。我的上午时光都在坎帕尼亚平原骑马射击中度过,在各大艺术馆消磨了大量时间,仔细研究每一尊雕像,并在众多精美的圣母像和优雅的仙女雕塑前陷入深思。我在梵蒂冈徘徊,站在神圣美丽的大理石雕像前。每一尊石像都带着神圣的喜悦和永恒之爱的结晶。我常常用狂妄的口吻责备他们的僵硬木讷。因为他们是人形,人形的神性体现在每一个最美丽的肢体和线条上。完美的造型带来了色彩和动感的意念。我常常半是苦涩地嘲弄,半是自欺欺人地紧紧抓住它们冰冷的比例,来到丘比特和他的普赛克的嘴唇之间,按压着那块毫无知觉的大理石。

我努力阅读。我参观了罗马的图书馆,选了一卷书。在台伯河畔,或在博尔盖塞花园的神庙对面,或在塞斯提乌斯的古老金字塔下,我选择了一个僻静、阴凉的角落,努力隐藏自己,沉浸在书页所描绘的主题中。就像你在同一片土壤里种下夜来香和桃金娘,它们会各自吸收土壤、水分和空气,以培养各自的特性,我的悲伤也是如此,在其他神圣的甘露中找到了养分、存在和生长的力量,滋养着我光芒四射的沉思。啊!当我在这张纸上写下我所谓的工作的故事时,当我勾勒出我日子的骨架时,我的手在颤抖,我的心在颤抖,我的大脑在颤抖,我无法用语言、用词或想法来表达,来描绘出包裹着这些赤裸裸的现实的难以言表的悲哀的面纱。哦,疲惫而跳动的心啊,我是否可以剖开你的纤维,告诉你在每一个无尽的苦难中,是如何存在着悲伤、可怕、悔恨和绝望?我是否可以记录下我的许多呓语——我对折磨人的大自然的疯狂咒骂——以及我是如何度过了一段段不见天日、食不果腹的日子,除了在自己的怀抱中活着的炙热地狱?

与此同时,我又多了一项职业,一项最能约束我忧郁思想的职业,我的思绪越过许多废墟,穿过许多繁花似锦的溪谷,甚至回到了我年轻时第一次走出的山凹。

有一次,我在罗马的居民区闲逛时,在一位作家书房的桌子上发现了写作材料。手稿的一部分散落在那里。其中一页是未完成的给后人的献词,为了后人的利益,作者精选了这种和谐语言的精妙之处——他将自己的心血留给了后人，使他们永远受益。

我哭着说，我也要写一本书。给谁看？然后我傻乎乎地写道："献给美丽的逝者。阴影，请阅读你的衰落！看看最后幸存者的历史。"

然而，难道这个世界不会重新有人居住，而一对被拯救的恋人的孩子们，在某个我不知道的、难以企及的隐居地，徘徊在这些瘟疫发生之前存在的种族的惊人遗迹中，试图了解那些成就如此惊人、想象力无穷无尽、拥有神一般力量的人，是如何离开他们的家园，来到一个未知的国度的吗？

我将在这座最古老的城市、这座"世界上唯一的纪念碑"上写下并留下这些事情的记录。我要为"最后的人"维尔尼的存在留下一座纪念碑。起初，我只想到瘟疫、死亡和最后的遗弃。但我深情地回忆了我的早年岁月，并以神圣的热情记录了我的同伴们的美德。在我完成任务的过程中，他们一直与我同在。我的任务结束了——我从纸上抬起头——他们又一次离我而去。我再次感到我是孤独的。

一年过去了。四季轮回，给这座永恒之城披上了一件变幻莫测、美不胜收的外衣。一年过去了，我不再猜测自己的状态和前景——我早已习惯孤独，悲伤是我形影不离的伙伴。我曾努力勇敢地面对风雨，我曾努力让自己学会坚韧，我曾努力让自己接受智慧的熏陶。但这些都无济于事。我的头发已几近斑白，我的嗓音已不习惯发出声音，听起来很奇怪。在我看来，我的人格，我的能力和特征，都是大自然的畸形产物。如何用人类的语言表达人类直到现在才知道的悲哀？没有人来到罗马。也不会有人再来了。我为自己长久以来滋生的妄想苦笑，更可笑的是，我已将它换成了另一个同样虚幻、同样虚假的妄想，而我却对此深信不疑。

冬天又来了，罗马的花园落光了叶子，刺骨的寒风笼罩着坎帕尼亚，驱赶着野蛮的居民，在这座荒芜城市的众多住宅中栖息。冰霜让喷泉暂停喷涌，许愿池也停止了永恒的音乐。我借助星象做了一个粗略的计算，试图确定新年的第一天。在古老而陈旧的年代里，教皇陛下总是带着庄严的仪仗，在雅努斯神庙的大门上钉上一枚钉子，以示一年的更新。那天，我登上圣彼得大教堂，在最顶端的石头上刻下了二一〇〇年，即世界的最后一年！

我唯一的伙伴是一条狗，毛茸茸的，一半是水犬，一半是牧羊犬，我在坎帕尼亚发现它在放羊。它的主人已经去世，但它仍在履行职责，期待主人归来。如果有一只羊偏离了其他羊，狗狗就会迫使它回到羊群中，并勤勉地驱赶每一只闯入者。我在坎帕尼亚骑马时，曾路过它的牧羊场，有一段时间我一直在观察它重复从人类那里学到的经验，虽然这些经验现在已经毫无用处，但它仍然没有忘记。当它看到我时，高兴极了。它蹦蹦跳跳地跑到我的膝盖上，一圈又一圈地摇着尾巴，发出短促而又欢快的叫声；它离开自己的羊圈跟着我，从那天起，它就一直在我身边照看我，每当我抚摸它或和它说话时，它都会表现出沸腾的感激之情。当我们走进圣彼得大教堂宏伟的中殿和过道时，只有它和我的脚步声嗒嗒作响。我们一起登上了无数的台阶，在山顶上我完成了我的设计，并用粗略的数字记下了去年的日期。然后，我转过身来，凝视着这个国家，向罗马告别。我早就下定决心要离开罗马，现在我已经为我离开这个宏伟的居所后的职业生涯制订了计划。我的唯一伴侣是一只狗，一只毛茸茸的家伙，半水犬半牧羊犬，我在坎帕尼亚发现了正在放羊的它。它的主人已经去世，但它仍然继续履行职责，期待主人的归来。如果有羊离群，它会强迫它回到羊群，并勤勉地驱赶每一个入侵者。在坎帕尼亚骑行时，我偶然发现了它的牧羊路径，并观察了一段时间它从人类那里学到的技能的重复，这些技能虽然已无用，但仍未被遗忘。

独居者的本能是流浪，而我也想成为这样的人。换个地方总能带来改善的希望，甚至能减轻我生活的负担。如果我一直待在罗马的话，那我就是个傻瓜。罗马因疟疾而闻名，疟疾是著名的死亡之源。但是，如果我走遍整个地球，我还是有可能在其中的某个地方找到幸存者的。我想，海边是最有可能选择的避难所。如果把他们独自留在内陆地区，他们仍然不能继续留在他们最后的希望已经熄灭的地方。他们会像我一样继续旅行，为他们的孤独寻找伙伴，直到水的障碍阻止他们继续前进。

我愿把自己托付给那个造成我痛苦的水源，也许现在它能治愈我的痛苦。永别了，意大利！永别了，你这世界的装饰品，无与伦比的罗马，漫长岁月中孤独者的归宿！永别了，文明生活，永别了安居乐业的家园，永别了单调乏味的日子！现在，危险将属于我，我把它当作朋友来欢呼。死亡将永远与我擦肩而过，而我将把它当作恩人来迎接。艰辛、恶劣的天气和危险的暴风雨将是我誓死相随的伙伴。暴风雨的精灵们，请接受我吧！毁灭的力量们，请张开你们的双臂，永远拥抱我吧！如果没有更仁慈的力量安排另一种结局，让我在长期忍耐之后获得回报，让我再次感受到我的心脏在另一个和我一样的人的心脏附近跳动。

台伯河是大自然亲手铺就的道路，贯穿大陆，就在我的脚下，河岸上拴着许多小船。我将带着几本书、给养和我的狗，乘上其中一艘，顺着溪流漂向大海。然后，紧靠陆地，沿着蓝色地中海的美丽海岸和阳光海角，经过那不勒斯，沿着卡拉布里亚，冒着西拉和卡里布迪斯的双重危险。然后，带着无畏的目标（因为我已失无所失），在海面上滑向马耳他和更远的基克拉迪群岛。我将避开君士坦丁堡，因为它那众所周知的塔楼和海湾与我现在的生活状态截然不同。我将沿着小亚细亚和叙利亚的海岸线航行，穿过七河口的尼罗河，再次向北航行，直到遗落在记忆中的迦太基和荒芜的利比亚消失在视野中，最终抵达赫拉克勒斯之柱。然后——不管在哪里——在我完成这次漫长的航行之前，潮湿的洞穴和无声的海洋深处可能会成为我的居所。或者，当我独自漂浮在炎热的地中海上时，疾病之箭会击败我的心脏。或者，在我触及的某个地方，我可能会找到一位同伴。如果不是这样，在无尽的岁月中，在颓废和灰头土脸的时候，在已经和我所爱的人一起进入坟墓的时候，孤独的流浪者仍然会展开他的风帆，紧握舵柄，仍然会顺从天堂的微风，永远绕过一个又一个的海角、停泊在一个又一个海湾里，继续在无籽的海洋里耕耘，离开欧洲本土的葱郁土地，沿着非洲黄褐色的海岸前行，在经历了开普角凶猛的海面之后，我或许会将我那破旧的小船停泊在遥远的印度洋上的香料群岛的芳香树林所遮蔽的小溪湾内。

这些都是天马行空的梦境。然而，一周前，当我站在圣彼得大教堂的高处时，这些梦就出现在了我的脑海里。我选择了我的小船，准备好了我仅有的物品。全世界的图书馆都向我敞开大门，在任何一个港口，我都可以更新我的藏书。我并不指望会有更好的改变，但单调的现状让我难以忍受。希望和快乐都不是我的领航者，而是无尽的绝望和对改变的强烈渴望在引领着我前行。我渴望与危险搏斗，渴望因恐惧而兴奋，渴望每天都能完成一些任务，无论多么轻微或自愿。我想目睹万事万物所能呈现出的千姿百态，我想从彩虹中读出美好的预兆，从云彩中读出威胁，从万事万物中读出我心中所珍视的某些经验或记录。就这样，在荒芜大地的海岸边，当太阳升起，月亮减弱或升起时，天使、亡灵和至高无上的上帝之眼将永远睁开，注视着装载着维尔尼——最后生还者——的小船。

— 剧终 —